FREDERICK FORSYTH

El negociador

TRADUCCIÓN DE J. FERRER ALEU

CÍRCULO DE LECTORES

PERSONAJES

Americanos

JOHN J. CORMACK	Presidente de los Estados Unidos
MICHAEL ODELL	Vicepresidente de los Estados Unidos
JAMES DONALDSON	Secretario de Estado
MORTON STANNARD . . .	Secretario de Defensa
BILL WALTERS	Fiscal general
HUBERT REED	Secretario del Tesoro
BRAD JOHNSON	Consejero de Seguridad Nacional
DON EDMONDS	Director del FBI
PHILIP KELLY	Subdirector de la Criminal Investigative Division (CID) FBI
KEVIN BROWN	Subdirector Delegado de la CID, FBI
LEE ALEXANDER	Director de la Central Intelligence Agency (CIA)
DAVID WEINTRAUB	Subdirector (de Operaciones) de la CIA
QUINN	El negociador
DUNCAN McCREA	Joven agente de la CIA
IRVING MOSS	Renegado de la CIA
SAM SOMERVILLE	Agente del FBI
CYRUS V. MILLER	Magnate del petróleo
MELVILLE SCANLON . . .	Magnate naviero
PETER COBB	Industrial de armamentos
BEN SALKIND	Industrial de armamentos
LIONEL MOIR	Industrial de armamentos
CREIGHTON BURBANK . .	Director del Servicio Secreto

ROBERT EASTERHOUSE . .	Consejero independiente de Seguridad y experto en asuntos sauditas
ANDY LAING	Oficial del Saudi Arabian Investment Bank
SIMON	Estudiante americano en Balliol College, Oxford

Británicos

MARGARET THATCHER . .	Primera Ministra
SIR HARRY MARRIOTT . .	Ministro del Interior
SIR PETER IMBERT	Comisario de la Policía Metropolitana
NIGEL CRAMER	Ayudante Delegado del Comisario del Departamento SO de la Policía Metropolitana
JULIAN HAYMAN	Presidente de la Compañía Independiente de Seguridad
COMANDANTE PETER WILLIAMS	Oficial de Investigación, Dep. SO de la Policía Metropolitana

Soviéticos

MIJAÍL GORBACHOV	Secretario General del PCUS
VLADIMIR KRIUCHKOV . .	Presidente de la KGB
COM. KERKORIAN	Residente de la KGB en Belgrado
VADIM KIRPICHENKO . . .	Primer Jefe Delegado del Primer Directorio de la KGB
IVAN K. KOSLOV	Mariscal de la URSS, jefe del Estado Mayor soviético
COM. GEN. ZEMSKOV . . .	Jefe de Planificación del Estado Mayor soviético
ANDREI	Agente de la KGB

Europeos

DE KUYPER	Criminal belga
VAN EYCK	Director del Walibi Theme Park, Bélgica
DIETER LUTZ	Periodista de Hamburgo
HANS MORITZ	Cervecero de Dortmund
HORST LENZLINGER . . .	Traficante de armas de Oldenburg
WERNER BERNHARDT . .	Ex mercenario en el Congo
PAPA DE GROOT	Jefe de la Policía Provincial Holandesa
JEFE INSP. DYKSTRA . . .	Detective provincial holandés

PRÓLOGO

El sueño volvió de nuevo, justo antes que la lluvia. Él no pudo oírla. Mientras dormía, le poseyó aquel sueño.

Otra vez el claro del bosque, en Sicilia, mucho más arriba de Taormina. Él salió de la espesura y caminó despacio hacia el centro del calvero, como estaba convenido. Llevaba el maletín en la mano derecha. Se detuvo en medio de la explanada, dejó la cartera en el suelo, retrocedió seis pasos y se hincó de rodillas. Según lo convenido. El maletín contenía mil millones de liras.

Se había tardado seis semanas en negociar la liberación de la niña, poco tiempo en relación con la mayoría de los casos precedentes, los cuales llegaban a durar hasta meses. Durante seis semanas, se había sentado junto al experto de la oficina de los Carabinieri en Roma, otro siciliano, pero del bando de los buenos, y le había aconsejado acerca de la táctica. El oficial de Carabinieri llevó la voz cantante. Se acordó al fin la liberación de la hija del joyero de Milán, secuestrada en la casa de veraneo de la familia cercana a la playa de Cefalú. Casi un millón de dólares USA. Habían pedido el quíntuple de esta cifra; pero la Mafia acabó conformándose.

Un hombre enmascarado y de rudo aspecto salió del otro lado del bosque; iba sin afeitar, y llevaba una escopeta colgada del hombro. Cogida de la mano, traía a la niña de diez años. Iba descalza, estaba asustada, pálida; pero parecía ilesa. Al menos físicamente. La pareja avanzó en dirección a él; y pudo ver los ojos del bandido mirándole fijamente a través de la máscara y, después, observando el bosque a su espalda.

El mafioso se detuvo junto al maletín, ordenó a la niña que se estuviese quieta, y ella le obedeció. Pero contempló a su salvador con ojos grandes y negros. Ya falta poco, pequeña; espera ahí, chiquilla.

El bandido revolvió los fajos de billetes hasta quedar convencido de que no le engañaban. El hombre alto y la niña se miraron. Él le hizo un guiño; ella le correspondió con una ligera sonrisa. El enmascarado cerró el maletín y empezó a retirarse, sin volverse, hacia el lugar de donde vino. Había llegado a los árboles, cuando ocurrió aquello.

No era el hombre de los Carabinieri de Roma; era el tonto del pueblo. Hubo un estrépito de disparos de rifle; el bandido del maletín se tambaleó y cayó. Naturalmente, sus amigos estaban apostados entre los pinos, detrás de él, a cubierto. Respondieron al fuego. En un segundo, el claro del bosque fue rasgado por rosarios de balas volantes. Él gritó: «AL SUELO...» en italiano; pero la niña no le oyó, o le entró pánico y trató de acercársele corriendo. Él se levantó y se apresuró a salvar los veinte pasos que les separaban.

Casi lo consiguió. Podía verla allí, casi tocarla con las puntas de los dedos, a pocos centímetros de su mano derecha, que se hallaba ya dispuesta a arrastrarla y hacer que se tumbase entre las altas hierbas; podía ver el miedo en sus grandes ojos, los dientecitos blancos en la boca que gritaba... Y entonces descubrió la brillante rosa carmesí que se abría en la pechera de su fino vestido de algodón. La niña cayó como si la hubiesen golpeado en la espalda, y él se vio tendido sobre ella, cubriéndola con su cuerpo hasta que cesó el fuego y los mafiosos escaparon a través del bosque. Estuvo sentado allí, acunando el pequeño cuerpo inerte en sus brazos, llorando e increpando a la policía local, que no comprendía nada y llegaba demasiado tarde:

–No, no, Dios mío, otra vez no...

CAPÍTULO PRIMERO

Noviembre, 1989

El invierno había llegado pronto aquel año. Ya a finales de mes, las primeras avanzadas de un viento crudo venido de las estepas del noreste azotaba los tejados para probar las defensas de Moscú.

El cuartel general del Estado Mayor soviético se encuentra en el número diecinueve de Frunze Ulitsa y es una edificación de piedra gris de los años treinta, delante de su mucho más moderno anexo, de ocho pisos, al otro lado de la calle. Plantado detrás de su ventana, en lo más alto del viejo edificio, el jefe del Estado Mayor soviético contemplaba las ráfagas heladas y su humor era tan desapacible como el naciente invierno.

El mariscal Ivan K. Koslov tenía sesenta y siete años, dos más de la edad reglamentaria de retiro; pero, en la Unión Soviética, como en todas partes, los que dictaban las leyes nunca creen que les atañen a ellos. Al empezar el año, había sucedido al veterano mariscal Akhromeyev, para sorpresa de la mayoría de la jerarquía militar. Los dos hombres se parecían como un huevo a una castaña. Akhromeyev había sido un intelectual bajito y de cutis fino. Koslov era un brusco gigantón de cabellos blancos, un soldado hijo, nieto y sobrino de soldados. Aunque antes de su ascenso, solamente ocupaba el tercer puesto después del jefe, pasó por delante de los dos que le precedían, los cuales se retiraron en silencio. Nadie tenía la menor duda acerca de la causa de que hubiese llegado a la cima; desde 1987 hasta 1989 había supervisado sigilosa y hábilmente la retirada soviética de Afganistán, una maniobra que había sido realizada sin escándalos, ni derrotas graves y, lo que era más importante, sin pérdida ostensible de prestigio nacional, a pesar de que los lobos de Alá habían estado mordiendo los talones de los rusos durante todo el camino hasta el puerto de montaña de Salang. La operación le había proporcionado mucha fama en Moscú, atrayendo sobre su persona la atención del propio secretario general del Partido.

Pero, si había cumplido su deber, ganándose con ello el bastón de mariscal, también se había jurado en privado no volver a mandar jamás a su amado Ejército soviético en una retirada, diciéndose que, a pesar de la exagerada propaganda, Afganistán había sido una derrota. Y era la perspectiva de otra derrota amenazadora lo que causaba su pésimo humor mientras contemplaba, a través del doble cristal, las ráfagas horizontales de diminutas partículas de hielo que repicaban de tanto en tanto en su ventana.

La clave de su estado de ánimo estaba en un informe que había sobre su mesa, un informe que él mismo había pedido a uno de sus más brillantes protegidos, un joven comandante general a quien había traído al Estado Mayor desde Kabul. Kaminsky era un académico, un pensador profundo, y también un genio en organización. El mariscal le había otorgado el segundo puesto en importancia en el campo de la logística. Como todos los hombres con experiencia de combate, Koslov sabía mejor que la mayoría que las batallas no se ganan con valor o sacrificio, ni siquiera por los generales más astutos; se ganan teniendo los mecanismos adecuados en el lugar adecuado y en el momento adecuado, y disponiendo de muchos de ellos.

Todavía recordaba con amargura cómo, siendo un soldado de dieciocho años, había observado a la soberbiamente equipada *blitzkrieg* alemana romper las defensas de la madre patria, mientras el Ejército Rojo, desangrado por las purgas de Stalin de 1938, y equipado con armas antiguas, había tratado de contener la marea. Su propio padre había muerto tratando de defender una posición imposible en Esmolensko, luchando con fusiles de cerrojo contra los rugientes regimientos panzer de Guderian. Se había jurado que la próxima vez tendrían el equipo adecuado y en abundancia. Había consagrado buena parte de su carrera militar a aquel concepto, y ahora presidía los cinco servicios de la URSS: el Ejército de Tierra, la Marina, las Fuerzas Aéreas, las Fuerzas de Cohetes Estratégicos y la Defensa Aérea de la patria. Y todos ellos se hallaban en peligro de sufrir un gran desastre a causa del informe de trescientas páginas que estaba sobre su mesa.

Lo había leído dos veces, a lo largo de la noche, en su espartano apartamento de Kutuzovsky Prospekt, y de nuevo esta mañana en su despacho, donde había llegado a las siete y descolgado el teléfono. Se apartó de la ventana, volvió a su sitio en la cabecera de la mesa de conferencias, en forma de T, y revisó una vez más las últimas páginas del informe.

RESUMEN. Por consiguiente, la cuestión no es que se prevé que el planeta agotará el petróleo dentro de los próximos veinte o treinta años; sino que la Unión Soviética *agotará* definitivamente el petróleo en los siete u ocho años próximos. La clave de este hecho se halla en la tabla de Reservas Probadas consignada más arriba, en este informe y, de modo más concreto, en la columna de cifras titulada razón R/P. La razón Reservas es a Producción se obtiene tomando la producción anual de petróleo de una nación y dividiendo esta cifra por las reservas conocidas de aquella nación, expresada generalmente en miles de millones de barriles.

Las cifras, a finales de 1985 (lamento tener que decir que son cifras occidentales, porque todavía tenemos que fiarnos de la información occidental para saber lo que pasa en Siberia, a pesar de mis íntimos contactos con nuestra industria del petróleo), muestran que aquel año extrajimos sesenta y un mil millones de barriles de crudo, y nos dan catorce años de reservas aprovechables, presumiendo que se produzca la misma cifra durante todo este período. Pero este cálculo es optimista, ya que nuestra producción, y por consiguiente nuestro gasto de reservas, se ha tenido que aumentar desde aquel año. Actualmente, tenemos reservas para siete u ocho años.

Hay dos razones para el aumento de la demanda. Una de ellas está en el incremento de la producción industrial, principalmente en el sector de los bienes de consumo, exigida por el Politburó desde la introducción de las nuevas reformas económicas; la otra radica en el consumo excesivo e inútil de gasolina por parte de esas industrias, no solamente las tradicionales, sino también las nuevas. Nuestra industria manufacturera en general no puede ser más ineficaz desde el punto de vista de la energía y, en muchos sectores, el empleo de maquinaria anticuada tiene un efecto devastador. Por ejemplo, un automóvil ruso pesa tres veces más que su equivalente americano; no debido, según se dice, a nuestros crudos inviernos, sino a que nuestras fábricas de acero no pueden producir láminas de metal lo bastante delgadas. Necesitamos más energía eléctrica producida por el petróleo de la que se requiere en Occidente para fabricar un coche, y éste gasta más gasolina desde que empieza a circular.

ALTERNATIVAS. Los reactores nucleares suelen proporcionar el once por ciento de la electricidad de la URSS, y nuestros planificadores habían contado con que las centrales nucleares iban a darnos el veinte por ciento, o más, en el año dos mil. Hasta Chernobyl. Desgraciadamente, el cuarenta por ciento de nuestra capacidad nuclear era generada por instalaciones que empleaban el mismo sistema que Chernobyl. Desde entonces, la mayoría han sido cerradas para ser «modificadas» (es poquísimo probable que vuelvan a abrirse), y otras que estaban en construcción han visto paradas las obras. Como resultado de ello, nuestra producción nuclear, en términos de porcentaje, no sólo no ha doblado la cifra, sino que ha bajado a siete, y sigue descendiendo.

Tenemos las reservas de gas natural más grandes del mundo; pero el problema es que el gas está localizado principalmente en el extremo de Siberia, y no basta con extraerlo del suelo. Carecemos de la vasta e imprescindible infraestructura de tuberías y rejillas para llevarlo de Siberia a nuestras ciudades, fábricas y centrales de energía.

Recordará usted que, a principios de los años setenta, cuando los precios del petróleo experimentaron una astronómica subida después de la guerra de Yom Kippur, ofrecimos a Europa occidental suministrarle, a largo plazo, gas natural por medio de tuberías. Esto nos habría permitido disfrutar de la red que necesitábamos y que los europeos estaban dispuestos a financiar. Pero, como América no iba a beneficiarse de ello, los Estados Unidos cortaron de raíz la iniciativa, amenazando con fuertes sanciones comerciales a quienes cooperasen con nosotros, y el proyecto quedó en nada. Entonces, desde el llamado «deshielo», aquel plan habría podido ser políticamente aceptable; pero ahora los precios del petróleo son bajos en Occidente, y no les hace falta nuestro gas. Cuando la escasez de petróleo haga que los precios vuelvan a subir en Occidente hasta un nivel en el que puedan necesitarlo, será demasiado tarde para la URSS.

Así pues, ninguna de las alternativas factibles funcionará en la práctica. El gas natural y la energía nuclear no vendrán en nuestro auxilio. La inmensa mayoría de nuestras industrias y las de nuestros países amigos, que dependen de nosotros para la energía, están condicionadas sin remedio a carburantes y productos derivados del petróleo.

LOS ALIADOS. Un breve apartado para mencionar a nuestros aliados en Europa central, los Estados a quienes los propagandistas occidentales llaman nuestros «satélites». Aunque su producción total (principalmente del pequeño campo rumano de Ploesti) asciende a dos mil millones de barriles al año, esto es como una gota de agua en el océano si lo comparamos con sus necesidades. El resto lo reciben de nosotros, y es uno de los lazos que los retiene en nuestro bando. Cierto que, a fin de que no tengan que pedirnos tanto, hemos permitido que hagan algunos tratos con Oriente Medio. Pero, si llegasen a independizarse de nosotros por completo en lo concerniente al petróleo, dependiendo por ende de Occidente, es muy probable que sólo fuese cuestión de tiempo, y de muy poco tiempo, que Alemania Oriental, Polonia, Checoslovaquia, Hungría e incluso Rumanía, se dejasen arrastrar al campo capitalista. Por no hablar de Cuba.

CONCLUSIÓN. El mariscal Koslov levantó la cabeza y miró el reloj de pared. Las once. En el aeropuerto, la ceremonia estaría a punto de empezar. Había decidido no ir. No tenía intención de hacer cumplidos a los americanos. Se estiró, se levantó y se volvió a la ventana, llevando en la mano el informe de Kaminsky. Todavía estaba clasificado como de Alto Secreto y Koslov sabía que tendría que seguir considerándolo así. Era demasiado explosivo para airearlo en el edificio del Estado Mayor Central.

En otra época más temprana, cualquier oficial del Estado Mayor que hubiese escrito de un modo tan sincero como Kaminsky, habría podido dar por terminada su carrera, pero Ivan

Koslov, aunque acérrimo tradicionalista en casi todos los sentidos, nunca había castigado la franqueza. Era casi lo único que apreciaba en el secretario general; aunque no podía compartir las modernas ideas de aquel hombre para dar aparatos de televisión a los campesinos y máquinas lavadoras a las amas de casa, tenía que confesar que se podía hablar sinceramente con Mijaíl Gorbachov sin temor a recibir un billete sólo de ida para Yakutia.

El informe le había causado una profunda impresión. Sabía que los asuntos económicos no habían mejorado con la introducción de la perestroika (la reestructuración); pero, como soldado que era, había pasado la vida encerrado en la jerarquía militar, y los militares habían tenido siempre preferencias en los recursos, el material y la tecnología, permitiéndoles ser el único sector en la vida soviética donde se podía practicar el control de calidad. El hecho de que los secadores de pelo de los paisanos fuesen letales y sus zapatos estuviesen agujereados, no era de su incumbencia. Y ahora había una crisis de la que ni siquiera los militares podían librarse. Sabía que lo más grave estaba en la conclusión del informe. Plantado junto a la ventana, prosiguió la lectura.

CONCLUSIÓN. Las perspectivas con que nos enfrentamos son solamente cuatro, y todas muy ominosas.

1. Podemos continuar con nuestra propia producción de petróleo al nivel actual, con la certeza de que se agotará dentro de ocho años como máximo, y entrar entonces en el mercado mundial del petróleo como compradores. Lo haríamos en el peor momento, cuando los precios empezarán su implacable e inevitable subida a niveles imposibles.

Para comprar, en esas condiciones, sólo una parte del petróleo que necesitamos, tendríamos que emplear todas nuestras reservas de divisas fuertes y todo lo que ganamos con el oro y los diamantes siberianos, y nada nos quedaría para pagar las necesarias importaciones de grano y la maquinaria de alta tecnología que es la espina dorsal de la modernización industrial que obsesiona al Politburó.

Tampoco podemos mejorar nuestra posición con operaciones de trueque. Más del cincuenta y cinco por ciento del petróleo del mundo se extrae de cinco países de Oriente Medio, cuyas necesidades domésticas son pequeñas en relación con sus recursos, y son ellos quienes volverán pronto a dirigir el cotarro. Por desgracia, aparte de armas y algunas materias primas, los productos soviéticos tienen poco atractivo en Oriente Medio, por lo que no podremos trocarlos por el petróleo que necesitaremos. Tendremos que pagarlo en dinero contante y sonante, y no podemos hacerlo.

Finalmente, existe el peligro estratégico de que tengamos que depender de fuentes extranjeras para el petróleo, lo cual es aún más de temer si consideramos el carácter y el comportamiento histórico de los cinco Estados de Oriente Medio en cuestión.

2. Podríamos repasar y poner al día nuestras instalaciones existentes para la producción de petróleo, consiguiendo así una mayor eficacia y reducir nuestro consumo sin pérdida de beneficios. Nuestros instrumentos de producción son anticuados, se hallan en mal estado, y nuestro potencial de recuperación de los principales depósitos se ve constantemente perjudicado por unas extracciones diarias excesivas. (Por ejemplo, a los precios actuales, estamos gastando *en nuestros mejores campos* tres dólares USA para evitar una pérdida de un dólar USA en producción. Nuestras refinerías consumen, por término medio, el triple de energía que las americanas para producir una tonelada de fuel.) Tendríamos que reformar todos nuestros campos de extracción, nuestras refinerías y nuestra red subterránea de oleoductos para prolongar nuestra producción de petróleo una década más. Tendríamos que empezar ahora, y los recursos necesarios para ello serían astronómicos.

3. Podríamos poner todo nuestro esfuerzo en corregir y poner al día nuestra tecnología de extracción de petróleo del suelo marino. El Ártico es la zona más prometedora para encontrar petróleo, pero los problemas de extracción son aún mayores que los de Siberia, no existe ninguna infraestructura de oleoductos desde el pozo hasta el consumidor y, además, el programa de exploración lleva un retraso de cinco años respecto a lo previsto. Nos vemos de nuevo ante la necesidad de muchísimos más recursos.

4. Podríamos volver al gas natural del que, como he dicho, tenemos las reservas mayores del mundo, casi ilimitadas. Pero tendríamos que invertir cantidades astronómicas en la extracción, la

tecnología, la mano de obra especializada, la infraestructura de conducciones y la conversión de cientos de miles de instalaciones para el uso del gas.

En definitiva, hay que formularse esta pregunta: ¿De dónde vendrían los recursos mencionados en las alternativas dos, tres y cuatro? Dada la necesidad de emplear nuestras divisas extranjeras en la importación de cereales para alimentar a nuestra gente, y el compromiso del Politburó de gastar el resto para importar alta tecnología, los recursos tendrían evidentemente que buscarse dentro de nuestro país. Y, como existe también el otro compromiso del Politburó para la modernización industrial, la tentación es reducir en el sector de las asignaciones militares.

Tengo el honor, camarada mariscal, de quedar suyo

Pyotr V. Kaminsky, Com.– Gen.

El mariscal Koslov juró en silencio, cerró el legajo y miró a la calle. Las ráfagas de nieve helada habían cesado; pero el viento era todavía más crudo; podía ver a los diminutos peatones, ocho pisos más abajo, sujetándose los gorros y bajándose las orejeras, gacha la cabeza, mientras deambulaban apresurados por la calle Frunze.

Habían pasado casi cuarenta y cinco años desde que, con veintidós y siendo teniente de los Fusileros Motorizados, había entrado en Berlín bajo el mando de Chuikov y trepado al tejado de la cancillería de Hitler para arrancar la última bandera con la cruz gamada que ondeaba allí. Incluso había una foto de esta acción en varios libros de historia. Desde entonces, había ascendido paso a paso, sirviendo en Hungría durante la rebelión de 1956, en la frontera del río Usuri con China, de guarnición en la Alemania del Este y de nuevo en el mando del Lejano Oriente, en el Khaborovsk, en el Alto Mando del Sur, en Bakú, y después en el Estado Mayor Central. Había cumplido con su deber, había soportado las heladas noches en las lejanas avanzadillas del Imperio; se había divorciado de una esposa que se negó a seguirle, y enterrado a otra que murió en el Lejano Oriente. Una hija suya se había casado con un ingeniero de minas, no con un soldado como él había deseado, y un hijo se había negado a servir en el Ejército. Había pasado aquellos cuarenta y cinco años observando cómo crecía el Ejército soviético, que él soñaba llegaría a ser la mejor fuerza combatiente del planeta, consagrada a la defensa de la Rodina, la madre patria, y a la destrucción de sus enemigos.

Como muchos tradicionalistas, creía que un día tendrían que ser utilizadas las armas que las masas trabajadoras habían producido para él y para sus tropas, y no estaba dispuesto a permitir que las circunstancias o los hombres pusieran en ridículo a su amado Ejército mientras estuviese él al mando. Era absolutamente fiel al Partido (no habría estado donde estaba de no haber sido así); pero si alguien, incluso los hombres que ahora lo dirigían, pensaba que podía restar miles de millones de rublos al presupuesto militar, tendría que rectificar su concepto de lealtad hacia ellos.

Cuanto más pensaba en las últimas páginas de aquel informe que tenía en la mano, más creía que Kaminsky, por muy listo que fuese, había olvidado una posible quinta alternativa. Si la Unión Soviética pudiera adquirir el control político de una fuente disponible de petróleo en crudo, de un trozo de tierra actualmente fuera de sus fronteras..., si pudiera importar, en exclusiva, aquel crudo a un precio que le conviniese; es decir, un precio que pudiera imponer... y consiguiera hacerlo antes de que se agotase su petróleo...

Dejó el informe sobre la mesa de conferencias y cruzó la habitación hasta el mapamundi que cubría la mitad de la pared opuesta a las ventanas. Lo estudió con suma atención, mientras se desgranaban los minutos hacia el mediodía. Y su mirada volvía siempre sobre un pedazo de tierra. Por último, regresó a la mesa, conectó el intercomunicador y llamó a su ayudante.

–Diga al comandante general Zemskov que venga en seguida.

Se sentó en la silla de detrás de su mesa, tomó el control remoto del televisor y activó el aparato situado a la izquierda de la mesa. Aparecieron las imágenes del primer canal, el prometido reportaje en directo desde Voukovo, el aeropuerto para personas importantes emplazado en las afueras de Moscú.

El avión número Uno de la Fuerza Aérea de los Estados Unidos había repostado y estaba dispuesto a despegar. Era el nuevo

Boeing 747 que había remplazado al viejo 707 a principios de aquel año y podía volar de Moscú a Washington directamente, cosa que nunca habría podido hacer el anterior 707. Hombres de la Military Airlift Wing, que vigilan el avión del presidente, con base en las Fuerzas Aéreas de Andrews, montaban guardia alrededor del aparato, por si algún ruso demasiado entusiasta tratase de acercarse lo bastante para pegar algo en él o echar cualquier cosa en su interior. Pero los rusos se comportaban como perfectos caballeros, lo mismo que durante toda la visita de tres días.

A pocos metros de la punta del ala del avión, había un podio y, en su centro, un atril elevado. Detrás de éste se hallaba el secretario general del Partido Comunista de la Unión Soviética, Mijaíl Sergeivitch Gorbachov, terminando su discurso de despedida. A su lado, sin sombrero, revueltos los cabellos grises por la fuerte brisa, estaba sentado su visitante, John J. Cormack, presidente de los Estados Unidos de América. Alineados a ambos lados, se encontraban los otros doce miembros del Politburó.

Formada delante del podio había una guardia de honor de la Milicia, la policía civil del Ministerio del Interior, MVD; y otra tomada del Directorio de Guardias de Fronteras de la KGB. En un intento de dar un toque popular a la escena, doscientos mecánicos, técnicos y miembros del personal del aeropuerto formaban un apiñado grupo en el cuarto lado del cuadrado. Pero el punto focal para el orador era la batería de cámaras de televisión, fotógrafos y reporteros situados entre las dos guardias de honor, pues se trataba de una ocasión de máxima importancia.

Poco después de su investidura en el mes de enero último, John Cormack, sorprendente triunfador en las elecciones de noviembre, había manifestado su deseo de reunirse con el líder soviético y dijo que estaba dispuesto a volar a Moscú para tal fin. Mijaíl Gorbachov se dio prisa en mostrarse de acuerdo y, para su satisfacción, había descubierto, durante los últimos días, que aquel alto, severo pero básicamente humano, académico americano parecía ser un hombre con quien, según la frase de la señora Thatcher, «se podía negociar».

Había corrido un riesgo, contra el consejo de sus asesores ideológicos y de seguridad. Había accedido a la petición personal del presidente de que se le permitiese dirigirse a la Unión Soviética en una alocución televisada en directo, sin previa censura del guión. Virtualmente ninguna transmisión de la televisión soviética se hace «en directo»; casi todos los programas son cuidadosamente preparados y censurados; y, luego, se declaran aptos para el consumo humano.

Antes de acceder a la extraña petición de Cormack, Mijaíl Gorbachov había consultado a los expertos de la Televisión del Estado. Se mostraron tan sorprendidos como él; pero teniendo en cuenta, en primer lugar, que el americano sólo sería comprendido por una pequeñísima parte de los ciudadanos soviéticos antes de que se hiciese la traducción (que podía expurgarse si el hombre iba demasiado lejos) y, en segundo lugar, que la transmisión del discurso del americano, tanto del sonido como de la imagen, podía efectuarse con una demora de ocho o diez segundos, de manera que, si se pasaba de la raya, podría producirse un súbito fallo en la transmisión, se convino al final que, si el secretario general quería que se produjese una avería, sólo tendría que rascarse la barbilla con el dedo índice y los técnicos harían lo demás. Esto no afectaría a los tres equipos de la televisión americana, ni a la BBC británica, pero carecía de importancia, ya que su material no llegaría nunca a conocimiento de los ciudadanos soviéticos.

Terminando su discurso con una expresión de buena voluntad hacia el pueblo americano y haciendo votos por la paz entre los Estados Unidos y la URSS, Mijaíl Gorbachov se volvió a su invitado. John Cormack se levantó. El ruso le indicó el atril y el micrófono, se apartó y se sentó a un lado de la tribuna. El presidente se colocó detrás del micrófono. No llevaba ninguna nota visible. Levantó la cabeza, miró fijamente al objetivo de la cámara de televisión soviética y empezó a hablar.

–Hombres, mujeres y niños de la URSS, escuchadme.

En su despacho, el mariscal Koslov se incorporó en su sillón, mirando atentamente la pantalla. En el podio, Mijaíl Gorbachov frunció un instante las cejas antes de recobrar su aplomo. Detrás de la cámara soviética, un joven que habría podido pasar por un graduado de Harvard tapó el micro con una mano y murmuró una pregunta a un funcionario que estaba a su lado, el cual meneó la cabeza. Pues John Cormack no hablaba en inglés, sino en correcto ruso.

Como no era un orador en lengua rusa, antes de venir a la URSS se había aprendido de memoria, en la intimidad de su dormitorio en la Casa Blanca, un discurso de quinientas palabras, ensayándolo por medio de grabaciones y un profesor particular, hasta que pudo pronunciarlo con fluidez y acento perfectos, sin comprender de él una palabra. Incluso para un ex profesor de la Ivy League, fue una notable hazaña.

–Hace cincuenta años, vuestro país, vuestra amada madre patria fue invadida en una guerra. Vuestros hombres lucharon y murieron como soldados o vivieron como lobos en sus bosques. Vuestras mujeres y niños moraron en sótanos y se alimentaron con migajas. Millones perecieron. Vuestra tierra fue devastada. Aunque no ocurrió lo mismo en mi país, os doy mi palabra de que comprendo lo mucho que debéis odiar y temer la guerra.

»Durante cuarenta y cinco años, ambos, rusos y americanos, hemos levantado murallas entre nosotros, convenciéndonos de que el otro sería el próximo agresor. Y hemos construido montañas, montañas de acero, de cañones, de tanques, de barcos, de aviones y de bombas. Para justificar las montañas de acero, se han levantado murallas todavía más altas de mentiras. Hay quien dice que necesitamos estas armas porque llegará un día en que tendremos que destruirnos los unos a los otros.

»*Noh, ya skazayoo: myee po-idyom drugim putyom.*

El público de Voukovo sofocó una exclamación de asombro. Porque, al decir «Pero yo digo que seguiremos, que debemos seguir otro camino», el presidente Cormack había citado una frase de Lenin conocida por todos los colegiales de la URSS. En ruso, la palabra *putya* significa camino, sendero, curso a seguir. Entonces continuó el juego de palabras volviendo al significado de «camino».

–Me refiero al camino del desarme gradual y de la paz. Sólo tenemos un planeta donde vivir, y es un planeta hermoso. Podemos morar juntos en él, o bien sucumbir juntos en él.

La puerta del despacho del mariscal Koslov se abrió y volvió a cerrarse sin ruido. Un oficial de poco más de cincuenta años, protegido de Koslov y as de su equipo de planificación se quedó plantado junto a la puerta y observó en silencio la pantalla situada en el rincón. El presidente americano estaba terminando.

–No será un camino fácil. Habrá piedras y baches. Pero al final se encuentran la paz y la seguridad para todos nosotros. Porque, si tenemos cada uno armas bastantes para defendernos, pero no suficientes para atacarnos, y si sabemos esto y se nos permite comprobarlo, podremos dar a nuestros hijos y a nuestros nietos un mundo realmente liberado del terrible miedo que hemos pasado durante las cinco últimas décadas. Si queréis seguir conmigo este camino, yo, en nombre del pueblo americano, lo seguiré con vosotros. Y en prueba de ello, Mijaíl Sergeivitch, le tiendo la mano.

El presidente Cormack se volvió al secretario Gorbachov y le tendió la mano derecha. Aunque también experto en relaciones públicas, el ruso no tuvo más alternativa que levantarse y extender también la suya. Después, con una amplia sonrisa, rodeó al americano con el brazo izquierdo, y le dio un fuerte abrazo.

Los rusos son un pueblo extraño, capaz de grandes paranoias y de xenofobia; pero también de intensas emociones. Fueron los trabajadores del aeropuerto los que rompieron el silencio. Hubo un estallido de calurosos aplausos; después, empezaron las aclamaciones y, a los pocos segundos, los gorros de piel empezaron a volar por el aire, al perder el control los paisanos, normalmente tan bien enseñados. Les tocó luego el turno a los milicianos. Sujetando sus fusiles con la mano izquierda en posición de «descanso» empezaron a agitar sus gorras grises y con cinta roja, asiéndolas por la visera mientras vitoreaban.

Los miembros de la KGB miraron a su jefe, al lado del podio, el general Vladimir Kriuchkov, presidente de la KGB. Sin saber de cierto lo que tenía que hacer, se levantó al hacerlo el Politburó y aplaudió con los demás. Los guardias de fronteras tomaron esto como una señal (equivocadamente, según resultó después) e imitaron a los milicianos en sus aclamaciones. En todas las regiones de la URSS, ochenta millones de hombres y mujeres soviéticos estaban haciendo algo parecido.

–*Churt vashmi...*

El mariscal Koslov tomó el aparato de control remoto y apagó el televisor.

–Nuestro amado secretario general –murmuró en tono suave el comandante general Zemskov.

El mariscal asintió tristemente con la cabeza varias veces. Primero las lúgubres previsiones del informe de Kaminsky, y ahora esto. Se levantó, dio la vuelta a la mesa y cogió el informe que se encontraba sobre ella.

–Tome esto y léalo –dijo–. Está clasificado como de alto secreto y debe seguir estándolo. Sólo existen dos ejemplares, y yo conservo el otro. Tiene que prestar particular atención a lo que dice Kaminsky en su Conclusión.

Zemskov asintió con la cabeza. Juzgó por la torva actitud del mariscal que no se trataba sólo de leer un informe. Dos años atrás era un simple coronel, cuando en una visita al puesto de mando, con ocasión de unos ejercicios en Alemania del Este, el mariscal Koslov se había fijado en él.

El ejercicio consistía en unas maniobras entre el Grupo Alemania de Fuerzas Soviéticas, de una parte, y el Ejército Nacional del Pueblo de los Alemanes Orientales, los cuales habían representado el papel de americanos invasores. En ocasiones anteriores, habían vapuleado a sus hermanos de armas soviéticos. Esta vez los rusos les habían cercado, y toda la planificación era de Zemskov. Al ascender al primer puesto de la Frunze Ulitsa, el mariscal Koslov había enviado a buscar al brillante estratega y lo incorporó a su propio Estado Mayor. Ahora lo condujo hasta el mapa de la pared.

–Cuando haya terminado, preparará usted lo que parecerá ser un Plan de Contingencia Especial. En realidad este PCE será un plan detallado, con minuciosidad, hasta el último hombre, el último fusil y la última bala, para la invasión militar y la ocupación de un país extranjero. Para esto puede necesitar doce meses.

El comandante general Zemskov arqueó las cejas.

–Creo que no tanto, camarada mariscal. Tengo a mi disposición...

–Sólo puede disponer de sus propios ojos, manos y cerebro. No consultará a nadie más, no hablará de ello a nadie. Toda la información que necesite deberá obtenerla mediante subterfugios. Trabajará solo, sin ninguna ayuda. Su trabajo durará meses y, cuando termine, sólo debe haber un ejemplar.

–Comprendo. ¿Y el país...?

El mariscal señaló el mapa.

–Aquí. Un día, esta tierra debe pertenecernos.

Houston, capital de la industria americana del petróleo y, según algunos, de todo el mundo del petróleo, es una ciudad extraña en el sentido en que no tiene uno sino dos centros. En el este, se encuentra Downtown, el centro comercial bancario, corporativo e industrial, el cual visto desde lejos, parece una colección de brillantes rascacielos que se alzan de la lisa y monótona llanura tejana del suroeste hacia un cielo azul pálido. Al oeste, se encuentra Galleria, el centro de tiendas, restaurantes y diversiones, dominado por las torres de Post Oak, Westin y Transco, y conteniendo la Galleria propiamente dicha, que es la más grande del mundo.

Los dos corazones de la ciudad se contemplan a través de seis kilómetros de suburbios de casas de una planta y de parques, como dos pistoleros dispuestos a batirse por la supremacía.

Arquitectónicamente, Downtown está dominada por su torre más alta, el Texas Commerce, setenta y cinco pisos de mármol gris y cristal gris oscuro, que es, con sus trescientos diecisiete metros, la estructura más alta al oeste del Mississippi. La sigue en elevación la Allied Bank Tower, una torre de sesenta y cinco pisos de cristal reflectante verde. A su alrededor, se alzan como otros veinte rascacielos de variados diseños: pasteles de boda neogóticos, lápices de cristal de vivos reflejos y edificios simplemente estrafalarios.

Un poquitín más bajo que el Allied Bank es el edificio Pan Global, cuyos diez pisos superiores estuvieron ocupados por los constructores y dueños de la torre, la Pan-Global Oil Corporation, la decimoctava compañía de petróleo de los Estados Unidos, por orden de importancia, y la novena de Houston. Con un activo total de tres mil doscientos cincuenta millones de dólares, Pan-Global sólo era superada en Houston por Shell, Tenneco, Conoco, Enron, Coastal, Texas Eastern, Transco y Pennzoil. Pero en un aspecto era diferente de todas las demás: todavía era poseída y controlada por su veterano fundador. Había otros accionistas y miembros de la junta directiva; pero conservaba el control y nadie podía poner obstáculos a su poder dentro de su propia corporación.

Doce horas después de que el mariscal Koslov hubiese instruido a su oficial de planificación, y a ocho husos horarios al oeste de Moscú, Cyrus V. Miller estaba de pie ante el gran ventanal, que llegaba desde el suelo hasta el techo de su ático en lo alto de su propio edificio, y miraba hacie el oeste. A seis kilómetros de allí, y a través de la neblina de la tarde de noviembre, la Transco Tower le miraba a su vez. Cyrus Miller permaneció un poco más ante la ventana; después, atravesó la gruesa alfombra, regresó a su mesa y se concentró de nuevo en el informe que estaba encima de ella.

Cuarenta años antes, cuando empezó a prosperar, Miller había aprendido que el poder estaba en la información. Saber lo que pasaba y, más importante aún, lo que iba a pasar, daba al hombre más poder que los cargos políticos e incluso el dinero. Entonces había creado, dentro de su corporación creciente, una sección de Investigación y Estadística, para la que contrató a los analistas más brillantes y avispados que salían de las universidades de su país. Con el advenimiento de los ordenadores, había provisto a su sección de los últimos bancos de datos, en los que estaba almacenado un vasto compendio de información sobre el petróleo y otras industrias, necesidades comerciales, realizaciones económicas nacionales, tendencias del mercado, adelantos científicos y personas; cientos de miles de personas de todos los estilos de vida que un día le pudiesen ser útiles para un concebible azar.

El informe que tenía delante procedía de Dixon, un joven graduado de Texas State, de aguda inteligencia, al que contrató hacía diez años y que había crecido con la compañía.

A pesar de lo mucho que le pagaba, pensó Miller, el analista no trataba de tranquilizarle con el documento que tenía sobre la mesa. Pero lo prefería así. Volvió por quinta vez a la conclusión de Dixon.

«La conclusión, señor, es simplemente que el mundo libre está agotando el petróleo. De momento, esto sigue ignorándolo la inmensa mayoría del pueblo americano debido a que sucesivos gobiernos decidieron mantener la ficción de que la presente situación de "petróleo barato" puede continuar eternamente.

»La prueba de que se está "agotando" la tenemos en la tabla de reservas mundiales incluida más arriba. Actualmente, de cuarenta y una naciones productoras de petróleo, tan sólo diez tienen reservas conocidas más allá del término de treinta años. Pero incluso este cálculo es optimista. Esa previsión de treinta años se basa en la teoría de que continúe la producción a los niveles actuales. Lo cierto es que el consumo, y por consiguiente la extracción, aumentan sin cesar, y como los productores que tienen menos reservas serán los primeros en agotarlas, la extracción de los restantes crecerá para compensar la escasez. Veinte años serían un período más seguro en que presumir el agotamiento del petróleo en todas las naciones productoras, salvo diez de ellas.

»Está claro que no hay manera de que otras fuentes de energía puedan llegar a tiempo de salvar la situación. O hay petróleo dentro de las tres décadas próximas, o será la muerte económica del Mundo Libre.

»La posición americana se encamina rápidamente a la catástrofe. Durante el período en que las naciones dominantes de la OPEP elevaron el precio de los crudos de dos dólares el barril a cuarenta, los gobiernos de los Estados Unidos, con gran sensatez, dieron todos los incentivos a la industria nacional del petróleo para explorar, descubrir, extraer y refinar el máximo posible de nuestros recursos naturales. Desde la autodestrucción de la OPEP y la elevación de la producción saudita en 1985, Washington se ha bañado en petróleo de Oriente Medio, artificialmente barato, dejando que se debilitase la industria propia. Esta imprevisión va a tener terribles consecuencias.

»La reacción americana al petróleo barato ha sido un aumento de la demanda, unas crecientes importaciones de crudo y de sus productos y una reducción en la producción del país, un cese total en las exploraciones, el cierre en masa de las refinerías y un aumento del desempleo mayor que en 1932. Aunque América empezase *ahora* con un programa de urgencia, una inversión masiva e incentivos federales a gran escala, se tardaría diez años en reunir el equipo humano, poner en funcionamiento la maquinaria, o fabricar otra nueva, y hacer todo el trabajo necesario para reducir nuestra actual dependencia total de Oriente Medio a las antiguas y tolerables proporciones. Hasta ahora, no hay indicios de que Washington pretenda fomentar el resurgimiento de la producción americana de petróleo.

»Existen tres razones para esto, todas ellas equivocadas:

»(a) El nuevo petróleo americano costaría veinte dólares el barril para *encontrarlo*, mientras que el petróleo saudita/kuwaití cuesta de diez a quince centavos el barril para su producción, y nosotros lo compramos a dieciséis dólares. Se presume que esto continuará eternamente. Y no es verdad.

»(b) Se tiene la convicción de que los árabes, y en especial los sauditas, seguirán comprando a los Estados Unidos cantidades astronómicas de armas, tecnología, artículos y servicios para su infraestructura social y de defensa, y de este modo continuarán, reciclando sus petrodólares con nosotros. Y no lo harán. Su infraestructura es virtualmente completa. Ni siquiera pueden pensar en cualquier otra cosa en qué gastar los dólares. Y sus recientes tratos (1986 y 1988) con Gran Bretaña para la compra del avión de caza Tornado nos ha situado en segundo lugar como proveedores de armas.

»(c) Se da por hecho que los reinos y sultanatos de Oriente Medio son buenos y fieles aliados que nunca se volverán contra nosotros ni elevarán de nuevo los precios, y que permanecerán para siempre en el poder. Con respecto a lo primero, el evidente chantaje que hicieron a América desde 1973 hasta 1985 demuestra dónde tienen puesto el corazón. Y, en una zona tan inestable como Oriente Medio, *cualquier* régimen puede caer de la noche a la mañana.»

Cyrus Miller miró el documento echando chispas. No le gustaba lo que leía; pero sabía que era verdad. Como productor nacional y refinador de crudo, había padecido cruelmente (así lo veía él) durante los pasados cuatro años, y todos los cabildeos de la industria del petróleo en Washington resultaron inútiles para persuadir al Congreso de que otorgara licencias de extracción en el Arctic National Wildlife Rauge de Alaska, la zona más prometedora para nuevas prospecciones. Odiaba a Washington y todo lo que allí se hacía.

Miró su reloj. Las cuatro y media. Apretó un botón de la consola de su mesa y, en el fondo de la habitación, se deslizó silenciosamente hacia un lado un panel de teca, descubriendo una pantalla de televisión en color de veintiséis pulgadas. Eligió el canal de noticias CNN y escuchó el titular del acontecimiento del día.

El avión número Uno de las Fuerzas Aéreas se cernía sobre la pista de aterrizaje de la Base de Andrews, en las afueras de Washington. Parecía suspendido en el aire, hasta que sus ruedas se posaron suavemente en el asfalto y volvió a encontrarse en suelo americano. Cuando frenó y giró su enorme masa en dirección a la pista de kilómetro y medio que conducía a los edificios del aeropuerto, la imagen fue sustituida por la cara del locuaz locutor que repetía la historia del discurso pronunciado por el presidente momentos antes de su partida de Moscú, hacía doce horas.

Como para confirmar la narración del locutor, el equipo de producción de CNN, aprovechando los diez minutos que tardaría el Boeing en detenerse, transmitió de nuevo, con subtítulos en inglés, el discurso que había hecho el presidente Cormack en ruso, los gritos de los vocingleros y entusiasmados milicianos y trabajadores del aeropuerto, y la imagen de Mijaíl Gorbachov estrechando al líder americano en un emocional y fuerte abrazo. Los ojos grises de Cyrus Miller no pestañearon, disimulando, incluso en la intimidad de su despacho, su odio por el patricio de Nueva Inglaterra que había subido inesperadamente al liderazgo y a la presidencia hacía doce meses y estaba ahora llevando la distensión con Rusia todavía más lejos de lo que Reagan se había atrevido a hacer. Cuando el presidente Cormack apareció en la puerta del avión de las Fuerzas Aéreas y sonaron las notas de *Hail to the Chief*, Miller pulsó despectivamente el botón de «off».

–Bastardo comunistoide –gruñó, y volvió al informe de Dixon.

«En realidad el plazo de veinte años para que se agote el petróleo en treinta de los cuarenta países del mundo que lo producen es irrelevante. La subida de precios empezará dentro de diez años o menos. Un reciente informe de la Universidad de Harvard predijo un precio de más de cincuenta dólares el barril (dólares de 1989) antes de 1999, en comparación con los actuales dieciséis dólares que cuesta ahora. El informe fue censurado; pero pecaba de optimismo. La perspectiva del efecto de estos precios sobre el público americano es aterradora. ¿Qué harán los americanos cuando les digan que tienen que pagar más de dos dólares por un bidón de cinco litros de gasolina? ¿Cómo reaccionará el agricultor cuando se le comunique que no puede alimentar sus cerdos, cosechar sus cereales ni siquiera calentar su casa en los crudos inviernos del norte? Nos enfrentaremos con una revolución social.

»*Aunque* Washington autorizase una revitalización masiva del esfuerzo de producción de petróleo en los Estados Unidos, las reservas seguirán estando reducidas a cubrir las necesidades de los próximos cinco años, al nivel actual de consumo. Europa se halla en una situación todavía peor; a excepción de la pequeña Noruega (uno de los diez países con reservas para más de treinta años, pero fundadas en una producción muy pequeña de petróleo en el mar), Europa tiene reservas para tres años. Los países de la cuenca del Pacífico dependen por completo del petróleo importado, y poseen grandes excedentes de divisas fuertes. ¿Resultado? Aparte de México, Venezuela y Libia, todos tendremos que buscar en la misma fuente de abastecimiento: los ocho productores de Oriente Medio.

»Irán, Irak, Abu Dhavi y la Zona Neutral tienen petróleo, pero hay dos que producen más que el resto de los ocho juntos: Arabia Saudita y el vecino Kuwait, y los sauditas serán la llave de la OPEP. Con ciento setenta mil millones de barriles de producción al año, o sea el veinticinco por ciento de la producción *mundial* de petróleo, que se elevará al cincuenta por ciento al agotarse una tras otra la producción de treinta y un países, y con más de cien años de reservas, los sauditas controlarán el precio del petróleo en el mundo y controlarán América.

»Con las previstas subidas del precio del petróleo, América tendrá que pagar, en 1995, cuatrocientos cincuenta millones de dólares al día, y todos ellos irán a parar a Arabia Saudita y a su vecino Kuwait. Lo cual quiere decir que es muy probable que los abastecedores de Oriente Medio sean los poseedores de las mismas industrias estadounidenses a las que están abasteciendo. América, a pesar de su progreso, su tecnología, su nivel de vida y su potencia militar, dependerá económica, financiera, estratégica y políticamente de una nación poco poblada, atrasada, seminómada, corrompida y caprichosa a la que no puede controlar.»

Cyrus Miller cerró el informe, se echó atrás en su sillón y miró al techo. Si alguien hubiese tenido la desfachatez de decirle a la cara que olía a extrema derecha en el pensamiento político americano, lo habría negado con vehemencia. Aunque por tradición votaba siempre a los republicanos, nunca se había interesado mucho en la política, salvo en lo que afectaba a la industria del petróleo. Su partido político, tal como lo veía él, era el patriotismo. Miller amaba a su Estado adoptivo de Texas y a su país natal con una intensidad que a veces parecía sofocarle.

Lo que no había llegado a ver, a sus setenta y siete años, era que existía una América muy parecida a su propio concepto, una América blanca, anglosajona y protestante, de valores tradicionales y de vasto chovinismo. Y no era, según aseguraba al Todopoderoso durante sus varias plegarias diarias, que tuviese nada contra los judíos, los católicos, los hispanos o los negros. (¿Acaso no había ocho doncellas de habla española en su rancho mansión de Hill Country cerca de Austin, por no mencionar a varios negros que trabajaban en los jardines?) No. No tenía nada contra ellos, mientras supieran cuál era su lugar y se mantuviesen en él.

Ahora contemplaba el techo, tratando de recordar un nombre. El de un hombre a quien había conocido hacía un par de años en una convención de industriales del petróleo en Dallas, un hombre que le había dicho que vivía y trabajaba en Arabia Saudita. Sólo conversaron un rato; pero aquel individuo le había impresionado. Podía verle con los ojos de su mente; casi un metro ochenta de estatura, o sea un poquitín más bajo que Miller, robusto, tenso como un muelle, pero tranquilo, alerta, reflexivo; un hombre de enorme experiencia en Oriente Medio. Caminaba cojeando, apoyándose en un bastón con puño de plata, y tenía algo que ver con los ordenadores. Cuanto más pensaba en él, más cosas rememoraba. Estuvieron hablando de ordenadores, de los méritos de sus Honeywells, y aquel personaje se mostró partidario de los productos de IBM. Al cabo de unos minutos, Miller llamó a su personal de investigación y dictó sus recuerdos.

—Averigüen quién es —dijo imperativo.

En el litoral sur de España, la llamada Costa del Sol, se había hecho ya casi de noche. Aunque no era la estación del turismo, toda la zona costera, ciento cincuenta kilómetros de Málaga a Gibraltar, estaba iluminada por una resplandeciente cadena de luces en las montañas paralelas al mar que parecían como una culebra de fuego retorciéndose y serpenteando a través de Torremolinos, Mijas, Fuengirola, Marbella, Estepona, Puerto Duquesa, hasta La Línea y el Peñón. Los faros de los coches y los camiones centelleaban sin cesar en la carretera de Málaga a Cádiz, que discurría por tierras planas entre los montes y las playas.

En las estribaciones serranas próximas a la costa, cerca del extremo occidental, entre Estepona y Puerto Duquesa, están los viñedos del sur de Andalucía, los cuales no producen el jerez que se da más al oeste, sino un vino tinto fuerte y aromático. El centro de esta zona es la pequeña población de Manilva, a siete kilómetros y medio tierra adentro, y ya con una vista panorámica del mar hacia el sur. Manilva está rodeada de un enjambre de pueblos pequeños, poco más que caseríos, cuyos moradores labran las vertientes y cultivan las viñas. En uno de éstos, Alcántara del Río, los hombres volvían de los campos, cansados y doloridos después de una larga jornada de trabajo. La vendimia había terminado hacía tiempo; pero era necesario podar las cepas y prepararlas para el invierno, una labor de la que se resentían la espalda y los brazos. Por eso, antes de dirigirse a sus desparramados hogares, la mayoría de los hombres se detenían en la única taberna del pueblo para tomar una copa y charlar un rato.

Alcántara del Río sólo podía presumir de su paz y su tranquilidad. Tenía una pequeña iglesia pintada de blanco, a cargo de un decrépito sacerdote tan viejo como su función, que empleaba mucho tiempo en decir misa para las mujeres y los niños, lamentando que los miembros varones de aquel rebaño prefiriesen la taberna los domingos por la mañana. Los niños iban a la escuela de Manilva. Aparte de cuatro docenas de casitas enjalbegadas, había solamente el Bar Antonio, ahora lleno de viñadores. Algunos trabajaban para cooperativas con sede a kilómetros de distancia; otros poseían sus propios trozos de tierra, trabajaban de firme y se ganaban modestamente la vida, dependiendo de las cosechas y de los precios ofrecidos por los compradores de las ciudades.

El hombre alto entró el último, saludó con la cabeza a los demás y tomó asiento en su silla acostumbrada, en un rincón. Era bastante más alto que los otros, ágil, de unos cuarenta y cinco años, de cara angulosa y ojos alegres. Algunos campesinos le llamaban «señor»; pero Antonio, al atrafagarse con una jarra de vino y un vaso, se mostró más familiar.

–Buenas tardes, amigo. ¿Va todo bien?

–Hola, Tonio –dijo el hombrón con naturalidad–. Sí, va bien.

Se volvió al sonar una música en el televisor colocado en la parte alta. Iban a dar las noticias de la tarde en TVE y los hombres guardaron silencio para enterarse de las novedades del día. El locutor empezó describiendo brevemente la salida de Moscú del presidente de los Estados Unidos Cormack. Después, apareció la imagen de Voukovo y el presidente se colocó delante del micrófono y empezó a hablar. La televisión española no tenía subtítulos; pero una voz tradujo el discurso al español. Los hombres de la taberna escucharon atentos. Al terminar John Cormack y tender la mano a Gorbachov, la cámara (era de la BBC, transmitiendo para todas las estaciones europeas) enfocó a los trabajadores del aeropuerto que le aclamaban; después los milicianos y por último la tropa de la KGB. El locutor español volvió a la pantalla. Antonio se giró hacia el hombre alto.

–El señor Cormack es un buen hombre –dijo con una sonrisa al tiempo que daba unas palmadas de felicitación en la espalda a su parroquiano, como si éste tuviese algo que ver con el caballero de la Casa Blanca.

–Sí –asintió con aire reflexivo el hombre alto–, es un buen hombre.

Cyrus V. Miller no había nacido rico. Procedía de una familia pobre de agricultores de Colorado y, siendo un muchacho, vio cómo la pequeña propiedad de su padre era comprada por una compañía minera y devastada por su maquinaria. Llegó a la conclusión de que, si no se le podía vencer, era mejor pasarse al enemigo. El joven estudió en la Escuela de Minería de Denver y salió de ella, en 1933, con el título y con la misma ropa que llevaba al entrar. Durante sus estudios, el petróleo le había fascinado más que las ropas y por esto se dirigió hacia el sur, hacia Texas. Todavía corrían los tiempos de los prospectores en terreno desconocido, cuando las concesiones no eran obstaculizadas por la planificación y por las preocupaciones ecológicas.

En 1936 había descubierto una concesión barata abandonada por Texaco, y calculó que habían perforado en lugar equivocado. Persuadió a un hombre que trabajaba por su cuenta y tenía su propio equipo para que se uniese a él, y conquistó a un Banco para que le hiciese un préstamo a cambio de una participación en los beneficios. La casa suministradora del resto de equipo que necesitaba adquirió también derechos y, al cabo de tres meses, apareció el pozo, caudaloso. Entonces compró la participación del socio, alquiló su propio equipo y adquirió otras concesiones. Con el estallido de la guerra en 1941, aumentó al máximo la producción, y se hizo rico. Pero quería más, y del mismo modo que, en 1939, había visto venir la guerra, descubrió en 1944 algo que despertó su interés. Un británico llamado Frank Whittle había inventado un motor de avión sin hélice y posiblemente de enorme potencia. Se preguntó qué carburante empleaba.

En 1945 descubrió que Boeing/Lockheed había adquirido los derechos del motor a reacción de Whittle, y que su carburante no era gasolina de muchos octanos, sino un queroseno de baja graduación. Metió la mayor parte de sus fondos en una refinería de baja tecnología de California, y se dirigió a Boeing/Lockheed, que justo en esos momentos se estaba cansando de la arrogancia condescendiente de las más importantes compañías petrolíferas en su búsqueda del nuevo carburante. Miller les ofreció sus instalaciones y juntos crearon el nuevo Aviation Turbine Fuel (AVTUR). La refinería de baja tecnología de Miller era precisamente el factor para producir AVTUR y, al salir las primeras muestras de la línea de producción, empezó la guerra de Corea. Con los cazas a reacción Sabre midiéndose con los Migs chinos, llegó la era del jet. Pan-Global entró en órbita y Miller volvió a Texas.

También se casó. Maybelle era bajita, en comparación con su marido, pero fue ella quien gobernó su hogar y le gobernó a él durante treinta años de matrimonio, y la adoraba. No tuvieron hijos (ella creía que era demasiado pequeña y delicada para tan dura prueba) y él lo aceptó, contento de poder satisfacer todos los deseos que podía imaginar su esposa. Cuando ésta murió, en el año 1980, se sintió absolutamente desconsolado. Entonces descubrió a Dios. No se refugió en ninguna religión organizada, sino solamente en Dios. Empezó a hablar al Todopoderoso y halló que el Señor le respondía, aconsejándole personalmente la mejor manera de aumentar su riqueza y de servir a Texas y a los Estados Unidos. Probablemente no advirtió que el consejo divino era siempre el que él deseaba oír y que el Creador compartía de buen grado su propio chovinismo, su fanatismo y sus prejuicios. Continuó evitando como siempre la imagen estereotipada del tejano, prefiriendo abstenerse del tabaco, beber con moderación y ser casto, conservador en el vestido y el lenguaje, siempre cortés y enemigo de las palabras soeces.

Oyó el suave zumbido de su intercomunicador.

–El hombre cuyo nombre quería usted saber, Mr. Miller. Cuando usted lo conoció, trabajaba para IBM en Arabia Saudita. IBM confirma que tiene que ser él. Se despidió de la firma y ahora es asesor por cuenta propia. Se llama Easterhouse, coronel Robert Easterhouse.

–Localícenlo –dijo Miller–. Manden a buscarlo. No importa lo que cueste. Tráiganlo aquí.

CAPÍTULO II

Noviembre, 1990

El mariscal Koslov observaba impasible a los cuatro hombres que flanqueaban el mástil de la T de la mesa de conferencias. Los cuatro estaban leyendo los pliegos de alto secreto que tenían delante; sabía que los cuatro eran hombres de confianza, que tenía que confiar en ellos, pues su carrera y tal vez algo más estaban en juego.

Inmediatamente a su izquierda, se hallaba el jefe delegado del Estado Mayor (para el Sur), el cual trabajaba con él en Moscú pero tenía a su cargo todo el sector meridional de la URSS, con sus numerosas repúblicas musulmanas y sus fronteras con Rumanía, Turquía, Irán y Afganistán. A continuación estaba el jefe del Alto Mando Meridional en Bakú, que había volado a Moscú creyendo que se trataba de una conferencia rutinaria del Estado Mayor. Pero ésta nada tenía de rutinaria. Antes de venir a Moscú, hacía siete años, como primer delegado, el propio Koslov había ejercido el mando en Bakú, y el hombre que ahora estaba leyendo el Plan Suvorov debía el ascenso a su influencia.

Delante de ellos se sentaba la otra pareja, también absorta en la lectura. El que estaba más cerca del mariscal era un hombre cuya lealtad y dedicación serían esenciales si tenía que triunfar el Plan Suvorov, pues se trataba del jefe delegado del GRU, rama de información de las Fuerzas Armadas soviéticas. Siempre a la greña con su gran rival, la KGB, el GRU era responsable de toda la información militar en el interior y en el extranjero, del contraespionaje y de la seguridad interna dentro de las Fuerzas Armadas. Y, lo que era más importante aún para el Plan Suvorov, el GRU controlaba las Fuerzas Especiales, la Spetsnaz, cuya intervención en el comienzo de Suvorov (si se llevaba adelante) sería crucial. Fue la Spetsnaz la que, en el invierno de 1979, voló al aeropuerto de Kabul, asaltó el palacio presidencial, asesinó al presidente afgano e instaló en el poder al títere soviético Babrak Kamal, el cual se apresuró a dirigir un llamamiento, con fecha atrasada, a las fuerzas soviéticas para que entrasen en el país y sofocasen los «disturbios».

Koslov había elegido al delegado porque el jefe del GRU era un antiguo hombre de la KGB introducido en el Estado Mayor Central, y nadie dudaba de que volvía constantemente junto a sus amigos de la KGB para informarles de cuanto podía averiguar en detrimento del alto mando. El hombre del GRU había atravesado Moscú en coche desde el edificio del GRU situado al norte del Aeródromo Central.

Más allá del jefe del GRU se sentaba otro camarada, que había venido de su cuartel general en los suburbios del norte y cuyos hombres serían vitales para Suvorov: el jefe delegado de la Vozdyshna Dsantiniki Voist o Fuerza Aérea de Asalto, y cuyos paracaidistas tendrían que lanzarse sobre una docena de ciudades nombradas en Suvorov y asegurarlas para establecer el subsiguiente puente aéreo.

De momento no había necesidad de que interviniese la Defensa Aérea de la Patria, la Voiska PVO, puesto que la URSS no corría peligro de ser invadida; ni las Fuerzas de Cohetes Estratégicos, ya que éstos no serían necesarios. En cuanto a los Fusileros Motorizados, la Artillería y los Tanques, el alto mando del Sur disponía de las fuerzas suficientes para la misión.

El hombre del GRU terminó de leer y levantó la cabeza. Pareció que iba a hablar, pero el mariscal alzó la mano y ambos guardaron silencio hasta que los otros tres hubieron concluido. La sesión había empezado tres horas antes, cuando los cuatro leyeron una versión abreviada del informe original de Kaminsky sobre el petróleo. La preocupación con que habían observado sus conclusiones y previsiones fue aumentada por el hecho de que, en los doce meses transcurridos, varias de aquellas previsiones se habían convertido en realidad.

Había ya restricciones en las asignaciones de petróleo; algunas maniobras tuvieron que ser «retrasadas» (canceladas) por falta de gasolina. Las prometidas centrales de energía nuclear *no* habían vuelto a abrirse, los campos siberianos continuaban produciendo poco más de lo normal y las exploraciones en el Ártico eran todavía desastrosas por falta de tecnología, de mano de obra especializada y de fondos. Glasnost, y la perestroika, y las conferencias de prensa y las exhortaciones del Politburó, estaban muy bien; sin embargo, para la eficacia de Rusia, se necesitaría mucho más que eso.

Después de un breve comentario sobre el informe del petróleo, Koslov les había tendido cuatro ejemplares, uno para cada uno, del Plan Suvorov, preparado en nueve meses, a partir de noviembre anterior, por el comandante general Zemskov. El mariscal había estado estudiando Suvorov durante otros tres meses, hasta que consideró que la situación al sur de sus fronteras había alcanzado un punto que probablemente haría que sus oficiales subordinados fuesen más susceptibles a la audacia del Plan.

Ya habían terminado todos de leer, y levantaron la cabeza con expectación. Ninguno quería ser el primero en hablar.

–Muy bien –dijo precavido el mariscal Koslov–. ¿Algún comentario?

–Bueno –se aventuró a manifestar el jefe delegado del Estado Mayor–; esto nos daría ciertamente una fuente de crudo suficiente para llegar a la mitad del próximo siglo.

–Eso es lo último –dijo Koslov–. ¿Qué opinan de la viabilidad del Plan?

Miró al hombre del alto mando del Sur.

–La invasión y la conquista no representan ningún problema –respondió el capitán general de Bakú–. El plan es brillante desde este punto de vista. La resistencia inicial podría aplastarse con bastante facilidad. En cuanto a la manera de gobernar después a esos bastardos... Desde luego, son unos locos... Tendríamos que emplear medidas durísimas.

–Eso podría arreglarse –dijo con suavidad Koslov.

–Sería necesario emplear tropas rusas étnicas –dijo el paracaidista–. *Nosotros* las empleamos de todas maneras, junto con ucranianos. Creo que todos sabemos que no podríamos confiar en nuestras divisiones de las repúblicas musulmanas para hacer este trabajo.

Hubo un murmullo de asentimiento. El hombre del GRU levantó la mirada.

–A veces me pregunto si podemos seguir empleando para algo las divisiones musulmanas. Lo cual es otra razón de que me guste el Plan Suvorov. Nos permitiría detener la infiltración del fundamentalismo islámico en nuestras repúblicas meridionales. Secaríamos la fuente. Mi gente del Sur me informa de que, en caso de guerra, probablemente no podríamos confiar en absoluto en nuestras divisiones musulmanas para la lucha.

El general de Bakú no lo discutió.

–Son unos malditos cerdos –gruñó–. Cada día se vuelven peores. En vez de defender el Sur, paso la mitad del tiempo sofocando algaradas religiosas en Tashkent, Samarcanda y Ashkhabad. Me encantaría darle un palo al maldito Partido de Alá en su propia casa.

–Así pues –resumió el mariscal Koslov–, tenemos tres factores positivos. El Plan es viable teniendo en cuenta la larga y poco protegida frontera y el caos que reina allá abajo; nos daría petróleo para medio siglo, y podríamos acabar con los predicadores fundamentalistas de una vez para siempre. ¿Algo en contra...?

–¿Cuál sería la reacción de Occidente? –preguntó el general de paracaidistas–. Los Estados Unidos podrían desencadenar la Tercera Guerra Mundial con este pretexto.

–No lo creo –replicó el hombre del GRU, que tenía más experiencia que los otros en cuestiones de Occidente, pues llevaba años estudiándolas–. Los políticos americanos dependen mucho de la opinión pública, y para la mayoría de las gentes de ese país todo lo malo que les ocurra a los iraníes será poco. Así es como ven las cosas las grandes masas.

Los cuatro conocían bastante bien la historia reciente de Irán. Después de la muerte del Ayatollah Jomeini, el poder había pasado, tras un interregno de enconada lucha política interna en Teherán, al sanguinario juez islámico Khalkhali, a quien se había visto últimamente recreándose en la contemplación de los cadáveres americanos recogidos en el desierto después del fracasado intento de los rehenes de la Embajada de los Estados Unidos.

Khalkhali había tratado de conservar su frágil ascendiente instigando otro reinado de terror dentro de Irán, y empleó para ello las temidas Gasht-e-Sarallah (las Patrullas Sangrientas).

Por último, al ver que los más violentos de estos guardias revolucionarios amenazaban con salirse de su control, los envió al extranjero para realizar una serie de atrocidades terroristas contra los ciudadanos y los bienes americanos en Oriente Medio y en Europa, en una campaña que los tuvo ocupados la mayor parte de los últimos seis meses.

En el momento en que los cinco militares soviéticos se reunieron para considerar la invasión y ocupación de Irán, Khalkhali era odiado por Occidente y por la población iraní, que acabó hartándose de Terror Santo.

–Creo –resumió el hombre del GRU– que, si colgásemos a Khalkhali, el público americano nos regalaría la cuerda. Washington podría irritarse por nuestra intervención militar; pero los congresistas y los senadores oirían las palabras del pueblo y aconsejarían al presidente que no hiciese nada. Y no olviden que actualmente se presume de que somos amigos de los yanquis.

Hubo un murmullo divertido alrededor de la mesa, y Koslov participó en él.

–¿De dónde vendrá entonces la oposición? –preguntó.

–Yo creo –dijo el general del GRU– que no procederá de Washington, si lo presentamos a América como un hecho consumado, sino de Novaya Ploshad; el hombre de Stavropol lo rechazará de plano.

(Novaya Ploshad, o Plaza Nueva, es el lugar de Moscú donde se halla la sede del Comité Central, y la mención de Stavropol no era una referencia demasiado halagadora al secretario general, Mijaíl Gorbachov, que procedía de allí.)

Los cinco militares, malhumorados, asintieron con la cabeza. El hombre del GRU insistió:

–Todos sabemos que durante doce meses, desde que el maldito Cormack se convirtió en la gran estrella pop de Rusia en Voukovo, los equipos de ambos Ministerios de Defensa han estado trabajando en los detalles de un gran tratado de reducción de armamento. Gorbachov volará a América dentro de dos semanas para ver si puede cerrar el trato y disponer así de recursos suficientes para desarrollar nuestra industria petrolera. Mientras considere que tiene posibilidades de obtener petróleo por este camino, ¿por qué va a poner en peligro su amado tratado con Cormack dándonos luz verde para invadir Irán?

–Y si consigue este tratado, ¿lo ratificará el Comité Central? –preguntó el general de Bakú.

–Él es ahora dueño del Comité Central –gruñó Koslov–. En los últimos dos años, ha sido expurgada casi toda la oposición.

Con esta nota pesimista, pero resignada, terminó la conferencia. Las copias del Plan Suvorov fueron recogidas y guardadas en la caja fuerte del mariscal, y los generales volvieron a sus puestos, resueltos a guardar silencio, observar y esperar.

Dos semanas después, Cyrus Miller celebró también una conferencia, aunque con un hombre nada más, un amigo y colega de muchos años. Habían vuelto juntos de la guerra de Corea cuando Melville Scanlon era un joven audaz y emprendedor salido de Galveston y con escasos bienes invertidos en unos pequeños barcos petroleros. (Todos los petroleros eran pequeños en aquellos tiempos.)

Miller tenía un contrato para suministrar su nuevo carburante para aviones a reacción a las Fuerzas Aéreas de los Estados Unidos, y la entrega debía efectuarse en los muelles de Japón, donde los petroleros de la Marina lo tomarían para llevarlo a la sitiada Corea del Sur. Le dio el contrato a Scanlon, el cual había hecho maravillas, conduciendo sus herrumbrosos barcos a través del Canal de Panamá, recogiendo el AVTUR en California y transportándolo a través del Pacífico. Empleaba los mismos navíos para traer crudo y materias primas de Texas, antes de cambiar de cargamento y dirigirse a Japón. Siempre llevaba cargados sus buques, y Miller recibía gran cantidad de material para convertirlo en AVTUR. Tres tripulaciones de petroleros se habían ahogado en el Pacífico; pero nadie había preguntado y ambos hombres ganaron un montón de dinero antes de que Miller se viese al fin obligado a permitir el uso de sus conocimientos a los «grandes».

Scanlon continuó sus actividades hasta convertirse en importante agente y transportista de petróleo, comprando y transportando cargamentos de crudo por todo el mundo, en particular desde el golfo Pérsico hasta América. Después de 1981, Scanlon recibió un buen palo cuando los sauditas insistieron en que todos sus cargamentos que saliesen del Golfo debían ser transportados por flota bajo «pabellón árabe», política que en realidad sólo podían imponer en el movimiento de participación en el crudo; es decir, lo que pertenecía al país productor más que a la compañía productora del petróleo.

Pero era precisamente esto lo que Scanlon había estado transportando a América para los sauditas; y tanto le exprimieron que se vio obligado a vender o alquilar sus barcos petroleros a los sauditas y los kuwaitíes a precios nada atractivos. Había sobrevivido; pero no apreciaba a la Arabia Saudita. Todavía le quedaban algunos barcos que hacían la ruta del Golfo a los Estados Unidos, transportando principalmente crudo Aramco, que conseguía escapar a la exigencia de «sólo pabellón árabe».

Miller estaba de pie ante su ventana de cine predilecta, contemplando la ciudad de Houston debajo de él. Esto le hacía sentirse casi como un dios, muy elevado sobre el resto de la Humanidad. En el otro lado de la habitación, Scanlon se retrepó en su sillón de cuero y golpeó con las puntas de los dedos el informe sobre petróleo de Dixon, que había terminado de leer. Como Miller, sabía que el crudo del Golfo acababa de alcanzar los veinte dólares por barril.

–Estoy de acuerdo contigo, viejo amigo. No es posible que la vida de los Estados Unidos de América llegue a depender hasta tal punto de esos bastardos. ¿Qué diablos piensa Washington? ¿No se dan cuenta de lo que hacen? ¿Es que están ciegos?

–No habrá ayuda de Washington, Mel –dijo tranquilamente Miller–. Si quieres cambiar las cosas en esta vida, será mejor que cuides tú mismo de ello. Es algo que hemos aprendido a fuerza de palos, ¿no?

Mel Scanlon sacó un pañuelo y se enjugó la frente. A pesar del aire acondicionado de la oficina, siempre tenía tendencia a sudar. A diferencia de Miller, era adepto de los tradicionales sombreros Stetson, las corbatas de lazo, los alfileres de corbata, las hebillas de cinturón estilo navajo y las botas de tacones altos. Lástima que no tuviese la figura de un hombre de la frontera, pues era bajo y grueso; pero detrás de su imagen bonachona se ocultaba un cerebro astuto.

–No veo cómo se puede cambiar la situación de estas grandes reservas –bufó–. Los campos de petróleo de Hasa están en Arabia Saudita; esto es un hecho.

–No, no es su situación geográfica lo que puede modificarse, sino su control político –dijo Miller–, ahí es donde está la capacidad de dictar el precio del petróleo saudí y, por ende, el de todo el mundo.

–¿El control político? ¿Te refieres a otro puñado de árabes?

–No, a nosotros –dijo Miller–. A los Estados Unidos de América. Para que nuestro país pueda sobrevivir, tenemos que controlar el precio mundial del petróleo y reducirlo a una cifra que nos resulte soportable, lo cual sólo es posible si controlamos el Gobierno de Riad. Esta pesadilla de estar a las órdenes de una pandilla de pastores de cabras ya ha durado bastante. Hay que cambiarlo, y Washington no quiere hacerlo. Pero esto sí que podría.

Y alzó un montón de papeles que había en su mesa, protegidos con una cubierta de papel rígido sin ninguna inscripción. Scanlon frunció el ceño.

–No más informes, Cy –protestó.

–Léelo –le apremió Miller–. Mejora tus conocimientos.

Scanlon suspiró y abrió el legajo. La primera página decía simplemente:

«DESTRUCCIÓN Y CAÍDA DE LA CASA DE SAUD»

–Mierda –comentó Scanlon.

–No –dijo tranquilamente Miller–. Terror santo. Sigue leyendo.

–*Islam.* La religión del Islam (que significa «entrega a la voluntad de Dios») fue establecida a través de las enseñanzas del profeta Mahoma alrededor del año 622 de nuestra era. Hoy la practican entre ochocientos y mil millones de personas. A diferencia del cristianismo, no tiene sacerdotes consagrados; sus líderes religiosos son laicos respetados por sus cualidades morales o intelectuales. La doctrina de Mahoma se consigna en el Corán.

»*Sectas.* El noventa por ciento de los musulmanes son de la secta sunita (ortodoxos). La minoría más importante es la secta chiíta (partidarios). La diferencia crucial es que los sunitas siguen las declaraciones escritas del Profeta, conocidas como Hadiths (tradiciones), en tanto que los chiítas siguen y otorgan infalibilidad divina a quien, en ese momento, sea su líder (Imán). Los baluartes del chiísmo son Irán (al ciento por ciento) e Irak (cincuenta y cinco por ciento). El seis por ciento de los árabes sauditas son chiítas, una minoría perseguida y llena de odio, cuyo líder está escondido y trabaja principalmente alrededor de los campos petrolíferos de Hasa.

»*Fundamentalismo.* Aunque *existen* fundamentalistas sunitas, el verdadero centro del fundamentalismo está en la secta chiíta. Esta secta dentro de otra secta predica la absoluta observancia del Corán tal como fue *interpretado* por el difunto Ayatollah Jomeini, que no ha sido sustituido.

»*Hezb'Allah.* En Irán, el verdadero y último credo fundamentalista es el representado por el ejército de fanáticos que se hacen llamar "Partido de Dios" o Hezb'Allah. En otras partes, los fundamentalistas operan bajo diferentes nombres; no obstante, para los fines de este documento, llamaremos a todos Hezb'Allah.

»*Objetivos y credos.* La filosofía básica es que *todo* el Islam, y en definitiva el mundo entero, debería volver a la sumisión a la voluntad de Alá, interpretada y exigida por Jomeini. Para ello hay numerosos requisitos previos, tres de los cuales son de interés: todos los gobiernos musulmanes existentes son ilegítimos, porque no se fundan en una entrega incondicional a Alá, es decir, a Jomeini; cualquier coexistencia entre Hezb'Allah y un gobierno musulmán secular es inconcebible; el deber divino de Hezb'Allah es castigar con la muerte a cuantos actúan contra el Islam en todo el mundo; pero de forma especial a los herejes dentro del propio Islam.

»*Métodos.* El Hezb'Allah decretó hace tiempo que, para conseguir este último objetivo, no debe haber merced, ni compasión, ni piedad, ni limitación, ni vacilación, incluso hasta el punto del automartirio. Llaman a esto Terror Santo.

»*Propósito.* Inspirar, agrupar, activar, organizar y ayudar a los fanáticos chiítas a asesinar a los seiscientos principales y dominantes miembros de la Casa de Saud, destruyendo así la dinastía y con ella el gobierno de Riad que sería sustituido por un pequeño príncipe dispuesto a aceptar una ocupación militar de los campos de Hasa por los americanos y fijar el precio del crudo en la cantidad "que sugiriesen" los Estados Unidos.

–¿Quién diablos ha escrito esto? –preguntó Scanlon, dejando sobre la mesa el informe, del que sólo había leído la mitad.

–Un hombre que he utilizado como consultor durante los últimos doce meses –explicó Miller–. ¿Quieres conocerlo?

–¿Está aquí?

–Ahí fuera. Ha llegado hace diez minutos.

–Claro –repuso Scanlon–, echaré un vistazo a ese loco.

–En seguida –dijo Miller.

La familia Cormack, mucho antes de que el profesor John Cormack abandonase la academia para meterse en política como congresista por el Estado de Connecticut, siempre había tenido una casa de veraneo en la isla de Nantucket. Él había ido allí por primera vez en compañía de su reciente esposa, cuando era un joven maestro, treinta años atrás, antes de que Nantucket se convirtiese en un lugar de moda, como Martha's Vineyard y Cape Cod, y le había encantado el ambiente puro y sencillo que se respiraba allí.

Situada al este de Martha's Vineyard, frente a la costa de Massachusetts, Nantucket tenía entonces su tradicional pueblo de pescadores, su cementerio indio, sus fuertes vientos y sus playas doradas, unas pocas casas de veraneo y no mucho más. Había tierra en venta, y la joven pareja había escatimado y ahorrado para comprar un solar de dos hectáreas en Shawkemo, junto a la franja de Children's Beach y sobre el borde de la laguna, cerrada, casi por completo, y llamada simplemente el Puerto. Allí había construido John Cormack su casa de madera, cercada con una galería y con tablillas en el tejado. En el interior: muebles de madera desbastada, alfombras de pieles y tapicería a cuadros.

Al pasar el tiempo y disponer de más dinero, hicieron algunas ampliaciones y mejoras. Cuando llegó John a la Casa Blanca, hacía de esto doce meses, y dijo que deseaba pasar las vacaciones de verano en Nantucket, se desencadenó un pequeño huracán sobre la vieja vivienda. Llegaron expertos de Washington, que contemplaron horrorizados la falta de comodidades, de seguridad, de comunicaciones... A su regreso, dijeron que sí, señor presidente, que aquello está muy bien; que sólo tendrán que construir dependencias para un centenar de hombres del Servicio Secreto, una pista para helicópteros, varios bungalows para los visitantes, taquígrafos y personal doméstico (Myra Cormack no tendría manera de seguir haciendo ella las camas). ¡Ah! Y tal vez una o dos antenas parabólicas para los encargados de las comunicaciones... El presidente Cormack no tuvo más remedio que renunciar.

Entonces, en noviembre, se había arriesgado con el hombre de Moscú, invitando a Mijaíl Gorbachov a Nantucket para un largo fin de semana. Y al ruso le había encantado.

Sus hombres de la KGB se mostraron tan disgustados como los del Servicio Secreto, pero ambos líderes se limitaron a decirles que tendrían que aguantarse. Los dos personajes, bien protegidos contra el cortante viento sur de Nantucket (el ruso había traído un gorro de marta cibellina para el americano), dieron largos paseos por las playas, mientras agentes de la KGB y del Servicio Secreto les seguían, y otros se ocultaban entre la marchita hierba y murmuraban a sus transmisores. Un helicóptero desafiaba al viento encima de ellos, y un guardacostas surcaba el agua frente a la zona.

Nadie trató de matar a nadie. Los dos hombres entraron en el pueblo de Nantucket sin anunciarse y los pescadores de Straight Wharf les mostraron las langostas y vieiras recién capturadas. Gorbachov admiró la pesca y le brillaron los ojos. Ambos tomaron juntos una cerveza en un bar del muelle y volvieron andando a Shawkemo, como una pareja compuesta por un bulldog y una cigüeña.

Por la noche, después de comer las langostas asadas en la casa de madera, los expertos en defensa de ambos bandos se reunieron con ellos y los intérpretes y los dos dirigentes completaron los últimos puntos de principios y redactaron su comunicado. El martes se permitió la entrada a la prensa; siempre había habido una fuerza simbólica «recogiendo» imágenes y palabras, pues a fin de cuentas esto *era* América, pero el martes llegaron inmensos batallones. Al mediodía, los dos mandatarios salieron a la galería y el presidente leyó el comunicado. En él se anunciaba la firme intención de someter al Comité Central y al Congreso un acuerdo de largo alcance, y radical, para reducir las fuerzas convencionales en todo el mundo. Todavía existían algunos problemas de verificación que había que resolver; pero eso era un trabajo que correspondía a los técnicos, y los detalles específicos sobre los tipos de armas y las cantidades que había que destruir o inutilizar serían difundidas después. El presidente Cormack habló de paz honrosa, de paz con seguridad y de paz con buena voluntad. El secretario Gorbachov asintió enérgicamente con la cabeza al escuchar la traducción. Nadie mencionó entonces, aunque la prensa lo hizo más tarde de forma prolija, que con el déficit presupuestario de los Estados Unidos, el caos económico soviético y una inminente crisis del petróleo, ninguna de las dos superpotencias podía permitirse continuar la carrera de armamentos.

A tres mil kilómetros, en Houston, Cyrus V. Miller apagó el televisor y miró fijamente a Scanlon.

–Ese hombre va a dejarnos desnudos –dijo con ira contenida–. Ese hombre es peligroso. Ese hombre es un traidor.

Se recobró y se dirigió al intercomunicador que había encima de la mesa.

–Louise, tenga la bondad de hacer pasar al coronel Easterhouse.

Alguien dijo una vez: Todos los hombres sueñan; pero los más peligrosos son los que sueñan con los ojos abiertos. El coronel Robert Easterhouse estaba sentado en la elegante sala de espera del edificio de Pan-Global y contemplaba a través de la ventana la vista panorámica de Houston. Pero sus pálidos ojos azules veían el cielo abovedado y las arenas ocre del Nejd, y él soñaba con controlar el rendimiento de los campos de petróleo de Hasa en beneficio de América y de toda la Humanidad.

Nacido en 1945, tenía tres años cuando su padre aceptó hacer de profesor en la Universidad Americana de Beirut. La capital libanesa era un paraíso en aquella época, elegante, cosmopolita, rica y segura. Él había asistido durante un tiempo a una escuela árabe, y tuvo compañeros de juego franceses y árabes; cuando la familia regresó a Idaho, tenía trece años y hablaba tres idiomas: inglés, francés y árabe.

De nuevo en América, el joven había encontrado que sus condiscípulos eran superficiales, frívolos y asombrosamente ignorantes, obsesionados por el rock and roll y por un joven cantante llamado Presley. Se burlaban de sus historias de cedros oscilantes, de fuertes de los cruzados y de volutas de humo de las fogatas drusas en los pasos de montaña de Chouf. Era aficionado a los libros y ninguno le gustaba más que *Los Siete Pilares de la Sabiduría*, de Lawrence de Arabia. A los dieciocho años, renunciando a la Universidad y a las citas con las chicas, ingresó voluntario en la 82nd Airborne y estaba todavía en el campamento de reclutas cuando murió Kennedy.

Durante tres años, había sido paracaidista, estuvo tres veces en Vietnam y salido de allí con las últimas fuerzas en 1973. Los hombres pueden ascender de prisa cuando las bajas son elevadas, y él era el coronel más joven del 82nd cuando se quedó lisiado, no en la guerra sino en un accidente estúpido. Fue en una instrucción de lanzamiento sobre el desierto; se presumía que el terreno era llano y arenoso y que el viento soplaba a cinco nudos. Como de costumbre el «alto mando» había calculado mal. El viento era de más de treinta nudos a nivel del suelo; los hombres se estrellaron contra rocas y en barrancos. Tres muertos y veintisiete heridos.

Las radiografías mostraron más tarde que los huesos de la pierna izquierda de Easterhouse parecían una caja de cerillas desparramadas sobre terciopelo negro. Observó la dificultosa salida de las últimas fuerzas estadounidenses de la Embajada en Saigón (el bunker de Bunker, como le llamaban desde la Ofensiva Ted) en 1977, en un aparato de televisión del hospital. Mientras se hallaba en él cayó en sus manos, por casualidad, un libro sobre ordenadores, y se dio cuenta de que aquellas máquinas si se usaban de la forma adecuada, eran el camino hacia el poder, una manera de corregir la locura del mundo y poner orden y cordura en el caos y la anarquía.

Abandonó a los militares, ingresó en la Universidad y se especializó en informática. Estuvo tres años en Honeywell y se trasladó a IBM. En 1981, cuando el poder en petrodólares de los sauditas estaba en su apogeo, Aramco había contratado a IBM para construir sistemas de ordenadores a toda prueba, a fin de controlar la producción, movimiento y exportación del petróleo y, sobre todo, las patentes a que les daba derecho un monopolio en Arabia Saudita. Con su dominio de la lengua árabe y siendo un genio en ordenadores, era natural que Easterhouse fuese destinado allí, donde pasó cinco años protegiendo los intereses de Aramco y especializándose en sistemas de seguridad de los ordenadores contra el fraude y la malversación. En 1986, con el colapso de la OPEP, el poder pasó de nuevo a los consumidores, los sauditas se sintieron en peligro y buscaron al tullido genio en informática, que hablaba su idioma y conocía sus costumbres, pagándole una fortuna para que se independizase y trabajase para ellos en vez de hacerlo para IBM y Aramco.

Conocía el país y su historia como un nativo. Ya de muchacho se había entusiasmado con los relatos escritos sobre el Fundador, el destituido jeque nómada Abdul Aziz al Saud, que salió del desierto para tomar por asalto la Fortaleza Musmak de Riad e iniciar su marcha hacia el poder. Le había maravillado la astucia de Abdul Aziz, que había pasado treinta años conquistando las treinta y siete tribus del interior, uniendo el Nejd al Hejaz y al Hadramaut, casándose con las hijas de sus enemigos vencidos y unificando las tribus en una nación... o en algo parecido. Entonces, vio la realidad. Y la admiración se convirtió en desilusión, desprecio y aborrecimiento.

Su trabajo en IBM consistió, entre otras cosas, en impedir detectar fraudes por medio de los ordenadores con sistemas inventados por chicos listos de los Estados Unidos, supervisar la traducción de las operaciones de producción de petróleo en lenguaje contable y, en definitiva, en balances bancarios, y crear sistemas seguros que pudieran ser también integrados en la organización del tesoro saudita. El libertinaje y la extremada corrupción dieron a su espíritu, básicamente puritano, la convicción de que llegaría un día en que se convertiría en el instrumento para anular la locura y la corrupción de un pueblo que había adquirido enorme riqueza y poder gracias a un extraño accidente del destino; sería él quien restableciese el orden y corrigiese los absurdos desequilibrios de Oriente Medio, de manera que el don de Dios que era el petróleo pudiese utilizarse, en primer lugar, en servicio del Mundo Libre y después, de todos los demás pueblos del mundo.

Podía haber usado sus conocimientos para «arrebañar» una gran fortuna con el producto del petróleo, al igual que hacían los príncipes; pero su moral se lo prohibía. Por consiguiente, para realizar sus sueños, necesitaría el apoyo de hombres poderosos, ayudas y fondos. Y entonces le había llamado Cyrus Miller para derribar el corrompido edificio y entregarlo a América. Lo único que tenía que hacer era persuadir a los bárbaros tejanos de que él era su hombre.

–Coronel Easterhouse –dijo suavemente Louise, interrumpiendo sus reflexiones–. Mr. Miller le recibirá ahora, señor.

Se levantó, se apoyó en su bastón durante unos segundos hasta que se mitigó el dolor y siguió a la secretaria, la cual lo condujo al despacho. Al cerrarse la puerta saludó respetuoso a Miller, el cual le presentó a Scanlon.

Miller fue derecho al grano.

–Coronel, quisiera que mi amigo y colega aquí presente se convenciese, como yo, de la viabilidad de su plan. Respeto su criterio y preferiría que él se interesase lo mismo que nosotros.

Scanlon apreció el cumplido. Easterhouse supo que era mentira. Miller no respetaba el criterio de Scanlon, pero ambos necesitaban sus barcos para transportar en secreto el armamento que les permitiera dar el golpe de Estado. Trataba a Scanlon con respeto.

–¿Ha leído mi informe, señor? –le preguntó Easterhouse.

–Bueno, aquel trozo referente a los muchachos de Hez-Boll. Ah, sí. Un material pesado, muchos nombres raros. ¿Cómo cree que podrá utilizarlos para derribar la monarquía y, lo que es más importante, entregar a América los campos de petróleo de Hasa?

–Mr. Scanlon, no es posible controlar los campos de petróleo de Hasa y enviar su producto a América, a menos que primero se controle el Gobierno de Riad, a cientos de kilómetros de distancia. Aquel Gobierno debe ser cambiado por un régimen títere, a merced absoluto de sus consejeros americanos. América no puede derribar la Casa de Saud de forma evidente; la reacción árabe sería terrible. Mi plan es incitar a un pequeño grupo de fundamentalistas chiítas, adeptos al Terror Santo, para que realicen la acción. La sola idea de que los jomeinistas han llegado a controlar la península Saudita provocaría oleadas de pánico en todo el mundo árabe. Desde Omán, al sur, y los Emiratos hasta Kuwait; y desde Siria, Irak, Jordania, Líbano, Egipto e

Israel, llegarían inmediatamente súplicas, francas o encubiertas, a América para que se interviniese y salvara a todos del Terror Santo.

»He estado dos años montando un sistema computadorizado de seguridad interna para Arabia Saudita, y sé que existe ese grupo de fanáticos del Terror Santo, presidido por un Imán, el cual considera con aborrecimiento patológico al rey, a su grupo de hermanos, a la mafia interior conocida como Al-Fahd y a toda la familia de tres mil principitos que constituyen la dinastía. El Imán los ha denunciado públicamente a todos como las rameras del Islam, profanadores de los Lugares Santos de La Meca y Medina. Se ha ocultado, pero yo puedo mantenerlo seguro hasta que lo necesitemos. Para ello me basta borrar del ordenador central toda noticia sobre su paradero. También tengo un contacto con él; un miembro desilusionado de la Matawain, la ubicua y odiada Policía Religiosa.

–¿Y qué sacaríamos entregando Arabia Saudita a esos gamberros? –preguntó Scanlon–. Con los ingresos que tiene ahora mismo Arabia Saudita, que ascienden a trescientos millones de dólares diarios... ¡Caray, se volverían locos perdidos!

–Exacto. Y eso es lo que el mundo árabe no podría tolerar. Todos los Estados de aquella zona, a excepción de Irán, pedirían a América que interviniese. Washington recibiría una enorme presión para que enviase la Fuerza de Despliegue Rápido a su base preparada de Omán, en la Mussandam Peninsular, y de allí a Riad, la capital, y a Dharram y Bahrein, para asegurar los campos de petróleo antes de que pudieran ser destruidos para siempre. Entonces tendríamos que quedarnos, al objeto de impedir que volviese a ocurrir aquello.

–¿Y qué será de ese Imán? –preguntó Scanlon.

–Morirá –repuso con toda tranquilidad Easterhouse–, y será sustituido por un pequeño príncipe de la Dinastía que se habrá librado de la matanza gracias a haber sido secuestrado y encerrado en mi casa a tiempo de salvarle. Lo conozco bien; recibió una educación occidental y es proamericano, débil, vacilante y borracho. Pero avalará los llamamientos de los otros árabes, al hacer él uno por radio, desde nuestra Embajada en Riad. Como único miembro superviviente de la Dinastía, podrá pedir a América que intervenga para restablecer la legitimidad. Entonces será un hombre nuestro.

Scanlon reflexionó. Miró el informe.

–¿Y qué hay aquí para nosotros? No me refiero a los Estados Unidos. Quiero decir *a nosotros.*

Miller intervino. Conocía a Scanlon y sabía cómo reaccionaría.

–Mel, si este príncipe gobierna en Riad y es aconsejado en todo momento por el coronel aquí presente, pronto se romperá el monopolio de Aramco. Podemos esperar nuevos contratos, transportes, importaciones, refinado del petróleo. ¿Y adivinas quién es el primero de la cola?

Scanlon asintió con la cabeza.

–¿Para cuándo está proyectado este... acontecimiento?

–Debe usted saber que el asalto a la Fortaleza de Musmak se produjo en enero de 1902 y la declaración del nuevo reino en 1932. Dentro de quince meses, en la primavera de 1992, el rey y su corte celebrarán el noventa aniversario de lo primero y las bodas de diamantes del reino. Tienen en proyecto celebrar una gran fiesta de mil millones de dólares ante un público mundial. Se está construyendo un nuevo estadio cubierto. Yo estoy encargado de todos los sistemas computadorizados de seguridad: verjas, puertas, ventanas, acondicionamiento de aire. Una semana antes del gran festival habrá un ensayo de gala al que asistirán los seiscientos miembros principales de la Casa de Saud, traídos de todos los rincones del mundo. Entonces será cuando haré que ataquen los terroristas. Las puertas quedarán cerradas por ordenador cuando ellos estén dentro; los quinientos soldados de la Guardia Real habrán recibido municiones defectuosas, importadas en sus barcos junto con los fusiles ametralladores que necesitará el Hezb'Allah para el trabajo.

–¿Y cuando esto haya terminado? –preguntó Scanlon.

–Cuando termine, Mr. Scanlon, no quedará nada de la Casa de Saud. Ni de los terroristas. Pues el estadio se incendiará y las cámaras seguirán rodando hasta que se fundan. Entonces, el nuevo Ayatollah, el presunto Imán Viviente, heredero del espíritu y el alma de Jomeini, aparecerá en la televisión y anunciará sus planes al mundo, que habrá acabado de ver lo ocurrido en el estadio. Creo que esto hará que empiecen las peticiones a Washington.

–Coronel –dijo Cyrus Miller–, ¿cuánto dinero necesitará?

–Para empezar a planearlo ahora mismo, un millón de dólares. Más adelante, dos millones para compras en el extranjero y sobornos en divisas fuertes. Dentro de Arabia Saudita, nada. Dentro del país, puedo obtener de los rivales un fondo que ascienda a varios miles de millones, y cubrir con él todas las compras internas, así como untar la mano a quien sea necesario.

Miller asintió con la cabeza. El extraño visionario estaba pidiendo granos de anís por lo que se proponía hacer.

–Cuidaré de que lo tenga, señor. Ahora, haga el favor de esperar fuera un poco más. Deseo invitarle a cenar en mi casa.

El coronel Easterhouse se volvió para salir, pero se detuvo en la puerta.

–Hay, o puede haber, un problema. El único factor ingobernable que percibo. Parece que el presidente Cormack es acérrimo partidario de la paz y, por lo que he observado en Nantucket, está empeñado en celebrar un nuevo tratado con el Kremlin. Este tratado no tiene muchas probabilidades de sobrevivir a nuestra acción en la península Saudita. Podría incluso negarse a enviar la Fuerza de Despliegue Rápido.

Apenas salió el visitante, Scanlon lanzó un juramento, haciendo que Miller frunciese el ceño.

–Puede que tenga razón, Cy. ¡Dios mío, si al menos estuviese Odell en la Casa Blanca...!

Aunque elegido personalmente por Cormack para acompañarle en su candidatura, el vicepresidente Michael Odell era también tejano, hombre de negocios, millonario gracias a su propio esfuerzo y mucho más inclinado a la derecha que Cormack. Miller, presa de una pasión desacostumbrada, se volvió y agarró a Scanlon por los hombros.

–Mel, he rezado al Señor acerca de ese hombre; muchas, muchas veces, y le he pedido una señal. Con este coronel y lo que acaba de decir, el Todopoderoso acaba de dármela. Cormack tiene que desaparecer también.

Justo al norte de la capital del juego, Las Vegas, en Nevada, está la vasta base de la Nellis Air Force, donde el juego no figura en parte alguna de la agenda. Pues la base de seis mil hectáreas custodia el campo de pruebas de las armas más secretas de los Estados Unidos, el Tonapah Range, donde cualquier avión particular que penetrase por error en las casi dos mil hectáreas del terreno de pruebas durante una de éstas recibiría probablemente una sola advertencia y sería derribado.

Allí fue donde, una brillante y fría mañana de aquel diciembre, dos grupos de hombres se apearon de un convoy de limusinas. Iban a presenciar la primera exhibición y prueba de una nueva arma revolucionaria. El primer grupo lo componían los fabricantes del Multi-Launch Rocket Vehicle, que era la base del sistema, y acudían acompañados de hombres de las dos corporaciones asociadas que habían construido los cohetes y los programas electrónicos incorporados a ellos. Como la mayoría de las armas modernas, Despot, el último modelo de destructor de tanques, no era una máquina sencilla, sino que incluía una red de sistemas complejos, los cuales, en este caso, procedían de tres corporaciones distintas.

Cobb era principal ejecutivo y mayor accionista de Zodiac AFV Inc., una compañía especializada en Vehículos de Guerra Blindados. Para su compañía, y también para su éxito personal, todo dependía de que Despot, creado a sus propias expensas durante siete años, fuese aceptado y comprado por el Pentágono. Tenía pocas dudas acerca de esto; Despot estaba años por delante del sistema Boeing's Pave Tiger y del más nuevo Tacit Rainbow. Sabía que respondía perfectamente a la principal preocupación de los planificadores de la OTAN: hacer que la primera ola de tanques soviéticos que atacasen la llanura alemana central quedase aislada de la segunda ola.

Sus colegas eran Moir, de Pasadena Avionics, en California, que había construido los componentes Kestrel y Goshawk, y Salkind, de ECK Industries, Inc., de Silicon Valley, cerca de Palo Alto, California. Estos dos hombres y sus corporaciones, se jugaban también mucho en la adopción de Despot por el Pentágono. ECK Industries tenía parte en el bombardero B2 «Stealth» para la Air Force, pero éste era un proyecto seguro.

El equipo del Pentágono llegó con dos horas de retraso, cuando todo estaba a punto. Se componía de doce miembros, entre ellos dos generales, y constituían el grupo técnico cuya recomendación sería vital para la decisión del Gobierno. Cuando estuvieron todos sentados bajo la marquesina y delante de la batería de pantallas de televisión, empezó la prueba.

Moir inició el acto con una gran sorpresa. Invitó al público a volverse y observar el cercano desierto. No vieron más que una llanura vacía. Todos estaban intrigados. Moir apretó un botón de su consola. A pocos metros, se produjo una erupción en la desolada planicie. Una gran garra metálica surgió del suelo, se inclinó hacia delante y dio un tirón. De la arena, en la que él mismo se había enterrado, inmune a los aviones de caza y al radar, salió el Despot. Un gran bloque de acero gris sobre ruedas y orugas, sin ventanas, independiente, autosuficiente, invulnerable a cualquier proyectil que no fuese una granada pesada de artillería o una bomba muy potente, y contra ataques nucleares, gases y gérmenes, surgió de la tumba por él excavada y empezó su trabajo.

Los cuatro hombres que se hallaban en el interior pusieron en marcha los motores que accionaban los sistemas, retiraron las pantallas de acero que cubrían las portillas de cristal resistente y sacaron el disco del radar, que les avisaría de cualquier ataque, y las antenas que les ayudarían a guiar los misiles. El equipo del Pentágono quedó impresionado.

–Supongamos –dijo Cobb– que la primera oleada de tanques soviéticos ha cruzado el río Elba y entrado en Alemania Occidental por varios puentes existentes y otros militares tendidos durante la noche. Las fuerzas de la OTAN están resistiendo la primera oleada. Lo cual no es empresa fácil. Pero una segunda oleada de tanques rusos, mucho más numerosa que la primera, sale de su refugio en los bosques de Alemania del Este y se dirige al Elba. Éstos romperán el frente y avanzarán hacia la frontera de Francia. Pero los Despots, desplegados y enterrados en una línea norte-sur a través de Alemania, han recibido órdenes. Encontrar, identificar y destruir.

Apretó otro botón y se abrió una escotilla en el AFV. Desde allí, por una rampa, surgió un cohete delgado como un lápiz. Cincuenta centímetros de diámetro y un tubo de dos metros y medio. Su pequeño motor se encendió y el cohete se elevó en el pálido azul del cielo, en el que, por ser él también azul, se perdió de vista. Los hombres volvieron a prestar atención a las pantallas, donde una cámara de televisión de precisión extraordinaria estaba siguiendo al Kestrel. A los cuarenta y cinco metros, se encendió el turborreactor; entonces, el cohete se apagó y se alejó, mientras unas alas cortas y anchas brotaban de sus costados y unas aletas de cola le daban dirección. El cohete en miniatura empezó a volar como un avión, y siguió alejándose. Moir señaló hacia una gran pantalla de radar. La varilla recorrió el disco, pero ninguna imagen luminosa se reflejó en él.

–El Kestrel está hecho en su totalidad de fibra de vidrio –salmodió orgulloso Moir–. Su motor ha sido construido de derivados de cerámica, resistentes al calor pero que no se reflejan en el radar. Gracias a un poco de tecnología «secreta», podrán comprobar ustedes que es invisible por completo, tanto para los ojos como para las máquinas. Ante el radar, es como un pinzón. Menos aún. Un pájaro puede ser detectado por el radar debido al movimiento de sus alas. El Kestrel no aletea, y este radar es mucho más perfeccionado que todos los que tienen los soviéticos.

En una guerra, el Kestrel, vehículo de suma penetración, se introduciría a una distancia de entre trescientos y setecientos kilómetros detrás de las líneas enemigas. En esta prueba, operaba a una altura de cuarenta y cinco mil metros, a ciento cincuenta kilómetros del lugar de lanzamiento, empezó a trazar un lento círculo, con una duración de diez horas a cien nudos. También comenzó a mirar hacia abajo... electrónicamente. Su serie de sensores entró en juego. Como ave de presa, registró el terreno debajo de él, cubriendo un círculo de tierra de unos cien kilómetros de diámetro.

Los scanners infrarrojos realizaban la búsqueda e interrogaban después con un radar milimétrico.

–Está programado para golpear únicamente si el blanco emite calor, está hecho de acero y se mueve –dijo Moir–. El blanco tiene que emitir bastante calor para ser un tanque, no un coche, un camión o un tren. No caerá sobre una hoguera, una casa con calefacción o un vehículo aparcado, porque no se mueven. No se precipitará sobre reflectores, por la misma razón, no irá a parar a estructuras de ladrillo, madera o caucho, puesto que no son de acero. Ahora caballeros, observen la zona del blanco en esta pantalla.

Se volvieron a la pantalla gigante, cuya imagen les era transmitida desde la cámara de televisión a ciento cincuenta kilómetros. Una extensa zona había sido «montada» como un escenario de Hollywood: con árboles artificiales, chozas de madera, furgonetas, camiones y coches aparcados. Había tanques de goma que, en ese momento, empezaron a arrastrarse, tirados por hilos invisibles. Había hogueras que llamearon al ser rociadas con petróleo. Entonces, un único tanque de verdad empezó a moverse, controlado por radio. Desde cuarenta y cinco mil metros de altura, el Kestrel lo descubrió y reaccionó inmediatamente.

–Caballeros, aquí está la nueva revolución, de la que nos enorgullecemos, creo que con todo merecimiento. En sistemas anteriores, el cazador se lanzaba sobre la presa, destruyéndose también él mismo y toda su costosa tecnología. Un precio excesivo. El Kestrel no lo hace así, sino que llama a Goshawk. Observen el Despot.

El público se volvió de nuevo, a tiempo de ver el ligero resplandor del cohete del misil Goshawk, de un metro, que obedecía ahora a la llamada del Kestrel y se lanzaba hacia el blanco siguiendo las instrucciones de aquél. Salkind comentó:

–El Goshawk subirá a treinta mil metros, se volverá y descenderá. Al pasar a la altura del Kestrel, el vehículo pilotado por control remoto transmitirá al Goshawk la última información sobre el blanco. El ordenador a bordo del Kestrel dará la posición del objetivo cuando el Goshawk esté a cero metros de los cuarenta y cinco centímetros más próximos. El Goshawk hará blanco dentro de aquel círculo. Ahora está bajando.

Entre todas las casas, chozas, camiones, furgonetas, coches, hogueras, reflectores clavados en la arena de la zona; entre los tanques de goma, el tanque de acero (un viejo Abrams Mark One) avanzó como dirigiéndose al combate. Hubo un súbito destello y dio la impresión de que el Abrams era golpeado por un puño gigante. Casi en movimiento retardado, se aplastó, sus costados se reventaron, su cañón se alzó como si apuntase acusador al cielo... y estalló como una bola de fuego. Los espectadores lanzaron un suspiro colectivo.

–¿Cuántos explosivos van en la punta del Goshawk? –preguntó uno de los generales.

–Ninguno, general –repuso Salkind–. El Goshawk es como una roca inteligente. Desciende a casi quince mil kilómetros por hora. Aparte de su receptor para captar la información del Kestrel y de su pequeño radar para seguir instrucciones durante los últimos cuatro mil quinientos metros que le permiten dar en el blanco, no tiene tecnología. Por eso es tan barato. Pero el efecto de un proyectil de diez kilos, de acero y con la punta de tungsteno, al alcanzar a esa velocidad un tanque es como... bueno, igual que disparar un balín con una escopeta de aire comprimido a bocajarro contra el lomo de una cucaracha. Ese tanque recibió el equivalente de dos locos Amtrak a ciento cincuenta kilómetros por hora. Sencillamente, quedó aplastado.

La prueba continuó durante otras dos horas. Los fabricantes demostraron que podían reprogramar el Kestrel en vuelo; si le decían que buscase estructuras de acero con agua a ambos lados y tierra en los extremos, atacaría puentes. Si cambiaban el perfil del blanco, daría en trenes, barcazas o columnas de camiones en marcha. Con tal de que se moviesen. Parados, el Kestrel no sabría si se trataba de un camión blindado o de un pequeño cobertizo de acero. Pero sus sensores podían penetrar la lluvia, las nubes, la nieve, el granizo, la escarcha, la niebla y la oscuridad.

Los grupos se dividieron a media tarde y el comité del Pentágono se dispuso a subir a sus automóviles para ir a Nellis y emprender el vuelo a Washington.

Uno de los generales tendió la mano a los fabricantes.

–Conozco bien los tanques –dijo–, y nunca había visto nada tan espantoso en mi vida. Cuenten con mi voto. Esto volverá locos a los de Frunze Street. Ser perseguidos por hombres es bastante malo, pero serlo por un maldito robot... ¡qué pesadilla!

Fue uno de los paisanos quien dijo la última palabra.

–Caballeros, es brillante. El mejor sistema destructor de tanques por control remoto que existe en el mundo. Pero debo decir que, si entra en vigor el nuevo tratado de Nantucket, me parece que nunca lo pediremos.

Cobb, Moir y Salkind comprendieron, al volver en el mismo coche a Las Vegas, que Nentucket les amenazaba, a ellos y a millares de fabricantes de armamento, con la ruina personal y de sus corporaciones.

En la víspera de Navidad, no se trabajaba en Alcántara del Río, pero se bebía mucho y hasta muy tarde. Cuando Antonio cerró por fin su pequeño bar era más de medianoche. Algunos de sus parroquianos vivían en el pueblo; otros iban en coche o a pie a sus casitas de campo desparramadas en las faldas de los montes alrededor del pueblo. Por esto, José Francisco, alias Pablo, pasaba satisfecho por delante de la casa del extranjero alto, sintiendo como única molestia un ligero escozor en la vejiga. No podía seguir adelante sin aliviarse; así que se volvió hacia la pared de cascotes del patio donde estaba aparcado el maltrecho mini-jeep SEAT Terra, se desabrochó la bragueta y satisfizo el segundo gran placer del hombre. Arriba, dormía el individuo alto, y de nuevo tuvo la horrible pesadilla que le había traído a esos lugares.

Estaba empapado en sudor mientras soñaba aquello por centésima vez. Todavía dormido, abrió la boca y gritó:

–¡NO... O... O... O!

Abajo Pablo dio un salto y cayó de espaldas en el camino, mojándose sus pantalones de los domingos. Después, se levantó y echó a correr, vertiendo orina a lo largo de las piernas, todavía desabrochada la bragueta y recibiendo su órgano un desacostumbrado soplo de aire frío. Si el corpulento y ágil forastero iba a ponerse violento, él, José Francisco Echevarría, por la gracia de Dios, no se quedaría allí por nada del mundo. Aquel hombre era cortés, amable y hablaba bien el español, pero había en él algo extraño.

A mediados del siguiente enero, un joven estudiante de primer año bajaba en bicicleta por St. Giles Street de la antigua ciudad británica de Oxford, resuelto a conocer a su nuevo tutor y disfrutando de su primer día entero en Balliol College. Vestía un grueso pantalón de pana y un anorak acolchado para protegerse del frío, pero se había empeñado en llevar sobre ello su capa negra de estudiante de la Universidad de Oxford. La prenda ondeaba al viento. Más adelante se enteraría de que la mayoría de los estudiantes no licenciados no la llevaban a menos que comiesen In Hall; pero, como recién llegado, se enorgullecía de ella. Habría preferido vivir en el College, sin embargo, su familia había alquilado para él una casa de siete habitaciones junto a Woodstock Road. Pasó por delante del Martyrs' Memorial y entró en Magdalen Street.

Detrás de él, un sedán corriente se detuvo. En él viajaban tres hombres; dos en los asientos delanteros y el otro en la parte de atrás. El tercer hombre se inclinó hacia delante.

–Magdalen Street es de acceso restringido. No pueden pasar coches por ella. Tendrás que continuar a pie.

El que iba al lado del conductor lanzó un juramento en voz baja y se apeó del automóvil. Se deslizó aprisa entre los peatones, para no perder de vista al joven de la bicicleta. Dirigido por el hombre que iba atrás, el coche giró a la derecha hacia Beaumont Street, después a la izquierda hacia Glouscester Street y luego bajó por George Street. Se detuvo al llegar al extremo de Magdalen, en el preciso momento en que el ciclista salía de aquella calle. El estudiante desmontó a los pocos metros en Broad Street, después del cruce, y el coche no se movió. El tercer hombre salió de Magdalen, enrojecido el semblante por el helado viento, miró a su alrededor, vio el coche y se reunió con los que iban en él.

–Maldita ciudad –comentó–, todas las calles son de una sola dirección o están prohibidas para los automóviles.

El hombre de atrás rió entre dientes.

–Por eso los estudiantes usan bicicletas. Tal vez deberíamos hacer lo mismo.

–Calla y sigue vigilando –dijo malhumorado el conductor.

El otro guardó silencio y se ajustó el arma debajo del brazo izquierdo.

El estudiante había desmontado y estaba mirando una cruz hecha de guijarros en mitad de Broad Street. Había aprendido en la guía de la ciudad que, en 1555, fueron quemados vivos dos obispos, Latimer y Ridley, por orden de la reina católica María. Al brotar las llamas, el obispo Latimer había gritado a su compañero mártir: «Consúelate, Master Ridley, y pórtate como un hombre.

Hoy, por la gracia de Dios, encenderemos en Inglaterra una vela que no se apagará nunca.»

Se refería a la vela de la fe protestante; pero no se sabe lo que respondió el obispo Ridley, porque ya estaba ardiendo. Un año más tarde, en 1556 y en el mismo lugar, sufría igual muerte el arzobispo Cranmer. Las llamas de la hoguera habían chamuscado la puerta del Balliol College a pocos metros de allí. Con posterioridad aquella puerta fue quitada de ese sitio y colocada en la entrada del Inner Quantrangle, donde, todavía hoy, pueden verse con claridad las marcas del fuego.

–Hola –dijo una voz junto al estudiante y éste miró hacia abajo; él era alto y delgado, y ella era bajita, de brillantes ojos negros y rolliza como una perdiz–. Me llamo Jenny. Creo que tenemos el mismo tutor.

El estudiante de veintiún años, que había venido a Oxford para un programa de «Un año en el extranjero» después de seguir dos cursos en Yale, sonrió.

–Hola; yo me llamo Simon.

Cruzaron el arco de entrada del College, empujando el joven su bicicleta. Había estado allí el día anterior para conocer al director, pero entonces fue en coche. Cuando estaban atravesando el arco, se dieron de manos a boca con el amable pero implacable personaje de Tim Ward-Barber, el cual preguntó:

–Nuevo en el College, ¿verdad, señor?

–Pues, sí –repuso Simon–. Es mi primer día en él.

–Entonces, deje que le explique la regla número uno de la vida aquí. Nunca, en ninguna circunstancia, ni drogados, borrachos o medio dormidos, empujamos, llevamos o montamos nuestras bicicletas para atravesar el arco y entrar en el atrio. Tenga la bondad de apoyarla contra la pared junto a las demás, señor.

En las universidades hay cancilleres, directores, rectores, decanos, tesoreros, profesores, lectores, miembros de los consejos de gobierno de las facultades y otros cursos de diversas categorías; pero el portero mayor de un *college* es sin duda alguna un personaje. Como ex suboficial del 16/5.° de Lanceros, Tim había tenido que habérselas con los reclutas en sus buenos tiempos. Cuando volvieron los jóvenes, asintió benévolamente con la cabeza y les dijo:

–Creo que están ustedes con el doctor Keen. La escalera del rincón del patio, el piso más alto.

Cuando llegaron a la cima de la escalera y entraron en la atestada estancia de su tutor en Historia Medieval, se presentaron. Jenny le llamó «profesor», y Simon, «señor». El doctor Keen los miró por encima de las gafas.

–Bueno –dijo en tono alegre–, sólo hay dos cosas que no tolero. Una es que pierdan el tiempo y me lo hagan perder a mí; la otra, que me llamen señor. Doctor Keen será bastante, antes de que pasemos a Maurice. A propósito, Jenny, tampoco soy profesor. Los profesores tienen sillones y, como podréis ver, yo no los tengo; al menos, ninguno que se halle en buen estado.

Señaló, satisfecho, la colección de muebles destartalados donde se sentaban sus estudiantes, y dijo que se pusieran cómodos. Simon se dejó caer en un butacón Reina Ana, sin patas, que le dejó a ocho centímetros del suelo, y empezaron a considerar a Jan Hus y la revolución husita en la Bohemia medieval. Simon sonrió.

Vio que iba a gustarle Oxford.

Fue pura coincidencia que quince días después Cyrus Miller se encontrase sentado al lado de Lionel Cobb en un banquete para recaudar fondos en Austin, Texas. Aborrecía tales cenas y, por lo general, las evitaba. Ésa estaba dedicada a un político local, y Miller conocía el valor de establecer relaciones en el mundo político, a las que poder apelar más tarde cuando necesitase un favor. Estaba dispuesto a prescindir de su vecino, que no se hallaba en el negocio del petróleo, hasta que Cobb manifestó su rotunda oposición al Tratado de Nantucket y al hombre que estaba detrás, John Cormack.

–Hay que impedir ese maldito tratado –dijo Cobb–. Hace falta persuadir de algún modo al Congreso de que se niegue a ratificarlo.

La noticia del día era que el Tratado se estaba acabando de redactar, sería firmado por los respectivos embajadores en Washington y Moscú en abril, ratificado por el Comité Central en Moscú en octubre, después de las vacaciones de verano, y sometido al Congreso antes de fin de año.

–¿Cree usted que el Congreso lo rechazará? –preguntó Miller con precaución.

El industrial de armamentos dirigió una mirada triste a su quinto vaso.

–No –dijo–. Lo cierto es que las reducciones de armamento son siempre terriblemente populares en la calle; y, a pesar de todos los inconvenientes, Cormack tiene el carisma y la popularidad suficientes para hacerlo aprobar por la fuerza de su personalidad. Yo no soporto a ese hombre, pero eso es una realidad.

Miller admiró el realismo de aquel derrotista.

–¿Conoce usted las condiciones del Tratado? –preguntó.

–Bastante –repuso Cobb–. Se prevé reducir en decenas de miles de millones las asignaciones para la defensa. En ambos lados del Telón de Acero. Se habla de un cuarenta por ciento; bilateral, desde luego.

–¿Son muchos los que piensan como usted? –preguntó Miller.

Cobb se encontraba demasiado ebrio para comprender la intención de aquel interrogatorio.

–Casi toda la industria de defensa –gruñó–. Muchos tendrían que cerrar y sería la ruina total para infinidad de personas y corporaciones.

–Hum. Es una lástima que Michael Odell no sea nuestro presidente –murmuró Miller.

El hombre de Zodiac Inc. lanzó una ronca carcajada.

–¡Oh, qué sueño! Es cosa sabida que se opone a la reducción de armamentos. Pero él seguirá siendo vicepresidente, y Cormack presidente.

–¿De veras? –dijo Miller a media voz.

En la última semana del mes, Cobb, Moir y Salkind se reunieron con Scanlon y Miller, a invitación de este último para una cena privada en una lujosa suite del Remington Hotel de Houston. Mientras tomaban café y coñac, Miller dirigió la conversación hacia el tema de la continuada ocupación del Salón Oval por John Cormack.

–Tiene que marcharse –salmodió Miller, y los otros asintieron con la cabeza.

–Yo no quiero saber nada de asesinatos –se apresuró a manifestar Salkind–. En todo caso, debemos recordar a Kennedy. El efecto de su muerte fue que el Congreso aprobó toda la legislación sobre derechos civiles que él no había conseguido imponer. Resultó del todo contraproducente, si la intención había sido la opuesta. Y fue el propio Johnson quien puso en vigor aquellas leyes.

–Estoy de acuerdo –reconoció Miller–. Este tipo de acción es inconcebible. Pero tiene que haber una manera de obligarle a dimitir.

–Dígame una –le desafió Moir–. ¿Cómo puede conseguir alguien una cosa así? El hombre es invulnerable. No hay ningún escándalo en su vida. El comité electoral se aseguró de ello antes de pedirle que presentase su candidatura.

–Tiene que haber algo –dijo Miller–. Algún talón de Aquiles. Nosotros estamos resueltos, tenemos contactos, poseemos el dinero. Necesitamos un planificador.

–¿Tal vez tu hombre, el coronel? –preguntó Scanlon.

Miller meneó la cabeza.

–Sigue, y seguirá siempre, considerando a cualquier presidente de los Estados Unidos como su comandante en jefe. Tiene que haber otro hombre... en alguna parte...

Lo que estaba pensando, lo que pretendía encontrar era un renegado, sutil, implacable, inteligente y fiel sólo al dinero.

CAPÍTULO III

Marzo, 1991

A cuarenta y cinco kilómetros al noroeste de Oklahoma City, se halla la penitenciaría federal conocida como El Reno, y cuyo nombre oficial es el de «Instituto Correccional Federal». Para expresarlo de modo menos formal, digamos que se trata de una de las prisiones de régimen más severo de América, una «chirona de primera», según la jerga criminal. Al despuntar una fría mañana de mediados de marzo, se abrió una puertecilla recortada en la imponente puerta principal, y salió un hombre.

Era de mediana estatura, gordo, pálido por el encierro; se hallaba sin blanca y muy amargado. Miró a su alrededor, no vio gran cosa (allí hay poco que ver), se volvió en dirección a la ciudad y empezó a andar. Arriba, unos ojos invisibles en las torres de guardia le observaron con poco interés y después desviaron la mirada.

Otros ojos lo contemplaron con mucha más atención desde un coche aparcado. La limusina se hallaba a una discreta distancia de la puerta principal, lo bastante lejos para que no pudiese distinguirse su número de matrícula. El hombre que vigilaba a través de la ventanilla de atrás bajó los gemelos y murmuró:

–Viene en esta dirección.

Diez minutos después, el hombre gordo pasó por delante del coche, lo miró y siguió andando. Pero era un profesional y sus antenas hicieron que se activase su sistema de alarma. Estaba a cien metros del automóvil cuando éste se puso en marcha y se detuvo a su lado. Se apeó de él un joven bien plantado, atlético y de agradable aspecto.

–¿Mr. Moss?

–¿Quién quiere saberlo?

–Mi patrono, señor. Desea ofrecerle una entrevista.

–Supongo que no tiene nombre –dijo el hombre gordo.

El otro sonrió.

–Todavía no, señor. Pero tenemos un coche con calefacción, un avión particular y buenas intenciones. Veamos las cosas como son, Mr. Moss. ¿Tiene algún otro lugar adonde ir?

Moss pensó. Aquel coche y aquel hombre no olían a la Compañía (CIA) ni al Bureau (FBI), sus acérrimos enemigos. Y, en efecto, no tenía otro lugar adonde ir. Subió a la parte trasera del coche, el joven se sentó a su lado y el automóvil se dirigió, no hacia Oklahoma City, sino hacia el aeropuerto Wiley Post, al noroeste.

En 1966, cuando tenía veinticinco años, Irving Moss había sido joven oficial provincial (un GS 12) de la CIA, recién salido de los Estados Unidos, y trabajó en Vietnam en el programa Phoenix dirigido por la CIA. Eran los años en que las Fuerzas Especiales, los Boinas Verdes, estaban inculcando sus fructíferos programas en el delta del Mekong al ejército survietnamita, que había tratado de *persuadir* a los campesinos de que no cooperasen con el Vietcong con mucha menos habilidad y humanidad. La gente de Phoenix tenía que establecer enlace con el ARVN mientras los Boinas Verdes realizaban más y más misiones de busca y destrucción, llevando a menudo prisioneros del Vietcong, o sospechosos de serlo, para ser interrogados por el ARVN bajo la égida de la gente de Phoenix. Entonces fue cuando Moss descubrió tanto su afición secreta como su verdadero talento.

Siendo más joven, le había desconcertado y deprimido su propia falta de sexualidad, y ahora recordaba con la misma amargura las burlas de que había sido objeto en su adolescencia. También se había quedado perplejo (los años cincuenta fueron una era de relativa inocencia entre los adolescentes) al observar que podía excitarse inmediatamente al oír un grito humano. Para un hombre semejante, las discretas y permisivas junglas de Vietnam eran una cueva de Aladino de placer. Nada más que con su unidad vietnamita de retaguardia, había podido erigirse en principal interrogador de los sospechosos, ayudado por un par de cabos survietnamitas de parecida mentalidad.

Habían sido para él tres años estupendos, que terminaron un día de 1969 en que un alto, duro y joven sargento de los Boinas Verdes había salido inesperadamente de la jungla, con el brazo izquierdo sangrando. Había sido enviado por su oficial para que lo curasen. El joven guerrero observó durante unos segundos el trabajo de Moss, se volvió sin decir palabra y con la mano derecha descargó un puñetazo contra el puente de su nariz. Los médicos de Denang habían hecho todo lo posible; pero los huesos del tabique estaban tan destrozados que tuvieron que enviarle a Japón. Ni siquiera allí la cirugía plástica pudo evitar que el puente de su nariz se quedase ancho y plano. Y las fosas habían quedado tan perjudicadas que todavía silbaba y resoplaba al respirar, en especial cuando estaba excitado. Nunca volvió a ver al sargento; no había habido ningún comunicado oficial, y consiguió barrer su pista y permanecer en la Agencia. Hasta 1983. Aquel año estuvo en Honduras con la CIA para ayudar al movimiento de la Contra. Estuvo supervisando una serie de campamentos en la jungla, a lo largo de la frontera con Nicaragua, donde los contras, muchos de ellos antiguos partidarios del expulsado y aborrecido dictador Somoza, realizaban misiones esporádicas a través de la frontera y entraban en la tierra que antaño habían gobernado. Un día, uno de estos grupos regresó con un muchacho de trece años, que no era sandinista, sino sólo un joven campesino.

El interrogatorio se desarrolló en un claro de bosque a cuatrocientos metros del campamento de la Contra; pero, en el silencioso aire tropical, los enloquecidos gritos pudieron oírse claramente desde el campamento. Nadie durmió. De madrugada, cesaron al fin los alaridos. Moss regresó como si estuviese drogado, se tumbó en su litera y se sumió en un profundo sueño. Dos jefes de sección nicaragüenses salieron sin ruido del campamento, se adentraron en la jungla y volvieron al cabo de veinte minutos para pedir una entrevista a su superior. El coronel Rivas les recibió en su tienda donde estaba escribiendo unos informes a la luz del sibilante Petromax. Los dos guerrilleros hablaron con él durante varios minutos.

–No podemos trabajar con ese tipo –concluyó el primero–. Hemos hablado con los muchachos y están de acuerdo, coronel.

–Es un malvado –añadió el otro–. Un animal.

El coronel Rivas suspiró. Antaño había sido miembro de los Escuadrones de la Muerte de Somoza, había sacado de la cama a sindicalistas y descontentos. Presenció unas cuantas ejecuciones e incluso participó en algunas de ellas. Pero un chiquillo... Cogió su radio. No le interesaba un motín ni una deserción en masa. Poco después del amanecer, un helicóptero militar americano aterrizó en el campamento y bajó de él un hombre corpulento y moreno que resultó ser el recién nombrado jefe delegado de la Sección Latinoamericana de la CIA, que viajaba para familiarizarse con su nuevo territorio. Rivas acompañó al americano a la jungla y los dos volvieron al cabo de unos minutos.

Irving Moss se despertó al golpear alguien con un pie la pata de su litera. Miró con ojos nublados a un hombre con verde uniforme de campaña que le estaba observando.

–Moss, queda despedido –dijo el hombre.

–¿Quién diablos es usted? –preguntó.

El visitante se lo dijo.

–Uno de ellos –gruñó Moss.

–Sí, uno de ellos. Y usted queda despedido. De Honduras y de la Agencia.

Mostró a Moss una hoja de papel.

–Esto no viene de Langley –protestó Moss.

–No –dijo el hombre–, esto viene de mí. Y *yo* vengo de Langley. Recoja sus cosas y suba al helicóptero.

Treinta minutos después, David Weintraub vio cómo se elevaba el helicóptero en el cielo de la mañana. En Tegucigalpa, Moss fue recibido por el jefe de la sección, el cual se mostró fríamente formal y cuidó personalmente de enviarle en avión a Miami y Washington. Nunca volvió a Langley. En el National de Washington le dieron sus papeles y le dijeron que se perdiese de vista. Durante cinco años en que menudearon las ofertas, trabajó para diversos dictadores, cada vez menos aceptables, de Oriente Medio y de América Central, y después organizó operaciones de drogas para Noriega, de Panamá. Fue un error. La Agencia contra La Droga de los Estados Unidos le puso en la lista negra.

Pasaba por el aeropuerto de Heathrow de Londres en 1988 cuando unos guardianes de la ley británica, engañosamente corteses, se plantaron delante de él y le preguntaron si podían hablar unas palabras a solas. Las «palabras» se referían a un arma corta que llevaba oculta en la mayor de sus maletas. El procedimiento de extradición se tramitó a la máxima velocidad y, a las tres semanas, aterrizaba de nuevo en los Estados Unidos. Lo juzgaron y le impusieron una pena de tres años. Por no ser reincidente, habría podido cumplirla en una penitenciaría «blanda». Pero, mientras esperaba que le notificasen la sentencia, dos hombres celebraron un discreto almuerzo en el selecto Metropolitan Club de Washington.

Uno de ellos era un individuo robusto apellidado Weintraub, recién ascendido al cargo de subdirector de Operaciones de la CIA. El otro era Oliver «Buck» Revell, un alto ex piloto aviador de la Marina y subdirector ejecutivo (de Investigaciones) del FBI. También había sido jugador de fútbol en su juventud, pero no jugó el tiempo suficiente para que le machacasen el cerebro. Había alguno en el edificio Hoover que decía que todavía le funcionaba muy bien. Esperando a que Revell terminase su bistec, Weintraub le mostró una carpeta y varias fotografías. Revell cerró la carpeta y se limitó a decir:

–Ya veo.

De modo inexplicable, Moss había cumplido su condena en El Reno, donde se albergaban también algunos de los más crueles asesinos, violadores y concusionarios de los que se encontraban bajo llave en América. Cuando salió, sentía un odio patológico contra la Agencia, el Bureau, los ingleses... Y eso sólo para empezar.

En el aeropuerto de Wiley Post, la limusina cruzó la verja principal y se detuvo junto a un Learjet que estaba esperando. Aparte de su número de matrícula, que Moss grabó en seguida en su memoria, no llevaba ningún otro distintivo. Cinco minutos después estaba en el aire, dirigiéndose al sur y un poco hacia el oeste. Moss supo aproximadamente el rumbo que seguían, orientándose por el sol de la mañana. Estaba seguro de que se dirigían a Texas.

Muy cerca de Austin empieza lo que los tejanos llaman Hill Country. Allí era donde el dueño de Pan-Global tenía su casa de campo, en una extensión de diez mil hectáreas al pie de los montes. La mansión miraba al sureste y tenía vistas panorámicas sobre la gran llanura de Texas, hacia la lejana Galveston y el Golfo.

Además de dependencias para el servicio, bungalows para los invitados, una piscina y un campo de tiro, la finca disponía de una pista de aterrizaje. En ella aterrizó el Learjet poco antes del mediodía.

Moss fue conducido a un bungalow de madera de jacarandá, le dieron media hora para bañarse, afeitarse y cambiarse de ropa, y después lo llevaron a la mansión y a un fresco despacho resguardado por cortinas. Dos minutos más tarde se enfrentó a un viejo alto y de cabellos blancos.

–¿Mr. Moss? –inquirió el hombre–. ¿Mr. Irving Moss?

–Sí, señor –dijo Moss.

Olió dinero en abundancia.

–Yo soy Miller –dijo el hombre–. Cyrus V. Miller.

Abril

La reunión se celebraba en el Salón del Gabinete, que se hallaba más allá del despacho del secretario particular y en el mismo pasillo del Salón Oval. Como la mayoría de la gente, la primera vez que el presidente John Cormack vio el famoso salón, quedó sorprendido por su pequeñez. El Salón del Gabinete, con su gran mesa octogonal debajo del retrato de George Washington pintado por Stuart, daba más espacio para extender papeles y apoyar los codos.

Aquella mañana, John Cormack había convocado a su Gabinete Privado de amigos íntimos y consejeros de confianza para considerar el texto definitivo del Tratado de Nantucket. Los detalles habían sido elaborados, se habían determinado los procedimientos de verificación, y los expertos habían asentido de mala gana (menos dos viejos generales y tres miembros del Pentágono que prefirieron dimitir); pero Cormack quería oír los últimos comentarios de su equipo particular.

Tenía sesenta años y estaba en el apogeo de sus facultades intelectuales y políticas, disfrutando sin disimulo de la popularidad y la autoridad de un cargo que nunca había esperado ostentar. Cuando la crisis alcanzó al Partido Republicano en el verano de 1988, el comité electoral del partido buscó desesperadamente a alguien que aceptase la candidatura. La mirada colectiva se había fijado en este congresista de Connecticut, vástago de una rica y distinguida familia de Nueva Inglaterra, que había decidido dejar su fortuna familiar a una serie de fundaciones y actuar de profesor en Cornell, hasta que empezó a dedicarse a la política en Connecticut, cuando estaba cerca de los cuarenta años.

John Cormack pertenecía al ala liberal de su partido, y había sido un virtual desconocido en la mayor parte del país. Sus íntimos amigos sabían que era un hombre resuelto, honrado y humano, y aseguraron al comité electoral que estaba «limpio» como la nieve recién caída. No era considerado como una personalidad en televisión (ahora atributo indispensable de todo candidato); pero lo eligieron a pesar de todo. Para los medios de comunicación, su causa era desesperada. Y entonces, en cuatro meses de campaña por todo el país, el desconocido había hecho cambiar el panorama. Olvidando la tradición, miró fijamente a la cámara y dio respuestas directas a todas las preguntas, lo que, en teoría, era una receta segura para el desastre. Molestó a algunos, pero de modo especial a la derecha, que no podía depositar sus votos en otra parte. En cambio, logró complacer a muchos más. Insistió, como condición indispensable, en elegir personalmente al vicepresidente. Y él, protestante y con un apellido del Ulster, escogió a Michael Odell, americano de origen irlandés y católico de Texas.

Eran muy diferentes, Odell se inclinaba mucho más a la derecha, y había sido gobernador de su Estado. Pero a Cormack le gustaba y confiaba en aquel hombre de Waco, mascador de chicle. Por alguna razón, la combinación había dado resultado; los electores se inclinaron, por estrecho margen, a favor del hombre a quien la prensa gustaba (equivocadamente) de comparar con Woodrow Wilson, el último profesor presidente de América, y su compañero de candidatura, el cual dijo con todo descaro a Dan Rather: «Bueno, no siempre estoy de acuerdo con mi amigo John Cormack, pero, qué diablos, esto es América y aplastaré a quien diga que no tiene derecho a expresar lo que piensa.»

Y la cosa resultó. La combinación del recto hombre de Nueva Inglaterra, con su enérgica y persuasiva palabra, y el engañosamente popular suroccidental, conquistó los votos vitales de los negros, los hispanos y los irlandeses, y salió triunfante. Desde que asumió el cargo, Cormack hizo que Odell interviniese en las tomas de decisiones al más alto nivel. Ahora, se hallaban sentados frente a frente para discutir un tratado que Cormack sabía que disgustaba profundamente a Odell. Flanqueando al presidente estaban otros cuatro amigos íntimos: Jim Donaldson, secretario de Estado; Bill Walters, fiscal general; Hubert Reed, del Tesoro, y Morton Stannard, de Defensa.

A un lado y a otro de Odell se encontraban Brad Johnson, brillante negro de Missouri que había dado clases sobre defensa en Cornell y era ahora consejero de Seguridad Nacional, y Lee Alexander, director de la CIA, que había sustituido al juez Bill Webster pocos meses después de la investidura de Cormack. Su presencia se debía a que si los soviéticos pretendían incumplir las cláusulas del tratado, América necesitaría saber, a través de sus satélites y de su comunidad de información, cuáles eran los triunfos que tenían en la mano.

Cuando los ocho hombres leyeron las cláusulas finales, ninguno de ellos tuvo la menor duda de que era uno de los tratados más polémicos que firmarían nunca los Estados Unidos de América. Existía ya una fuerte oposición por parte de la derecha y de las industrias de defensa. En 1988, bajo el régimen de Reagan, el Pentágono había accedido a reducir treinta y tres mil millones de dólares en gastos planificados, para establecer un presupuesto total de defensa de doscientos noventa y nueve mil millones. Para los años fiscales de 1990 a 1994, se dijo a los servicios que recortasen el gasto *planificado* en treinta y siete mil cien, cuarenta y un mil trescientos, cuarenta y cinco mil trescientos y cincuenta mil setecientos millones de dólares respectivamente. Pero esto sólo habría limitado el *crecimiento* del gasto en un dos por ciento al año. El Tratado de Nantucket preveía *reducciones* grandes en el gasto de defensa y, si los recortes en el crecimiento habían causado problemas, Nantucket produciría verdadero furor.

La diferencia estaba, según recalcó repetidas veces Cormack, en que las reducciones anteriores no habían sido planificadas con vistas a reducciones reales por parte de la URSS. En Nantucket, Moscú se había avenido a reducir sus propias fuerzas en un grado inaudito. Además, Cormack sabía que las superpotencias tenían pocas alternativas. Desde que había subido al poder, él junto con Reed, había luchado contra el creciente presupuesto y los déficits comerciales de América, los cuales se estaban saliendo de control, amenazando con destrozar la prosperidad, no solamente de los Estados Unidos, sino de todo el mundo occidental. Se había dado cuenta, por los análisis de sus expertos, de que la URSS estaba en la misma situación, aunque por diferentes razones, y lo había planteado con toda franqueza a Mijaíl Gorbachov: «Yo necesito reducir gastos y usted necesita emplearlos en otras cosas.» El ruso se había encargado del resto de los países del Pacto de Varsovia; Cormack convenció a la OTAN, primero a los alemanes, después a los italianos, a los miembros más pequeños y, por último, a los británicos. Los términos, a grandes rasgos, eran éstos:

Tierra. La URSS convenía en reducir sus actuales fuerzas en Alemania del Este, potencial puerta de invasión hacia el oeste a través de la llanura central alemana, a la mitad de sus veintiuna divisiones de combate de todas las categorías. No serían licenciadas, sino que las retirarían más allá de la frontera polaco-soviética y no las llevarían de nuevo al oeste. Todas ellas eran divisiones de primera categoría. En primer lugar, la URSS reduciría el número de soldados de todo el Ejército soviético en un cuarenta por ciento.

–¿Comentarios? –preguntó el presidente.

Stannard, del Pentágono, que como era natural tenía las más graves reservas sobre el Tratado (la prensa había especulado ya sin éxito sobre su dimisión), levantó la cabeza.

–Para los soviéticos, éste es el meollo del Tratado, porque su Ejército es su servicio principal –dijo, citando textualmente al presidente del Estado Mayor Conjunto, pero sin hacerlo constar–. Al hombre de la calle le parecerá fantástico; los alemanes orientales están ya convencidos de que lo es. Pero la cosa no es tan buena como parece. En primer lugar, la URSS no puede mantener sus ciento diecisiete divisiones actuales sin recurrir en gran medida a sus grupos étnicos meridionales, me refiero a los musulmanes, y nosotros sabemos que les encantaría licenciarlos a todos. Por otra parte, lo que espanta a nuestros planificadores no es un Ejército soviético irregular, sino una tropa mucho menos numerosa, pero de profesionales. Un pequeño ejército profesional es mucho más útil que uno grande compuesto de brutos, que es lo que ellos tienen.

–Pero si son encerrados dentro de la URSS –replicó Johnson–, no podrán invadir Alemania Occidental. Y, en el caso de que volviesen a introducirlos en Alemania del Este, vía Polonia, ¿dejaríamos de advertirlo?

–No –dijo rotundamente el hombre de la CIA–. Aparte de los satélites, que pueden ser engañados por camiones y trenes camuflados, tanto nosotros como los ingleses tenemos demasiados intereses en Polonia para no descubrirlo. Y los alemanes orientales tampoco quieren convertirse en zona de guerra. Probablemente nos lo dirían también ellos.

–Está bien. ¿Y a qué renunciamos nosotros? –preguntó Odell.

Johnson respondió:

–A algunas tropas, no muchas. Los soviéticos retiran diez divisiones de quince mil hombres cada una. Nosotros tenemos trescientos veintiséis mil en Europa Occidental. Lo recortamos y dejaremos menos de trescientos mil por primera vez desde mil novecientos cuarenta y cinco. Con veinticinco mil de los nuestros contra ciento cincuenta mil de los de ellos, todavía es buena cosa; una proporción de seis a uno, cuando aspirábamos a que fuese de cuatro a uno.

–Sí –objetó Stannard–, pero tenemos que acceder también a no activar nuestras dos nuevas divisiones pesadas, una blindada y la otra de infantería mecanizada.

–¿Qué ahorramos, Hubert? –preguntó con suavidad el presidente.

Prefería dejar que hablasen los demás, escuchar con atención, hacer unos breves y casi siempre atinados comentarios y después decidir. El secretario del Tesoro apoyó Nantucket. Facilitaría mucho sus balances.

–Tres mil quinientos millones en la división blindada y tres mil cuatrocientos millones en la infantería –dijo–; pero éstos no son más que costes iniciales. Después ahorraremos trescientos millones de dólares al año al no tener que sufragar gastos de mantenimiento. Y ahora que se retirará el Despot, otros diecisiete mil millones de las proyectadas trescientas unidades.

–Pero Despot es el mejor sistema antitanque del mundo –protestó Stannard–. Por mil diablos que lo necesitamos.

–¿Para destruir tanques que habrán sido retirados al este de Brest-Litovsk? –preguntó Johnson–. Si reducen a la mitad sus tanques en Alemania del Este, podemos hacerles frente con lo que tenemos, los aviones A-10 y las unidades antitanques de tierra. Además, podemos construir más defensas estáticas con parte de lo que ahorremos. Eso está permitido por el Tratado.

–A los europeos les gusta –dijo Donaldson, el secretario de Estado–. Ellos no tienen que reducir su potencial humano y verán desaparecer diez u once divisiones soviéticas de delante de sus ojos. Parece que en tierra salimos ganando.

–Consideremos las fuerzas marítimas –sugirió Cormack.

La URSS había convenido en destruir, bajo supervisión, la mitad de su flota submarina: todos sus submarinos nucleares de las clases Hotel, Eco y Noviembre, y todos los diésel-eléctricos Juliets, Foxtrots, Whiskys: Romeos y Zulus. Pero, como se apresuró a señalar Stannard, sus viejos submarinos nucleares eran ya arcaicos e inseguros, con fugas constantes de neutrones y de rayos gamma, y los otros que habían de retirar eran viejos modelos. Después de esto, los rusos podían concentrar sus recursos y sus mejores hombres en las clases Sierra, Mike y Akula, técnicamente mucho mejores y por consiguiente más peligrosos.

Sin embargo, reconoció que ciento cincuenta y ocho submarinos eran mucho metal y que los objetivos de guerra antisubmarina de América quedarían drásticamente reducidos, simplificando la tarea de llevar los convoyes a Europa si el globo estallaba algún día.

Todos sabían que los submarinos condenados a destrucción eran de ataque contra los barcos. Los que llevaban misiles, los *boomers* no fueron mencionados, en parte porque las armas nucleares estaban comprendidas en el Tratado sobre Fuerzas Nucleares Estratégicas de 1989, sucesor del Tratado de INF de 1988, y en parte porque los *boomers* de Rusia «no eran serios» según la jerga del Departamento de Marina. El armamento nuclear de Rusia había estado siempre instalado principalmente en tierra, y ello por una razón muy rusa. Gran Bretaña y América dejaban que los capitanes de sus submarinos rondasen de un lado a otro durante meses sin identificarse ni señalar su posición. Confiaban en ellos. En cambio, Moscú no se atrevía a hacerlo, a pesar de la presencia de comisarios políticos en sus propios submarinos, los repelentes Zampolits. Así, cada veinticuatro horas, los submarinos rusos tenían que levantar una antena y gritar: «¡Estamos aquí, madre!»; y los americanos, agradecidos, tomaban nota de la posición y los seguían.

Por último, Moscú había accedido a desguazar el primero de sus cuatro portaaviones clase Kiev y no construir más, concesión poco importante ya que les resultaban demasiado caros para mantenerlos.

El elemento más costoso en todo presupuesto de guerra convencional es el grupo de portaaviones. Empieza con cuatro mil millones de dólares de coste del portaavión, que transporta ochenta aviones, a treinta millones de dólares, y cuarenta millones en sistemas de armamento; y esto *cada uno* de los navíos. Entonces viene una pantalla de destructores, fragatas y helicópteros antisubmarinos para protegerlo, más submarino de ataque bajo el agua, con observadores Orion P-3 describiendo un amplio círculo. Según el Tratado de Nantucket, los Estados Unidos podían conservar los recientes portaaviones Abraham Lincoln y George Washington; pero tendrían que desguazar el Midway y el Coral Sea (destinado a desaparecer, pero conservado para ser incluido en el Tratado), además de los un poco menos antiguos Forrestal y Saratoga, con los aviones que transportaban, los cuales, una vez desactivados, necesitarían tres o cuatro años para volver a estar en condiciones de combate.

–Los rusos dirán que han eliminado un dieciocho por ciento de nuestra capacidad de atacar a su madre patria –gruñó Stannard–, y todo lo que habrán dado ellos serán ciento cincuenta y ocho submarinos costosísimos de mantener.

Pero el Gabinete, viendo un ahorro de veinte mil millones al año como mínimo, la mitad en personal y la otra mitad en maquinaria, aceptó lo referente a la Marina en el Tratado, con el voto en contra de Odell y de Stannard. La clave estaba en el Aire, Cormack sabía que era el argumento decisivo para Gorbachov. Bien mirado, América salía ganando en tierra y mar, ya que no pretendía ser el agresor; sólo quería asegurarse de que la URSS no pudiese asumir ese total. Pero, a diferencia de Stannard y Odell, Cormack y Donaldson sabían que muchos ciudadanos soviéticos creían de buena fe que Occidente se arrojaría un día al Rodina, y esto incluía a sus líderes.

Por el Tratado de Nantucket, Occidente dejaría de fabricar el caza americano TFX, o F-18, y el europeo Multi-Role Combat Fighter para Italia, Alemania Federal, España y Gran Bretaña. Un proyecto conjunto; Moscú no trabajaría más en el Mig-31. También desguazarían el Blackjack, la versión Tupolev del bombardero americano B-1, y el cincuenta por ciento de sus aviones nodriza, todo lo cual reducía de forma masiva la amenaza estratégica por aire a Occidente.

–¿Cómo sabemos que no construirán el Backfire en alguna otra parte? –inquirió Odell.

–Tendremos inspectores oficiales en la fábrica Tupolev –informó Cormack–. Y es muy difícil que puedan montar una nueva fábrica Tupolev en otra parte. ¿No le parece, Lee?

–Sí, señor presidente –admitió el director de Información Central; y después de una pausa agregó–. También tenemos agentes entre el personal clave de Tupolev.

–¡Oh! –dijo Donaldson, impresionado–. Como diplomático, no quiero saberlo.

Algunos sonrieron. Donaldson tenía fama de ser muy gazmoño.

El presidente Cormack era tradicionalista en la forma de tratamiento. No le gustaba el uso recíproco del nombre de pila. Lo utilizaba para hablar a todos sus colegas del Gabinete; pero ninguno podía dirigirse a él en forma que no fuese señor presidente. En privado, nada más que Odell, Reed, Donaldson y Walters podían llamarle John, porque eran amigos de mucho tiempo.

En lo referente al Aire, lo malo para América del Tratado de Nantucket era que tenía que abandonar el bombardero B-2A Stealth, un avión de potencial revolucionario, ya que estaba construido de manera que era invisible para las pantallas de radar y podía soltar sus bombas nucleares cómo y cuándo quisiera. Los rusos le tenían mucho miedo. Para Mijaíl Gorbachov era la única concesión de los Estados Unidos que permitiría la ratificación del Tratado. También eliminaría la necesidad de gastar un *mínimo* de trescientos mil millones de rublos para reconstruir el sistema de Defensa Antiaérea de la patria, el alabado Voiska-PVO, que se suponía detectaría todo ataque inminente contra el país. Era *éste* el dinero que quería invertir en nuevas fábricas, tecnología y petróleo.

Para América, Stealth era un proyecto de cuarenta mil millones de dólares, por lo que sería un gran ahorro, pero su cancelación representaría la pérdida de cincuenta mil puestos de trabajo en la industria de defensa y no le quedaría más remedio que gastar parte de aquel ahorro en la fundación de nuevas industrias para reparar aquel daño social.

–Tal vez deberíamos seguir adelante con esto y dejar que quebrasen aquellos bastardos –sugirió Odell.

–Michael –dijo amablemente Cormack–, entonces tendrían que ir ellos a la guerra.

Al cabo de doce horas, el Gabinete aprobó el Tratado de Nantucket y empezó la fatigosa tarea de intentar convencer al Congreso, la industria, las finanzas, los medios de comunicación y al pueblo de que era lo más conveniente. La democracia es así. Cien mil millones de dólares habían sido recortados del presupuesto de Defensa.

Mayo

A mediados de mayo, los cinco hombres que habían cenado en el Remington Hotel en enero último se habían constituido, a sugerencia de Miller, en el Grupo Álamo, en memoria de los que habían luchado en 1836 por la independencia de Texas en El Álamo contra las fuerzas mejicanas del general Santa Anna. Al proyecto de derribar el reinado de Saud le habían puesto el nombre de Plan Bowie, por el del luchador con cuchillo Jim Bowie, que había muerto en El Álamo. El intento de desestabilizar por completo al presidente Cormack mediante una campaña pagada de rumores en las camarillas, los medios de comunicación, el pueblo y el Congreso era denominado Plan Crockett, por el apellido de David Crockett, pionero y luchador contra los indios, que también había muerto allí. Ahora se reunieron con objeto de considerar el proyecto de Irving Moss para perjudicar a John Cormack hasta el punto de que se sometiese a la exigencia de abandonar su cargo. Era el Plan Travis, por el nombre del jefe de los defensores de El Álamo.

–Hay partes de esto que me estremecen –dijo Moir, golpeando con la punta de los dedos su ejemplar.

–También a mí –concordó Salkind–. Las últimas cuatro páginas. ¿Tenemos que ir tan lejos?

–Caballeros, amigos –dijo Miller, con voz cavernosa–, comprendo muy bien su preocupación, incluso su aversión. Pero les pido que consideren lo que está en juego. Corremos un peligro mortal. No sólo nosotros, sino toda América. Ya han visto los términos propuestos por el Judas de la Casa Blanca para privar a nuestra tierra de sus defensas y congraciarse con el anticristo de Moscú. Ese hombre debe marcharse antes de que destruya nuestro amado país y nos hunda a todos en la ruina. Y muy en particular a ustedes, que se enfrentan a una bancarrota. Mr. Moss, aquí presente, me ha asegurado, con referencia a las últimas páginas, que llegaríamos a esto. Cormack debe marcharse antes de que sea inevitable.

Irving Moss, que vestía un traje blanco, estaba sentado al extremo de la mesa y guardaba silencio. Algunas partes de su plan no las había escrito en el proyecto, pues eran cosas que sólo podía mencionar en privado a Miller. Respiraba por la boca, para evitar los graves silbidos causados por su nariz. Miller sorprendió de pronto a cuantos se hallaban allí.

–Amigos, busquemos la guía de Aquel que lo sabe todo. Recemos juntos.

Ben Salkind dirigió una rápida mirada a Peter Cobb, el cual se limitó a arquear las cejas. Cyrus Miller apoyó ambas manos sobre la mesa, cerró los ojos y levantó la cara hacia el techo. No agachaba la cabeza, ni siquiera cuando se dirigía al Todopoderoso. A fin de cuentas, eran confidentes íntimos.

–Señor –salmodió el magnate del petróleo–, escucha nuestra súplica, escucha a estos verdaderos y fieles hijos de esta gloriosa tierra que Tú creaste y confiaste a nuestra custodia. Guía nuestras manos, alienta nuestros corazones, enséñanos a tener valor para realizar la tarea que nos espera y que estamos seguros de que merece tu bendición. Ayúdanos a salvar a tu país elegido y a tu pueblo predilecto...

Prosiguió en ese mismo estilo durante varios minutos y después guardó silencio unos cuantos minutos más. Cuando bajó la mirada y observó a los cinco hombres que le acompañaban, ardió en sus ojos el entusiasmo de quienes no tienen dudas.

–Caballeros. Él ha hablado. Está con nosotros en nuestra empresa. Debemos seguir adelante, sin retroceder jamás, por nuestro país y nuestro Dios.

Los otros cinco poco podían hacer, salvo asentir con la cabeza en señal de aprobación. Una hora más tarde, Irving Moss tuvo una conversación privada con Miller en el despacho de éste. Dejó bien claro que había dos elementos vitales que él no podía conseguir. Uno de ellos era una pieza de tecnología soviética de gran complejidad; el otro era una fuente de información secreta dentro de los círculos más privados de la Casa Blanca. Explicó la razón. Miller lo aceptó con aire reflexivo.

–Cuidaré de ambas cosas –dijo–. Tiene su presupuesto y el pago al contado de sus honorarios. Lleve adelante el Plan sin dilaciones.

Junio

El coronel Easterhouse fue recibido por Miller en la primera semana de junio. Había estado ocupado en Arabia Saudita; pero la llamada era inequívoca. Por tanto, voló de Djedda a Nueva York vía Londres, y de allí directo a Dallas. Un coche le esperó puntual y lo trasladó al aeródromo privado W. P. Hobby al sureste de la ciudad, desde donde el Learjet lo llevó al rancho, que veía por primera vez. Su informe era optimista y fue bien recibido. Podía decir que su intermediario en la Policía Religiosa se había demostrado entusiasmado con el concepto de un cambio de gobierno en Riad y había establecido contacto con el Imán fugitivo de los fundamentalistas chiítas, cuando Easterhouse le reveló su escondrijo secreto. El hecho de que el Imán no hubiese sido traicionado demostraba que el fanático de la Policía Religiosa era digno de confianza.

El Imán había escuchado la proposición (hecha sin mencionar nombres, ya que nunca habría aceptado que un cristiano como Easterhouse se convirtiese en instrumento de la voluntad de Alá) y se mostró también muy entusiasmado.

–La cuestión es, Mr. Miller, que los fanáticos de Hezb'Allah no han intentado hasta ahora apoderarse de la ciruela madura de Arabia Saudita, prefiriendo tratar primero de derrotar y anexionarse Irak, empresa en la que han fallado. La razón de su paciencia es que temían, y con acierto, que si trataban de derribar la Casa de Saud provocarían una furiosa reacción de los hasta ahora vacilantes Estados Unidos. Éstos siempre han creído que Arabia Saudita caería de su parte en el momento adecuado. El Imán parece aceptar que la primavera próxima (la fiesta de las Bodas de Diamantes ha sido definitivamente señalada para el mes de abril) será la elegida por Alá como el momento adecuado.

Durante la fiesta, numerosas delegaciones de las treinta y siete tribus más importantes del país acudirían a Riad para rendir su homenaje a la Casa Real. Entre éstas se hallarían las tribus de la región de Hasa, trabajadores del campo petrolífero, que eran en su mayoría de la secta chiíta. Confundidos entre ellos estarían los doscientos asesinos escogidos por el Imán, desarmados hasta que les fuesen distribuidas las metralletas y las municiones, transportadas en secreto en uno de los petroleros de Scanlon.

Easterhouse pudo informar al fin de que un alto oficial egipcio (los consejeros militares egipcios representaban un papel crucial en todos los niveles técnicos del Ejército Saudita) había dicho que, si su país superpoblado y escaso de dinero tenía acceso al petróleo saudita después del golpe de Estado, se aseguraría de que le fuesen servidas municiones defectuosas a la Guardia Real, la cual se vería entonces impotente para defender a sus señores. Miller, con aire reflexivo, asintió con la cabeza.

–Ha hecho usted un buen trabajo, coronel –dijo, y cambió de tema–. Dígame, ¿cuál sería la reacción soviética al dominio de Arabia Saudita por los americanos?

–De suma inquietud, me parece a mí –repuso el coronel.

–¿Lo bastante para poner fin al Tratado de Nantucket, del cual sabemos ahora todas las condiciones? –preguntó Miller.

–Creo que sí –dijo Easterhouse.

–¿Qué grupo, dentro de la Unión Soviética, tendría más motivos para que le disgustase el Tratado y todas sus condiciones, y desearía verlo anulado?

–El Estado Mayor Central –dijo el coronel sin vacilar–. Su posición en la URSS es como la de nuestros jefes de Estado Mayor y la industria de defensa en una pieza. El Tratado reducirá su poder, su prestigio, su presupuesto y su número en un cuarenta por ciento. No creo que puedan recibirlo de buen grado.

–Extraños aliados –murmuró Miller–. ¿Hay alguna manera de establecer un discreto contacto con ellos?

–Yo... tengo algunas relaciones –aventuró Easterhouse.

–Deseo que haga uso de ellas –dijo Miller–. Diga tan sólo que hay intereses poderosos en los Estados Unidos que hacen que a muchas personas les repugne tanto como a ellos el Tratado de Nantucket, y que creen que podría ser abortado desde el campo americano y desearían conferenciar acerca de ello.

El reino de Jordania no es particularmente prosoviético; pero el rey Hussein hace tiempo que pisa un terreno muy delicado para mantenerse en su trono en Ammán y, en ocasiones, ha comprado armamento soviético aunque su Legión Árabe Hachemita es armada principalmente por Occidente. Sin embargo, existe en Ammán un equipo de consejeros militares soviéticos compuesto de treinta hombres, dirigido por el agregado de defensa de la Embajada rusa. Easterhouse, que asistió una vez a la prueba de unas armas soviéticas en el desierto al este de Akaba, en interés de sus patronos saudítas, había conocido a aquel hombre. Al pasar por Ammán en su viaje de regreso, Easterhouse se detuvo en la capital.

El agregado de defensa, coronel Kutuzov, que Easterhouse estaba convencido de que pertenecía al GRU, se encontraba todavía allí, y celebraron una cena en privado. El americano se sorprendió al ver la rapidez de la reacción. Dos semanas después, alguien se puso en contacto con él en Riad y le dijo que cierto caballero estaría encantado de reunirse con sus «amigos» en circunstancias de máxima discreción. Recibió un grueso paquete de instrucciones de viaje, que remitió a Houston sin abrirlo.

Julio

De todos los países comunistas, Yugoslavia es el menos riguroso en materia de turismo, hasta el punto de que los visados de entrada pueden obtenerse con pocas formalidades al llegar al aeropuerto de Belgrado. Hacia mediados de julio, cinco hombres llegaron a esa ciudad el mismo día; pero de direcciones distintas y en vuelos diferentes. Procedían, respectivamente, de París, Roma, Viena, Londres y Frankfurt. Como todos llevaban pasaporte americano, ninguno había necesitado visados en aquellas capitales. En Belgrado, todos pidieron y recibieron visados para una semana de inofensivo turismo; uno a media mañana, dos a la hora del almuerzo y dos por la tarde. Todos dijeron a los oficiales de servicio que iban a cazar el oso y el venado en el famoso coto de caza de Karadjordjevo, cuyo pabellón era una antigua fortaleza a orillas del Danubio, muy favorecida por los occidentales ricos, y que había albergado una vez al vicepresidente americano George Bush. Al serles expedidos los visados, dijeron que pasarían una noche en el lujoso hotel Petrovaradin de Novy Sad, a ochenta kilómetros al noroeste de Belgrado. Cada hombre tomó un taxi para ir a aquel hotel.

El turno de los oficiales de visados cambiaba a la hora del almuerzo, de modo que solamente uno de los viajeros pasó por el oficial Pavlic, que era un espía a sueldo de la KGB soviética. Dos horas después de que Pavlic acabase su turno, un informe de rutina llegó a la mesa del residente soviético en su despacho de la Embajada, en el centro de Belgrado.

Pavel Kerkorian no estaba en muy buena forma; se había acostado tarde (no del todo a causa del servicio; pues, como su esposa estaba gorda y se quejaba sin cesar, había buscado consuelo en una muchacha rubia bosniana a la que encontraba irresistible). Además había almorzado copiosamente, esto sí que en cumplimiento del deber, con un miembro del Comité Central yugoslavo, buen bebedor, al que esperaba reclutar. A punto estuvo de dejar a un lado el informe de Pavlic. Los americanos estaban viniendo en un gran número a Yugoslavia; comprobarlos a todos ellos sería imposible. Pero el nombre le llamó la atención. No el apellido, que era bastante corriente. ¿Dónde había hallado antes el nombre de pila «Cyrus»?

Lo encontró de nuevo, una hora más tarde, sin salir de su oficina. Un número atrasado de la revista *Forbes* contenía un artículo sobre Cyrus V. Miller. A veces chiripas como ésta cambian el destino. Aquello carecía de sentido, y el comandante armenio de la KGB quería que las cosas lo tuviesen. ¿Por qué un hombre de casi ochenta años, conocido por ser patológicamente anticomunista, venía a cazar el oso en Yugoslavia, viajando en una línea aérea regular, cuando era lo bastante rico para cazar donde quisiera de América del Norte y viajar en un reactor particular? Llamó a dos miembros de su personal, jóvenes recién llegados de Moscú, y esperó que no fuesen como el perro del hortelano. (Hacía muy poco, en un cóctel, había comentado a un hombre de la CIA que en los momentos actuales no se podían tener buenos ayudantes. Y el hombre se mostró de acuerdo.)

Los jóvenes agentes de Kerkorian hablaban servocroata, pero él les aconsejó que confiasen en su conductor, un yugoslavo que sabía por dónde iba. Aquella tarde le llamaron desde una cabina telefónica del Hotel Petrovaradin, y el comandante se enfadó, porque era seguro que los yugoslavos lo tenían intervenido. Les dijo que fuesen a otra parte.

Estaba a punto de irse a casa cuando le llamaron de nuevo, esta vez desde una humilde posada a pocos kilómetros de Novy Sad. No era un americano, le dijeron, sino que eran cinco. ¿Había la posibilidad de que hubiesen coincidido en el hotel; mas parecían conocerse. Gracias a una propina dada en recepción, tenían copias de las tres primeras páginas de los pasaportes de los americanos. Un microbús iría a recogerlos por la mañana, dijeron los agentes. ¿Y qué tenían que hacer ellos ahora? Kerkorian les dijo que se quedasen allí. Toda la noche. Quería saber a dónde iban y con quién se encontraban.

«Les está bien empleado –pensó mientras se iba a casa–. Esos jovenzuelos lo tienen todo demasiado fácil.» Probablemente no era nada, pero les aportaría una experiencia. Estuvieron de vuelta al día siguiente, a mediodía, cansados, sin afeitar, pero triunfales. Lo que tenían que decirle dejó pasmado a Kerkorian. El microbús había llegado con puntualidad y los cinco americanos subieron a él. El guía iba de paisano, pero tenía todo el aspecto de un militar... y ruso por añadidura. En vez de dirigirse al pabellón de caza, el vehículo llevó a los cinco americanos de regreso a Belgrado y directamente a la base aérea de Batanjica. No habían exhibido sus pasaportes en la entrada. El guía sacó cinco pases del bolsillo y cruzaron la barrera.

Kerkorian conocía Batanjica; era la más grande base aérea yugoslava, situada a veinte kilómetros al noroeste de Belgrado, ciertamente no en la ruta turística de los americanos. Entre otras cosas, no cesaban de aterrizar allí transportes militares soviéticos, que traían suministros para el numeroso grupo de consejeros militares de ese país residentes en Yugoslavia, lo cual significaba que había un equipo de ingenieros rusos en la base, uno de los cuales trabajaba para él. Aquel hombre llevaba el control del cargamento. Diez horas después, Kerkorian envió un informe «relámpago» a Yazenevo, en el cuartel general del Primer Directorio de la KGB, rama exterior del espionaje. Fue derecho a la mesa del jefe delegado del Directorio, general Vadim Kirpichenko, quien hizo varias investigaciones en la URSS y envió un informe extenso a su presidente, general Chebrikov.

Lo que explicaba Kerkorian era que los cinco americanos habían sido acompañados desde el microbús hasta el reactor de transporte Antonov 42, que acababa de llegar de Odessa con un cargamento, y había regresado otra vez al lugar de procedencia. Un informe ulterior del residente en Belgrado explicaba que los americanos habían vuelto por el mismo camino veinticuatro horas más tarde, pasaron una segunda noche en el Hotel Petrovaradin y salieron después juntos de Yugoslavia, sin haber cazado un solo oso. Kerkorian fue encomiado por su diligencia.

Agosto

El calor envolvía la Costa del Sol como una manta. En las playas, un millón de turistas daban vueltas y más vueltas sobre sí mismos como un trozo de carne en una parrilla, untándose cremas y aceites y tostándose valerosos. Trataban de adquirir un intenso color caoba en sus dos preciosas semanas de vacaciones; pero la mayoría de las veces, lo único que lograban era ponerse colorados como langostas. El cielo tenía un azul tan pálido que era casi blanco, y la brisa del mar se había convertido en un céfiro suave.

Hacia el oeste, la enorme muela del Peñón de Gibraltar se alzaba en la cálida neblina, resplandeciendo a una distancia de veintidós kilómetros; las descoloridas vertientes de hormigón construidas por los Ingenieros Reales para captar la lluvia y alimentar las cisternas subterráneas, parecían la cicatriz de un leproso en el flanco del Peñón.

En los montes que se hallaban detrás de la playa de Casares, el aire era un poco más fresco, pero no mucho; el verdadero alivio sólo se sentía al amanecer y momentos antes de ponerse el sol. Debido a ello, los viñadores de Alcántara del Río se levantaban a las cuatro de la mañana para trabajar seis horas antes de que el sol les obligase a refugiarse en la sombra. Después de almorzar, dormían la tradicional siesta española al amparo de sus gruesas, frescas y enjalbegadas paredes hasta las cinco. Después volvían a trabajar hasta que se extinguía la luz alrededor de las ocho.

Las uvas maduraban y engordaban bajo el sol. Todavía no había llegado la época de la vendimia, pero este año habría una buena cosecha. Antonio, en su bar, llevó la jarra de vino al extranjero, como de costumbre, y sonrió.

–¿Será buena la cosecha? –preguntó.

–Sí –dijo el hombre alto, también con una sonrisa–, este año la cosecha será muy buena. Todos podremos pagar nuestras cuentas en el bar.

Antonio se mondó de risa. Todo el mundo sabía que el extranjero era dueño de una buena tierra y pagaba siempre al contado.

Agosto

Dos semanas más tarde, Mijaíl Sergeivitch Gorbachov no estaba de humor para bromas. Aunque solía ser afable, y gozaba la reputación de poseer un buen sentido del humor y mostrarse campechano con sus subordinados, podía tener también momentos de mal genio, como cuando los occidentales predicaban sobre derechos civiles o cuando se sentía defraudado por alguien a su servicio. Estaba sentado en el séptimo y último piso del edificio del Comité Central, en Novaya Ploshad (Plaza Nueva) y miraba con irritación los informes desparramados sobre el escritorio. Es una habitación larga y estrecha, de dieciocho por seis metros, con la mesa del secretario general en el extremo opuesto al de la puerta; él se sienta de espaldas a la pared; todas las ventanas que dan a la plaza están alineadas a su izquierda y cubiertas con cortinas de malla y colgaduras de terciopelo. A lo largo de la habitación está la acostumbrada mesa de conferencias en forma de T.

A diferencia de muchos de sus predecesores, Gorbachov ha preferido una decoración sencilla y alegre; la mesa es de pálida madera de haya, así como el sillón que la preside, y está flanqueada por dieciséis sillas rectas pero cómodas; ocho a cada lado. Sobre esta mesa era donde había desparramado los informes recogidos por su amigo y colega, el ministro de Asuntos Exteriores Edward Shevarnadze, a requerimiento del cual había vuelto de mala gana de sus vacaciones en Yalta, Crimea. Pensó enfurecido lo mucho mejor que estaría chapaleando en el mar con su nieta Aksaina que sentado en Moscú leyendo aquella basura.

Hacía más de seis años de aquel frío día de marzo de 1985 en que Chernenko bajó al fin de su pedestal y él se encumbró con rapidez casi pasmosa (a pesar de que había intrigado y estaba preparado para ello) hasta el puesto más alto. Seis años durante los cuales había tratado de agarrar por el cogote a su amado país y hacerle entrar por la fuerza en la última década del siglo XX con un aire digno y de triunfo, en condiciones iguales a las del capitalista Occidente.

Como todos los buenos rusos, admiraba y aborrecía a Occidente por su prosperidad, su poder económico, su aplomo casi desdeñoso. A diferencia de la mayoría de los rusos, no había estado dispuesto a aceptar, durante años, que las cosas no pudieran cambiar nunca en su patria, que la corrupción, la pereza, la burocracia y el letargo fueran parte del sistema, y que, porque lo habían sido siempre, tuvieran que seguir siéndolo. Ya de joven, supo que tenía la energía y el dinamismo necesarios para cambiar la situación, si se le daba una oportunidad. Éste había sido su móvil esencial, su fuerza impulsora, a lo largo de todos aquellos años de estudio y de trabajo para el Partido en Stavropol: la convicción de que un día se le presentaría esa oportunidad.

La había tenido durante seis años y ahora se daba cuenta de que, incluso *él*, había infravalorado la oposición y la inercia. Los primeros años habían sido arriesgados; tuvo que andar por una cuerda muy floja, y corrió el peligro de romperse la cabeza una docena de veces.

La limpieza del Partido había sido lo primero; cortar la madera muerta, echar a los intransigentes... Bueno, a casi todos ellos. Ahora sabía que mandaba en el Politburó y en el Comité

Central; sabía que sus hombres controlaban las desperdigadas secretarías del Partido en todas las repúblicas de la Unión, compartían su convicción de que la URSS solamente podría competir con Occidente si era económicamente fuerte. Por esto la mayoría de sus reformas eran en cuestiones económicas y no morales.

Como acérrimo comunista, creía que su país tenía una superioridad moral; esto no hacía falta demostrarlo. Pero era lo bastante listo para no engañarse sobre las fuerzas económicas de ambos campos. Ahora, con la crisis del petróleo, de la que estaba muy bien enterado, necesitaba recursos masivos para bombearlo en Siberia y en el Ártico, lo cual significaba reducirlos en otros sectores. Eso era lo que había conducido a Nantucket y a su inevitable enfrentamiento con su propio cuerpo militar.

Como cualquier líder soviético, sabía que los tres pilares del poder eran el Partido, el Ejército y la KGB, y nadie podía medirse con dos al mismo tiempo. Ya era bastante malo estar a la greña con sus generales; pero ser apuñalado por la espalda por la KGB resultaba intolerable. Los informes que tenía sobre la mesa, recogidos por el ministro de Asuntos Exteriores de los medios de comunicación occidentales y debidamente traducidos, eran lo que menos deseaba, sobre todo cuando la opinión pública americana todavía podía hacer que el Congreso rechazase el Tratado de Nantucket e insistiese en la fabricación del desastroso (para Rusia) bombardero Stealth.

Personalmente, no tenía mucha simpatía por los judíos que querían abandonar la madre patria, de la cual lo habían recibido todo. No consideraba antirrusos a los disidentes. Pero le indignaba que lo que se había hecho fuera deliberado, no accidental, y sabía quién estaba detrás de todo aquello. Todavía se hallaba dolido por la cruel cinta de vídeo que atacaba a su esposa por los años de jarana que había pasado en Londres y que fue emitida por las cadenas de Moscú. También sabía quién había estado detrás de ello. La misma gente. El predecesor del hombre al que había citado y a quien estaba ahora esperando.

Llamaron a la puerta situada a la derecha de la librería y en el fondo de la habitación. Su secretario particular asomó la cabeza e hizo un simple ademán afirmativo. Gorbachov levantó una mano para indicarle que esperase un momento.

Volvió a su mesa escritorio y se sentó detrás de ella. Encima del tablero sólo había tres teléfonos y una escribanía de ónix color crema. Después, asintió con la cabeza. El secretario abrió la puerta de par en par.

–El camarada presidente, camarada secretario general –anunció el joven y se retiró.

El recién llegado vestía uniforme de gala, como debía ser, y Gorbachov dejó que recorriese toda la habitación sin saludarle. Después se levantó y señaló los papeles desparramados.

El general Vladimir Kriuchkov, presidente de la KGB, había sido íntimo amigo, protegido y con las mismas ideas de su predecesor, el fanático ultraconservador Viktor Chebrikov. El secretario general había hecho destituir a Chebrikov durante la gran purga realizada en otoño de 1988, librándose así de su más poderoso enemigo en el Politburó. Pero no tuvo más remedio que designar al primer presidente delegado (Kriuchkov) como su sucesor. Una destitución era bastante; dos habría sido demasiado. Incluso en Moscú existen límites.

Kriuchkov miró los paneles y arqueó una ceja.

Bastardo, pensó Gorbachov.

–No había necesidad de apalearlos delante de las cámaras –dijo Gorbachov, yendo como de costumbre al grano sin preámbulos–. Seis cámaras de televisión occidentales, ocho reporteros de radio y veinte periodistas de diarios y revistas, la mitad de ellos americanos. Tuvimos menos publicidad para la Olimpiada de 1980.

Kriuchkov arqueó una ceja.

–Los judíos estaban realizando una manifestación ilegal, mi querido Mijaíl Sergeivitch. Personalmente, yo me encontraba entonces de vacaciones. Pero creo que mis oficiales del Segundo Directorio actuaron como debían hacerlo. Aquella gente se negó a dispersarse cuando se lo ordenaron, y mis hombres usaron los métodos acostumbrados.

–Fue en la calle. Era asunto de la Milicia.

–Se trataba de elementos subversivos. Estaban haciendo propaganda antisoviética. Fíjese en las pancartas. Esto es asunto de la KGB.

–¿Y toda esa concurrencia de la prensa extranjera?

El jefe de la KGB se encogió de hombros.

–Esas comadrejas se meten en todas partes.

«Sí, si se les da el soplo», pensó Gorbachov. Se preguntó si aquel asunto podría ser pretexto para destituir a Kriuchkov; pero lo pensó mejor. Se necesitaría a todo el Politburó para despedir al presidente de la KGB, y nunca lo echarían porque un puñado de judíos hubieran sido apaleados. Sin embargo, estaba irritado y dispuesto a decir lo que pensaba, y así lo hizo durante cinco minutos. Kriuchkov apretó los labios en silencio. No le gustaba que un hombre más joven, aunque fuese su superior, le echase un rapapolvo. Gorbachov había salido de detrás de la mesa; los dos hombres eran de la misma estatura, bajos y robustos. La mirada del gran mandatario era, como de costumbre, firme. Entonces fue cuando Kriuchkov cometió un error.

Tenía en el bolsillo un informe del hombre de la KGB en Belgrado, ampliado con cierta pasmosa información recogida por Kirpichenko en el Primer Directorio. Era en verdad lo bastante importante para presentarlo al secretario general. Al diablo, pensó el irritado jefe de la KGB; puede esperar. Y se guardó el informe de Belgrado.

Septiembre

Irving Moss se había establecido en Londres, pero, antes de salir de Houston, convino una clave personal con Cyrus Miller. Sabía que los monitores de la National Security Agency en Fort Meade escrutaban constantemente el éter, interceptando miles de millones de palabras en conferencias telefónicas desde el extranjero, y que los bancos de los ordenadores las cribaban para entresacar cuestiones de interés. Por no hablar de la gente del GCHQ británico, de los rusos y de casi todos cuantos podían montar un puesto de escucha. Pero el volumen del tráfico comercial es tan grande que, a menos que algo destaque como sospechoso, probablemente será pasado por alto. La clave de Moss se fundaba en listas de precios de las lechugas, transmitidos desde la soleada Texas al brumoso Londres. Anotaba la lista de precios que recibía por teléfono, suprimía las palabras, retenía los números y, relacionándolos con la fecha del calendario, los descifraba a base de una antigua tabla de la que solamente él y Cyrus Miller tenían copias.

Aquel mes había aprendido tres cosas: que la pieza de tecnología soviética estaba en las últimas fases de su preparación y sería entregada dentro de quince días; que la fuente de información que había pedido en la Casa Blanca había sido localizada, comprada y pagada; y que debía seguir adelante con el Plan Travis proyectado. Quemó las hojas y sonrió. Sus honorarios dependían de la planificación, la activación y el triunfo. Ahora podía reclamar la segunda tajada.

Octubre

El curso de otoño en la Universidad de Oxford tiene una duración de ocho semanas y, como los estudiantes se rigen por los preceptos de la lógica, las llaman Primera Semana, Segunda Semana, Tercera Semana, etcétera. Numerosas actividades se practican después de terminar el curso (en particular los ejercicios de atletismo, las representaciones teatrales y los coloquios), en la Semana Novena. Bastantes estudiantes se presentan antes de empezar el ciclo, para preparar sus estudios, instalarse o iniciar su entrenamiento, en el período llamado Semana Cero.

El 2 de octubre, primer día de la Semana Cero, había una bandada de pájaros tempraneros en el Vincent's Club, bar y lugar predilecto de los estudiantes atletas, entre los que había uno alto y delgado llamado Simon, que se preparaba para su tercer y último curso en Oxford, según el programa de «Un año en el extranjero». Le saludó una voz alegre desde detrás de él.

–Hola, joven Simon. ¿Ya de regreso?

Era el comodoro del Aire, John De'Ath, tesorero del Jesus College y del Athletics Club, que incluía el equipo de cross-country. Simon sonrió.

–Sí, señor.

–¿Para perder la grasa acumulada en las vacaciones de verano? –dijo sonriendo el oficial retirado de la Air Force. Dio una palmada en el estómago inexistente del estudiante–. Buen chico. Es nuestra gran esperanza para darle un palo a Cambridge en diciembre, en Londres.

Todo el mundo sabía que el gran rival deportivo de Oxford era la Universidad de Cambridge, el adversario que había que tener siempre en cuenta en cualquier competición deportiva.

–Voy a empezar la serie de carreras mañaneras y volveré a estar en forma, señor –dijo Simon.

Y, en efecto, inició una serie de fatigosas carreras por la mañana, comenzando por hacer siete kilómetros y subiendo hasta dieciocho en el transcurso de la semana. Como de costumbre, la mañana del miércoles 9, sacó la bicicleta de su casa de Woodstock Road, en la parte sur de Summertown, al norte de Oxford, y pedaleó hacia el centro de la ciudad. Pasó por delante del Martyr's Memorial y de la iglesia de St. Mary Magdalen, giró a la izquierda, hacia Broad Street, donde estaba su propio college, Balliol, y bajó por Holywell y Longwall para salir a Hight Street. Un último giro a la izquierda le llevó hasta la verja del Magdalen College.

Allí desmontó, encadenó la bici a la verja para mayor seguridad y empezó a correr. Cruzó el Magdalen Bridge sobre el Cherweel y bajó por St. Clement's hasta The Plain. Ahora se dirigía hacia el este. A las seis y media de la mañana el sol empezaba a elevarse delante de él, y aún tendría que correr unos siete kilómetros para salir de los últimos suburbios de Oxford.

Trotó a través de New Headington para cruzar la Ring Road de dos direcciones por el puente de acero que conduce a Shotover Hill. No había nadie más que corriese con él. Estaba casi solo. Al final de Old Road empezaba la pendiente de la colina y sintió el dolor del corredor de fondo. Las nervudas piernas le llevaron cuesta arriba hasta la Shotover Plain. Allí terminaba la carretera y empezaba la pista, llena de profundos hoyos, llenos de agua de la lluvia de la noche pasada. Pasó a la orilla herbosa, gozando con el alivio de la hierba bajo los pies; cesó el dolor y sintió el entusiasmo de la libertad en la carrera.

Detrás de él, un coche sedán corriente salió de entre los árboles de la colina y, al abandonar el asfalto, empezó a saltar en los baches. Los hombres que iban en él conocían el camino, y les horrorizaba. Un trecho de quinientos metros, flanqueado de guijarros grises, hasta el embalse, y vuelta a la carretera asfaltada para ir cuesta abajo hasta el pueblo de Wheatley, pasando por la aldea de Littleworth.

Cien metros antes del embalse, el camino se estrechaba y un fresno gigantesco se erguía junto a la calzada. Allí estaba aparcada la camioneta, en la orilla de su propia dirección. Era un usado Ford Transit verde que llevaba en el costado un rótulo de «Barlow's Orchard Produce». No había en ello nada desacostumbrado. A primeros de octubre, las camionetas de Barlow recorrían toda la región para servir las manzanas dulces de Oxfordshire a las verdulerías. Cualquiera que hubiese mirado a la parte de atrás de la camioneta (invisible para los hombres del coche, ya que estaba de cara a ellos) habría visto que estaba llena de cestas de manzanas. Pero no se habría dado cuenta de que las cestas eran en realidad unas hábiles pinturas pegadas al interior de las ventanillas gemelas.

La camioneta había pinchado el neumático delantero del lado de afuera. Un hombre estaba agachado junto a la rueda levantada por un gato, tratando de soltarla con una llave. Parecía absorto en su trabajo. El joven llamado Simon estaba en la orilla opuesta del camino lleno de baches y siguió corriendo.

Al llegar a la altura de la parte delantera de la camioneta, ocurrieron dos cosas con sorprendente rapidez. La puerta de atrás se abrió y dos hombres, ambos vestidos de negro y enmascarados, saltaron del vehículo, se lanzaron sobre el sorprendido corredor y lo derribaron. El hombre de la llave se volvió y se irguió. Debajo del inclinado sombrero, iba también enmascarado y la llave no era tal, sino una metralleta Skorpion checa. Inmediatamente abrió fuego contra el parabrisas del sedán que se hallaba a unos veinte metros.

El hombre que iba al volante murió en el acto, alcanzado en la cara. El coche se desvió y se paró. El hombre del asiento de atrás reaccionó como un gato, abriendo la portezuela, saltando y rodando dos veces por el suelo, antes de incorporarse en posición de «fuego». Hizo dos disparos con su Smith and Wesson chato de nueve milímetros. El primero erró por una cuarta, el segundo quedó tres metros corto; pues, al disparar, la ráfaga de balas de la

Skorpion le alcanzó en el pecho. No había tenido posibilidad de salvación.

El hombre que iba al lado del conductor saltó del automóvil un segundo después que el que iba atrás. La portezuela quedó abierta de par en par y el hombre trató de disparar, a través de la ventanilla abierta, contra el de la metralleta; pero tres proyectiles le dieron directamente en el estómago, haciéndole caer de espaldas.

Cinco segundos después, el pistolero estaba de nuevo junto al conductor de la camioneta, los otros dos habían arrojado al estudiante en la parte de atrás de la Transit y cerrado la puerta, la camioneta se había desprendido del gato, y, dando rápidamente marcha atrás, viró para volver al camino en dirección a Wheatley.

El agente del Servicio Secreto se estaba muriendo; pero era muy valeroso. Centímetro a centímetro, se arrastró hacia la puerta abierta del coche, agarró el micrófono debajo del tablero y transmitió con voz ronca su último mensaje. Prescindió de señales y de claves; no tenía tiempo para ello. Cuando llegaron en su ayuda, al cabo de cinco minutos, estaba muerto. Lo que había dicho era:

–Socorro... necesitamos ayuda... Alguien acaba de secuestrar a Simon Cormack.

CAPÍTULO IV

Después de la llamada por radio del moribundo agente del Servicio Secreto americano, muchas cosas empezaron a ocurrir a enorme velocidad y con ritmo acelerado. El secuestro del único hijo del presidente había ocurrido a las siete y cinco de la mañana. El mensaje radiado fue anotado a las siete y siete. Aunque había empleado una longitud de onda «dedicada» (exclusiva), había hablado con claridad. Afortunadamente, ninguna persona no autorizada estaba escuchando las frecuencias de la policía a aquella hora. La llamada fue oída en tres lugares.

En la casa alquilada junto a Woodstock Road se hallaban los otros diez hombres del equipo del Servicio Secreto encargado de custodiar al hijo del presidente durante el año de su estancia en Oxford. Ocho estaban todavía en la cama; pero dos se habían levantado ya, entre ellos el oficial de guardia de noche que escuchaba la frecuencia dedicada.

El director del Servicio Secreto, Creighton Burbank, había protestado desde el principio, diciendo que el hijo del presidente no debía estudiar en el extranjero durante su mandato. Pero su advertencia había sido desoída por Cormack, el cual no veía motivo para privar a su hijo de su deseo de pasar un año en Oxford. Burbank se había tragado sus objeciones y pidió que se enviase un equipo de cincuenta hombres a Oxford.

Y de nuevo había cedido John Cormack a las súplicas de su hijo («Dame un respiro, papá, o pareceré una res expuesta en una feria de ganado con cincuenta gorilas a mi alrededor»), y el equipo había quedado al fin reducido a doce. La Embajada en Londres alquiló una villa grande y aislada al norte de Oxford, y colaboró durante meses con las autoridades británicas. Contrató a tres servidores británicos de absoluta confianza: un jardinero, una cocinera y una señora para la limpieza de la casa y el lavado de la ropa. El objeto había sido dar a Simon

Cormack la oportunidad de disfrutar de una manera normal de sus días de estudiante.

El equipo tuvo siempre un mínimo de ocho hombres de guardia, pues cuatro tenían permiso los fines de semana. Los hombres de guardia formaban cuatro parejas; tres para cubrir en otros tantos turnos, las veinticuatro horas del día, y una para escoltar a Simon a todas partes cuando se alejaba de Woodstock Road. El Servicio había amenazado con retirarse si no se les permitía llevar sus armas; pero los ingleses tenían una norma según la cual ningún extranjero podía llevar armas encima en suelo británico. Se llegó a un compromiso típico: fuera de la casa, un sargento británico armado de la Rama Especial estaría en el coche. Técnicamente, los americanos operarían bajo sus auspicios y podrían llevar armas. Era una ficción; pero los hombres de la Rama Especial, naturales de Oxfordshire, eran guías muy útiles y las relaciones con ellos habían llegado a ser muy amistosas. El sargento británico fue quien se había apeado del asiento trasero del automóvil caído en la emboscada y trató de usar su Smith and Wesson antes de ser derribado en Shotover Plain.

A los pocos segundos de recibirse la llamada del moribundo, en la casa de Woodstock Road se armó un griterío al lanzarse el resto del equipo a los otros dos coches y salir a toda velocidad hacia Shotover Plain. Todos conocían el camino que el corredor había de seguir. El oficial de guardia se quedó con otro en la casa y realizó dos llamadas telefónicas urgentes. Una de ellas a Washington, a Creighton Burbank, que se hallaba durmiendo profundamente a aquella hora de la mañana, con una diferencia de cinco respecto a Londres; la otra al asesor legal de la Embajada de los Estados Unidos en Londres, el cual se estaba afeitando en su casa de St. John's Wood.

El asesor legal de las embajadas americanas es siempre el representante del FBI y, en Londres, es un cargo importante. El enlace entre las agencias encargadas de hacer cumplir la ley en los dos países es constante. Patrick Seymour había sucedido a Darrell Mills hacía dos años, tenía buena relación con los ingleses y le gustaba su trabajo. Su reacción inmediata fue palidecer intensamente y precipitarse a hacer una atropellada llamada a

Donald Edmonds, director del FBI y a quien pilló durmiendo a pierna suelta en su residencia de Chevy Chase.

El segundo oyente de la llamada por radio del moribundo fue un coche patrulla de la Thames Valley Police, fuerza que cubría los viejos condados de Oxfordshire, Berkshire y Buckinghamshire. Aunque el equipo americano, con su escolta de la Rama Especial, estaba siempre cerca de Simon Cormack, la TVP seguía la norma de tener uno de sus coches a poco más de un kilómetro de distancia, para poder acudir a la «primera llamada». El coche patrulla tenía conectada la frecuencia dedicada, circulaba por Headington en aquel momento y cubrió el kilómetro y pico en cincuenta segundos. Alguien diría después que el sargento y el conductor debieron pasar sin detenerse por el lugar de la emboscada y tratar de alcanzar a la furgoneta en fuga. Una visión retrospectiva de las cosas. Pero con tres cuerpos yaciendo en el camino de Shotover, se detuvieron para ver si podían prestar ayuda y tal vez recibir alguna declaración. Era demasiado tarde para ambas cosas.

El tercer puesto de escucha fue la Jefatura de Policía de Thames Valley en el pueblo de Kidlington. La agente Janet Wren estaba a las siete y media fuera de servicio, después del turno de noche, y bostezaba cuando la ronca voz con acento americano sonó en el aparato de radio junto a su cama. Se quedó tan aturdida que pensó por un instante que podía ser una broma pesada. Entonces consultó una lista de información y pulsó una serie de teclas en el ordenador que tenía a su izquierda. Al momento se encendió la pantalla y aparecieron una serie de instrucciones que la aterrorizada muchacha empezó a seguir al pie de la letra.

Después de una larga colaboración, un año antes, entre la Policía de Thames Valley, Scotland Yard, el Ministerio del Interior británico, la Embajada de los Estados Unidos y el Servicio Secreto, la operación de protección conjunta de Simon Cormack había sido denominada Operación Yankee Doodle. Las rutinas habían sido computadorizadas, lo mismo que los procedimientos que se debían seguir en cualquiera de las numerosas contingencias; por ejemplo, que el hijo del presidente se viese envuelto en una pendencia de bar, una lucha callejera, un accidente de circulación, una manifestación política, o cayese enfermo o desease pasar un tiempo lejos de Oxford, en otro país. La agente Wren había activado la clave «secuestro», y el ordenador le respondió.

A los pocos momentos, el oficial de guardia estaba a su lado, pálido de espanto e iniciando una serie de llamadas telefónicas. Una de ellas al superintendente jefe del Criminal Investigation Department (CID), que se encargó de comunicarlo a su colega el superintendente jefe de la Rama Especial de TVP. El hombre de Kidlington llamó también al subjefe (ACC) de Operaciones, que estaba comiendo dos huevos escalfados cuando recibió la llamada en su casa. Escuchó muy atento y lanzó una serie de órdenes y preguntas.

–¿Dónde exactamente?

–En Shotover Plain, señor –dijo el inspector jefe de Kidlington–. Delta Bravo está en el lugar del suceso. Han hecho volver atrás a un coche particular que venía de Wheatley, a otros dos corredores y a una dama con un perro procedentes de Oxford. Los dos americanos han muerto y también el sargento Dunn.

–¡Jesús! –exclamó el ACC de Operaciones.

Esto iba a ser la mayor crisis en su carrera y, estando al frente de Operaciones, lo más delicado del trabajo policíaco, a él correspondía enderezarlo. Nada de andarse con chiquitas. Puso manos a la obra.

–Envía allí a cincuenta hombres uniformados como mínimo. Con postes, mazos y cintas. Quiero que el lugar quede cerrado... ahora mismo. Por todos los medios. Y bloqueen el camino. Tiene dos salidas, ¿no?... ¿Pudieron salir por el extremo de Oxford?

–Delta Bravo dice que no –respondió el hombre de la Jefatura–. Ignoramos el tiempo que transcurrió desde la agresión hasta la llamada del americano. Pero si no fue mucho, Delta Bravo estaba en la carretera, en Headington, y dice que nadie pasó por allí viniendo de Shotover. Las huellas de neumáticos nos lo dirán; allí hay mucho barro.

–Concéntrense en bloquear los caminos de norte a sur en el lado este –dijo el ACC–. Yo hablaré con el jefe. ¿Está mi coche en camino?

–Tendría que encontrarse ya ahí –dijo Kidlington.

Y allí se encontraba. El ACC miró por la ventana del cuarto

de estar y vio su coche, que normalmente habría llegado cuarenta minutos más tarde, deteniéndose junto a la acera.

–¿Quién va para allá? –preguntó.

–Los del CID, los de la Rama Especial, los SOCO y ahora agentes de uniforme –dijo Kidlington.

–Saque a todos los detectives de los otros casos y que se ocupen nada más que de éste –dijo el ACC–. Yo iré derecho a Shotover.

–¿Dónde debemos poner barreras? –preguntó el oficial de guardia de la Jefatura.

El ACC reflexionó. Las barreras son más fáciles de imaginar que de colocar. En aquellos condados, todos muy históricos y con una población muy densa, hay un laberinto de caminos vecinales, carreteras secundarias y senderos que enlazan las ciudades, pueblos y aldeas de la región. Si se extendía demasiado la red, el número de caminos de tercer orden que sería necesario bloquear se multiplicaría hasta cientos; si se extendía poco, se reduciría la distancia que tendrían que recorrer los secuestradores para escapar.

–En el borde de Oxfordshire –ordenó el ACC.

Colgó el teléfono y llamó a su superior, el comisario jefe. En todos los condados británicos la actividad cotidiana de las fuerzas de policía criminal depende del ACC de Operaciones. El jefe puede intervenir o no en el trabajo policíaco; pero su tarea concierne sobre todo a la política, la moral, la imagen pública y las relaciones con Londres. El ACC miró su reloj mientras hacía la llamada. Eran las siete y treinta y uno de la mañana.

El comisario jefe de Thames Valley vivía en una hermosa rectoría transformada, en el pueblo de Bleychingdon. Enjugándose la mermelada de los labios, pasó del cuarto donde estaba desayunando a su despacho para ponerse al teléfono. Cuando oyó la noticia se olvidó del desayuno. Serían muchos los que verían trastornada su mañana aquel día 9 de octubre.

–Ya veo –dijo después de escuchar los detalles–. Sí, siga usted adelante. Yo... telefonearé a Londres.

Sobre la mesa de su despacho había varios teléfonos. Uno de ellos comunicaba directamente con la oficina del subsecretario de la Sección F.4. del Home Office, el Ministro del Interior británico, del que dependen las fuerzas de policía metropolitanas y del campo. A aquella hora, el alto funcionario no estaba en su oficina; pero pasaron la comunicación a su domicilio particular en Fulham, Londres. El burócrata lanzó un desacostumbrado juramento, hizo dos llamadas telefónicas y se dirigió en seguida al gran edificio blanco de Queen Anne's Gate, junto a Victoria Street, donde estaba su Ministerio.

Una de las llamadas fue al oficial de guardia de la Sección F.4. para decirle que se olvidase de todas las demás cuestiones y movilizase inmediatamente a todo su personal. No le explicó la razón. Todavía no sabía cuántas personas estaban enteradas de la matanza de Shotover Plain; pero, como buen funcionario que era, no iba a aumentar su número si podía evitarlo.

La otra llamada era preceptiva. La hizo al subsecretario permanente, el más alto funcionario de todo el Home Office. Por suerte, los dos hombres vivían en el casco de Londres y no a kilómetros de distancia en los suburbios residenciales, y se encontraron en el Ministerio a las siete cincuenta y uno. Sir Harry Marriott, ministro del Interior en el Gobierno conservador, se reunió con ellos a las ocho y cinco. Le pusieron al tanto de lo que sucedía. Su reacción inmediata fue telefonear al número diez de Downing Street e insistir en hablar personalmente con Mrs. Thatcher.

La llamada fue recibida por el secretario particular. Hay innumerables «secretarios» en Whitehall, sede de la administración británica; unos son realmente ministros; otros, altos funcionarios; algunos, auxiliares personales, y unos pocos hacen trabajos de secretaría. Charles Powell pertenecía al penúltimo grupo. Sabía que la Primera Ministra llevaba ya una hora trabajando en el despacho particular contiguo, llenando resmas de papel cuando sus colegas andaban todavía en pijama. Era su costumbre. Powell sabía también que Sir Harry era uno de sus más íntimos colegas y amigos. Habló un momento con ella, y se puso al aparato sin tardanza.

–Primera Ministra, tengo que verla. Ahora. Tengo que ir a verla sin perder un instante.

Margaret Thatcher frunció el entrecejo. La hora y el tono eran desacostumbrados.

–Sí es así, venga, Harry –accedió.

–Dentro de tres minutos estaré ahí –dijo la voz por teléfono.

Sir Harry Marriott colgó el aparato. Abajo, su coche le estaba esperando para el viaje de quinientos metros. Eran las ocho y once de la mañana.

Los secuestradores eran cuatro. El pistolero, que ahora iba sentado junto al chófer, dejó la Skorpion entre sus pies y se quitó la máscara de lana. Debajo de ella llevaba todavía peluca y bigote postizo. Se quitó unas gafas de gruesa montura y sin cristales. A su lado estaba el conductor, que era el jefe del grupo; también llevaba peluca y una barba postiza. Eran disfraces temporales, pues tenían que viajar varios kilómetros con un aspecto natural.

En la parte de atrás, los otros dos reducían a Simon Cormack, que se defendía violentamente. No representaba problema. Uno de los hombres era muy corpulento y se limitó a sujetar al joven americano con un abrazo de oso, mientras el otro, delgado y nervudo, le aplicaba un paño empapado en éter. La camioneta saltó al salir del camino del embalse a la carretera asfaltada, en dirección a Wheatley, y el ruido en la parte de atrás cesó al sumirse en la inconsciencia el hijo del presidente.

Rodaron cuesta abajo a través de Littleworth, con sus casitas de campo desparramadas, y después fueron directos hacia Wheatley. Se cruzaron con una carretilla eléctrica que repartía la tradicional leche fresca para el desayuno y, cien metros más adelante, el conductor de la camioneta percibió la breve imagen de un muchacho repartidor de periódicos que les estaba mirando. Al salir de Wheatley pasaron a la carretera A-40 de Oxford, rodaron en dirección a la ciudad durante quinientos metros, torcieron a la derecha y, siguiendo la carretera secundaria B-4027, cruzaron los pueblos de Forest Hill y Stanton St. John.

La camioneta cruzó ambas poblaciones a velocidad normal, llegó a la encrucijada de New Inn Farm y siguió hacia Inslip. Pero, como a un kilómetro y medio de New Inn, justo antes de Fox Covert, se detuvo ante la verja de una granja a mano izquierda. El hombre que viajaba al lado del conductor se apeó de un salto, abrió con una llave el candado de la puerta (había sustituido el candado del granjero por otro de ellos diez horas antes), la camioneta entró y sólo tuvo que recorrer diez metros para llegar al medio derruido granero situado detrás de unos árboles y que los secuestradores habían reconocido dos semanas antes. Eran las siete dieciséis de la mañana.

Brillaba ya la luz del día, y los cuatro hombres trabajaron de prisa. El pistolero abrió la puerta del granero y sacó el gran sedán Volvo que había estado aparcado allí desde la medianoche. La camioneta verde entró y el conductor se apeó, trayendo consigo la Skorpion y dos máscaras de lana. Comprobó la parte delantera de la camioneta, para asegurarse de que no habían dejado nada olvidado, y cerró la portezuela. Los otros dos hombres abrieron la puerta de atrás, sacaron al inconsciente Simon Cormack y lo introdujeron en el espacioso portaequipajes del Volvo, provisto de grandes agujeros para su ventilación. Los cuatro raptores se despojaron de los monos negros y aparecieron vestidos como respetables hombres de negocios: traje oscuro, camisa de cuello abrochado y corbata. Conservaron sus pelucas, bigotes y gafas. La otra ropa fue depositada en el portaequipajes con Simon, y la Skorpion fue depositada en el suelo de la parte trasera del Volvo, debajo de una manta.

El conductor de la camioneta y jefe del grupo se puso al volante del Volvo y esperó. El hombre delgado colocó los explosivos en la camioneta y el gigante cerró la puerta del granero. Ambos subieron a la parte de atrás del Volvo, el cual se dirigió a la puerta que conducía a la carretera. El pistolero la cerró cuando hubo salido el coche, recobró su candado y volvió a colocar la oxidada cadena del granjero. Había sido cortada, pero ahora colgaba sin que aquello se advirtiese. El Volvo había dejado huellas en el barro, pero esto no podía remediarse. Los neumáticos eran corrientes y pronto serían cambiados. El pistolero subió y se colocó al lado del conductor. El coche se encaminó hacia el norte. Eran las siete veintidós de la mañana. El ACC de Operaciones decía en aquel momento «Jesús».

Los secuestradores fueron luego en dirección noroeste cruzando el pueblo de Islip, y pasaron a la recta A-421, girando noventa grados a la derecha en dirección a Bicester. Atravesaron esta agradable población mercado del noreste de Oxfordshire a velocidad normal y siguieron por la A-421 hacia la capital del Condado de Buckingham. En las afueras de Bicester, un gran Range Rover de la policía apareció detrás de ellos. Uno de los hombres que iban atrás murmuró una advertencia y se agachó para asir la Skorpion. El conductor le dijo que se estuviese quieto y prosiguió a la velocidad reglamentaria. A cien metros delante de ellos, un rótulo decía «Bien venidos a Buckinghamshire». El límite del condado. Al ver aquella señal, el Range Rover redujo la marcha, se detuvo atravesado en la carretera y sus hombres empezaron a descargar barreras de acero. El Volvo siguió su marcha y pronto desapareció. Eran las ocho y cinco. En Londres, Sir Harry Marriott estaba levantando el teléfono para llamar a Downing Street.

La Primera Ministra británica es una dama sumamente humana, mucho más que los cinco varones que la habían precedido en el cargo de forma inmediata. Aunque capaz de conservar la calma mejor que cualquiera de ellos bajo presiones extremas, está muy lejos de ser inmune a las lágrimas. Sir Harry contó luego a su esposa que, cuando le dio la noticia, sus ojos se humedecieron, se cubrió la cara con las manos y murmuró: «¡Oh, Dios mío! ¡Pobre hombre!»

–Así estamos –dijo Sir Harry a Debbie–, enfrentándonos con la crisis más endiablada con los yanquis desde Suez, y ella pensó ante todo en el padre. No en el hijo, fíjate bien, sino en el padre.

Sir Harry no tenía hijos y no ocupaba todavía su cargo en enero de 1982, por lo que, a diferencia del secretario hoy retirado del Gabinete, Robert Armstrong, que no se habría sorprendido, no pudo presenciar la angustia de Margaret Thatcher cuando se le comunicó la desaparición de su hijo Mark en el desierto argelino durante el Rally París-Dakar. Entonces, en el secreto de la noche, había llorado de dolor, de ese dolor puro y especial que sienten los padres cuando su hijo está en peligro. Mark Thatcher había sido encontrado vivo, seis días después, por una patrulla.

Cuando levantó la cabeza, se había recobrado y apretado un botón del intercomunicador.

–Charlie, quiero que me haga una llamada personal al presidente Cormack. De mi parte. Diga a la Casa Blanca que es para un asunto urgente y que no puede esperar. Sí, *desde luego* sé qué hora es en Washington.

–Tal vez el embajador americano, por medio del secretario de Asuntos Exteriores, podría... –se aventuró a sugerir Sir Harry Marriott.

–No, lo haré yo misma –insistió la Primera Ministra–. Usted tendrá la bondad de convocar la COBRA, Harry. Informe cada hora, por favor.

No hay nada que sea en especial caliente en la llamada Línea Caliente entre Downing Street y la Casa Blanca. En realidad es un enlace telefónico exclusivo, vía satélite, pero con aparatos para perturbar las intervenciones externas en ambos extremos, de manera que la reserva queda asegurada. La comunicación por esta línea suele tardar unos cinco minutos en establecerse. Margaret Thatcher empujó sus papeles a un lado, miró a través de los cristales a prueba de bala de las ventanas de su despacho particular y esperó.

Shotover Plain era un auténtico hormiguero de actividad. Los dos hombres del coche patrulla Delta Bravo sabían muy bien que tenían que impedir que otros se acercasen al camino, y proceder ellos mismos con sumo cuidado al examinar los tres cuerpos por si daban alguna señal de vida. Cuando vieron que no era así, se apartaron de ellos. Las investigaciones se hallan con frecuencia entorpecidas desde el principio si se destruye alguna prueba que podría ser preciosa para los forenses, o si un pie hunde un cartucho en el barro, borrando toda huella dactilar que podría contener todavía.

Los hombres uniformados habían acordonado la zona, todo el camino desde Littleworth cuesta abajo hacia el este, pasando por el puente de acero que cruza la Ring Road entre Shotover y Oxford City. Dentro de esta zona, los SOCO, Scene of Crime Officers, observaban todos los detalles. Descubrieron que el sargento SB británico había disparado dos veces; un detector de metales encontró un proyectil en el barro delante de él: había caído de rodillas y disparado al mismo tiempo. No pudieron encontrar la otra bala. Era probable que hubiese herido a uno de los secuestradores y así lo harían constar en su informe. (En realidad no era así, pero ellos lo ignoraban.)

Estaban los casquillos de la Skorpion, veintiocho, todos en el mismo charco; cada uno fue fotografiado donde se hallaba, recogido con unas pinzas y enviado a los muchachos del laboratorio. Uno de los americanos estaba todavía caído detrás del volante del coche; el otro yacía donde había muerto, junto a la portezuela de atrás, con las manos ensangrentadas sobre los tres orificios de su abdomen y el micro colgando de ellas. Todo fue fotografiado desde numerosos ángulos, antes de que se quitase nada de allí. Los cadáveres fueron trasladados al hospital de Radcliffe, mientras un patólogo del Home Office acudía a toda prisa desde Londres.

Las huellas sobre el barro eran de especial interés: la producida por Simon Cormack al caer con dos hombres encima de él; las de los zapatos de los secuestradores (resultarían ser zapatos deportivos corrientes e inidentificables) y las de los neumáticos del vehículo en que habían huido, el cual se identificó en seguida como alguna clase de camioneta. Y estaba el gato, nuevo y que había podido ser adquirido en cualquiera de los almacenes de la cadena Unipart. Al igual que los cartuchos de nueve milímetros de la Skorpion, no contenía huellas dactilares.

Había treinta detectives en acción: un trabajo fatigoso, pero vital, que proporcionó algunos datos. Doscientos metros al este del embalse, junto al camino de Littleworth, había dos casitas de campo. El ama de una de ellas, que estaba haciendo el té, oyó un ruido «como de disparos» a eso de las siete, pero no vio nada. Un hombre de Littleworth había visto pasar una camioneta verde en dirección a Wheatley, poco después de las siete. Antes de las nueve, los detectives encontraron al muchacho repartidor de periódicos y al conductor del carrito de la leche; el chico estaba en el colegio, y el lechero se hallaba tomando su desayuno.

Éste fue el mejor testigo. Según él, la camioneta verde era una Ford Transit abollada, con el rótulo de Barlow en el costado. El gerente de Barlow declaró que no había ninguna camioneta suya a esa hora en aquella zona. Justificó el destino de todas las de la empresa. La policía sabía ya cómo era el vehículo en que habían huido los secuestradores; ordenó su búsqueda. No dio ninguna razón; sólo había que encontrarla. Nadie la relacionó con un granero incendiado en la carretera de Islip... todavía.

Otros detectives exploraron los alrededores de la casa de Summertown, llamando a las puertas de Woodstock Road y sus cercanías. ¿Había visto alguien coches o camionetas aparcados? ¿Descubrieron a alguien observando la casa en cuestión? Siguieron el camino que había recorrido Simon para entrar hasta el centro de Oxford y salir por el otro lado. Unas veinte personas dijeron que habían visto al joven corredor seguido por unos hombres en un coche, pero éste resultó siempre el del Servicio Secreto.

A las nueve, el ACC de Operaciones volvió a sentir una impresión que le era familiar: el asunto no tendría rápida solución, no se produciría ningún descubrimiento afortunado, no habría capturas inmediatas. Fuesen quienes fuesen, estarían lejos. El jefe de policía, uniformado, se reunió con él en Shotover Plain y observó el trabajo de los equipos.

–Parece que Londres quiere encargarse de esto –dijo el jefe.

El ACC gruñó. Era un desaire; pero les libraba de una responsabilidad enorme. Las preguntas sobre el pasado serían bastante enojosas, pero fracasar en el futuro...

–Al parecer –continuó–, Whitehall cree que los secuestradores se han marchado ya de nuestro terreno. Es posible que quieran que se ocupe del caso la policía metropolitana. ¿Ha venido alguien de la prensa?

El ACC meneó la cabeza.

–Todavía no, señor; pero no se estará quieta durante mucho tiempo. Esto es demasiado gordo.

No sabía que la dama que paseaba al perro, el cual había sido alejado a patadas del lugar del suceso por los hombres de Delta Bravo a las siete y dieciséis, había visto dos de los tres cadáveres, corrió a casa aterrorizada y lo contó a su marido. Ignoraba también que éste trabajaba en la imprenta del *Oxford Mail.* Su trabajo aunque era el de técnico en impresión, creyó, al llegar, que debía mencionarlo al director.

La llamada de Downing Street fue recibida por el primer oficial de guardia del Centro de Comunicaciones de la Casa Blanca, situado en el sótano del Edificio Ejecutivo, el Ala Oeste, junto a la Sala de Situación. Fue registrada a las tres y treinta y cuatro de la mañana, hora de Washington. Al oír quién era la persona que llamaba, el oficial de guardia se atrevió a avisar al agente de más categoría del Servicio Secreto en el turno de noche, que estaría en su puesto en la Mansión.

El hombre del Servicio Secreto se encontraba en aquel momento recorriendo la Sala Central, muy cerca de los apartamentos privados de la segunda planta. Respondió cuando el teléfono colocado en su mesa, frente al dorado ascensor de la Primera Familia, sonó discretamente.

–¿Qué quiere ella, qué? –murmuró–. ¿Saben esos ingleses cuál es la hora de aquí?

Escuchó un poco más. No podía recordar cuándo había sido la última vez que alguien había despertado al presidente a una hora semejante. Debió de ocurrir, pensó, cuando estalló alguna guerra o cosa semejante. Tal vez ahora se trataba de esto. Burbank podía hacerle pasar un mal rato si lo entendía mal. Por otra parte... era la Primera Ministra británica quien...

–Voy a colgar, ya le llamaré –dijo a la sala de comunicaciones.

Se comunicó a Londres que habían ido a despertar al presidente; que esperasen. Así lo hicieron.

El agente de guardia del Servicio Secreto, llamado Lepinsky, cruzó la puerta de la sala de espera del Ala Oeste y se detuvo asustado ante la del dormitorio de Cormack. Respiró hondo y llamó con suavidad. No obtuvo respuesta. Probó el tirador. La puerta no estaba cerrada con llave. Pensando que se estaba jugando su carrera, entró en la habitación. Pudo distinguir dos cuerpos que dormían en la gran cama de matrimonio. Sabía que el presidente era el que estaba más cerca de la ventana. Pasó de puntillas alrededor del lecho, identificó la chaqueta del pijama de algodón color marrón y sacudió del hombro al presidente.

–Señor presidente... ¿Tiene la bondad de despertar, señor?

John Cormack se despertó, reconoció al hombre plantado temerosamente ante él, miró a su esposa y no encendió la luz.

–¿Qué hora es, señor Lepinsky?

–Las tres y media, señor. Lo siento... Señor presidente, la

Primera Ministra de Gran Bretaña le llama por teléfono. Dice que no puede esperar. Lo lamento, señor.

John Cormack pensó durante un momento; después sacó las piernas de la cama con sumo cuidado, para no despertar a Myra. Lepinsky le tendió una bata. Después de casi tres años en el poder, Cormack conocía bastante bien a la Primera Ministra británica. La había visto dos veces en Inglaterra, la segunda en una parada de dos horas en su viaje de regreso de Voukovo, y ella había estado en dos ocasiones en los Estados Unidos. Ambos eran personas resueltas, se entendían bien. Si era ella quien llamaba, tenía que ser algo importante. Más tarde recuperaría el sueño perdido.

–Vuelva a su sitio, Mr. Lepinsky –dijo en voz baja–. No se preocupe, ha hecho bien en despertarme. Recibiré la llamada en mi despacho.

El despacho del presidente (tiene varios pero solamente uno en las habitaciones de la Familia) está entre su dormitorio y el Salón Oval, el cual se encuentra debajo de la rotonda central. Como las del dormitorio, sus ventanas dan a los jardines en dirección a Pennsylvania Avenue. Cerró la puerta de comunicación, encendió la luz, pestañeó varias veces, se sentó a su mesa y levantó el teléfono. Al cabo de diez segundos, la Primera Ministra dijo:

–¿Se ha puesto ya alguien al habla con usted?

Cormack sintió como una punzada en el estómago.

–No... nadie. ¿Por qué?

–Creo que Mr. Edmonds y Mr. Burbank deben saberlo a estas horas –dijo ella–. Lamento tener que ser la primera...

Entonces se lo dijo. Él apretó el teléfono con fuerza y se quedó mirando las cortinas, sin verlas. Se le secó la boca y no pudo tragar saliva. Oyó las frases... Todo, se estaba haciendo todo... Los mejores equipos de Scotland Yard... No podrían escapar... Él dijo que sí, que muchas gracias, y colgó el teléfono. Era como si le hubiesen dado un fuerte puñetazo en el pecho. Pensó en Myra, que seguía durmiendo. Tendría que decírselo, y sería terrible para ella.

–¡Oh, Simon! –murmuró–. Simon, hijo mío.

Comprendió que no podría enfrentarse solo a aquella situación. Necesitaba que llegase un amigo mientras él cuidaba de

Myra. Después de varios minutos, llamó a la telefonista, manteniendo firme la voz.

–Llame al vicepresidente Odell, por favor. Sí, ahora.

En su residencia del Observatorio Naval, Michael Odell fue también despertado de la misma manera por un hombre del Servicio Secreto. La orden era inequívoca, aunque no explicada. «Ten la bondad de venir directamente a la Mansión. Segundo piso. Al despacho. Ahora, Michael, ahora mismo, por favor.»

El vicepresidente tejano oyó que se cortaba la línea, colgó su propio teléfono, se rascó la cabeza y desenvolvió un chicle de menta. Esto le ayudaba a concentrarse. Pidió su coche y fue en busca de su ropa. Odell era viudo, dormía solo y allí no había nadie que le molestase. Diez minutos más tarde, en pantalones, zapatos y un suéter sobre la camisa, se hallaba en el asiento trasero de la limusina, contemplando el cogote rapado del conductor de Marina o las luces nocturnas de Washington, hasta que apareció la mole iluminada de la Casa Blanca. Evitó el Pórtico Sur y la Entrada Sur, ambos muy grandes, y entró en el corredor de la planta baja por la puerta más pequeña del extremo occidental. Dijo al conductor que esperase, que no tardaría mucho. Se equivocaba. Eran las cuatro y siete.

En Inglaterra, la solución de las crisis de máxima importancia corresponde a un comité convocado con suma rapidez y cuyos miembros varían según la naturaleza de la crisis. Lo que no varía es su lugar de reunión. El salón de conferencias elegido es casi siempre el Cabinet Office Briefing Room, una tranquila sala con aire acondicionado, dos plantas por debajo del nivel del suelo y del Cabinet Office adyacente a Downing Street. Por las iniciales, estos comités son llamados COBRA.

Sir Harry Marriott y su personal habían tardado poco más de una hora en hacer que sus «cuerpos», como llamaba él a los componentes de su equipo, saliesen de sus despachos, tomasen sus trenes de cercanías y se presentasen en el Cabinet Office. Él ocupó la presidencia, a las nueve cincuenta y seis de la mañana.

El secuestro era claramente un delito de competencia de la policía, que estaba bajo las órdenes del Home Office. Pero, en este caso, había otras muchas ramificaciones. Aparte del Home Office estaba el ministro de Estado del Foreign Office, que trataría de mantener las relaciones con el Departamento de Estado de Washington y, por ende, con la Casa Blanca. Además, si Simon Cormack había sido hecho desaparecer en Europa, su compromiso sería vital en el terreno político. Dependiendo del Foreign Office, estaba el Secret Intelligencie Service, o MI-6, o «la Empresa», cuya intervención se debería a la posibilidad de que grupos terroristas extranjeros tuviesen que ver con el asunto. Su representante había venido, cruzando el río, de Century House, y después informaría al «Jefe».

También dependiente del Home Office, además de la policía, estaba el Security Service MI-5, la rama de contraespionaje que tenía bastante interés en lo referente al terrorismo, sobre todo en lo que podría afectar internamente a Gran Bretaña. Su hombre había venido de Curzon Street, en Mayfair, donde las fichas de candidatos estaban siendo ya examinadas a docenas y se llamaba a una serie de «durmientes» para que contestasen a una pregunta en particular candente: ¿Quién?

Había un alto funcionario del Ministerio de Defensa, encargado del regimiento Special Air Service, en Hereford. Si se daba el caso de que Simon Cormack y sus secuestradores fuesen localizados rápidamente y se produjese una situación de «fortaleza» (asedio), el SAS podía ser necesario para la liberación del rehén, que era una de sus arcanas especialidades. No hacía falta decir a nadie que la tropa que debía estar preparada de forma permanente para salir en media hora (en este caso le tocaba el turno a la número Siete, los paracaidistas del Escuadrón B) había pasado discretamente a la Alerta Ámbar (diez minutos), y sus tiempos libres, de dos horas a una hora.

Se encontraba un hombre del Ministerio de Transportes, que controlaba los puertos y aeropuertos de Gran Bretaña. En relación con los Guardacostas y las Aduanas. Su departamento montaría la vigilancia de aquellos puntos, pues lo más importante, de momento, era mantener a Simon Cormack dentro del país, para el caso de que los secuestradores tuviesen otras ideas. Había hablado ya con el Departamento de Comercio e Industria, que dejó bien claro que examinar todos los contenedores cerrados y sellados que iban a salir del país era literalmente imposible. Sin embargo, cualquier avión particular, yate o embarcación de recreo, barca de pesca, caravana o embarcación-vivienda que fuese a hacerse a la mar con una caja grande a bordo o con alguien tendido en una camilla, o simplemente drogado e inconsciente, se encontraría con un agente de Aduana o con un guardacosta que mostraría más que un interés rutinario.

Pero el hombre clave era el que se sentaba a la derecha de Sir Harry: Nigel Cramer.

A diferencia de las jefaturas y las autoridades de policía de los condados, la fuerza policial de Londres, la Policía Metropolitana, conocida como «la Met», está bajo el mando, no de un jefe, sino de un alto comisario, y es la fuerza más numerosa del país. El alto comisario, en este caso Sir Peter Imbert, es ayudado en su labor por cuatro subcomisarios, cada uno de los cuales se halla a cargo de uno de los cuatro departamentos. El segundo de éstos es Specialist Operations, o SO.

El departamento SO tiene trece ramas, que van de la uno a la catorce, porque la cinco, sin que se conozca la razón, no existe. Entre las trece se encuentran la Brigada Secreta, la Brigada de Delitos Graves, la Brigada Volante, la Brigada de Fraudes y la Brigada de Delitos Regionales. Además, la Rama Especial (contraespionaje), la Rama de Información Criminal (SO 11) y la Rama Antiterrorista (SO 13).

El hombre designado por Sir Peter Imbert para representar a la Met en el comité COBRA era el subcomisario delegado del Departamento SO, Nigel Cramer. A partir de ese momento, informaría en dos direcciones: hacia arriba, a su subcomisario y al propio alto comisario; hacia un lado, al comité COBRA. Por su parte, recibiría información del oficial investigador, el IO, el cual a su vez emplearía todas las ramas y brigadas del departamento.

Se necesita decisión política para superponer la Met a una fuerza provincial; pero la Primera Ministra había tomado ya esta decisión, justificada por la sospecha de que Simon Cormack podía muy bien estar fuera de la zona de Thames Valley, y Sir Harry Marriott acababa de informar de aquella decisión al jefe de aquel sector. Los hombres de Cramer se encontraban ya en las afueras de Oxford.

Había dos invitados no británicos en COBRA. Uno de ellos era Patrick Seymour, el hombre del FBI en la Embajada; el otro era Lou Collins, el oficial de enlace de la CIA en Londres. Su inclusión era más que mera cortesía; estaban allí para que pudiesen enterar a sus organizaciones del grado de esfuerzo que se estaba realizando en Londres para remediar aquel atropello, y tal vez contribuir con cualquier dato que pudiese descubrir su gente.

Sir Harry abrió la sesión con un informe conciso de lo que se sabía hasta entonces. Habían transcurrido tres horas justas desde el secuestro. En este momento, creía necesario hacer dos presunciones. Una de ellas era que Simon Cormack había sido sacado de Shotover Plain y estaba ahora secuestrado en un lugar secreto; la segunda era que los delincuentes eran terroristas de alguna especie que todavía no habían establecido contacto alguno con las autoridades.

El hombre de Información Secreta dijo que sus agentes estaban tratando de ponerse en contacto con varios colaboradores infiltrados en los grupos terroristas europeos conocidos, en un intento de identificar al que estaba detrás del secuestro. Tardaría algunos días en lograrlo.

–Estos agentes de infiltración llevan vidas muy peligrosas –añadió–. No podemos telefonearles sin más y preguntar por Jimmy. Tendrán que celebrarse reuniones secretas en diversos lugares durante la próxima semana, para ver si podemos descubrir alguna pista.

El hombre del Servicio de Seguridad añadió que su departamento estaba haciendo lo mismo con grupos del interior del país, que podían estar implicados o saber algo. Dudaba de que los autores fuesen nacionales. Aparte del IRA y el INLA, ambos irlandeses, las Islas Británicas tenían un buen número de tipos misteriosos, pero el grado de profesionalismo cruel mostrado en Shotover Plain parecía excluir a los ruidosos descontentos de costumbre. Sin embargo, sus propios agentes de infiltración serían también puestos en acción.

Nigel Cramer dijo que era probable que las primeras pistas se obtuvieran del examen forense o de algún testigo casual que todavía no había sido interrogado.

–Sabemos cómo era la camioneta que utilizaron –dijo–. Una

vieja Ford Transit pintada de verde y que llevaba en ambos lados el rótulo, conocido en Oxfordshire, de la compañía Barlow Fruit. Se la vio pasar por Wheatley en dirección este, lejos del lugar del crimen, unos cinco minutos después de ser cometido. Y no era una camioneta de Barlow; esto ha quedado demostrado. El testigo no se fijó en el número de matrícula. Como es natural, se está realizando una intensa búsqueda para hallar a cualquier otra persona que pueda haber visto esa furgoneta, la dirección que llevaba o los hombres que iban en el asiento delantero. Parece que eran dos, sólo vagas sombras detrás del cristal; pero el lechero cree que uno de ellos llevaba barba.

»Como cuerpos del delito tenemos un gato, huellas perfectas de los neumáticos de la camioneta (los hombres de Thames Valley determinaron el lugar exacto donde había estado el vehículo) y una colección de casquillos procedentes al parecer de una metralleta. Serán enviados a los peritos militares de Fort Halstead. Lo propio se hará con las balas que se extraigan de los cadáveres de los dos hombres del Servicio Secreto y del sargento Dunn de la Rama Especial de Oxford. Fort Halstead nos lo dirá con toda seguridad; pero, a primera vista, parece que se trata de un arma de los países del Pacto de Varsovia. Casi todos los grupos terroristas europeos, salvo el IRA, emplean armas del bloque del Este.

»Los técnicos de Oxford son buenos, pero voy a hacer que traigan todas las piezas de prueba a nuestros propios laboratorios de Fulham. Thames Valley seguirá buscando testigos.

»Por consiguiente, caballeros, tenemos cuatro direcciones en las que investigar. La furgoneta desaparecida; testigos que estuvieran en el lugar del delito, o cerca de él; las pruebas que los secuestradores dejaron atrás, y una búsqueda, que realizarán los agentes de Thames Valley, de cualquiera que se hubiese visto observando la casa de Woodstock Road. Por lo visto... –y miró a los dos americanos– Simon Cormack estuvo haciendo la misma carrera cada mañana a la misma hora durante varios días seguidos.

En ese momento sonó el teléfono. Era para Cramer, el cual se puso al aparato, hizo algunas preguntas, escuchó unos minutos y regresó a la mesa.

–He designado a Peter Williams, jefe de la SO 13, la Rama

Antiterrorista, como oficial investigador. Era él. Cree que tenemos la camioneta.

El dueño de Whitehill Farm, cerca de Fox Covert en la carretera de Islip, llamó a los bomberos a las ocho y diez, al ver que salían humo y llamas de un viejo granero de madera de su propiedad. Estaba situado en un prado cerca de la carretera; pero a unos quinientos metros de su casa de campo, y raras veces lo visitaba. Los bomberos de Oxford acudieron de inmediato, pero demasiado tarde para salvar el granero. El granjero había contemplado impotente cómo consumían las llamas la estructura de madera, derribando primero el techo y después las paredes.

Cuando los bomberos estaban sofocando el fuego, observaron lo que parecían ser los restos de una camioneta debajo de las vigas carbonizadas. Eran las ocho cuarenta y uno. El granjero había afirmado rotundamente que no guardaba ningún vehículo en el granero. Temiendo que pudiese haber alguien, gitanos, vagabundos o incluso excursionistas dentro de la furgoneta, los bomberos retiraron las vigas. Cuando pudieron acercarse al vehículo, miraron en su interior, pero no encontraron ningún cadáver. Sin embargo, eran sin duda alguna los restos de una Transit.

Al volver a su cuartel, un avispado oficial de bomberos había oído por radio que la Policía de Thames Valley estaba buscando una Transit, pues se creía que había participado en un «delito con uso de armas de fuego» aquella mañana temprano. Y telefoneó a Kidlington.

–Temo que no haya quedado nada utilizable –dijo Cramer–. Probablemente se quemaron los neumáticos y se borraron todas las huellas digitales. Sin embargo, los números del motor y del chasis no se habrán visto afectados. Mis hombres de la Sección de Vehículos van hacia allí. Si hay algo, y si existe la menor cosa que pueda sernos útil, lo sabremos.

La Sección de Vehículos de Scotland Yard pertenece a la Brigada de Delitos Graves, que es parte del Departamente SO.

El COBRA continuó reunido, pero algunos de sus principales miembros se marcharon a sus asuntos, dejando el sitio a subordinados que les informarían si había alguna novedad. La presidencia fue ocupada por un joven funcionario del Home Office.

En unas circunstancias perfectas, cosa que jamás se da, Nigel

Cramer habría preferido mantener a la prensa al margen del asunto, al menos durante un tiempo. A las once de la mañana, Clive Empson, del *Oxford Mail*, estaba en Kidlington, pidiendo información sobre un tiroteo y unas muertes en Shotover a eso del amanecer. Le sorprendieron tres cosas. Una de ellas fue que lo llevaron pronto al superintendente jefe de detectives, el cual le preguntó dónde se había enterado de la noticia. Él se negó a decirlo. La segunda fue que reinaba un ambiente de verdadero miedo entre los oficiales jóvenes de la Jefatura de Policía de Thames Valley. La tercera consistió en que no le dijeron nada. Tratándose de un doble asesinato (la mujer del impresor sólo había visto dos cadáveres), la policía habría pedido normalmente la colaboración de la prensa y formulado una declaración; y tal vez incluso habría ofrecido una conferencia informativa.

Mientras regresaba a Oxford, reflexionó sobre todas estas cosas. Unos muertos por «causas naturales» irían a parar al depósito de cadáveres de la ciudad; pero, si habían sido asesinados a tiros, tendrían que ser objeto de los procedimientos más refinados del Hospital de Radcliffe. Por casualidad tenía una agradable aventura con una enfermera de ese centro; no estaba en la sección de «cadáveres» pero podía conocer a alguien que perteneciese a ella.

A la hora del almuerzo, le dijeron que existía un gran jaleo en el Radcliffe. Había tres cadáveres en el depósito; dos de ellos parecían americanos y el otro era un policía inglés; venía un médico forense de Londres y alguien de la Embajada americana. Esto le intrigó.

Si se hubiese tratado de hombres de servicio en la cercana base de Upper Heyford, habrían venido al hospital miembros uniformados de las Fuerzas Aéreas de los Estados Unidos; si fueran turistas americanos, se habría presentado alguien de la Embajada. ¿Pero, por qué no habían querido decirle nada en Kidlington? Pensó en Simon Cormack, que todo el mundo sabía que estaba estudiando en el lugar desde hacía nueve meses, y fue al Balliol College. Allí se encontró con una linda estudiante galesa llamada Jenny.

Ella le confirmó que Simon Cormack no había asistido aquel día a clase, pero no le dio importancia. Probablemente se estaba matando con sus carreras de *cross-country*. ¿Corriendo? Sí, era la mayor esperanza para derrotar a Cambridge en diciembre. Realizaba unas carreras brutales de entrenamiento cada mañana. Casi siempre por Shotover Plain.

Clive Empson tuvo la impresión de que algo le había llovido del cielo. Acostumbrado a la idea de pasarse la vida buscando temas para el *Oxford Mail*, vio de pronto las luces brillantes de Fleet Street, en Londres, que le estaban llamando. No iba desencaminado; pero supuso que Simon Cormack había sido asesinado. Ésta fue la noticia que envió a un importante periódico de Londres a última hora de la tarde. Aquello obligó al Gobierno a hacer una declaración.

Las personas enteradas de Washington confiesan a veces, con absoluta reserva, a sus amigos británicos, que darían el brazo derecho para tener el sistema británico de gobierno.

El sistema británico es bastante sencillo. La reina es la jefa del Estado y permanece en su sitio. El jefe del Gobierno es el Primer Ministro, que siempre es el líder del partido que gana las elecciones generales. Esto tiene dos ventajas. El jefe ejecutivo de la nación no puede estar a la greña con una mayoría del partido político adversario en el Parlamento (lo cual facilita una legislación necesaria aunque no siempre popular) y el Primer Ministro entrante, después de ganar los comicios, es casi siempre un político hábil y experimentado en el aspecto *nacional* y, probablemente, ex ministro de una administración anterior. La experiencia, la práctica, el conocimiento de cómo ocurren las cosas y de cómo hay que hacer que sucedan, le acompañan siempre.

Londres tiene una tercera ventaja. Detrás de los políticos se encuentra una serie de funcionarios civiles importantes que, en la mayoría de los casos, sirvieron en la última administración, en la anterior y en la que precedió a ésta. Como hay una docena de ellos que llevan un centenar de años en la cima, estos «mandarines» son una ayuda vital para los nuevos triunfadores. Se hallan enterados de lo que ocurrió la última vez y por qué, conservan los archivos, saben dónde están colocadas las minas.

En Washington, el presidente cesante se lleva casi todo consigo: la experiencia, los consejeros y las memorias, o al menos aquellas que no ha rasgado algún coronel complaciente. El recién llegado empieza sin conocer el terreno, a menudo sin más experiencia en el gobierno que la adquirida en la delimitación de su Estado. Lleva su propio equipo de consejeros, los cuales suelen estar tan despistados como él, y no distinguen muy bien los campos de fútbol de los campos de minas. Esto explica que bastantes reputaciones en Washington queden pronto lisiadas para siempre.

Así, cuando el pasmado vicepresidente Odell salió de la Mansión y cruzó hacia el Ala Oeste a las cinco y cinco de aquella mañana de octubre, se dio cuenta de que no tenía ninguna seguridad acerca de lo que debía hacer o de a quién convenía preguntar.

–No puede llevar solo este asunto, Michael –le había dicho el presidente–. Trataré de cumplir los deberes de mi cargo. Permaneceré en el Salón Oval. Pero no me es posible presidir el Comité de crisis. Estoy demasiado interesado en el asunto... Devuélvamelo, Michael, haga que regrese mi hijo.

Odell era un hombre mucho más emotivo que John Cormack. Nunca había visto, ni creía que volvería a ver, a su irónico, seco y académico amigo tan trastornado. Abrazó a su presidente y le juró que se haría todo lo necesario. Cormack había regresado al dormitorio, donde el médico de la Casa Blanca estaba administrando un sedante a la afligida primera dama.

Odell se sentó en el sillón central de la mesa de la Sala del Gabinete, pidió café y empezó a hacer llamadas telefónicas. El secuestro se había realizado en Inglaterra; es decir, en el extranjero; necesitaría al secretario de Estado. Llamó a Jim Donaldson y le despertó. No le explicó la razón, sino que se limitó a decirle que viniese en seguida al Salón del Gabinete. Donaldson protestó. Dijo que iría a las nueve.

–Ha de ser ahora mismo, Jim. Es una emergencia. Y no llame al presidente para comprobarlo. Él no puede responder a su llamada y me ha pedido que me encargue del asunto.

Mientras fue gobernador de Texas, Michael Odell consideró siempre la política exterior como un libro cerrado. Pero llevaba el tiempo suficiente en Washington, y como vicepresidente, para haber recibido innumerables lecciones sobre problemas extranjeros; y había aprendido mucho. Los que apreciaban la imagen deliberadamente campechana que Odell gustaba de cultivar, se equivocaban de medio a medio, y era frecuente que tuvieran que lamentarlo luego. Michael Odell no se había ganado la confianza y el respeto de un hombre como John Cormack porque fuese tonto. En realidad, era muy inteligente.

Llamó a Bill Walters, fiscal general y jefe político del FBI, el cual se hallaba levantado y se había vestido ya, porque había recibido una llamada de Don Edmonds, director del Bureau. Estaba enterado.

–Voy en seguida, Michael –dijo–. Quiero que Don Edmonds acuda también. Necesitaremos la experiencia del FBI. Además, el hombre de Don en Londres le informará cada hora. Nos hace falta estar al corriente de las noticias. ¿De acuerdo?

–De acuerdo –repuso Odell con alivio–. Traiga a Edmonds.

Cuando estuvo todo el grupo reunido a las seis de la mañana, hallábanse también allí Hubert Reed, del Tesoro (responsable del Servicio Secreto); Morton Stannard, secretario de Defensa; Brad Johnson, consejero de Seguridad Nacional, y Lee Alexander, director de la CIA. Esperando por si los necesitaban, estaban Don Edmonds, del FBI, Creighton Burbank, del Servicio Secreto, y el director delegado de Operaciones de la CIA.

Lee Alexander sabía que, aunque fuese director de la CIA, su cargo era político, no la culminación de una carrera como oficial de información. El hombre que dirigía todo el sector operacional de la Agencia era el DDO. David Weintraub esperaba fuera con los otros.

Don Edmonds había traído también a uno de sus hombres más importantes. El director del FBI tenía tres subdirectores ejecutivos, a cuyo cargo se encontraban, respectivamente, los Servicios de Aplicación de la Ley, Administración e Investigaciones. El subdirector de Investigaciones, Buck Revell, estaba enfermo. Dentro de Investigaciones existían tres secciones: Información, Enlaces Internacionales (a la que pertenecía Patrick Seymour, en Londres) e Investigación Criminal. Edmonds había traído a este último, Philip Kelly.

–Sería mejor que les hiciésemos entrar a todos –sugirió Brad Johnson–, ya que, de momento, saben más que nosotros.

Todos se mostraron de acuerdo. Más tarde, los expertos formaron el Grupo de Gestión de la Crisis, que se reunió en el Salón de Situaciones de la planta baja, contiguo al Centro de Comunicaciones para mayor facilidad y reserva. Todavía más tarde, los hombres del gabinete se refugiaron allí, cuando las cámaras con teleobjetivo de la prensa empezaron a molestarles a través de las ventanas del Salón del Gabinete y desde el otro lado de la rosaleda.

Primero escucharon a Creighton Burbank, un hombre colérico que culpó rotundamente a los ingleses del desastre. Les dijo cuanto le había comunicado su propio equipo en Summertown, un informe que lo abarcaba todo hasta la salida del corredor de Woodstock Road aquella mañana y lo que habían visto y aprendido más tarde sus hombres en Shotover Plain.

–Tenemos dos hombres muertos –gritó–, dos viudas y tres huérfanos de quienes cuidar. Y todo porque esos bastardos no son capaces de realizar una operación de seguridad. Deseo que conste en acta, caballeros, que mi Servicio pidió repetidas veces que Simon Cormack no pasara un año en el extranjero, y advirtió que necesitábamos allí cincuenta agentes, no una docena.

–De acuerdo, tenía usted razón –dijo Odell, para apaciguarlo.

Don Edmonds acababa de recibir una llamada del hombre del FBI en Londres, Patrick Seymour. Informó de todo lo que debía saberse, hasta el fin de la primera reunión de COBRA que acababa de terminar.

–¿Qué ocurre exactamente en un caso de secuestro? –preguntó con suavidad Reed.

De todos los consejeros del presidente Cormack que se hallaban en el salón, Hubert Reed era considerado como el menos adecuado para hacer frente a las duras luchas internas políticas que suelen ser inherentes al poder en Washington.

Era un hombre bajo y afable, cuyo aire de timidez, incluso de indefensión, era acentuado por las gafas que hacían que sus ojos pareciesen los de un búho. Había heredado un gran caudal y empezado su carrera en Wall Street como director de un fondo de pensiones con una agencia de bolsa importante. Su fino olfato para las inversiones le había convertido en un financiero de primer orden cuando tenía poco más de cincuenta años y, en época reciente, había administrado los fondos de la familia Cormack, lo cual motivó que los dos hombres se conociesen y se hiciesen amigos.

Había sido su genialidad financiera lo que hizo que Cormack le invitase a Washington, donde había conseguido en el Tesoro contener, dentro de ciertos límites, el creciente déficit presupuestario americano. Mientras se tratase de cuestiones de finanzas, Hubert Reed se hallaba como pez en el agua; pero cuando informaban de alguna «dura» operación de la Agencia Antidroga o del Servicio Secreto, ambos subagencias del Tesoro, se sentía incomodísimo.

Don Edmonds miró a Kelly, que era el especialista en crímenes.

–Por regla general, a menos que los secuestradores y su escondrijo puedan ser descubiertos pronto, establecen contacto y piden un rescate. Después, se intenta negociar la liberación del rehén. Desde luego, las investigaciones continúan, para tratar de localizar el paradero de los delincuentes. Si esto falla, hay que acudir a la negociación.

–En este caso, ¿con quién? –preguntó Stannard.

Se hizo un silencio. América tiene algunos de los sistemas de alarma más perfeccionados del mundo. Sus científicos han inventado sensores infrarrojos que pueden detectar el calor de un cuerpo desde varios kilómetros de altura sobre la superficie de la tierra. Hay sensores de ruidos que pueden percibir la respiración de una rata a la distancia de un kilómetro. Existen sensores de movimiento y de luz que son capaces de captar una colilla de cigarrillo en su espacio interior. Pero nada puede igualar el sistema sensor de la CIA que opera en Washington. Había estado ya dos horas en funcionamiento y ahora buscaba una realización suprema.

–Necesitamos estar presentes allí –aconsejó Walters–. No vamos a dejar esto por completo en manos de los británicos. Tenemos que hacer algo, algo positivo, algo para recobrar a ese muchacho.

–¡Por mil diablos, sí! –estalló Odell–. Podemos decir que ellos perdieron al muchacho, aunque el Servicio Secreto insista en que un policía británico ocupó un asiento de atrás... –Burbank le miró echando chispas–. Tenemos motivo. Podemos insistir en participar en la investigación.

–Difícilmente podemos enviar un equipo del Departamento de Policía de Washington para que sustituya a Scotland Yard en sus dominios –observó el fiscal general Walters.

–Bueno. ¿Y qué me dicen de la negociación? –preguntó Brad Johnson.

Los profesionales siguieron guardando silencio. Johnson estaba infringiendo con todo descaro las reglas de la CIA. No querían comprometerse. Odell habló, para disimular la vacilación de todos.

–Si ha de irse a una negociación –preguntó–, ¿quién es el mejor negociador del mundo en cuestión de liberación de rehenes?

–En Quantico –se aventuró Kelly– tenemos el grupo de Ciencia del Comportamiento, del Bureau. Son los que cuidan de las negociaciones en casos de secuestros en América. Son los más capacitados que tenemos aquí...

–He preguntado quién es el mejor del mundo –repitió el vicepresidente.

–El que mayores triunfos ha logrado en casos de secuestro en todo el mundo –informó Weintraub hablando de un modo pausado– es un hombre llamado Quinn. Lo conozco. Mejor dicho, lo conocí una vez.

Diez pares de ojos se fijaron en el hombre de la CIA.

–Descríbalo –ordenó Odell.

–Es americano –dijo Weintraub–. Al licenciarse del Ejército, ingresó en una compañía de seguros de Hartford. Al cabo de dos años, lo enviaron a presidir su delegación en París, que abarcaba a todos sus clientes de Europa. Se casó y tuvo una hija. Su esposa, francesa, y su hija murieron en un accidente en la autopista sin peaje a la salida de Orleáns. Entonces le dio por la bebida, Hartford lo despidió, se recuperó y entró a trabajar para una empresa aseguradora de Lloyd en Londres, especializada en seguridad personal y, por ende, en negociaciones para la liberación de rehenes.

»Si no recuerdo mal, pasó diez años en ella, desde 1978 hasta 1988. Luego, se retiró. Hasta entonces había dirigido él mismo, o bien aconsejado en los lugares donde tenía problemas de lenguaje, más de una docena de liberaciones de rehenes en toda Europa, que, como saben ustedes, es la escuela del secuestro del mundo desarrollado. Creo que habla tres idiomas además del inglés, y que conoce Gran Bretaña y el continente europeo como la palma de su mano.

–¿Es el hombre que nos conviene? –preguntó Odell–. ¿Podría dirigir esto desde los Estados Unidos?

Weintraub se encogió de hombros.

–Usted ha preguntado quién era el mejor del mundo, señor vicepresidente –observó, y hubo asentimiento de alivio alrededor de la mesa.

–¿Dónde está ahora? –preguntó Odell.

–Creo que vive retirado en el sur de España, señor. Todo debe de constar en los archivos de Langley.

–Vaya a buscarlo, Mr. Weintraub –dijo Odell–. Traiga aquí a ese Mr. Quinn. Cueste lo que cueste.

A las siete de la tarde de aquel día, las primeras noticias estallaron como una bomba en las pantallas de televisión. En TVE un locutor contó atropelladamente al público español los sucesos de aquella mañana en las afueras de la ciudad de Oxford. Los hombres que estaban en el bar de Antonio, en Alcántara del Río, observaron en silencio. Antonio sirvió al hombre alto un vaso de vino de la casa.

–Mala cosa –dijo en tono compasivo.

El hombre alto no apartó la mirada de la pantalla.

–No es asunto mío –dijo.

David Weintraub partió de la base de la Air Force de Andrews, en las cercanías de Washington, a las diez de la mañana, hora local, en un USAF BC20A, versión militar del Gulfstream Three. Con el depósito de carburante lleno, sus dos motores Rolls Royce Spey 511 podían bastar para un trayecto de seis mil quinientos kilómetros, con treinta minutos de reserva. Cruzó el Atlántico, a una altura de trece mil metros y una velocidad de setecientos cincuenta kilómetros por hora, en siete horas y media, con un favorable viento de cola.

Habida cuenta de la diferencia de seis horas respecto a los Estados Unidos, eran las once treinta de la noche cuando el DDO se apeó en Rota, la base aérea de la Marina de los Estados Unidos junto a la bahía de Cádiz, en Andalucía. Se trasladó inmediatamente a un helicóptero SH2F Sea Sprite de la Marina que le estaba esperando y que se elevó en dirección este antes de que él se hubiese sentado. La cita estaba concertada en la ancha y lisa playa llamada de Casares, y allí le estaba esperando el joven agente venido de Madrid en un automóvil de la Delegación de la CIA en Madrid. Era un descarado e inteligente joven recién salido de la escuela de adiestramiento de Camp Peary, Virginia, y trataba de impresionar al DDO. Weintraub suspiró.

Cruzaron con atención Manilva, el agente Sneed preguntó dos veces el camino y encontró Alcántara del Río poco después de medianoche. Más difícil de encontrar fue la casita enjalbegada en las afueras de la población, pero un complaciente campesino les indicó dónde estaba.

La vivienda se encontraba a oscuras cuando el automóvil se detuvo y Sneed paró el motor. Se apearon, observando la casita de campo envuelta en sombras y Sneed trató de abrir la puerta. No estaba cerrada con llave. Entraron directamente en el amplio y fresco cuarto de estar de la planta baja. A la luz de la luna, Weintraub pudo distinguir lo que era una habitación de soltero: alfombras de piel de vaca sobre baldosas de piedra, poltronas, una mesa antigua de roble español, una pared cubierta de estantes con libros.

Sneed empezó a buscar el interruptor de la luz. Weintraub observó que había tres lámparas de petróleo y comprendió que estaba perdiendo el tiempo. Debía de haber un generador diésel fuera de la casa para producir electricidad para la cocina y el cuarto de baño, y que probablemente se cerraba al ponerse el sol. Sneed estaba todavía buscando a tientas de un lado a otro. Weintraub dio un paso adelante. Sintió la punta del cuchillo exactamente debajo del lóbulo de la oreja derecha y se detuvo en seco. El hombre había bajado por la escalera embaldosada del dormitorio sin hacer el menor ruido.

–Ha pasado mucho tiempo desde Son Tay, Quinn –dijo Weintraub, en voz baja.

La punta del cuchillo se apartó de su yugular.

–¿Qué pasa, señor? –preguntó en tono animado Sneed desde el otro lado de la habitación.

Una sombra se movió sobre las baldosas, se encendió una cerilla y la lámpara de petróleo de encima de la mesa iluminó la estancia. Sneed dio un salto. Al comandante Krekorian, de Belgrado, le habría encantado verle.

–Un viaje fatigoso –dijo Weintraub–. ¿Te importa que me siente?

Quinn se envolvía en un paño de algodón de cintura para abajo, como un sarong oriental. De cintura para arriba, estaba desnudo, flaco, endurecido por el trabajo. Sneed se quedó boquiabierto al ver las cicatrices.

–Me aparté de todo esto, David –dijo Quinn, y se sentó a la mesa, delante del DDO–. Estoy retirado.

Empujó un vaso y la jarra de vino tinto hacia Weintraub, el cual se sirvió, bebió e inclinó la cabeza en señal de aprobación. Un vino tinto fuerte. Jamás habría ido a parar a las mesas de los ricos. Un vino para campesinos o soldados.

–Por favor, Quinn.

Sneed estaba asombrado. Los DDO no decían «por favor». Sólo daban órdenes.

–No iré –declaró Quinn.

La luz iluminó a Sneed y su chaqueta desabrochada. La llevaba así adrede para que se viese la culata de la pistola sobresaliendo de la funda colgada sobre la cadera. Quinn ni siquiera lo miró. Se dirigió a Weintraub.

–¿Quién es ese imbécil? –preguntó en tono suave.

Weintraub dijo al joven con voz firme:

–Sneed, vaya a ver si están bien los neumáticos.

Sneed salió. Weintraub suspiró.

–Quinn, aquel asunto en Taormina. La niña. Lo sabemos. No tuviste la culpa.

–¿No puedes entenderlo? Me salí de esto. He terminado. Para siempre. Has hecho el viaje en vano. Busca a otro.

–No hay otro. Los ingleses tienen gente, buena gente. Pero

Washington dice que necesitamos un americano. Y nosotros no disponemos de nadie que pueda compararse contigo en cuanto al conocimiento de Europa.

–Washington quiere guardarse las espaldas –replicó Quinn–. Como siempre. Necesitan una cabeza de turco, para el caso de que las cosas marchen mal.

–Sí, tal vez sea así –reconoció Weintraub–. Por última vez, Quinn. No es por Washington, ni por la nación, ni siquiera por el muchacho. Es por sus padres. Necesitan al hombre mejor. Dije al comité que ése eras tú.

Quinn miró a su alrededor, estudiando sus pocos pero apreciados bienes, como si tal vez no hubiese de verlos nunca más.

–Tengo un precio –dijo al fin.

–Dilo –pidió sencillamente el DDO.

–Que recojáis mis uvas. Que recojáis mi cosecha.

Salieron de la casa diez minutos más tarde, Quinn cargado con un saco de arpillera, vistiendo pantalón oscuro y camisa y calzando zapatos de lona, sin calcetines. Sneed abrió la portezuela del coche. Weintraub se puso al volante y Quinn se sentó a su lado.

–Usted quédese aquí –dijo Weintraub a Sneed–. Recoja sus uvas.

–¿Qué? –exclamó Sneed.

–Ya lo ha oído. Vaya al pueblo por la mañana, alquile algunos trabajadores y haga que vendimien la cosecha de este hombre. Yo diré al jefe de la Delegación en Madrid que todo está en regla.

Empleó una radio manual para llamar al Sea Sprite, que daba vueltas sobre la playa de Casares cuando ellos llegaron. Subieron al helicóptero y volaron a través de la aterciopelada oscuridad en dirección a Rota, y después a Washington.

CAPÍTULO V

David Weintraub estuvo fuera de Washington exactamente veinte horas. En el vuelo de ocho horas de Rota a Andrews, ganó ocho gracias a la diferencia de horario, y aterrizó en la estación de Maryland del ochenta y nueve Puente Aéreo Militar a las cuatro de la mañana. Durante aquel período, dos gobiernos, en Washington y en Londres, habían estado virtualmente asediados.

Hay pocas cosas tan impresionantes como las fuerzas combinadas de los medios de comunicación del mundo, cuando han perdido completamente el sentido de moderación. Su apetito es insaciable; su metodología, brutal.

Los aviones que salían de los Estados Unidos para Londres, o para cualquier otro aeropuerto británico, estaban atestados desde las puertas de entrada hasta los retretes, al enviar cada empresa de noticias americana digna de este nombre un equipo a la capital británica. Al llegar, se volvían locos; continuamente tropezaban con obstáculos y no tenían nada que decir. Londres había convenido con la Casa Blanca no pasar de la primera y escueta declaración. Desde luego, no era gran cosa.

Reporteros y equipos de televisión montaban guardia delante de la solitaria casa de Woodstock Road, como si sus puertas pudiesen abrirse y salir por ellas el joven desaparecido. Pero siguieron herméticamente cerradas mientras el equipo del Servicio Secreto, por orden de Creighton Burbank, empaquetaba hasta el último objeto y se preparaba para marcharse.

El forense de Oxford City, haciendo uso de las facultades previstas en la Sección veinte de la Coroners Amendment Act, entregó los cuerpos de los dos agentes muertos del Servicio Secreto en cuanto los patólogos del Home Office hubieron terminado con ellos. Técnicamente, fueron entregados al embajador Charles Fairweather en representación de los parientes más próximos; en realidad, fueron escoltados por un alto miembro del personal de la Embajada hasta la base de la USAF en la próxima Upper

Heyford, donde una guardia de honor presenció cómo se embarcaban los féretros en un transporte con destino a la Base de Andrews, acompañados de los otros diez agentes que casi habían sido atropellados por los periodistas al salir de la casa en Summertown.

Volvían a los Estados Unidos, para ser recibidos por Creighton Burbank y empezar los largos interrogatorios a fin de descubrir qué era lo que había andado mal. Nada tenían ya que hacer en Inglaterra.

Incluso cuando fue cerrada la casa de Oxford, un pequeño y desalentado grupo de reporteros siguió esperando frente a ella, por si ocurría cualquier cosa allí. Unos cuantos persiguieron en la ciudad universitaria a todos los que habían conocido a Simon Cormack: profesores, condiscípulos, personal de la Universidad, camareros, atletas. Otros dos americanos que estudiaban en Oxford, aunque en diferentes colegios mayores, tuvieron que esconderse. La madre de uno de ellos, localizada en América, tuvo la bondad de declarar que traería inmediatamente a su hijo a casa, para que estuviese seguro en el centro de Miami. Le dedicaron un párrafo en los periódicos y apareció en un concurso de la televisión local.

El cuerpo del sargento Dunn fue entregado a su familia, y la Policía de Thames Valley preparó un entierro con todos los honores.

Todas las piezas de prueba fueron llevadas a Londres. El material militar fue a parar al Royal Armoured Research and Development Establishment de Fort Halstead, en las afueras de Sevenoaks, Kent, donde se identificaron rápidamente las municiones de la Skorpion, haciendo hincapié en la probabilidad de que terroristas europeos estuviesen comprometidos en el suceso. Esto no se hizo público.

Las otras pruebas pasaron a poder del laboratorio de la Policía Met en Fulham, Londres. Consistían en hojas de hierba aplastadas y manchadas de sangre, terrones de barro, moldes de las huellas de neumáticos, el gato, moldes de pisadas, las balas extraídas a los tres cadáveres y fragmentos de cristal del parabrisas del automóvil que seguía al corredor. Antes de la noche del mismo día de los hechos, parecía como si hubiese pasado una aspiradora por Shotover Plain.

El coche fue llevado en un camión a la Sección de Vehículos de la Brigada de Delitos Graves, pero mucho más interesante era la camioneta Transit recobrada del incendiado granero. Los expertos trajinaron entre las vigas carbonizadas hasta que salieron negros como el hollín. La herrumbrosa cadena del granjero fue desprendida de la verja como si fuese una cáscara de huevo, pero lo único que pudo averiguarse fue que había sido cortada con una sierra corriente para metales. Una pista más importante eran las huellas del sedán que había salido de aquel campo después del suceso.

La destrozada camioneta Transit fue llevada a Londres por una grúa y hecha pedazos poco a poco. Las placas de matrícula eran falsas, pero los delincuentes habían hecho un buen trabajo; los números correspondían a una camioneta fabricada aquel año.

La camioneta fue investigada; al menos estaban seguros de que había sido puesta a punto por un mecánico competente. Alguien había tratado de borrar los números del chasis y del motor empleando una muela de carburo de tungsteno, que podía adquirirse en cualquier ferretería, aplicada a un taladro mecánico. No había bastado. Los números quedaban grabados en el metal y un examen espectroscópico reveló su impresión más profunda en el interior del metal.

El ordenador central de vehículos de Swansea dio el número de matrícula original y el nombre del último propietario conocido. Según el ordenador, éste vivía en Nottingham. Se visitó su domicilio; el hombre se había trasladado sin dejar señas. Con gran reserva, se inició la búsqueda de aquel hombre.

Nigel Cramer informó cada hora al comité COBRA, y sus oyentes informaron a su vez a los diversos departamentos. Langley autorizó a Lou Collins, su hombre en Londres, a confesar que también ellos estaban valiéndose de todos y cada uno de los agentes de infiltración que podían tener en los grupos terroristas europeos. Eran bastantes. Los servicios de contraespionaje y antiterroristas de todos los países en que existían tales grupos, ofrecieron asimismo toda la ayuda posible. La caza se había intensificado al máximo, pero sin dar todavía ningún resultado positivo.

Y los secuestradores no habían establecido contacto. Desde el momento en que se tuvieron las primeras noticias, fueron interferidas las líneas telefónicas de Kidlington, Scotland Yard, la Embajada de los Estados Unidos en Grosvenor Square y todas las oficinas oficiales. Hubo que reclutar más personal telefónico. Por ellos se supo que el público británico estaba tratando realmente de ayudar. Cada llamada era comprobada; casi todas las otras investigaciones criminales quedaron suspendidas. Entre los miles de llamadas, las había de tipos estrafalarios, de fantasiosos, de bromistas, de optimistas, de gente alentadora, de personas solícitas y de locos.

El primer filtro era la línea de los operadores de las centralitas; después, los miles de agentes de policía que escuchaban con suma atención y convinieron en que el objeto en forma de cigarro que se había visto en el cielo podía ser muy importante y debería ser puesto en conocimiento de la Primera Ministra. El último colador correspondía a los oficiales de policía que interrogaban a quienes consideraban que ofrecían alguna posibilidad. Entre ellos se hallaban dos conductores que por la mañana habían visto la camioneta verde entre Wheatley y Stanton St. John. Pero todo se acababa en el granero.

Nigel Cramer había resuelto unos cuantos casos en su tiempo; pasó de simple agente a detective, y realizó este trabajo durante treinta años. Sabía que los delincuentes dejaban huellas; cada vez que uno toca algo, deja un pequeño rastro. El buen policía sabía encontrarlo, y más con la tecnología moderna, si prestaba bastante atención. Sólo se requería tiempo; pero él no lo tenía. Había intervenido en algunos casos urgentes, aunque ninguno tanto como éste.

También sabía que, a pesar de toda la tecnología del mundo, el detective que triunfaba era, por lo general, el que tenía más suerte. Casi siempre intervenía la suerte cuando se «solucionaba» un caso; buena suerte para el detective y mala para el delincuente. Si no la había, éste podía escapar. Sin embargo, uno podía crear su propia «suerte», y Nigel dijo a sus desparramados equipos que no pasaran nada por alto, absolutamente nada, por muy tonto o fútil que pudiese parecer. Pero, después de veinticuatro horas, empezó a pensar, como sus colegas de Thames Valley, que no iba a ser un caso «rápido». Los secuestradores habían escapado, y encontrarlos supondría un trabajo duro.

Y estaba el otro factor: el rehén. Que fuese el hijo del presidente era una cuestión política, no de la policía. El hijo del jardinero era también una vida humana. Para perseguir a hombres con un saco de dinero robado, o a asesinos, se iba derecho al objetivo. En un caso de secuestro, la caza tenía que ser muy sigilosa. Si se asustaba mucho a los secuestradores, éstos, a pesar de su inversión de tiempo y de dinero para cometer el delito, podían echar a correr, dejando el rehén muerto detrás de ellos. Así lo dijo a un sombrío comité poco antes de que fuera medianoche en Londres. Una hora más tarde, en España, David Weintraub estaba tomando un vaso de vino con Quinn. Cramer, el policía británico, no sabía nada de ello. Todavía.

Scotland Yard reconocerá en privado que sostiene con la prensa británica mejores relaciones de lo que a veces parece. En asuntos pequeños, con frecuencia se irritan mutuamente; pero cuando el problema es grave de verdad, los directores y los dueños de los periódicos que reciben una petición en serio suelen acceder y mostrarse reservados. El asunto es «grave» cuando vidas humanas o la seguridad nacional se encuentran en peligro. Por tal razón algunos casos de secuestro han sido llevados sin publicidad alguna, aunque los directores conociesen casi todos los detalles.

En este caso, debido al avispado y joven reportero de Oxford, se había levantado ya la liebre; poco podía hacer la prensa británica para guardar reserva. Pero Sir Peter Imbert, el comisario, se reunió personalmente con ocho propietarios y veinte directores de periódicos y con los jefes de los dos canales de televisión y de doce emisoras de radio. Arguyó que, dijera lo que dijera la prensa extranjera, lo más probable era que los secuestradores, escondidos en algún lugar de Gran Bretaña, escucharan la radio británica, vieran la televisión británica y leyeran los periódicos británicos. Pidió que no se publicasen reportajes disparatados en el sentido de que la policía los estaba cercando y que el asalto de su fortaleza era inminente. Éste era el tipo de noticia que podía aterrorizarlos e inducirles a matar a su rehén. Los hombres de la prensa accedieron.

Era de madrugada en Londres. Mucho más al sur, un VC20A volaba sobre las oscuras Azores, con destino a Washington.

En realidad, los secuestradores *estaban* escondidos. Atravesando Buckingham la mañana anterior, el Volvo había cruzado la autopista M-1 al este de Milton Keynes y girado hacia el sur en dirección a Londres, uniéndose al gran torrente de vehículos que rodaban a aquella hora hacia la capital, y perdiéndose entre los enormes camiones y los coches que se dirigían al sur desde sus hogares en Buckinghamshire, Bedfordshire y Hertfordshire y hacia Londres. Al norte de la capital, el Volvo había entrado en la M-25, la gran autopista orbital que rodea la ciudad a unos cuarenta kilómetros de su centro. Desde la M-25, las carreteras arteriales que enlazan las provincias a Londres se extendían como los radios de una rueda.

El Volvo había tomado en definitiva uno de estos radios y, antes de las diez de la mañana, entró en el garaje de una casa solitaria en una avenida flanqueada de árboles a un kilómetro y medio del centro de una pequeña población a menos de sesenta kilómetros, en línea recta, de Scotland Yard. La casa había sido bien elegida; no tan aislada como para despertar interés con su compra, ni demasiado cerca de vecinos curiosos. Tres kilómetros antes de que el Volvo llegase a ella, el jefe del equipo ordenó a los otros tres que se agachasen por debajo del nivel de las ventanillas. Los dos de la parte de atrás, uno encima del otro, se cubrieron con una manta. Cualquiera que hubiese estado mirando habría visto un hombre solo, en traje de calle y con barba, cruzando la verja con su coche y metiéndolo en el garaje.

La puerta de éste se abrió automáticamente por un mando a distancia desde dentro del coche y fue cerrada de la misma manera. Sólo entonces permitió el jefe que sus acompañantes se levantasen y se apearan. El garaje formaba parte integrante de la casa y se llegaba a él por una puerta de comunicación.

Los cuatro hombres volvieron a ponerse los monos negros y las negras máscaras antes de abrir el portaequipajes. Simon Cormack estaba aturdido, tenía desenfocada la visión y cerró los ojos con fuerza al cegarle la luz de una linterna. Antes de que pudiese adaptar la mirada, le cubrieron la cabeza con una capucha de sarga negra. No vio nada de sus secuestradores.

Medio inconsciente, fue introducido en la casa y bajado al sótano, el cual había sido preparado: limpio, blanco, con suelo de hormigón, una luz en el techo resguardada por un globo de material irrompible, una cama de acero atornillada al suelo y un retrete con tapa de plástico. Había una mirilla en la puerta; ésta se cerraba por fuera y estaba asegurada con dos cerrojos de acero.

Los hombres no eran brutales; se limitaron a depositar al joven sobre la cama, y el gigante le mantuvo inmóvil mientras uno de los otros le sujetaba el tobillo con una manilla, no tan apretada como para causarle gangrena, pero sí lo bastante para que no pudiese deslizar el pie. El hombre cerró la otra manilla. Por ella pasaba una cadena de acero de tres metros que fue sujetada sobre sí misma. El otro extremo de la cadena estaba ya amarrado alrededor de una pata de la cama. Entonces lo dejaron solo. No le habían dicho una palabra, ni nunca se la dirían.

El joven esperó media hora antes de atreverse a arrancarse la capucha. No sabía si ellos estaban todavía allí, aunque había oído cerrarse una puerta y chirriar unos cerrojos. Tenía las manos libres, y se quitó la capucha muy despacio. Nadie le golpeó, nadie le gritó. Pestañeó al recibir la luz; después acomodó la visión y miró a su alrededor. Su memoria estaba confusa. Recordó haber corrido sobre la blanda y elástica hierba y visto una camioneta verde y un hombre que cambiaba un neumático; dos figuras de negro acercándose a él, el estruendo de un tiroteo, el impacto, la sensación de un peso sobre él y de la hierba en su boca.

Recordó la puerta abierta de la camioneta, su intento de gritar, sus miembros temblorosos, los colchones en el interior del vehículo, el hombrón sujetándole, algo dulce y aromático sobre su boca, y después nada. Hasta ahora. Hasta esto. De pronto comprendió. Con la comprensión, vino el miedo. Y también la soledad, el aislamiento total. Trató de ser valiente, pero las lágrimas del temor subieron a sus ojos y gotearon de ellos.

–¡Oh, papá! –murmuró–. Papá, lo siento. Ayúdame.

Si Whitehall tenía problemas con la ola de llamadas telefónicas y de preguntas por parte de la prensa, la presión sobre la Casa

Blanca era tres veces mayor. La primera declaración de Londres sobre el suceso había llegado a las siete de la tarde, hora de Londres, y la Casa Blanca había sido advertida de su llegada una hora antes. Pero no eran más que las dos de la tarde en Washington, y la reacción de los medios de comunicación americanos había sido frenética.

Craig Lipton, secretario de prensa de la Casa Blanca, se pasó una hora en el Salón del Gabinete, recibiendo instrucciones acerca de lo que tenía que decir. Lo malo estaba en que era muy poco. Se podía confirmar el hecho del secuestro, así como la muerte de dos hombres del Servicio Secreto. Además de explicar que el hijo del presidente era un buen atleta, especialista en *cross-country*, y que estaba realizando una carrera de entrenamiento cuando fue secuestrado.

Desde luego, no era mucho. No hay percepción retrospectiva más brillante que la de un periodista defraudado. Creighton Burbank, aun reconociendo que no criticaría al presidente ni culparía al propio Simon, dejó bien claro que no iba a permitir que se crucificase a su Servicio por fallar en la protección, cuando él había pedido más hombres. Se llegó a un compromiso que no engañaría a nadie.

Jim Donaldson señaló que, como secretario de Estado, tenía que mantener relaciones con Londres y que, en todo caso, cualquier fricción violenta entre las dos capitales serviría de poco y podría causar graves daños; insistió en que Lipton recalcase que un sargento de la policía británica había sido también asesinado. Se convino en esto, aunque en definitiva el cuerpo de prensa de la Casa Blanca le prestó poca atención.

Poco después de las cuatro de la tarde Lipton se enfrentó con una prensa vocinglera e hizo su declaración. El acto era transmitido en directo por la televisión y la radio. En cuanto terminó, se armó el gran alboroto. Él dijo que no podía responder a más preguntas. Fue como si una víctima del Coliseo de Roma hubiese dicho a los leones que, en realidad, era un débil cristiano. El jaleo aumentó. Muchas preguntas no pudieron escucharse, pero algunas llegaron a los oídos de cien millones de americanos y dejaron su semilla. ¿Culpaba la Casa Blanca a los británicos? Pues bueno, no... ¿Por qué no? ¿Acaso no eran ellos los encargados de la seguridad en su país? Bueno, sí; pero... Entonces, ¿culpaba la Casa Blanca al Servicio Secreto? No exactamente... ¿Por qué había allí sólo dos hombres custodiando al hijo del presidente? ¿Cómo podía éste correr casi solo en un descampado? ¿Era verdad que Creighton Burbank había presentado la dimisión? ¿Habían dicho ya algo los secuestradores? A esta última pregunta habría podido responder con alivio que «no»; sin embargo, le estaban ya incitando a salirse de sus instrucciones. Ésta era la cuestión. Los reporteros pueden oler a un portavoz que se escapa lo mismo que un queso Limburger.

Por fin consiguió Lipton retirarse, bañado en sudor y resuelto a volver a Grand Rapids. La furia de trabajo en la Casa Blanca se estaba agotando con rapidez. Los locutores y periodistas dirían lo que les viniese en gana, con independencia de las respuestas dadas a sus preguntas. Al anochecer, el tono de la prensa se estaba volviendo hostil a Gran Bretaña.

En la Embajada británica, en Massachusetts Avenue, el agregado de prensa, que había tenido noticias de la CIA, hizo una declaración. Aun expresando el sentimiento y la indignación de su país por lo ocurrido, hizo observar dos cosas: que la Policía de Thames Valley había representado un papel secundario porque se lo habían pedido los americanos, y que el sargento Dunn había sido el único que había disparado dos veces contra los secuestradores, a costa de su vida. No era lo que se esperaba, pero fue un buen párrafo. También hizo que Creighton Burbank gruñese irritado. Ambos sabían que aquella petición, en realidad exigencia, había procedido de Simon Cormack a través de su padre, pero no podían decirlo.

El Grupo de Crisis, los profesionales, estuvo reunido durante todo el día en la Sala de Situación del sótano, estudiando la información que venía de COBRA, en Londres, e informando al piso de arriba cuando era necesario. La NSA había reforzado su intervención de todas las comunicaciones telefónicas con Gran Bretaña, para el caso de que los secuestradores hiciesen una llamada vía satélite. Los científicos del comportamiento del FBI, en Quantico, elaboraron una lista de los retratos psíquicos de anteriores secuestradores y redactaron un estudio de las cosas que los secuestradores de Cormack podían hacer o no hacer, junto con largas relaciones de los pros y los contras para las autoridades inglesas y americanas. Quantico esperaba ser enviado a Londres en masa, y sus hombres estaban perplejos por la demora, aunque ninguno de ellos había operado nunca en Europa.

En el Salón del Gabinete, el comité ministerial vivía a base de nervios, café y tabletas sedantes. Era la primera crisis grave desde que el presidente había asumido su cargo, y los políticos de edad mediana estaban aprendiendo de forma muy dura la primera regla de comportamiento en tiempo de crisis: te va a costar muchas horas sin dormir; por consiguiente, duerme mientras puedas. Los miembros del Gabinete, que se habían levantado a las cuatro de la mañana, estaban todavía despiertos a medianoche.

A aquella hora, el VC20A se encontraba sobre el Atlántico, muy al oeste de las Azores. Le faltaban tres horas y media para llegar a tierra, y menos de cuatro para el aterrizaje. En el espacioso compartimiento de atrás, los dos veteranos, Weintraub y Quinn, estaban conciliando el sueño. Más atrás, y también durmiendo, se hallaba la tripulación de tres hombres que había llevado el reactor a España, mientras la de «recambio» lo conducía ahora a casa.

Los hombres que estaban en el Salón del Gabinete reflexionaban sobre el personaje llamado Quinn, tal como apareció en los archivos de Langley, con adiciones al Pentágono. Había nacido en una granja de Delaware, perdido a su madre a los diez años, y ahora tenía cuarenta y seis. Ingresó en Infantería a los dieciocho, en 1963; al cabo de dos años, fue transferido a las Fuerzas Especiales. Cuatro meses después lo enviaron a Vietnam. Había pasado cinco años allí.

–Parece que nunca usa su nombre de pila –se lamentó Reed, el del Tesoro–. Aquí dice que incluso sus amigos íntimos le llaman Quinn. Solamente Quinn. Es extraño.

–El extraño *es* él –observó Bill Walters, que estaba más adelantado en la lectura–. También dice aquí que odia la violencia.

–No hay nada extraño en esto –replicó Jim Donaldson, el abogado de New Hampshire que era secretario de Estado–. *Yo* también odio la violencia.

A diferencia de su predecesor, George Schultz, que tenía fama de usar en ocasiones una palabra de cuatro letras, Jim Donaldson era de lo más ceremonioso, característica que a menudo le había hecho víctima de las tomaduras de pelo de Michael Odell.

Delgado y anguloso, todavía más alto que John Cormack, parecía un flamenco que iba a un entierro, y nunca se le había visto sin su terno de color gris carbón, cadena de reloj de oro y cuello duro blanco. Odell, siempre que quería ridiculizar al remilgado abogado de Nueva Inglaterra, mencionaba deliberadamente las funciones corporales y, a cada mención, Donaldson fruncía la estrecha nariz con un gesto de disgusto. Su actitud respecto a la violencia era parecida a su disgusto por la grosería.

–Sí –dijo Walters–, pero usted no ha leído la página dieciocho.

Donaldson la leyó, y lo propio hizo Michael Odell. El vicepresidente silbó.

–¿Hizo *eso*? –preguntó–. Habrían tenido que darle la Medalla del Congreso.

–Se necesitan testigos para que se otorgue la Medalla del Congreso –observó Walters–. Como ven ustedes, nada más que dos hombres sobrevivieron en aquel encuentro en el Mekong, y Quinn llevó al otro sobre la espalda a lo largo de sesenta kilómetros. Después, el hombre murió de sus heridas en el hospital militar del Cuerpo de la Marina de los Estados Unidos en Danang.

–Sin embargo –dijo Hubert Reed en tono animado–, ganó una Estrella de Plata, dos de Bronce y cinco Corazones Púrpura –como si resultar herido fuese divertido cuando le daban a uno más galones.

–Con todas sus medallas de campaña, ese tipo tendría que haber alcanzado una alta graduación –murmuró Odell–. Pero aquí no dice cómo se conocieron Weintraub y él.

No lo decía. Weintraub tenía ahora cincuenta y cuatro años, ocho más que Quinn. Había ingresado en la CIA a los veinticuatro. Acabó sus estudios en 1961, hizo su instrucción en la Granja, como se le llamaba a Camp Peary, a orillas del río York en Virginia, y fue a Vietnam como oficial provincial GS12 en 1965, por la misma época en que el joven Boina Verde llamado Quinn llegaba de Fort Bragg.

Durante 1961 y 1962, diez equipos A de las Fuerzas Especiales de los Estados Unidos habían sido desplegados en la provincia de Darlac para construir aldeas estratégicas y fortificadas con la participación de los campesinos, aplicando la teoría *«oil-spot»* desarrollada por los ingleses para vencer a las guerrillas comunistas en Malasia, por el procedimiento de negar a los terroristas el apoyo legal, pertrechos, comida, casas seguras, información y dinero. Los americanos le llamaban política de «corazones y mentes». Bajo la dirección de las fuerzas especiales, daba resultado.

En 1964, Lyndon Johnson subió al poder. El Ejército arguyó que las Fuerzas Especiales debían volver a depender de él y no de la CIA. Se salieron con la suya, lo cual significó el fin de aquella política, aunque tardó otros dos años en derrumbarse. Weintraub y Quinn se conocieron en aquellos dos años. El hombre de la CIA se ocupaba en obtener información sobre el Vietcong, cosa que hacía con habilidad y astucia. Aborrecía los métodos de hombres como Irving Moss (al que no había conocido, porque estaban en partes diferentes de Vietnam), aunque sabía que estos métodos eran a veces usados en el programa Phoenix del que él formaba parte.

Las Fuerzas Especiales eran progresivamente apartadas del programa de fortificación de aldeas y enviadas en misiones de busca y destrucción en el corazón de la jungla. Los dos hombres se conocieron en un bar, tomando cerveza. Quinn tenía veintiún años y hacía uno que estaba allí; el hombre de la CIA tenía veintinueve años y también llevaba un año en Vietnam. Encontraron una causa común en la creencia de que el alto mando del Ejército no iba a ganar la guerra sólo con material militar. Weintraub descubrió que le gustaba mucho aquel joven e intrépido soldado. Podía ser autodidacta, pero tenía un cerebro de primera clase y había aprendido a hablar con fluidez el vietnamita, cosa muy rara entre los militares. Permanecieron en contacto. La última vez que Weintraub vio a Quinn fue durante la carrera hacia Son Tay.

–Aquí dice que el muchacho estuvo en Son Tay –comentó Michael Odell–. *Son* (hijo) ¿de qué?

–Con un historial como éste, me pregunto por qué no llegó

nunca a oficial –dijo Morton Stannard–. El Pentágono tiene algunos hombres con las mismas condecoraciones ganadas en Vietnam. Y ascendieron a la primera oportunidad.

David Weintraub habría podido decírselo; pero le faltaba todavía media hora para aterrizar. Después de recobrar el control de las Fuerzas Especiales, los militares ortodoxos, que las odiaban porque no podían comprenderlas, redujeron su papel durante seis años, hasta 1970, confiando cada vez más su programa de «corazones y mentes» así como las misiones de «busca y destrucción» al ARVN survietnamita... Con pésimos resultados.

A pesar de todo, los Boinas Verdes siguieron adelante, tratando de combatir al Vietcong con cautela y astucia en vez de con bombardeos masivos y devastación, lo cual hacía que el VC consiguiese más reclutas. Había proyectos como Omega, Sigma, Delta y Blackjack. Quinn estaba en Delta, al mando de «Charging Charlie» Beckwith, que más tarde, en 1977, montó la Fuerza Delta en Fort Bragg y pidió a Quinn que dejara París y volviera a incorporarse al Ejército.

Lo malo de Quinn era que creía que las órdenes eran súplicas. A veces no estaba de acuerdo con ellas. Y prefería operar a solas, lo cual no lo hacía muy recomendable para asumir las funciones de un oficial. Fue ascendido a cabo a los seis meses y a sargento a los diez. Después volvió a ser soldado raso; luego, otra vez a sargento, y más adelante soldado... Estuvo subiendo y bajando como un yo-yo.

–Me parece que tengo aquí la respuesta a su pregunta, Morton –dijo Odell–. Algo que ocurrió después de Son Tay. –Rió entre dientes–. Ese tipo rompió la mandíbula a un general.

El Quinto Grupo de Fuerzas Especiales salió por fin de Vietnam el 31 de diciembre de 1970, tres años antes de la retirada militar a gran escala, donde participó el coronel Easterhouse, y cinco años antes de la embarazosa evacuación, por el tejado de la Embajada, de los últimos americanos que quedaban en el país. Son Tay fue en noviembre de 1970.

Se habían tenido noticias de un número de prisioneros de guerra americanos que se encontraban en la cárcel de Son Tay, a treinta y seis kilómetros de Hanoi. Se decidió que las Fuerzas Especiales fuesen allí y los rescatasen. Era una operación complicada y de gran riesgo. Los cincuenta y ocho voluntarios procedían de Fort Bragg, Carolina del Norte, y venían de la base de la Erlin Air Force en Florida, para entrenamiento en la jungla. Necesitaban una persona que hablase el vietnamita con fluidez. Weintraub, que participaba en la empresa en el servicio de información, dijo que conocía a uno. Quinn se incorporó al resto del grupo en Thailandia, y volaron allá juntos.

La operación era mandada por el coronel Arthur «Bull» Simons; pero el grupo de vanguardia que entró directamente en el recinto de la prisión estaba bajo el mando del capitán Dick Meadows. Quinn iba con ellos. A los pocos segundos de su llegada, un pasmado guardián norvietnamita les dijo que los americanos habían sido trasladados... hacía dos semanas. Los soldados de las Fuerzas Especiales salieron ilesos, salvo por unas pocas heridas superficiales.

De nuevo en la base, Quinn reprochó a Weintraub la mala información. El hombre de la CIA protestó diciendo que los espías sabían que los americanos habían sido sacados de allí y lo habían dicho al general en jefe. Quinn se dirigió al club de oficiales, se acercó al bar y rompió la mandíbula al general. Desde luego, se echó tierra al asunto. Un buen abogado defensor habría podido dar al traste con la carrera del general por un acto semejante. Quinn fue degradado de nuevo a soldado raso, y volvió a casa con los demás. Dimitió una semana después y pasó al seguro.

–Ese hombre es un rebelde –dijo Donaldson con disgusto al tiempo que cerraba la carpeta–. Es un perdedor, un inconformista, y violento por añadidura. Creo que podemos habernos equivocado.

–También tiene un historial sin parangón en lo que se refiere a negociaciones en casos de secuestro –observó el fiscal general Bill Walters–. Aquí dice que es muy hábil y sutil para tratar con secuestradores. Personalmente, o aconsejando a otros, liberó a catorce rehenes en Irlanda, Francia, Holanda, Alemania e Italia.

–Lo único que queremos –dijo Odell– es que traiga a Simon Cormack sano y salvo. A mí no me importa que pegue a los generales o que tenga una oveja por amante.

–Por favor –suplicó Donaldson–. A propósito, olvidaba una cosa. ¿Por qué se marchó?

–Se retiró –respondió Brad Johnson–. Algo referente a la muerte de una niña en Sicilia, hace tres años. Cobró su paga por despido, liquidó sus pólizas y se compró una finca en el sur de España.

Un ayudante del Centro de Comunicaciones asomó la cabeza por la puerta. Eran las cuatro de la mañana, veinticuatro horas después de que les hubiesen levantado a todos de la cama.

–El DDO y su compañero acaban de aterrizar en Andrews –dijo.

–Tráiganlo aquí inmediatamente –ordenó Odell–, y hagan que el DCI, el director del FBI y Mr. Kelly estén también aquí cuando ellos lleguen.

Quinn llevaba todavía la ropa con que había salido de España. Para protegerse del frío, se había puesto un suéter que sacó de la bolsa de arpillera. Sus pantalones, casi negros, pertenecientes a su único traje, le bastaban para asistir a la misa en Alcántara del Río, pues en los pueblos de Andalucía la gente se viste todavía de negro para ir a misa. Pero estaban arrugadísimos. El suéter había conocido mejores tiempos. Quinn llevaba, además, una barba de tres días.

Los miembros del comité tenían mejor aspecto. Habían recibido ropa limpia, camisas y trajes planchados, que les fueron enviados desde sus lejanos hogares. Y había lavabos en la puerta contigua. Weintraub no paró ni una sola vez el coche desde Andrews hasta la Casa Blanca; Quinn parecía una piltrafa.

Weintraub entró el primero, se apartó a un lado para dejar pasar a su amigo y cerró la puerta. Los políticos de Washington miraron a Quinn en silencio. El hombre alto se acercó sin decir palabra a la silla del extremo de la mesa, se sentó sin ser invitado a hacerlo y dijo:

–Soy Quinn.

El vicepresidente Odell carraspeó.

–Mr. Quinn, le hemos pedido que viniese porque pensamos encargarle la tarea de negociar la liberación de Simon Cormack.

Quinn asintió con la cabeza. Suponía que no le habían traído desde tan lejos para hablarle de fútbol.

–¿Tienen datos de última hora sobre la situación en Londres? –preguntó.

Fue un alivio para el comité que el hombre fuese tan pronto al grano. Brad Johnson empujó hacia él un mensaje recibido por teletipo. Quinn lo estudió en silencio.

–¿Café, Mr. Quinn? –preguntó Hubert Reed.

Los secretarios del Tesoro no servían normalmente café, pero él se levantó y se dirigió a la cafetera que estaba ahora junto a la pared. Habían bebido mucho café.

–No le ponga leche –pidió Quinn, sin dejar de leer–. ¿No han establecido ellos ningún contacto?

No había necesidad de preguntar quiénes eran «ellos».

–No –dijo Odell–. Silencio total. Desde luego, se han recibido cientos de llamadas falsas. Algunas en Inglaterra. Sólo en Washington, hemos registrado mil setecientas. Los locos lo están pasando en grande.

Quinn siguió leyendo. Weintraub le había dado todos los antecedentes durante el vuelo. Ahora se ponía al día de las últimas noticias. Por desgracia eran muy pocas.

–Mr. Quinn, ¿tiene usted alguna idea de quién pudo hacer esto? –inquirió Donaldson.

Quinn levantó la cabeza.

–Caballeros, hay cuatro clases de secuestradores. Sólo cuatro. Los mejores, desde nuestro punto de vista, serían los aficionados. Planifican mal. Si consiguen apoderarse del rehén, dejan huellas. No es muy difícil localizarlos. Tienen poco aguante, lo cual puede ser peligroso. Casi siempre intervienen los equipos de liberación de rehenes, los burlan y liberan sano y salvo al secuestrado. Pero éstos no eran aficionados.

Nadie se lo discutió. Todos le prestaban atención.

–Los peores son los maníacos; gente como la banda de Manson. Son inaccesibles, ilógicos. No buscan nada material; matan por divertirse. Lo bueno, en nuestro caso, es que los hombres que lo han hecho no parecen maníacos. Los preparativos fueron meticulosos, y la operación se llevó a cabo con precisión.

–¿Y las otras dos clases? –preguntó Bill Walters.

–De las otras dos, la peor es la de los fanáticos, políticos o religiosos. Sus exigencias son a veces literalmente imposibles de cumplir. Buscan la gloria y, sobre todo, la publicidad. Tienen una causa. Algunos son capaces de morir por ella, pero todos son capaces de matar. Nosotros podemos pensar que su causa es una locura, pero ellos no lo creen. Y no son estúpidos; sólo están llenos de odio contra el orden establecido y, por consiguiente, contra su víctima, que procede de éste. Matan para hacerse ver, no en defensa propia.

–¿Cuál es la cuarta clase? –preguntó Morton Stannard.

–La de los delincuentes profesionales –dijo Quinn, sin vacilar–. Quieren dinero, y son los más fáciles. Han hecho una gran inversión, centrada ahora en el rehén. No destruirán fácilmente esa inversión.

–¿Y los de nuestro caso? –preguntó Odell.

–Sean quienes sean, tienen una gran desventaja, lo cual puede ser para bien o para mal. Los tupamaros de América Central y del Sur, la Mafia en Sicilia, la Camorra en Calabria, los hombres de la montaña en Cerdeña o el Hezb'Allah en el sur de Beirut, todos ellos operan en un medio nativo y seguro. No necesitan matar porque no tienen prisa. Pueden aguantar eternamente. En cambio, estos hombres se esconden en Inglaterra, un medio para ellos muy hostil. Tienen que estar sufriendo ya una fuerte tensión. Querrán hacer en seguida el trato y largarse, lo cual es bueno. Pero también pueden estar frenéticos, por el miedo a un inminente descubrimiento, y echar a correr, dejando un cadáver tras de sí. Y esto, claro, es muy malo.

–¿Negociaría usted con ellos? –preguntó Reed.

–Si es posible, sí. Si establecen un contacto, alguien tiene que hacerlo.

–Me repugna pagar dinero a una chusma como ésa –dijo Philip Kelly, de la Brigada Criminal del FBI.

Había gente de muy diversa procedencia en el FBI. Kelly venía del Departamento de Policía de Nueva York.

–Los delincuentes profesionales, ¿son más compasivos que los fanáticos? –preguntó Brad Johnson.

–Ningún secuestrador es compasivo –se apresuró a responder Quinn–. Es el delito más asqueroso del Código. Esperemos que éstos actúen por codicia.

Michael Odell miró a sus colegas. Hubo una serie de lentas muestras de asentimiento.

–Mr. Quinn, ¿intentará usted negociar la liberación de este muchacho?

–Suponiendo que los secuestradores se pongan en contacto, sí. Pero hay condiciones.

–Desde luego. Dígalas.

–No voy a trabajar para el Gobierno de los Estados Unidos. Éste colaborará conmigo en todo lo necesario, pero yo trabajaré para los padres. Sólo para ellos.

–De acuerdo.

–Operaré en Londres, no aquí. Está demasiado lejos. No se hablará de mí en absoluto, no habrá la menor publicidad de ninguna clase. Dispondré de un apartamento y de las líneas telefónicas que necesite. Y tendré prioridad en el proceso de negociación; esto hay que aclararlo con Londres. No quiero enemistarme con Scotland Yard.

Odell miró al secretario de Estado.

–Creo que conseguiremos que el Gobierno británico acceda a esto –dijo Donaldson–. Ellos tienen primacía en la investigación criminal, la cual continuará de forma paralela a cualquier negociación directa. ¿Algo más?

–Operaré a mi manera, yo decidiré cómo hay que manejar a esa gente. Es posible que haya que dar dinero. Debo tenerlo a mi disposición. Mi trabajo es conseguir que vuelva el muchacho. Nada más. Cuando esté libre, pueden ustedes perseguirlos hasta el fin del mundo.

–Oh, lo haremos –aseguró Kelly, en tono suave pero amenazador.

–El dinero no es problema –dijo Hubert Reed–. Ya comprenderá que no pondremos límites a lo que haya que pagar.

Quinn guardó silencio, aunque comprendió que decir tal cosa a los secuestradores era lo peor que se podía hacer.

–No quiero que me apremien, me acosen, ni me den iniciativas privadas... Y, antes de salir, deseo ver al presidente Cormack. En privado.

–Está hablando del presidente de los Estados Unidos –dijo Lee Alexander, de la CIA.

–Es también el padre del rehén –puntualizó Quinn–. Necesito saber cosas acerca de Simon Cormack que sólo él puede decirme.

–Está muy trastornado –explicó Odell–. ¿No puede ahorrarle esto?

–Sé por experiencia que los padres suelen querer hablar con alguien, aunque sea un desconocido. Tal vez incluso prefieren un desconocido. Confíen en mí.

Quinn dijo esto sabiendo que no podía esperarlo. Odell suspiró.

–Veré lo que puedo hacer. Jim, ¿quiere usted explicar esto a Londres? Anúncieles que Quinn va para allá. Dígales que es esto lo que queremos. Que alguien cuide de proporcionarle ropa nueva. Mr. Quinn, ¿quiere usar el lavabo, que está al final del pasillo, para refrescarse un poco? Yo llamaré al presidente. ¿Cuál es la manera más rápida de ir a Londres?

–El Concorde saldrá de Dulles dentro de tres horas –dijo Weintraub, sin vacilar.

–Se suspende la sesión –decidió Odell, y se levantó.

Todos hicieron lo mismo.

Nigel Cramer había tenido noticias del comité COBRA de Whitehall a las diez de la mañana. El Driver and Vehicle Licensing Centre, de Swansea, acababa de dar una pista. Un individuo con nombre idéntico al del desaparecido ex propietario de la Transit había comprado y matriculado otra camioneta, una Sherpa, un mes antes. Ahora tenían una dirección, en Leicester. El comandante Williams, jefe de SO 13 y encargado oficialmente de la investigación, se dirigía allí en un helicóptero de la policía. Si el hombre ya no era dueño de la Transit, tenía que haberla vendido a alguien. Nunca se había denunciado su robo.

Después de la conferencia, Sir Harry Marriott se llevó a Cramer aparte.

–Washington quiere llevar las negociaciones, si es que llegan a entablarse –dijo–. Envían un hombre para ello.

–Debo insistir en que la Met tiene primacía en todas las zonas –respondió Cramer–. Quiero emplear dos hombres de la

Rama de Información Criminal como negociadores. Esto no es territorio americano.

–Lo siento –dijo Sir Harry–; pero tengo que desautorizarle en esta cuestión. He hablado de eso con Downing Street. Si ellos lo quieren así, creemos que tenemos que acceder.

Cramer se sintió ofendido, pero había hecho su protesta. La pérdida de su primacía en la negociación hacía que estuviese más resuelto que nunca a poner fin al secuestro descubriendo a los delincuentes por medio de un trabajo policial.

–¿Puedo preguntar cómo se llama ese hombre, señor ministro del Interior?

–Dicen que se llama Quinn.

–¿Quinn?

–Sí. ¿Le suena su nombre?

–Desde luego, señor ministro. Trabajó para una empresa de Lloyds. Creía que se había retirado.

–Sí; pero Washington dice que ha vuelto. ¿Es bueno?

–Buenísimo. Tiene un historial excelente en cinco países, incluida Irlanda hace años. Yo le conocí en aquella ocasión; la víctima era un ciudadano británico, un hombre de negocios secuestrado por unos renegados del IRA.

En su fuero interno, Cramer se sintió aliviado. Había temido que enviasen a algún teórico del comportamiento que se habría sorprendido al descubrir que los británicos conducían por la izquierda.

–Magnífico –dijo Sir Harry–. Entonces creo que debemos acceder a esto de buen grado. Y prestarles nuestra total colaboración. ¿De acuerdo?

El ministro del Interior, que también había oído hablar de la CIA, aunque habría pronunciado esta palabra en tono despectivo, no se sintió contrariado por la petición de Washington. A fin de cuentas, si la cosa acababa mal...

Quinn fue conducido al despacho particular de la segunda planta de la Mansión una hora después de salir del Salón del Gabinete. Le acompañó el propio Odell, no a través de los setos de acebo y de boj de la Rosaleda, cuyos magnolios estaban desnudos bajo el frío otoñal. Como había cámaras Long Tom apostadas a unos ochocientos metros del jardín, fueron por el corredor del sótano, que conducía a una escalera que llevaba al pasillo de la planta baja de la Mansión.

El presidente Cormack estaba correctamente vestido, con un traje oscuro; pero se le veía pálido y cansado; las arrugas junto a la boca eran más profundas y mostraba las ojeras producidas por el insomnio. Estrechó la mano a sus visitantes e hizo una seña con la cabeza al vicepresidente, el cual se retiró.

Invitó con un ademán a Quinn a sentarse, y él lo hizo en su sillón de detrás de la mesa. Era un mecanismo defensivo, creador de una barrera que pretendía ser inflexible. Se disponía a hablar cuando Quinn se le anticipó:

–¿Cómo se encuentra Mrs. Cormack?

No «la primera dama». Sólo Mrs. Cormack, su esposa. Esto le sorprendió.

–Oh, está durmiendo. Ha sido un golpe terrible. Se le ha administrado un sedante. –Hizo una pausa–. Usted ya ha pasado por esto antes de ahora, Mr. Quinn.

–Muchas veces, señor.

–Bueno, como puede ver, a pesar de la pompa y de las circunstancias, no soy más que un hombre, un hombre muy preocupado.

–Sí, señor. Lo sé. Hábleme de Simon, por favor.

–¿De Simon? ¿Qué quiere saber de él?

–Su manera de ser. Cómo reaccionará... a esto. ¿Por qué lo tuvo usted tan tarde en su vida?

No había nadie en la Casa Blanca que se hubiese atrevido a hacer esta pregunta. John Cormack lo miró por encima de la mesa. Él era alto, pero aquel hombre le igualaba con su metro ochenta y siete. Llevaba un pulcro traje gris, corbata a rayas, camisa blanca... Todo prestado; pero el presidente no lo sabía. Recién afeitado, de tez tostada por el sol. Una cara angulosa, unos fríos ojos grises, una impresión de fuerza y de paciencia.

–¿Tan tarde? Bueno, no lo sé. Me casé cuando ya había cumplido treinta años; Myra tenía veintiuno. Yo era entonces un joven profesor... y pensamos crear una familia al cabo de dos o tres años. Pero no fue así. Esperamos. Los médicos dijeron que no había una causa... Entonces, después de diez años de matrimonio, vino Simon. Yo tenía entonces cuarenta, y Mira, treinta y uno. No tuvimos más hijos... Solamente Simon.

–Lo quiere usted mucho, ¿verdad?

El presidente Cormack miró sorprendido a Quinn. Había sido una pregunta completamente inesperada. Sabía que Odell estaba apartado de sus retoños pues eran ya mayores; pero nunca se le había ocurrido pensar en lo mucho que quería a su único hijo. Se levantó, pasó alrededor de la mesa y se sentó en el borde de una silla, mucho más cerca de Quinn.

–Mr. Quinn, él lo es todo para mí, para nosotros. Haga que vuelva a casa.

–Hábleme de su infancia, de cuando era un chiquillo.

El presidente se levantó de un salto.

–Tengo una fotografía –dijo con aire triunfal.

Se dirigió a un armario y volvió con una foto enmarcada. En ella aparecía en una playa un robusto niño de cuatro o cinco años, con calzón de baño y sosteniendo un cubo y una pala. El orgulloso padre estaba agachado detrás de él y sonreía.

–Fue tomada en Nantucket en 1975. Yo acababa de ser elegido para el Congreso en New Haven.

–Hábleme de Nantucket –pidió amablemente Quinn.

El presidente Cormack habló durante una hora. Esto pareció animarle. Cuando Quinn se levantó para marcharse, escribió un número en una hoja de bloc y se la dio.

–Éste es el número de mi teléfono particular. Muy pocas personas lo conocen. Puede llamarme de día o de noche... –Le tendió la mano–. Que tenga suerte, Mr. Quinn. Que Dios le acompañe.

Estaba tratando de dominarse. Quinn saludó con la cabeza y se apresuró a marcharse. Había visto este efecto antes de ahora. Era terrible.

Mientras Quinn estaba todavía en el lavabo, Philip Kelly había vuelto al Edgar J. Hoover Building, donde sabía que su subdirector ayudante le estaría esperando. Kevin Brown y él tenían mucho en común, y por esto había insistido en su nombramiento.

Cuando entró en su despacho, su ayudante estaba allí, leyendo la ficha de Quinn. Kelly le señaló con la cabeza mientras tomaba asiento.

–De modo que éste es nuestro hombre. ¿Qué le parece?

–Fue bastante valiente en combate –reconoció Brown–. Por lo demás, poca cosa. Casi lo único que me gusta de él es su nombre.

–Bueno –dijo Kelly–, nos lo han colocado aquí por encima del Bureau. Don Edmonds no se opuso. Tal vez piense que si todo acaba mal... No obstante, los papanatas que han hecho esto han vulnerado al menos tres leyes de los Estados Unidos. El FBI sigue teniendo jurisdicción, aunque esto haya ocurrido en territorio británico. Y no quiero que ese «yo-yo» opere por su cuenta sin ninguna supervisión, sea quien sea el que diga lo contrario.

–De acuerdo –convino Brown.

–El hombre del FBI en Londres, Patrick Seymour. ¿Lo conoce?

–He oído hablar de él –gruñó Brown–. Cuentan que está a partir un piñón con los ingleses. Tal vez demasiado.

Kevin Brown procedía de la fuerza de Policía de Boston y era irlandés como Kelly, cuya admiración por Inglaterra y los ingleses hubiese podido escribirse en el dorso de un sello de correos y aún habría sobrado espacio. Y no es que simpatizase con el IRA; había detenido a dos traficantes de armas que negociaban con el IRA y que habrían ido a la cárcel de no haber sido por los tribunales.

Era un policía de la vieja escuela, que no admitía tratos con los delincuentes, fuesen de la clase que fuesen. También se acordaba de su infancia en los barrios bajos de Boston, cuando escuchaba con los ojos muy abiertos las historias que le narraba su abuela de personas que murieron con la boca verde de tanto comer hierba durante el hambre de 1849, y de los ahorcamientos y fusilamientos de 1916. Pensaba en Irlanda, país que nunca había visitado, como una tierra nebulosa y de onduladas colinas cubiertas de vegetación, animada por los violinistas y los cantores, donde poetas como Yeats y O'Faolain vagabundeaban y componían. Sabía que Dublín estaba lleno de bares acogedores, en los que la gente pacífica se sentaba a beber cerveza de malta ante fogatas de turba, absorta en las obras de Joyce y de O'Casey.

Le habían dicho que Dublín tenía un grave problema de drogas entre los adolescentes, pero estaba convencido de que no era más que propaganda de Londres. Había oído a primeros ministros irlandeses suplicando en suelo americano que no se enviase más dinero al IRA; bueno, la gente podía opinar como quisiera. Y él tenía su opinión. El hecho de ser un perseguidor de los delitos no significaba que tuviesen que gustarle las personas a quienes consideraba eternas perseguidoras de la tierra de sus antepasados. Al otro lado de la mesa, Kelly tomó una decisión.

–Seymour es amigo de Buck Revell, pero éste se encuentra enfermo. El director me ha encargado del asunto, en lo que atañe al FBI. Y yo no quiero que ese Quinn se pase de la raya. Deseo que reúna usted un buen equipo y que tomen el avión del mediodía y vayan allí. Llegarán unas horas después que el Concorde; pero eso no importa. Alójese en la Embajada. Dirá a Seymour que está usted encargado de esto, por si se produce una emergencia.

Brown se levantó, complacido.

–Una cosa más, Kevin. Cuídese de que un agente especial no pierda de vista a Quinn. Ni de día ni de noche. He de saber todo lo que hace.

–Tengo la persona adecuada –dijo hoscamente Brown–. Una buena agente, tenaz y lista. Y además bien parecida. La agente Sam Somerville. Yo mismo le daré instrucciones... en seguida.

En Langley, David Weintraub se estaba preguntando cuándo podría volver a dormir. Durante su ausencia, el trabajo se había amontonado sobre su mesa. Buena parte de él tenía que ver con datos sobre todos los grupos conocidos de terroristas que actuaban en Europa; noticias de última hora, agentes de infiltración en aquellos grupos, paradero conocido de miembros importantes, posibles incursiones en Gran Bretaña durante los cuarenta días anteriores... Sólo la lista de los epígrafes parecía interminable. Y casi lo fue también la explicación del jefe de la Sección Europea que instruyó a McCrea.

–Encontrará a Lou Collins, de nuestra Embajada –le dijo–; pero él nos mantendrá fuera del círculo interior. Debemos tener a alguien cerca de ese Quinn. Tenemos que identificar a los secuestradores, y no me disgustaría que pudiésemos hacerlo antes que los ingleses. Y en particular antes que el FBI. Sí, los ingleses son amigos, pero me gustaría que la Agencia se apuntase este tanto. Si los secuestradores son extranjeros, esto nos dará ventaja; tenemos más datos de los extranjeros que el FBI, y tal vez que los ingleses. Si Quinn se huele algo, algo acerca de ellos, y se le escapa una palabra, usted nos lo comunicará en seguida.

El agente McCrea estaba asustado. Era un GS 12, llevaba diez años en la Agencia desde que lo habían reclutado en el extranjero (su padre había sido un hombre de negocios en América Central). En el extranjero había ocupado dos veces posiciones; pero nunca en Londres. La responsabilidad era enorme, pero también lo era la oportunidad que se le ofrecía.

–Con... confíe en mí, señor.

Quinn había insistido en que nadie conocido de la prensa lo acompañase al Aeropuerto Internacional Dulles. Había salido de la Casa Blanca en un coche corriente, conducido por su escolta, un oficial del Servicio Secreto vestido de paisano. Quinn se había hundido en el asiento de atrás, casi tocando el suelo, al pasar entre los periodistas agrupados en Alexander Hamilton Place, en el extremo este del complejo de la Casa Blanca y mucho más lejos del Ala Oeste. La gente de la prensa miró el coche, no vio nada importante y no lo tomó en cuenta.

En Dulles, Quinn pasó por el control de pasaportes, acompañado siempre de su escolta, que se negaba a abandonarle hasta verlo dentro del Concorde, y que hizo que se arqueasen dos cejas al mostrar su tarjeta de identidad de la Casa Blanca para pasar a su vez. Pero al menos sirvió a Quinn para algo. Entró en la *duty free shop*, donde compró varios artículos de tocador, camisas, corbatas, ropa interior, calcetines, un impermeable, una maleta y un pequeño magnetófono con una docena de pilas y cintas. Cuando llegó el momento de pagar, señaló con el pulgar al hombre del Servicio Secreto.

–Mi amigo lo abonará con su tarjeta de crédito –dijo.

Aquella lapa se despegó de él ante la puerta del Concorde. La azafata británica mostró su asiento a Quinn, en la parte de delante del avión, sin prestarle más atención que a cualquier otro pasajero. Él se acomodó en su asiento junto al pasillo. Al poco rato, alguien se sentó en la butaca de la misma fila al otro lado del pasillo. Él miró a la recién llegada. Era una mujer rubia, de cabellos cortos y brillantes, de unos treinta y cinco años, con una cara bella y enérgica. Su traje pecaba un poquitín de severo, los tacones eran más bajos de lo que correspondía a su figura.

El Concorde se situó en la pista de despegue, se detuvo, tembló y se lanzó a toda velocidad. Se alzó el pico del ave de rapiña, las garras de las ruedas de atrás perdieron contacto, el suelo se inclinó cuarenta y cinco grados y Washington se perdió en la lejanía.

Había algo más en aquella mujer. Dos orificios diminutos en la solapa del traje, de esos que pueden haber sido hechos por un imperdible. Uno de esos imperdibles que pueden sujetar una tarjeta de identidad de las usadas en el Departamento de Información. Quinn se inclinó sobre el pasillo.

–¿De qué departamento viene usted?

–¿Perdón?

–El FBI. ¿De qué departamento del FBI es usted?

Ella tuvo el acierto de ruborizarse. Se mordió el labio y reflexionó un momento. Bueno, más pronto o más tarde tendría que saberse.

–Lo siento, Mr. Quinn. Me llamo Somerville. Agente Sam Somerville. Me han dicho que...

–No hace falta, Miss Sam Somerville. Sé lo que le han dicho.

Se apagaron las luces de «no fumar». Los adictos de atrás encendieron sus cigarrillos. Se acercó una azafata, repartiendo copas de champaña. El hombre de negocios que estaba junto a la ventanilla, a la izquierda de Quinn, tomó la última. La azafata se volvió para alejarse. Quinn la detuvo, se disculpó, tomó la bandeja de plata, quitó el tapetito que la cubría y la levantó. Como si fuese un espejo, observó en ella las filas de atrás. Sólo tardó siete segundos. Después dio las gracias a la perpleja azafata y le devolvió la bandeja.

–Cuando se apaguen las luces de «abróchense los cinturones», será mejor que diga a aquel jovencito de Langley de la fila veintiuno que venga a sentarse aquí –dijo a la agente Somerville.

Al cabo de cinco minutos ella volvió con el joven de la fila veintiuna. Estaba colorado y confuso, echándose atrás los lacios cabellos rubios y esforzándose en sonreír con campechanía.

–Lo siento, Mr. Quinn. No quería molestarle. Sólo que me dijeron...

–Sí, lo sé. Siéntese. –Señaló un asiento vacío de la fila de delante–. Se ve en seguida cuando a uno le molesta el humo de los cigarrillos en los asientos de atrás.

–¡Oh!

El joven se sentó con aire sumiso.

Quinn miró a través de la ventanilla. El Concorde giraba sobre la costa de Nueva Inglaterra, preparándose para adquirir velocidad supersónica. Todavía no habían salido de América, y ya estaban faltando a las promesas. Eran las diez y cuarto, horario del Este, y las tres y cuarto en Londres. Faltaban tres horas para llegar a Heathrow.

CAPÍTULO VI

Simon Cormack pasó las primeras veinticuatro horas de su cautiverio en total aislamiento. Los expertos habrían dicho que esto formaba parte del proceso de ablandamiento, una manera de que el rehén pueda meditar largamente sobre su soledad y su impotencia. Y también un modo de hacerle sentir hambre y cansancio. Un rehén lleno de energía, dispuesto a discutir y a quejarse, o incluso a proyectar la fuga, crea problemas a sus secuestradores. En cambio, una víctima reducida a la impotencia y que agradezca patéticamente los pequeños favores es mucho más fácil de manejar.

A las diez de la mañana del segundo día, más o menos a la misma hora en que Quinn entraba en el Salón del Gabinete en Washington, Simon dormitaba agitado cuando oyó un chasquido en la mirilla de la puerta del sótano. Al mirar hacia allí, pudo distinguir un solo ojo que le estaba observando; su cama se encontraba justo enfrente de la puerta, y ni siquiera colocándose a la mayor distancia que le permitía la cadena podía hacer que no le viesen a través del ventanillo.

Al cabo de unos segundos oyó el chirrido de los dos cerrojos al ser descorridos. La puerta se abrió unos diez centímetros y asomó por ella una mano enguantada de negro. Sujetaba una cartulina blanca en la que aparecía escrito en letras mayúsculas y con un rotulador un mensaje dirigido a él. CUANDO OIGA TRES LLAMADAS A LA PUERTA PÓNGASE LA CAPUCHA. ¿COMPRENDIDO? RESPONDA.

Simon dejó pasar varios segundos sin saber qué hacer. La cartulina fue agitada con impaciencia.

–Sí –dijo–. Comprendo. Tres llamadas y me pongo la capucha.

La cartulina fue retirada y sustituida por otra. Ésta decía: DOS LLAMADAS Y PUEDE QUITARSE DE NUEVO LA CAPUCHA – NADA DE TRUCOS, O MORIRÁ.

–También lo comprendo –gritó a la puerta.

Retiraron la cartulina. Se cerró la puerta. Al cabo de unos segundos, sonaron tres fuertes llamadas. El joven, con gran sumisión, agarró la gruesa capucha negra que estaba sobre la cama y se la puso; no sólo sobre la cabeza, sino hasta cubrirle los hombros; colocó las manos encima de las rodillas y esperó, temblando de miedo. El material era tan grueso que no podía oír nada; sólo tuvo la impresión de que alguien llevando zapatos de suela blanda había entrado en el sótano.

El secuestrador que acababa de entrar iba otra vez vestido de negro de la cabeza a los pies y llevaba una máscara a través de la cual sólo los ojos eran visibles. A pesar de que Simon Cormack no podía ver nada. Sin duda obedecía órdenes del jefe. El hombre dejó algo cerca de la cama y se retiró. Simon oyó que se cerraba la puerta y eran corridos los cerrojos: después, dos claros golpes. Se quitó despacio la capucha. En el suelo había una bandeja de plástico y, en ella, un plato también de plástico, un cuchillo, un tenedor y un vaso del mismo material. En el plato había salchichas, alubias cocidas, tocino y un trozo de pan. El vaso estaba lleno de agua.

Simon se encontraba hambriento, pues no había comido nada desde la noche anterior a su carrera. Sin pensarlo, gritó: «Gracias.» Inmediatamente se habría dado de patadas: No debía dar las gracias a aquellos bastardos. No se daba cuenta, en su ignorancia, de que el «síndrome de Estocolmo» estaba empezando a producir efecto; esa extraña empatía que se establece entre la víctima y sus carceleros, de manera que vuelve su ira contra las autoridades que permitieron que aquello sucediese y que continúe, en vez de dirigirla contra los secuestradores.

Comió hasta la última migaja, bebió despacio el agua, con profunda satisfacción. Y se quedó dormido. Una hora más tarde, se invirtió la operación y fue retirada la bandeja. Simon empleó el retrete por cuarta vez; después, se tumbó en la cama y pensó en su casa, en lo que podían estar haciendo por él.

Mientras yacía allí, el comandante Williams volvió de Leicester a Londres y se presentó ante el subjefe delegado Cramer en la oficina de éste en Scotland Yard. Por razones de conveniencia, el cuartel general de la Met en el Yard se halla a sólo cuatrocientos metros de la Oficina del Gabinete.

El ex propietario de la camioneta Transit había estado en la Comisaría de Policía de Leicester bajo custodia; un hombre asustado y, según se descubrió, inocente. Afirmó que su camioneta Transit no había sido nunca robada ni vendida, sino que había quedado destruida en un accidente dos meses atrás. Como entonces se estaba mudando de casa, había olvidado notificarlo a la Jefatura de Tráfico de Swansea.

Paso a paso, el comandante Williams había comprobado la declaración. Aquel hombre, del ramo de la construcción, había ido a recoger dos chimeneas de mármol de un traficante del sur de Londres. Al doblar una esquina cerca del edificio en demolición del que habían sido arrancadas las chimeneas, chocó con una excavadora. La excavadora ganó. La camioneta Transit, que conservaba a la sazón su color azul original, quedó destrozada. Aunque los daños visibles habían sido pocos, concentrados más bien en la parte del radiador, el chasis había quedado torcido.

El hombre volvió solo a Nottingham; la compañía aseguradora había examinado el vehículo en el patio de una empresa local de recuperación y declaró que no podía repararse; pero se había negado a indemnizarle, porque la póliza no cubría el riesgo, y menos teniendo en cuenta que él había sido el culpable del choque contra la excavadora. Muy entristecido, aceptó veinte dólares por la chatarra, al ofrecérselos por teléfono la empresa de recuperación, y no había vuelto a Londres.

–Alguien volvió a llevarla a la carretera –dijo Williams.

–Bien –dijo Cramer–. Ya hemos avanzado algo. Todo coincide. Los muchachos del laboratorio afirman que alguien trabajó en el chasis con una soldadora. También la pintura verde había sido aplicada sobre la primitiva celulosa azul. Una torpe pintura con spray. Descubra quién lo hizo y a quién vendieron la camioneta.

–Voy a Balham –anunció Williams–: la empresa de recuperación de coches accidentados se encuentra allí.

Cramer volvió a su trabajo. Una montaña de trabajo, procedente de doce equipos diferentes. Habían llegado casi todos los informes de los técnicos forenses y eran brillantes hasta donde podían alcanzar. Lo malo era que no llegaban lo bastante lejos. Las balas extraídas de los cadáveres coincidían con los casquillos de la Skorpion, lo cual no era de extrañar. No habían aparecido más testigos en la zona de Oxford. Los secuestradores no dejaron huellas dactilares ni de otra clase, salvo las de los neumáticos. Pero no servían para nada; tenían la furgoneta, aunque destrozada por el fuego. Nadie había visto a ninguna persona cerca del granero. Las huellas del sedán que partían de éste habían sido identificadas en lo que se refería a la marca y al modelo; pero podían corresponder a un millón de coches de su clase.

Una docena de policías del condado investigaban, con ayuda de agentes del Estado, las viviendas alquiladas durante los últimos seis meses y que reunieran las condiciones de aislamiento que podían convenir a los secuestradores. La Met estaba haciendo lo mismo dentro de Londres, por si los delincuentes se hubiesen ocultado en la propia capital. Esto significaba la investigación de miles de contratos de alquiler de viviendas.

Se buscaban sobre todo los alquileres con pago al contado. Pero los había a cientos. Habían salido ya a la luz una docena de picaderos, dos de ellos alquilados por celebridades de la nación.

Informadores del hampa, «soplones», estaban siendo interrogados por si habían oído rumores de un grupo de villanos conocidos que preparase un gran golpe, o de delincuentes notorios que hubiesen desaparecido de pronto de sus madrigueras. Los bajos fondos estaban siendo revueltos a más no poder; pero esto no había dado resultado... hasta ahora.

Tenía un montón de declaraciones de personas que «habían visto» a Simon Cormack, algunas creíbles, otras con ciertas posibilidades, y muchas inverosímiles. Todas eran investigadas. Había otro montón de transcripciones de mensajes telefónicos de gente que pretendía tener en su poder al hijo del presidente de los Estados Unidos. Ocurría lo mismo: unos eran cosa de locos y otros parecían auténticos. Cada uno de los que habían llamado había sido tratado en serio y se le había pedido que mantuviese el contacto. Pero Cramer tenía la impresión de que los verdaderos secuestradores seguían guardando silencio y haciendo sudar a las autoridades. Era lo mejor que podían hacer.

En el sótano, se había dispuesto una habitación especial, donde un equipo de la Brigada de Investigación Criminal, los que solían actuar de negociadores en los casos de secuestro en

Gran Bretaña, esperaban que se produjese algo definitivo, y hablaban tranquila y pacientemente con los simuladores. Algunos de éstos habían sido ya detenidos y serían acusados a su debido tiempo.

Nigel Cramer se acercó a la ventana y miró hacia abajo. Las aceras de Victoria Street estaban llenas de reporteros, a los que tenía que evitar cada vez que salía hacia Whitehall. Pasaba entre ellos metido en su coche, con las ventanillas herméticamente cerradas. Y le gritaban a través del cristal, pidiéndole un poco de información. La oficina de prensa de la Met se estaba volviendo loca.

Miró su reloj y suspiró. Si los secuestradores aguantaban unas cuantas horas más, el americano, Quinn, se encargaría del asunto. Había sido rechazado su criterio acerca de esto, y no le gustaba. Había leído el historial de Quinn, que le había prestado Lou Collins de la CIA, y se pasó dos horas con el jefe ejecutivo de la empresa de seguros de Lloyd que había empleado a Quinn, usando de su extraño pero eficaz talento durante diez años. Lo que había aprendido le produjo sentimientos confusos. El hombre era bueno, pero heterodoxo. A ninguna fuerza de policía le gusta trabajar con un inconformista, por mucho talento que tenga. Decidió no ir a Heathrow a recibir a Quinn. Lo vería después, y le presentaría a los dos inspectores que debían acompañarle y aconsejarle en la negociación, si ésta llegaba a producirse. Ahora debía volver a Whitehall e informar a COBRA... de muy poco. No, estaba claro que no iba a ser un asunto «rápido».

El Concorde había encontrado viento de cola a veinte mil metros, y llegó a Londres a las seis de la tarde, quince minutos antes de la hora prevista. Quinn asió su pequeña maleta y se dirigió por el túnel hacia la zona de llegadas, seguido de Somerville y de McCrea. Dentro del túnel esperaban pacientemente dos silenciosos hombres vestidos de gris. Uno de ellos dio un paso adelante.

–¿Mr. Quinn? –preguntó en voz baja.

Quinn asintió con la cabeza. El hombre no le mostró la tarjeta de identidad, al estilo americano. Presumió que sus modales y su aspecto indicarían que representaba a las autoridades.

–Le estábamos esperando, señor –continuó–. Si quiere usted acompañarme... Mi colega le llevará la maleta.

Sin esperar ninguna réplica, echó a andar por el túnel, se apartó de la corriente de pasajeros en la entrada del pasillo principal y penetró en un pequeño despacho que no tenía más que un número en la puerta. El otro hombre, más alto y con todo el aire de ser un ex suboficial, dirigió a Quinn un amable saludo con la cabeza, y tomó su maleta. En el despacho, el primer hombre hojeó rápidamente el pasaporte de Quinn y los de «sus ayudantes», sacó un sello del bolsillo interior, estampilló los tres documentos y dijo:

–Bien venido a Londres, Mr. Quinn.

Salieron del despacho por otra puerta y bajaron unas escaleras hacia el coche que estaba esperando. Pero si Quinn creía que iban a llevarle directamente a Londres, se equivocaba. Lo condujeron a la «suite» de los VIP. Quinn entró y miró contrariado a su alrededor. Discreción, había dicho. Allí brillaba por su ausencia. Había representantes de la Embajada americana, del Home Office británico, de Scotland Yard, del Foreign Office, de la CIA, del FBI y, si no se equivocaba, de Woolworths y de Coca-Cola. Estuvieron veinte minutos.

El trayecto hacia Londres en caravana fue aún peor. Él viajaba delante, en una limusina americana de media manzana de longitud, con un gallardete sobre el guardabarros delantero. Dos motoristas abrían paso entre el tráfico de primera hora de la mañana. Detrás venía Lou Collins, transportando (e instruyendo) a su colega de la CIA, Duncan McCrea. Dos coches atrás, Patrick Seymour hacía lo mismo con Sam Somerville. Los británicos seguían en sus Rovert, Jaguar y Granada.

Se dirigieron a Londres por la autopista M-4, entraron en la North Circular y bajaron por Finchley Road. Después de la plaza de Lords, el coche que iba en cabeza giró hacia Regent's Park, siguió durante un rato el Outer Circle y penetró en un majestuoso portal, entre dos guardias de seguridad que saludaron.

Durante todo el trayecto, Quinn había estado contemplando las luces de una ciudad que conocía tan bien como cualquier otra del mundo, y mejor que la mayoría de ellas. Guardó silencio hasta que, al fin, incluso el engreído ministro-consejero se calló. Cuando los coches se dirigieron hacia el pórtico iluminado de una mansión palaciega, Quinn habló. En realidad, sería más adecuado decir que «ladró». Se inclinó hacia delante (estaba a mucha distancia del conductor) y gritó al oído del chófer.

–Detenga el coche.

El conductor, un infante de Marina americano, se sorprendió tanto que frenó en seco. El automóvil de atrás fue menos rápido. Hubo un tintineo de cristales de luces delanteras y traseras. Más atrás, el chófer del Home Office, para evitar una colisión, se metió entre los rododendros. La comitiva se detuvo, en un movimiento como de acordeón. Quinn se apeó y contempló la mansión. Un hombre se hallaba de pie en el último escalón del pórtico.

–¿Dónde estamos? –preguntó Quinn.

Lo sabía muy bien. El diplomático se apeó a su vez del asiento de atrás. Le habían avisado de cómo era Quinn. No quiso creerles. Algunos de los que viajaban más atrás se estaban acercando para reunirse con ellos.

–En Winfield House, Mr. Quinn. Y ese señor es el embajador Fairweather que espera para recibirle. Todo está dispuesto. Tendrá usted una suite... Todo ha sido arreglado.

–Pues desarréglenlo –dijo Quinn.

Abrió el portaequipajes, agarró su maleta y echó a andar por el paseo.

–¿Adónde va usted, Mr. Quinn? –gritó el diplomático.

–Vuelvo a España –declaró Quinn.

Lou Collins se plantó delante de él. Había hablado con David Weintraub por la línea privada mientras el Concorde estaba en el aire. «Es un bastardo extraño», le había dicho el DDO; pero dele todo lo que le pida.

–Tenemos un apartamento –dijo en voz baja–. Muy privado, muy discreto. A veces lo empleamos para los primeros interrogatorios a los desertores del bloque soviético. Otras, para hombres de Langley que nos visitan. El DDO se aloja allí.

–Dirección –dijo Quinn.

Collins se la facilitó. Una callejuela en Kensington. Quinn le dio las gracias y siguió andando. Un taxi pasaba por el Outer Circle. Quinn lo paró, murmuró unas instrucciones al chófer y desapareció.

Tardaron quince minutos en salir de la maraña del tráfico.

Lou Collins hizo que McCrea y Somerville subiesen a su coche y los condujo a Kensington.

Quinn pagó el taxi y observó el bloque de apartamentos. De todas maneras iban a escucharle. Tratándose de un piso de la Compañía, los micros estarían ya instalados, ahorrando muchas excusas tontas y trabajos de redecoración. El número que él buscaba estaba en el tercer piso. Cuando tocó el timbre, le abrió un hombre de la Compañía, corpulento y de baja graduación. El guardián.

–¿Quién es usted? –preguntó.

–El que se va a quedar aquí –dijo Quinn, entrando–. Y usted se marchará.

Recorrió el apartamento, observando el cuarto de estar, el dormitorio grande y otros dos más pequeños. El guardián estaba hablando frenéticamente por teléfono; le pusieron en comunicación con Lou Collins en el coche de éste, y el hombre se sometió. Malhumorado, recogió sus bártulos. Collins y los dos sabuesos llegaron tres minutos después que Quinn, el cual había elegido el dormitorio principal. Patrick Seymour había seguido a Collins. Quinn contempló a los cuatro.

–¿Esos dos tendrán que vivir conmigo? –preguntó, señalando con la cabeza a la agente especial Somerville y al GS 12 McCrea.

–Sea razonable, Quinn –le pidió Collins–. Estamos tratando de liberar al hijo del presidente. Todo el mundo quiere saber lo que pasa. No se conformarán. Las autoridades no le permitirán vivir aquí como un monje, sin decirles nada.

Quinn reflexionó un momento.

–Está bien. ¿Qué harán ustedes dos aparte de husmear?

–Podemos serle útiles, Mr. Quinn –dijo McCrea en tono suplicante–. Buscar cosas..., ayudar.

Con sus cabellos lacios, su constante sonrisa y su aire tímido, parecía mucho más joven de sus treinta y cuatro años. Su aspecto correspondía a un estudiante universitario y no a un agente de la CIA. Ahora habló Sam Somerville.

–Soy buena cocinera –manifestó–. Ahora que ha visto la residencia y todo su personal, necesitará alguien que sepa guisar. Estando donde estamos, habría de todos modos alguien que observase.

Por primera vez desde que lo habían conocido, Quinn esbozó una sonrisa. Somerville pensó que esto transformaba un poco al enigmático veterano.

–Está bien –dijo a Collins y a Seymour–: En cualquier caso, tendrán micros ocultos en todas las habitaciones. Ustedes dos vayan y ocupen los dormitorios restantes.

Volvió a Collins y Seymour al alejarse los jóvenes por el pasillo.

–Esto es todo. No quiero más invitados. Tendré que hablar con la policía británica. ¿Quién es el encargado del asunto?

–El comisario delegado Cramer. Nigel Cramer. El número dos del Departamento SO. ¿Lo conoce?

–Me suena el nombre –dijo Quinn.

En aquel momento lo que sonó fue el teléfono. Collins lo cogió, escuchó y tapó el micrófono con la mano.

–Es Cramer –dijo–. Está en Winfield House. Fue allí para encontrarse con usted. Quiere venir aquí. ¿De acuerdo?

Quinn asintió con la cabeza. Collins habló con Cramer y le comunicó que podía venir. Cramer llegó al cabo de veinte minutos en un coche sin distintivos de la policía.

–¿Mr. Quinn? Soy Nigel Cramer. Nos vimos una vez, por poco tiempo.

Entró en el apartamento con paso cauteloso. No conocía su existencia como refugio de la Compañía. Sabía que la CIA lo abandonaría cuando terminase este asunto y tomaría otro.

Quinn recordó a Cramer en cuanto le vio la cara.

–En Irlanda, hace años, el asunto Don Tidey. Usted era entonces jefe de la Brigada Antiterrorista.

–SO-13, sí. Posee usted buena memoria, Mr. Quinn. Creo que tenemos que hablar.

Quinn condujo a Cramer al cuarto de estar, le invitó a sentarse, ocupó un sillón delante de él e hizo un ademán señalando toda la habitación, para indicar que era seguro que había micrófonos ocultos. Lou Collins podía ser un buen hombre; pero ningún espía es nunca *tan* amable. El policía británico asintió gravemente con la cabeza. Se daba cuenta de que se hallaba en territorio americano en el corazón de su propia capital; pero todo lo que tenía que decir sería comunicado por él a COBRA.

–Según la frase que ustedes emplean en América, deje que ponga las cartas boca arriba, Mr. Quinn. La Policía Metropolitana tiene primacía en la investigación de este delito. Su Gobierno se halla de acuerdo con esto. Hasta ahora no hemos descubierto gran cosa; pero estamos en el principio y trabajando de firme.

Quinn asintió con la cabeza. Había trabajado muchas veces en habitaciones con micrófonos y hablado por líneas telefónicas intervenidas. Siempre se hacía un esfuerzo por mantener la conversación normal. Comprendió que Cramer hablaba sabiendo que sus palabras serían registradas; de ahí su pedantería.

–Pedimos la primacía en el proceso de negociación y se nos negó a petición de Washington. Tengo que aceptarlo, aunque no me guste. También he recibido instrucciones en el sentido de prestarle toda la colaboración que pueden ofrecer la Met y todos nuestros departamentos oficiales. Y la tendrá. Le doy mi palabra.

–Se lo agradezco mucho, Mr. Cramer.

Sabía que esto sonaba afectadísimo; pero de alguna manera las bobinas empezaban a girar.

–Bien. ¿Qué es lo que desea saber?

–En primer lugar los antecedentes. Lo último que leí fue en Washington... –Miró su reloj; y vio que eran las ocho de la tarde en Londres–. Hace más de siete horas. ¿Han establecido ya algún contacto los secuestradores?

–Que nosotros sepamos, no –repuso Cramer–. Ha habido llamadas, desde luego. Algunas evidentemente falsas; otras no con tanta evidencia, y una docena dignas de consideración. En estos últimos casos, pedimos alguna prueba de que tenían realmente a Simon Cormack en su poder...

–¿Cómo? –preguntó Quinn.

–Haciéndoles una pregunta a la que tenían que responder. Sobre algo acaecido durante los nueve meses que Simon ha pasado en Oxford y que sería difícil descubrir. Nadie volvió a llamar para dar la respuesta adecuada.

–Cuarenta y ocho horas no es mucho tiempo para establecer el primer contacto –observó Quinn.

–De acuerdo –admitió Cramer–. Pueden comunicar por correo, con una carta o una cinta magnetofónica; en cualquier caso, deberían de estar en camino. O por teléfono. Si es lo primero, lo traeremos aquí, aunque deseo que nuestros técnicos echen primero un vistazo al papel, el sobre, las envolturas y el escrito, por si hay huellas dactilares, de saliva o de otra clase. Creo que es justo, ¿no? Aquí no hay instalaciones de laboratorio.

–Muy justo –reconoció Quinn.

–Pero, si el primer contacto es por teléfono, ¿cómo piensa usted solucionarlo, Mr. Quinn?

Quinn formuló sus exigencias. Un anuncio público en el programa de «noticias a las diez» pidiendo a quien tuviese en su poder a Simon Cormack que se pusiese en contacto con la Embajada americana, y solamente con ella, por medio de una serie de números de teléfono. Un equipo de telefonistas en una centralita, en el sótano de la Embajada, se encargaría de eliminar las llamadas que se veía que eran falsas y pasaría las que pudieran ser auténticas a este apartamento.

Cramer miró a Collins y a Seymour, los cuales asintieron con la cabeza. Montarían la centralita de varias líneas en la Embajada dentro de la próxima hora y media, antes de que se emitiese el noticiario. Quinn prosiguió:

–Su personal de telecomunicaciones puede averiguar el origen de cada llamada al llegar ésta a la Embajada, y tal vez detener a algún bromista lo bastante estúpido para no emplear un teléfono público o para alargar demasiado la comunicación. No creo que los verdaderos secuestradores sean tan torpes.

–De acuerdo –dijo Cramer–. Hasta ahora se han mostrado más listos.

–La transmisión debe hacerse sin interrupciones y a uno de los teléfonos de este piso. Hay tres, ¿verdad?

Collins asintió. Uno de ellos estaba en línea directa con su despacho, que se hallaba en el edificio de la Embajada.

–Utilice éste –dijo Quinn–. Cuando yo haya establecido contacto con los verdaderos secuestradores, suponiendo que lo establezca, quiero poder darles otro número, correspondiente a una línea que no le llegue a nadie más que a mí.

–Tendrá usted esa línea dentro de hora y media –prometió Cramer–, un número que jamás ha sido utilizado. Desde luego, tendremos que intervenirlo; pero no se notará en absoluto. Por último, quisiera que dos inspectores jefes detectives viviesen aquí con usted, Mr. Quinn. Son buenos policías y tienen mucha experiencia. Un hombre no puede estar despierto las veinticuatro horas del día.

–Lo siento, pero me niego a ello –dijo Quinn.

–Podrían serle de gran ayuda –insistió Cramer–. Si los secuestradores son británicos, será necesario tener en cuenta acentos regionales, palabras en argot, muestras de tensión o desesperación en la voz del interlocutor, pequeñas pistas que sólo otro británico puede descubrir. No dirán nada, se limitarán a escuchar.

–Pueden oír la conversación –dijo Quinn–; de todos modos, ustedes registrarían cuanto se dijese. Hágalo pasar por los expertos en lenguaje, añada sus propios comentarios sobre lo mal que lo estoy haciendo y tráigame los resultados. Pero yo trabajo solo.

Cramer apretó un poco los labios. Pero obedecía las órdenes. Se puso en pie para marcharse. Quinn se levantó también.

–Le acompañaré hasta su coche –dijo.

Todos sabían lo que significaba esto: en la escalera no había micrófonos. Al llegar a la puerta, Quinn indicó con un movimiento de cabeza a Seymour y Collins que se quedaran donde estaban. Ellos lo hicieron de mala gana. Ya en la escalera, Quinn murmuró al oído de Cramer.

–Sé que no le gusta este sistema. Tampoco yo estoy en la gloria. Confíe en mí. No voy a perder a ese muchacho si puedo evitarlo. Ustedes oirán todo lo que se diga por teléfono. Mi propia gente me oirá también. Esto es como una emisora de radio.

–Está bien, Mr. Quinn, tendrá usted todo lo que yo pueda ofrecerle. Se lo prometo.

–Una última advertencia... –Habían llegado a la calle, donde esperaba el coche de la policía–. No los espante. Si telefonean y mantienen la comunicación demasiado rato, no envíe automóviles a toda velocidad a la cabina telefónica...

–Sabemos esto, Mr. Quinn. Pero haremos que hombres vestidos de paisano se dirijan al lugar del que proceda la llamada. Serán muy discretos, casi invisibles. Si logramos descubrir el número del coche o tener una descripción del físico del hombre, esto podría acortar un par de días la operación.

–Sobre todo que no les vean –recomendó Quinn–. El hombre

de la cabina telefónica estará bajo una horrible presión. No queremos que cese el contacto. Esto podría significar que lo han cortado y echado a correr hacia el bosque, dejando un cadáver tras de sí.

Cramer asintió con la cabeza, le estrechó la mano y subió a su coche.

A la media hora llegaron los operarios, ninguno de ellos con uniforme de telecomunicaciones, pero presentando sus tarjetas de identidad profesional. Quinn los recibió con amabilidad. Sabía que venían de MI 5, el servicio de seguridad. Pusieron manos a la obra. Eran hábiles y trabajaban de prisa. Pero la labor más importante se estaba haciendo en la central telefónica de Kensington.

Uno de los operarios, que había desprendido la base del teléfono del cuarto de estar, arqueó un poco una ceja. Quinn fingió no advertirlo. Al tratar de insertar un «micro», el hombre se había encontrado con que ya había uno allí. Pero las órdenes son órdenes; colocó su micrófono junto al americano, estableciendo una nueva relación angloamericana en miniatura. A las nueve y media de la noche Quinn tenía su línea «relámpago», la línea superprivada (para el público) por la que hablaría con el secuestrador si llegaba a ponerse en comunicación con él. La segunda línea fue conectada de modo permanente a la centralita de la Embajada para los secuestradores «posibles». La tercera la dejaron para llamadas corrientes.

Mayor trabajo se estaba realizando en el sótano de la Embajada, en Grosvenor Square. Diez líneas ya existentes fueron sustituidas. Diez jóvenes damas, unas americanas y otras inglesas, se quedaron sentadas, esperando.

La tercera operación se realizaba en la central de Kensington, donde la policía montó una oficina para controlar las llamadas que llegasen con destino a la línea privada de Quinn. Como Kensington era una de las nuevas centrales electrónicas, la localización sería rápida, de ocho a diez segundos. A su salida de la central, las llamadas por la línea privada tendrían otras dos derivaciones, una con el centro de comunicaciones de MI 5 en Cork Street, Mayfair, y la otra con el sótano de la Embajada de los Estados Unidos. Cuando se lograse establecer contacto con el secuestrador, se transformaría de centralita telefónica en puesto de escucha.

El operario americano de Lou Collins llegó treinta segundos después de marcharse el grupo británico, para remover todos los micros recién instalados por los ingleses y sintonizar los propios. Así, cuando Quinn hablase fuera del teléfono, solamente sus compañeros americanos le estarían escuchando. «Un buen trabajo», observó Seymour a su colega de MI 5 una semana después, mientras bebía en el Brooks's Club.

A las diez de la noche, el locutor Sandy Gall, de ITN, miró fijo a la cámara mientras se extinguían los sones del carillón del Big Ben, y pronunció el mensaje dirigido a los secuestradores. Los números de teléfono a los que llamar permanecieron en la pantalla mientras se daban las últimas noticias sobre el secuestro de Simon Cormack, las cuales eran en realidad muy pocas.

En el cuarto de estar de una casa tranquila, a sesenta kilómetros de Londres, cuatro hombres, silenciosos y tensos, observaban la emisión. El jefe traducía rápidamente al francés para dos de ellos. Uno era belga y el otro corso. El cuarto no necesitaba que le tradujesen nada. Su inglés era bueno; pero con el fuerte acento de su África del Sur natal.

Los dos europeos no hablaban inglés en absoluto, y el jefe les había prohibido a todos que saliesen de la casa antes de que el asunto hubiese terminado. Tan sólo él salía y entraba. Siempre por el garaje y siempre en el sedán Volvo, que ahora tenía neumáticos nuevos y placas de matrícula diferentes. Ahora las originales y legítimas. Nunca salía sin su peluca, su barba, su bigote y sus gafas oscuras. Durante sus ausencias, los otros tenían órdenes de no mostrarse, ni siquiera en las ventanas, y desde luego de no abrir la puerta a nadie.

Al pasar el locutor a la situación en Oriente Medio, uno de los europeos hizo una pregunta. El jefe meneó la cabeza.

–Mañana –respondió en francés–, mañana por la mañana.

Más de doscientas llamadas fueron recibidas aquella noche en el sótano de la Embajada. Todas fueron atendidas con cuidado y cortesía; pero a Quinn no le pasaron más que siete. Respondió a todas ellas con amabilidad, llamando «amigo» o «camarada» a su interlocutor, explicando que, por desgracia, «los suyos» tenían que cumplir la enojosa formalidad de comprobar que el que llamaba *tenía* de verdad a Simon Cormack; siempre muy cortés, les hacía una pregunta sencilla y les pedía que volviesen a llamar cuando tuvieran la respuesta. Nadie lo hizo. En una pausa, entre las tres y la salida del sol, dormitó durante cuatro horas.

Sam Somerville y Duncan McCrea estuvieron con él toda la noche. Sam mencionó su «actuación» por teléfono.

–La cosa todavía no ha empezado –repuso en tono tranquilo.

Pero la tensión sí que había comenzado. Los dos jóvenes la estaban experimentando ya.

Poco después de medianoche, tras haber tomado el Jumbo del mediodía, hora de Washington, Kevin Brown y un equipo escogido de ocho agentes del FBI llegaron a Heathrow. Avisado de ello, el desesperado Patrick Seymour estaba allí para recibirles. Había puesto al oficial al corriente de la situación a las once de la noche, hora en la que había salido para el aeropuerto. Tuvo que hablarle de la instalación de Quinn en el refugio que él había escogido, en vez de hacerlo en Winfield House, y le explicó todo lo referente al montaje de las intercepciones telefónicas.

–Sabía que le gustaba el jaleo –gruñó Brown, al enterarse del cisco que había armado en el paseo de Winfield House–. Tenemos que vigilar a ese bastardo o hará toda clase de trucos. Va yamos a la Embajada. Dormiremos en literas en el sótano. Si ese tipo se tira un pedo, quiero oírlo, fuerte y claro.

Seymour maldijo para sus adentros. Había oído hablar de Kevin Brown y habría preferido ahorrarse su visita. Ahora, pensó, la cosa iba a ser peor de lo que había temido. Cuando llegaron a la Embajada a la una y media de la mañana, se estaba recibiendo la llamada falsa número ciento seis.

Otras personas dormían poco aquella noche. Dos de ellas eran el comandante Williams, de SO 13, y un hombre llamado Sidney Sykes. Pasaban las horas enfrentándose en la sala de interrogatorios de la comisaría de Policía de Wandsworth, en el sur de Londres. Un segundo oficial presente era el jefe de la Sección de Vehículos de la Brigada de Delitos Graves, cuyos hombres habían descubierto a Sykes.

Por ser éste un ladronzuelo, los dos hombres sentados delante de él estaban ejerciendo una presión enorme, y al terminar la primera hora se hallaba asustadísimo. Después, las cosas fueron de mal en peor.

La Sección de Vehículos, siguiendo una descripción dada por el albañil de Leicester, había localizado la empresa de recuperación que sacó a la arruinada Transit de su abrazo letal con la excavadora. Una vez establecido que el vehículo tenía el chasis torcido y no podía aprovecharse, la compañía de recuperación ofreció devolverlo a su propietario. Pero, como los gastos de llevarlo de nuevo a Leicester eran superiores a su valor, el hombre había rehusado. El equipo de recuperación lo vendió a Sykes como chatarra, ya que éste tenía un solar para coches destrozados. Los investigadores de la Sección de Vehículos habían pasado el día revolviendo aquel depósito.

Encontraron un barril lleno en sus tres cuartas partes de aceite negro y sucio. Del fondo habían salido veinticuatro placas de matrícula, doce de ellas perfectamente emparejadas, todas confeccionadas en el taller de Sykes y tan auténticas como un billete de tres libras. Un escondrijo debajo de las tablas del suelo de la destartalada oficina del detenido había contenido un fajo de treinta documentos de registro de vehículos, todos ellos pertenecientes a coches y camiones que habían dejado de existir salvo sobre el papel.

El negocio sucio de Sykes consistía en adquirir vehículos destrozados y rechazados por los aseguradores, decir al dueño que informaría a Swansea de que el automóvil ya no debía ser considerado más que como una masa de chatarra, e informar entonces a Swansea de todo lo contrario: de que había comprado el vehículo a su anterior propietario. El ordenador de Swansea archivaría entonces el «hecho». Si el coche quedaba realmente borrado, Sykes se hacía con una documentación legítima, que podía ser aplicada a un vehículo en funcionamiento, de marca y tipo parecido, el cual había sido «birlado» de algún aparcamiento por uno de los socios de dedos largos de Sykes. Con nuevas placas, que coincidiesen con el número de matrícula del vehículo desaparecido, el coche robado podía venderse. El detalle final era rascar los números originales de chasis y de motor, grabar otros nuevos y untarlos con grasa y polvo para engañar al cliente inexperto. Desde luego, esto no engañaba a la policía; pero como estas ventas se hacían al contado y en metálico, Sykes podía negar más tarde que había visto alguna vez el coche. Imposible que lo hubiese vendido.

Una variación de este timo era tomar una camioneta como la Transit, en buena forma salvo por el chasis torcido, cortar el trozo deformado, sustituirlo por una barra metálica de la misma longitud y poner de nuevo el vehículo en la calle. Una operación ilegal y peligrosa, pero estos coches y camionetas tenían bastantes posibilidades de rodar varios miles de millas más antes de descomponerse.

Enfrentado a las declaraciones del constructor de Leicester, la empresa de recuperación que le había vendido la Transit como chatarra por veinte libras, y las impresiones de los números de chasis y motor antiguos y verdaderos, e informado del fin con que se había utilizado la camioneta, Sykes se dio cuenta de que estaba realmente en grave apuro y resolvió decir la verdad.

Recordó, después de estrujar su memoria, que el hombre que había comprado la Transit estuvo rondando un día por el patio, hacía de esto seis semanas, y que, al preguntarle qué hacía allí, le dijo que buscaba una camioneta barata. Por casualidad, Sykes acababa de componer el chasis de la Transit y de pintar ésta de verde. Una hora más tarde, el vehículo salió de su taller mediante el pago de trescientas libras en efectivo. Nunca había vuelto a ver a aquel hombre. Los quince billetes de veinte libras los había gastado hacía tiempo.

–¿Descripción? –preguntó el comandante Williams.

–Estoy tratando de recordarlo –gimió Sykes.

–Procure hacerlo –le apremió Williams–; con ello, el resto de su vida será mucho más fácil.

Mediana estatura, complexión también mediana. Menos de cincuenta años. Cara y modales toscos, su voz no era «distinguida» y el acento le identificaba como no londinense. Cabellos rojizos; podía ser una peluca, pero muy buena. De todos modos, llevaba sombrero a pesar del calor de finales de agosto. Bigote, más oscuro que el cabello; tal vez postizo; pero muy bueno en caso de serlo. Y gafas oscuras. No de sol, solamente de color azul, con montura de concha.

Los tres hombres pasaron dos horas más con el dibujante de la policía. Williams llevó el retrato robot a Scotland Yard, justo antes de la hora del desayuno, y lo mostró a Nigel Cramer, el cual lo presentó al comité COBRA a las nueve de aquella misma mañana. Lo malo fue que el retrato podía corresponder a cualquiera. Y aquí se acababa la pista.

–Sabemos que la furgoneta fue compuesta por otro mecánico mejor después de Sykes –dijo Cramer al comité–, y que un pintor de rótulos puso el nombre de la compañía frutera Barlow en cada lado del vehículo. Debieron de guardarlo en alguna parte, en un garaje con instrumentos de soldadura. Pero si hiciésemos un llamamiento al público, los secuestradores se enterarían y podrían ponerse nerviosos, echar a correr y dejar el cadáver de Simon Cormack en cualquier lugar.

Se convino en enviar la descripción a todas las comisarías de policía del país; pero no comunicarla a la prensa ni al público.

Andrew «Andy» Laing pasó la noche estudiando las relaciones de las operaciones bancarias, cada vez más intrincadas, hasta que, justo antes del amanecer, su perplejidad dio paso a la creciente certidumbre de que se hallaba en lo cierto y no había otra explicación.

Andy Laing era el jefe de la sección de Crédito y Marketing de la sucursal en Djedda del Saudi Arabian Investment Bank, una institución establecida por el Gobierno saudita para manejar la mayor parte de las astronómicas sumas de dinero que circulan por aquellos andurriales.

Aunque de propiedad saudita y con una junta directiva compuesta casi toda ella por sauditas, el personal del SAIB era en su mayoría extranjero y aportado por el American Rockman-Queens Bank de Nueva York, de donde había venido Laing.

Era joven, avispado, concienzudo y ambicioso; ansiaba hacer una buena carrera en la banca y disfrutarla con su estancia temporal en Arabia Saudita. La paga era mejor que en Nueva York;

tenía un departamento atractivo y varias amigas entre la numerosa comunidad de expatriados en Djedda; no le preocupaban las restricciones en el consumo de alcohol, y se llevaba bien con sus colegas.

A pesar de que la oficina principal de SAIB se hallaba en Riad, la sucursal donde más se trabajaba era la de Djedda, capital comercial y de negocios de Arabia Saudita. Normalmente, Laing habría salido ya del edificio blanco y almenado, que parecía un fuerte de la Legión Extranjera más que un banco, y echado a andar hacia la Hyatt Regency para tomar una copa antes de las seis. Pero le faltaba estudiar dos carpetas y, en vez de dejarlo para la mañana siguiente, prefirió trabajar una hora más.

Por eso se encontraba todavía sentado a su mesa cuando el viejo recadero árabe empujaba el carrito lleno de hojas arrancadas del ordenador del banco, las cuales tenía que distribuir en las correspondientes oficinas de los ejecutivos para que las examinaran al día siguiente. En estas hojas estaban registradas las transacciones del día realizadas en los diversos departamentos del banco. Pacientemente, el viejo depositó un fajo de impresos sobre la mesa de Laing, saludó con la cabeza y se retiró. Laing le gritó un alegre «Shukran» (se enorgullecía de ser cortés con el personal saudita) y siguió trabajando.

Cuando hubo terminado, miró las hojas que tenía al lado y lanzó un gruñido. Le habían dado unos papeles equivocados. Éstos eran los registros de entradas y salidas de las cuentas corrientes más importantes depositadas en el banco. Correspondían al director de Operaciones, no al de Crédito y Marketing. Tomó los pliegos y los llevó al despacho vacío del director de Operaciones, Mr. Amin, su colega de Pakistán.

Entonces miró las comunicaciones y algo le llamó la atención. Se detuvo, volvió atrás y empezó a hojear los papeles con detenimiento. En cada uno de ellos aparecía la misma pauta. Puso en marcha su ordenador y le pidió que reprodujese las cuentas de dos clientes. Siempre la misma pauta.

De madrugada estaba seguro de que no había duda. Lo que estaba mirando tenía que ser un fraude importante. Las coincidencias eran demasiado extrañas. Volvió a dejar los impresos sobre la mesa de Mr. Amin y resolvió volar a Riad a la primera oportunidad para entrevistarse con su compatriota americano, el director general Steve Pyle.

Mientras Laing se dirigía a su domicilio por las oscuras calles de Djedda, a ocho husos horarios al oeste de la Casa Blanca, el comité estaba escuchando al doctor Nicholas Armitage, experto psiquiatra del comportamiento que acababa de llegar al Ala Oeste procedente de la Mansión.

–Caballeros, tengo que decirles que la impresión ha afectado a la primera dama en grado mucho mayor que al presidente. Todavía está tomando fármacos bajo la supervisión de su médico. Sin duda el presidente tiene más entereza; pero temo que la tensión está empezando ya a manifestarse y que los signos delatores del trauma causado por el secuestro de su hijo empiezan también a ser visibles.

–¿Qué signos, doctor? –preguntó Odell, sin andarse con rodeos.

El psiquiatra, a quien no gustaba que le interrumpiesen y que nadie lo hacía cuando daba conferencias a los estudiantes, carraspeó.

–Deben ustedes comprender que, en estos casos, la madre puede tener el aliento de las lágrimas, incluso del histerismo. Con frecuencia, el padre sufre más, porque, aparte de la ansiedad normal por el hijo secuestrado, experimenta un profundo sentimiento de culpabilidad, la convicción de que ha sido en cierto modo responsable, de que hubiese debido hacer más, tomar más precauciones, ser más cuidadoso.

–Esto es ilógico por completo –protestó Morton Stannard.

–Aquí no estamos hablando de lógica –dijo el doctor–. Estamos hablando de los síntomas de un trauma, agravado por el hecho de que el presidente estaba... está muy unido a su hijo, lo ama profundamente. Añadan a esto el sentimiento de impotencia, la imposibilidad de hacer algo. Al no haber establecido contacto los secuestradores, ni siquiera sabe si el muchacho está vivo o muerto. Todavía ha pasado poco tiempo; sin embargo, su situación no mejorará.

–Los secuestros como éste pueden durar semanas –comentó Jim Donaldson–. Ese hombre es nuestro jefe ejecutivo. ¿Qué cambios podemos esperar?

–La tensión cederá un poco cuando se produzca el primer contacto, si es que se produce, y se obtengan pruebas de que Simon está vivo –auguró el doctor Armitage–. Pero el alivio no durará mucho. Con el paso del tiempo, su estado empeorará. Sufrirá una tensión enorme, la cual lo conducirá a la irritabilidad. Padecerá insomnio, aunque eso puede remediarse con medicamentos. Por último, descuidará los asuntos propios de su cargo...

–En este caso, el gobierno del maldito país –concluyó Odell.

–Y falta de concentración, pérdida de la memoria en asuntos oficiales. En una palabra, caballeros, la mitad o más de la mente del presidente estará obsesionada con su hijo, y otra parte de su pensamiento la ocupará la preocupación por su esposa. En algunos casos, incluso después de la liberación de un hijo secuestrado, ha habido padres que han necesitado meses, incluso años, de terapia postrauma.

–En otras palabras –dijo el fiscal general Bill Walters–, tenemos medio presidente, o tal vez menos.

–Oh, vamos –intervino el secretario del Tesoro, Reed–, este país ha tenido presidentes sobre la mesa de operaciones o incapacitados en el hospital. Bastará con que nos encarguemos del gobierno, llevemos las cosas como él las habría llevado, molestemos a nuestro amigo lo menos posible...

Su optimismo provocó poco entusiasmo. Brad Johnson se levantó.

–¿Por qué diablos no establecerán contacto esos bastardos? –preguntó–. Han pasado casi cuarenta y ocho horas.

–Al menos tenemos un negociador que está esperando su primera llamada –dijo Reed.

–Y también una fuerte presencia en Londres –añadió Walters–. Mr. Brown y su equipo del FBI llegaron allí hace dos horas.

–¿Qué demonios está haciendo la policía británica? –murmuró Stannard–. ¿Por qué no pueden encontrar a esa gentuza?

–Como acaban de decir, todavía no han pasado cuarenta y ocho horas –observó el secretario de Estado, Donaldson–. Inglaterra no es tan grande como los Estados Unidos; pero, con sus cincuenta y cuatro millones de habitantes, hay muchos sitios donde ocultarse. ¿Recuerdan cuánto tiempo retuvo el Ejercito

Simbiótico de Liberación a Patty Hearst, con todo el FBI dándoles caza? Meses.

–Veamos las cosas como son, amigos –dijo Odell, con voz cansina–; el problema es que nada más podemos hacer.

Éste *era* el problema. Nadie podía hacer nada.

El muchacho del que hablaban estaba viviendo su segunda noche de cautiverio. Pero él no sabía que había alguien que se la pasaba de guardia en el pasillo, delante de su celda. El sótano de la casa de las afueras podía estar hecho de hormigón; pero si el muchacho decidía chillar y gritar, los secuestradores estaban preparados para dominarlo y amordazarlo. No cometió ese error. Resuelto a calmar su miedo y a comportarse con dignidad, en la medida de lo posible, hizo dos docenas de ejercicios gimnásticos, mientras un ojo escéptico le observaba a través de la mirilla. No tenía reloj (se lo había quitado para correr) y estaba perdiendo la noción del tiempo. La luz se hallaba constantemente encendida; no obstante, cuando calculó que sería la medianoche (se equivocó en dos horas) se tumbó y acurrucó en la cama, se cubrió la cabeza con la delgada manta para protegerse lo más posible del resplandor de la bombilla, y se durmió. Al mismo tiempo, la última docena de llamadas falsas eran recibidas en la Embajada de su país, a sesenta kilómetros de allí, en Grosvenor Square.

Kevin Brown y su equipo de ocho hombres no tenían ganas de dormir. Después del vuelo sobre el Atlántico, sus relojes corporales se regían todavía por la hora de Washington, o sea cinco menos que en Londres.

Brown insistió en que Seymour y Collins le mostrasen la centralita telefónica del sótano y puesto de escucha de la Embajada, donde, en una oficina al final del complejo, los técnicos americanos (no se había permitido la entrada a los ingleses) habían montado altavoces en la pared para recibir los sonidos registrados por los diversos micros en el apartamento de Kensington.

–Hay dos micros en el cuarto de estar –informó Collins de mala gana.

No veía la razón de que tuviese que explicar las técnicas de la Compañía al hombre del FBI, pero debía cumplir las órdenes y, en cualquier caso, el apartamento de Kensington estaba «quemado» desde un punto de vista operacional.

–Si un agente importante de Langley usara aquel lugar como base, desde luego los micros serían desactivados; pero si estuviésemos interrogando allí a un soviético, los micrófonos invisibles serían menos turbadores que un magnetófono funcionando sobre la mesa. El cuarto de estar sería el lugar preferente para los interrogatorios. También hay otros dos en el dormitorio principal. Quinn duerme allí, aunque no en este momento, como escucharán ustedes. Y se han puesto otros en las dos habitaciones restantes y en la cocina.

»Por respeto a Miss Somerville y a nuestro agente McCrea, hemos desactivado los de los dos dormitorios más pequeños. Ahora bien, si Quinn entrase en uno de ellos para alguna conversación confidencial, los reactivaríamos tocando aquí y aquí.

Indicó dos botones en la consola principal. Brown asintió con la cabeza.

–De todos modos, si él hablase a uno de los dos fuera del alcance de los micrófonos, supongo que nos informarían de ello, ¿no?

Collins y Seymour asintieron.

–Para eso están allí –añadió Seymour.

–Aquí tenemos tres teléfonos –siguió diciendo Collins–. Uno es la nueva línea directa. Quinn sólo la empleará cuando esté convencido de que habla con los auténticos secuestradores, y por ningún otro motivo. Toda conversación por esta línea será interceptada en la centralita de Kensington por los ingleses y transmitida a este altavoz. En segundo lugar, existe una comunicación directa con esta habitación, y es la que está empleando ahora para hablar con uno que creemos que es un bromista, pero que puede no serlo. Esta conexión pasa también por la centralita de Kensington. Y aquí se encuentra la tercera línea, una línea corriente de salida y entrada, también interceptada pero que no es probable que utilice, a menos que quiera telefonear a otra parte.

–¿Quiere usted decir que los ingleses están escuchando también todo esto? –preguntó Brown en tono severo.

–Nada más que lo que pase por las líneas telefónicas –dijo Seymour–. Tenemos que contar con su colaboración para los teléfonos; las centralitas son suyas. Además, pueden ayudarnos en las maneras de hablar, los defectos de lenguaje, los acentos regionales. Y, desde luego, la localización de las llamadas tiene que ser hecha por ellos, partiendo de la central de Kensington. Nosotros no poseemos una línea que no pueda ser intervenida desde el apartamento a este sótano.

Collins tosió.

–Disponemos de ella –dijo–; pero sólo funciona para los micros de las habitaciones. Tenemos dos pisos en aquella manzana. Todo lo que recogen los micrófonos de las habitaciones es transmitido por comunicación interior a nuestro segundo y más pequeño apartamento en el sótano. Ahora tengo un hombre allá abajo. En la planta subterránea, se mezcla el sonido, se transmite por radio en onda corta al piso de arriba, donde lo reciben, lo aclaran y nos lo envían aquí abajo.

–¿Lo transmiten por radio, a una distancia de tan sólo kilómetro y medio? –preguntó Brown.

–Señor, mi agencia se entiende muy bien con los ingleses. Pero ningún servicio secreto del mundo transmitiría información reservada por líneas que pasan por debajo de una ciudad a la que no controla.

A Brown le gustó aquello.

–Conque los ingleses pueden oír las conversaciones telefónicas, pero no lo que se habla en la habitación, ¿eh?

En realidad, se equivocaba. En cuanto MI 5 supo lo del apartamento de Kensington, se enteró de que a dos inspectores jefes de la Metropolitan no se les había permitido vivir en él y que sus propios micrófonos ocultos habían sido eliminados, calcularon que tenía que haber un segundo apartamento americano allí, para transmitir los interrogatorios de los soviéticos al control de la CIA en cualquier otra parte. Al cabo de una hora, los aparatos registradores del bloque de apartamentos habían descubierto la pequeña habitación en el sótano. A media noche, un equipo de fontaneros encontró los hilos de conexión instalados en el sistema de calefacción central y los interceptaron en un apartamento de la planta baja, a cuyo inquilino se pidió cortésmente que se tomase unas vacaciones para el servicio de Su Majestad. Al salir el sol, todo el mundo estaba escuchando a todo el mundo.

El hombre de ELINT (información electrónica) de Collins, que estaba en la consola, alzó los auriculares de sus oídos.

–Quinn ha terminado con el que llamaba –dijo–. Ahora hablarán entre ellos. ¿Quiere oírlo, señor?

–Claro –repuso Brown.

El operario hizo que la conversación del cuarto de estar de Kensington pasara de los auriculares al altavoz de la pared. Se oyó la voz de Quinn:

–...muy bien. Gracias, Sam. Con leche y azúcar.

–¿Cree que volverá a llamar, Mr. Quinn? (McCrea)

–No. Parecía posible, pero me olió mal. (Quinn)

Los hombres del sótano de la Embajada se volvieron para marcharse. Se habían instalado camas en varias oficinas próximas. Brown quería estar siempre al pie del cañón. Designó a dos de sus ocho hombres para que hiciesen la guardia nocturna. Eran las dos y media de la mañana.

Las mismas conversaciones, por teléfono y en el cuarto de estar, habían sido escuchadas y registradas en el centro de comunicaciones de MI 5 en Cork Street. En la central de Kensington, la policía oyó solamente la llamada telefónica, la localizó en ocho segundos en una cabina de Paddington y envió a un agente de paisano de la Comisaría de Paddington Green a la cabina, que estaba a unos doscientos metros. Detuvo a un viejo con antecedentes de enajenación mental.

A las nueve de la mañana del tercer día, una de las muchachas de Grosvenor Square recibió otra llamada. La voz era inglesa, seca, breve.

–Póngame con el negociador.

La joven palideció. Nadie había usado nunca esta palabra. Mantuvo su tono amable.

–Ahora mismo, señor.

Quinn levantó el aparato mientras sonaba el primer timbrazo. La muchacha dijo, en un rápido murmullo:

–Alguien pregunta por el negociador. No ha dicho más.

Al cabo de medio segundo, se establecía la comunicación.

La voz grave, tranquilizadora, de Quinn, sonó en los altavoces.

–¿Quería hablar conmigo?

–Usted desea que le devuelvan a Simon Cormack, pero el precio será alto. Muy alto. Ahora escúcheme...

–No, amigo mío, escúcheme usted. Hoy he recibido ya una docena de llamadas falsas. No puede imaginarse cuántos locos andan sueltos por el mundo. Hágame un favor; conteste a una sencilla pregunta...

En Kensington, los indicadores localizaron la llamada en ocho segundos. Hitchin, Hertfordshire..., una cabina pública en... la estación de ferrocarril. Cramer lo supo en el Yard diez segundos más tarde; la policía de la Comisaría de Hitchin tardó más en ponerse en marcha. Su hombre saltó a un coche medio minuto después, y fue dejado transcurrido un minuto a dos esquinas de la estación. Se dirigió andando a las cabinas telefónicas. Llegó a los ciento cuarenta y un segundos de haber empezado la llamada. Demasiado tarde. El hombre había comunicado durante medio minuto y estaba ya a tres calles de distancia, perdido entre el gentío de la mañana.

McCrea miró sorprendido a Quinn.

–Le ha colgado –dijo.

–Tenía que hacerlo –le contestó Quinn lacónico–. Cuando yo hubiese terminado de hablar, habría pasado el tiempo.

–Si le hubiese entretenido –comentó Sam Somerville–, la policía habría podido pillarle.

–Si es el hombre que nos interesa, quiero que se confíe, no asustarlo... todavía –dijo Quinn, y guardó silencio.

Parecía relajado; sus dos acompañantes estaban tensos, mirando muy fijos el teléfono, como si fuese a sonar de nuevo. Quinn sabía que el hombre no podía acudir a otra cabina antes de un par de horas. En su vida de combatiente, hacía mucho tiempo que había aprendido esto: Si lo único que puedes hacer es esperar, relájate.

En Grosvenor Square, Kevin Brown había sido despertado por uno de sus hombres y corrió al puesto de escucha, a tiempo para oír las últimas palabras de Quinn:

–¿...es el nombre de aquel libro? Contésteme a esto y vuelva a llamarme. Estaré esperando, amigo. Adiós.

Collins y Seymour se reunieron con él, y los tres escucharon la repetición. Después conectaron el altavoz de pared y les llegó lo que decía Sam Somerville.

–Bien –gruñó Brown.

Entonces oyeron la respuesta de Quinn.

–¡Imbécil! –exclamó Brown–. Dos minutos más y habrían pillado a ese bastardo.

–Habrían pillado a uno –observó Seymour–. Los otros todavía tienen al muchacho.

–Por eso mismo. Había que prenderlo y hacer que revelase el sitio donde se ocultan –sentenció Brown, golpeando con un puño la palma de la otra mano.

–Probablemente tienen fijado un plazo. Es algo que nosotros solemos hacer, para el caso de que uno de los nuestros caiga en una trampa. Si ése no volviese a su escondrijo dentro de, digamos, noventa minutos, habida cuenta del tráfico, los otros sabrían que lo habían cogido. Despacharían al muchacho y desaparecerían.

–Mire usted, señor, esos hombres no tienen nada que perder –añadió Seymour, para irritación de Brown–. Aunque se descubriesen y devolviesen a Simon, pasarían en la cárcel el resto de su vida. Porque mataron a dos hombres del Servicio Secreto y a un policía inglés.

–Ojalá sepa ese Quinn lo que está haciendo –dijo Brown mientras salía.

A las diez y cuarto hubo tres suaves llamadas a la puerta de la celda de Simon Cormack. Él se puso la capucha. Cuando se la quitó, vio una cartulina apoyada en la pared, junto a la puerta.

CUANDO ERAS PEQUEÑO E IBAS DE VACACIONES A NANTUCKET, TU TÍA EMILY SOLÍA LEERTE SU LIBRO PREDILECTO. ¿QUÉ LIBRO ERA?

Simon miró la cartulina. Sintió una oleada de alivio. Alguien estaba en contacto. Alguien había hablado con su padre en Washington. Alguien estaba tratando de rescatarle. Se esforzó en dominarlas, pero las lágrimas acudieron a sus ojos. Le estaban observando a través de la mirilla. Sorbió; no tenía pañuelo. Pensó en su tía Emily, la hermana mayor de su padre, tan elegante con sus vestidos largos de algodón; le llevaba de paseo por la playa, le hacía sentarse sobre la hierba y le leía cosas de animalitos que hablaban como seres humanos y se comportaban como perfectos caballeros. Sorbió de nuevo y gritó la respuesta a la mirilla. Ésta se cerró, la puerta se abrió un poco y una mano enguantada de negro asomó por la rendija y retiró la cartulina.

El hombre de la voz cascada volvió a llamar a la una y media de la tarde. La conexión con la Embajada fue inmediata. La llamada se localizó en once segundos: una cabina en unas galerías comerciales de Milton Keynes, Buckinghamshire. Cuando el policía de paisano de la Comisaría de Milton Keynes llegó a la cabina y miró a su alrededor, hacía noventa segundos que el hombre se había ido. Al hablar por teléfono, no había perdido tiempo.

–El libro –dijo– se titula *El viento entre los sauces.*

–Muy bien, amigo, usted es el hombre con quien esperaba hablar. Ahora anote este número, cuelgue y llámeme desde otra cabina. Es una línea privada, en la que sólo yo puedo escuchar. Tres-siete-cero, cero-cero-cuatro-cero.

De nuevo colgó el aparato. Esta vez levantó la cabeza y habló a la pared.

–Collins, puede decir a Washington que tenemos a nuestro hombre. Simon está vivo. Quieren hablar. Puede desmontar la centralita telefónica en la Embajada.

Le oyeron perfectamente. Todos le oyeron. Collins usó su línea secreta con Weintraub, en Langley, y éste se lo dijo a Odell, el cual lo comunicó al presidente. A los pocos minutos, se dijo a las telefonistas de Grosvenor Square que podían retirarse. Hubo una última llamada, de una voz lastimera, gemebunda.

–Somos el Ejército de Liberación Proletaria. Tenemos a Simon Cormack. A menos que América destruya todas sus armas nucleares...

La voz de la telefonista no pudo ser más melosa.

–Encanto –dijo–, anda y que te zurzan.

–Ha vuelto a hacerlo –dijo McCrea–. Le ha colgado el teléfono.

–Tiene razón –observó Sam–. Esa gente puede estar loca. Si los trata de esta manera, ¿no pueden enfadarse y hacer daño a Simon Cormack?

–Es posible –dijo Quinn–; pero confío estar en lo cierto y creo que lo estoy. No se trata de terroristas políticos. Ojalá éste no sea más que un asesino profesional.

Los otros se quedaron pasmados.

–¿Qué hay de bueno en un asesino profesional? –preguntó Sam.

–No mucho –reconoció Quinn, que parecía extrañamente aliviado–, pero el profesional sólo trabaja por dinero. Y hasta ahora, él no lo tiene.

CAPÍTULO VII

El secuestrador no volvió a llamar hasta las seis de la tarde. Mientras tanto, Sam Somerville y Duncan McCrea contemplaban el teléfono directo casi sin cesar, rezando para que aquel hombre, fuese quien fuese, volviera a llamar y no cortase la comunicación.

Sólo Quinn parecía ser capaz de relajarse. Estaba tumbado en el sofá del cuarto de estar, sin zapatos, leyendo un libro.

–La *Anábasis* de Jenofonte –informó Sam en voz baja, por el teléfono de su habitación–. Lo trajo de España.

–Nunca había oído hablar de él –refunfuñó Brown en el sótano de la Embajada.

–Es sobre táctica militar –dijo, solícito, Seymour–, y su autor fue un general griego.

Brown gruñó. Sabía que los griegos eran miembros de la OTAN. Pero casi nada más.

La policía británica estaba mucho más atareada. Dos cabinas telefónicas, una de ellas en Hitchin, pequeña y bonita ciudad provinciana del extremo norte de Hertfordshire, y la otra en la grande y nueva urbanización de Milton Keynes, fueron visitadas por hombres discretos de Scotland Yard en busca de huellas dactilares. Las había a docenas; pero, aunque ellos no lo sabían, ninguna de ellas correspondía al secuestrador, el cual había llevado guantes de goma de color carne.

También se hicieron discretas investigaciones en la vecindad de ambas cabinas, para descubrir si algún testigo había visto que eran utilizadas en los instantes específicos en que se hicieron las llamadas. Nadie lo había advertido con tanta precisión. Ambas cabinas se hallaban en hileras de tres o cuatro, y todas en constante uso. Además, los dos lugares habían estado llenos de gente a aquellas horas. Cramer gruñó.

–Llama en los momentos punta. Por la mañana y a la hora del almuerzo.

Las grabaciones de su voz fueron llevadas a un profesor de filología, experto en estilos de lenguaje y en la procedencia de los acentos, pero había sido Quinn quien había hablado más y el académico meneó la cabeza.

–Cubre el micrófono con varias capas de papel de seda o con un paño fino –dijo–. Un procedimiento tosco, pero muy eficaz. No engañaría a los oscilógrafos; pero yo, como las máquinas, necesito más material para discernir las formas de lenguaje.

El comandante Williams le prometió traerle más material cuando el hombre telefonease de nuevo. Durante el día, seis casas fueron sometidas a disimulada vigilancia. Una se hallaba en Londres, las otras cinco en los Home Counties. Todas estaban alquiladas por contratos de seis meses. Al anochecer, dos de ellas habían sido eliminadas; en una de ellas vivía un alto empleado de banca francés, casado y con dos hijos, y que trabajaba legítimamente para la sucursal en Londres de la Société Generale. La otra era ocupada por un profesor alemán que hacía trabajo de investigación para el British Museum.

Al terminar la semana, las otras cuatro quedarían también descartadas; pero el mercado inmobiliario no cesaba de proporcionar más viviendas «posibles». Todas ellas serían investigadas.

–Si los delincuentes han comprado una casa –dijo Cramer al comité COBRA– o tomado una prestada de un propietario de buena fe, temo que la tarea será imposible. En el segundo caso, no habría el menor rastro; en el primero, dada la cantidad de compras de inmuebles en el South East en un año, agotaríamos nuestros recursos durante meses sin fin.

En privado, Nigel Cramer compartía la opinión de Quinn (la cual había oído en cinta magnetofónica) de que el hombre que telefoneaba parecía un delincuente profesional más que un terrorista político. Sin embargo, la búsqueda entre ambas clases de delincuentes continuaba, y proseguiría hasta que terminase el caso. Aunque los secuestradores *fuesen* criminales del hampa, podían haber adquirido su metralleta checa a un grupo terrorista. A veces los dos mundos se entendían.

Si la policía británica estaba abrumada de trabajo, el problema para el equipo americano del sótano de la Embajada era, por el contrario, la ociosidad. Kevin Brown paseaba arriba y abajo como un león enjaulado. Cuatro de sus hombres estaban en sus literas y los otros cuatro observaban la lámpara que se encendería cuando se emplease el teléfono privado del apartamento de Kensington, cuyo número conocía ahora el secuestrador. La luz se encendió a las seis y dos minutos.

Para sorpresa de todos, Quinn dejó sonar cuatro veces el timbre del teléfono. Después, levantó el aparato y fue el primero en hablar.

–Hola. Me alegro de que haya llamado.

–Como le dije, si quieren que Simon Cormack regrese vivo tendrán que pagarlo.

Era la misma voz, grave, brusca, gutural y apagada por el papel de seda.

–Esta bien, hablemos –accedió Quinn en tono amistoso–. Yo me llamo Quinn. Simplemente Quinn. ¿Puede darme usted su nombre?

–Váyase al diablo.

–Vamos, no quiero decir el nombre verdadero. Ni usted ni yo somos tontos. Cualquier nombre. Sólo para que pueda decirle «Hola, Smith, o Jones...»

–Zack –dijo la voz.

–¿Zeta, a, ce, ka,? De acuerdo. Escuche, Zack, tiene que limitar sus llamadas a veinte segundos, ¿eh? Yo no soy un mago. Los espías están escuchando y siguiendo el rastro. Vuelva a llamarme dentro de un par de horas y hablaremos de nuevo. ¿De acuerdo?

–Sí –dijo Zack, y colgó el teléfono.

Los brujos de la central de Kensington habían localizado la llamada en siete segundos. Otra cabina pública, esta vez en el centro de Great Dunmow, condado de Essex, catorce kilómetros al oeste de la autopista M-11 de Londres a Cambridge. Como las otras dos poblaciones, al norte de Londres. Una pequeña ciudad con una pequeña Comisaría de Policía. El agente de paisano llegó al grupo de tres cabinas ochenta segundos después de que se cortase la comunicación. Demasiado tarde. A aquella hora, en que cerraban las tiendas y se abrían los pubs, había por allí un remolino de gente, pero nadie que pareciese ocultarse o que llevase una peluca rojiza, bigote y gafas oscuras. Zack había elegido la tercera hora punta diaria, el atardecer, cuando empieza a oscurecer pero todavía hay algo de claridad, pues las cabinas telefónicas se iluminan por dentro durante la noche.

En el sótano de la Embajada, Kevin Brown estalló.

–¿De parte de quién está este maldito Quinn? –preguntó–. Trata a ese bastardo con guante blanco.

Sus cuatro agentes asintieron al unísono.

En Kensington, Sam y Duncan McCrea casi se preguntaron lo mismo. Quinn se tumbó de nuevo en el sofá, se encogió de hombros y volvió a su libro. A diferencia de los recién llegados, sabía que tenía que hacer dos cosas: Tratar de penetrar la mente de su interlocutor y procurar ganarse la confianza del bruto.

Intuía ya que Zack no era tonto. Hasta ahora no había cometido errores, o a estas horas le habrían pillado. Por consiguiente debía saber que sus llamadas serían intervenidas y localizadas. Quinn no le había dicho ninguna cosa que no supiese ya. Aconsejarle la manera de mantenerse a salvo no le enseñaría nada que Zack no hubiese hecho por su cuenta.

Lo que estaba haciendo no era más que tender un puente, por muy repugnante que fuese esta tarea; colocando los primeros ladrillos de una relación con un asesino que, al menos así lo esperaba, llegaría a creer, sin darse cuenta, que Quinn y él tenían un mismo objetivo, un intercambio, y que las autoridades eran realmente los hombres malos.

De sus años en Inglaterra, sabía Quinn que el acento americano puede sonar a los oídos británicos como el más amable del mundo. Algo que tiene que ver con su manera de arrastrar las palabras. Más cordial que la seca voz inglesa. Había acentuado una pizca aquel tono. Era vital dar a Zack la impresión de que no le «rebajaba», ni se burlaba de él en modo alguno. También era vital que no se le escapase nada que pudiese revelar lo mucho que aborrecía al hombre que estaba crucificando a un padre y a una madre a cinco mil kilómetros de distancia. Y tan persuasivo era que engañó a Kevin Brown.

Pero no a Cramer.

–Ojalá hubiese hecho que ese bastardo hablase un rato más –dijo el comandante Williams–. Uno de nuestros colegas provincianos habría podido verlo o descubrir su coche.

Cramer meneó la cabeza.

–Todavía no –dijo–. Nuestro problema es que los detectives de las pequeñas Comisarías de los condados no están adiestrados para seguir a la gente. Quinn tratará de alargar las conversaciones más adelante, esperando que Zack no lo advierta.

Zack no llamó aquella noche; no lo hizo hasta la mañana siguiente.

Andy Laing se tomó el día libre y voló a Riad por una línea interior saudita. Allí pidió, y se lo concedieron, ser recibido por el director general Steve Pyle.

El bloque de oficinas de SAIB en la capital saudita era muy diferente de la fortaleza de la Legión Extranjera de Djedda. El banco había gastado allí bastante dinero construyendo una torre coloreada de mármol, piedra arenisca y granito pulido. Laing cruzó el vasto atrio central a nivel del suelo. Lo único que se escuchaba en él era el resonar de sus tacones sobre el mármol y el murmullo de los chorros de las fuentes refrescantes.

Incluso a mediados de octubre fuera hacía un calor sofocante; pero el patio era como un jardín en primavera. Después de treinta minutos de espera, Laing fue conducido al despacho del director general en el piso más alto, una suite tan lujosa que incluso el presidente de Rockman-Queens, en una rápida visita efectuada seis meses antes, había reconocido que superaba a su propio ático en Nueva York.

Steve Pyle era un ejecutivo corpulento y fanfarrón, que alardeaba de tratar de un modo paternalista a su personal más joven de todas las nacionalidades. Su tez ligeramente colorada indicaba que, si bien el reino de Arabia Saudita podía ser «abstemio» en cuanto se refería al pueblo, su propio mueble bar no carecía de nada.

Saludó a Laing con cordialidad, pero con cierta sorpresa.

–Mr. Al-Haroun no me advirtió que iba usted a venir, Andy –dijo–. Si lo hubiese sabido habría enviado un coche a buscarle al aeropuerto.

Mr. Al-Haroun era el director de la sucursal de Djedda, el jefe saudita de Laing.

–No se lo dije, señor. Sólo me tomé un día de permiso. Creo

que allí tenemos un problema, y quiero someterlo a su consideración.

–Andy, Andy, llámeme Steve. ¿De acuerdo? Me alegro de que haya venido. Y ahora, ¿cuál es el problema?

Laing no traía las hojas del ordenador: si alguien de Djedda estaba comprometido en el fraude, el hecho de llevarse los papeles le habría puesto sobre aviso. Pero había tomado numerosas notas. Pasó una hora explicando a Pyle lo que había descubierto.

–No puede ser mera coincidencia, Steve –arguyó–. Estas cifras no pueden tener explicación, a menos que signifiquen una defraudación de gran importancia.

La campechanía de Pyle se había ido extinguiendo a medida que Laing explicaba la difícil situación. Habían estado sentados en los hundidos sillones de cuero español alrededor de la baja mesa de café de hierro forjado. Pyle se levantó y se dirigió a la pared de cristal ahumado, que ofrecía una vista espectacular del desierto en muchos kilómetros a la redonda. Por último se volvió y se acercó de nuevo a la mesa. Había recobrado su amplia sonrisa y tendía una mano.

–Andy, es usted un joven muy observador. Muy inteligente. Y fiel. Le agradezco que haya venido a plantearme este... problema. –Acompañó a Laing hasta la puerta–. Ahora quiero que deje esto en mis manos. No vuelva a pensar en ello. Lo llevaré yo personalmente. Créame si le digo que llegará usted muy lejos.

Andy Laing salió del edificio del banco y regresó a Djedda rebosante de orgullo. Había hecho lo que debía. El director general pondría fin a la estafa. Cuando se hubo marchado, Steve Pyle tamborileó con los dedos sobre la mesa durante varios minutos. Después, hizo una sola llamada telefónica.

Zack realizó su cuarta llamada, segunda por la línea privada, a las nueve menos cuarto de la mañana. Fue localizada en Royston, en el norte de Hertfordshire, en el límite del condado con Cambridge. El agente de policía que llegó allí dos minutos más tarde lo hizo con noventa segundos de retraso. Y no había huellas dactilares.

–Quinn, lo diré en pocas palabras. Quiero cinco millones de dólares, y pronto. Billetes pequeños y usados.

–Caray, Zack, eso es un gran montón. ¿Sabe lo que *pesaría*?

Una pausa. Zack se quedó perplejo porque no esperaba la referencia al peso del dinero.

–Esto es todo, Quinn. No discuta. Si intenta algún truco, le enviaré un par de dedos como aviso.

En Kensington, McCrea sintió náuseas y se dirigió al cuarto de baño. En el camino, tropezó con una mesa de café.

–¿Quién está con usted? –gritó Zack.

–Un entrometido –dijo Quinn–. Ya sabe lo que pasa en estos casos. Esos imbéciles no van a dejarme en paz, ¿no cree?

–Insisto en lo que le he dicho.

–Vamos, Zack, eso no hace falta. Ambos somos profesionales, ¿no? Dejemos las cosas como están, ¿eh? Hacemos lo que tenemos que hacer, ni más ni menos. Se ha agotado el tiempo, cuelgue el aparato.

–Consiga el dinero, Quinn.

–Esto tengo que solucionarlo con el padre del chico. Vuelva a llamarme dentro de veinticuatro horas. A propósito, ¿cómo está el muchacho?

–Muy bien. Hasta ahora.

Zack colgó y salió de la cabina. Había mantenido la comunicación durante treinta y un segundos. Quinn colgó el auricular. McCrea volvió a la habitación.

–Si vuelve usted a hacer esto –dijo suavemente Quinn–, los echaré a los dos de aquí, y que se jodan la CIA y el FBI.

McCrea estaba tan avergonzado que parecía que iba a echarse a llorar.

En el sótano de la Embajada, Brown miró a Collins.

–Su hombre lo ha estropeado –dijo–. ¿Qué ha sido ese ruido en la línea?

Sin esperar respuesta llamó por la línea directa del sótano al apartamento. Sam Somerville se puso al aparato y explicó la amenaza de los dedos cortados y el choque de la rodilla de McCrea con la mesita de café. Cuando colgó, le preguntó Quinn:

–¿Quién era?

–Mr. Brown –dijo ella muy seria–. Mr. Kevin Brown.

–¿Quién es? –preguntó Quinn.

Sam miró a las paredes, con actitud nerviosa.

–El subdirector delegado de la División C.I. del FBI –dijo sin abandonar el tono respetuoso sabiendo que Brown estaba escuchando.

Quinn hizo un ademán de irritación. Sam se encogió de hombros.

Al mediodía se celebró una conferencia en el apartamento. Se suponía que Zack no volvería a telefonear hasta la mañana siguiente, lo cual daba tiempo a los americanos para reflexionar acerca de su exigencia.

Acudió Kevin Brown, con Collins y Seymour. Lo propio hizo Nigel Cramer, que llevó consigo al comandante Williams. Quinn conocía a todos, salvo a Brown y a Williams.

–Puede decir a Zack que Washington acepta –le indicó Brown–. Así lo ha comunicado hace veinte minutos. A mí me indigna; pero ha sido aceptado. Cinco millones de dólares.

–Sin embargo, yo no estoy de acuerdo –dijo Quinn.

Brown lo miró como si no pudiese dar crédito a sus oídos.

–Oh, usted no está de acuerdo, Quinn. *Usted* no está de acuerdo. El Gobierno de los Estados Unidos acepta las condiciones, pero Mr. Quinn no las acepta. ¿Puedo preguntarle por qué?

–Porque es peligrosísimo acceder a la primera petición del secuestrador –repuso Quinn con hablar pausado–. Si se hace así, él cree que hubiese debido pedir más. El hombre que piensa esto considera que ha sido engañado en cierto modo. Si es un psicópata, se pone furioso. Y sólo tiene al rehén para descargar en él su cólera.

–¿Cree que Zack es un psicópata? –preguntó Seymour.

–Tal vez sí o tal vez no –dijo Quinn–. Pero uno de sus compinches puede serlo. Aunque Zack sea el jefe, y es posible que no lo sea, los locos pueden desmandarse.

–¿Entonces, qué aconseja usted? –preguntó Collins.

Brown lanzó un bufido.

–Todavía es pronto –observó Quinn–. La mayor probabilidad de que Simon Cormack salga indemne de esto depende de que los secuestradores crean dos cosas: que han conseguido sacarle a la familia el máximo que ésta puede pagar, y que sólo verán el dinero si devuelven a Simon vivo e indemne. Y no llegarán a estas conclusiones en pocos segundos. Además, la policía puede tener todavía posibilidad de descubrirlos.

–Estoy de acuerdo con Mr. Quinn –dijo Cramer–. Esto puede costar un par de semanas. Parece duro; no obstante, es mejor que una acción precipitada y chapucera que pueda llevar a un error de cálculo y a la muerte de un muchacho.

–Yo apreciaré todo el tiempo que pueda usted darme –dijo el comandante Williams.

–¿Y qué diré yo a Washington? –preguntó Brown.

–Dígales –repuso muy tranquilo Quinn– que ellos me pidieron que negociase la liberación de Simon, y que eso es lo que estoy tratando de hacer. Si quieren apartarme del caso, allá ellos. Sólo tienen que decirlo al presidente.

Collins tosió. Seymour miró el suelo. La reunión había terminado.

Cuando Zack telefoneó de nuevo, Quinn se disculpó.

–Mire, traté de hablar personalmente con el presidente Cormack. No ha habido manera. Casi siempre está bajo el efecto de los sedantes. Quiero decir que lo está pasando muy mal.

–Entonces, abrevie y consígame el dinero –gritó Zack.

–Le juro que lo he intentado. Mire, cinco millones es mucho dinero. Él no tiene tanto; todo está en depósitos que se tardarían semanas en cancelar. La verdad es que puedo conseguir novecientos mil ahora mismo...

–Ni hablar –gruñó la voz–. Ustedes, los yanquis, pueden sacarlo de otra parte. Puedo esperar.

–Sí, claro, lo sé –dijo afanosamente Quinn–, usted está seguro. Los polis no han llegado a ninguna parte... hasta ahora. Si pudiese rebajar un poco... ¿Está bien el muchacho?

–Sí.

Quinn tuvo la seguridad de que Zack estaba pensando.

–Tengo que preguntarle una cosa, Zack. Los bastardos que están detrás de mí me están apretando de lo lindo. Pregunte cómo se llamaba el perro favorito del chico, cuando éste tenía diez años. Sólo para saber que está bien. A usted no le costará nada. Y a mí me ayudará mucho.

–Cuatro millones –rebajó Zack–. Es mi última palabra.

Quinn colgó el teléfono. La llamada procedía de St. Neots, una población del sur de Cambridge, al norte de la línea divisoria del condado de Bedfordshire. No se vio a nadie saliendo de la cabina, una entre varias que había delante de la oficina de Correos.

–¿Qué está haciendo? –preguntó Sam, con curiosidad.

–Apretarle las clavijas –respondió Quinn, y no quiso explicarle nada más.

Hacía unos días que había comprendido que, en este caso, tenía un as de triunfo del que no solían disponer los negociadores. Los bandidos de los montes de Cerdeña o de América Central podían aguantar durante meses o años, si querían. Ninguna redada del ejército o de la policía sería capaz de descubrirlos en aquellas montañas llenas de cuevas y matorrales. Su único peligro verdadero podía estar en los helicópteros; pero eso era todo.

En cambio, en este pobladísimo rincón del sureste de Inglaterra, Zack y sus hombres se hallaban en un territorio donde imperaba la ley, es decir, en un territorio hostil. Cuanto más tiempo permaneciesen ocultos, tanto más probable era que fuesen identificados y localizados. Por consiguiente, la presión sobre *ellos* sería cerrar el trato y largarse. El truco radicaba en lograr que creyesen que habían ganado, que habían hecho el mejor trato posible y que no tenían por qué matar al rehén en su huida.

Quinn contaba con que el resto de la pandilla de Zack (la policía sabía, por los datos de la emboscada, que eran al menos cuatro) estuviera confinado en su escondrijo. Se impacientarían, sufrirían claustrofobia, acabarían apremiando a su jefe para que cerrase un trato y terminase de una vez, que era el mismo argumento que emplearía Quinn. Atacado desde ambos lados, Zack se sentiría tentado a agarrar lo que pudiese y tratar de escapar. Pero esto no sucedería hasta que la presión sobre los secuestradores se hubiese hecho mucho más fuerte.

Con toda deliberación, había sembrado dos semillas en la mente de Zack: que Quinn era el hombre bueno que trataba de llegar a un trato rápido y estaba siendo obstaculizado por las autoridades (recordó la cara de Kevin Brown y se preguntó si esto era falso del todo), y que Zack se hallaba muy seguro... hasta ahora. Queriendo sugerirle todo lo contrario. Cuanto más turbado fuese el sueño de Zack por las pesadillas del descubrimiento de la policía, tanto mejor sería.

El profesor de lingüística había llegado a varias conclusiones: que Zack tenía, casi con toda seguridad, entre cuarenta y cinco y poco más de cincuenta años, y que no le parecía que fuese el jefe de la banda. Todo indicaba que necesitaba consultar a otra persona antes de aceptar las condiciones. Procedía de la clase trabajadora, carecía de buena educación y casi se podía estar seguro de que era oriundo del sector de Birmingham. Pero su acento nativo había sido alterado, en el curso de los años, por largos períodos fuera de Birmingham, tal vez en el extranjero.

Un psiquiatra trató de hacer un retrato del hombre. Estaba, por supuesto, bajo tensión, la cual aumentaba al prolongarse las conversaciones. Su animosidad contra Quinn decrecía al transcurrir el tiempo. Estaba acostumbrado a la violencia: no hubo vacilación ni escrúpulo en su voz cuando habló de cortar los dedos a Simon Cormack. Por otra parte, era lógico y astuto, cauteloso, aunque no pusilánime. Un hombre peligroso, pero que no estaba loco. No era un psicópata ni un delincuente «político».

Estos informes llegaron hasta David Nigel, quien los transmitió al comité COBRA. De inmediato se enviaron copias a Washington, directamente al comité de la Casa Blanca. Otras copias llegaron al apartamento de Kensington. Quinn las leyó y, cuando hubo terminado, Sam también lo había hecho.

–Lo que no comprendo –dijo ella dejando la última hoja sobre la mesa– es por qué eligieron a Simon Cormack. El presidente procede de una familia rica, pero tiene que haber otros muchachos más ricos dando vueltas por Inglaterra.

Quinn, que ya había pensado en esto mientras se hallaba sentado en un bar de España, contemplando la televisión, la miró pero no dijo nada. Ella esperó una respuesta; sin embargo no la obtuvo, lo cual la molestó. También la intrigó. Y descubrió que, con el paso de los días, Quinn la intrigaba cada vez más.

El séptimo día después del secuestro, y el cuarto desde que Zack había hecho su primera llamada, la CIA y el SIS británico retiraron a sus agentes de penetración en la red de las organizaciones terroristas europeas. No había habido noticias de la entrega de una metralleta Skorpion por parte de ellas, y se desechó la idea de que terroristas políticos tuviesen que ver con el asunto. Entre los grupos investigados estaban el IRA y el INLA, ambos irlandeses y en los que tanto la CIA como el SIS tenían «durmientes» cuya identidad no iban a revelarse recíprocamente; la Facción del Ejército Rojo Alemán, sucesora de Baader-Meinhof; las Brigadas Rojas italianas; la Action Directe francesa; la ETA española-vasca, y la CCC belga. Había grupos más pequeños y todavía más misteriosos, pero fueron considerados poco poderosos para poder montar la operación Cormack.

Al día siguiente, Zack volvió a telefonear. La llamada procedía de una cabina en una estación de servicio de la autopista M-11, justo al sur de Cambridge. Fue identificada en ocho segundos, pero un policía de paisano tardó siete minutos en llegar allí. Dada la multitud de coches y de personas que pasaban por aquel sitio era vano esperar que estuviese todavía en él.

–El perro –dijo con brevedad– se llamaba *Mister Spot.*

–Gracias, Zack –respondió Quinn–. Haga que el muchacho siga bien y terminaremos este negocio antes de lo que se imagina. Y tengo noticias; los financieros de Mr. Cormack pueden reunir un millón doscientos mil dólares USA, en efectivo y muy pronto. Vaya por ello, Zack...

–Que le den morcilla –gruñó la voz.

Pero el hombre tenía prisa; se estaba agotando el tiempo. Rebajó la cifra exigida a tres millones. Y se cortó la comunicación.

–¿Por qué no lo ha aceptado, Quinn? –preguntó Sam.

Estaba sentada en el borde de su sillón. El negociador se había levantado para ir al cuarto de baño. Siempre se lavaba, se vestía, se bañaba, usaba el cuarto de baño y comía inmediatamente después de una llamada de Zack. Sabía que no habría contacto durante un tiempo.

–No es sólo cuestión de dinero –dijo Quinn, disponiéndose a salir de la habitación–. Zack no está todavía maduro. Creería que pretendo estafarle y aumentaría la cifra. Quiero socavarle un poco más; quiero ejercer más presión sobre él.

–¿Y la presión que está sufriendo Simon Cormack? –gritó Sam hacia el pasillo.

Quinn se detuvo y volvió atrás hasta la puerta.

–Sí –dijo muy serio–, y la que sufren su madre y su padre. No lo he olvidado. Pero, en estos casos, los criminales deben creer, creer de veras, que la comedia ha terminado. Si no es así, se irritan y es el rehén quien lo paga. Lo he visto otras veces. Le aseguro que es mejor llevar las cosas despacio que precipitarse como en un ataque de caballería. Si no se puede solucionar la cuestión en cuarenta y ocho horas, mediante una rápida detención, se convierte en una guerra de desgaste, de los nervios del secuestrador contra los del negociador. Si aquél no obtiene nada, se vuelve loco; si obtiene demasiado y muy aprisa, sospecha que la cosa anda mal y sus compañeros dicen lo mismo. Y también se vuelve loco. Lo cual es muy malo para el rehén.

Sus palabras fueron oídas en cinta magnetofónica, unos minutos más tarde, por Nigel Cramer, el cual asintió con la cabeza en señal de aprobación. En dos casos en los que había intervenido había podido comprobarlo. En uno de ellos, el rehén fue rescatado vivo y bien; en el otro, había sido liquidado por un psicópata resentido y furioso.

Las palabras fueron escuchadas «en directo» en el sótano de la Embajada de los Estados Unidos.

–¡Mierda! –exclamó Brown–. Por el amor de Dios, tiene una oportunidad. Debería recobrar en seguida al muchacho. Después, yo mismo iré a la caza de esos criminales.

–Si se largan, déjalo a la Met –le aconsejó Seymour–; ellos los encontrarán.

–Sí, y un tribunal británico los condenará a «cadena perpetua» en una prisión blanda. ¿Sabe lo que significa aquí cadena perpetua? Catorce años, tiempo libre. Un asco. Oiga una cosa, señor: Nadie, absolutamente nadie, le hace una cosa así al hijo de mi presidente y se va de rositas. Un día esto será de competencia del FBI, como hubiese debido ser desde el principio. Y yo llevaré el asunto... según las reglas de Boston.

Nigel Cramer fue aquella noche al apartamento. Sus noticias no eran tales. Cuatrocientas personas habían sido interrogadas sin ruido; casi quinientas «observaciones», comprobadas; otras ciento sesenta casas y apartamentos vigilados con discreción. Sin resultado alguno.

El CID de Birmingham registró sus archivos correspondientes a cincuenta años, en busca de delincuentes con antecedentes ciertos de violencia y que hubiesen podido abandonar hacía tiempo la ciudad. Aparecieron ocho «posibles». Todos ellos fueron investigados y descartados. Estaban muertos, se hallaban en la cárcel o residían sin lugar a dudas en otro país.

Entre los recursos de Scotland Yard poco conocidos por el público, se encuentra el banco de voces. Con la tecnología moderna, las voces humanas pueden descomponerse en una serie de altibajos, que expresan la manera en que el que las pronuncia inhala, exhala, entona, forma sus palabras y las emite. El dibujo que aparece en el oscilógrafo es como una huella dactilar; puede ser cotejado y, si hay una muestra en el archivo, es fácil de identificar.

Con frecuencia, y sin que ellos lo sepan, muchos presuntos delincuentes tienen grabaciones de su voz en el banco de voces. Personas que dicen obscenidades por teléfono, confidentes anónimos y otros individuos que han sido detenidos y «grabados» en la sala de interrogatorios. La voz de Zack no apareció.

Las pruebas materiales tampoco llevaban a ninguna parte: los casquillos, las balas, las huellas de pisadas y las de neumáticos dormían en los laboratorios de la policía, negándose a revelar sus secretos.

–En un radio de ochenta kilómetros alrededor de Londres, incluida la capital, hay ocho millones de viviendas –dijo Cramer–. Sin contar alcantarillas, almacenes, sótanos, criptas, túneles, catacumbas y edificios abandonados. En una ocasión, hubo un asesino y violador llamado Pantera Negra que vivió en una serie de túneles de una mina abandonada debajo de un parque nacional. Bajaba a sus víctimas allí. Al final... lo pillamos. Lo siento, Mr. Quinn, pero sólo podemos seguir buscando.

Al octavo día, la tensión en el apartamento de Kensington era manifiesta. Afectaba sobre todo a los dos jóvenes; si también la experimentaba Quinn daba pocas muestras de ello. Yacía mucho tiempo en su cama, entre llamadas telefónicas e instrucciones, contemplando el techo, tratando de penetrar en la mente de Zack y, partiendo de esto, decidir la manera de responder a la próxima llamada. Cuando llegase al fin, ¿cómo tendría que hacerse el intercambio? McCrea seguía mostrándose amable; pero empezaba a cansarse. Había llegado a sentir un afecto casi perruno por Quinn; siempre se hallaba dispuesto a hacer un recado, a preparar café o a ayudar en las labores domésticas.

En el noveno día, Sam pidió permiso para ir de compras. Kevin Brown telefoneó desde Crosvenor Square y se lo dio de mala gana. Ella salió del apartamento, por primera vez desde hacía casi dos semanas, tomó un taxi hasta Knightsbridge y pasó cuatro horas magníficas dando vueltas por Harvey Nicholls y Harrods. En este último lugar se compró un elegante bolso de piel de cocodrilo.

Cuando regresó, los dos hombres lo admiraron mucho. También traía un regalo para cada uno de ellos: una pluma chapada en oro para McCrea y un suéter de casimir para Quinn. El joven agente de la CIA agradeció el obsequio de corazón. Quinn se puso el súeter y se permitió una de sus raras pero deslumbradoras sonrisas. Fue el único momento alegre que compartieron los tres en aquel apartamento.

Ese mismo día, en Washington, el comité de crisis escuchó entristecido al doctor Armitage.

–Cada vez me preocupa más la salud del presidente –dijo al vicepresidente, al consejero de Seguridad, al fiscal general, a tres secretarios y a los directores del FBI y de la CIA–. Siempre ha habido y habrá períodos de tensión en el gobierno del país. Pero esto es personal y mucho más profundo. La mente humana, y más aún el cuerpo, no se encuentran preparados para tolerar durante mucho tiempo tales niveles de ansiedad.

–¿Cuál es su estado físico? –preguntó Bill Walters.

–De enorme cansancio. Necesita medicación para dormir por la noche, si es que duerme. Está envejeciendo de forma visible.

–¿Y su estado mental? –preguntó Morton Stannard.

–Ya han visto cómo trata de llevar los asuntos normales oficiales –les recordó Armitage, y todos asintieron con gesto grave–. Está perdiendo su dominio de las situaciones, su concentración flaquea, a menudo le falla la memoria.

Morton Stannard hizo un compasivo gesto de asentimiento

con la cabeza; pero sus ojos entornados eran mucho menos expresivos. Diez años más joven que Donaldson y que Reed, el secretario de Defensa era un ex banquero internacional neoyorquino, un operador cosmopolita a quien gustaba la buena comida, el vino añejo y el arte impresionista francés. Durante un trabajo con el Banco Mundial, se había ganado fama de delicado y eficaz negociador; pero duro de convencer, como pudieron descubrir los países del Tercer Mundo que buscaban créditos exagerados con pocas probabilidades de devolución.

Se había distinguido en el Pentágono en los dos últimos años como riguroso defensor de la eficacia, comprometido en la idea de que el contribuyente debía ganar en defensa lo que pagaba en contribuciones. Se había creado enemigos entre los jefazos militares y la camarilla de la industria de defensa. Entonces se produjo lo de Nantucket, que hizo que cambiasen de bando personas del otro lado del Potomac. Stannard se había puesto al lado de los contratistas de defensa y de los jefes de Estado Mayor que se oponían a las fuertes reducciones de armamento.

Pero, mientras Michael Odell luchaba contra Nantucket de buena fe, Stannard daba prioridad a la consecución de poder e influencia, según la ley del más fuerte imperante en Washington. Su oposición a Nantucket no se debió en su totalidad a motivos filosóficos. Cuando había perdido su caso en el Gabinete, su semblante permaneció impasible; igual que ahora, mientras escuchaba la descripción del empeoramiento de su presidente.

–Pobre hombre, pobre hombre –murmuró Hubert Reed, del Tesoro.

–Un problema más –concluyó el psiquiatra– es que no se trata de un hombre que demuestre sus emociones. No se le nota por fuera. Sin embargo, por dentro... todos lo somos, naturalmente. Al menos los seres normales. Pero él se guarda el sufrimiento. No chilla ni vocifera. La primera dama es diferente; no tiene las tensiones del oficio, acepta mejor la medicación. Aun así, creo que su estado es malo, si no peor. Se trata de su único hijo. Y ello representa una tensión más para el presidente.

Cuando volvió a la Mansión, dejó tras él a ocho hombres muy preocupados.

Fue la curiosidad, más que otra cosa, lo que hizo que Andy Laing se quedase dos noches hasta tarde en su oficina de la sucursal de Djedda del Saudi Arabian Investment Bank y consultase su ordenador. Lo que vio en él le dejó pasmado.

El fraude continuaba. Había habido cuatro transacciones más después de haber hablado con el director general, el cual habría podido impedirlas con una llamada telefónica. La cuenta del granuja estaba colmada de dinero, procedente todo él de fondos públicos sauditas. Laing sabía que la malversación no era extraña entre las autoridades de Arabia Saudita, pero aquellas sumas eran enormes, suficientes para financiar una importante operación comercial o de cualquier otra clase.

Se dio cuenta, sobresaltado, de que Steve Pyle, un hombre al que había respetado, tenía que estar comprometido en ello. No sería la primera vez que un alto ejecutivo bancario se dedicaba a la «rapiña». Pero esto no hacía que su impresión fuese menor. ¡Y pensar que él había comunicado directamente su descubrimiento al culpable! Pasó el resto de la noche en su apartamento, delante de su máquina de escribir portátil. Por casualidad, él no había sido contratado en Nueva York, sino en Londres, donde estaba trabajando para otro banco americano. Y allí lo encontró Rockman-Queens.

Londres era también la base para las operaciones europeas y de Oriente Medio, la más grande oficina del banco fuera de Nueva York, donde se hallaba el interventor jefe de Operaciones de Ultramar. Laing sabía cuál era su deber, y envió su informe a aquel interventor, incluyendo cuatro hojas sacadas del ordenador, como prueba de su denuncia.

Si hubiese sido un poco más avispado, habría enviado el paquete por correo ordinario. Pero éste era lento y poco de fiar. Dejó caer el sobre en el «saco» del banco, que normalmente habría ido en correo directo de Djedda a Londres. Normalmente. Pero, desde su visita de hacía una semana, el director general había hecho que todo el contenido del saco Djedda pasara por Riad. Al día siguiente, Steve Pyle revisó la correspondencia, sustrajo el informe, envió el resto a su destino y leyó con atención cuanto Laing decía. Cuando terminó, descolgó el teléfono y marcó un número local.

–Coronel Easterhouse, se nos ha presentado un problema. Creo que tendríamos que vernos.

En ambos lados del Atlántico, los medios de comunicación habían dicho ya todo lo que había que decir; entonces lo repitieron una y otra vez, pero las palabras siguieron fluyendo a raudales. Especialistas de todas clases, desde profesores de psiquiatría a médiums, ofrecieron sus análisis y sus consejos a las autoridades. Expertos en espiritismo habían comunicado con el mundo de los espíritus a puerta cerrada, y recibido una variedad de mensajes, todos ellos contradictorios. Ofrecimientos de pagar el rescate, fuese el que fuese, llegaron tanto de particulares como de fundaciones acaudaladas. Los predicadores habían trabajado frenéticamente en los programas de televisión; se montaron vigilias en las escalinatas de iglesias y catedrales. Los que trataban de destacar lo pasaron en grande. Varios cientos de ellos se ofrecieron para remplazar a Simon Cormack, seguros de que el cambio no se efectuaría nunca. El décimo día después de la primera llamada de Zack a Quinn en Kensington, una nueva noticia fue radiada por algunas emisoras al pueblo americano.

Un evangelista residente en Texas, cuyas arcas habían recibido un importante e inesperado donativo de una empresa petrolera, declaró que había tenido una visión de inspiración divina. El atentado contra Simon Cormack, por ende contra su padre el presidente y en consecuencia contra los Estados Unidos, había sido perpetrado por los comunistas. Esto era indudable. El mensaje venido de lo alto fue recogido por las redes nacionales de noticias y se le dedicó un breve espacio. Se habían disparado los primeros tiros del Plan Crockett, se habían echado las primeras semillas.

Despojada de su severo traje de trabajo, que no se había puesto desde su primera noche en el apartamento, la agente especial Sam Somerville era una mujer muy atractiva. Hubo dos ocasiones en su carrera en las que se había valido de su belleza para contribuir a solucionar un caso. En una de ellas, se citó varias veces con un importante funcionario del Pentágono, simulando, al final, que se quedaba dormida de una borrachera en su apartamento. Engañado por su inconsciencia, el hombre había hecho una llamada telefónica sumamente comprometedora, la cual demostró que «concedía» contratos de defensa a fabricantes preferidos y participaba en los beneficios de la operación.

En otro caso aceptó una invitación a cenar de un jefe de la mafia y, mientras viajaban en su coche, escondió un micrófono debajo de la tapicería. Lo que oyó a través de él el FBI dio motivos suficientes para acusar a aquel hombre de varios delitos federales.

Kevin Brown sabía muy bien esto cuando la eligió como agente del FBI para «vigilar» al negociador que la Casa Blanca se empeñaba en enviar a Londres. Esperaba que Quinn se impresionase tanto como aquellos otros y, debilitado de esta forma, confiase a Sam Somerville cualquier idea o intención que no pudiesen captar los micrófonos.

No había contado con que podía ocurrir lo contrario. La undécima noche que pasaban en el apartamento de Kensington, se encontraron los dos en el estrecho pasillo que conducía del cuarto de baño a la habitación de estar. Apenas había espacio para pasar. Cediendo a un impulso, Sam Somerville pasó los brazos alrededor del cuello de Quinn y le besó en la boca. Hacía una semana que quería hacerlo. No se sintió contrariada ni rechazada, antes al contrario, la sorprendió el ardor con que él le devolvió el beso.

El abrazo duró varios minutos, mientras McCrea, ignorante de todo, trajinaba con una sartén en la cocina contigua a la sala de estar. La mano firme y morena de Quinn acarició los brillantes cabellos rubios. Sam sintió menguar su agotamiento y su tensión.

–¿Cuánto más va a durar esto, Quinn? –susurró.

–No mucho –murmuró él–. Unos cuantos días más si todo va bien. Tal vez una semana.

Cuando volvieron al cuarto de estar y McCrea los llamó para comer, éste no se dio cuenta de nada.

El coronel Easterhouse caminó cojeando sobre la mullida alfombra del despacho de Steve Pyle y miró por la ventana. El informe de Laing se hallaba sobre la mesa de café que tenía detrás. Pyle le observó con expresión preocupada.

–Temo que ese joven pueda causar un daño enorme a los intereses de nuestro país –dijo Easterhouse a media voz–. Sin pretenderlo, desde luego. Estoy seguro de que es un joven consciente. Sin embargo...

En su interior, estaba más preocupado de lo que demostraba. Su plan para la matanza y la destrucción de la Casa de Saud, desde la cima a los cimientos, se encontraba en fase de desarrollo y podía ser desbaratado.

El Imán chiíta fundamentalista estaba escondido, a salvo de la Policía de Seguridad, ya que su completo historial en el ordenador de la central había sido borrado, eliminando así todos los contactos, amigos y partidarios del hombre, y los posibles lugares donde podían ser encontrados. El fanático de la Policía Religiosa, Mutawain, mantenía el contacto. El reclutamiento entre los chiítas estaba progresando, pues a los afanosos voluntarios lo único que se les decía era que se preparasen para la acción de gloria imperecedera al servicio del Imán y de Alá.

El nuevo circo estaba siendo preparado según lo previsto. Sus grandes puertas, sus ventanas, las salidas laterales y el sistema de ventilación estaban todos ellos controlados por un ordenador central, programado con un sistema concebido por Easterhouse. Los planes para unas maniobras en el desierto que alejasen de la capital a la mayor parte del Ejército regular saudita la noche del ensayo general estaban muy adelantados. Un general de división egipcio y dos armeros militares palestinos que tenía a sueldo, se hallaban preparados para sustituir las municiones verdaderas de la Guardia Real por las defectuosas, cuando llegase la noche en cuestión.

Las metralletas Piccolo americanas, con sus cargadores y municiones, llegarían en barco a principios del nuevo año, y ya se había dispuesto todo para su almacenamiento y preparación antes de su entrega a los chiítas. Tal como había dicho a Cyrus Miller, sólo necesitaba dólares USA para las compras en el exterior. Las cuentas internas podía liquidarlas en riales.

Esto no era lo que había contado a Steve Pyle. El director general de SAIB había oído hablar de Easterhouse y de su envidiable influencia sobre la familia real, y se había sentido halagado cuando le había invitado a cenar hacía dos meses. Y cuando pudo ver su carnet de la CIA, una perfecta falsificación, se quedó impresionadísimo. ¡Pensar que aquel hombre no trabajaba de forma independiente, sino por cuenta de su Gobierno, y que tan sólo él, Steve Pyle, lo sabía!

–Circulan rumores sobre un plan para derribar la Casa Real –le había dicho Easterhouse en tono grave–. Nosotros lo hemos descubierto e informado al rey Fahd. Su Majestad ha convenido en que sus fuerzas de seguridad y la Compañía trabajen juntas para desenmascarar a los culpables.

Pyle había dejado de comer, boquiabierto de asombro. Sin embargo, todo aquello era muy verosímil.

–Como usted sabe, el dinero lo compra todo en este país, incluida la información. Esto es lo que necesitamos, y no se pueden emplear fondos de la Policía de Seguridad, para el caso de que haya conspiradores en su seno. ¿Conoce al príncipe Abdul?

Pyle había asentido con la cabeza. Era primo del rey y ministro de Obras Públicas.

–El rey lo ha designado como enlace conmigo –dijo el coronel–. El príncipe ha accedido a que los fondos que ambos necesitamos para descubrir la conspiración procedan de su propio presupuesto. No hace falta decir que Washington, al máximo nivel, desea con el mayor ardor que nada le ocurra a un Gobierno que considera como su mejor amigo.

Y así, el banco, a través de una autoridad bastante crédula, había accedido a participar en la creación del fondo. Lo que había hecho en realidad Easterhouse fue preparar el ordenador del Ministerio de Obras Públicas, que él mismo había montado, y darle cuatro nuevas instrucciones.

La primera era avisar a su propia terminal cada vez que el Ministerio hiciese un giro para liquidar una factura de un contratista. La suma de estas facturas, sobre una base mensual, era enorme; en la zona de Djedda, el Ministerio estaba financiando carreteras, escuelas, hospitales, puertos, estadios deportivos, puentes, pasos elevados, viviendas y bloques de apartamentos.

La segunda instrucción era añadir un diez por ciento a cada liquidación, pero transferir este diez por ciento a su propia cuenta numerada en la sucursal del SAIB en Djedda. Las órdenes tercera y cuarta eran protectoras: si el Ministerio preguntaba alguna vez el saldo de su cuenta en el SAIB, el ordenador de éste daría el total más el diez por ciento. Por último, si le preguntaban directamente, negaría todo conocimiento y borraría su memoria. Hasta el momento, el saldo de la cuenta de Easterhouse era de cuatro mil millones de riales.

Lo que había advertido Laing era el hecho misterioso de que cada vez que el SAIB, por orden del Ministerio, hacía una transferencia a un contratista, otra transferencia de exactamente el diez por ciento de aquella suma pasaba de la cuenta del Ministerio a una cuenta numerada en el mismo banco.

La estafa de Easterhouse no era más que una variación del truco de la cuarta caja registradora y sólo sería descubierta cuando se hiciese la auditoría anual del Ministerio, en la próxima primavera. Este engaño se funda en el cuento del dueño de un bar americano que, aunque su establecimiento estaba siempre lleno, se convenció de que sus ingresos eran un veinticinco por ciento inferiores a lo que debieran. Entonces contrató al mejor detective privado, el cual se instaló en la habitación de encima del bar, hizo un agujero en el suelo y se pasó una semana boca abajo, observando el bar. Por último informó: «Lamento tener que decirle esto; pero los empleados del bar son gente honrada. Cada dólar y cada centavo que se depositan sobre el mostrador van a parar a una de sus cuatro cajas registradoras.» «¿Ha dicho usted cuatro?», preguntó el dueño del bar. «Yo sólo instalé tres.»

–No deseamos perjudicar a ese joven –dijo Easterhouse–, pero si se mete en este asunto, si se niega a guardar silencio, ¿no sería prudente enviarle de nuevo a Londres?

–No resulta tan fácil. ¿Cree usted que se iría sin protestar? –preguntó Pyle.

–Seguramente –dijo Easterhouse– cree que este sobre ha llegado a Londres. Si Londres le llama, o usted le dice que le llama, se marchará como un cordero. Y lo único que tiene usted que decir a Londres es que le den un nuevo destino. Motivo: Aquí no se adapta, ha sido grosero con el personal y ha perjudicado la moral de sus colegas. La prueba la tiene usted en sus manos. Si hace las mismas alegaciones en Londres, no hará más que confirmar lo que usted habrá dicho.

Pyle estaba entusiasmado. Eso cubría todas las contingencias.

Quinn era lo bastante experto para saber que lo más probable era que no hubiese un micrófono en su dormitorio, sino dos. Tardó una hora en encontrar el primero y otra en descubrir el segundo. La gran lámpara metálica de mesa tenía un orificio de un milímetro en su pie. Este orificio era inútil, pues el hilo entraba por el lado del pie y el agujero se hallaba debajo. Mascó durante varios minutos un chicle (de los varios que le había dado el vicepresidente Odell para el vuelo transatlántico) y lo aplicó firmemente sobre la abertura.

Al cabo de unos minutos en el sótano de la Embajada, el hombre de ELINT, que se encontraba de guardia en la consola se volvió y llamó a un miembro del FBI. Poco después, Brown y Collins entraron en el puesto de escucha.

–Uno de los micros del dormitorio ha dejado de funcionar –dijo el operario–. El del pie de la lámpara de sobremesa. Debe de ser defectuoso.

–¿Un defecto mecánico? –preguntó Collins.

A pesar de las afirmaciones de los fabricantes, la tecnología tenía la costumbre de fallar de cuando en cuando.

–Podría ser –dijo el hombre de ELINT–. No hay manera de saberlo. Parece no estar apagado. Pero su sonido es de casi cero.

–¿Puede haberlo descubierto? –preguntó Brown–. ¿Cabe la posibilidad de que haya introducido algo en él? Es un hijo de perra que se las sabe todas.

–Podría ser –admitió el operario–. ¿Quieren que vayamos allí a verlo?

–No –dijo Collins–. Él nunca habla en el dormitorio. Se está tumbado boca arriba y piensa. De todos modos, tenemos el otro, el del enchufe de la pared.

Aquella noche, la duodécima desde la primera llamada de Zack, Sam entró en la habitación de Quinn, en el extremo del apartamento opuesto a aquel en que dormía McCrea. La puerta dio un chasquido al abrirse.

–¿Qué ha sido esto? –preguntó uno de los hombres del FBI que montaba guardia durante toda la noche junto al operario.

El técnico se encogió de hombros.

–Es el dormitorio de Quinn. El pestillo de la puerta, de una ventana. Tal vez va al retrete. O necesita un poco de aire fresco. No se oye ninguna voz. ¿Lo ve?

Quinn estaba tumbado en su cama, silencioso en la casi oscura habitación; las farolas de Kensington proyectaban un débil resplandor dentro de la estancia. Se hallaba completamente inmóvil, contemplando el techo, sin más ropa que el sarong ceñido a su cintura. Cuando oyó el chasquido de la puerta, volvió la cabeza. Sam estaba en el umbral, sin decir palabra. También ella conocía lo de los micrófonos. Sabía que no los había en su propia habitación, pero estaba junto a la de McCrea.

Quinn puso los pies en el suelo, se anudó el sarong y se llevó un dedo a los labios para indicarle que guardase silencio. Se levantó de la cama sin hacer ruido, tomó su magnetófono de la mesita de noche, lo puso en marcha y lo conectó con un enchufe en el zócalo de la pared a dos metros de la cabecera de la cama.

Todavía sin hacer ruido, tomó el gran sillón del rincón, lo puso boca abajo y lo colocó sobre el magnetófono y contra la pared, empleando las almohadas para tapar las rendijas que quedaban entre los brazos del sillón y la pared.

El sillón formaba cuatro lados de un cubo, siendo los otros dos lados el suelo y la pared. En el interior estaba el magnetófono.

–Ahora podemos hablar –murmuró.

–No quiero hablar –susurró Sam y le tendió los brazos.

Quinn se levantó y la llevó a la cama. Ella se incorporó un segundo y se quitó el camisón de seda. Quinn se tumbó a su lado. Diez minutos más tarde se habían convertido en amantes.

En el sótano de la embajada, el operario y dos hombres del FBI escuchaban inútilmente el sonido que procedía del enchufe de la pared a tres kilómetros de distancia.

–Se ha dormido –dijo el operario.

Los tres escucharon la tranquila y rítmica respiración de un hombre profundamente dormido, registrada la noche anterior cuando Quinn había dejado el magnetófono sobre la almohada. Brown y Seymour entraron en el puesto de escucha. Nada se esperaba aquella noche; Zack había telefoneado a las seis, en la hora punta, desde la estación de ferrocarril de Bedford, donde era imposible que lo viesen.

–No comprendo –dijo Patrick Seymour– que ese hombre pueda dormir así hallándose sometido a una tensión tan fuerte. Yo no he hecho más que dormitar durante un par de semanas y me pregunto si algún día lograré dormir de nuevo a pierna suelta. Debe de tener cuerdas de piano en vez de nervios.

El operario bostezó y asintió con la cabeza. En circunstancias normales su trabajo para la compañía, en Inglaterra y en Europa, no requería mucha labor nocturna y, por supuesto, jamás como ahora, noche tras noche.

–Sí. Ojalá pudiese estar haciendo yo lo que está haciendo él.

Brown se volvió sin decir palabra y regresó a la oficina que había sido convertida en su residencia. Llevaba casi catorce días en aquella maldita ciudad y cada vez se convencía más de que la policía británica no conseguía nada y de que Quinn no hacía más que jugar al ratón y al gato con un ratón que no hubiese debido considerarse como de raza humana. Bueno, Quinn y sus amigos ingleses podían quedarse sentados hasta que se helase el infierno. A él se le había acabado la paciencia. Resolvió reunir su equipo por la mañana y ver si un pequeño trabajo detectivesco a la antigua usanza podía darles una pista. No sería la primera vez que una poderosa fuerza de policía pasaba por alto algún pequeño detalle.

CAPÍTULO VIII

Quinn y Sam pasaron casi tres horas abrazados, haciendo el amor o conversando en voz baja. Ella fue quien llevó la voz cantante, hablando de sí misma y de su carrera en el FBI. También avisó a Quinn sobre el abrasivo Kevin Brown, que la había elegido para esta misión y se había instalado en Londres, con un equipo de ocho hombres para «no perder de vista las cosas».

Después, la joven se sumió en un profundo sueño sin soñar nada. Era la primera vez en quince días que dormía tan bien. Hasta que Quinn la despertó.

–La cinta dura nada más que tres horas –murmuró–. Se acabará dentro de quince minutos.

Ella lo besó de nuevo, se puso el camisón y regresó de puntillas a su dormitorio. Quinn apartó el sillón de la pared, gruñó unas cuantas veces en obsequio del micrófono de la pared, cerró el magnetófono, volvió a meterse en la cama y esta vez durmió de veras. Los sonidos registrados en Grosvenor Square eran los de un hombre que dormía y cambiaba de posición, dando media vuelta y durmiéndose de nuevo. El operario y dos agentes del FBI miraron la consola y volvieron a sus naipes.

Zack llamó a las nueve y media. Parecía más brusco y hostil que el día anterior, un hombre cuyos nervios empezaban a flaquear, un hombre que sentía aumentar la presión y había decidido ejercer alguna por su propia cuenta.

–Está bien, bastardo, ahora escúcheme. Basta de palabrerías. Ya estoy harto. Aceptaré sus malditos dos millones de dólares, y no hablemos más. Si me pide alguna otra cosa, le enviaré un par de dedos; tomaré un martillo y un cortafrío y los emplearé sobre la mano derecha del chico... Veremos lo que piensa Washington de usted después de esto...

–Tranquilícese, Zack –suplicó ansioso Quinn–. Tendrá su dinero. Ha ganado. La noche pasada les dije que recogiesen los dos millones o que yo abandonaría. ¿Dice usted que está cansado? Yo ni siquiera he dormido, esperando su llamada...

Zack pareció calmarse al pensar que había alguien que tenía los nervios más destrozados que él.

–Otra cosa –gruñó–. No quiero dinero. Nada en efectivo. Ustedes tratarían de introducir un micro en la maleta. Diamantes. Así es como...

Habló durante diez segundos más y colgó. Quinn no tomó notas. No necesitaba hacerlo. Todo había quedado registrado. La llamada había sido localizada en una de tres cabinas públicas situadas en Saffron Walden, una población mercado del oeste de Essex, junto a la autopista M-11 de Londres a Cambridge. Un policía de paisano tardó diez minutos en pasar por delante de las cabinas, pero todas estaban vacías. El hombre que había telefoneado se había perdido entre la muchedumbre.

Mientras tanto, Andy Laing estaba almorzando en el restaurante de los ejecutivos de la sucursal de Djedda del SAIB. Su compañero era su amigo y colega, el director de Operaciones paquistaní, Mr. Amin.

–Estoy muy intrigado, amigo mío –dijo el joven paquistaní–. ¿Qué está sucediendo?

–No lo sé –contestó Laing–. Dímelo tú.

–¿Sabes la bolsa de correspondencia que se envía a diario de aquí a Londres? Mandé una carta urgente en la que incluía algunos documentos. Necesito en seguida una respuesta. Me pregunto cuándo la tendré. ¿Por qué no ha llegado? Pregunté en la oficina de correspondencia por qué no había contestación. Me dijeron algo muy extraño.

Laing dejó el cuchillo y el tenedor sobre la mesa.

–¿Qué te dijeron, viejo amigo?

–Que todo ha sufrido un retraso. Cuantos paquetes salen de aquí para Londres son enviados a las oficinas de Riad, donde los retienen un día antes de remitirlos.

Laing perdió el apetito. Sentía un nudo en la boca del estómago y no era de hambre.

–¿Cuándo te dijeron que había empezado esto?

–Hace una semana, según creo.

Laing salió del restaurante y se dirigió a su despacho. Había sobre su mesa un mensaje del director de la sucursal, Mr. Al-Haroun. Mr. Pyle deseaba verle en Riad sin dilación.

Tomó el avión de media tarde de Saudia. Durante el viaje, se habría dado de patadas. La precaución está muy bien, pero si hubiese enviado sus papeles a Londres por correo ordinario... Había remitido la carta personalmente al jefe de Contabilidad, y su sobre, dirigido a él, con su caligrafía distintiva, se habría distinguido en seguida entre las desparramadas sobre la mesa de Steve Pyle. Fue introducido en el despacho de éste inmediatamente después de que el banco cerrase sus puertas al público.

Nigel Cramer fue a ver a Quinn a la hora del almuerzo, en Londres.

–Ha cerrado el trato por dos millones de dólares –dijo.

Quinn asintió con la cabeza.

–Le felicito –manifestó Cramer–. Trece días es muy poco tiempo para esta clase de cosas. A propósito, mi buen psiquiatra ha escuchado la conversación de esta mañana. Tiene la impresión de que el hombre habla en serio, bajo una fuerte presión para salir de esto.

–Tendrá que esperar unos cuantos días más –anunció Quinn–. Todos nos veremos obligados a esperar. Habrá oído usted que pide diamantes en vez de dinero. Se tardará algún tiempo en reunirlos. ¿Alguna pista sobre el lugar donde se esconde?

Cramer negó con la cabeza.

–Lamento decirlo. Todas las viviendas en alquiler concebibles han sido comprobadas. O no están en una casa corriente, o la han comprado. O tomado de prestado.

–¿No hay posibilidad de comprobar las compras? –preguntó.

–Temo que no. El volumen de inmuebles que se venden y compran en el sureste de Inglaterra es enorme. Hay miles y miles que son adquiridos por extranjeros, por corporaciones o compañías extranjeras cuyos representantes, abogados, bancos, etcétera, actuaron en su nombre al efectuarse la venta. Como este apartamento, por ejemplo.

Una pulla dirigida a Lou Collins y a la CIA, que estaban escuchando.

–A propósito, hablé con uno de nuestros hombres en el distrito de Hatton Garden, y éste trató con un contacto en el sector comercial de los diamantes. Quienquiera que sea, su hombre es entendido en diamantes. O lo es uno de sus colegas. Lo que pidió es fácil de comprar y de vender. Y pesa poco. Alrededor de un kilo, tal vez un poco más. ¿Ha pensado usted en la manera de hacer el intercambio?

–Desde luego –dijo Quinn–. Me gustaría realizarlo yo mismo. No quiero micrófonos ocultos; ellos pensarán probablemente en esto. No creo que traigan a Simon a la cita, por lo que todavía podrían matarlo si les hiciésemos una jugarreta.

–No se preocupe, Mr. Quinn. Es evidente que nos gustaría agarrarlos, pero comparto su punto de vista. No habrá trucos por nuestra parte; ni actitudes heroicas.

–Gracias –repuso Quinn.

Estrechó la mano del hombre de Scotland Yard, el cual fue a informar de los progresos al comité COBRA que se reunía a la una.

Kevin Brown llevaba toda la mañana encerrado en su oficina en el sótano de la Embajada. A la hora de abrir las tiendas, había enviado a dos de sus hombres a comprar una serie de cosas que necesitaba: un gran mapa a escala del sector que estaba al norte de Londres en un radio de ochenta kilómetros, una hoja de plástico transparente del mismo tamaño, alfileres para mapas, lápices de diferentes colores. Reunió a su equipo de detectives y extendió el plástico sobre el mapa.

–Bien, veamos las cabinas telefónicas que ha estado usando ese sujeto. Léalas una a una, Chuck.

Chuck Moxon estudió su lista.

–Primera llamada: Hitchin, condado de Bedfordshire.

–Bien, tenemos Hitchin... aquí.

Clavó un alfiler en Hitchin.

Zack había hecho ocho llamadas en trece días. Se hallaba a punto de realizar la novena. Brown fue clavando un alfiler en el punto de origen de cada comunicación. Momentos antes de las diez, uno de los dos hombres del FBI que estaban en el puesto de escucha asomó la cabeza por la puerta.

–Acaba de telefonear de nuevo. Amenazando con cortar los dedos a Simon con un cortafrío.

–¡Maldita sea! –rugió Brown–. Ese imbécil de Quinn lo echará todo a rodar. Sabía que lo haría. ¿De dónde ha venido la llamada?

–De un lugar llamado Saffron Walden –informó el joven.

Cuando estuvieron los nueve alfileres en su sitio, Brown trazó un perímetro de la zona que limitaban en una forma irregular, abarcando trozos de cinco condados. Entonces tomó una regla y unió los extremos a sus puntos opuestos del otro lado del dibujo. Aproximadamente en el centro, apareció una red de líneas cruzadas. La punta sudeste era Great Dunmow, Essex; al norte estaba St. Neots, Cambridgeshire, y al oeste Milton Keynes, en Buckinghamshire.

–La zona más densa de las líneas cruzadas está aquí –dijo Brown, señalando con la punta del dedo–, al este de Biggleswade, condado de Bedfordshire. Ninguna llamada desde esa zona. ¿Por qué?

–¿Demasiado cerca de la base? –sugirió uno de los hombres.

–Podría ser, muchacho, podría ser. Miren, quiero que se encarguen de estas dos poblaciones, Biggleswade y Sandy, que son las más próximas al centro geográfico de la red. Vayan allí y visiten a todos los corredores de fincas que tengan oficinas en estas ciudades. Háganse pasar por posibles clientes, en busca de lugares retirados para escribir un libro o algo parecido. Escuchen lo que les digan... Tal vez alguna casa que pronto quedará libre o que habría podido alquilar tres meses atrás si alguien no se les hubiese anticipado. ¿Comprenden?

Todos asintieron con la cabeza.

–¿Debemos comunicárselo a Mr. Seymour? –preguntó Moxon–. Quiero decir que tal vez Scotland Yard ha estado ya en aquellas zonas.

–Yo me encargaré de Mr. Seymour –dijo Brown, en tono tranquilizador–. Él y yo nos entendemos muy bien. Pero es posible que los polis hayan estado allí y que algo se les haya pasado por alto. Tal vez sí, o tal vez no. Lo comprobaremos.

Steve Pyle saludó a Laing, fingiendo su acostumbrada afabilidad.

–Bueno... le he llamado, Andy, porque acabo de recibir de Londres la orden de que los visite usted. Parece que esto podría ser el principio de un avance en su carrera.

–Claro –dijo Laing–. ¿Tiene algo que ver esta orden de Londres con el informe que les envié y que nunca llegó a su destino porque fue interceptado en este despacho?

Pyle dejó de mostrarse afable.

–Está bien. Es usted listo, tal vez demasiado listo. Pero se ha estado metiendo en cosas que no le importan. Traté de avisarle. Pero no, usted tenía que seguir jugando a detective privado. Bien, le seré franco. *Soy yo* quien le traslada de nuevo a Londres. Aquí no sirve, Laing. No me gusta su trabajo. Va a volver allí. Eso es todo. Tiene siete días para poner sus cosas en orden. Su pasaje ha sido ya reservado. Siete días a partir de ahora.

Si hubiese sido más viejo, más maduro, Andy Laing quizás habría jugado sus cartas con más frialdad. Pero le irritaba que un hombre de la alta situación de Pyle en el banco pudiese estar robando dinero a sus clientes para enriquecerse. Y tuvo la ingenuidad propia de un joven colérico, la convicción de que triunfaría la Justicia. Se dirigió a la puerta.

–¿Siete días? ¿El tiempo suficiente para que arregle usted las cosas en Londres? No. Volveré allí, sí, pero mañana mismo.

Llegó a tiempo para tomar el último avión de la noche con destino a Djedda. Cuando estuvo allí, fue derecho al banco. Guardaba su pasaporte en el cajón de arriba de su mesa, junto con otros documentos valiosos; los robos en los apartamentos de los europeos en Djedda eran frecuentes, y el banco constituía un lugar más seguro. Al menos se presumía que lo era. El pasaporte había desaparecido.

Aquella noche hubo una disputa entre los cuatro secuestradores.

–Bajad vuestras malditas voces –silbó Zack en varias ocasiones–. *Baissez les voix, merde.*

Sabía que sus hombres estaban llegando al límite de su paciencia. Siempre era peligroso emplear un material humano semejante. Después de segregar tanta adrenalina en el secuestro en las afueras de Oxford, habían permanecido encerrados día y noche en una casa, bebiendo cerveza de lata que él había comprado en las estaciones de servicio de la autopista, manteniéndose ocultos todo el tiempo, oyendo sonar una y otra vez el timbre de la puerta antes de que se marchase al fin el que llamaba. La tensión nerviosa había sido muy fuerte, no eran hombres con recursos mentales suficientes para abstraerse en la lectura o en la reflexión. El corso escuchaba programas pop en francés durante todo el día, intercalados con breves noticiarios. El sudafricano silbaba de modo discordante durante horas y horas, y siempre la misma tonada: *Marie Marais.* El belga observaba la televisión, de la que no podía entender nada. Lo que más le gustaba eran las películas de dibujos.

La disputa fue por la decisión de Zack de cerrar el trato con el negociador llamado Quinn y terminar el asunto con un rescate de dos millones de dólares.

El corso se oponía y, como los dos hablaban francés, el belga tendía a ponerse de su parte. El sudafricano estaba harto de aquello, quería volver a casa y estaba de acuerdo con Zack. El principal argumento del corso era que podrían aguantar indefinidamente. Zack sabía que esto no era verdad, pero comprendía que existía el riesgo de crear una situación muy peligrosa si les decía que empezaban a perder la chaveta y no serían capaces de aguantar seis días más de tedio e inactividad.

Por consiguiente, trató de infundirles tranquilidad. A fin de apaciguarlos, les dijo que se habían comportado muy bien y que dentro de pocos días serían todos muy ricos. Pensar en aquella cantidad de dinero les calmó, y se sometieron. Zack se alegró de que todo el mundo hubiese terminado sin llegar a las manos. A diferencia de los tres hombres de la casa, su problema no era el tedio sino la tensión. Cada vez que conducía el gran Volvo por las atestadas autopistas, sabía que una comprobación casual por parte de la policía, un roce con otro coche, un momento de distracción, podía ser causa de que un agente con gorra azul se plantase junto a su ventanilla y se preguntase por qué llevaba peluca y un bigote postizo. Su disfraz podía pasar inadvertido en una calle bulliciosa, pero no a quince o veinte centímetros.

Cada vez que entraba en una de aquellas cabinas telefónicas, tenía miedo de que algo marchase mal, de que localizasen la llamada más de prisa que de costumbre, de que un policía de paisano estuviese a pocos metros de él, escuchando la voz de alarma en su radio personal y dirigiéndose a la cabina. Zack llevaba un arma y sabía que la emplearía para escapar. Si lo hacía, tendría que abandonar el Volvo, siempre aparcado a unos centenares de metros de donde se hallaba, y huir a pie. Incluso algún idiota del público podía tratar de agarrarle. Había llegado a un punto en que, cuando veía a un guardia pasando por las concurridas calles que elegía para sus llamadas telefónicas, se le encogía el estómago.

–Ve a dar la cena al muchacho –dijo al sudafricano.

Simon Cormack llevaba quince días en su celda subterránea, y trece desde que había contestado la pregunta sobre tía Emily y sabido que su padre estaba tratando de sacarle de allí.

Ahora se daba cuenta de lo que era un confinamiento solitario y se preguntaba cómo se podía sobrevivir meses e incluso años en él. Pero en las prisiones occidentales, los reclusos solitarios tenían al menos material para escribir, libros, a veces televisión, algo con que ocupar la mente. Él no disponía de nada. No obstante, era un muchacho duro y se hallaba decidido a no venirse abajo.

Hacía ejercicio con regularidad, obligándose a dominar la letargia del prisionero, haciendo flexiones diez veces al día, ejercicios de piernas una docena de veces. Todavía llevaba su ropa deportiva y sabía que debía oler de un modo espantoso. Empleaba con sumo cuidado el cubo que le servía de retrete, para no ensuciar el suelo, y celebraba que lo cambiasen cada dos días.

La comida era casi siempre igual, por lo general frita o fría; pero suficiente. Desde luego, no tenía nada para afeitarse, por lo que mostraba una barba y un bigote incipientes. Le había crecido el cabello y trataba de peinarlo con los dedos. Pidió, y al fin se lo dieron, un cubo de plástico con agua fría y una esponja. Nunca había pensado lo mucho que podía agradecer un hombre la oportunidad de lavarse. Se había desnudado, pasando sus shorts por la cadena del tobillo para que no se mojasen, y se había lavado de pies a cabeza con la esponja, frotándose la piel con fuerza para tenerla limpia. Después de esto, se sintió transformado. Pero no intentó nada para escapar. La cadena era irrompible, y la puerta, sólida y cerrada por fuera con cerrojo. Entre sus ejercicios, trataba de tener ocupada la mente de varias maneras: recitando todas las poesías que podía recordar, simulando dictar su autobiografía a un taquígrafo invisible a fin de poder evocar todo lo que le había pasado en sus veintiún años de vida. Y pensaba en casa, en New Haven, en Nantucket, en Yale y en la Casa Blanca. Pensaba en su madre y en su padre y en cómo estarían. Si al menos pudiese decirles que se encontraba bien, en buena forma, habida cuenta de... Sonaron tres fuertes golpes en la puerta. Cogió su capucha negra y se la puso. La hora de la cena. ¿O era la del desayuno...?

Aquella misma noche, pero después de que Simon Cormack se quedó dormido y mientras Sam Somerville yacía en brazos de Quinn y el magnetófono respiraba frente al enchufe de la pared, a cinco husos horarios al oeste, el comité de la Casa Blanca se reunió a última hora. Aparte de los acostumbrados miembros del Gabinete y jefes de departamento, asistieron también Philip Kelly, del FBI, y David Weintraub, de la CIA.

Oyeron las grabaciones de Zack al telefonear a Quinn, el tono ronco del criminal británico y la voz tranquilizadora del americano tratando de apaciguarle, como habían hecho casi cada día durante una quincena.

Cuando Zack hubo terminado, Hubert Reed estaba pálido de indignación.

–Dios mío –exclamó–, un martillo y un cortafrío. Ese hombre es una bestia.

–Sí, lo sabemos –comentó–. Al menos se ha convenido ahora el precio del rescate. Dos millones de dólares. En diamantes. ¿Alguna objeción?

–Ninguna –repuso Jim Donaldson–. El país lo pagará de buen grado, por el hijo del presidente. Sólo me sorprende que se haya tardado dos semanas.

–En realidad, no es mucho tiempo, o al menos así me lo han dicho –dijo el fiscal general, Bill Walters.

Don Edmonds, del FBI, asintió con la cabeza.

–¿Tenemos que escuchar de nuevo el resto, las grabaciones del apartamento? –preguntó el vicepresidente Odell.

Todos contestaron que no.

–Juez, hablemos de lo que Mr. Cramer, el hombre de Scotland Yard, dijo a Quinn. ¿Algún comentario de su gente?

Don Edmonds miró de soslayo a Philip Kelly, pero respondió en nombre del FBI.

–Nuestra gente de Quantico está de acuerdo con sus colegas británicos –afirmó–. Ese Zack está ya harto, quiere terminar el asunto, hacer el intercambio. La tensión se revela en su voz; y ésa es la causa de sus amenazas. También se muestran de acuerdo con los analistas de allí en otra cosa. En que Quinn parece haber establecido cierta clase de cautelosa empatía con esa bestia de Zack. Parece que sus esfuerzos, desarrollados durante dos semanas –y miró a Jim Donaldson mientras decía esto–, para mostrarse como el hombre que trata de ayudar a Zack y presentarnos a todos los demás, de aquí y de allí, como los tipos malos que crean problemas, han dado resultado. Zack tiene un poco de confianza en Quinn, pero en nadie más. Esto puede ser crucial en la operación de entrega del muchacho sano y salvo. Al menos es lo que dicen los analistas de la voz y los psiquiatras del comportamiento.

–Dios mío, qué tarea tener que ser amable con una hez como ésa –observó Jim Donaldson con repugnancia.

David Weintraub, que había estado mirando al techo, dirigió los ojos al secretario de Estado. Para mantener a esos políticos en sus cargos, habría podido decir, pero no lo dijo, él y los suyos tenían que tratar a veces con criaturas tan malas como Zack.

–Está bien, amigos –resumió Odell–, seguiremos adelante con el trato. Al fin eso nos corresponde a nosotros; por consiguiente, hagámoslo de prisa. Mi opinión personal es que ese Mr. Quinn ha hecho un buen trabajo. Si podemos recobrar al muchacho sano y salvo, se lo deberemos a él. Ahora pasemos a los diamantes. ¿Dónde vamos a conseguirlos?

–En Nueva York –respondió Weintraub–. Es el centro de diamantes del país.

–Morton, usted es de Nueva York. ¿Tiene algunos contactos discretos a los que pueda acudir de prisa? –preguntó Odell al ex banquero Morton Stannard.

–Por supuesto –contestó–. Cuando yo estaba en el Rockman-Queens teníamos varios clientes muy bien situados en el comercio de diamantes. Y discretísimos... Tienen que serlo. ¿Quiere que me ocupe yo de esto? ¿Qué me dice del dinero?

–El presidente ha insistido en pagar él personalmente el rescate; no quiere que se haga de otra manera –explicó Odell–. Pero no sé por qué tiene que preocuparse por estos detalles. Hubert, ¿puede el Tesoro hacer un préstamo personal al presidente hasta que éste liquide fondos que tiene en depósito?

–No es problema –dijo Hubert Reed–. Tendrá usted el dinero, Morton.

El comité levantó la sesión. Odell tenía que ver al presidente en la Mansión.

–Dese prisa, Morton –dijo–. Quiero que hablemos de esto dentro de dos o tres días. Será estupendo.

En realidad, se necesitarían siete.

Andy Laing no pudo conseguir una entrevista con Mr. Al-Haroun, el director de la sucursal, hasta la mañana siguiente. Pero no perdió la noche.

Mr. Al-Haroun se enfrentó al fin con él, se mostró todo lo amable que puede mostrarse un árabe bien educado delante de un irritado occidental. El asunto le producía un enorme pesar, era sin duda una situación desgraciada cuya solución yacía en la falda del misericordioso Alá; nada le complacería tanto como devolver a Mr. Laing su pasaporte, que había guardado aquella noche a requerimiento específico de Mr. Pyle. Se dirigió a su caja fuerte y extrajo de ella, con sus delgados y morenos dedos, el pasaporte verde de los Estados Unidos. Se lo devolvió a su dueño.

Laing se calmó, le dio las gracias con el más formal y cortés «*Ashkurak*» y se retiró. Hasta que regresó a su oficina no se le ocurrió hojear el pasaporte.

En Arabia Saudita los extranjeros no necesitan sólo un visado de entrada, sino también uno de salida. El suyo, antes válido sin límite de tiempo, había sido cancelado. El sello de la oficina de Control de Inmigración de Djedda era a todas luces auténtico. Sin duda, se dijo con amargura, Mr. Al-Haroun tenía un amigo en aquella oficina. A fin de cuentas, era así como se hacían las cosas en el país.

Consciente de que no había manera de volver atrás, Andy Laing decidió seguir adelante. Recordó algo que le había dicho en una ocasión el director de Operaciones Mr. Amin.

–Amin, amigo mío, ¿no me comentó una vez que tenía un pariente en el Servicio de Inmigración? –le preguntó.

Amin no vio ninguna trampa en la pregunta.

–Es cierto. Un primo.

–¿En qué oficina se halla destinado?

–Ah, no aquí, amigo mío. Está en Dharram.

Dharram no se encontraba cerca de Djedda, a orillas del mar Rojo, sino en el extremo este del país, junto al golfo Pérsico. A última hora de la mañana, Andy Laing llamó por teléfono al señor Zulfiquar Amin, a su despacho de Dharram.

–Soy Steve Pyle, director general del Saudi Arabian Investment Bank –dijo–. En este momento tengo a uno de mis ejecutivos solventando unos negocios en Dharram. Tiene que volar esta noche a Bahrein, para un asunto urgente. Pero hay una gran contrariedad. Me dice que su visado de salida ha caducado. Ya sabe usted lo que se tarda en estas cosas si se llevan por los cauces normales... Me pregunto si, en vista de lo mucho que apreciamos a su primo... Además, Mr. Laing es un hombre muy generoso...

Aprovechando la hora del almuerzo, Andy Laing volvió a su apartamento, hizo sus bártulos y tomó el avión de las tres de la tarde con destino a Dharram. El señor Zulfiquar Amin le estaba esperando. La renovación del visado de salida le costó dos horas de espera y mil riales.

El señor Al-Haroun advirtió la ausencia del director de Crédito y Marketing aproximadamente cuanto éste tomó el avión para Dharram. Llamó al aeropuerto de Djedda, pero a la oficina de vuelos internacionales. Allí no había rastro de Mr. Laing. Intrigado, telefoneó a Riad. Pyle preguntó si se podía impedir que

Laing tomase cualquier avión, incluso para vuelos nacionales.

–Temo, querido colega, que esto es imposible –dijo el señor Al-Haroun, que no quería decepcionar a nadie–. Pero puedo preguntar a mi amigo si ha salido en algún vuelo nacional.

Laing fue localizado en Dharram en el preciso instante en que cruzaba la frontera del contiguo Emirato de Bahrein. Allí fue fácil tomar un avión de British Airways que hacía escala en el trayecto de Mauricio a Londres. Como Pyle no sabía que había conseguido un nuevo visado de salida, esperó hasta la mañana siguiente, y entonces pidió a la sucursal de un banco en Dharram que buscasen por toda la ciudad y descubriesen lo que estaba haciendo Laing allí. Lo hicieron durante tres días y no descubrieron nada.

Tres días después de que el secretario de Defensa recibiese el encargo de encontrar los diamantes que exigía Zack, informó al comité de Washington de que la tarea requería más tiempo del previsto. Tenía el dinero a su disposición; éste no era el problema.

–Miren ustedes –dijo a sus colegas–, yo no entiendo nada de diamantes. Pero mis contactos en el gremio, y poseo tres, todos muy discretos y comprensivos, me dicen que el número de piedras necesarias es muy considerable. El secuestrador ha pedido diamantes «mezclados» de un quinto a medio quilate, y de mediana calidad. Estas piedras, según me han dicho, valen entre doscientos cincuenta y trescientos dólares el quilate. Para mayor seguridad, calculen el precio de doscientos cincuenta dólares. Estamos pues hablando de unos ocho mil quilates.

–¿Y cuál es el problema? –preguntó Odell.

–El tiempo –dijo Morton Stannard–. A un quinto de quilate por piedra, esto significaría cuarenta mil. A medio quilate, dieciséis mil piedras. Con una mezcla de diferentes pesos, digamos veinticinco mil piedras. Es mucho para recogerlo tan de prisa. Tres hombres están comprando furiosamente, al tiempo que tratan de no armar ruido.

–¿Cuánto se tardará aún en conseguir que estén listas para el envío? –preguntó Brad Johnson.

–Otro día, tal vez dos –dijo el secretario de Defensa.

–Haga todo lo que pueda, Morton –gruñó Odell–. Se ha cerrado el trato. No podemos dejar que ese chico y su padre esperen mucho más tiempo.

–En el momento en que estén en una bolsa, pesados y autentificados, los tendrá usted –prometió Stannard.

A la mañana siguiente, Kevin Brown recibió en la Embajada la llamada de uno de sus hombres.

–Puede que hayamos dado con una pista, jefe –informó el agente, de modo liso y llano.

–No diga más por teléfono, muchacho. Venga aquí ahora mismo. Dígamelo a la cara.

El agente estaba en Londres al mediodía. Lo que tenía que comunicar era más que interesante.

Al este de las poblaciones de Biggleswade y Sandy, ambas situadas en la autopista A-1 de Londres hacia el norte, el condado de Bedfordshire linda con el de Cambridgeshire. La zona está cruzada solamente por carreteras de segundo orden y caminos vecinales, no tiene poblaciones grandes y está principalmente dedicada a la población agrícola. En el sector próximo al lindero del condado no hay más que unos pocos pueblos con antiguos nombres ingleses, como Potton, Tadlow, Wrestlingworth y Gamlingay.

Entre dos de estos pueblos y en lugar aislado, se encuentra una vieja casa de campo, destruida en parte por el fuego, pero que conserva un ala amueblada y habitable. Está en un valle no profundo y conduce a ella un estrecho camino.

El agente había descubierto que, dos meses antes, la casa había sido alquilada por un pequeño grupo de presuntos «bohemios rústicos» que decían que querían volver a la naturaleza, llevar una vida sencilla y confeccionar cacharros de barro y cestas de mimbre.

–La cuestión es –dijo el agente– que disponían de dinero en efectivo para el alquiler; no parecen vender muchos cacharros; pero tienen dos jeeps que se hallan en los graneros. Y no tratan con nadie.

–¿Cuál es el nombre de esta casa? –preguntó Brown.

–Green Meadow Farm, jefe.

–Muy bien; tendremos luz de día suficiente si no perdemos tiempo. Iremos a echar un vistazo a Green Meadow Farm.

Quedaban dos horas de luz solar cuando Kevin y Brown, acompañados por el agente, aparcaron su coche en la entrada de un camino e hicieron el resto a pie. Guiados por el policía que había hecho el descubrimiento, se acercaron con suma precaución, empleando los árboles para resguardarse, hasta que salieron de la arboleda sobre el valle. Desde allí se arrastraron diez metros hasta el borde de una elevación y miraron hacia abajo. La casa de campo estaba debajo de ellos, negra la parte dañada por el fuego, a la luz de la tarde de otoño, y el débil resplandor de una lámpara de petróleo brotando de una ventana de la otra ala.

Mientras observaban, un hombre corpulento salió de la casa y se dirigió a uno de los tres graneros. Pasó diez minutos allí y después volvió a la vivienda. Brown observó el complejo de edificaciones con unos gemelos de gran alcance. Por el camino a su izquierda llegó un potente vehículo japonés todo terreno. Aparcó delante de la granja y un hombre se apeó de él. Miró cauteloso a su alrededor, observando el borde del valle por si había algún movimiento. No descubrió ninguno.

–¡Maldición! –exclamó Brown–. Cabellos rojizos, gafas.

El conductor del jeep entró en la casa y, al cabo de unos segundos, salió con el hombre corpulento. Esta vez llevaban consigo un gran Rorweiler. La pareja entró en el mismo granero, pasó allí diez minutos y salió. El hombre corpulento fue a guardar el jeep en otro granero y cerró la puerta.

–Cacharros rústicos. ¡Y un cuerno! –dijo Brown–. Hay algo o alguien en ese maldito granero. Apuesto diez contra cinco a que es un joven.

Volvieron atrás y se resguardaron en la arboleda. Caía la tarde.

–Coja la manta del portaequipajes –indicó Brown– y quédese aquí. Vigilará durante toda la noche. Yo volveré con el equipo antes de que salga el sol... si es que sale el sol alguna vez en este maldito país.

Al otro lado del valle, estirado sobre una rama de un roble gigantesco, un hombre con uniforme de camuflaje permanecía inmóvil. También él tenía unos gemelos potentes, con los cuales había observado desde su posición los movimientos entre los árboles del lado opuesto. Cuando Kevin Brown y su agente se retiraron del borde de la tierra alta y se introdujeron en el bosque, sacó una pequeña radio del bolsillo y habló en voz baja y tono apremiante durante varios segundos. Era el 28 de octubre. Habían transcurrido diecinueve días desde que Simon Cormack fue secuestrado, y diecisiete después de la primera llamada de Zack al apartamento de Kensington.

Aquella tarde telefoneó de nuevo, confundiéndose con las apresuradas multitudes de Luton.

–¿Qué diablos sucede, Quinn? Han pasado tres malditos días.

–Tómelo con calma, Zack. Es por los diamantes. En esto nos pilló desprevenidos, viejo amigo. Se necesitaba tiempo para reunir esta clase de mercancía. Se lo dije a los de Washington, con duras palabras. Se están dando toda la prisa que pueden, pero caray, Zack, veinticinco mil piedras, todas buenas y sin dejar rastro... se necesita un poco de...

–Sí. Bueno, dígales tan sólo que les doy dos días más y que, en otro caso, recibirán a su muchacho dentro de un saco. Dígaselo.

Colgó. Los expertos diagnosticaron más tarde que tenía los nervios muy alterados. Estaba llegando al punto en que podía sentir la tentación de hacer daño el chico, a causa de su frustración, o porque pensara que le estaban engañando de alguna manera.

Kevin Brown y su equipo eran buenos y estaban bien armados. Avanzaron, formando cuatro parejas, en las únicas cuatro direcciones desde las que podían atacar la casa de campo. Dos hombres lo hicieron por la otra orilla del camino, saltando de mata en mata. Las otras tres parejas descendieron desde el bosque y por los campos inclinados, en completo silencio. Era esa hora, justo antes del amanecer, en que la luz es más engañosa, en que el ánimo de la presa está en su punto más bajo; la hora del cazador.

La sorpresa fue total. Chuck Moxon y su compañero tomaron el granero sospechoso. Moxon hizo saltar el candado; su compañero entró rodando y poniéndose en pie sobre el suelo polvoriento del granero, con la pistola en la mano. Aparte de un generador de petróleo, de algo parecido a un horno y de un banco lleno de objetos de cristal de los que se emplean en química, allí no había nada. Brown y los otros seis hombres, que tomaron la casa de campo, tuvieron más suerte. Dos parejas entraron por las ventanas, rompiendo los cristales y los marcos, se pusieron en pie sin detenerse y subieron corriendo la escalera hacia los dormitorios.

Brown y la pareja restante entraron por la puerta. La cerradura saltó al primer golpe de almádena.

Al calor de las ascuas de la chimenea de la larga cocina, el hombre corpulento había estado durmiendo en su sillón. Su trabajo era vigilar durante toda la noche, pero el aburrimiento y el cansancio hicieron presa en él. Al oír el estallido de la puerta, se levantó de un salto y se fue a agarrar una escopeta del calibre doce que se encontraba sobre la mesa de pino. Casi lo consiguió. Pero el grito de «¡Quieto!» desde la puerta y la visión de un hombrón que le apuntaba directamente al pecho con una Colt del cuarenta y cinco hicieron que se detuviese en seco. Escupió y levantó despacio las dos manos.

Arriba, el pelirrojo estaba en la cama con la única mujer del grupo. Ambos se despertaron al romperse abajo las ventanas y la puerta. Ella chilló; él corrió hacia la puerta del dormitorio y se encontró con el primer hombre del FBI en el rellano. Estaban demasiado cerca el uno del otro para poder emplear armas de fuego; ambos rodaron juntos por el suelo en la oscuridad y lucharon hasta que otro americano pudo distinguir quién era cada uno y golpear al pelirrojo en la cabeza con la culata de su Colt.

El cuarto miembro del grupo de la casa de campo fue sacado de su dormitorio, pestañeando, unos segundos más tarde; era un joven flaco de cabellos lacios. Todos los del FBI llevaban linternas en los cinturones. Tardaron dos minutos más en examinar los otros dos dormitorios y comprobar que sólo había allí cuatro personas. Kevin Brown hizo que les metiesen a todos en la cocina cuyas lámparas fueron encendidas. Los observó con asco.

–Bueno. ¿Dónde está el muchacho? –preguntó.

Uno de sus hombres miró por la ventana.

–Jefe, tenemos compañía.

Unos cincuenta hombres estaban descendiendo al valle y dirigiéndose a la casa de campo desde todos los lados. Llevaban botas altas y vestían de azul. Una docena de ellos tiraban de la correa de otros tantos perros alsacianos. En una de las dependencias exteriores, el Rotweiler rugió furioso ante aquella intrusión. Un Range Rover blanco con distintivos azules llegó dando saltos por el camino y se detuvo a diez metros de la puerta rota. Un hombre de edad mediana, que lucía uniforme azul con botones de plata y condecoraciones, y gorra con galones, se apeó del vehículo. Penetró en el zaguán sin decir palabra, entró en la cocina y miró a los cuatro prisioneros.

–Bueno, se los entregamos –dijo Brown–. Él está en alguna parte. Y esos malvados saben dónde.

–Exactamente, ¿quiénes son ustedes? –inquirió el hombre de azul.

–Sí, claro.

Kevin Brown sacó su tarjeta del FBI. El inglés la miró con atención y se la devolvió.

–Mire usted –dijo Brown–, lo que hemos hecho...

–Lo que ha hecho usted, Mr. Brown –dijo el jefe de Policía de Bedfordshire con furia contenida–, es dar al traste con la mayor operación contra la droga que se estaba realizando en este condado y que, según temo, nunca podremos ya llevar a cabo. Esa gente son traficantes de ínfimo nivel y un químico. El pez gordo y la mercancía se estaban esperando de un día para otro. Y ahora, ¿tendrán la bondad de volver a Londres?

A aquella hora, Steve Pyle estaba con el señor Al-Haroun en el despacho de éste en Djedda, después de volar a la costa a consecuencia de una inquietante llamada telefónica.

–¿Qué se llevó en concreto? –preguntó por cuarta vez.

Al-Haroun se encogió de hombros. Estos americanos eran todavía peores que los europeos. Siempre tenían prisa.

–Ah, yo no soy experto en esas máquinas –dijo–; pero mi vigilante nocturno dice que...

Se volvió al vigilante nocturno saudita y le habló en árabe. El hombre respondió, extendiendo los brazos para indicar la dimensión de algo.

–Dice que, cuando yo devolví a Mr. Laing su pasaporte, debidamente alterado, el joven pasó la mayor parte de aquella misma noche en la sala de ordenadores y se marchó antes del amanecer con una gran cantidad de papel impreso. Acudió al trabajo a la hora normal, pero sin los papeles.

Steve Pyle regresó a Riad muy preocupado. Ayudar a su Gobierno y a su país era una cosa, pero sin que se manifestase en una investigación de la contabilidad. Pidió una reunión urgente con el coronel Easterhouse.

El arabista le escuchó muy tranquilo y asintió varias veces con la cabeza.

–¿Cree usted que ha llegado a Londres? –preguntó.

–No sé cómo lo habrá hecho; pero ¿en qué otro sitio podría estar?

–¡Hum! ¿Podría examinar su ordenador central durante un rato?

El coronel pasó cuatro horas en la consola del principal ordenador de Riad. No era un trabajo difícil, ya que disponía de todas las claves de acceso. Cuando terminó, todos los registros computadorizados habían sido borrados y creados otros nuevos.

Nigel Cramer recibió el primer informe por teléfono desde Bedford a media mañana, mucho antes de que llegase la relación escrita. Cuando telefoneó a Patrick Seymour en la Embajada, estaba enfurecido. Brown y su equipo se hallaban todavía en la carretera del sur.

–Patrick, siempre hemos sostenido una magnífica relación, pero esto es intolerable. ¿Quién diablos se imagina él que es? ¿Dónde cree que está?

Seymour se hallaba en una posición insostenible. Llevaba tres años fomentando una excelente colaboración entre el FBI y el Yard, que había heredado de Darrel Mills. Asistió a cursos en Inglaterra y organizó visitas de los altos oficiales de la Policía Metropolitana al edificio Hoover, para formar esas relaciones que, en una crisis, pueden ahorrar montañas de papel.

–¿Qué hacía en la granja?

Cramer se calmó y se lo dijo. El Yard había recibido hacía meses el soplo de que se estaba montando en Inglaterra una nueva y muy importante operación sobre drogas. Después de una paciente investigación se logró identificar aquella granja como su base. Hombres de la Brigada Secreta de su Departamento habían estado vigilando semana tras semana, en relación con la Policía de Bedford. El hombre al que buscaban era un magnate de la heroína nacido en Nueva Zelanda y reclamado por doce países, pero resbaladizo como una anguila. La buena noticia era que se esperaba que se mostrase con un gran cargamento de coca para su manipulación y subsiguiente reparto; la mala noticia era que ya no se acercaría a aquel lugar.

–Lo siento, Patrick, pero no tendré más remedio que pedir al ministro del Interior que haga que Washington le ordene volver a casa.

–Bueno, si tiene que hacerlo, hágalo –dijo Seymour.

«Hágalo», pensó, mientras colgaba el teléfono.

Cramer tenía otra tarea que desempeñar, todavía más urgente. La de impedir que la historia apareciese en los periódicos, en la radio o en la televisión. Aquella mañana necesitaba pedir una enorme dosis de buena voluntad a los propietarios y directores de los medios de comunicación.

El comité de Washington recibió el informe de Seymour a las siete de la mañana, en su primera reunión del día.

–Bueno, descubrió una buena pista y la siguió –protestó Philip Kelly.

Don Edmonds le dirigió una mirada de advertencia.

–Debió haber colaborado con Scotland Yard –dijo el secretario de Estado, Jim Donaldson–. En este momento no podemos enturbiar las relaciones con las autoridades británicas. ¿Qué voy a decirle a Sir Harry Marriott cuando solicite la destitución de Brown?

–Escuche –titubeó el secretario del Tesoro, Reed–, ¿por qué no proponemos un compromiso? Brown se excedió en su celo, y lo lamentamos. Pero creemos que Quinn y los ingleses conseguirán pronto la liberación de Simon Cormack. Cuando esto ocurra, necesitaremos un grupo fuerte para escoltar al muchacho de vuelta a casa. Brown y su equipo deberían disponer de una prórroga de unos pocos días para realizar esta misión. ¿Tal vez hasta el fin de esta semana?

Donaldson asintió con la cabeza.

–Sí, Sir Harry podría aceptarlo. A propósito, ¿cómo está el presidente?

–Animado –informó Odell–. Casi optimista. Le dije hace una hora que Quinn había obtenido otra prueba de que Simon está vivo y por lo visto bien; ha sido la sexta vez que Quinn ha hecho que los secuestradores lo demostrasen. ¿Y qué hay de los diamantes, Morton?

–Los tendré al anochecer –repuso Morton Stannard.

–Que un avión rápido esté preparado y esperando –ordenó el vicepresidente Odell.

El secretario de Defensa, Stannard, asintió con la cabeza y tomó una nota.

Andy Laing consiguió al fin entrevistarse con el interventor después de la hora del almuerzo. El hombre era también americano y había estado recorriendo las sucursales europeas durante los últimos tres años.

Escuchó con gesto grave y creciente consternación lo que el joven ejecutivo de Djedda tenía que decirle. Después revisó con ojos rápidos las hojas de ordenador extendidas sobre su mesa. Cuando terminó, se echó atrás en su sillón, hinchó las mejillas y sopló ruidosamente.

–Por Dios que son unas acusaciones muy graves. Y sí, parecen tener fundamento. ¿Dónde se aloja usted en Londres?

–Todavía tengo un apartamento en Chelsea –dijo Laing–. He estado allí desde mi llegada. Por suerte, las personas a quienes lo tenía arrendado se trasladaron hace dos semanas.

El interventor anotó la dirección y el número de teléfono.

–Tendré que consultar con el director general de aquí y tal vez con el presidente en Nueva York, antes de echarle esto en cara a Steve Pyle. Permanezca cerca del teléfono durante un par de días.

Lo que ninguno de los dos sabía era que el correo de la mañana procedente de Riad contenía una carta confidencial de Steve Pyle al director general en Londres de Operaciones de Ultramar.

La prensa británica hizo honor a su palabra; pero Radio Luxemburgo tiene su sede en París y la noticia de un jaleo importante entre sus vecinos anglosajones del oeste era demasiado buena para los oyentes franceses y no podían pasarla por alto.

Nunca se supo de dónde vino el chivatazo, salvo que había sido dado por teléfono y por una voz anónima. Pero la oficina en Londres lo investigó y confirmó que el secreto observado por la Policía de Bedford daba credibilidad a la historia. Fue radiada aquel mismo día en el noticiario de las cuatro.

Casi nadie lo oyó en Inglaterra, pero sí el corso. Silbó, sorprendido, y fue en busca de Zack. El inglés lo escuchó con mucha atención, hizo varias preguntas en francés y palideció de cólera.

Quinn lo sabía ya, y esto fue una suerte porque tuvo tiempo de preparar la respuesta si le llamaba Zack. Así lo hizo, justo después de las siete de la tarde y en un ataque de furor.

–Bastardo embustero. Dijo que no habría payasadas de cowboy por parte de la policía ni de nadie más. Me mintió...

Quinn protestó diciendo que no sabía de qué le hablaba Zack; habría sonado a falso saber todos los detalles sin un recordatorio. Zack se lo dijo en tres irritadas frases.

–Pero eso no tiene nada que ver con usted –le gritó Quinn–. Los franchutes lo entendieron mal, como de costumbre. Fue una operación sobre drogas lo que falló. Ya conoce usted a esos tipos de la Brigada Antidroga: ellos lo hicieron. No les estaban buscando a ustedes, buscaban cocaína. Hace una hora que ha venido aquí un hombre de Scotland Yard, y echaba chispas. Por el amor de Dios, Zack, ya conoce usted los medios de comunicación. Si les diéramos crédito, Simon ha sido visto en ochocientos lugares diferentes y ustedes han sido apresados cincuenta veces...

Era aceptable. Quinn contaba con que Zack había pasado tres semanas leyendo montones de tonterías en los periódicos sensacionalistas y que sentía un profundo desprecio por la prensa. En efecto, el secuestrador se calmó. Estaba en una cabina de la estación de autobuses de Linslade y se agotaba el tiempo de hablar por teléfono.

–Será mejor que no sea verdad, Quinn. Será mejor –advirtió Zack.

Y colgó.

Sam Somerville y Duncan McCrea estaban pálidos de miedo cuando terminó la conversación telefónica.

–¿Dónde están esos malditos diamantes? –preguntó Sam.

Pero aún no había llegado lo peor. Como la mayoría de los países, Inglaterra tiene una serie de programas de radio a la hora del desayuno, una mezcla de palique intrascendente por parte del artista invitado, música pop, noticias breves y trivialidades por teléfono. Las noticias son recortes de última hora arrancados de los teletipos, a los que dan forma jóvenes redactores y se ponen ante las narices del presentador. El ritmo de los programas es tal que las cuidadosas y repetidas comprobaciones realizadas por los reporteros investigadores de la «artillería pesada» del domingo brillan por su ausencia.

Cuando un americano telefoneó a la atareada mesa de noticias del programa *Good Morning* de City Radio, la llamada fue recibida por una joven aprendiza, la cual confesó después entre lágrimas que no había puesto en duda la afirmación de su interlocutor de que era el consejero de Prensa de la Embajada de los Estados Unidos y que tenía que darle una primicia auténtica. Ésta fue leída en tono excitado por el conductor del programa setenta segundos más tarde.

Nigel Cramer no lo oyó, pero sí su hija adolescente.

–Papá –gritó ésta desde la cocina–, ¿vas a detenerlos hoy?

–¿Detener a quién? –preguntó su padre, que se estaba poniendo el abrigo en el recibidor.

Su coche oficial esperaba junto a la acera.

–A los secuestradores... ya sabes.

–Lo dudo. ¿Por qué lo preguntas?

–Lo ha dicho la radio.

Cramer sintió como un fuerte golpe en el estómago. Volvió atrás y entró en la cocina. Su hija estaba untando mantequilla en una tostada.

–¿Qué ha dicho exactamente la radio? –preguntó con voz muy tensa.

Ella se lo refirió. Que la liberación de Simon Cormack mediante rescate estaba señalada para aquel día y que las autoridades confiaban en poder detener a los secuestradores. Cramer salió corriendo, subió a su coche, cogió el teléfono del tablero y empezó a hacer una serie de frenéticas llamadas en cuanto el automóvil hubo arrancado.

Era demasiado tarde. Zack no había oído el programa, pero sí lo oyó el sudafricano.

CAPÍTULO IX

Zack llamó más tarde que de costumbre, a las diez y veinte de la mañana. Si el día anterior se mostró furioso por el asunto del asalto a la granja de Bedfordshire, ahora estaba casi histérico de cólera.

Nigel Cramer había tenido tiempo de avisar a Quinn por teléfono desde su coche, mientras se dirigía a toda velocidad a Scotland Yard. Cuando el negociador colgó el aparato, fue la primera vez que Sam lo vio realmente agitado. Empezó a andar arriba y abajo por el apartamento sin decir palabra; los otros dos le observaban temerosos. Habían oído la esencia de la llamada de Cramer, y tenían la impresión de que todo iba a fracasar de algún modo, en alguna parte.

La espera de la llamada por la línea privada, sin saber siquiera si los secuestradores habían oído el programa radiado, o cómo reaccionarían de haberlo escuchado, hacía que Sam se sintiese mareada por la tensión. Cuando por fin sonó el teléfono, Quinn respondió con su acostumbrado y tranquilo buen humor. Zack ni siquiera se molestó con preámbulos.

–Bueno, esta vez lo ha echado todo a perder, maldito yanqui. ¿Me ha tomado por un imbécil? Pues bien, el imbécil es usted, amigo. Al menos es lo que parecerá cuando entierren el cadáver de Simon Cormack...

La impresión y la sorpresa fingidas por Quinn sonaron de modo convincente.

–Zack, ¿de qué diablos me está hablando? ¿Qué es lo que se ha echado a perder?

–No me venga con ésas –gritó el secuestrador, levantando más la ronca voz–. Si no ha oído la noticia, pregunte a sus amigos de la policía. Y no pretenda que fue una mentira, pues vino de su propia maldita Embajada...

Quinn persuadió a Zack de que le dijese lo que había oído, aunque ya lo sabía. El hecho de relatarlo hizo que Zack se calmase un poco. Y su tiempo se estaba agotando.

–Es una mentira, Zack, un camelo. Cualquier intercambio debe hacerse entre usted y yo, amigo. Solos y desarmados. Nada de aparatos electrónicos, ni trucos, ni policía, ni soldados. Donde usted diga y a la hora que diga. Ésta es la única manera que voy a tolerar.

–Sí; pero es demasiado tarde. Su gente quiere un cadáver, y es lo que van a tener.

Estaba a punto de colgar. Por última vez. Quinn sabía que si cortaba la comunicación, todo habría terminado. Al cabo de unos días, o de unas semanas, alguien entraría en su casa, o en su piso; un encargado de limpieza, un vigilante, un agente de la propiedad inmobiliaria... Y allí estaría. El hijo único del presidente, con un tiro en la cabeza, o estrangulado, en estado de descomposición...

–Por favor, Zack, espere unos segundos más...

El sudor empapaba el rostro de Quinn; era la primera vez en veinte días que mostraba la enorme tensión a que estaba sometido. Sabía lo cerca que se hallaba del desastre.

En la central de Kensington, un grupo de operarios de telecomunicaciones y de oficiales de policía contemplaban los monitores y escuchaban la furiosa voz en la línea; en Cork Street, en el subsuelo del elegante Mayfair, cuatro hombres del MI 5 estaban inmóviles en sus sillas, mientras la cinta del magnetófono giraba y giraba registrando las palabras iracundas que resonaban en la estancia.

En los sótanos de la Embajada de los Estados Unidos, en Grosvenor Square, había dos ingenieros de ELINT y tres agentes del FBI, además de Lou Collins, de la CIA, y Patrick Seymour, representante del FBI. La noticia de la emisión de la mañana hizo que se reunieran en aquel lugar, previendo algo como lo que estaban oyendo ahora y que agravaba la situación.

El hecho de que todas las emisoras de radio de la nación, incluida City Radio, hubiesen pasado dos horas desmintiendo la falsa noticia recibida a la hora del desayuno por una emisora, servía de poco. Todos sabían que, por más que siguiesen negándola, no cambiaría nada. Como dijo Hitler, la mentira más grande es la que todo el mundo cree.

–Por favor, Zack, deje que hable yo mismo con el presidente

Cormack. Sólo le pido veinticuatro horas más. Después de todo este tiempo, no lo eche todo a rodar. El presidente tiene autoridad para decir a esos imbéciles que se marchen de aquí y que el asunto quede entre usted y yo. Sólo nosotros dos... Somos los únicos que podemos arreglarlo. Cuanto le pido, después de veinte días, es solamente uno más... Veinticuatro horas, Zack, deme veinticuatro horas...

Hubo una pausa en la línea. En alguna parte, en las calles de Aylesbury, Buckinghamshire, un joven detective caminaba con naturalidad en dirección a las cabinas telefónicas.

–Mañana a esta hora –dijo finalmente Zack, y colgó el teléfono.

Salió. Acababa de doblar la esquina cuando el policía de paisano surgió de un callejón y miró hacia las cabinas. Todas estaban vacías. No había descubierto a Zack por ocho segundos.

Quinn colgó el teléfono, se acercó al largo diván y se tumbó en él de espaldas, con las manos cruzadas detrás de la cabeza. Clavó la mirada en el techo.

–Mr. Quinn... –dijo McCrea, un tanto vacilante.

A pesar de las repetidas veces que Quinn le había dicho que apease el tratamiento, el joven y tímido agente de la CIA se empeñaba en tratarle como a su maestro.

–Cállese –le ordenó Quinn, de forma rotunda.

El alicaído McCrea, que había querido preguntarle si quería café, fue a la cocina y preparó tres tazas. A la tercera, el teléfono «ordinario» repicó. Era Cramer.

–Bueno, todos lo hemos oído –dijo–. ¿Cómo se siente?

–Mal –repuso Quinn–. ¿Alguna noticia sobre el origen de la emisión?

–Todavía no –manifestó Cramer–. La muchacha que recibió la llamada se halla todavía en la Comisaría de Policía de Holborn. Jura que era una voz americana; pero, ¿cómo podía saberlo? Jura también que el hombre adoptó un tono oficial muy convincente, que otorgaba veracidad a lo que estaba diciendo. ¿Quiere una transcripción de la noticia?

–Ahora es un poco tarde –arguyó Quinn.

–¿Qué va a hacer usted? –preguntó Cramer.

–Rezar un poco. Ya pensaré en algo.

–Que tenga suerte. Ahora debo ir a Whitehall. Estaremos en contacto.

Después llamaron de la Embajada. Seymour. Felicitaciones por la manera en que Quinn había llevado el asunto... Si podemos hacer algo... «Eso es lo malo –pensó Quinn–. Alguien está haciendo demasiado.» Pero no lo dijo.

Estaba tomando su café en el diván y llamó a la Embajada. Le respondieron al punto desde el sótano. Otra vez Seymour.

–Necesito hablar con el vicepresidente Odell por una línea secreta –dijo–, y ha de ser ahora mismo.

–Bueno, Quinn, se está informando a Washington de lo que acaba de ocurrir aquí. Dentro de un momento lo habrán grabado todo. Creo que tendríamos que dejar que se enterasen bien de lo ocurrido y discutiesen...

–O hablo de forma reservada con Michael Odell dentro de diez minutos, o lo haré por la línea normal –advirtió Quinn en tono cauteloso.

Seymour lo pensó. La línea normal era insegura. NSA captaría la llamada con sus satélites, así como la GCH, y también los rusos...

–Le hablaré y le pediré que conteste a su llamada –decidió Seymour.

Diez minutos después, Michael Odell se puso al teléfono. Eran las seis y cuarto de la mañana en Washington y estaba todavía en su residencia del Observatorio Naval. Pero le habían despertado media hora antes.

–¿Qué diablos está pasando, Quinn? Acabo de enterarme de una maldita llamada falsa a una emisora de radio.....

–Señor vicepresidente –dijo pausadamente Quinn–, ¿hay algún espejo cerca de usted?

Un momento de asombro y después:

–Sí, creo que sí.

–Si se mira en él, verá la nariz en su cara, ¿no?

–¿Pero qué significa esto? Bueno, sí, puedo ver la nariz en mi cara.

–Pues tan seguro como que la está viendo, Simon Cormack va a ser asesinado dentro de veinticuatro horas...

Dejó que las palabras se filtrasen en la mente de aquel hombre aterrorizado, sentado en el borde de su cama en Washington.

–A menos que...

–Bueno, Quinn, diga lo que tenga que decir.

–A menos que tenga en mis manos el paquete de diamantes, por valor de dos millones de dólares, mañana al amanecer, hora de Londres. Esta llamada ha sido registrada en cinta magnetofónica. Buenos días, señor vicepresidente.

Colgó el teléfono. En el otro extremo de la línea, el vicepresidente de los Estados Unidos de América usó durante varios minutos un lenguaje que le habría costado los votos de la Mayoría Moral, si estos buenos ciudadanos hubiesen tenido oportunidad de escucharle. Cuando terminó, llamó a la telefonista.

–Busque a Morton Stannard –dijo–. En su casa, dondequiera que esté. Pero PÓNGAME CON ÉL.

Andy Laing se sorprendió de que volviesen a llamarle tan pronto del banco. La cita era para las once de la mañana, y llegó allí diez minutos antes. Le hicieron pasar, no al despacho del interventor, sino al del director general. El interventor se encontraba también allí. Con un ademán, el director invitó a Laing a sentarse en el sillón que estaba delante de su mesa. Después se levantó, se acercó a la ventana, contempló durante un rato los pináculos de la ciudad, se volvió y habló en tono grave y helado.

–Ayer, Mr. Laing, vino a ver a mi colega aquí presente, después de abandonar Arabia Saudita usted sabrá por qué medios, y formuló graves acusaciones contra la integridad de Mr. Steve Pyle.

Laing se inquietó. ¿Mr. Laing? ¿Por qué no «Andy»? Siempre usaban el nombre de pila en el banco, en parte por el ambiente familiar que Nueva York quería crear.

–Y traje un montón de impresos del ordenador para confirmar lo que había descubierto –puntualizó cauteloso.

Pero tenía revuelto el estómago. Algo andaba mal. El director general agitó una mano, en señal de desestimación de las pruebas de Laing.

–Ayer recibí también una extensa carta de Steve Pyle. Y hoy

he sostenido con él una larga conversación telefónica. Para mí, y para el interventor aquí presente, está perfectamente claro que es usted un truhán, Laing, y un malversador de fondos.

Laing no podía dar crédito a sus oídos. Miró al interventor, pidiendo auxilio. El hombre miró al techo.

–Sé la historia –dijo el director general–, toda la historia. La *verdadera* historia.

Como para aclararle la memoria, le contó lo que ahora sabía que era la verdad. Laing había estado malversando dinero de la cuenta de un cliente, el Ministerio de Obras Públicas. No una gran cantidad, en términos sauditas, pero sí bastante importante: el uno por ciento de cada factura pagada por el Ministerio a los contratistas. Por desgracia, Mr. Amin no había repasado las cifras; pero Mr. Al-Haroun descubrió los defectos y avisó a Mr. Steve Pyle.

El director general en Riad, en un exceso de benevolencia, trató de salvar la carrera de Laing limitándose a insistir en que devolviese hasta el último rial a la cuenta del Ministerio, pero él no lo había hecho.

La reacción de Laing a esta extraordinaria prueba de solidaridad de un colega, y sin duda indignado por perder su dinero, había sido pasar la noche en la sucursal de Djedda, falsificando los registros para «demostrar» que una suma mucho mayor había sido malversada con la colaboración del propio Steve Pyle.

–Pero la grabación que traje... –protestó Laing.

–Todo es falso, desde luego. Aquí tenemos las grabaciones auténticas. Esta mañana hice que el ordenador central de aquí hiciese una comprobación del de Riad. Los verdaderos datos son los que están sobre mi mesa. Muestran con toda claridad lo ocurrido. El uno por ciento que defraudó usted ha sido restituido. Era el único dinero que faltaba. Gracias a Dios, o mejor dicho, gracias a Steve Pyle, se ha salvado la reputación del banco en Arabia Saudita.

–Pero no es verdad –protestó Laing con demasiada vehemencia–. Lo que se llevaban Pyle y su cómplice desconocido era el *diez* por ciento de las cuentas del Ministerio.

El director general dirigió a Laing una fría mirada, y después otra a las pruebas recién llegadas de Riad.

–Al –preguntó–, ¿ha echado usted en falta el diez por ciento en alguna partida?

El interventor negó con la cabeza.

–Además, esto sería absurdo –dijo–. Con sumas tan grandes en juego, y tratándose de un Ministerio importante de aquel país, un uno por ciento podría disimularse. Pero nunca el diez. La auditoría anual, que debe realizarse en abril, habría descubierto el fraude. ¿Y adónde habría ido usted a parar? A una inmunda cárcel saudita para toda la vida. Suponemos que el Gobierno saudita estará todavía allí en abril, ¿no?

El director general esbozó una sonrisa glacial. La cosa era demasiado evidente.

–Temo –concluyó el interventor– que podemos dar por terminado el caso. Steve Pyle no sólo nos ha hecho un gran favor, sino que también se lo ha hecho a usted, Mr. Laing. Le ha salvado de estar largo tiempo en la cárcel.

–Cosa que creo que tendría bien merecida –comentó el director general–. Pero aquí no podemos imponerle esta pena. Además, no nos gusta el escándalo. Enviamos empleados a muchos bancos del Tercer Mundo y eso nos perjudicaría. Pero usted, Mr. Laing, ha dejado de prestar servicio en esta entidad. La carta de despido está sobre la mesa, delante de usted. Desde luego, no recibirá ninguna indemnización, ni daremos de usted buenas referencias. Ahora, tenga la bondad de marcharse.

Laing comprendió que había sido sentenciado. Nunca volvería a trabajar en un banco, en ningún lugar del mundo. Sesenta segundos después, estaba en la acera de Lombard Street.

En Washington, Morton Stannard había escuchado la furia de Zack al desenrollarse las bobinas sobre la mesa de conferencias del Salón de Situación, en el cual se había refugiado el comité para eludir las cámaras de Long Tom que enfocaban sin cesar las ventanas del Salon del Gabinete.

La noticia de Londres sobre un intercambio inminente había hecho resurgir el frenesí de la prensa en Washington. Desde antes del amanecer, la Casa Blanca había recibido un alud de llamadas y, una vez más, el portavoz no sabía cómo salir del paso.

Cuando al fin se agotó la grabación, los ocho miembros presentes guardaron silencio. Estaban impresionadísimos.

–Los diamantes –gruñó Odell–. ¿Dónde diablos están?

–Se encuentran listos –se apresuró a responder Stannard–. Pido disculpas por el exceso de optimismo que mostré. Yo no entiendo de estos asuntos; me imaginaba que arreglar un envío así requeriría menos tiempo. Pero ya están dispuestos un poco menos de veinticinco mil piezas de pesos diversos, todas auténticas y valoradas en algo más de dos millones de dólares.

–¿Dónde están? –inquirió Hubert Reed.

–En la caja fuerte de la oficina del Pentágono, en Nueva York, que cuida de nuestros sistemas de compra en la Costa Este. Por razones evidentes, es una caja muy segura.

–¿Y el envío a Londres? –preguntó Brad Johnson–. Sugiero que utilicemos una de nuestras bases aéreas en Inglaterra. No nos interesa tener problemas con la prensa en Heathrow, ni nada parecido.

–Dentro de una hora tengo que reunirme con un experto de las Fuerzas Aéreas –dijo Stannard–. Él nos aconsejará la mejor manera de llevar allí el paquete.

–Necesitaremos que un coche de la Compañía espere a su llegada y los conduzca al apartamento de Quinn –decidió Odell–. Cuide de esto, Lee. A fin de cuentas, el apartamento es suyo.

–No hay problemas –repuso Lee Alexander, de la CIA–. Haré que Lou Collins vaya a recibirles en la base aérea donde aterricen.

–Mañana al amanecer, hora de Londres –concretó el vicepresidente–. En Londres, en Kensington, al amanecer. ¿Conocemos ya los detalles del intercambio?

–No –dijo el director del FBI–. Sin duda Quinn los ultimará todos de acuerdo con nuestra gente.

Las Fuerzas Aéreas propusieron emplear un caza a reacción de un solo asiento para la travesía del Atlántico; un F-15 Eagle.

–Tiene la autonomía necesaria si lo proveemos de paquetes FAST –informó el general de las Fuerzas Aéreas a Morton Stannard en el Pentágono–. La mercancía tiene que ser entregada a la base de la Guardia Nacional en Trenton, New Jersey, no más tarde de las dos de la madrugada.

El piloto elegido para la misión era un experto coronel con más de siete mil horas de vuelo en el F-15. En las últimas horas de la mañana, el Eagle fue preparado en Trenton como pocas veces lo había sido durante toda su existencia, y los paquetes FAST se instalaron en las cámaras de toma de aire de babor y de estribor. Estos paquetes, a pesar de su nombre,[1] no aumentarían la velocidad del Eagle; son las siglas de Fuel And Sensor Tactical, y en realidad son depósitos de carburante que permiten mayor autonomía.

Sin ellos, el Eagle lleva diez mil kilos de carburante, que le dan una autonomía de cuatro mil quinientos kilómetros. Los dos mil kilos suplementarios de cada FAST la aumentan hasta cinco mil quinientos veinte kilómetros.

En la sala de navegación, el coronel Bowers estudió su plan de vuelo mientras tomaba un bocadillo. Desde Trenton hasta la base de las Fuerzas Aéreas de los Estados Unidos en Upper Hayford, en las afueras de la ciudad de Oxford, había cuatro mil novecientos kilómetros. Los meteorólogos le informaron de la fuerza del viento a su altitud elegida de quince mil metros, y calculó que haría el trayecto en cinco horas veinticuatro minutos volando a Mach .95, y todavía le sobrarían mil setecientos kilos de carburante.

A las dos de la tarde, un gran avión nodriza KC 135 se elevó de la base Andrews de las Fuerzas Aéreas, en las afueras de Washington, y se dirigió a una cita en el aire con el Eagle, a catorce mil metros sobre la costa oriental.

En Trenton, hubo un último retraso. El coronel Bowers se había puesto su traje de vuelo y estaba dispuesto a despegar a las tres de la tarde, cuando la larga limusina negra de las oficinas del Pentágono en Nueva York cruzó la verja principal. Un funcionario civil, acompañado de un general de las Fuerzas Aéreas, entregó al coronel Bowers una cartera plana y una hoja de papel con el número de la combinación de la cerradura.

Acababa de hacerlo cuando otra limusina sin distintivos entró en la base. Hubo una agitada conferencia sobre la pista entre los dos grupos de funcionarios. En definitiva, la cartera y la hoja de

1. Fast: rápido, veloz.

papel fueron recuperadas de manos del coronel Bowers y llevadas a la parte de atrás de uno de los coches.

Allí se abrió la cartera. Su contenido, un paquete plano de terciopelo negro, de veinticinco por treinta centímetros y siete y medio de grueso, fue trasladado a una nueva cartera, la cual entregaron al impaciente coronel.

Los aviones de caza no suelen llevar carga; pero en éste se había preparado una cavidad debajo del asiento del piloto, en la que fue introducida la cartera. El coronel despegó a las tres y treinta y uno de la tarde.

Subió rápidamente a catorce mil metros, llamó al avión nodriza y «llenó» sus depósitos de carburante para iniciar el viaje a Inglaterra bien abastecido. Después de repostar, se elevó a quince mil doscientos metros; puso rumbo hacia Upper Heyford y aceleró hasta alcanzar la velocidad Mach .95, justo por debajo de la barrera del sonido. Recibió su esperado viento de cola del oeste cuando estaba encima de Nantucket.

Mientras proseguía la conferencia en la pista de Trenton, un Jumbo de las líneas regulares había despegado de Kennedy con destino a Heathrow, Londres. En la sección Club viajaba un joven alto y bien parecido, que había enlazado con este avión desde otro procedente de Houston. Trabajaba para una importante compañía petrolífera denominada Pan-Global y se sentía orgulloso de que su patrono, el propietario de la empresa, le hubiese confiado una misión tan delicada.

No tenía la menor idea del contenido del sobre que llevaba en el bolsillo interior de su chaqueta, que rehusó entregar a la azafata. Ni quería saberlo. Sólo estaba seguro de que debía contener documentos de gran importancia para la corporación, ya que no había sido enviado por correo ordinario ni como paquete postal.

Sus instrucciones eran claras; las había repetido muchas veces. Tenía que ir a cierta dirección, un día determinado (mañana) a una hora determinada. No debía tocar el timbre, sino solamente introducir el sobre en el buzón y volver al aeropuerto de Heathrow y a Houston. Cansado, pero sencillo. No bebía alcohol. Era la hora del cóctel, la comida tardaría un rato, y se distrajo mirando por la ventanilla.

Si se vuela de oeste a este en un día de invierno, oscurece muy de prisa. Después de dos horas en el aire, el cielo había adquirido un fuerte color púrpura y las estrellas se veían con claridad. Entonces divisó, muy por encima de su avión, un punto rojo que se movía a través de las múltiples estrellas y en la misma dirección que aquél. Aunque él no lo sabía, ni lo sabría nunca, estaba contemplando el brillante reactor F-15 Eagle del coronel Bowers, cuando los dos hombres volaban hacia la capital británica para misiones diferentes y sin que ninguno de los dos supiera lo que llevaba.

El coronel fue el primero en llegar. Aterrizó en Upper Heyford, según lo previsto, a la una cincuenta y cinco, hora local, turbando el sueño de los moradores al dar el último giro hacia las luces que se aproximaban. La torre de control indicó al coronel el camino que tenía que seguir, hasta que al fin se detuvo en un brillante círculo de luces dentro de un hangar cuyas puertas se cerraron en el momento de pararse los motores. Cuando el piloto levantó la cubierta, se acercó el comandante de la base acompañado de un paisano... que fue quien habló.

–¿Coronel Bowers?

–Sí, señor.

–¿Trae un paquete para mí?

–Traigo una cartera. Debajo de mi asiento.

Se estiró rígidamente, salió de la cabina y bajó por la escalera de acero al suelo del hangar. «¡Vaya una manera de ver Inglaterra!», pensó. El hombre de paisano subió y asió la cartera. Alargó una mano para que el piloto le diese el papel con la combinación de la cerradura. Diez minutos más tarde, Lou Collins se hallaba de nuevo en el automóvil de la Compañía, dirigiéndose a Londres. Llegó al apartamento de Kensington a las cuatro y diez. Las luces continuaban encendidas; nadie había dormido. Quinn estaba tomando café en el cuarto de estar.

Collins dejó la cartera sobre la mesa baja, consultó la hoja de papel y manejó los discos. Sacó el paquete plano y casi cuadrado envuelto en terciopelo, y lo tendió a Quinn.

–Aquí lo tiene, al amanecer –dijo.

Quinn sopesó el envoltorio. Un poco más de un kilo, unas tres libras.

–¿Quiere que lo abra? –preguntó Collins.

–No hace falta –respondió Quinn–. Si son trozos de cristal o de pasta, todos o alguno de ellos, alguien quitará la vida a Simon Cormack.

–No lo harán –aseguró Collins–. No. Son auténticos. ¿Cree que él llamará?

–Esperemos que lo haga –dijo Quinn.

–¿Y el intercambio?

–Tendremos que convenirlo hoy.

–¿Cómo va a hacerlo, Quinn?

–A mi manera.

Se fue a su habitación a fin de tomar un baño y vestirse. Para muchas personas, el último día de octubre iba a ser durísimo.

El joven de Houston aterrizó a las seis cuarenta y cinco de la mañana, hora de Londres, y llevando nada más que un pequeño neceser. Pasó rápidamente por la Aduana y entró en el vestíbulo del edificio número tres. Comprobó su reloj y vio que tenía que esperar tres horas. Tiempo para emplear el lavabo, refrescarse, desayunar y coger un taxi hacia el centro del West End Londinense.

A las nueve cincuenta y cinco se presentó en la puerta de la alta e imponente casa de apartamentos a una manzana de Great Cumberland Place, en el distrito de Marble Arch. Había llegado cinco minutos antes de la hora. Le dijeron que fuese puntual. Desde el otro lado de la calle, en un coche aparcado, un hombre le observaba; pero él no lo sabía. Caminó arriba y abajo durante cinco minutos. A las diez en punto, introdujo el grueso sobre en el buzón de la casa de apartamentos. No había allí ningún portero para recogerlo. Cayó sobre la esterilla de detrás de la puerta.

Seguro de que había hecho lo que le ordenaron, el joven americano bajó hacia Bayswater Road y pronto detuvo un taxi para que le llevase a Heathrow.

Apenas había doblado la esquina cuando el hombre del coche aparcado se apeó, cruzó la calle y entró en la casa de apartamentos. Vivía allí desde hacia varias semanas. Su permanencia en el coche tuvo por objeto asegurarse de que el mensajero observaba las instrucciones y que no le habían seguido.

El hombre recogió el sobre, tomó el ascensor hasta la octava planta, entró en su apartamento y abrió la misiva. Pareció satisfecho mientras leía, resolló al respirar y el aire silbó al pasar por las torcidas ventanas de su nariz. Ahora tenía Irving Moss lo que creía que serían sus instrucciones finales.

En el apartamento de Kensington, la mañana transcurría en silencio. La tensión era casi tangible. En las centrales telefónicas de Cork Street y Grosvenor Square, los oyentes permanecían encorvados sobre sus máquinas, esperando que Quinn dijese algo o que McCrea o Sam Somerville abriesen la boca. Pero los altavoces permanecían en silencio. Quinn había dejado bien claro que si Zack no llamaba, la cosa habría terminado. Tendrían que empezar la búsqueda de una casa abandonada y un cadáver.

Y Zack no llamaba.

A las diez y media, Irving Moss salió de su piso de Marble Arch, sacó del garaje su coche de alquiler y se dirigió a la estación de Paddington. Su barba, crecida en Houston durante las fases de planificación, había cambiado la forma de su cara. Su pasaporte canadiense estaba perfectamente falsificado y le había permitido entrar sin dificultad en la República de Irlanda y, de allí, pasar al ferry e ir a Inglaterra. Su permiso de conducir, también canadiense, hizo que pudiese alquilar sin problemas un coche a largo plazo. Había vivido muy tranquilo y sin llamar la atención, durante semanas, detrás de Marble Arch, como uno entre más de un millón de extranjeros en la capital británica.

Era un individuo hábil, capaz de dejarse caer en casi cualquier ciudad y perderse de vista en ella. Además conocía bien Londres. Sabía cómo funcionaban allí las cosas. Los sitios donde podía obtener lo que quería o necesitaba; poseía contactos en los bajos fondos y era lo bastante listo y experto para no cometer errores que pudiesen llamar la atención de las autoridades.

La carta procedente de Houston le ponía al día acerca de una serie de detalles que no habían podido exponerse en mensajes cifrados en forma de listas de precios de productos comerciales. Había también otras instrucciones en la carta, pero lo más interesante era el informe de situación procedente del Ala Oeste de la Casa Blanca; en particular sobre el empeoramiento del estado del presidente John Cormack durante las últimas tres semanas.

Por último, estaba el resguardo de la consigna de la estación de Paddington, donde recogería algo que sólo podía cruzar el Atlántico a mano. Cómo había ido de Houston a Londres, no lo sabía ni quería saberlo. No necesitaba enterarse. Sabía que había llegado hasta él, y ahora lo tenía en su poder. A las once de la mañana empleó el resguardo.

Al empleado de la estación de ferrocarril no le llamó la atención. A lo largo del día, cientos de paquetes, bolsas de mano y maletas eran consignadas en su oficina para su custodia y otros cientos eran retirados. Sólo cuando transcurrían más de tres meses, los paquetes no reclamados eran retirados de los estantes y abiertos. Si sus dueños no podían identificarlos se destruían. El resguardo presentado esa mañana por el hombre silencioso de gabardina gris no era más que uno entre muchos. El encargado buscó en los estantes. Encontró el bulto numerado, una pequeña maleta de fibra, y lo entregó. Había sido pagado de antemano. Cuando anocheciese, se habría olvidado de la transacción.

Moss llevó la maleta a su apartamento, forzó las cerraduras baratas y examinó el contenido. Todo estaba allí, tal y como le habían dicho. Miró su reloj. Le sobraban tres horas antes de que tuviese que salir.

Había una casa en una calle tranquila de las afueras de una población situada a menos de sesenta kilómetros del centro de Londres. A una hora determinada, pasaría en coche por delante de aquella casa, como venía haciendo a días alternos, y la posición del cristal de la ventanilla del conductor, cerrado, bajado a medias o bajado del todo, diría a la persona que estaba observando lo que debía saber. Hoy, por primera vez, la ventanilla estaría completamente abierta. Conectó uno de sus vídeos S/M, comprados en la ciudad (eran muy obscenos; pero sabía dónde adquirir lo que le interesaba), al aparato de televisión y se sentó para divertirse un rato.

Cuando Andy Laing salió del banco, casi no sabía lo que hacía. Pocos hombres pasan por la experiencia de ver toda su carrera, trabajada y sostenida durante años de esfuerzo, hecha añicos a sus pies sin que hubiera remedio alguno. La primera reacción fue de incomprensión; la segunda, de indecisión.

Laing caminó sin rumbo por las estrechas calles y ocultas plazuelas disimuladas entre el bullicioso tráfico de la City de Londres, el kilómetro cuadrado más antiguo de la capital y centro del mundo comercial y bancario del país. Pasó frente a los muros de monasterios donde antaño resonaron los cánticos de los Greyfriars, los Whitefriars y los Blackfriars; por delante de las casas de los gremios donde solían reunirse los mercaderes para discutir en torno a los asuntos mundiales mientras Enrique VIII hacía ejecutar a sus esposas en la Torre; cruzó ante las delicadas y pequeñas iglesias diseñadas por Wren después del gran incendio de 1666.

Los hombres que pasaban por su lado, y el número creciente de jóvenes atractivas, estaban pensando en los precios de los artículos, en comprar mucho o poco, o en las oscilaciones de la Bolsa, que podían significar una tendencia o sólo una variación pasajera. Empleaban ordenadores en lugar de plumas de ave; pero el resultado de su trabajo seguía siendo el mismo que había sido durante siglos: comercio, la compra y la venta de cosas que hacían otras personas. Era un mundo que había captado la imaginación de Andy Laing diez años atrás, cuando estaba terminando sus estudios, un mundo en el que jamás volvería a entrar.

Consumió un ligero desayuno en un pequeño bar de una calle llamada de Crutched Friars, donde los monjes caminaron un día con una pierna atada a la espalda para sufrir a mayor gloria de Dios. Y pensó en lo que tendría que hacer.

Terminó su café y tomó el metro para volver a su apartamento-estudio de Beaufort Street, Chelsea, donde había guardado, con toda prudencia, fotocopias de las pruebas que había traído de Djedda. Cuando un hombre no tiene nada que perder, puede ser muy peligroso. Laing decidió escribirlo todo, desde el principio hasta el fin, incluir copias de sus impresos, que sabía que eran auténticos, y enviar un ejemplar a cada miembro de la junta directiva del banco en Nueva York. La identidad de los miembros de la junta era pública y notoria; sus direcciones comerciales estarían en el *Who's Who* de los Estados Unidos.

No veía motivo para tener que sufrir en silencio. «Que Steve Pyle se preocupase un poco para variar», pensó. Remitió al director general en Riad una carta personal diciéndole lo que se disponía a hacer.

Zack llamó al fin a la una y veinte de la tarde, la hora punta del almuerzo, mientras Laing estaba terminando su café y Moss contemplaba arrobado una nueva película sobre corrupción de menores recién llegada de Amsterdam. Se hallaba en una de las cuatro cabinas públicas instaladas en la pared trasera de la oficina de Correos de Dunstable, siempre al norte de Londres.

Quinn se había lavado y vestido al salir el sol, que aquel día podía verse de verdad, resplandeciendo en un cielo azul, aunque el aire era un poco fresco. Ni McCrea ni Sam pensaron en preguntarle si tenía frío; pero él se había puesto unos jeans, su nuevo suéter de casimir sobre la camisa y una chaqueta de cuello con cremallera.

–Quinn, ésta es la última llamada...

–Zack, viejo amigo, estoy contemplando un frutero, un frutero grande, lleno ¿sabes de qué? Lleno hasta el borde de diamantes, resplandecientes y centelleantes como si estuviesen vivos. Vamos a cumplir el trato, Zack. Ahora mismo.

La imagen mental suscitada por estas palabras había interrumpido el discurso de Zack.

–Bien –dijo la voz por teléfono–. Éstas son las instrucciones...

En la central de Kensington, en Cork Street y Grosvenor Square reinó un silencio pasmado entre los oyentes. O Quinn sabía muy bien lo que estaba haciendo o iba a dar lugar a que el secuestrador colgase el teléfono. La voz de Quinn prosiguió sin hacer ninguna pausa.

–Puedo ser un bastardo, Zack, pero soy el único bastardo en este maldito lío en quien puede confiar, y va a confiar en mí. ¿Tiene un lápiz?

–Sí. Ahora escuche, Quinn...

–Escuche usted, amigo. Quiero que vaya a otra cabina y me llame dentro de cuarenta segundos a este número. Tres siete cero, uno dos cero cuatro. Ahora... ¡vaya!

Dijo la última palabra gritando. Sam Somerville y Duncan McCrea dirían más tarde en la encuesta que se quedaron tan pasmados como los que escuchaban por la línea. Quinn colgó el teléfono, agarró la cartera (los diamantes estaban todavía dentro de ella, no en un frutero) y salió corriendo del cuarto de estar. Al cruzar la puerta, se revolvió y gritó:

–¡Quedaos aquí!

La sorpresa, el grito, el tono autoritario, hicieron que permaneciesen como clavados en sus sillones durante cinco segundos vitales. Cuando llegaron a la puerta del apartamento, oyeron que la llave giraba en la cerradura por el lado de fuera. Por lo visto la había colocado allí antes del amanecer.

Quinn prescindió del ascensor y bajó corriendo la escalera en el momento en que el primer grito de McCrea resonaba a través de la puerta, seguido de una fuerte patada a la cerradura. Entre los que escuchaban, se advertía ya un caos naciente que pronto se convertiría en tremenda confusión.

–¿Qué diablos está haciendo? –murmuró un policía a otro en la central de Kensington.

El otro se encogió de hombros.

Quinn se hallaba bajando los tres tramos de escalera hasta el vestíbulo. La encuesta mostraría que el americano del puesto de escucha en el apartamento del sótano no se movió, porque no era ésa su función, sino la de registrar, cifrar y radiar las voces del apartamento a Grosvenor Square, para su descifrado y digestión por los oyentes del sótano. Por consiguiente, se quedó donde estaba.

Quinn cruzó el vestíbulo quince segundos después de haber colgado el teléfono. El portero inglés, que estaba en su cabina, levantó la mirada, saludó con la cabeza y volvió a su número del *Daily Mirror*. Quinn empujó la puerta de la calle, que se abría hacia afuera, la cerró, dejó caer una cuña de madera que había tallado a solas en el lavabo y la introdujo debajo de la puerta de una fuerte patada. Entonces cruzó corriendo la calle, esquivando el tráfico.

–¿Qué quieren decir con eso de que él se ha ido? –gritó Kevin Brown en el puesto de escucha de Grosvenor Square.

Había estado sentado allí toda la mañana, esperando como todos, británicos y americanos, la próxima y tal vez última llamada de Zack. Al principio, los sonidos que llegaban de Kensington habían sido tan sólo desconcertantes; oyeron el golpe del teléfono al ser colgado, la voz de Quinn gritando «Quedaos aquí», y después una serie de golpes, gritos confusos de McCrea y Somerville. Luego, otra serie de golpes regulares, como si alguien diese patadas a una puerta.

Sam Somerville había vuelto al cuarto de estar, gritando «Se ha ido, Quinn se ha ido» a los micrófonos ocultos. La pregunta de Brown se recibió en el puesto de escucha, pero Somerville no tuvo posibilidad de oírla. Brown agarró frenético el teléfono que le conectaba con su agente especial en Kensington.

–Agente Somerville –vociferó al ponerse ella al aparato–, vaya tras él.

En aquel momento, la quinta patada de McCrea rompió la cerradura de la puerta del apartamento. El hombre bajó corriendo la escalera seguido de Sam. Ambos iban en zapatillas.

La tienda de verduras y de platos preparados de la acera de enfrente, cuyo número había encontrado Quinn en la guía telefónica de Londres que se hallaba en el cuarto de estar, se llamaba Bradshaw, por el apellido del hombre que la había inaugurado, pero ahora era propiedad de un caballero indio llamado Mr. Patel. Quinn había observado desde el otro lado de la calle cómo preparaba la exhibición de frutas en el exterior y desaparecía en el interior para atender a un parroquiano.

Quinn llegó a la acera opuesta treinta y tres segundos después de haber colgado el teléfono a Zack. Esquivó a dos transeúntes y entró en la tienda como un huracán. El teléfono estaba sobre el mostrador, junto a la caja registradora, detrás de la cual se hallaba Mr. Patel.

–Unos muchachos le están robando naranjas –dijo Quinn, sin preámbulos.

En aquel momento sonó el teléfono. Ante el conflicto entre una llamada telefónica y un robo de naranjas, Mr. Patel reaccionó como un buen *gujeratí* y salió corriendo a la acera. Quinn cogió el auricular.

La central de Kensington había reaccionado de prisa, y la encuesta demostraría que habían hecho cuanto pudieron. Pero perdieron varios de los cuarenta segundos a causa de la sorpresa y, además, habían tenido un problema técnico. Su conexión era con la línea privada del apartamento. Siempre que se recibía una llamada en aquel número, su mecanismo electrónico podía recorrer la línea hacia atrás para establecer el origen de la llamada. Entonces, el ordenador revelaba el emplazamiento de la cabina a la que correspondía el número del teléfono desde el que se había llamado. De seis a diez segundos.

Tenían ya conocimiento del número desde el que había llamado Zack; pero, al cambiar de cabina, aunque estaban una al lado de la otra en Dunstable, lo perdieron. Y lo que era todavía peor, él llamaba ahora a otro número de Londres que no tenían intervenido. La única ventaja que tenían era que el número que había dictado Quinn a Zack estaba todavía en la central de Kensington. Sin embargo, había que empezar por el principio, recorriendo sus mecanismos de busca de la llamada los veinte mil números de la central. Descubrieron el teléfono de Mr. Patel cincuenta y ocho segundos después de que Quinn lo hubiese dictado, y luego conectaron con el segundo número de Dunstable.

–Tome este número, Zack –dijo Quinn, sin preámbulos.

–¿Qué diablos significa esto? –gruñó Zack.

–Nueve tres cinco, tres dos uno cinco –dijo inexorablemente Quinn–. ¿Lo tiene?

Hubo una pausa mientras Zack escribía.

–Ahora lo haremos todo nosotros, Zack. Los he despistado a todos. Sólo usted y yo; los diamantes contra el muchacho. Sin trucos, le doy mi palabra. Llámeme a este número dentro de sesenta minutos o dentro de noventa si no contesto la primera vez. No está intervenido.

Colgó el teléfono. En la central, los que estaban escuchando oyeron las palabras «... minutos o dentro de noventa si no contesto la primera vez. No está intervenido».

–El muy bastardo le ha dado otro número –dijo el técnico de Kensington a los dos oficiales de la Policía Metropolitana que estaban con él.

Uno de ellos estaba ya telefoneando al Yard.

Quinn salió de la tienda y vio a Duncan McCrea al otro lado de la calle tratando de abrir la atrancada puerta de la casa. Sam se hallaba detrás, agitando los brazos y gesticulando. El portero se reunió con ellos, rascándose los ralos cabellos. Dos coches pasaron por la calle en el lado opuesto. A donde estaba Quinn se acercaba un motorista. El negociador bajó de la acera y se puso delante de aquel hombre, levantando los brazos y agitando el maletín con la mano izquierda. El motorista frenó, se balanceó, patinó y se detuvo.

–¡Eh! ¿Qué diablos...?

Quinn le dirigió una simpática sonrisa mientras se agachaba junto al manillar. Un corto y fuerte puñetazo en los riñones completó el trabajo. Al doblarse hacia delante el joven del casco, Quinn lo levantó de su máquina, pasó la pierna derecha sobre ésta, metió la marcha y arrancó. Salió disparado calle abajo cuando McCrea estaba a punto de agarrarle la chaqueta.

McCrea se quedó plantado en la calle, con aire pesaroso y afligido. Sam se reunió con él. Se miraron y... volvieron al bloque de apartamentos. La manera más rápida de hablar con Grosvenor Square era subir de nuevo al tercer piso.

–Conque ésas tenemos –dijo Brown cinco minutos más tarde después de escuchar a McCrea y a Somerville que le llamaron desde Kensington–. Hay que encontrar a ese bastardo. Y lo encontraremos.

Sonó otro teléfono. Era Nigel Cramer, desde Scotland Yard.

–Su negociador se las ha pirado –dijo en tono rotundo–. ¿Puede usted decirme cómo? He llamado al apartamento, pero están comunicando.

Brown se lo dijo en treinta segundos. Cramer gruñó. Todavía estaba resentido por el asunto de la granja de Green Meadow, y siempre lo estaría; pero los sucesos le habían hecho olvidar su deseo de quitarse de delante a Brown y al FBI.

–¿Ha tomado su gente el número de la moto? –preguntó–. Puedo movilizar todas las fuerzas en su busca.

–Hay algo mejor que esto –declaró Brown con satisfacción–. El maletín que lleva. Contiene un transmisor.

–¿QUÉ?

–Un transmisor acoplado, invisible, una verdadera obra de arte –explicó Brown–. Lo hicimos montar en los Estados Unidos y cambiamos la cartera que nos había dado el Pentágono, antes de que el avión despegase la noche pasada.

–Comprendo –comentó Cramer reflexivo–. ¿Y el receptor?

–Está aquí –dijo Brown–. Ha llegado en avión al amanecer. Uno de mis muchachos fue a Heathrow a recogerlo. Tiene un radio de acción de tres kilómetros. Por consiguiente, tenemos que movernos. Quiero decir ahora mismo.

–Esta vez, Mr. Brown, tendrá usted la bondad de mantenerse en contacto con los coches patrulla de la Met. No puede practicar detenciones en esta ciudad. Eso es cosa mía. ¿Tiene radio su coche?

–Claro.

–Conéctela, por favor. Estaremos al habla y nos reuniremos con usted, si nos dice dónde está.

–No hay problema; le doy mi palabra.

La limusina de la Embajada salió de Grosvenor Square una hora más tarde. La conducía Chuck Moxon, y los colegas que viajaban a su lado tenían un receptor D/F, una cajita como un televisor en miniatura, salvo que en la pantalla aparecía un punto brillante en vez de imagen. Cuando la antena, que se alzaba ahora por encima de la portezuela del pasajero, captase la señal del transmisor D/F de la cartera de Quinn, una línea se extendería desde aquel punto hasta el borde de la pantalla. El conductor del coche tendría que maniobrar de manera que aquella línea en la pantalla señalase derecho al frente, al centro del capó. Y seguiría esa dirección. El transmisor sería activado por control remoto desde dentro de la limusina.

Bajaron de prisa por Park Lane, cruzaron Knightsbridge y entraron en Kensington.

–Activen –ordenó Brown.

El operario oprimió un botón. La pantalla no respondió.

–Siga activando cada treinta segundos hasta que establezca conexión –indicó Brown–. Chuck, dé una vuelta por Kensington.

Moxon tomó por Cromwell Road; después, se dirigió al sur por Gloucester Road en dirección a Old Brompton Road. La antena captó una señal.

–Está detrás de nosotros y se dirige hacia el norte –informó el colega de Moxon–. Distancia aproximada: dos kilómetros.

Treinta segundos más tarde, Moxon cruzaba de nuevo Cromwell Road y se dirigía al norte por Exhibition Road hacia Hyde Park.

–Delante de nosotros, y va hacia el norte –dijo el operario.

–Diga a los muchachos de azul que lo tenemos –indicó Brown.

Moxon informó por radio a la Embajada y, a medio camino por Edgeware Road, se les acercó por detrás un Rover de la Policía Metropolitana.

En la parte de atrás de la limusina, junto a Brown, estaban Collins y Seymour.

–Debí pensarlo –dijo de mala gana Collins–, debí pensar en aquel tiempo perdido.

–¿Qué tiempo perdido? –preguntó Seymour.

–¿Recuerda aquel atasco en la avenida de Winfield House hace tres semanas? Quinn arrancó quince minutos antes que yo; pero llegó a Kensington sólo tres minutos antes. Yo no puedo compararme con un taxista de Londres en las horas punta del tráfico. Él tuvo que detenerse en alguna parte, hacer algunos preparativos.

–No podía proyectar esto hace tres semanas –objetó Seymour–. No sabía cómo iban a desarrollarse las cosas.

–Ni tenía por qué saberlo –comentó Collins–. Usted ha leído su historial. Ha estado en combate el tiempo suficiente para preparar la retirada en caso de que algo ande mal.

–Ha girado hacia la derecha y ha entrado en St. John's Wood –dijo el operario.

En la plaza circular de Lord, el coche de la policía se puso a su lado con la ventanilla abierta.

–Se dirige hacia el norte por allí –dijo Moxon, señalando Finchley Road arriba.

Otro coche patrulla se reunió con ellos y rodaron hacia el norte a través de Swiss Cottage, Hendon y Mill Hill. La distancia se redujo a trescientos metros y observaron el tráfico que tenían delante, buscando una pequeña motocicleta en la que iba un hombre alto que no llevaba casco.

Cruzaron Mill Hill Circus a sólo cien metros detrás del transmisor y subieron la cuesta hasta Five Ways Corner. Entonces se dieron cuenta de que Quinn debía de haber cambiado otra vez de vehículo. Adelantaron a dos motoristas que no emitían ninguna señal, y dos potentes motos les alcanzaron, pero el D/F que buscaban seguía precediéndoles con regularidad. Cuando la señal dio la vuelta a Five Ways Corner y entró en la A-1 en dirección a Hertfordshire, vieron que su objetivo era ahora un Volkswagen Golf GTI descubierto, cuyo conductor llevaba un grueso gorro de piel que le cubría la cabeza y las orejas.

Lo primero que recordaba Cyprian Fothergill de los acontecimientos de aquel día, era que, al dirigirse a su linda casita en el campo, detrás de Borehamwood, fue súbitamente alcanzado por un enorme automóvil negro que realizó un violento giro delante de él, obligándole a frenar y detenerse en el arcén. A los pocos segundos, según contaría después a sus boquiabiertos amigos del club, tres hombretones saltaron del coche, rodearon el suyo y le apuntaron con grandes pistolas. Entonces, un coche de la policía se había detenido detrás, y después otro. Cuatro simpáticos guardias se apearon y dijeron a los americanos (bueno, tenían que ser americanos, y muy *gordos*) que guardasen sus pistolas o serían desarmados.

Después, recordaba (y ahora *todo* el bar le prestaba absoluta atención) que uno de los americanos le había arrancado el gorro de la cabeza y gritado: «Bueno, cabezota, ¿dónde está él?» Mientras, uno de los polis levantaba el asiento de atrás y sacaba una cartera que le costó una hora convencerles de que no la había visto en su vida.

El americano alto y de cabellos grises que parecía estar al mando del grupo del automóvil negro, arrancó la cartera de manos del policía, la abrió y miró al interior. Estaba vacío; después de todo aquello, estaba vacío. Un jaleo tan enorme por una cartera vacía... Como quiera que fuera, los americanos maldecían igual que soldados, empleando un lenguaje que él, Cyprian, nunca había oído y esperaba no volver a oír jamás. Entonces intervino el sargento británico, que estaba fuera de sus casillas...

A las dos y veinticinco de la tarde, el sargento Kidd volvió a su coche patrulla para responder a las insistentes llamadas por radio.

–Tango Alpha... –empezó a decir.

–Tango Alpha, aquí el subcomisario delegado Cramer. ¿Quién es usted?

–Sargento Kidd, señor. Brigada F.

–¿Qué han conseguido, sargento?

Kidd miró al acorralado Volkswagen, a su asustado conductor, a los tres hombres del FBI que examinaban la cartera vacía, a otros dos yanquis que permanecían apartados mirando el cielo y a tres de sus propios colegas tratando de tomar declaraciones.

–Un buen lío, señor.

–Sargento Kidd, escuche con atención. ¿Han capturado a un americano muy alto que acaba de robar dos millones de dólares?

–No, señor –dijo Kidd–. Hemos capturado a un peluquero marica que acaba de mearse en los calzones.

–¿Quiere decir... que ha desaparecido?

Aquel grito, chillido o alarido, resonó con diferentes tonos y acentos, en el espacio de una hora, en un apartamento de Kensington, en Scotland Yard, en Whitehall, en el Home Office, en Downing Street, en Grosvenor Square y en el Ala Oeste de la Casa Blanca.

–No puede desaparecer.

Pero había podido.

CAPÍTULO X

Quinn había arrojado la cartera a la parte de atrás del Golf descubierto treinta segundos antes de doblar la esquina de la calle donde estaba el bloque de apartamentos. Cuando la había abierto, tras recibirla de Low Collins antes del amanecer, no había visto ningún aparato de transmisión; pero no esperaba verlo. Fuese quien fuese la persona que había preparado la cartera en el laboratorio, habría sido lo bastante lista para no dejar huellas visibles de la implantación. Quinn había apostado a que habría algo allí que indicaría a la policía la dirección del lugar de su cita con Zack.

Mientras aguardaba ante un semáforo, abrió las cerraduras, guardó el paquete de diamantes debajo de su cerrada chaqueta de cuero y miró alrededor. El Golf estaba parado junto a él. Su conductor, con los oídos tapados por el gorro de piel, no se había dado cuenta de nada.

Antes de recorrer un kilómetro, Quinn abandonó la moto. Al no llevar el casco obligatorio, era probable que llamase la atención a algún policía. Delante del Brompton Oratory detuvo un taxi, dijo al chófer que se dirigiese a Marylebone y se apeó en George Street, terminando el trayecto a pie.

Llevaba en los bolsillos todo lo que había podido sacar del apartamento sin llamar la atención: su pasaporte estadounidense y su permiso de conducir (aunque éstos pronto serían inútiles, cuando se diese la voz de alerta), un fajo de billetes británicos tomado del bolso de Sam, su navaja de hojas múltiples y unos alicates de la caja de herramientas. En una farmacia de Marylebone High Street compró unas gafas de cristal neutro y, en una tienda de artículos para caballero, un sombrero de tweed y una Burberry.

Hizo otras compras en una repostería, en una quincallería y en una tienda de artículos de viaje. Miró su reloj; habían transcurrido cincuenta y cinco minutos desde que colgó el teléfono en la frutería de Mr. Patel. Entró en Blandford Street y encontró la cabina telefónica que buscaba en la esquina de Chiltern Street. Había dos y ocupó la segunda, cuyo número se había aprendido de memoria tres semanas antes y acababa de dictar a Zack hacía una hora. El timbre sonó en el momento exacto.

–Bueno, bastardo, ¿qué diablos se propone ahora?

Zack estaba receloso e irritado.

Quinn le explicó en unas cuantas frases breves lo que había hecho. Zack le escuchó en silencio.

–¿Dice la verdad? –preguntó–. Porque si no, ese muchacho puede todavía pagarlo con la vida.

–Mire, Zack, francamente me importa un bledo que le capturen a usted o no. Sólo una cosa me preocupa: devolver el muchacho a su familia, sano y salvo. Y tengo debajo de mi chaqueta diamantes por valor de dos millones de dólares, que me imagino le interesan. He despistado a los sabuesos porque no paraban de entrometerse, pasándose de listos. Por consiguiente, ¿quiere o no quiere hacer el intercambio?

–Se ha agotado el tiempo –dijo Zack–. Me voy.

–Le hablo desde una cabina de Marylebone –dijo Quinn–; pero está en su derecho al no confiar en mí. Llámeme a este mismo número esta tarde y deme los detalles. Iré solo, desarmado y con las piedras, dondequiera que sea. Como soy un fugitivo, será mejor que llame cuando sea ya de noche. Digamos a las ocho.

–Está bien –gruñó Zack–. Pero no falle.

Fue el momento en que el sargento Kidd tomó la radio de su coche para hablar con Nigel Cramer. A los pocos minutos, todas las Comisarías de Policía de la zona metropolitana recibían la descripción de un hombre e instrucciones para que los agentes se mantuviesen alerta. Debían localizar al sospechoso pero sin acercarse a él; comunicarlo a la Comisaría y seguirle a distancia. No se dio ningún nombre, ni se explicó la razón de que se buscase a aquella persona.

Quinn salió de la cabina telefónica, volvió a Blandford Street y fue hasta el Blackwood's Hotel. Era uno de esos hoteles antiguos, situados en los callejones de Londres, que habían evitado ser comprados y adecentados por las grandes cadenas hoteleras, una casa cubierta de hiedra, de veinte habitaciones, con paneles y ventanas saledizas, y un fuego encendido en la chimenea de ladrillos de una sala de recepción con esteras cubriendo las desiguales tablas del suelo. Quinn se acercó a la joven de agradable aspecto que estaba detrás del mostrador.

–Hola –dijo con una amplia sonrisa.

Ella le miró y sonrió a su vez. Alto, un poco encorvado, con su sombrero de tweed, su Burberry y una bolsa de viaje de piel de becerro, tenía todo el aire del turista americano.

–Buenas tardes, señor. ¿En qué puedo servirle?

–Pues sí, espero que pueda hacerlo, señorita. Mire, acabo de llegar de los Estados Unidos en un avión de la British Airways, mi línea predilecta de siempre. ¿Y sabe usted lo que han hecho? Perder mi equipaje; sí, señora, y enviarlo a Frankfurt por error.

Ella puso cara de compadecerle.

–Bueno, lo recuperarán y me lo entregarán en veinticuatro horas. El único problema es que todos los papeles referentes al viaje están en mi maleta pequeña, y aunque le parezca extraño, no puedo recordar en qué hotel tengo habitación reservada. Pasé una hora con una empleada de las líneas aéreas repasando nombres de hoteles de Londres... Ya sabe cuántos hay... Pero no puedo recordarlo y tengo que esperar a que llegue mi maleta. Por consiguiente, lo único que pude hacer fue venir en taxi a la ciudad, y el conductor me dijo que en este hotel estaría muy bien... ¿Podría darme una habitación para esta noche? A propósito, me llamo Harry Russell...

Ella estaba conmovida. Aquel hombre alto parecía desconsolado por el extravío de su equipaje y por su imposibilidad de recordar el nombre del hotel donde tenía reservada habitación. Ella había visto muchas películas y pensó que se parecía un poco al caballero que anda siempre en busca de conquistas. Pero éste hablaba más bien como el señor de *Dallas* que llevaba la plumita en el sombrero. No se le ocurrió dudar de él, ni siquiera pedirle un documento de identidad. Normalmente, en Blackwood's no admitían huéspedes sin equipaje ni reserva, pero haber perdido el equipaje y no recordar el nombre del hotel, y todo por culpa de una compañía de aviación inglesa... Repasó la hoja de habitaciones libres; la mayoría de sus huéspedes eran clientes regulares de provincias, y unos pocos, residentes fijos.

–Sólo queda una habitación disponible, Mr. Russell, pequeña y en la parte de atrás... Lo siento...

–Lo mismo da, señorita. Oh, puedo pagarle en efectivo; cambié algunos dólares en el aeropuerto...

–Mañana por la mañana, Mr. Russell. –Tomó una llave de cobre–. Arriba, en el segundo piso.

Quinn subió la escalera de gastados peldaños, encontró el número once y entró en la habitación. Pequeña, limpia y cómoda. Más que suficiente. Se quitó los shorts, sacó el despertador que había comprado en la ferretería, lo puso a las seis y se durmió.

–Bueno, ¿por qué diablos lo hizo? –preguntó el ministro del Interior, Sir Harry Marriott.

Acababa de oír en su despacho del último piso del Home Office toda la historia contada por Nigel Cramer. Había hablado diez minutos por teléfono con Downing Street, y la dama que reside no había parecido muy complacida.

–Sospecho que creyó que no podía confiar en nadie –dijo Cramer con delicadeza.

–No en nosotros, supongo –dijo el ministro–. Pero hemos hecho todo lo posible.

–No, no en nosotros –corroboró Cramer–. Estaba a punto de realizar el intercambio con este hombre, Zack. En los casos de secuestro, ésta es siempre la fase más peligrosa. Tiene que llevarse con extremada delicadeza. Después de aquellas dos filtraciones de información en programas de radio, uno francés y otro británico, parece que prefirió terminar él solo el asunto. Desde luego, no podemos permitirlo. Tenemos que encontrarlo, señor ministro del Interior.

A Cramer todavía le escocía que le hubiesen quitado el primer papel en la negociación y tuviese que limitarse a la investigación.

–No me imagino cómo pudo escapar –se lamentó el ministro del Interior.

–Si yo hubiese tenido a dos de mis hombres en aquel apartamento, no habría podido hacerlo –le recordó Cramer.

–Sí; bueno, eso es agua pasada. Búsquelo; pero sin ruido, de forma discreta.

La opinión particular del ministro del Interior era que, si Quinn podía liberar él solo a Simon Cormack, todo podía darse por bien empleado. Inglaterra podría enviarlos a los dos a América lo antes posible. Pero si los americanos lo echaban a perder, mejor que fuesen ellos, y no él, quienes cargasen con el muerto.

A la misma hora, Irving Moss recibió una llamada telefónica de Houston. Anotó la lista de precios de los productos hortícolas de Texas, colgó el teléfono y descifró el mensaje. Después silbó, asombrado. Cuanto más pensaba en ello, más se daba cuenta de que sólo tendría que hacer un pequeño cambio en sus propios planes.

Después en la carretera de Hill Mill, Kevin Brown se dirigió hecho una furia al apartamento de Kensington. Patrick Seymour y Lou Collins le acompañaron. Durante varias horas interrogaron juntos a sus colegas más jóvenes.

Sam Somerville y Duncan McCrea explicaron con todo detalle lo ocurrido aquella mañana, cómo había sucedido y por qué ellos no lo habían previsto. Como siempre, el aire compungido de McCrea era para desarmar a cualquiera.

–Si ha restablecido el contacto con Zack, se halla por completo fuera de control –concluyó Brown–. Si emplean un sistema de comunicación entre dos cabinas telefónicas públicas, no hay manera de que los ingleses puedan interferir las comunicaciones. No podemos saber lo que se proponen.

–Tal vez están arreglando el intercambio de Simon Cormack por los diamantes –apuntó Seymour.

Brown gruñó.

–Cuando esto termine, voy a ajustarle las cuentas a ese tipo listo.

–Si vuelve con Simon Cormack –observó Collins–, nos sentiremos felices de llevarle las maletas al aeropuerto.

Se convino en que Somerville y McCrea se quedaran en el

apartamento por si se daba el caso de que Quinn telefonease. Las tres líneas permanecerían abiertas... e intervenidas, para recibir su llamada. Los tres hombres más viejos volvieron a la Embajada; Seymour para establecer enlace con Scotland Yard sobre la marcha de lo que ahora se había convertido en dos búsquedas en lugar de una; los otros, con el único objeto de esperar y escuchar.

Quinn se despertó a las seis, se lavó y se afeitó con los nuevos artículos de tocador que había comprado el día anterior en High Street, consumió una cena ligera, recorrió los doscientos metros que le separaban de la cabina de Chiltern Street y llegó a ésta a las ocho menos diez. Había una anciana en ella; pero colgó y salió a las ocho menos cinco. Quinn se metió en la cabina y permaneció de espaldas a la calle, simulando examinar la guía telefónica, hasta que sonó el timbre a las ocho y dos minutos.

–¿Quinn?

–Sí.

–Eso de que se ha escapado puede ser verdad o puede no serlo. Si es un truco, lo pagará caro.

–No es ningún truco. Dígame cuándo y dónde tengo que ir.

–Mañana por la mañana, a las diez. A las nueve le llamaré a este número y le diré en qué sitio. Contará con el tiempo justo para llegar allí a las diez. Mis hombres tendrán vigilado el lugar desde el amanecer. Si aparece la poli o el SAS, si hay el menor movimiento en el lugar, lo veremos y nos largaremos. Simon Cormack estará muerto cuando vuelva a llamarle. Usted no nos verá; nosotros sí le veremos, así como a cualquiera que aparezca por allá. Si trata de engañarme, dígales esto a sus amigos, tal vez pillen a uno de nosotros, o a dos, pero será demasiado tarde para el muchacho.

–Se hará como usted dice, Zack. Iré solo. Y nada de trucos.

–Ni aparatos electrónicos, ni indicadores de dirección, ni micrófonos. Le registraremos. Si lleva algo de eso, el muchacho lo pagará.

–Ya le he dicho que nada de trucos. Sólo yo y los diamantes.

–Esté en esa cabina a las nueve.

Se oyó un chasquido y se cortó la comunicación. Quinn salió

de la cabina y volvió a su hotel. Contempló durante un rato la televisión; después vació su bolsa de viaje y trabajó durante dos horas con lo que había comprado por la tarde. Se durmió antes del amanecer y se levantó cuando el despertador sonó a las siete.

La simpática recepcionista se hallaba de servicio en el momento en que Quinn se acercó al mostrador, a las ocho y media en punto. Él llevaba sus gafas de gruesa montura, el sombrero de tweed y la Burberry abrochada hasta el cuello. Explicó que tenía que ir a Heathrow a recoger su equipaje y que deseaba pagar la cuenta y dejar la habitación.

A las nueve menos cuarto, llegó a la cabina telefónica. Esta vez no podía haber ninguna anciana. Estuvo en ella durante quince minutos, hasta que sonó el teléfono a las nueve, con toda exactitud. La voz de Zack era ronca, debido a su propia tensión.

–Jamaica Road, Rotherhithe –dijo.

Quinn no conocía aquel sector, pero había oído hablar de él. La antigua zona portuaria, convertida en parte en elegantes casas y apartamentos nuevos para los «yuppies» que trabajaban en la City, pero con otras zonas todavía medio ruinosas, con tinglados y almacenes abandonados.

–Prosiga.

Zack le dio la dirección. Bajar desde Jamaica Road por una calle que conducía al Támesis.

–Es un almacén de acero de un solo piso, abierto por los dos extremos. El nombre de Babbidge está todavía escrito en las puertas. Despida el taxi en la entrada de la calle. Baje solo. Entre por la puerta sur. Camine hasta el centro de la nave y espere. Si alguien le sigue, no compareceremos.

Se cortó la comunicación. Quinn salió de la cabina y arrojó su bolsa de viaje vacía en un cubo de la basura. Miró a su alrededor, buscando un taxi. Nada; era la hora punta de la mañana. Al cabo de diez minutos, logró hallar uno en Marylebone High Street y se hizo llevar a la estación del Metro de Marble Arch. A aquella hora, un taxi tardaría siglos en cruzar las serpenteantes calles de la City y pasar sobre el Támesis hasta Rotherhithe.

Tomó el metro en dirección este hasta el Bank; después la línea del norte por debajo del Támesis hasta London Bridge. Era una estación importante y había taxis en el patio. Llegó a Jamaica

Road cincuenta y cinco minutos después de que Zack colgase el teléfono.

La calle por la que éste le había dicho que tenía que bajar era estrecha y sucia. Estaba desierta. A un lado, almacenes deteriorados a punto para una nueva urbanización daban al río. Al otro lado, fábricas abandonadas y cobertizos de hierro prensado. Sabía que le estaban observando desde alguna parte. Caminó por el centro de la calle. El almacén de acero, con el desvaído nombre de Babbidge sobre la puerta, se hallaba al final. Entró.

Seiscientos metros de longitud y unos veinticinco de anchura. Cadenas herrumbrosas pendían de las vigas; el suelo era de hormigón, estropeado por años de abandono. La puerta por la que había entrado permitía el paso de un peatón; pero no el de un vehículo; la del otro extremo era lo bastante alta y ancha para que pudiese cruzarla un camión. Anduvo hasta el centro de la nave y se detuvo. Se quitó las gafas y el sombrero de tweed y los arrojó a un lado. Ya no los necesitaba. O saldría de allí habiendo cerrado el trato por Simon Cormack o necesitaría, a fin de cuentas, que le escoltase la policía.

Esperó una hora, sin moverse en absoluto. A las once, el gran Volvo apareció en el extremo del almacén y avanzó despacio hacia donde él se hallaba. Se detuvo a doce metros de distancia, con el motor todavía funcionando. Había dos hombres en el asiento delantero, ambos enmascarados, de manera que sólo se veían sus ojos a través de unas estrechas rendijas.

A su espalda, adivinó más que oyó el susurro de unos zapatos deportivos sobre el suelo de hormigón. Miró con naturalidad por encima del hombro. Un tercer hombre estaba allí; llevaba un mono negro, sin ninguna insignia, y un pasamontañas cubriéndole la cabeza. Se mostraba alerta, apoyándose en las puntas de los pies, con una metralleta apuntando hacia abajo, pero presta a ser utilizada en caso necesario.

Se abrió la portezuela delantera del Volvo y otro hombre se apeó de él. Mediana estatura, complexión mediana. Dijo:

–¿Quinn?

Era la voz de Zack. Inconfundible.

–¿Trae los diamantes?

–Los tengo aquí.

–Entréguemelos.

–¿Ha traído al chico, Zack?

–No sea tonto. ¿Cree que voy a cambiarlo por una bolsa de trocitos de vidrio? Primero examinaremos las piedras. Y esto requiere tiempo. Un pedazo de cristal, una pieza de pasta... y habrá dado al traste con todo. Si los diamantes son auténticos, le entregaré al muchacho.

–Lo que me imaginaba. Pero no vale.

–No juegue conmigo, Quinn.

–No es un juego, Zack. Tengo que ver a Simon. Yo podría darle trozos de vidrio. No se los daré. Sin embargo usted quiere estar seguro. Yo también quiero estarlo de que no me va a entregar un cadáver.

–No lo haré.

–Necesito convencerme. Por lo tanto, he de ir con usted.

Desde detrás de la máscara, Zack miró a Quinn con incredulidad. Lanzó una ronca carcajada.

–¿Ha visto al hombre que está detrás de usted? Una palabra mía y le volaría la cabeza. Entonces nos llevaríamos las piedras.

–Pueden intentarlo –sugirió Quinn–. ¿Sabe lo que es esto?

Abrió su gabardina hasta abajo, tomó algo que pendía cerca de su cintura y lo levantó.

Zack estudió a Quinn y el aparato que llevaba sujeto sobre la pechera de su camisa, y juró en voz baja pero violentamente.

Desde debajo del esternón hasta la cintura, Quinn llevaba una caja de madera que antes había contenido bombones de licor. Los bombones habían desaparecido, así como la tapa del estuche. El fondo de la caja formaba un contenedor plano sujeto al pecho con esparadrapo.

En el centro, estaba la bolsa de terciopelo de los diamantes, flanqueada a ambos lados por una masa como de un cuarto de kilo de una sustancia beige pegajosa. Un brillante cable eléctrico verde estaba introducido en una de aquellas masas, mientras el otro extremo estaba conectado a una pinza de madera que sostenía Quinn con la mano izquierda. Pasaba por un agujerito abierto en la madera y salía entre las mordazas de la pinza.

También había en la caja de bombones una pila PP3 de nueve voltios, conectada a otro brillante cable verde. En una dirección, este cable unía las dos masas de sustancia parda a la batería; en la otra, el hilo pasaba hasta la mordaza opuesta de la pinza. Las dos mandíbulas estaban separadas por un trozo de lápiz. Quinn contrajo los dedos; el trozo de lápiz cayó y repiqueteó en el suelo.

–Falso –dijo Zack, sin convicción–. Esto no es real.

Quinn arrancó con la mano derecha un trocito de la sustancia parda, hizo con él una bolita y la arrojó al suelo hacia Zack. Éste se agachó, la recogió y la olió. Un fuerte olor a mazapán llenó sus fosas nasales.

–Semtex –comentó.

–Esto es checo –manifestó Quinn–. Yo prefiero RDX.

Zack estaba lo bastante enterado para saber que todas las gelatinas explosivas tenían un aspecto y un olor parecidos al inofensivo mazapán de las confiterías. Pero ahí terminaba el parecido. Si su hombre abría fuego, morirían todos. En la caja había plástico bastante para barrer el suelo del almacén, levantar el tejado y desparramar los diamantes al otro lado del Támesis.

–Sabía que era un bastardo –dijo Zack–. ¿Qué quiere ahora?

–Recoger el lápiz, ponerlo en su sitio, meterme en el portaequipajes del coche, y que usted me conduzca a ver al muchacho. Nadie me siguió, ni nadie me seguirá. Yo no puedo reconocerle, ahora ni nunca. Está bastante seguro. Cuando compruebe que el chico está vivo, desmontaré esto y le daré las piedras. Podrá examinarlas y marcharse una vez se muestre satisfecho. El joven y yo quedaremos presos. Al cabo de veinticuatro horas, usted hará una llamada anónima. Vendrán los polis y nos liberarán. La cosa es clara y sencilla, y ustedes podrán largarse con toda tranquilidad.

Zack pareció indeciso. No era su plan, pero aquel hombre había sido más astuto que él, y lo sabía. Metió la mano en un bolsillo y sacó una caja negra y plana.

–Levante la mano y mantenga abiertas esas mordazas. Voy a comprobar si lleva algún aparato electrónico.

Se acercó y pasó el detector por el cuerpo de Quinn, de la cabeza a los pies. Cualquier circuito eléctrico, como el de un indicador de dirección o de un micro sobre el cuerpo de Quinn habría hecho que el detector emitiera una fuerte señal. La batería de la bomba estaba dormida. La cartera original habría activado el detector.

–Está bien –admitió Zack, echándose atrás un metro; Quinn pudo oler el sudor de aquel hombre–. No lleva nada. Ponga el lápiz en su sitio y métase en el portaequipajes.

Así lo hizo. La última luz que vio fue antes de que la gran tapa rectangular del maletero se cerrase encima de él. En el suelo estaban los agujeros hechos tres semanas antes para que Simon Cormack pudiese respirar. Aquello era sofocante, pero tolerable y, a pesar de la estatura de Quinn, lo bastante amplio para que cupiese, siempre y cuando permaneciera acucurrado en posición fetal; lo cual significaba que casi se sentía mareado por el olor a almendras.

Aunque él no lo vio, el coche dio un giro en U y el pistolero corrió y subió al asiento de atrás. Los tres hombres se quitaron las máscaras y los monos, los cuales arrojaron a la parte de atrás sobre la metralleta Skorpion. Llevaban camisa, corbata y chaqueta. Cuando estuvieron listos, el coche salió del almacén. Zack llevaba ahora el volante y se dirigió al escondrijo.

Tardaron una hora y media en llegar al garaje de la casa situada a sesenta kilómetros de Londres. Zack conducía siempre a la velocidad debida. Sus compañeros permanecían rígidos y silenciosos en sus asientos. Habían salido de la casa por primera vez en tres semanas.

Cuando se cerró la puerta del garaje, los tres se pusieron los monos y las máscaras, y uno de ellos se metió en la casa para avisar al cuarto. Cuando estuvieron listos, Zack abrió el portaequipajes del Volvo. Quinn se hallaba entumecido y pestañeó bajo la luz eléctrica del garaje. Había quitado el lápiz de entre las mordazas de la pinza y lo sostenía con los dientes.

–Está bien, está bien –admitió Zack–. No hace falta que haga tal cosa. Vamos a mostrarle al muchacho. Pero póngase esto para andar por la casa.

Sacó una capucha. Quinn asintió con la cabeza. Zack se la cubrió con aquélla. Cabía la posibilidad de que tratasen de apoderarse de él, pero sólo necesitaría una fracción de segundo para soltar las mordazas abiertas de la pinza. Le condujeron, con la mano izquierda levantada, a través de la casa; recorrieron un breve pasillo y descendieron por una escalera que llevaba al sótano. Oyó tres fuertes golpes en una puerta y, después, una pausa. Entonces crujió la puerta al abrirse y Quinn fue empujado al interior de una habitación. Se quedó plantado allí y escuchó el chirrido de unos cerrojos.

–Puede quitarse la capucha –dijo la voz de Zack.

Hablaba a través de la mirilla de la puerta del sótano. Quinn se despojó de la prenda con la mano derecha. Estaba en un sótano desnudo: suelo de hormigón, paredes de hormigón; tal vez era una bodega transformada para un nuevo uso. Sobre una cama de hierro junto a la pared del fondo, estaba sentada la figura desgarbada, con la cabeza y los hombros cubiertos por otra capucha negra. Sonaron dos golpes en la puerta. Como obedeciendo a una orden, la figura de la cama se quitó la capucha.

Simon Cormack contempló asombrado al hombre que estaba cerca de la puerta, con el impermeable desabrochado y sosteniendo una pinza en la mano izquierda. Quinn contempló a su vez al hijo del presidente.

–Hola, Simon. ¿Estás bien, muchacho?

Una voz de su país.

–¿Quién es usted? –murmuró el joven.

–Bueno, soy el negociador. Estábamos muy preocupados por ti. ¿Te encuentras bien de verdad?

–Sí, estoy... muy bien.

Hubo tres llamadas. El joven se puso la capucha. Se abrió la puerta. Apareció Zack. Enmascarado. Armado.

–Bien, ahí le tiene. Ahora, los diamantes.

–Claro –dijo Quinn–. Usted ha cumplido el trato. Yo lo cumpliré también.

Introdujo de nuevo el lápiz entre las mordazas de la pinza y dejó que ésta colgase de sus cables sobre la cintura. Se quitó la gabardina y arrancó la caja de madera de encima de su pecho. Extrajo del centro de ella el paquete plano de terciopelo que contenía las piedras y lo tendió a Zack, el cual lo cogió y se lo dio a un hombre que estaba detrás de él en el pasillo. Seguía apuntando a Quinn con su pistola.

–También me llevaré la bomba –dijo–. No va a abrirse paso con ella para salir de aquí.

Quinn guardó los cables y la pinza en el espacio libre de la caja abierta y arrancó los hilos de la sustancia parda. Los alambres no tenían detonadores en sus extremos. Quinn tomó un trozo de la sustancia parda y se lo llevó a la boca.

–Nunca me ha gustado el mazapán –dijo–. Demasiado dulce para mí.

Zack contempló el conjunto de artículos caseros de la caja que sostenía con su mano libre.

–¿Mazapán?

–El mejor que puede encontrarse en Marylebone High Street.

–Debería matarle, Quinn.

–Podría hacerlo, pero espero que no lo haga. No hace falta, Zack. Ya tiene lo que quería. Como le dije, los profesionales sólo matan cuando tienen que hacerlo. Examine tranquilamente los diamantes, huyan y dejen que el muchacho y yo permanezcamos aquí hasta que telefonee a la policía.

Zack cerró la puerta y corrió los cerrojos. Habló a través de la mirilla.

–Tengo que reconocer una cosa, yanqui. Tiene pelotas.

Entonces se cerró la mirilla. Quinn se volvió al joven sentado sobre la cama y le quitó la capucha. Después se sentó al lado del chico.

–Ahora será mejor que te ponga al corriente. Dentro de pocas horas, si todo marcha bien, saldremos de aquí y emprenderemos el regreso a casa. A propósito, tus padres te mandan muchos abrazos.

Revolvió los cabellos enmarañados del joven. Los ojos de Simon Cormack se llenaron de lágrimas, al no poder contener el llanto. Trató de enjugarlas con la manga de la camisa a cuadros; pero fue inútil. Quinn rodeó con un brazo los delgados hombros y recordó un día muy lejano en las junglas del Mekong, la primera vez que participó en un combate, cómo había sobrevivido mientras otros morían, y cómo el alivio que sintió después hizo brotar las lágrimas de sus ojos, sin poder contenerlas.

Cuando Simon dejó de llorar y empezó a acribillarle a preguntas, Quinn tuvo ocasión de examinar al joven. Barbudo, con bigote, sucio, pero por lo demás en buena forma. Le habían alimentado y tuvieron el decoro de darle ropa nueva: camisa, pantalón vaquero y un ancho cinturón de cuero con hebilla de metal repujado para sostenerlo; prendas de campo pero adecuadas para un frío mes de noviembre.

Pareció que se había iniciado una disputa en el piso de arriba. Quinn podía oír vagamente unas voces fuertes, entre las que destacaba la de Zack. Los sonidos eran demasiado confusos para que pudiese distinguir las palabras, pero el tono resultaba bastante claro. El hombre estaba furioso. Quinn frunció el ceño; no había comprobado los diamantes (no habría sabido distinguir los verdaderos de los falsos), pero ahora rezó para que nadie hubiese sido lo bastante estúpido para meter unos cuantos vidrios entre las gemas.

En realidad, no era éste el motivo de la disputa. Después de varios minutos, las voces se calmaron. En uno de los dormitorios del piso alto (los secuestradores procuraban evitar las habitaciones de la planta baja durante el día, a pesar de las gruesas cortinas de malla que las cubrían), el sudafricano se hallaba sentado ante una mesa subida allí para la ocasión. La mesa estaba cubierta con una colcha, la bolsa de terciopelo se encontraba vacía sobre la cama, y los cuatro hombres contemplaban arrobados la pequeña montaña de diamantes sin tallar.

Empleando una espátula, el sudafricano empezó a «dividir» el montón en otros más pequeños y en otros más pequeños todavía, hasta que hubo dividido la montaña en veinticinco pequeños montículos. Hizo un ademán a Zack para que eligiese uno. Zack se encogió de hombros y tomó uno de en medio, más o menos mil piedras de las veinticinco mil que había sobre la mesa.

Sin decir palabra, el sudafricano empezó a recoger los otros veinticuatro montones y los introdujo uno a uno en una bolsa de lona que se cerraba con cordones. Cuando sólo quedó el montón escogido, encendió una potente lámpara sobre la mesa, sacó del bolsillo una lupa de joyero, tomó unas pinzas con la mano derecha y levantó la primera piedra hacia la luz.

Después de varios segundos, gruñó y asintió con la cabeza, dejando caer el diamante en la abierta bolsa de lona. Tardaría seis horas en examinar las mil piedras.

Los secuestradores habían elegido bien. Los diamantes de mejor calidad, incluso los pequeños, van casi siempre acompañados de un certificado de origen cuando se lanzan al mercado por la Organización Central de Ventas que domina el comercio mundial de los diamantes, y por la que pasa más del ochenta y cinco por ciento de las piedras que van de las minas al mercado. Incluso la URSS, con sus minas siberianas, es lo bastante inteligente para no romper este lucrativo cártel. Las grandes piedras de inferior calidad también suelen ser vendidas con un certificado de procedencia.

Pero al escoger mezclas de gemas de mediana calidad de un quinto a medio quilate, los secuestradores trabajaban en un sector del comercio que es casi incontrolable. Estas piedras son el pan de cada día de los joyeros detallistas de todo el mundo; cambian de manos en paquetes de varios cientos y sin certificado. Cualquier joyero puede adquirir honradamente una remesa de unos cuantos centenares, sobre todo si le es ofrecida con un diez o un quince por ciento de descuento sobre el precio de mercado. Colocadas en las joyas alrededor de piedras más grandes, serían absorbidos por la corriente comercial.

Los diamantes sin tallar no brillan ni resplandecen como los tallados y pulidos que aparecen al final del proceso. Dan la impresión de trozos de vidrio, con una superficie lechosa y opaca. Pero no pueden ser confundidos con el cristal por un técnico que posea una mediana habilidad y una cierta experiencia.

Los diamantes auténticos tienen un aspecto jabonoso y claramente distintivo en la superficie y son inmunes al agua. Si un trozo de cristal se sumerge en agua, las gotas permanecen en la superficie durante varios segundos; en un diamante se escurren al instante, dejando la piedra seca.

Además, examinados con lupa, los diamantes tienen una cristalografía triangular perceptible en la superficie. El sudafricano estaba buscando esta característica, para asegurarse de que no habían sido engañados con trozos de vidrio pulido con arena o con el sucedáneo típico, circón (circonita en joyería).

Mientras él trabajaba, el senador Bennett R. Hapgood se puso en pie en el podio levantado al aire libre en los grandes jardines del Hancock Centre, en el corazón de Austin, y observó a la multitud con satisfacción.

Delante de él podía ver la cúpula del Capitolio de Texas, el segundo en dimensiones de la nación, después del de Washington, resplandeciendo bajo el sol de la mañana. La asistencia habría podido ser más numerosa, considerando la gran publicidad pagada que había anunciado este importante almuerzo, pero los medios de comunicación, local, estatal y nacional, estaban bien representados, y esto le complacía.

Levantó las manos en el saludo bóxer de victoria para agradecer la salva de aplausos de sus simpatizantes, la cual había empezado al terminar las laudatorias palabras de presentación. Al proseguir los cánticos de las animadoras y sentirse el público obligado a unirse a ellos, meneó la cabeza con bien simulada incredulidad ante semejante honor y alzó de nuevo las manos, con las palmas hacia fuera, en un ademán indicador de que un insignificante y joven senador por Oklahoma no era merecedor de tal ovación.

Cuando cesaron las aclamaciones, tomó el micrófono y empezó su discurso. No llevaba notas escritas; había ensayado muchas veces sus palabras desde que fue invitado a inaugurar, y a convertirse en presidente, del nuevo movimiento que pronto invadiría América.

–Amigos míos, hermanos americanos... de todas partes.

Aunque su público actual estaba compuesto casi exclusivamente por tejanos, él apuntaba a un auditorio mucho más numeroso a través de la lente de la cámara de televisión.

–Podemos proceder de partes diferentes de nuestra gran nación. Podemos vivir en ambientes distintos, diversos estilos de vida, albergar especiales esperanzas, temores y aspiraciones. Pero una cosa poseemos en común, dondequiera que estemos, hagamos lo que hagamos: todos, hombres, mujeres y niños, somos patriotas de este gran país...

La afirmación era innegable y los aplausos lo confirmaron.

–Por encima de cualquier otra cosa, todos queremos que nuestra nación sea fuerte (más aplausos) y orgullosa... (éxtasis).

Habló durante una hora. Los noticiarios de la tarde, en todos los Estados Unidos, emplearían entre treinta segundos y dos minutos, según los gustos. Cuando terminó y se sentó, con la brisa agitando apenas sus cabellos blancos como la nieve, ahuecados con el secador y fijados con laca, contrastaban con la tez tostada por el sol de hombre de la frontera. El movimiento de Ciudadanos para una América Fuerte había sido lanzado con buen pie.

Consagrado, en términos generales, a la regeneración del orgullo y el honor nacionales a través de la fuerza (se pasó por alto la idea de que nunca habían degenerado de forma perceptible), el CAF se oponía específicamente al Tratado de Nantucket en su totalidad y exigía su rechazo en el Congreso.

El enemigo que amenazaba su orgullo y su honor por medio de la fuerza había sido identificado con suma claridad y de modo indiscutible: era el comunismo. En otras palabras, el socialismo que se extendía en tantas partes; desde los programas de ayuda médica y de bienestar, hasta los aumentos de impuestos. Estos compañeros de viaje del comunismo, que trataban de engañar al pueblo americano con el control de armamento a los niveles más bajos, no eran mencionados expresamente, pero sí de manera implícita. La campaña sería realizada en todos los campos: oficinas regionales, montañas de información para los medios de comunicación, cabildeos en el ámbito nacional y del electorado, y apariciones en público de verdaderos patriotas que hablarían contra el Tratado y su progenitor... Oblicua referencia al atribulado hombre de la Casa Blanca.

Cuando la multitud fue invitada a gustar de las barbacoas repartidas alrededor de la periferia del parque, y debidas a la generosidad de un filántropo y patriota local, el Plan Crockett, la segunda campaña para desestabilizar a John Cormack y obligarle a dimitir, se había puesto en marcha.

Quinn y el hijo del presidente pasaron una noche agitada en el sótano. El muchacho usó la cama a insistencia del negociador; pero no pudo dormir. El hombre se sentó en el suelo, apoyada la espalda en la dura pared, y habría dormitado de no ser por las preguntas de Simon.

–¿Mr. Quinn?

–Quinn. Solamente Quinn.

–¿Vio usted a mi padre?

–Claro. Él me dijo lo de tía Emily... y *Mr. Spot.*

–¿Cómo estaba?

–Bien. Desde luego, preocupado. Hablamos inmediatamente después del secuestro.

–¿Y a mamá? ¿La vio también?

–No; estaba con el médico de la Casa Blanca. Inquieta, pero bien.

–¿Saben que yo me encuentro sin daño?

–Hace un par de días que les dije que todavía estabas vivo. Ahora procura dormir un poco.

–Bueno... ¿Cuándo se imagina que saldremos de aquí?

–Depende. Espero que, por la mañana, ellos se marcharán y escaparán. Si llaman por teléfono doce horas más tarde, la policía británica debería llegar pocos minutos después. Todo depende de Zack.

–¿Zack? ¿Es el jefe?

–Sí.

A las dos de la mañana el excitadísimo joven agotó por fin las preguntas y se durmió. Quinn permaneció despierto, esforzándose en identificar los ahogados sonidos de arriba. Eran casi las cuatro de la mañana cuando sonaron tres fuertes golpes en la puerta.

Simon sacó las piernas de la cama y murmuró:

–Las capuchas.

Ambos se las pusieron para no poder ver a los secuestradores. Entonces entró Zack en la celda, seguido de otros dos hombres. Cada uno de ellos llevaba unas esposas. Zack señaló con la cabeza a los dos cautivos. Hicieron que se volviesen y les manillaron detrás de la espalda. Lo que no sabían éstos era que el examen de los diamantes había terminado antes de la medianoche a plena satisfacción de Zack y de sus cómplices. Los cuatro hombres pasaron la noche limpiando la casa de arriba abajo. Toda superficie que pudiese contener huellas dactilares había sido restregada, y borrados cuantos rastros pudieron imaginar. No se molestaron en sacar del sótano la cama fijada en el suelo ni el trozo de cadena con que Simon estuvo sujeto a ella durante más de tres semanas. Su preocupación no era que alguien pudiese identificar un día el lugar como el escondrijo de los secuestradores, sino que quienes llegasen allí no pudiesen descubrir nunca su identidad.

Libraron a Simon Cormack de su cadena y ambos hombres fueron conducidos arriba; y a través de la casa, llegaron al garaje, donde esperaba el Volvo, cuyo portaequipajes se encontraba repleto con bolsas de viaje de los secuestradores y no quedaba en él ningún espacio libre. Quinn fue obligado a tumbarse en el suelo de la parte de atrás del automóvil, y lo cubrieron con una manta. Se sentía incómodo, pero optimista.

Si los secuestradores hubiesen pretendido matarlos a los dos, el sótano habría sido el lugar adecuado. Zack había dicho que los dejarían allí y que luego, desde el extranjero, llamaría a la Policía para que los liberase. Era evidente que no iban a hacerlo así. Sospechó, con razón, que los secuestradores no querían que se descubriese su escondrijo, al menos de momento. Quinn permaneció en el suelo del sedán y respiró lo mejor que pudo a través de la gruesa capucha.

Sintió la presión de los cojines sobre él, al ser obligado Simon Cormack a tenderse en el asiento de atrás. También fue cubierto con una manta. Los dos hombres más pequeños subieron a la parte trasera del coche y se sentaron en el borde del asiento, con el delgado cuerpo de Simon detrás de sus espaldas y apoyando los pies en el de Quinn. El gigante ocupó el asiento del pasajero y Zack se colocó en el volante.

A una orden suya, los cuatro se quitaron las máscaras y las blusas de los trajes deportivos y las arrojaron por las ventanillas al suelo del garaje. Zack puso el motor en marcha y abrió la puerta. Salió marcha atrás y luego cerró el garaje, giró a fin de tomar la calle y aceleró. Nadie había visto el coche. Todavía era de noche; faltaban un par de horas para el amanecer.

El coche siguió una marcha regular durante aquellas dos horas. Quinn no tenía idea de dónde estaban ni a qué sitio iban. A eso de las seis (más tarde se establecería que debían de ser las seis menos pocos minutos), el automóvil redujo la marcha y se detuvo. Nadie había hablado durante el viaje. Todos permanecían erguidos en sus asientos, con sus trajes de calle y sus corbatas, en absoluto silencio. Cuando se detuvieron, Quinn oyó que se abría una portezuela de atrás y los dos pares de pies se levantaron de su cuerpo. Alguien lo arrastró fuera del coche, tirándole de los tobillos. Sintió hierba mojada debajo de sus manos esposadas y supo que estaba en la orilla de una carretera, en alguna parte. Se puso de rodillas y después se levantó. Oyó que dos hombres volvían a subir al vehículo y que se cerraba la portezuela.

–¡Zack! –gritó–. ¿Y el muchacho?

Zack estaba de pie en la carretera junto a la puerta abierta del conductor y le miraba por encima del coche.

–Quince kilómetros carretera arriba –dijo–, en el arcén, lo mismo que usted.

Se oyó el zumbido de un potente motor y el crujido de la gravilla bajo las ruedas. El coche desapareció. Quinn sintió el frío de la mañana de noviembre en el torso cubierto por la camisa. En cuanto el coche se hubo alejado, puso manos a la obra.

El duro trabajo en los viñedos le había mantenido en forma. Tenía estrechas las caderas igual que un joven, como si tuviera quince años menos, y largos los brazos. Cuando le habían puesto las esposas, había tensado los tendones de las muñecas al objeto de conseguir el máximo espacio al aflojarlos. Bajando las esposas lo más que pudo sobre las manos, deslizó éstas por la espalda y debajo del trasero. Entonces se sentó sobre la hierba, pasó las muñecas hasta las corvas, sacudió los pies para quitarse los zapatos y pasó una pierna y después la otra entre los sujetos brazos. Con las manos ahora delante del pecho, se quitó la capucha.

La carretera era larga, estrecha y recta, y estaba completamente desierta a la hora del crepúsculo matutino. Se llenó los pulmones de aire fresco y miró a su alrededor, buscando alguna morada humana. No había ninguna. Se puso los zapatos, se levantó y empezó a correr por la carretera en la dirección que había tomado el automóvil.

Al cabo de tres kilómetros, encontró una estación de servicio a la izquierda, una pequeña gasolinera con anticuados surtidores accionados a mano y una pequeña oficina. Derribó la puerta de tres patadas y encontró un teléfono sobre un estante, detrás de la silla del operario. Levantó el auricular con las dos manos, aplicó el oído para asegurarse de que funcionaba, soltó el aparato y marcó el prefijo cero uno de Londres, y después el número del teléfono privado del departamento de Kensington.

En Londres bastaron tres segundos para que se produjese el caos. Un técnico británico de la central de Kensington saltó de su silla y empezó a buscar el origen de la llamada. Lo obtuvo en nueve segundos.

En el sótano de la Embajada de los Estados Unidos, el hombre de guardia de ELINT lanzó un grito al encenderse la luz roja de delante de su cara y sonar en sus auriculares el timbre de un teléfono. Kevin Brown, Patrick Seymour y Lou Collins saltaron de las literas donde estaban dormitando y corrieron al puesto de escucha.

–Conecte los altavoces –gritó Seymour.

En el apartamento, Sam Somerville había estado dormitando en el sofá predilecto de Quinn, porque se hallaba al lado del teléfono. McCrea dormía en uno de los sillones. Era la segunda noche que pasaban de esa manera.

Cuando sonó el teléfono, Sam se despertó de pronto, aunque tardó dos segundos en saber qué aparato era el que llamaba. El rojo botón luminoso de la línea privada se lo dijo. Levantó el auricular al tercer timbrazo.

–¿Sí?

–¿Sam?

La voz grave en el otro extremo de la línea era inconfundible.

–¡Oh, Quinn! –exclamó ella–. ¿Está bien?

En el sótano de la Embajada, sin que pudiesen oírle, Brown bufó:

–¡Al diablo con Quinn! ¿Qué hay del chico?

–Sí. Me han soltado. Ahora deben de estar liberando a Simon o tal vez lo hayan hecho ya. Pero más arriba de la carretera.

–¿Dónde estás, Quinn?

–No lo sé. En una destartalada estación de servicio, en una carretera recta. El número de este teléfono es ilegible.

–Un número de Bletchley –dijo el técnico de la central de Kensington–. Ya está... Ya lo tengo. Siete cuatro cinco cero uno.

Su colega se hallaba hablando con Nigel Cramer, que había pasado la noche en Scotland Yard.

–¿Dónde diablos se encuentra? –gritó.

–Un momento... Aquí. Tubbs Gross Garage, en la A-421, entre Fenny Stratford y Buckingham.

En el mismo momento, Quinn vio un bloc de facturas de la estación de servicios. Allí constaba la dirección, y la dio a Sam.

Unos segundos más tarde se cortó la comunicación. Sam y Duncan McCrea bajaron corriendo a la calle, donde Lou Collins había dejado un coche de la CIA por si lo necesitaban los que estaban a la escucha en el apartamento. Arrancaron. McCrea conducía el coche y Sam consultaba el mapa.

Nigel Cramer y seis agentes de policía salieron de Scotland Yard en dos coches patrulla que, haciendo ulular las sirenas, subieron por Whitehall y bajaron por el Mall para tomar Park Lane y la carretera que sale de Londres por el norte. Al mismo tiempo, dos grandes automóviles partieron a toda velocidad de Grosvenor Square, llevando a Kevin Brown, Lou Collins, Patrick Seymour y seis hombres del FBI con sede en Washington.

La A-421, entre Fenny Stratford y la capital del condado de Buckingham, situada a dieciocho kilómetros más al oeste es una carretera larga y casi recta, desprovista de pueblos y aldeas, que discurre entre llanos campos de cultivo, salpicados a veces de arboledas. Quinn corrió hacia el oeste, que era la dirección tomada por el coche. La primera luz del día empezó a filtrarse entre las nubes grises, proporcionando una visibilidad que iba en aumento y se notaba cada trescientos metros. Entonces vio la delgada figura que corría hacia él en la penumbra y oyó el zumbido de motores acercándosele deprisa por detrás. Volvió la cabeza: vio un coche de la policía británica y luego otro. Delante de él, un par de automóviles negros americanos y a continuación, un auto de la Compañía, sin distintivo. Los que iban en el primer coche lo vieron y redujeron la marcha; debido a la estrechez de la carretera, los que iban detrás la redujeron también.

Ninguno de los que ocupaban los coches había visto la figura que llegaba corriendo en dirección contraria. Simon Cormack también había logrado pasar las manos delante del cuerpo y consiguió recorrer más de ocho kilómetros en el tiempo en que Quinn no había cubierto aún siete. Claro que él no llamó por teléfono. Debilitado por su cautiverio, deslumbrado por su liberación, corría despacio y haciendo eses. El primer automóvil, que era el de la Embajada, se puso al lado de Quinn.

–¿Dónde está el muchacho? –rugió Brown desde el asiento delantero.

Nigel Cramer saltó del coche patrulla rojo y blanco y le hizo la misma pregunta. Quinn se detuvo, llenó de aire los pulmones y señaló hacia delante con la cabeza.

–Allí –jadeó.

Entonces lo vieron. Ya fuera de sus vehículos y en la carretera, el grupo de americanos y el oficial de policía inglés corrieron hacia el chico, que se hallaba a doscientos metros. El coche de McCrea y Sam Somerville se detuvo en seco detrás de Quinn, el cual se había parado. Ya no podía hacer nada más. Sintió que Sam venía corriendo por detrás y le agarraba el brazo. Ella le dijo algo; pero nunca pudo recordar qué había sido.

Simon Cormack, al ver que se acercaban sus salvadores, dejó de correr y avanzó andando.

Sólo un centenar de metros le separaban de los policías de dos naciones cuando murió.

Los testigos dirían más tarde que el brillante destello blanco pareció durar varios segundos. Más tarde los científicos explicarían que, en realidad, había durado tres milésimas de segundo, pero que esta clase de destellos permanecen en la retina humana durante varios segundos. La bola de fuego que acompañó a aquel rayo duró medio segundo y envolvió a toda la tambaleante figura.

Cuatro de los que lo vieron, todos ellos hombres experimentados y que no se impresionaban con facilidad, tuvieron que recibir asistencia médica cuando describieron cómo había sido levantado el joven y proyectado veinte metros en dirección a ellos, como un muñeco de trapo, volando primero y saltando y rodando después convertido en un conjunto de miembros descoyuntados. Todos sintieron la onda expansiva.

La mayoría convendría, al recordarlo, que aquello parecía ocurrir a cámara lenta, durante y después del crimen. Los recuerdos acudían en fragmentos y los pacientes interrogadores escuchaban, e iban hilvanándolos hasta que tenían una continuidad; por lo general, unas partes se superponían a otras.

Allí estaba Nigel Cramer, inmóvil como una roca, pálido cual la cera, repitiendo «¡Oh, Dios mío, Dios mío!» una y otra vez. Un mormón del FBI cayó de rodillas al borde de la carretera y empezó a rezar. Sam Somerville lanzó un grito, hundió la cara en la espalda de Quinn y estalló en llanto. Duncan McCrea estaba detrás de ellos dos, de rodillas en el suelo, con la cabeza inclinada sobre una acequia y apoyándose sobre las manos hundidas en el agua, sacudido por violento vómito.

Los testigos dirían que Quinn había permanecido inmóvil, adelantado por el grupo principal, pero capaz de ver lo ocurrido en la carretera. Agitaba la cabeza incrédulo y murmuraba: «No... no... no.» Un sargento británico de cabellos grises fue el primero en romper la inmovilidad causada por la impresión, y avanzó hacia el cuerpo destrozado que se hallaba a sesenta metros de ellos. Fue seguido por varios hombres del FBI, entre los cuales iba Kevin Brown, pálido y tembloroso; y después Nigel Cramer y tres hombres más del Yard. Miraron el cadáver en silencio. A continuación se impuso la rutina del oficio.

–Despejen la zona, por favor –ordenó Nigel Cramer, en un tono que no admitía discusión–. Caminen con mucho cuidado.

Todos retrocedieron hacia los coches.

–Sargento, vaya al Yard, quiero que el CEO venga aquí, en helicóptero, antes de una hora. Fotógrafos, forenses, el mejor equipo que tenga Fulham. Ustedes –se dirigió a los hombres del segundo coche– sitúense más arriba y más abajo de la carretera, para bloquearla. Convoquen a los agentes locales; quiero que se pongan barreras más allá del garaje en esa dirección, y hasta Buckingham en aquella otra. Que nadie entre en este tramo de carretera hasta nueva orden, salvo aquellos a quienes yo se lo permita.

Los agentes designados para ocupar el tramo de más allá del cadáver, tuvieron que ir andando por los campos durante un trecho, a fin de no pisar fragmentos y corriendo después carretera arriba para detener a los vehículos que se acercasen. El segundo coche patrulla se dirigió al este, hacia la estación de servicio de Tubbs Cross, para bloquear la carretera en la otra dirección. El primer coche patrulla fue empleado para el uso de su radio.

Dentro de sesenta minutos, la Policía de Buckingham, al oeste, y la de Bletchley, al este, cerrarían por completo la carretera con barreras de acero. Una fuerza de la policía local se desplegaría en los campos para impedir el paso a los curiosos que tratasen de acercarse a campo traviesa. Al menos esta vez no habría Prensa durante un tiempo. Podían cerrar la carretera hasta un colector de aguas residuales capaz de disuadir a los reporteros provincianos locales.

A los cincuenta minutos, un helicóptero de la Policía Metropolitana voló sobre los campos, guiado por la radio del coche patrulla, para depositar en la carretera, detrás de los automóviles, a un hombre bajito y con cara de pájaro llamado doctor Barnard, oficial jefe de Explosivos de la Met, un hombre que, gracias a los atentados con bombas del IRA en la principal isla británica, había examinado más escenarios de explosión de lo que habría deseado. Traía consigo, además de su «bolsa de los trucos», como le gustaba llamarla, una fantástica reputación.

Decían del doctor Barnard que, partiendo de fragmentos tan minúsculos que casi podían engañar a un cristal de aumento, era capaz de reconstituir una bomba hasta el punto de identificar la fábrica que había hecho sus componentes y el hombre que los había montado. Escuchó a Nigel Cramer durante varios minutos, asintió con la cabeza y dio órdenes a la docena de hombres que se habían apeado del segundo y del tercer helicópteros. El equipo de los laboratorios forenses de Fulham.

Impasibles, pusieron manos a la obra, y la maquinaria de la ciencia de averiguación de crímenes se puso en marcha.

Mucho antes de eso, Kevin Brown, tras mirar al cadáver de Simon Cormack, había regresado al punto donde se hallaba todavía Quinn. Se hallaba lívido de espanto y de ira.

–¡Bastardo! –rugió; los dos hombres eran altos y se miraron a los ojos–. Ha sido culpa suya. Usted es el causante de esto, y se lo haré pagar.

El puñetazo sorprendió a los dos hombres más jóvenes del FBI que estaban a su lado y que le sujetaron de los brazos, tratando de calmarle. Quinn debió prever el golpe, pero no intentó esquivarlo. Todavía con las manos esposadas, lo recibió de lleno en la mandíbula. Fue lo bastante fuerte para hacerle caer hacia atrás; entonces, su cabeza dio contra el borde del techo del coche que tenía a su espalda y se derrumbó sin conocimiento.

–Métanlo en el coche –gruñó Brown cuando hubo recobrado su dominio.

Cramer no podía detener al grupo americano. Seymour y

Collins gozaban de inmunidad diplomática; dejó que volviesen a Londres en sus dos automóviles quince minutos más tarde; pero les advirtió que necesitaría que le entregasen a Quinn, el cual no gozaba de inmunidad, para interrogarle en Londres. Seymour le dio palabra de que podría disponer de él. Cuando ya se habían ido, Cramer usó el teléfono de la estación de servicio para llamar a Sir Harry Marriott a su casa y darle la noticia. El teléfono era más seguro que un mensaje radiado de la policía.

El político quedó impresionadísimo. Pero siguió portándose como un político.

–Mr. Cramer, según las autoridades británicas, ¿estuvimos de algún modo envueltos en todo esto?

–No, señor ministro del Interior. Desde el momento en que Quinn escapó de aquel apartamento, actuó enteramente por su cuenta. Llevó las cosas como quiso, sin comprometernos a nosotros ni a su pueblo. Eligió actuar solo, y fracasó.

–Comprendo –dijo el ministro del Interior–. Tendré que informar inmediatamente a la Primera Ministra. De todos los aspectos... –Quería decir que las autoridades británicas no habían tenido la menor intervención en el asunto–. De momento, mantengan apartados a los medios de comunicación, cueste lo que cueste. En el peor de los casos, habremos de decir que Simon Cormack ha sido encontrado asesinado. Pero todavía no. Y, desde luego, ténganme al corriente de todos los sucesos, por pequeños que sean.

Esta vez la noticia llegó a Washington por sus propias fuentes de información en Londres. Patrick Seymour telefoneó al vicepresidente Odell por una línea secreta. Pensando que la llamada sería del hombre de enlace del FBI en Londres para anunciarle la liberación de Simon Cormack, Michael Odell no reparó en la hora: las cinco de la mañana en Washington. Cuando oyó lo que Seymour tenía que decirle, palideció intensamente.

–Pero... ¿cómo? ¿Por qué? ¡En nombre de Dios! ¿Por qué?

–No lo sabemos, señor –dijo la voz desde Londres–. El muchacho había sido liberado sano y salvo. Corría hacia nosotros y se hallaba a unos noventa metros cuando ocurrió aquello. No sabemos lo que fue. Pero él está muerto, señor vicepresidente.

El comité se reunió al cabo de una hora. Todos sus miembros

se sintieron enfermos a causa de la impresión que les causó la noticia. La cuestión era: ¿Quién se lo diría al presidente? Correspondió a Michael Odell como presidente del comité: el hombre a quien, veinticuatro días antes, John Cormack había dicho «Devolvédmelo». Con el corazón en un puño, fue del Ala Oeste a la Mansión.

No hubo necesidad de despertar al presidente Cormack. Había dormido poco en las tres semanas y media últimas, despertándose a menudo antes del amanecer y pasando a su despacho particular en un intento de concentrarse en documentos oficiales. Al enterarse de que el vicepresidente deseaba verle, el presidente Cormack entró en el Salón Oval Amarillo y dijo que le recibiría allí.

El Salón Oval Amarillo se halla en la segunda planta y es una espaciosa sala de recepción entre el despacho y el Salón del Tratado. Más allá de sus ventanas, dominando los jardines de Pennsylvania Avenue, está el Balcón de Truman. Ambos se encuentran situados en el centro geométrico de la Mansión, debajo de la cúpula y justo encima del Pórtico Sur.

Odell entró. El presidente Cormack estaba en el centro de la estancia, de cara a él. Odell guardaba silencio. No se atrevía a decirlo. La expresión se borró de la faz del presidente.

–¿Y... qué, Michel? –dijo con voz ronca.

–Él... Simon... ha sido encontrado. Lamento decir que ha muerto.

El presidente Cormack no movió un solo músculo. Cuando habló, su voz era llana; clara pero fría.

–Déjeme solo, por favor.

Odell se volvió y se marchó. Entró en el Centre Hall, cerró la puerta y se dirigió a la escalera. Detrás de él, oyó un solo grito, como el de un animal herido y presa de dolor mortal. Se estremeció y siguió andando.

Lepinsky, del Servicio Secreto, se encontraba en el fondo del salón, junto a una mesa contra la pared, y tenía el teléfono en la mano.

–Es la Primera Ministra británica, señor vicepresidente –dijo.

–Yo contestaré. Oiga, soy Michael Odell... Sí, Primera Ministra, acabo de decírselo... No, señora; ahora no puede recibir llamadas. *Ninguna* llamada.

Hubo una pausa en la línea.

–Lo comprendo –dijo entonces ella, a media voz–. ¿Tiene un lápiz y un papel a mano?

Odell hizo un ademán a Lepinsky, el cual le tendió su bloc. Odell escribió lo que le dictó ella.

El presidente Cormack recibió la hoja de papel a la hora en que los washingtonianos, ignorantes de lo que había sucedido, estaban preparando el desayuno. Él permanecía todavía en su despacho, envuelto en una bata de seda, contemplando aturdido la mañana gris a través de las ventanas. Su esposa seguía durmiendo; más tarde se enteraría, cuando se despertase. Despidió al criado con un movimiento de cabeza y abrió la hoja doblada del bloc de Lepinsky.

Sólo decía: 2Sam, XVIII, 33.

Al cabo de varios minutos, se levantó y se dirigió a la librería donde guardaba algunos libros personales, entre ellos la Biblia familiar que llevaba las firmas de su padre, de su abuelo y de su bisabuelo. Encontró el versículo hacia el final del Segundo Libro de Samuel.

«Turbóse entonces el rey, y subiendo a la estancia que había sobre la puerta, lloraba y decía: "¡Absalón, hijo mío! ¡Hijo mío! ¡Quién me diera que fuera yo el muerto en vez de ti! ¡Oh Absalón, hijo mío, hijo mío!".»

CAPÍTULO XI

El doctor Barnard rehusó emplear los servicios de los cien jóvenes agentes de policía que le ofreció la jefatura de Thames Valley para buscar pistas en las carreteras y en sus márgenes. Opinaba que las investigaciones masivas eran buenas para descubrir el cuerpo oculto de un niño asesinado, o incluso el arma de un crimen, como un cuchillo, una pistola o una cachiporra.

Pero, para este trabajo, se necesitaba habilidad, paciencia y una extremada delicadeza. Se sirvió tan sólo de sus especialistas de Fulham.

Registraron una zona en un radio de cien metros alrededor del punto donde había estallado el artefacto; pero resultó excesiva. Todas las pruebas fueron encontradas dentro del círculo de treinta metros de diámetro. Literalmente a gatas, sus hombres recorrieron centímetro a centímetro la zona señalada, llevando bolsas de plástico y pinzas.

Cada fragmento de fibra, de tela o de cuero, por diminuto que fuese, era recogido y metido en las bolsas. Algunos tenían cabellos, hilos u otras materias adheridas. Incluso tallos de hierba tronchados fueron tomados como referencia. Con sensibles detectores de metal, se registraron con toda minuciosidad la carretera, las cunetas y los campos circundantes, donde resultó inevitable tropezar con una abundante colección de clavos, botes de hojalata, tornillos oxidados, tuercas, cerrojos y hasta una reja de arado herrumbrosa.

La separación y la clasificación vendrían más tarde. Ocho grandes cubos de plástico de los que se usan para basura quedaron llenos de finas bolsas también de plástico y fueron enviados a Londres. La zona ovalada desde el lugar donde se hallaba Simon Cormack al morir hasta el punto donde dejó de rodar, en el corazón del círculo más grande, fue tratada con especial cuidado. Transcurrieron cuatro horas antes de que pudiese ser levantado el cadáver.

Primero lo fotografiaron desde todos los ángulos concebibles, desde lejos, a media distancia y en primer plano. Sólo cuando todas las hierbas que rodeaban el cuerpo hubieron sido examinadas y las únicas que quedaban por revisar eran las que estaban debajo, permitió el doctor Barnard que pies humanos pisaran el suelo para acercarse al fallecido muchacho. Un saco de plástico abierto quedó extendido al lado del cuerpo, y los restos de Simon Cormack fueron levantados con delicadeza y colocados encima. Luego, plegaron y cerraron el saco y lo colocaron sobre una camilla, la cual fue introducida a su vez en un cesto que pendía de un helicóptero, y enviada al laboratorio de autopsias.

La muerte se había producido en la zona rural de Buckinghamshire, uno de los tres condados que están bajo la jurisdicción de la Policía de Thames Valley. Y así fue como después de muerto, volvió Simon Cormack a Oxford, al Hospital de Radcliffe, cuyas instalaciones pueden compararse incluso con las del Guy's Hospital de Londres.

Desde Guy's vino un amigo y colega del doctor Barnard, un hombre que había trabajado en muchos casos y establecido una íntima relación profesional con él. A menudo, eran considerados como un equipo, aunque estaban especializados en disciplinas diferentes. El doctor Ian Mcdonald era un distinguido patólogo del gran hospital londinense, también al servicio del Home Office y era requerido en múltiples ocasiones por Scotland Yard, cuando se encontraba disponible. Fue él quien recibió el cadáver de Simon Cormack en el Radcliffe.

Durante todo el día, mientras los agentes registraban la hierba de la orilla de la A-421, se realizaron continuas consultas entre Londres y Washington sobre la forma en que habría que dar la noticia a los medios de comunicación y al mundo. Se convino en que la declaración sería hecha por la Casa Blanca y confirmada inmediatamente por Londres. En ella se diría simplemente que se había convenido su intercambio en condiciones de secreto total, tal como habían exigido los secuestradores, que se había pagado un rescate no especificado y que ellos faltaron a su palabra. Las autoridades británicas respondieron a una llamada telefónica anónima, acudieron a una carretera de Buckinghamshire y encontraron allí a Simon Cormack muerto.

Inútil decir que la condolencia de la reina, del Gobierno y del pueblo al presidente y al pueblo americano no podía ser más sincera y sentida, y que se estaba realizando una investigación sin parangón en la historia, a fin de identificar, encontrar y detener a los culpables. Sir Harry Marriott insistió de modo inflexible en que la frase referente al acuerdo para el intercambio debía incluir estas siete palabras: «... entre las autoridades americanas y los secuestradores». La Casa Blanca, aunque de mala gana, accedió a ello.

–Los medios de comunicación nos van a despellejar –gruñó Odell.

–Bueno, fue usted quien quiso que interviniese Quinn –dijo Philip Kelly.

–En realidad, fueron *ustedes* quienes quisieron a Quinn –replicó Odell a Lee Alexander y a David Weintraub, que estaban sentados con ellos en el Salón de Situación–. A propósito, ¿dónde está él ahora?

–Detenido –informó Weintraub–. Los ingleses se negaron a que fuese alojado en territorio soberano de los Estados Unidos, dentro de la Embajada. El MI-5 ha alquilado una casa de campo en Surrey. Quinn se encuentra allí.

–Bueno, tendrá que explicar muchas cosas –dijo Hubert Reed–. Los diamantes han desaparecido; los secuestradores han desaparecido, y el pobre muchacho está muerto. ¿Cómo murió exactamente?

–Los ingleses están tratando de averiguarlo –dijo Brad Johnson–. Kevin Brown explica que fue como si le hubiese alcanzado un bazooka, precisamente delante de ellos, pero que no vieron nada que se pareciese a un bazooka. Tal vez pisó una mina.

–¿En una carretera de una región casi desierta? –se extrañó Stannard.

–Como les he dicho, la autopsia revelará lo que ocurrió.

–Cuando los ingleses hayan terminado de interrogar a Quinn, creo que deberíamos hacer que volviese aquí –opinó Kelly–. Tenemos que hablar con él.

–El subdirector delegado de su división lo está haciendo ya –dijo Weintraub.

–Si se niega a venir, ¿podemos obligarle a hacerlo? –preguntó Bill Walters.

–Sí, señor fiscal general, podemos hacerlo –repuso Kelly–. Kevin Brown cree que puede estar comprometido de algún modo. No sabemos cómo... todavía. Pero si enviamos un exhorto pidiendo la entrega de un testigo presencial, creo que los ingleses nos lo harán llegar en avión.

–Esperaremos otras veinticuatro horas, para ver lo que descubren los británicos –decidió al fin Odell.

La declaración de Washington fue comunicada a las cinco de la tarde, hora local, y conmovió a los Estados Unidos como nada les había conmovido desde los asesinatos de Bobby Kennedy y Martin Luther King. Los medios de comunicación se enfurecieron, debido en gran parte a la negativa del secretario de prensa, Craig Lipton, a contestar las doscientas preguntas complementarias que tenían que hacerle: Quién había gestionado el rescate, a cuánto ascendía, en qué forma debía pagarse, cómo se había entregado y por quién, por qué no se había intentado detener a los secuestradores en el acto de la entrega, si había algún micro oculto en el paquete del dinero, qué grado de negligencia cabía imputar a las autoridades que habían seguido con tanta torpeza la pista de los secuestradores hasta el punto de que pudieran matar al muchacho en su huida; si culpaba la Casa Blanca a Scotland Yard, y en caso contrario ¿por qué no? ¿Cuál era la razón de que los Estados Unidos no hubieran dejado el asunto en manos de Scotland Yard? ¿Se logró obtener alguna descripción de los secuestradores? ¿Eran éstos acosados por la policía británica? Las preguntas se sucedían hasta el infinito. Craig Lipton decidió dimitir antes de que lo linchasen.

En Londres llevaban cinco horas de adelanto en relación con el horario de Washington, pero la reacción fue muy parecida; los programas de televisión quedaron interrumpidos para dar las noticias que dejaron pasmada a la nación. Las centralitas telefónicas de Scotland Yard, del Home Office, de Downing Street y de la Embajada de los Estados Unidos no daban abasto. Equipos de periodistas que se disponían a marcharse a casa alrededor de las diez de la noche recibieron órdenes de quedarse hasta las cinco de la mañana para preparar ediciones de última hora. Al amanecer, montaban guardia delante del Hospital de Radcliffe, de Grosvenor Square, de Downing Street y de Scotland Yard. En helicópteros alquilados, se cernieron sobre el tramo desierto de carretera entre Fenny Stratford y Buckingham, para fotografiar, al amanecer, la calzada desnuda, las últimas barreras y los coches de la policía aparcados allí.

Fueron pocos los que durmieron. Impulsados por una súplica personal de Sir Harry Marriott para que se diesen prisa, el doctor Barnard y su equipo trabajaron durante toda la noche. El científico forense había abandonado por fin la carretera al anochecer, seguro de que nada más podía encontrar allí. Diez horas de búsqueda dejaron aquel círculo de treinta metros más limpio que ningún otro pedazo de tierra en Inglaterra. Lo que había dado aquel suelo reposaba en una serie de cubos grises de plástico junto a la pared de su laboratorio. Para él, y para su equipo, había llegado la velada de los microscopios.

Nigel Cramer pasó la noche en una habitación vulgar y desnuda de una granja Tudor, oculta en la carretera más próxima por un cinturón de árboles, en el corazón de Surrey. A pesar de su elegante exterior, la vieja casa estaba bien equipada para los interrogatorios. El Servicio de Seguridad británico empleaba sus antiguas bodegas como centro de adiestramiento para tan delicados asuntos.

Brown, Collins y Seymour insistieron en hallarse presentes. Cramer no se opuso; tenía instrucciones de Sir Harry Marriott de colaborar con los americanos donde y cuando fuese posible. Toda la información que pudiese dar Quinn sería en todo caso conocida por ambos gobiernos. Una serie de cintas alimentaban los magnetófonos colocados sobre la mesa al lado de ellos.

Quinn tenía una larga y lívida contusión en un lado de la mandíbula inferior y un chichón en la parte de atrás de la cabeza. Todavía iba en mangas de camisa, ahora sucia. Le habían quitado los zapatos, el cinturón y la corbata. Iba sin afeitar y parecía agotado. Pero respondió a las preguntas con calma y claridad.

Cramer empezó por el principio: ¿Por qué había abandonado el apartamento de Kensington? Quinn lo explicó. Brown le miraba echando chispas por los ojos.

–¿Tenía alguna razón, Mr. Quinn, para creer que una o varias personas desconocidas podían tratar de entrometerse en el rescate, poniendo en peligro a Simon Cormack?

Nigel Cramer empleaba las frases rituales.

–Mi instinto –respondió Quinn.

–¿Sólo su instinto, Mr. Quinn?

–¿Puedo hacerle una pregunta, Mr. Cramer?

–No le prometo contestarla.

–La cartera que contenía los diamantes tenía un micrófono oculto, ¿no es verdad?

La expresión de los cuatro hombres que estaban en la estancia le dio la respuesta.

–Si yo hubiese ido al lugar de la cita con aquel maletín –explicó Quinn–, se hubieran dado cuenta y habrían matado al chico.

–Lo hicieron de todos modos, sabihondo –gruñó Brown.

–Sí, lo hicieron –dijo tristemente Quinn–. Confieso que no creía que lo iban a hacer.

Cramer volvió al momento de su salida del apartamento. Quinn les habló de Marylebone, de la noche pasada en el hotel, de las condiciones que había puesto Zack para la cita y de cómo dejó establecida la fecha tope. Para Cramer, el meollo estaba en el encuentro en la fábrica abandonada. Quinn le describió el coche, un Volvo sedán, y le dio el número de matrícula. Ambos supusieron, con razón, que las placas habían sido cambiadas para aquel encuentro y sustituidas de nuevo después. Lo propio cabía decir del disco del impuesto de circulación pegado al parabrisas. Aquellos tipos habían demostrado ser muy cuidadosos.

Sólo podía describir a los hombres tal como los había visto, enmascarados y con holgados trajes deportivos. Había uno, el cuarto, al que ni siquiera vio, pues se había quedado en el escondrijo dispuesto a matar a Simon Cormack a una llamada telefónica, o si sus colegas no volvían antes de una hora determinada. Describió el físico de los dos hombres a los que había visto de pie: Zack y el pistolero. Mediana estatura, complexión normal. Lamentaba no poder dar más detalles.

Identificó la metralleta Skorpion y, desde luego, el almacén de Babbidge. Cramer salió de la habitación para llamar por teléfono. Un segundo equipo forense de Fulham visitó el almacén antes del amanecer y pasó la mañana allí. Lo único que encontraron fue una bolita de mazapán y unas huellas perfectas de neumáticos en el polvo. Éstas servirían al fin de identificar el Volvo abandonado, pero eso no ocurriría hasta dos semanas después.

La casa empleada por los secuestradores merecía un interés particular. Un paseo enarenado (Quinn había oído el crujido de la arena) de unos diez metros desde la verja hasta la puerta del garaje, el cual se hallaba integrado en la casa y cuya puerta se abría automáticamente; una casa con sótano de hormigón (los agentes de la propiedad inmobiliaria podrían ayudar en esto). Pero en cuanto a la dirección en relación con Londres, la ignoraba. La primera vez había viajado en el portaequipajes; y la segunda, enmascarado y tumbado en el suelo debajo del asiento de atrás. En cuanto al tiempo que habían durado los viajes, una hora y media el primero y dos horas el segundo. Si habían seguido un camino indirecto, la casa podía hallarse en cualquier parte; en el mismo corazón de Londres o a setenta kilómetros en cualquier dirección.

–No podemos acusarle de nada –informó Cramer al ministro del Interior la mañana siguiente–. Ni siquiera podemos retenerlo más tiempo. Y, francamente, considero que no debemos hacerlo. No creo que esté comprometido en el asesinato.

–Bueno, parece que nos ha metido en un buen lío –concluyó Sir Harry.

La presión de Downing Street para que se hallase alguna pista se estaba intensificando.

–Así parece –admitió el oficial de policía–. Pero, si aquellos criminales estaban resueltos a matar al muchacho y, contemplado ahora de forma retrospectiva, parece que lo estaban, podían haberlo hecho en cualquier momento, antes o después de recibir los diamantes, en el sótano, en la carretera o en algún páramo solitario de Yorkshire. Y a Quinn con él. El misterio radica en por qué dejaron vivir a Quinn y por qué soltaron al muchacho para matarlo después. Se diría que trataban de presentarse como los hombres más odiosos del mundo.

–Muy bien –suspiró el ministro del Interior–. Mr. Quinn no nos interesa. ¿Le retienen todavía los americanos?

–Técnicamente, es un invitado –recalcó Cramer.

–Bueno, pueden dejarle volver a España cuando quieran.

Mientras estaban hablando, Sam Somerville discutía con Kevin Brown. Collins y Seymour estaban presentes en el elegante salón de la casa señorial.

–¿Para qué diablos quiere verle? –preguntó Brown–. Fracasó. Es un desastre.

–Escuche –pidió la joven agente–, en aquellas tres semanas, intimé más que nadie con él. Si hay algo que no ha dicho, señor, tal vez yo podría sonsacarle.

Brown se mostró indeciso.

–Nada perderíamos con ello –terció Seymour.

Brown asintió con la cabeza.

–Está abajo. Treinta minutos.

Aquella tarde, Sam Somerville tomó el avión regular de Heathrow a Washington, y aterrizó poco después de anochecer.

Cuando ella salió de Heathrow, el doctor Barnard estaba sentado en su laboratorio de Fulham, contemplando una pequeña colección de restos desparramados sobre una blanca hoja de papel que había encima de una mesa. Estaba muy cansado. Desde la urgente llamada a su pequeña casa de Londres, hasta después de amanecer el día anterior, no había parado de trabajar. Mucho de aquel trabajo recayó en sus ojos, que escudriñaron a través de lupas y microscopios. Pero si se los frotó al finalizar aquella tarde, fue más a causa de la sorpresa que del agotamiento.

Ahora sabía lo que había pasado, cómo había ocurrido y cuál había sido el efecto. El análisis químico de las manchas sobre la tela y el cuerpo acababa de revelar con exactitud la composición química del explosivo. La extensión del destrozo producido por la quemadura y el impacto le habían mostrado la cantidad empleada, su colocación y la manera en que se había provocado la explosión. Desde luego, faltaban ciertos detalles. Algunos no se sabrían nunca; se habían vaporizado, estaban perdidos para siempre, no existían ya. Otros surgirían de los propios restos del cuerpo, y él había estado en constante contacto con Ian McDonald, que permanecía trabajando en Oxford. Los resultados le llegarían dentro de poco. Pero sabía lo que estaba mirando, aunque para unos ojos inexpertos no habría sino más que un montón de minúsculos fragmentos.

Algunos de ellos constituían restos de una pequeña batería, de origen identificado. Otros eran diminutos pedazos de una cubierta aislante de cloruro de polivinilo, de origen identificado. Y unos trozos de latón retorcidos correspondían a lo que había sido un pequeño pero eficaz pulsorreceptor. Ni rastro de detonador. Estaba seguro al cien por ciento; pero quería estarlo en un doscientos por ciento. Tendría que volver a la carretera y empezar de nuevo. Uno de sus ayudantes se asomó a la puerta.

–El doctor McDonald le llama por teléfono desde Radcliffe.

El patólogo también había estado trabajando desde la tarde anterior, en una tarea que muchos encontrarían espantosa y que, no obstante, para él estaba llena de fascinación detectivesca, más que cualquier otra que pudiese imaginar. Vivía para su profesión, hasta el punto de que, en vez de limitarse a examinar los restos de víctimas de explosiones de bombas, asistía a cursos y conferencias, al alcance de muy pocos, sobre fabricación y desactivación de estos artefactos, que se daban en Fort Halstead. Deseaba saber, no solamente lo que estaba buscando, sino también lo que era y lo que parecía.

Antes de tocar el cadáver había estudiado las fotos durante dos horas. Después, le había quitado cuidadosamente la ropa, él mismo, sin confiar la tarea a sus ayudantes. Primero los zapatos deportivos; después, los calcetines. El resto lo cortó con unas finas tijeras. Cada prenda fue empaquetada y enviada a Barnard en Londres. Llegó a Fulham al amanecer.

Cuando el cuerpo estuvo desnudo, fue radiografiado de la cabeza a los pies. El doctor estudió las placas durante una hora y detectó cuarenta partículas no humanas. Después, extendió sobre el cadáver unos polvos adherentes que extrajeron de la piel una docena de partículas sumamente diminutas. Algunas eran de hierba o de barro; otras eran de algo diferente. Un segundo coche de la policía llevó esta triste cosecha al doctor Barnard, en Fulham.

Hizo una autopsia externa, dictando sus observaciones a un magnetófono, con su tonillo escocés. No empezó a cortar hasta que estaba a punto de amanecer. Lo primero era sajar todo el «tejido relevante», el cual correspondía a la parte media del cuerpo, que lo había perdido casi todo, desde las dos costillas inferiores hasta la cresta de la pelvis. En la materia sajada se encontraban las pequeñas partículas que habían quedado, ocho pulgadas de espina dorsal inferior, que habían cruzado el cuerpo y la pared del abdomen hasta chocar con el pantalón.

La autopsia, en el sentido de determinación de la causa de la muerte, no planteaba ningún problema. Destrozo, por una explosión, de la columna vertebral y del abdomen. Pero hacía falta algo más. El doctor McDonald sometió de nuevo la materia extraída a los rayos X, con mayor detalle. Sí, allí había cosas, algunas tan diminutas que desafiarían a las pinzas. La carne y el hueso extraídos fueron por último «disueltos» en una infusión de enzimas para crear una espesa «sopa» de tejidos humanos diluidos, hueso incluido. La centrifugación separó los últimos desechos, una onza de trocitos de metal.

Cuando esta onza estuvo en condiciones de ser examinada, el doctor McDonald eligió el trozo más grande, el que había sido descubierto en la segunda radiografía, profundamente incrustado en un pedazo de hueso y enterrado dentro del bazo del joven. Lo estudió durante un rato, silbó y telefoneó a Fulham. Barnard se puso al aparato.

–Stuart, me alegro de que me llames. ¿Tienes algo nuevo para mí?

–Sí. Aquí hay una cosa que quiero que veas. Si no me equivoco, es algo que nunca había encontrado hasta ahora. Creo que sé lo que es; pero apenas puedo creerlo.

–Emplea un coche patrulla. Mándamelo en seguida –se limitó a responder Barnard.

Al cabo de un par de horas, los dos hombres hablaron de nuevo. Ahora era Barnard el que había llamado.

–Si estabas pensando lo que creo que pensabas, llevabas razón –dijo.

Barnard tenía su doscientos por ciento.

–¿No podría venir de alguna otra parte? –preguntó McDonald.

–No. No hay manera de que esto vaya a parar a manos de nadie, salvo las de los fabricantes.

–Maldición –exclamó en voz baja el patólogo.

–Punto en boca, amigo –dijo Barnard–. Nosotros a lo nuestro,

¿eh? Mi informe estará en poder del ministro del Interior por la mañana. ¿Puedes hacer tú lo mismo?

McDonald miró su reloj. Hacía treinta y seis horas que le habían levantado de la cama. Tendría que aguantar otras doce.

–No dormiré más. Barnard mata al sueño –dijo, parodiando a Macbeth–. Está bien, lo tendrá sobre la mesa a la hora del desayuno.

Aquella noche entregó el cuerpo, o las dos partes de él, al forense. Por la mañana, el forense de Oxford abriría y suspendería la encuesta, lo cual le permitiría entregar el cadáver al pariente más próximo, en este caso el embajador Fairchild, como representante del presidente John Cormack.

Mientras los dos científicos británicos redactaban sus dictámenes durante la noche, Sam Somerville era recibida, a petición propia, por el comité reunido en el Salón de Situación en los sótanos del Ala Oeste. Ella había acudido directamente al director del FBI, quien accedió después de hablar por teléfono con el vicepresidente Odell.

Cuando Sam entró en la habitación, todos estaban ya allí. Nada más faltaba David Weintraub, que se encontraba en Tokio hablando con su colega. Se sintió intimidada; aquellos hombres eran los más poderosos del país; sólo se les veía en la televisión o en los periódicos. Respiró hondo, levantó la cabeza y se dirigió al extremo de la mesa. El vicepresidente Odell le indicó una silla.

–Siéntese, señorita.

–Tenemos entendido que quiere pedirnos que dejemos en libertad a Mr. Quinn –dijo el fiscal general, Bill Walters–. ¿Podemos preguntarle por qué?

–Caballeros, sé que alguien puede sospechar que Mr. Quinn tuvo algo que ver en la muerte de Simon Cormack. Les pido que me crean. Estuve en íntimo contacto con él en aquel apartamento, durante tres semanas, y estoy convencida de que trató por todos los medios que el joven fuese liberado sano y salvo.

–Entonces, ¿por qué escapó? –preguntó Philip Kelly.

No le gustaba que sus jóvenes agentes fuesen traídos ante el comité para exponer sus opiniones.

–Porque hubo dos filtraciones inesperadas a la prensa cuarenta y ocho horas antes de que él se marchase; porque llevaba tres semanas tratando de ganarse la confianza de aquel monstruo, y lo había conseguido. Porque estaba convencido de que Zack echaría a correr si no conseguía llegar hasta él solo y desarmado, sin que pudiesen seguirle las autoridades británicas o americanas.

Nadie dejó de comprender que, al decir «autoridades americanas» se refería a Kevin Brown. Kelly frunció el entrecejo.

–Persiste la sospecha de que haya estado implicado de alguna manera –dijo–. No sabemos cómo, pero tendremos que comprobarlo.

–No podía estarlo, señor –dijo Sam–. Cabría en lo posible si él se hubiese ofrecido como negociador, pero fue aquí donde se tomó la decisión de pedírselo. Él ni siquiera quería venir. Y desde el momento en que Mr. Weintraub le vio en España, siempre ha estado en compañía de alguien durante las veinticuatro horas del día. Y todo lo que habló con los secuestradores ustedes lo escucharon.

–Salvo en las últimas cuarenta y ocho horas antes de que apareciese en una carretera –dijo Morton Stannard.

–¿Pero por qué había de hacer un trato con los secuestradores durante aquel tiempo, si no era para la liberación de Simon Cormack? –preguntó.

–Porque dos millones de dólares es mucho dinero para un hombre pobre –sugirió Hubert Reed.

–Si hubiese querido desaparecer con los diamantes –insistió ella–, todavía le estaríamos buscando.

–Bueno –intervino Odell de forma inesperada–, él fue al encuentro de los secuestradores solo y desarmado, salvo por unos trozos de mazapán. Si no los conocía ya, se necesitaban muchas agallas para esto.

–Las sospechas de Mr. Brown quizá no sean del todo infundadas –apoyó Jim Donaldson–. Pudo establecer contacto y hacer un trato. Ellos matan al chico, a él le respetan la vida, y se llevan las piedras. Más tarde se reúnen y se reparten el botín.

–¿Por qué habían de hacerlo? –preguntó Sam, ahora más atrevida, al ver que el vicepresidente parecía estar de su parte–. Ellos tenían los diamantes, podían matarlo a él también.

Y aunque no lo hiciesen, ¿por qué habían de repartir los diamantes con él? ¿Se habrían fiado *ustedes* de ellos?

Ninguno se habría fiado de unos hombres semejantes. Se hizo un silencio mientras reflexionaba.

–Si se le permite marcharse, ¿qué piensa hacer? ¿Volver a su viñedo de España? –preguntó Reed.

–No, señor; quiere ir tras los bandidos. Quiere perseguirlos y acabar con ellos.

–Alto ahí, agente Somerville –dijo indignado Kelly–. Este trabajo corresponde al FBI. Caballeros, ya no tenemos que andarnos con discreción para proteger la vida de Simon Cormack. Este asesinato es perseguible según nuestras leyes, como lo fue el perpetrado en aquel barco de recreo, el *Achille Lauro*. Estamos situando equipos en Gran Bretaña y en Europa, con la colaboración de todas las autoridades de policía nacionales. Queremos capturarlos y lo conseguiremos. Mr. Brown controla las operaciones de fuera de Londres.

Sam Somerville jugó su última carta.

–Pero, caballeros, si Quinn no estaba implicado en el negocio, fue quien se acercó más a ellos, los vio y les habló. Y si *estaba* involucrado, sabrá dónde tiene que ir. Podría ser nuestra pista mejor.

–¿Quiere decir que le dejemos marchar y le sigamos? –preguntó Walters.

–No, señor; quiero decir que me permitan ir con él.

–Señorita... –Michael Odell se inclinó hacia delante para verla mejor–. ¿Sabe usted lo que está diciendo? Ese hombre ha matado antes de ahora... Sí, en combate... Pero si está comprometido, podría matarla.

–Lo sé, señor vicepresidente. Y ésta es la cuestión. Yo creo que es inocente y estoy dispuesta a correr el riesgo.

–¡Hum...! Está bien, permanezca en la ciudad, Miss Somerville. Tendrá noticias nuestras. Hemos de discutir esto en privado –dijo Odell.

El ministro del Interior, Marriott, pasó una mañana agitada leyendo los dictámenes de los doctores Barnard y McDonald.

Después, llevó los dos a Downing Street. A la hora del almuerzo volvió al Home Office.

Nigel Cramer le estaba esperando.

–¿Ha visto esto? –preguntó Sir Harry.

–He leído copias, señor ministro.

–Es espantoso, de lo más desalentador. Si llegase a divulgarse... ¿Sabe usted dónde podríamos encontrar al embajador Fairweather?

–Sí. Se encuentra en Oxford. El forense le entregó el cadáver hace una hora. Creo que el avión número uno de las Fuerzas Aéreas está esperando en Upper Heyford para llevar el ataúd a los Estados Unidos. El embajador esperará a que despegue y después volverá a Londres.

–¡Hum! Tendré que pedir al Foreign Office que prepare una entrevista. No quiero que nadie vea copias de esto. Es un asunto horroroso. ¿Alguna noticia sobre la persecución de los criminales?

–No mucho, señor. Quinn dijo muy claro que ninguno de los otros secuestradores a quienes vio pronunció una palabra. Podrían ser extranjeros. Se está buscando el Volvo en todos los puertos y aeropuertos importantes en conexión con Europa. Temo que puedan haber escapado. Desde luego la busca de la casa continúa. Ya no hay que andar con discreción; esta noche haré un llamamiento al público, si a usted le parece bien. Una casa aislada, con garaje, un sótano y un Volvo de un color determinado: alguien debió ver algo.

–Sí, hágalo. Y téngame al corriente –aceptó el ministro del Interior.

Aquella noche, en Washington, una tensa Sam Somerville recibió en su apartamento de Alexandria una citación para que acudiese al Hoover Building.

Fue conducida al despacho de Philip Kelly, su jefe, para enterarla de la decisión de la Casa Blanca.

–Bien, agente Somerville, se ha salido con la suya. Las altas autoridades dicen que vuelva a Inglaterra y ponga en libertad a Mr. Quinn. Pero esta vez se quedará con él, permanecerá a su lado durante todo el tiempo. Y tendrá informado a Mr. Brown de todo cuanto él haga y de los sitios a los que vaya.

–Sí, señor. Gracias, señor.

Llegó justo a tiempo para tomar el Red Eye de la noche para Heathrow.

El avión sufrió un ligero retraso en su salida del Dulles International. A pocos kilómetros de allí, en Andrews, el número uno de las Fuerzas Aéreas aterrizaba con el ataúd de Simon Cormack. A aquella hora, y en toda América, los aeropuertos interrumpieron sus actividades para guardar dos minutos de silencio.

El aparato en que viajaba Sam tomó tierra en Heathrow al amanecer. Era el amanecer del cuarto día después del asesinato.

Irving Moss fue despertado temprano aquella mañana por el timbre del teléfono. La llamada sólo podía proceder de una fuente, la única que conocía ese número. Miró su reloj: las cuatro de la mañana, las diez de la noche anterior en Houston. Anotó la larga lista de precios, todos ellos en dólares y centavos USA, borró los ceros que indicaban un espacio en el mensaje y, de acuerdo con el día del mes, colocó las líneas de números contra líneas preparadas de letras.

Cuando terminó de descifrar el mensaje, contrajo las mejillas hacia adentro. Tendría que cuidar de algo más, de algo imprevisto. Sin demora.

Aloysius «Al» Fairweather Jr., embajador de los Estados Unidos en la Corte de San Jaime, había recibido la comunicación enviada por el Foreign Office la noche anterior, a su regreso de la base de Upper Heyford de las Fuerzas Aéreas de los Estados Unidos. Fue un día triste: obtener permiso del coronel de Oxford para hacerse cargo del cuerpo del hijo de su presidente; recoger el ataúd de los forenses locales, que habían hecho todo lo que habían podido con pocas esperanzas de éxito, y enviar la trágica carga a Washington por el número uno de las Fuerzas Aéreas.

Llevaba casi tres años en aquel puesto, para el que lo designó la nueva Administración, y sabía que había actuado bien, incluso como sucesor del incomparable Charles Price, de los años Reagan. Pero las cuatro últimas semanas constituyeron una pesadilla que ningún embajador debería tener que soportar.

La petición del Foreign Office le intrigó, pues no era para ver al ministro de Asuntos Exteriores, con el que trataba normalmente, sino al ministro del Interior, Sir Harry Marriott. Conocía a Sir Harry, como a la mayoría de los ministros británicos, lo bastante para prescindir del tratamiento en privado y emplear el nombre de pila. Pero ir al Home Office a la hora del desayuno era algo desacostumbrado, y el mensaje del Foreign Office no daba ninguna explicación. Su largo Cadillac negro entró en Victoria Street a las nueve menos cinco.

–Mi querido Al. –Marriott rebosaba cortesía, aunque con la gravedad requerida por las circunstancias–. Creo que no he de decirle la enorme impresión que ha sufrido todo el país durante los últimos días.

Fairweather asintió con la cabeza. No dudaba de que la reacción del Gobierno británico y la del pueblo, era sincera. Durante días, la cola de los que acudían a firmar en el Libro de Pésame en el vestíbulo de la Embajada daba dos vueltas a Grosvenor Square. Cerca del borde superior de la primera página estaba la sencilla firma «Elisabeth R», seguida de las de todo el gabinete, de los dos arzobispos, de los líderes de todas las demás Iglesias y de miles de hombres eminentes y oscuros.

Sir Harry le tendió sobre la mesa dos dictámenes con cubiertas de papel manila.

–Quería que viese esto primero, en privado, y le sugiero que lo haga ahora. Creo que hay asuntos que deberíamos discutir antes de que usted se marche.

El dictamen del doctor McDonald era el más breve, y lo tomó el primero. Simon Cormack había muerto a causa de grandes destrozos en la espina dorsal y el abdomen, causados por la explosión de un pequeño pero concentrado artefacto cerca de la base de la espalda. Al morir, llevaba la bomba sobre su persona. Seguía una explicación, pero en términos técnicos, sobre su constitución, su estado de salud, la última comida consumida, etc.

El doctor Barnard tenía más cosas que decir. La bomba que Simon Cormack había llevado sobre su cuerpo había estado oculta en el ancho cinturón que ceñía y que le había sido dado por los secuestradores para sujetar los pantalones vaqueros, que también le habían proporcionado ellos.

El cinturón era (había sido) de siete centímetros y medio de anchura, y se componía de dos tiras de cuero cosidas por los bordes. Se sujetaba en la parte delantera por una pesada hebilla de diez centímetos de longitud y un poco más ancha que el propio cinturón, adornada con la imagen repujada de la cabeza de un toro. Era el tipo de cinturón que se vendía en tiendas especializadas en equipos del Oeste o de camping. Aunque parecía maciza, la hebilla había estado en realidad hueca.

El explosivo lo constituía una lámina de dos onzas de Semtex, compuesta en un cuarenta y cinco por ciento de penta tetro éter nitrato (o PETN), otro cuarenta y cinco por ciento de RDX y el diez por ciento de plastificante. Había tenido siete centímetros de longitud y algo menos de cuatro de anchura, y había sido insertada entre las dos tiras de cuero del cinturón, exactamente sobre la espina dorsal del joven.

Dentro del plástico se había introducido un detonador en miniatura, más tarde extraído de un fragmento de vértebra enterrado a su vez en el bazo. Estaba deformado; pero era todavía reconocible... e identificable.

Un alambre conectaba el explosivo y el detonador con una pila de litio a un lado del cinturón, parecida a las que se emplean en los relojes digitales, y no más grande que éstas. Había estado dentro de un hueco en el interior de la doble tira de cuero. El mismo alambre se extendía hasta el receptor oculto dentro de la hebilla, desde la cual otro alambre, la antena, daba la vuelta al cinturón entre las capas de cuero.

El receptor no debía de ser mayor que una caja de cerillas, y recibía probablemente unos 72,15 megahertzios, una señal enviada desde un pequeño transistor; el cual, desde luego, no fue encontrado en el lugar del crimen; pero era con toda seguridad una cajita de plástico más pequeña que un paquete de cigarrillos, con un solo botón que se apretaba con la yema del pulgar para efectuar la detonación. Alcance: algo más de trescientos metros.

Al Fairweather no podía ocultar que se hallaba impresionadísimo.

–Dios mío, Harry, esto es... satánico.

–Una tecnología complicada –convino el ministro del Interior–. El aguijón está en la cola. Lea el resumen.

–¿Y por qué? –preguntó el embajador cuando levantó al fin la cabeza–. En nombre de Dios, Harry, ¿por qué? ¿Y cómo lo hicieron?

–En cuanto a cómo lo hicieron, no hay más que una explicación. Los criminales simularon que dejaban a Simon Cormack en libertad. Debieron seguir en el coche durante un rato, dar la vuelta y acercarse a pie a aquel tramo de carretera desde los campos. Probablemente se ocultaron detrás de una de aquellas arboledas que se encuentran a doscientos metros de la carretera, y por tanto dentro del radio de acción del transmisor. Ahora hay gente registrando las arboledas por si hay huellas de pisadas. En cuanto a por qué, no lo sé, Al. Ninguno de nosotros lo sabe. No obstante, los científicos se muestran rotundos en sus afirmaciones. Y no se equivocan. De momento, yo sugeriría que su dictamen siguiese siendo absolutamente confidencial. Hasta que sepamos más. Estamos tratando de descubrirlo. Tengo la seguridad de que su gente querrá también intentarlo antes de que nada se haga público.

Fairweather se levantó y cogió sus copias de los dictámenes.

–No voy a enviar esto por correo –dijo–. Lo llevaré personalmente esta tarde en avión.

El ministro del Interior lo acompañó hasta la planta baja.

–¿Se da cuenta de lo que esto podría significar si se supiese? –preguntó.

–No hace falta que lo subraye –repuso Fairweather–. Habría algaradas. Tengo que llevar los informes a Jim Donaldson y tal vez a Michael Odell. *Ellos* tendrán que decírselo al presidente. ¡Dios mío, qué situación!

El coche de alquiler de Sam Somerville estaba donde lo había dejado en el aparcamiento de Heathrow. En él fue directamente a la casa señorial de Surrey. Kevin Brown leyó la carta que ella traía y se puso furioso.

–Está cometiendo un error, agente Somerville –sentenció–. El director Edmonds está cometiendo también un error. El hombre que tenemos abajo sabe más de lo que dice; siempre lo ha sabido y siempre lo sabrá. Me repugna dejarlo suelto, debería ser enviado en avión a los Estados Unidos... esposado.

Pero la firma de la carta era inconfundible. Brown mandó a Moxon que fuera al sótano en busca de Quinn. Todavía llevaba las esposas; tendrían que quitárselas. No se había lavado ni afeitado y se hallaba hambriento. El equipo del FBI empezó a salir de la casa para devolverla a sus dueños. En la puerta, Brown se volvió a Quinn.

–No quiero volver a verlo más, Quinn. Salvo entre rejas. Y creo que un día podré hacerlo.

En el trayecto de vuelta a Londres, Quinn guardó silencio mientras Sam le contaba el resultado de su viaje a Washington y la decisión de la Casa Blanca de permitirle hacer lo que quisiera con tal de que ella le acompañase.

–Anda con cuidado, Quinn. Esos hombres tienen que ser como bestias. Lo que hicieron al muchacho fue una salvajada...

–Fue algo peor –dijo Quinn–. Fue ilógico. Esto es lo que no puedo comprender. No tiene sentido. Ellos tenían todo lo que querían. Podían marcharse tranquilamente. ¿Por qué volver atrás para matar al joven?

–Porque son unos sádicos –respondió Sam–. Ya conoces a esa gente; has tenido que tratar con los de su clase durante años. No conocen la compasión. Disfrutan causando dolor. Pensaban matarlo desde el principio...

–Entonces, ¿por qué no lo hicieron en el sótano? ¿Por qué no me mataron también a mí? ¿Por qué no emplearon una pistola, un cuchillo o una cuerda? ¿Por qué?

–Nunca lo sabremos. A menos que logremos encontrarlos. Y tienen todo el mundo para desaparecer en él. ¿Adónde quieres ir?

–Al apartamento –dijo Quinn–. Tengo mis cosas allí.

–Y yo también –agregó Sam–. Me fui a Washington con lo que llevaba puesto.

Conducía hacia el norte por Warwick Road.

–Has ido demasiado lejos –observó Quinn, que conocía Londres como un taxista–. Tuerce a la derecha en Cromwell Road, el próximo cruce de calles.

El semáforo estaba en rojo. Delante de ellos, iba un largo Cadillac negro con la banderola de los Estados Unidos. El embajador Fairweather viajaba en la parte de atrás, estudiando un informe mientras se dirigían al aeropuerto. Levantó la mirada, observó a la pareja sin reconocerla y siguió su camino.

Duncan McCrea se encontraba en el apartamento, como si le hubiese pasado por alto el torbellino de los últimos días. Recibió a Quinn igual que un perro al reunirse con su amo.

Dijo que aquel mismo día, más temprano, Lou Collins había enviado a limpiar el piso. Los encargados de ello no eran hombres con plumeros. Limpiaron de micrófonos las habitaciones. El apartamento estaba «quemado» en lo concerniente a la Compañía y ésta no podía ya emplearlo. Habían dicho a McCrea que se quedase, hiciese los bártulos y devolviese las llaves al casero cuando se marchara a la mañana siguiente. Estaba a punto de empaquetar la ropa de Sam y de Quinn cuando éstos llegaron.

–Bueno, Duncan, o nos quedamos aquí o tenemos que ir a un hotel. ¿Le importa que pasemos con usted la última noche?

–Desde luego, no hay problema. La Agencia les invita. Pero lo siento mucho, mañana por la mañana debemos dejar libre el local.

–Con dormir hoy será suficiente –dijo Quinn; estuvo tentado a revolver los cabellos del joven en un gesto paternal; la sonrisa de McCrea era contagiosa–. Necesito bañarme, afeitarme, comer y descansar unas diez horas.

McCrea fue a la tienda de Mr. Patel en el otro lado de la calle y volvió con dos grandes bolsas. Preparó filetes, patatas fritas y ensalada, con dos grandes botellas de vino tinto. A Quinn le conmovió observar que había elegido vino de Rioja; no de Andalucía, pero sí el de más cerca de allí que había podido encontrar.

Sam no consideró necesario mantener el secreto sobre sus amores con Quinn. Entró en la habitación de éste detrás de él, y si el joven McCrea les oía cuando hiciesen el amor, ¿qué importaba? Después de la segunda vez, ella se quedó dormida, con la cara apoyada en el pecho de él. Quinn puso una mano sobre su nuca y ella murmuró al sentir el contacto.

Pero el negociador no podía dormir, a pesar de su cansancio. Yacía boca arriba, como en tantas noches anteriores, contemplando el techo y pensando. Había algo en aquellos hombres del almacén, algo que había pasado por alto. Lo descubrió de madrugada. El hombre de detrás de él sostenía la Skorpion con naturalidad, fruto de la práctica, no con la tensión y la precaución de los que no están acostumbrados a las armas cortas; parecía tranquilo, relajado, confiado, sabiendo que podía apuntar y disparar la metralleta en una fracción de segundo. Su actitud, su aplomo... Quinn había visto aquello antes.

–Era un soldado –dijo a media voz en la oscuridad.

Sam murmuró «Hum», pero siguió durmiendo. Había algo más, algo que había visto al pasar por delante de la portezuela del Volvo para meterse en el portaequipajes. No podía recordarlo y por fin se quedó dormido.

Por la mañana, Sam se levantó antes, y volvió a su habitación para vestirse. Duncan McCrea debió verla salir del dormitorio de Quinn, pero no hizo comentarios. Le preocupaba más que sus invitados tuviesen un buen desayuno.

–La noche pasada... olvidé los huevos –gritó, y bajó corriendo la escalera para ir a buscarlos a una lechería de la esquina que abría temprano.

Sam llevó a Quinn el desayuno en la cama. Estaba sumido en honda reflexión. Ella se había acostumbrado a sus cavilaciones y lo dejó solo. «Los limpiadores de Lou Collins no habían hecho una buena limpieza», pensó. Las habitaciones estaban llenas de polvo después de cuatro semanas de descuido.

A Quinn no le importaba el polvo. Estaba observando una araña en lo alto del rincón más alejado de su habitación. La pequeña criatura ató cuidadosamente los dos últimos hilos de una telaraña por lo demás perfecta, comprobó que cada hebra estuviese en su lugar y después se deslizó hasta el centro y se sentó a esperar. Fue este último movimiento de la araña lo que recordó a Quinn el pequeño detalle que se le resistía la noche pasada.

El comité de la Casa Blanca tenía sobre la mesa los dictámenes completos de los doctores Barnard y McDonald. Estaban estudiando el primero de ellos. Uno tras otro, terminaron el resumen y se echaron atrás en sus sillones.

–Malditos bastardos –dijo, furioso, Michael Odell.

Hablaba en nombre de todos. El embajador Fairweather se hallaba sentado al otro extremo de la mesa.

–¿Hay alguna posibilidad –preguntó el secretario de Estado, Donaldson– de que los científicos británicos estén equivocados? Me refiero al origen.

–Dicen que no –respondió el embajador–. Nos han invitado a enviar a quienes queramos para comprobarlo; pero son muy competentes. Temo que se encuentran en lo cierto.

Como había dicho Sir Harry Marriott, el aguijón estaba en la cola, en el resumen. Todos los componentes, había dicho el doctor Barnard, con la plena conformidad de sus colegas militares de Fort Halstead, los alambres de cobre, sus fundas de plástico, el Semtex, el receptor, la pila, el metal y el cinturón de cuero, eran de fabricación soviética.

Admitía la posibilidad de que aquellos artículos, aunque confeccionados en la Unión Soviética, cayesen en manos de otros fuera de la URSS. Pero la clave estaba en el microdetonador. Estos detonadores en miniatura, no mayores que un clip de sujetar papeles, se emplean, *solamente*, dentro del programa espacial soviético en Baikonur. Se utilizan para dar cambios infinitesimales de dirección a los vehículos Salyut y Soyuz al maniobrar para acoplarse en el espacio.

–Pero es absurdo –protestó Donaldson–. ¿Por qué habían de hacerlo?

–Son muchas las cosas que carecen de lógica en este embrollo –dijo Odell–. Si esto es verdad, no veo cómo podía Quinn saberlo. Parece que le estuvieron engañando todo el tiempo, que nos estuvieron engañando a todos.

–La cuestión es saber qué vamos a hacer ahora –preguntó el secretario del Tesoro, Reed.

–El entierro se celebra mañana –recordó Odell–. Primero tenemos que atender esto. Después decidiremos cómo hemos de actuar con nuestros amigos rusos.

Durante cuatro semanas, Michael Odell había descubierto que la autoridad de presidente en funciones iba recayendo más y más sobre él. Los hombres que estaban ahora alrededor de la mesa habían llegado también a aceptar su liderazgo, como si fuese el auténtico jefe de la nación.

–¿Cómo está el presidente –preguntó Walters– desde... que le dieron la noticia?

–Según el médico, mal –respondió Odell–. Muy mal. Si el secuestro fue bastante terrible para él, la muerte de su hijo, y producida de esta manera, ha sido como una bala en el vientre.

Al oír la palabra «bala» todos los que estaban alrededor de la mesa pensaron lo mismo. Pero nadie se atrevió a decirlo.

Julian Hayman tenía la misma edad de Quinn y ambos se conocían desde que éste vivió en Londres y trabajó para la empresa de seguros especializada en protección y en rescate de rehenes. Sus mundos se habían superpuesto, pues Hayman, ex comandante del SAS, dirigía una compañía dedicada al suministro de sistemas de alarma y a la protección personal, incluidos los guardaespaldas. Su clientela era exclusiva, acaudalada y cautelosa. Se trataba de personas que tenían motivos para recelar, o no habrían pagado tanto por los servicios de Hayman.

La oficina en Victoria, a la que guió Quinn a Sam a media mañana, después de dejar el piso y despedirse de Duncan McCrea, era discreta y estaba muy protegida.

Quinn le pidió a la muchacha que se sentase junto a la ventana de un café, calle abajo, y le esperase.

–¿Por qué no puedo ir contigo? –preguntó ella.

–Porque él no te recibiría. Tal vez ni siquiera tenga ganas de verme a mí. Sin embargo, espero que lo haga, pues hicimos juntos un largo camino. No le gustan los extranjeros, a menos que paguen bien, y nosotros no estamos en condiciones de hacerlo. En cuanto a las damas del FBI, le causan temor.

Quinn se anunció por el teléfono de la puerta, sabiendo que era observado por la cámara de televisión que se hallaba encima de la puerta. Cuando ésta se abrió, caminó directamente hasta el fondo del local, pasando por delante de dos secretarias que ni siquiera le miraron. Julian Hayman estaba en su despacho, en el extremo de la planta baja. La habitación era tan elegante como el hombre que la ocupaba. No tenía ventanas. Tampoco las tenía Hayman.

–Bien, bien, bien –dijo éste con voz cansina–. Ha pasado mucho tiempo, soldado. –Tendió una mano lánguida–. ¿Qué te trae a mi humilde morada?

–Información –dijo Quinn.

Explicó a Hayman lo que quería.

–En otros tiempos, querido amigo, no habría habido problema. Pero las cosas cambian, ¿sabes? Lo cierto es que hoy se habla mucho de ti, Quinn. Eres persona non grata, dicen en el club. No exactamente el personaje del mes, sobre todo entre los tuyos. Lo siento, muchacho, pero eres mala noticia, no puedo ayudarte.

Quinn descolgó un teléfono que había sobre la mesa y apretó varios botones. Sonó el timbre en el otro extremo de la línea.

–¿Qué estás haciendo? –preguntó Hayman; el tono cansino de su voz había desaparecido.

–Nadie me vio entrar aquí –dijo Quinn–, pero la mitad de Fleet Street va a verme salir.

–*Daily Mail* –respondió una voz en el teléfono.

Hayman alargó una mano y cortó la comunicación. Muchos de sus mejores clientes eran corporaciones americanas que actuaban en Europa, y prefería no tener que dar complicadas explicaciones.

–Eres un bastardo, Quinn –dijo débilmente–. Siempre lo fuiste. Está bien; un par de horas en el archivo, pero te encerraré allí. No quiero que falte nada.

–¿Crees que te haría una cosa así? –preguntó muy amable Quinn.

Hayman le condujo al sótano, donde estaba el archivo.

En parte por su negocio, en parte por interés personal, Julian Hayman había reunido, en el curso de los años, un archivo completísimo de delincuentes de todas clases. Asesinos, ladrones de bancos, gángsters, estafadores, vendedores de drogas, traficantes de armas, terroristas, secuestradores; banqueros, contables, abogados, políticos y policías «venales». Muertos, vivos, en la cárcel o simplemente desaparecidos, constaban en su archivo si habían aparecido alguna vez en letra impresa, y a menudo incluso sin este requisito. Aquella caverna se extendía debajo de todo el edificio.

–¿Alguna sección en particular? –preguntó Hayman, encendiendo las luces.

Los muebles archivadores se extendían en todas direcciones, y en ellos sólo estaban las fichas y las fotografías. Los datos principales constaban en el ordenador.

–La de mercenarios –dijo Quinn.

–¿En el Congo?

–En el Congo, en Yemen, en el sur del Sudán, en Biafra o en Rhodesia.

–Desde aquí hasta allí –dijo Hayman, señalando diez metros de archivadores metálicos, cuya altura era un poco menor a la de un hombre–. El índice está al final.

Quinn estuvo allí cuatro horas; pero nadie le molestó. La fotografía mostraba a cuatro hombres, todos blancos. Se encontraban agrupados delante de un jeep, en una estrecha y polvorienta carretera, flanqueada por unos arbustos que parecían africanos. Podían distinguirse varios soldados negros detrás de ellos. Todos vestían uniforme camuflado de campaña y botas altas. Tres llevaban sombreros con ramas. Tres portaban fusiles ametralladores FLN belgas. Su camuflaje era del tipo leopardo, predilecto de los europeos, y no de la variedad rayada empleada por los ingleses y los americanos.

Quinn puso la foto sobre la mesa, debajo de la lámpara, y encontró una lupa de gran aumento en un cajón. A través de ella apareció más claro el tatuaje en el dorso de la mano izquierda de uno de aquellos hombres, a pesar del tono sepia de la vieja fotografía. Representaba una tela de araña, con ésta agazapada en el centro.

Continuó revisando el archivo, pero no encontró nada más que fuese de interés. Nada que evocase algún recuerdo. Tocó el timbre para que le abriesen.

En el despacho de Hayman, éste alargó la mano para tomar la fotografía.

–¿Quiénes son? –le preguntó Quinn.

Hayman estudió el dorso de la foto. Como todas las demás fotografías y fichas de su colección, estaba marcada con un número de siete cifras. Marcó el número en la consola del ordenador que tenía sobre la mesa. Todos los datos resplandecieron en la pantalla.

–Vaya, *has* pillado a unos buenos tipos, viejo –leyó en la pantalla–. La fotografía fue tomada casi con certeza en la provincia de Maniema, Congo oriental, ahora Zaire, en el invierno de mil novecientos sesenta y cuatro. El hombre de la izquierda es Jacques Schramme, Black Jack Schramme, el mercenario belga.

Se fue animando mientras explicaba. Era su especialidad.

–Schramme fue uno de los primeros. Luchó contra las tropas de las Naciones Unidas en la tentativa de secesión de Katanga, desde mil novecientos sesenta hasta mil novecientos sesenta y dos. Cuando perdieron, tuvo que huir y refugiarse en Angola, a la sazón portuguesa y bajo el dominio de la ultraderecha. Previa invitación, volvió en el otoño de mil novecientos sesenta y cuatro para ayudar a sofocar la rebelión simba. Reconstituyeron su antiguo Grupo Leopardo y contribuyó a la pacificación de la provincia de Maniema. Éste es el hombre. ¿Algo más?

–Los otros –solicitó Quinn.

–¡Hum! El de la derecha es otro belga, el comandante Wauthier. En aquella época estuvo al mando de un contingente de reclutas katangueños y de unos veinte mercenarios blancos, en Watsa. Debía hallarse de visita. ¿Te interesan los belgas?

–Tal vez.

Quinn volvió a pensar en el Volvo, cuando se encontraba en el almacén. Al pasar por delante de la portezuela abierta, había percibido un olor a humo de cigarrillo. No a Marlboro ni a Dunhill. Más bien a Gaullois francés. O a Bastos, la marca belga. Zack no fumaba; le había olido el aliento.

–El que no lleva sombrero, el de en medio, es Roger Lagillarde, también belga. Murió en una emboscada simba en la carretera de Punia. Esto es seguro.

–¿Y el alto? –inquirió el negociador–. El gigante.

–Sí, es muy alto –convino Hayman–. Debe de medir un metro noventa y ocho como mínimo. Con la complexión de un toro. Aquí tendría poco más de veinte años. Lástima que volviese la cabeza. Con la sombra del sombrero de camuflaje apenas puede apreciarse su cara. Probablemente no se conocía su nombre. Sólo su apodo: *Big Paul.* Esto es cuanto aquí se dice.

Apagó la pantalla. Quinn había estado garabateando en un bloc. Empujó su dibujo sobre la mesa.

–¿Habías visto esto alguna vez?

Hayman miró el dibujo de la tela de araña, con la araña en el centro. Se encogió de hombros.

–¿Un tatuaje? Lo llevan jóvenes gamberros, punks, hinchas del fútbol. Es muy corriente.

–Recuerda –dijo Quinn–. Bélgica, digamos hace treinta años.

–Ah, espera un momento. ¿Cómo diablos le llamaban? *Araignée*, esto es. No puedo recordar cómo llaman a la araña en flamenco, sino sólo en francés.

Jugueteó con sus llaves durante unos segundos.

–La red negra, la araña roja en el centro. ¿Llevado en el dorso de la mano izquierda?

Quinn trató de recordar. Estaba pasando por delante de la portezuela del pasajero del Volvo, para meterse en el portaequipajes. Zack iba detrás de él. El hombre que estaba en el asiento del conductor se había inclinado para observarle a través de las rendijas de la máscara. Un hombrón; casi tocaba el techo estando sentado. Inclinándose... se apoyaba en la mano izquierda... Y se había quitado el guante para fumar.

–Sí –dijo Quinn–, esto es.

–Un grupo insignificante –dijo Hayman en tono desdeñoso, leyendo en la pantalla–. Una organización de extrema derecha formada en Bélgica a finales de los años cincuenta y principios de los sesenta. Opuestos a la descolonización de la única colonia belga, el Congo. Antinegros, desde luego, y antisemitas; nada nuevo. Reclutaba jóvenes inadaptados y gamberros, rateros, chusma. Especializados en arrojar piedras contra los escaparates de las tiendas de los judíos, abroncar a los oradores izquierdistas, dar palizas a algunos miembros liberales del Parlamento. En definitiva, se extinguió. Desde luego, la disolución de los imperios europeos dio origen a toda clase de grupos de esta especie.

–¿El movimiento era flamenco o valón? –preguntó Quinn.

Sabía que Bélgica tiene dos grupos culturales: los flamencos, concentrados sobre todo en la mitad norte próxima a Holanda, y que hablan flamenco, y los valones del sur, cerca de Francia, los cuales se expresan en francés. Bélgica es un país bilingüe.

–En realidad, ambas cosas –dijo Hayman, después de consultar la pantalla–. Pero aquí dice que empezó y fue siempre más fuerte en la ciudad de Amberes. Por consiguiente, creo que podemos decir que era flamenco.

Cualquier otra mujer habría estado echando espumarajos de furia por haber tenido que esperar cuatro horas y media. Por suerte para Quinn, Sam era una agente experimentada y había hecho su aprendizaje en servicios de vigilancia, que era lo más aburrido del mundo. Ahora estaba tomando su cuarta taza de horrible café.

–¿Cuándo tienes que devolver el coche? –preguntó Quinn.

–Esta noche. Pero puedo prorrogar el alquiler.

–¿Puedes entregarlo en el aeropuerto?

–Sí. ¿Por qué?

–Vamos a volar a Bruselas.

Ella pareció afligida.

–Por favor, Quinn, ¿tenemos que ir volando? Por supuesto que tomo el avión cuando no tengo más remedio; pero si puedo lo evito... Me da miedo, y ya he tenido que volar demasiado en los últimos tiempos.

–Está bien –se avino él–. Devuelve el coche en Londres. Tomaremos el tren y el aerodeslizador. De todos modos, tendremos que alquilar un coche belga. Podemos hacerlo en Ostende. Y necesitaremos dinero. No tengo tarjetas de crédito.

–¿Qué?

Era la primera vez que oía decir esto.

–No las necesito en Alcántara del Río.

–Está bien, iremos al banco. Extenderé un cheque y espero que tendré dinero suficiente en mi cuenta corriente de los Estados Unidos.

Mientras se dirigían al banco, ella encendió la radio. Había una música triste. Eran las cuatro de la tarde en Londres y ya oscurecía. Muy lejos, al otro lado del Atlántico, la familia Cormack estaba enterrando a su hijo.

CAPÍTULO XII

Lo enterraron en Prospect Hill, el cementerio de la isla de Nantucket, y el frío viento de noviembre soplaba desde el norte a través del Sound.

La ceremonia religiosa se celebró en la iglesia episcopaliana de Fair Street, demasiado pequeña para todos los que deseaban asistir. La familia del presidente ocupaba los dos primeros bancos; detrás estaban los miembros del Gabinete y, en el fondo, otros dignatarios. A petición de la familia, fue un oficio sencillo y privado; a los embajadores y delegados extranjeros se les pidió que asistiesen a los funerales que se celebrarían más adelante en Washington.

El presidente pidió incluso a la prensa que se abstuviese de asistir, pero unos cuantos periodistas se presentaron de todos modos. Los isleños (en aquella estación no había nadie de vacaciones allí) tomaron al pie de la letra el deseo del presidente. Incluso los hombres del Servicio Secreto, que no se distinguen por sus exquisitos modales, se sorprendieron al verse superados por los ceñudos y silenciosos nantuckeños que, sin hacer ruido, quitaron de en medio a varios cámaras y velaron las películas.

El ataúd fue llevado a la iglesia desde la única funeraria de la isla en Union Street, donde estuvo depositado desde su llegada en un C-130 militar (el aeródromo era demasiado pequeño para que pudiesen aterrizar los Boeing 747) hasta el comienzo del oficio.

Cuando la ceremonia se hallaba a la mitad, empezaron a caer las primeras lluvias, abrillantando el tejado de pizarra gris de la iglesia, lavando las ventanas de colores y los bloques de piedra rosa y gris del edificio.

Terminado el oficio, el ataúd fue depositado en un coche fúnebre, que emprendió a paso lento el trayecto de ochocientos metros hasta el Hill, saliendo de Fair Street, traqueteando sobre el empedrado irregular de Main, y subiendo por New Mill Street a Cato Lane. El séquito caminó bajo la lluvia, precedido por el presidente, que miraba como aturdido el ataúd envuelto en la bandera a pocos pasos delante de él. Su hermano menor sostenía a la llorosa Myra Cormack.

El camino era flanqueado por los vecinos de Nantucket, descubiertos y callados. Allí estaban los tenderos que habían vendido pescado, carne, huevos y verduras a la familia, y los dueños de docenas de buenos restaurantes que les habían servido sus especialidades. Allí se encontraban las caras morenas de los viejos pescadores que antaño habían enseñado a nadar, a bucear y a pescar al muchacho de cabellos de estopa, o le habían llevado a recoger vieiras frente al faro de Sankaty.

El guarda y el jardinero estaban llorando en la esquina de Fair Street y Main, a donde habían acudido para ver por última vez al muchacho que aprendió a correr por las duras playas mojadas por la marea, desde Coatue hasta Creat Point y de vuelta hasta Siasconset Beach. Pero las víctimas de las bombas no deben ser contempladas por ojos vivientes, y el ataúd había sido cerrado.

En Prospect Hill entraron en la mitad protestante del cementerio, pasando por delante de tumbas centenarias de hombres que habían ido con sus pequeñas barcas a la caza de la ballena, cuyas barbas tallaban luego a la luz de lámparas de aceite en las largas noches invernales. Después llegaron al nuevo sector donde había sido preparada la sepultura.

Los asistentes fueron entrando y llenaron el lugar, colocándose en filas, y el viento sopló en aquel espacio abierto, después de cruzar el Sound y la ciudad, agitando cabellos y bufandas. Ninguna tienda, ningún taller, ningún bar estaban abiertos aquel día. Ningún avión aterrizó en el aeródromo y ningún ferry atracó en el puerto. Los isleños se habían desconectado del mundo para llorar a un hijo, aunque fuese adoptivo. El pastor empezó a recitar palabras antiguas, y el viento se llevaba su voz.

Allá en lo alto, un gerifalte solitario que bajaba del Ártico como un copo de nieve arrastrado por una ráfaga de aire miró hacia abajo, vio todos los detalles con sus increíbles ojos, y su único grito de alma perdida fue también llevado por el viento.

La lluvia, que había cesado durante el oficio, volvió a caer de nuevo, a rachas y chaparrones. Las aspas frenadas del viejo molino crujieron camino abajo. Los hombres de Washington temblaban y se arrebujaban en sus gruesos abrigos. El presidente permanecía inmóvil, mirando con gran fijeza lo que quedaba de su hijo, insensible al frío y a la lluvia.

A un metro de él estaba la primera dama, surcado su rostro por la lluvia y las lágrimas. Cuando el predicador llegó a «la resurrección y la vida futura», se tambaleó como si fuese a caer.

A su lado, un hombre del Servicio Secreto, con el abrigo desabrochado para tener a su alcance la pistola colgada debajo del sobaco izquierdo, de pelo cortado a cepillo y de una corpulencia de jugador de rugby, prescindió del protocolo y de las ordenanzas, para rodearle los hombros con el brazo derecho. Ella se apoyó en él y lloró sobre la mojada chaqueta.

John Cormack permanecía solo, aislado en sus pensamientos y en su dolor, incapaz de salir de su estado ausente.

Un fotógrafo, más listo que los demás, tomó una escalera de un patio que se hallaba a unos cuatrocientos metros de distancia y subió al viejo molino de madera de la esquina de South Prospect Street y South Mill Street. Antes de que nadie advirtiese que usaba un teleobjetivo, y a la luz del único rayo de sol que se filtraba entre las nubes, tomó una foto, sobre las cabezas de la multitud, del grupo que estaba junto a la tumba.

Fue una fotografía que daría la vuelta a América y a todo el mundo. Mostraba la cara de John Cormack como nadie la había visto hasta entonces; la cara de un hombre envejecido, enfermo, cansado, agotado. Un hombre que ya no podía aguantar más, un hombre dispuesto a abandonar.

Más tarde, en la entrada del cementerio, los asistentes fueron pasando por delante de los Cormack. Nadie sabía qué decir. El presidente asentía con la cabeza, como si lo comprendiese, y estrechaba formalmente las manos.

Después de los pocos familiares próximos, pasaron sus más íntimos amigos y colegas, presididos por los seis miembros del Gabinete que formaban el núcleo del comité que trataba de resolver la crisis en su nombre.

Michael Odell se detuvo un momento, intentando encontrar algo que decir; después meneó la cabeza y se alejó. La lluvia repicaba sobre su cabeza gacha, pegando los gruesos cabellos grises al cráneo.

La perfecta diplomacia de Jim Donaldson fue igualmente desarmada por sus emociones; también él lo único que pudo hacer fue mirar con muda compasión a su amigo, estrechar su mano fláccida y seca, y seguir adelante.

Bill Walters, el joven fiscal general, disimuló lo que sentía adoptando una actitud ceremoniosa.

–Señor presidente –murmuró–, le acompaño en su sentimiento. Lo lamento, señor.

Morton Stannard, el banquero de Nueva York trasladado al Pentágono, era el más viejo de los presentes. Había asistido a muchos entierros, de amigos y colegas, pero a ninguno como aquél. Iba a decir algo convencional; no obstante, sólo pudo farfullar:

–Dios mío, cuánto lo siento, John.

Brad Johnson, el académico negro y consejero de Seguridad Nacional, se limitó a mover la cabeza, como pasmado.

Hubert Reed, del Tesoro, sorprendió a los que estaban cerca de los Cormack. No era un hombre expansivo, demasiado tímido para las francas demostraciones de afecto; un soltero que nunca había sentido la necesidad de una esposa o de unos hijos. Pero miró muy fijo a John Cormack a través de los mojados cristales de las gafas, le tendió la mano, y entonces, en un impulso, alargó ambos brazos y rodeó con ellos a su viejo amigo. Después, como sorprendido por su propia emotividad, se volvió y se alejó presuroso para reunirse con los otros, que tomaban sus coches para ir al aeropuerto.

La lluvia disminuyó de nuevo y dos hombres vigorosos empezaron a arrojar tierra mojada en la fosa. Todo había terminado.

Quinn comprobó el horario del ferry que salía de Dover para Ostende y se encontró con que se les había escapado el último del día. Pasaron la noche en un tranquilo hotel y tomaron el tren de Charing Cross por la mañana.

La travesía fue normal y, avanzada la mañana, Quinn alquiló

un Ford azul mediano en una agencia local. Se dirigieron al antiguo puerto flamenco que había sido centro comercial a orillas del Escalda desde antes que navegase Colón.

Bélgica está entrelazada por un sistema muy moderno de espléndidas autopistas; las distancias son cortas y se recorren en poco tiempo. Quinn eligió la E-5, al este de Ostende, pasó por el sur de Brujas y Gante y, después, se dirigió hacia el noreste por la A-3 y llegó al centro de Amberes a tiempo para un almuerzo tardío.

Europa era un territorio desconocido para Sam. Quinn parecía saber por dónde iba. Ella le había oído hablar francés con fluidez en varias ocasiones, durante las pocas horas que llevaban en el país. Lo que no había percibido era que, cada vez antes de hacerlo, Quinn había preguntado a los flamencos si les *importaba* que les hablase en francés. Por regla general, los flamencos hablan un poco el francés; pero les gusta que se lo pregunten primero. Sólo para dejar bien claro que no son valones.

Se alojaron en un pequeño hotel de la Italie Lei y doblaron la esquina para ir a almorzar a uno de los muchos restaurantes que flanquean por ambos lados la De Keyser Lei.

–¿Qué estás buscando exactamente? –preguntó Sam mientras comían.

–A un hombre –dijo Quinn.

–¿Qué clase de hombre?

–Lo sabré cuando lo vea.

Después del almuerzo, Quinn consultó a un taxista, en francés, y arrancaron. Se detuvo en una tienda de arte e hizo en ella dos compras; también adquirió un plano de la ciudad en un quiosco y celebró otra conferencia con el conductor. Sam oyó las palabras Falcon Rui y después Schipper Straat. El chófer le dirigió una mirada burlona.

La Falcon Rui resultó ser una ruinosa calle donde había varias tiendas de prendas de vestir baratas. En una de ellas compró Quinn un jersey de marinero, un pantalón de lona y unas botas toscas. Lo metió todo en una bolsa de yute y siguieron hacia Schipper Straat. Por encima de los tejados, pudo ver Sam los extremos de unas grandes grúas, indicadoras de que se encontraban cerca del muelle.

Quinn salió de Falcon Rui y entró en un laberinto de estrechas y sucias calles que parecían constituir una zona de casas viejas y sórdidas entre la Falcon Rui y la River Schelde. Se cruzaron con varios hombres de rudo aspecto que daban la impresión de ser marineros mercantes. Había un escaparate iluminado a la izquierda de Sam. Ella lo miró. Una joven robusta, sin más ropa que un pantalón muy corto y un sujetador estaba reclinada en un sillón.

–¡Jesús, Quinn, éste es el barrio de las luces rojas! –protestó Sam.

–Lo sé –dijo él–. Ésta fue la dirección que pregunté al taxista.

Siguió caminando, mirando a derecha e izquierda los rótulos de las tiendas. Aparte de los bares y de los escaparates iluminados donde se exhibían las prostitutas, había pocos establecimientos. Pero encontró tres de los que buscaba en el espacio de doscientos metros.

–¿Salones de tatuaje? –preguntó ella.

–Estamos en la zona portuaria –dijo simplemente él–. El puerto equivale a marineros, y los marineros significan tatuajes. También significan bares y muchachas y chulos que viven de ellas. Volveremos esta noche.

El senador Bennett Hapgood se levantó de su escaño del Senado cuando le tocó el turno y se dirigió al estrado. El día después del entierro de Simon Cormack, ambas cámaras del Congreso americano habían hecho constar una vez más su indignación y su repulsa por lo que había ocurrido la semana anterior en una carretera solitaria de la lejana Inglaterra.

Todos los oradores habían pedido que se tomasen las medidas necesarias para descubrir a los culpables y someterlos a la justicia. A la justicia americana. Costara lo que costara. El presidente de la Cámara golpeó la mesa con su martillo.

–El senador por Oklahoma tiene la palabra –salmodió.

Bennett Hapgood no estaba considerado un peso fuerte dentro del Senado. Los escaños no habrían estado muy concurridos si se hubiese debatido otra cuestión. Y no era que se creyese que el joven senador por Oklahoma tuviese mucho que añadir. Pero lo tenía. Pronunció las palabras habituales de condolencia, de indignación por lo ocurrido y de deseos de que los culpables fuesen llevados ante los tribunales. Después hizo una pausa y reflexionó sobre lo que iba a decir.

Sabía que era una apuesta, una apuesta muy arriesgada. Le habían dicho algo importante, pero no tenía pruebas de ello. Si se equivocaba, sus compañeros senadores le humillarían como a un patán que empleaba palabras serias sin ninguna seriedad.

Sin embargo, sabía que tenía que seguir adelante o perder el apoyo de su nuevo e imponente fiador.

–Pero tal vez no hemos de buscar muy lejos para descubrir a los culpables de este acto diabólico.

Los graves murmullos de la sala cesaron de repente. Los que estaban en los pasillos, dispuestos a marcharse, se detuvieron y se volvieron.

–Quisiera preguntar una cosa. ¿No es cierto que la bomba que mató a aquel joven, al hijo único de nuestro presidente, fue diseñada, hecha y probablemente montada dentro de la Unión soviética? ¿No venía de Rusia aquel artefacto?

Su demagogia natural le habría llevado más lejos. Pero el debate se desintegró en confusión y alboroto. Los medios de comunicación formularon su pregunta a la nación al cabo de diez minutos. Durante dos horas, la Administración contestó con evasivas. Después tuvo que reconocer el contenido del resumen del dictamen del doctor Barnard.

Al anochecer, el furor ciego e intenso contra alguien desconocido, que había crecido como un río desbordado entre la gente de Nantucket el día anterior, había encontrado ahora un blanco. Multitudes de espontáneos asaltaron y destrozaron las oficinas de las líneas soviéticas Aeroflot, en el número seiscientos treinta de la Quinta Avenida, en Nueva York, antes de que la policía pudiese acordonar el edificio. El personal aterrorizado corrió escaleras arriba para protegerse de la chusma; pero fue rechazado por los oficinistas de los pisos superiores. Consiguieron escapar, justo con los otros que se hallaban en el edificio, gracias a la ayuda de los bomberos, que acudieron cuando los locales de Aeroflot fueron incendiados y hubo que evacuar toda la casa.

La policía de Nueva York llegó justo a tiempo al número

ciento treinta y seis de la calle sesenta y siete Este, donde residía la misión soviética en las Naciones Unidas. Un tropel de neoyorquinos trató de forzar la entrada en la calle acordonada; aunque por fortuna para los rusos, los agentes de uniforme azul se mantuvieron firmes.

La policía de Nueva York se encontró luchando con una muchedumbre empeñada en hacer algo con lo que simpatizaban en privado muchos de sus agentes.

Lo propio ocurrió en Washington. La policía de la capital fue alertada y custodió la Embajada soviética y el Consulado en Phelps Place con el tiempo justo. Frenéticas llamadas telefónicas del embajador soviético al Departamento de Estado fueron contestadas diciendo que el informe británico estaba siendo todavía examinado y podía resultar falso.

–Deseamos ver ese informe –insistió el embajador Yermakov–. Es mentira. Lo afirmo categóricamente. Es mentira.

Las agencias Tass y Novosti, lo mismo que todas las Embajadas soviéticas del mundo, publicaron, bien avanzada la noche, una rotunda negativa de las conclusiones del dictamen Barnard, acusando a Londres y a Washington de una cruel y deliberada calumnia.

–¿Cómo diablos se ha filtrado esto? –preguntó Michael Odell–. ¿Cómo diablos pudo enterarse ese Hapgood?

No había respuesta. Ninguna organización importante, y menos un Gobierno, puede funcionar sin una hueste de secretarias, taquígrafos, escribientes y mensajeros; cualquiera de ellos puede revelar un documento confidencial.

–Una cosa es segura –murmuró Stannard, de Defensa–. Después de esto, el Tratado de Nantucket puede darse por muerto. Ahora tendremos que revisar nuestros presupuestos de defensa sobre la base de que no habrá reducciones de armamento.

Quinn había empezado a recorrer los bares del laberinto de estrechas calles que arrancaba de la Schipperstraat. Llegó allí a las diez de aquella noche y permaneció hasta que los bares cerraron justo antes del amanecer; un esbelto marinero que parecía medio borracho, farfullaba en francés, pero tomaba un vasito de cerveza en cada bar. Hacía frío en la calle, y las casi desnudas prostitutas temblaban junto a sus estufas eléctricas o delante de los aparatos de acondicionamiento de aire en sus escaparates. A veces, terminaban su turno, se ponían un abrigo y salían para ir a uno de los bares, tomar una copa y gastar las acostumbradas bromas procaces a los camareros y a los clientes.

La mayoría de los establecimientos tenían nombres como Las Vegas, Hollywood o California, esperando sus optimistas dueños que unos nombres evocadores de un esplendor extranjero atrajesen a los marineros errantes ilusionados por encontrar aquella opulencia detrás de las astilladas puertas. En su mayoría, eran locales mugrientos; pero se estaba caliente y servían buena cerveza.

Quinn había dicho a Sam que tendría que esperar, en el hotel o en el coche aparcado a dos esquinas de distancia en Falcon Rui. Ella prefirió el coche, que no impidió que recibiese numerosas proposiciones a través de las ventanillas.

Quinn bebía despacio, observando la riada de nativos y extranjeros que fluía por aquellas calles y sus bares. En su mano izquierda, hecho con tinta china comprada en la tienda de arte y ligeramente tiznado para que pareciese viejo, aparecía el dibujo de la telaraña negra con la araña roja en su centro. Durante toda la noche, observó otras manos izquierdas, pero no vio nada como aquello.

Subió por la Guit Straat y Pauli Plein, tomando una caña de cerveza en cada uno de los bares; después volvió a Schipperstraat y empezó de nuevo el recorrido. Las muchachas pensaban que quería una mujer y le costaba decidirse. Los clientes varones hacían caso omiso de él, ya que también ellos iban sin cesar de un lado a otro. Sólo un par de camareros, en su tercera visita, menearon la cabeza y sonrieron.

–¿De nuevo aquí? ¿No ha habido suerte?

Tenían razón, pero en otro sentido. No tenía suerte y, antes del amanecer, se reunió con Sam en el coche. Ella se encontraba medio dormida, con el motor en marcha para que funcionase la calefacción.

–¿Y ahora qué? –preguntó Sam mientras volvían al hotel.

–Comer, dormir, comer y empezar de nuevo mañana por la noche –dijo él.

Ella se mostró muy erótica durante la mañana que pasaron en la cama, sospechando que tal vez Quinn se había dejado tentar por alguna de las muchachas que se exhibían en Schipperstraat. No había sido así, pero no vio motivo para desengañarla.

Lionel Cobb se entrevistó con Cyrus Miller, a petición propia, en el piso alto de Pan-Global, en Houston, aquel mismo día.

–Quiero salirme de esto –dijo lisa y llanamente–. La cosa ha ido demasiado lejos. Lo que le sucedió a aquel joven fue horrible. Mis asociados piensan lo mismo. Usted dijo que nunca llegaríamos a esto, Cyrus. Dijo que bastaría el secuestro para... que cambiasen las cosas. Jamás creímos que el muchacho muriera... Pero lo que le hicieron esos brutos... fue horrible..., inmoral...

Miller se levantó y lo miró echando chispas.

–No me dé lecciones sobre moralidad, muchacho. No se atreva nunca a hacerlo. Yo tampoco quería que sucediese esto; pero todos sabíamos que tenía que ocurrir. También usted, Lionel Cobb; Dios sabe que usted también. Y tenía que ser. A diferencia de usted, yo recé implorando la guía divina; a diferencia de usted, pasé noches de rodillas rezando por aquel joven.

»Y el Señor me respondió, amigo mío. El Señor dijo: Es mejor que un corderito vaya al matadero que no que perezca todo el rebaño. No estamos hablando aquí de un hombre, Cobb; estamos hablando de la seguridad, de la supervivencia, de la vida misma de todo el pueblo americano. Y el Señor me dijo: Lo que debe ser, será. Ese comunista de Washington tiene que ser derribado antes de que destruya el templo del Señor, el templo que es ésta nuestra tierra entera. Vuelva a su fábrica, Lionel Cobb, vuelva a ella y convierta las rejas de arado en las espadas que debemos esgrimir para defender a nuestra nación y destruir a los anticristos de Moscú. Y guarde silencio, señor. No me hable nunca más de moral, porque ésta es la obra del Señor y Él me ha hablado.

Lionel Cobb regresó a su fábrica muy impresionado.

Mijaíl Sergeivitch Gorbachov tuvo también un enfrentamiento serio aquel día. Una vez más, había periódicos occidentales desparramados sobre la larga mesa de conferencias que ocupaba casi toda la habitación, con ilustraciones que contaban parte de la historia y grandes titulares que resumían el resto. Solamente estos últimos necesitaban ser traducidos al ruso. Las traducciones del Ministerio de Asuntos Exteriores estaban prendidas en cada periódico.

Sobre su mesa, se hallaban asimismo informes que no necesitaban traducción. Estaban en ruso y procedían de embajadores en todo el mundo, de cónsules generales y de los propios corresponsales de la URSS en el extranjero. Incluso en los países satélites del Este europeo se habían producido manifestaciones antisoviéticas. Las negativas de Moscú eran constantes y sinceras. Sin embargo...

Como ruso y como *apparatchik* del Partido con años de experiencia, Mijaíl Gorbachov no era lerdo en cuestiones de *realpolitik*. Sabía todo lo referente a las falsas informaciones. ¿Acaso no había montado el Kremlin un departamento entero dedicado a ello? ¿Acaso no existía en la KGB todo un directorio dedicado a sembrar sentimientos antioccidentales mediante mentiras oportunas o, lo que era aún más perjudicial, medias verdades? Pero este caso de falsa información era increíble. Esperó con impaciencia al hombre a quien había citado. Era casi medianoche y había tenido que cancelar un fin de semana de caza de patos en los lagos del norte, así como la picante comida georgiana, una de sus dos grandes pasiones. El hombre llegó cuando acababan de dar las doce.

Un secretario general de la URSS no podía esperar que el presidente de la KGB fuese un tipo afectuoso y simpático; no obstante, la cara del capitán general Vladimir Kriuchkov expresaba una fría crueldad que Gorbachov encontraba desagradable.

Cierto que él había ascendido a aquel hombre desde el tercer puesto de delegado del presidente cuando había conseguido, hacía tres años, la destitución de su viejo antagonista Chebrikov. Tuvo pocas alternativas. Uno de los cuatro delegados tenía que ocupar la plaza vacante, y el historial de Kriuchkov como abogado le había parecido bastante para ofrecerle el cargo. Pero después empezó a alimentar reservas.

Reconocía que tal vez se había dejado llevar por su deseo de convertir la URSS en un «Estado socialista fundado en la ley», un Estado en el que la Ley fuese suprema, concepto antiguamente considerado como burgués por el Kremlin. Habían sido bastante frenéticos aquellos primeros días de octubre de 1988, cuando convocó una súbita reunión extraordinaria del Comité Central e inauguró su propia Noche de los Cuchillos Largos contra sus adversarios. Tal vez, en sus prisas, había pasado por alto unas cuantas cosas, como los antecedentes de Kriuchkov.

Éste había trabajado como fiscal bajo Stalin, un oficio impropio de personas remilgadas, y fue de los que intervinieron en la salvaje represión del levantamiento húngaro de 1956. Ingresó en la KGB en 1967. En Hungría había conocido a Andropov, que presidió la KGB durante quince años. El propio Andropov designó a Chebrikov como su sucesor, y éste eligió luego a Kriuchkov para presidir la sección de espionaje en el extranjero, el Primer Directorio. Tal vez él, el secretario general, no supo tener en consideración las antiguas fidelidades.

Ahora miró la alta y abombada frente, los ojos gélidos, las gruesas patillas grises y la hosca boca torcida hacia abajo, y se dio cuenta de que aquel hombre podía ser, a fin de cuentas, su adversario.

Gorbachov salió de detrás de la mesa y le estrechó la mano, en un apretón seco y firme. Como siempre que hablaba, mantuvo un fuerte contacto visual con el que parecía buscar alguna muestra de falsedad o de timidez. A diferencia de la mayoría de sus predecesores, se alegraba de no hallar ninguna de ambas cosas. Señaló los informes de ultramar. El general asintió con la cabeza. Los había visto todos, y algo más. Esquivó la mirada de Gorbachov, el cual dijo:

–Vayamos al grano. Sabemos lo que ellos están diciendo. Es mentira. Nuestras negativas continuarán. No podemos permitir que prevalezca esta falsedad. ¿Pero de dónde procede? ¿En qué se funda?

Con la punta de los dedos, Kriuchkov golpeó desdeñoso el montón de reportajes occidentales. Aunque antiguo *residente* de la KGB en Nueva York, odiaba a América.

–Camarada secretario general, parece que se funda en un dictamen británico del científico que realizó el estudio de la manera en que murió aquel americano. O el hombre mintió, o bien otros tomaron su informe y lo alteraron. Sospecho que es una artimaña de los americanos.

Gorbachov volvió detrás de su mesa y se sentó de nuevo. Eligió con mucho cuidado sus palabras.

–¿Podría haber... en todo caso... algo de verdad en esta acusación?

Vladimir Kriuchkov se quedó pasmado. Dentro de su propia organización existía un departamento que diseñaba, inventaba y confeccionaba en sus laboratorios los ingenios más diabólicos para acabar con la vida o, simplemente, para incapacitar a personas. Pero ahora no se trataba de esto; no habían montado ninguna bomba para ser ocultada en el cinturón de Simon Cormack.

–No, camarada, no; seguro que no.

Gorbachov se inclinó hacia delante y golpeó la carpeta.

–Averígüelo –ordenó–, de una vez para siempre. Sí o no; averígüelo.

El general asintió con la cabeza y salió. El secretario general se quedó mirando la larga habitación. Necesitaba (tal vez sería más exacto decir «había necesitado») el Tratado de Nantucket más de lo que se imaginaba el Salón Oval. Sin él, su país se enfrentaba al espectro del bombardero invisible Stealth B2 y a la pesadilla de tener que encontrar trescientos mil millones de rublos para reconstruir la red de defensa antiaérea. Hasta que se agotase el petróleo.

Quinn lo vio la tercera noche. Era bajo y robusto, con las orejas hinchadas y la nariz aplastada de un pugilista. Estaba sentado al final de la barra del Montana, una sucia tasca en Oude Mann Straat, la que con acierto llamaban Calle del Viejo. Había otra docena de hombres en el bar, pero ninguno le hablaba y él no parecía desear que lo hiciesen.

Sostenía su cerveza con la mano derecha y tenía en la izquierda un cigarrillo liado a mano, y en el dorso el dibujo de la telaraña negra. Quinn pasó por delante de la barra y se sentó en el penúltimo taburete antes del de aquel hombre.

Ambos permanecieron así en silencio durante un rato. El púgil miró a Quinn, pero no pareció prestarle más atención. Transcurrieron diez minutos. El hombre lió otro cigarrillo. Quinn le ofreció fuego. El púgil asintió con la cabeza, pero no le dio las gracias de palabra. Un hombre hosco y receloso, con quien no era fácil entablar conversación.

Quinn miró al camarero y señaló su vaso. Le trajo otra botella. Entonces señaló el vaso vacío del cliente que tenía al lado y arqueó una ceja. El hombre meneó la cabeza, hurgó en un bolsillo y pagó su consumición.

Quinn lanzó un suspiro interior. La cosa no marchaba. Aquel fulano parecía un pendenciero de taberna, un pequeño rufián, ni siquiera tenía los sesos suficientes para ser un alcahuete, aunque no se necesita mucho para esto. Lo probable era que no hablase francés y, desde luego, era hombre de pocos amigos. Pero su edad coincidía, poco menos de cincuenta años, y tenía el tatuaje. Valía la pena probar.

Quinn salió del bar y encontró a Sam en el coche a dos manzanas de distancia. Le dijo en voz baja lo que quería que hiciese.

–¿Has perdido el juicio? –se escandalizó ella–. No puedo hacerlo. Tengo que recordarte, Mr. Quinn, que soy hija de un pastor de Rockcastle.

Pero sonreía al decirlo.

Diez minutos más tarde, Quinn estaba sentado de nuevo en su taburete del bar cuando entró ella. Se había subido tanto la falda que debía llevar la cinturilla debajo de los sobacos; pero cubierta con su jersey de cuello polo. Había empleado todo el paquete de Kleenex de la guantera para dar a su ya abundante pecho unas dimensiones desmesuradas. Avanzó contoneándose y se sentó en el taburete entre Quinn y el púgil. Éste la miró. Lo propio hicieron todos los demás, salvo Quinn.

Ella se estiró y besó a Quinn en la mejilla; después le lamió la oreja. Él siguió sin hacerle caso. El púgil volvió a fijar la mirada en su vaso, pero desviándola en ocasiones hacia el pecho que sobresalía de la barra. El camarero se acercó, sonrió y dirigió a la mujer una mirada interrogadora.

–Whisky –pidió ella.

Es una palabra internacional, y el hecho de pronunciarla no

revela el país de origen del que la pronuncia. Él le preguntó en francés si quería hielo; ella no le comprendió; pero asintió vivamente con la cabeza. El camarero puso el hielo. La mujer brindó por Quinn, quien tampoco ahora le hizo ningún caso. Sam se encogió de hombros, se volvió al bruto y brindó por él. El bravucón de taberna se sorprendió y correspondió al brindis.

Con gran deliberación, Sam abrió la boca y se pasó la lengua por el brillante labio inferior. Estaba seduciendo descaradamente al bruto. Éste le sonrió, mostrando unos dientes rotos. Sin esperar más, ella se inclinó y le besó en los labios.

Con un golpe de revés, Quinn la hizo caer del taburete al suelo, se levantó y se abalanzó hacia el púgil.

–¿Qué diablos te propones, metiéndote con mi chica? –gruñó en un francés de borracho.

Sin esperar respuesta, lanzó un gancho de izquierda que alcanzó al bestia en la mandíbula y le derribó sobre el serrín del suelo.

El hombre cayó bien, pestañeó, se puso de nuevo en pie y acometió a Quinn. Sam, siguiendo las instrucciones de éste, se precipitó hacia la puerta y salió. El barman levantó rápidamente el teléfono que había debajo del mostrador, marcó el uno cero uno, que es el número de la policía. Cuando le respondieron, murmuró «Riña en un bar» y dio la dirección.

Siempre hay coches patrulla rondando por aquel distrito, y muy en especial durante la noche, y el primer Sierra blanco con la palabra POLITIE pintada en azul en los lados llegó al cabo de cuatro minutos. Dos agentes de uniforme se apearon del coche, seguidos de otros dos que llegaron en un segundo automóvil veinte segundos después.

Es sorprendente el daño que dos buenos luchadores pueden causar en un bar en cuatro minutos. Quinn sabía que podía vencer al matón, que era lento a causa de la bebida y de los cigarrillos. Pero dejó que el hombre le diese un par de puñetazos en las costillas, para que se animase, y después le largó un fuerte gancho de izquierda debajo del corazón para frenarle un poco. Cuando pareció que el hombre más bajo iba a retirarse, Quinn se le echó encima para ayudarle un poco.

En un doble abrazo de oso, ambos contendientes derribaron la mayor parte de los muebles del bar, rodando sobre el serrín en un revoltijo de patas de sillas, mesas volcadas, vasos y botellas.

Cuando llegó la policía, fueron detenidos en el acto. La jefatura de policía de aquel sector corresponde a la Zona Oeste P/1 y la Comisaría más próxima está en la Blindenstraat. Los dos coches patrulla los llevaron allí, por separado, al cabo de un par de minutos, y los entregaron al sargento de guardia, Klopper. El barman calculó los daños e hizo una declaración desde detrás del mostrador. No hacía falta detenerle; tenía un negocio al que atender. Los agentes dividieron por dos la suma calculada como importe del estropicio y se la hicieron firmar.

Los detenidos a causa de riñas son siempre separados en Blindenstraat. El sargento Klopper metió al púgil, a quien conocía bien de anteriores encuentros, en el desnudo y manchado Wachtkamer de detrás de su mesa. A Quinn le hicieron sentar en un duro banco de la zona de recepción, mientras era examinado su pasaporte.

–Americano, ¿eh? –dijo Klopper–. No debería usted mezclarse en riñas, señor Quinn. A ese Kuyper le conocemos bien; siempre se mete en follones. Esta vez lo pagará. Él le pegó primero, ¿no?

Quinn meneó la cabeza.

–En realidad, yo le pegué.

Klopper estudió la declaración del barman.

–¡Hum! *Ja*, el barman dice que los dos tuvieron la culpa. Lo siento. Ahora tendré que retenerlos a usted y al otro tipo. Por la mañana comparecerán ante el *Magistraat*. Por los daños causados en el bar.

El *Magistraat* significaba papeleo. Cuando, a las cinco de la mañana, compareció en la Comisaría una elegante dama americana, severamente vestida y con un fajo de billetes para pagar los perjuicios al Montana, el sargento Klopper se sintió aliviado.

–¿Paga usted la mitad correspondiente al americano por los daños causados, *ja*? –preguntó.

–Págalo todo –dijo Quinn desde su banco.

–¿Paga también la parte de Kuyper, señor Quinn? Es un gamberro, siempre entrando y saliendo de aquí desde que era un muchacho. Un largo historial, aunque siempre por cosas pequeñas.

–Paga también por él –dijo Quinn a Sam, y ella lo hizo–. Ya

que no se debe nada, ¿querrá usted mantener la acusación, sargento?

–Realmente, no. Pueden marcharse.

–¿Puede venir él también? –dijo Quinn, señalando al *Wachtkamer* y el bulto dormido de Kuyper al que podía ver a través de la puerta.

–¿Quiere que salga *él*?

–Claro, somos compañeros.

El sargento arqueó una ceja, sacudió a Kuyper para despertarlo y le dijo que el americano había pagado su parte de los daños, lo cual le era muy beneficioso, pues en otro caso habría pasado de nuevo una semana en la cárcel. Pero ahora podía marcharse. Cuando el sargento Klopper levantó la mirada, la dama se había ido. El americano rodeó a Kuyper con un brazo y juntos bajaron, tambaleándose, la escalera de la Comisaría. Para gran alivio del sargento.

En Londres, dos hombres tranquilos se reunieron a la hora del almuerzo en un discreto restaurante donde los camareros les dejaron solos después de servirles la comida. Ambos se conocían de vista, o mejor dicho, por fotografía. Cada uno sabía cómo se ganaba el otro la vida. Si un curioso hubiese tenido el descaro de preguntar, se habría enterado de que el inglés era un funcionario del Foreign Office y el otro el agregado cultural auxiliar de la Embajada soviética.

Lo que nunca habría sabido, por muchos antecedentes que hubiese consultado, era que el funcionario del Foreign Office era jefe delegado de la Sección soviética de Century House, cuartel general del Servicio Secreto británico; ni que el hombre que decía cuidar de las visitas del Coro del Estado de Georgia era el *rezident* delegado de la KGB dentro de la misión. Uno y otro sabían que estaban allí con la aprobación de sus respectivos Gobiernos, que la reunión se celebraba a petición de los rusos y que el jefe del SIS había reflexionado muchísimo antes de permitirla. Los ingleses preveían con toda claridad lo que iban a pedir los rusos.

Cuando el camarero retiró los restos de las chuletas de cordero y se fue en busca del café, el ruso hizo su pregunta.

–Temo que sí, Vitali Ivanovitch –respondió con gravedad el inglés.

Habló durante varios minutos, resumiendo las conclusiones del dictamen forense de Barnard. El ruso pareció impresionado.

–Esto es imposible –comentó al fin–. El mentís de mi Gobierno es del todo sincero.

El hombre del Servicio Secreto guardó silencio. Podía haber dicho que, si uno se acostumbra a mentir, cuando al fin dice la verdad es difícil que le crean. Pero no lo dijo. Sacó una fotografía del bolsillo interior de su chaqueta. El ruso la estudió.

Había sido ampliada muchas veces de su tamaño original. Era de un objeto que en ella tenía diez centímetros de longitud. Un microdetonador de Paikonur.

–¿Fue encontrado en el cuerpo?

El inglés asintió con la cabeza.

–Incrustado en un fragmento de hueso introducido en el bazo.

–Yo no soy técnico para juzgarlo –objetó el ruso–. ¿Puedo quedarme con esto?

–Para eso lo he traído –dijo el hombre del SIS.

Como respuesta, el ruso suspiró y sacó una hoja de papel del bolsillo. El inglés la miró y arqueó una ceja. Era una dirección en Londres. El ruso encogió los hombros.

–Un pequeño gesto –dijo–; algo de lo que tuvimos conocimiento.

Los hombres pagaron la cuenta y se separaron. Cuatro horas más tarde, la Rama Especial y la brigada Antiterrorista asaltaron una casa medio aislada en Mill Hill, deteniendo a cuatro miembros de una unidad de servicio activo del IRA y apoderándose de materiales suficientes para haber provocado una docena de explosiones de bombas en la capital.

Quinn propuso a Kuyper que buscasen un bar que todavía estuviese abierto y bebiesen una copa para celebrar su puesta en libertad. Esta vez no hubo objeciones. Kuyper no le guardaba rencor por la riña; en realidad, se había estado aburriendo y la pelea le levantó el ánimo. El hecho de que el otro hubiese pagado su multa era un aliciente más. Por otra parte, su resaca necesitaba el alivio de otra cerveza, y si aquel hombre alto pagaba...

Su francés era lento pero aceptable. Parecía comprender el idioma más que hablarlo. Quinn se presentó como Jacques Degueldre, de nacionalidad francesa y padres belgas, que había estado muchos años trabajando en barcos de la Marina mercante francesa.

Mientras tomaba la segunda cerveza, Kuyper advirtió el tatuaje en el dorso de la mano de Quinn y mostró orgullosamente el suyo para compararlo.

–Aquéllos eran buenos tiempos, ¿eh? –comentó sonriendo Quinn.

Kuyper rió entre dientes al recordarlo.

–Rompí unas cuantas cabezas aquellos días –contó con satisfacción–. ¿Dónde te incorporaste tú?

–En el Congo, en mil novecientos sesenta y dos –dijo Quinn.

Kuyper frunció el ceño, tratando de imaginar cómo podía uno ingresar en la organización Araña en el Congo. Quinn se inclinó hacia delante, con aire de conspirador.

–Luché allí desde el sesenta y dos al sesenta y siete –confesó–. Con Schramme y Vauthier. Por entonces, en aquel sitio eran todos belgas. En particular flamencos. Los mejores combatientes del mundo.

Eso gustó a Kuyper. Asintió gravemente con la cabeza.

–Les dimos una lección a aquellos bastardos negros, te lo aseguro.

Esto le gustó todavía más a Kuyper.

–Yo estuve a punto de ir –dijo, pesaroso, pues resultaba evidente que había perdido una gran oportunidad de matar a muchos africanos–. Pero estaba en la cárcel.

Quinn pidió otra cerveza, la séptima.

–Mi mejor amigo procedía de aquí –dijo–. Había cuatro con el tatuaje de la Araña. Pero él era el mejor. Una noche fuimos todos a la ciudad, encontramos un salón de tatuaje y ellos me iniciaron, considerando que ya había pasado las pruebas. Tienes que recordarle de aquí. Big Paul.

Kuyper le dio vueltas al nombre, pensó durante un rato, frunció el entrecejo y meneó la cabeza.

–Paul... ¿qué más?

–Que me aspen si me acuerdo. Ambos teníamos entonces veinte años. Hace mucho tiempo de esto. Nosotros sólo le llamábamos Big Paul. Era muy alto, de casi dos metros. Corpulento como un roble. Debía de pesar cien kilos o más. Maldita sea... ¿Cuál *era* su apellido?

Los ojos de Kuyper se iluminaron.

–Le recuerdo –dijo–. Sí, un buen pegador. Tuvo que marcharse, ¿sabes? Antes de que le pillara la poli. Por eso se fue a África. Los bastardos le acusaban de violación. Espera... ¡Marchais! Éste era el nombre: Paul Marchais.

–Claro –exclamó Quinn–. ¡El viejo Paul!

Steve Pyle, director general del SAIB en Riad, recibió la carta de Andy Laing diez días después de haber sido enviada. La leyó en la intimidad de su despacho y, cuando la dejó, le temblaba la mano. Aquello se estaba convirtiendo en una pesadilla.

Sabía que los nuevos datos en el ordenador del banco resistirían toda comprobación electrónica; el trabajo del coronel para borrar los antiguos y sustituirlos por otros había sido casi genial. Pero... ¿Y si le ocurría algo al ministro, príncipe Abdul? ¿Y si el Ministerio hiciese su auditoría de abril y el príncipe rehusase admitir que había aprobado la recaudación de fondos? Y él, Steve Pyle, sólo podía contar con la palabra del coronel...

Trató de hablar por teléfono con el coronel Easterhouse, pero había salido; Pyle no sabía que estaba en las montañas del norte, cerca de Ha'il, haciendo planes con un imán chiíta que tenía la mano de Alá sobre su cabeza y los zapatos del Profeta en sus pies. Pasarían tres días antes de que pudiese ponerse en contacto con el coronel.

Quinn atiborró a Kuyper de cerveza hasta mediada la tarde. Tenía que andarse con cuidado. Si el hombre no bebía bastante, jamás superaría su cautela y su hosquedad naturales, lo suficiente para soltar la lengua; pero, si bebía demasiado, perdería sencillamente el conocimiento. Era de esta clase de bebedor.

–Dejé de verlo en mil novecientos sesenta y siete –dijo Quinn, refiriéndose a su desaparecido y mutuo amigo Paul Marchais–. Yo me fui de allí cuando las cosas se pusieron feas para los mercenarios. Apuesto que él no lo hizo. Probablemente murió en alguna zanja inundada por la lluvia.

Kuyper rió entre dientes, miró a su alrededor y se dio unos golpecitos en el lado de la nariz, en el ademán de los tontos que creen saber algo especial.

–Volvió –dijo en tono alegre–. Salió de allí. Regresó aquí.

–¿A Bélgica?

–Sí. Debió de ser en mil novecientos sesenta y ocho. Yo acababa de salir de chirona. Lo vi con mis propios ojos.

«Veintitrés años –pensó Quinn–. Podía estar en cualquier parte.»

–Me gustaría tomar una cerveza con Big Paul, para recordar los viejos tiempos –murmuró.

Kuyper meneó la cabeza.

–Imposible –dijo con voz de borracho–. Desapareció. Tuvo que hacerlo, a causa de la policía y de todo lo demás. Lo último que supe de él fue que estaba trabajando en una feria, en algún lugar del sur.

Cinco minutos más tarde se había dormido. Quinn volvió al hotel, tambaleándose un poco. También necesitaba dormir.

–Ya es hora de que te ganes el sustento –dijo a Sam–. Ve a la oficina de información de Turismo y pregunta por las ferias, parques de atracciones y cosas parecidas. En el sur del país.

Eran las seis de la tarde. Durmió doce horas.

–Hay dos –le dijo ella mientras desayunaban en su habitación–. Uno es Bellewaerde. Está en las afueras de Ieper, en el extremo oeste, cerca de la costa y de la frontera francesa. El otro es Walibi, en la periferia de Wavre. Se halla al sur de Bruselas. He traído folletos.

–No creo que los folletos anuncien que tengan un ex mercenario del Congo en su personal –comentó Quinn–. Aquel cretino dijo «en el sur». Probaremos primero en Walibi. Estudia la ruta y larguémonos de aquí.

Momentos antes de las diez, cargó en el coche su saco de viaje de lona, su nueva bolsa de yute y el más numeroso equipaje de Sam. En cuanto entraron en la red de autopistas, viajaron rápidos hacia el sur, dejando atrás Mechelen; rodearon Bruselas por el cinturón de ronda y rodaron de nuevo hacia el sur por la E-40 hacia Wavre. Más allá de la ciudad vieron el rótulo del parque de atracciones.

Desde luego, estaba cerrado. Todas las instalaciones parecían tristes bajo el frío invernal, con los coches de choque cubiertos con lonas, los pabellones helados y vacíos, la lluvia gris goteando de las vigas de la montaña rusa y el viento metiendo hojas pardas y mojadas en la cueva de Alí Babá. Debido a la lluvia, incluso los trabajos de mantenimiento estaban en suspenso. Tampoco había nadie en la oficina de administración. Entraron en un café que había carretera abajo.

–¿Y ahora qué? –preguntó Sam.

–Iremos a visitar a Mr. Van Eyck en su casa –dijo Quinn y pidió la guía telefónica local.

La cara jovial del director del parque de atracciones, Bertie van Eyck, aparecía en primera página del folleto, sobre un mensaje de bienvenida a todos los visitantes. Como era un apellido flamenco, y Wavre estaba en el corazón del país de habla francesa, tan sólo había tres Van Eyck en la guía. Uno de ellos se llamaba Albert de nombre. Bertie. Una dirección fuera de la ciudad. Almorzaron y se dirigieron allí en el coche. Quinn tuvo que preguntar varias veces la dirección.

Era una casa agradablemente aislada en la orilla de un largo camino vecinal llamado Chemin des Charrons. La señora Van Eyck abrió la puerta y llamó a su marido, que pronto apareció con una chaqueta de punto y en zapatillas. Desde detrás de él, llegó el sonido de un programa deportivo de la televisión. Aunque flamenco por su nacimiento, Bertie van Eyck estaba metido en un negocio relacionado con el turismo y hablaba francés al igual que la propia lengua. Su inglés era también perfecto. Advirtió a primera vista que sus visitantes eran americanos y les dijo:

–Sí, soy Van Eyck. ¿En qué puedo servirles?

–Espero que pueda hacerlo, señor –dijo Quinn, adoptando la actitud campechana e inocente que había engañado a la muchacha del Blackwood's Hotel–. Mi esposa y yo estamos en Bélgica tratando de encontrar a parientes del viejo país. Mire, mi abuelo materno procedía de Bélgica; por consiguiente, tengo primos en estos parajes y pensé que si podía encontrar a uno o dos de ellos, sería estupendo poder contárselo a la familia cuando volvamos a los Estados Unidos...

Hubo un griterío en la televisión. Van Eyck pareció visiblemente contrariado. El líder de la Liga belga, el Tournai, jugaba contra el campeón de Francia, el Saint Étienne, un partido cumbre que no podía perderse ningún aficionado al fútbol.

–Lo lamento, pero no tengo ningún pariente americano –empezó a decir.

–No, señor, no me ha comprendido. Me han dicho en Amberes que un sobrino de mamá podía estar trabajando en estos lugares en un parque de atracciones. Se llama Paul Marchais.

Van Eyck frunció el entrecejo y movió la cabeza.

–Conozco a todo mi personal. No hay nadie que se llame así.

–Un hombretón al que llaman Big Paul. Casi dos metros, con unos hombros así de anchos y un tatuaje en la mano izquierda...

–*Ja, ja*, pero no se llama Marchais. Querrá decir Paul Lefort.

–Bueno, tal vez me he equivocado –dijo Quinn–. Creo recordar que su madre, hermana de mi mamá, se casó dos veces; sin duda por esto cambió su apellido. ¿Sabe por casualidad dónde reside?

–Espere un momento, por favor.

Bertie van Eyck volvió al cabo de dos minutos con un trozo de papel. Después regresó a su partido de fútbol. Tournai acababa de marcar y él se lo había perdido.

–Jamás había visto –dijo Sam, mientras volvían a la ciudad de Wavre– una caricatura tan espantosa de un cabezota americano de visita en Europa.

Quinn le hizo un guiño.

–Pero ha dado resultado, ¿no?

Encontraron la pensión de Madame Garnier detrás de la estación del ferrocarril. Estaba anocheciendo. La mujer era una viuda flaca y bajita que, de arranque, comenzó por decir a Quinn que no tenía ninguna habitación vacante. Pero se ablandó cuando él le dijo que no buscaba habitación, sino simplemente una oportunidad de hablar con su viejo amigo Paul Lefort. Su francés era tan fluido que ella lo tomó por francés.

–Pero ha salido, monsieur. Ha ido a trabajar.

–¿En el Walibi? –preguntó Quinn.

–Naturalmente. La Noria. Revisa el motor durante los meses de invierno.

Quinn hizo un ademán gálico de frustración.

–Nunca encuentro a mi amigo –se lamentó–. A principios del mes pasado vine al parque y él se hallaba de vacaciones.

–Oh, no de vacaciones, monsieur. Su pobre madre murió. Una larga enfermedad. Él la cuidó hasta el fin. En Amberes.

Esto era lo que él había contado. Durante la segunda mitad de setiembre y todo el mes de octubre había estado fuera de su pensión y de su lugar de trabajo. «Apuesto a que fue así», pensó Quinn, pero sonrió y dio las gracias a Madame Garnier, y recorrieron los cuatro kilómetros de regreso al parque de atracciones.

Estaba tan abandonado como seis horas antes; pero ahora, en la oscuridad, parecía una ciudad fantasma. Quinn escaló la verja exterior y ayudó a Sam a pasar sobre ella. Contra el oscuro terciopelo del cielo nocturno pudo ver las vigas negras de la Noria, la estructura más alta del parque.

Pasaron delante del desmantelado tiovivo, cuyos viejos caballos de madera estarían ahora almacenados; el templete abandonado; el quiosco cerrado de los bocadillos. La Noria se alzaba sobre ellos en la noche.

–Quédate aquí –murmuró Quinn.

Dejó a Sam en la sombra y se encaminó al pie de la máquina.

–Lefort –llamó suavemente.

No hubo respuesta.

Los asientos dobles, colgando de sus barras de acero, estaban cubiertos de lona para proteger el interior. No había nadie en los asientos más próximos al suelo, ni debajo de ellos. Tal vez el hombre se encontraba agazapado en la sombra, esperándolos. Quinn miró hacia atrás.

A un lado de la estructura estaba la caseta de la máquina que albergaba el motor eléctrico. Era grande, de acero pintado de verde, y encima de ella, estaba la cabina de control, pintada de amarillo. Las puertas de ambas se hallaban entornadas. No se oía ruido en la dinamo. Quinn la tocó ligeramente. Persistía en ella un calor residual.

Subió a la cabina de control, encendió una luz piloto sobre la consola, estudió las palancas y apretó un interruptor. Debajo de él, la máquina zumbó y cobró vida. Metió la marcha y puso la palanca de delante en «despacio». Frente a él, la rueda gigantesca empezó a girar en la oscuridad. Halló un control de iluminación, lo tocó y la base de la rueda quedó bañada en una luz blanca.

Quinn descendió y se detuvo ante la rampa, mientras los asientos se balanceaban en silencio a su lado. Sam se reunió con él.

–¿Qué estás haciendo? –murmuró.

–En la caseta del motor había una funda de lona correspondiente a los asientos –dijo él.

A su derecha, la cestilla que había estado en lo más alto de la rueda empezó a aparecer. El hombre que se encontraba dentro no disfrutaba del viaje.

Yacía tumbado en el suelo, con su enorme cuerpo llenando la mayor parte del espacio destinado a dos pasajeros, la mano tatuada reposaba fláccida sobre la panza; la cabeza estaba apoyada hacia atrás en el asiento, y los ojos sin vida contemplaban las vigas y el cielo. Pasó lentamente por delante de ellos, a pocos palmos de distancia. Tenía la boca entreabierta, y los dientes, manchados de nicotina, lucían húmedos a la luz de los focos. En el centro de su frente aparecía un orificio redondo, oscurecidos los bordes con huellas de quemadura. Pasó e inició la subida hacia el cielo nocturno.

Quinn regresó a la cabina de control y detuvo la noria en su posición anterior, de modo que el único asiento ocupado quedaba en lo alto, fuera del alcance de las miradas. Paró el motor, apagó las luces y cerró ambas puertas; tomó la llave de contacto y las de las dos puertas y las arrojó a lo lejos en el lago. La funda de lona no utilizada quedó encerrada dentro de la caseta del motor. Quinn estaba pensativo; cuando miró a Sam, la vio pálida e impresionada.

Para salir de Wavre y volver a la autopista, pasaron de nuevo por el Chemin des Charrons y por delante de la casa del director del parque de atracciones, que acababa de perder a uno de sus empleados. Empezó a llover de nuevo.

Al cabo de un kilómetro escaso descubrieron el hotel Domaine des Champs, con sus luces dando la bienvenida a los viajeros a través de la mojada oscuridad.

Cuando se registraron en el hotel, Quinn sugirió a Sam que se bañase antes que él. Ella no se opuso. Mientras estaba en la bañera, él revisó su equipaje. El *Valpak* de los trajes no presentó problemas; la piel de la maleta era blanda, y sólo tardó treinta segundos en registrarlo.

El neceser cuadrado y de cantos duros era pesado. Quinn sacó toda la serie de sprays para el cabello, champú, perfumes, cosméticos, espejos, cepillos y peines. Todavía pesaba mucho. Midió su profundidad desde el borde hasta la base por fuera y, después, por dentro. Hay motivos para que las personas aborrezcan viajar en avión, y una máquina de rayos X puede ser uno de ellos. Había una diferencia de cinco centímetros en aquellas mediciones. Quinn tomó su cortaplumas y encontró la rendija en el fondo interior del estuche.

Transcurridos diez minutos, Sam salió del cuarto de baño cepillándose los mojados cabellos. Iba a decir algo cuando vio lo que había sobre la cama y se detuvo. Se le descompuso el semblante.

No era lo que tradicionalmente se llama un arma de mujer. Era un revólver Smith and Wesson del 38, de cañón largo, y las balas que estaban a su lado sobre la colcha tenían la punta hueca. Un arma para impresionar a cualquiera.

CAPÍTULO XIII

–Quinn, te juro que Brown me endosó el arma antes de acceder a que me fuese contigo. Me dijo que a veces las cosas se ponen difíciles.

Quinn asintió con la cabeza y jugueteó con su comida, que era excelente. Pero había perdido el apetito.

–Mira, ya sabes que no ha sido disparada. Y no me has perdido de vista desde Amberes.

Desde luego, tenía razón. Aunque él había dormido doce horas la noche anterior, lo bastante para que alguien pudiese ir en coche desde Amberes a Wavre y regresar con tiempo sobrado. Madame Garnier había dicho que su huésped había salido para trabajar en la Noria aquella mañana, después del desayuno. Y Sam estaba en la cama con él cuando se despertó a las seis. Pero en Bélgica *hay* teléfonos.

Sam no había llegado a Marchais antes que él; pero sí alguna otra persona. ¿Brown y sus cazadores del FBI? Quinn sabía que también ellos estaban en Europa, respaldados por todas las fuerzas de policía nacionales. Pero Brown hubiese querido vivo a aquel hombre, capaz de hablar, capaz de delatar a sus cómplices. Tal vez. Empujó su plato a un lado.

–Ha sido un día muy largo –dijo–. Vayámonos a dormir.

Pero yació en la oscuridad, contemplando el techo. Se durmió a la media noche; había decidido creer a Sam.

Salieron por la mañana, después del desayuno. Sam se puso al volante.

–¿Adónde vamos, jefe?

–A Hamburgo –dijo Quinn.

–¿Hamburgo? ¿Qué tiene que ver Hamburgo con esto?

–Conozco a un hombre en Hamburgo –fue todo lo que quiso decir él.

Tomaron de nuevo la autopista hacia el sur para conectar con la E-41 al norte de Namur y seguir después por la recta carretera que pasa por Lieja al este y cruza la frontera alemana en Aquisgrán. El sistema de autopistas belga enlaza perfectamente con las *autobahns* alemanas y, después de cruzar la frontera, Sam giró hacia el norte y atravesó la casi increíble zona industrial del Ruhr, pasando por Dusseldorf, Duisburg y Essen, para salir por último a las llanuras agrícolas de la Baja Sajonia.

Quinn la sustituyó al volante al cabo de tres horas y, después de otras dos, se detuvieron para almorzar sabrosas salchichas de Westfalia y ensalada de patatas en una de las innumerables Gasthaus que se encuentran cada tres o cuatro kilómetros a lo largo de las carreteras nacionales alemanas. Estaba ya oscureciendo cuando se unieron a las columnas de tráfico que cruzaban los suburbios meridionales de Hamburgo.

La vieja ciudad portuaria hanseática a orillas del Elba era tal como Quinn la recordaba. Encontraron un pequeño hotel, anónimo pero confortable, detrás del Steindammtor, y se registraron en él.

–No sabía que hablases tan bien el alemán –dijo Sam, cuando entraron en su habitación.

–Nunca me lo preguntaste –dijo Quinn.

En realidad, había aprendido el idioma hacía años, porque en los días en que la banda terrorista Baader-Meinhof andaba destrozándolo todo, y su sucesora, la Facción del Ejército Rojo, salía por sus fueros, los secuestros habían sido muy frecuentes, y a veces cruentos, en Alemania. Tres veces, a finales de los años setenta, tuvo que trabajar en casos de secuestro en la República Federal.

Hizo dos llamadas telefónicas, pero le dijeron que el hombre con quien quería hablar no estaría hasta la mañana siguiente.

El general Vadim Vasilievitch Kirpichenko estaba de pie, esperando en el antedespacho. A pesar de su imponente aspecto, se sentía un poco nervioso. Y no porque el hombre a quien deseaba ver fuese inabordable, antes al contrario; además, se habían encontrado varias veces, aunque siempre con carácter formal y en público. Su inquietud se debía a otro factor; pasar por encima de sus superiores de la KGB y pedir una entrevista personal y privada con el secretario general, sin decírselo, era una empresa arriesgada. Si la cosa salía muy mal, su carrera habría terminado.

Un secretario se acercó a la puerta del despacho particular y se quedó plantado allí.

–El secretario general le recibirá ahora, camarada general –dijo, y se apartó a un lado.

Cuando Kirpichenko hubo entrado, el hombre salió de la habitación y cerró la puerta.

El jefe delegado del Primer Directorio, antiguo oficial profesional de información de la sección de espionaje, recorrió la larga habitación en dirección al hombre que estaba sentado detrás de la mesa en el fondo de la estancia. Si a Mijaíl Gorbachov le intrigaba aquella petición de audiencia, no lo manifestó. Saludó al general de la KGB con camaradería, llamándole por su primer nombre y el patronímico, y esperó a que su visitante se explicase.

–Ha recibido usted el informe de nuestra delegación en Londres con referencia a la llamada prueba extraída por los ingleses del cadáver de Simon Cormack.

Era una afirmación, no una pregunta. Kirpichenko sabía que el secretario general tenía que haberla visto. Había pedido que le diesen los resultados de la reunión de Londres en cuanto llegasen. Gorbachov hizo un breve asentimiento con la cabeza.

–Y sabrá usted, camarada secretario general, que nuestros colegas de la sección militar niegan que la fotografía fuese de una pieza de su equipo.

Los programas de cohetes de Baikonur correspondían a los militares. Volvió a asentir con la cabeza. Kirpichenko fue al grano.

–Hace cuatro meses recibí un informe de mi *rezident* en Belgrado. Me pareció tan importante que lo marqué para que fuese pasado por el camarada presidente a este despacho.

Gorbachov se puso rígido. Ya estaba. El oficial que tenía delante de él, aunque muy digno, iba tras Kriuchkov. «Le conviene que la cosa sea seria, camarada general», pensó. Su rostro permaneció impasible.

–Esperaba recibir instrucciones para investigar el asunto más a fondo. No me ha llegado ninguna. Entonces se me ocurrió pensar que tal vez no había visto usted el informe de agosto; a fin de cuentas, es el mes de vacaciones...

Gorbachov recordó sus interrumpidas vacaciones. Aquellos *refuseniks* judíos aporreados delante de toda la prensa occidental en una calle de Moscú.

–¿Trae alguna copia de ese informe, camarada general? –preguntó suavemente.

Kirpichenko sacó dos hojas de papel, dobladas, del bolsillo interior de su chaqueta. Siempre vestía de paisano; odiaba los uniformes.

–Puede que no exista ninguna relación, secretario general. Espero que sea así. Pero no me gustan las coincidencias. Estoy acostumbrado a no fiarme de ellas...

Mijaíl Gorbachov estudió el informe del comandante Kerkorian, de Belgrado, y frunció el ceño, desconcertado.

–¿Quiénes son esos hombres? –preguntó.

–Cinco industriales americanos. Del llamado Miller sabemos que es de extrema derecha, que aborrece a nuestro país y todo lo que éste representa. El que tiene el nombre de Seanlon es un empresario, lo que los americanos llaman un *hustler*. Los otros tres fabrican armas perfeccionadísimas para el Pentágono. Con los detalles técnicos que llevan en su cabeza, ¿cómo se expusieron al peligro de un posible interrogatorio al visitar nuestro suelo?

–¿Pero de qué modo vinieron? –preguntó Gorbachov–. ¿En secreto, por transporte militar? ¿Para aterrizar en Odessa?

–Ésta es la coincidencia –precisó el jefe de espionaje–. Lo comprobé con los de control de tráfico de las Fuerzas Aéreas. Al salir el Antonov del espacio aéreo rumano para entrar en la zona de control de Odessa, cambió su plan de vuelo, pasó por encima de Odessa y aterrizó en Bakú.

–¿En Azerbaiján? ¿Qué diablos estaban haciendo en Azerbaiján?

–Bakú, camarada secretario general, es el cuartel general del Alto Mando del Sur.

–Pero es una base militar del máximo secreto. ¿Qué hacían allí?

–No lo sé. Desaparecieron cuando aterrizaron, pasaron dieciséis horas dentro de la base y volvieron a la base aérea yugoslava en el mismo avión. Entonces regresaron a América. Nada de cacería de osos. No eran unas vacaciones.

–¿Algo más?

–Una última coincidencia. Aquel día, el mariscal Koslov estaba en visita de inspección en el cuartel general de Bakú. Una inspección de rutina. Esto es lo que se dice.

Cuando su visitante se marchó, Mijaíl Gorbachov interrumpió todas las llamadas y reflexionó sobre lo que acababa de oír. Era malo. Era malo... casi todo. Había una compensación. Su adversario, el terco general que dirigía la KGB, acababa de cometer un grave error.

Las malas noticias no eran exclusivas de la Plaza Nueva de Moscú. También las había en el lujoso despacho de Steve Pyle en Riad. El coronel Easterhouse dejó la carta de Andy Laing sobre la mesa.

–Ya veo –dijo.

–Dios mío, ese pequeño imbécil todavía puede meternos en un buen lío –protestó Pyle–. Tal vez los registros del ordenador muestran algo diferente de lo que dice él. Pero, si sigue divulgándolo, tal vez los contables del Ministerio querrán echar un vistazo, un vistazo a fondo. Antes de abril. Bueno, sé que todo esto es aprobado por el propio príncipe Abdul, y por una buena causa, pero ya conoce usted a esa gente. Supongamos que nos retira su protección, que dice que no sabe nada de esto... Son capaces de ello, ¿sabe? Mire, pienso que tal vez debería usted restituir aquel dinero, encontrar fondos en cualquier otra parte...

Easterhouse continuó mirando hacia el desierto con sus pálidos ojos azules. «Es peor que esto, amigo mío –pensó–. No hay connivencia del príncipe Abdul, ni aprobación de la Casa Real. Y la mitad del dinero ha sido ya desembolsado para pagar los preparativos que un día restablecerán el orden y la disciplina; sí, el orden y la disciplina, en la loca economía y en las desequilibradas estructuras políticas de todo Oriente Medio.» Dudaba de que la casa de Saud, o el Departamento de Estado, lo viesen de esta manera.

–Tenga calma, Steve –aconsejó en tono tranquilizador–. Ya

sabe a quién represento aquí. Ellos resolverán el asunto. Se lo aseguro.

Pyle lo acompañó hasta la puerta, pero no se tranquilizó. Incluso la CIA fallaba a veces, se dijo. Demasiado tarde. Si hubiese estado más enterado y leído menos novelas, habría sabido que un alto oficial de la Compañía no podía tener el grado de coronel. Langley no aceptaba ex oficiales del Ejército. Pero él lo ignoraba. Sólo estaba preocupado.

Mientras bajaba a la calle, Easterhouse se dio cuenta de que tendría que volver a los Estados Unidos para celebrar consultas. De todos modos, ya era hora. Todo estaba arreglado, funcionando como una bomba de relojería. Incluso se había adelantado con arreglo al tiempo previsto. Tenía que presentar a sus patronos un informe sobre la situación. Mientras estuviese allí mencionaría a Andy Laing. Era probable que pudiese comprar a aquel hombre, persuadirle de que se estuviera quieto, al menos hasta abril. No sabía lo equivocado que estaba.

–Estás en deuda conmigo, Dieter, y sólo tú puedes ayudarme.

Quinn se hallaba sentado con su contacto en un bar a dos manzanas de la oficina donde éste trabajaba. El hombre parecía preocupado.

–Por favor, Quinn, trata de comprenderlo. No es sólo cuestión del reglamento de la casa. La propia ley federal prohíbe que los no empleados tengan acesso a la «morgue».

Dieter Lutz era diez años más joven que Quinn, pero más afortunado que éste. Llevaba una brillante carrera. Era reportero distinguido de la revista *Der Spiegel*, la más importante y prestigiosa revista de Alemania en lo concerniente a asuntos de actualidad.

No siempre había sido igual. Antaño trabajó por su cuenta, ganándose la vida a duras penas, tratando de adelantarse un paso a los demás cuando se presentaba algún caso extraordinario. En aquellos tiempos, se había producido un secuestro que acaparaba los titulares de los periódicos alemanes día tras día. En el momento más delicado de las negociaciones con los secuestradores, se le escapó inadvertidamente algo que estuvo a punto de destruir el trato.

La irritada policía había querido saber de dónde procedía la filtración. La víctima del secuestro era un gran industrial, un bienhechor del partido, y Bonn había apretado de firme a la policía. Quinn supo quién era el culpable, pero guardó silencio. El mal estaba hecho, tenía que ser reparado, y la ruina de un joven reportero demasiado entusiasta y poco prudente no iba a mejorar las cosas.

–No hace falta que yo entre –dijo Quinn en tono paciente–. Tú perteneces al personal; tienes derecho a entrar y recoger el material, si es que está allí.

Las oficinas de *Der Spiegel* se encuentran en el número diecinueve de Brandstwiete, una calle corta que va desde el canal de Donvenfleet y la Ost-West-Strasse. Debajo del moderno bloque de once pisos, dormita la más grande «morgue» de periódicos de Europa. Más de dieciocho millones de documentos están archivados allí. La computadorización del archivo llevaba ya diez años funcionando cuando Quinn y Lutz tomaron su cerveza aquella tarde de noviembre en el bar Don-Strasse. Lutz suspiró.

–Está bien –admitió–. ¿Cuál es el nombre?

–Paul Marchais –dijo Quinn–. Mercenario belga. Luchó en el Congo desde mil novecientos sesenta y cuatro hasta mil novecientos sesenta y ocho. Y cualquier información general sobre los acontecimientos de aquel período.

Los archivos de Julian Hayman en Londres podían haber contenido algo sobre Marchais; pero Quinn no sabía entonces el nombre. Al cabo de unas horas Lutz volvió con un legajo.

–Esto no debería salir de mi poder –explicó–. Y tengo que devolverlo antes de que anochezca.

–Tonterías –dijo amablemente Quinn–. Ve a tu trabajo. Y vuelve dentro de cuatro horas. Estaré aquí. Entonces te lo devolveré.

Lutz se marchó. Sam no había comprendido la conversación en alemán, pero ahora se inclinó para ver lo que Lutz le había dado a Quinn.

–¿Qué estás buscando? –preguntó.

–Quiero ver si ese bastardo tenía algunos compañeros, algunos amigos íntimos –dijo Quinn, y empezó a leer.

El primer recorte era de un periódico de Amberes de 1965. En aquellos días se había producido una situación sumamente emocional para los belgas; los relatos sobre los rebeldes simbas que violaban, torturaban y asesinaban a monjas, curas, plantadores, misioneros, mujeres y niños, muchos de ellos belgas, otorgaron una aureola gloriosa a los mercenarios que sofocaron la rebelión. El artículo estaba en flamenco, pero acompañado de una traducción al alemán.

Marchais, Paul: Nacido en Lieja en 1943, de padre valón y madre flamenca (esto explicaba el apellido francés de un muchacho criado en Amberes). El padre fue muerto durante la liberación de Bélgica en 1944-45, y la madre regresó a su Amberes natal. Infancia pasada en los barrios bajos de la zona portuaria. Dificultades con la policía desde la primera adolescencia. Una serie de condenas leves hasta la primavera de 1964. Aparecido en el Congo con el grupo de Leopardos de Jacques Schramme... No se mencionaba la acusación de violación; tal vez la Policía de Amberes guardaba silencio con la esperanza de que volviese y pudiera ser detenido.

En el segundo artículo se le citaba de pasada. Por lo visto, se había apartado de Schramme en 1966 e incorporado al Quinto Comando, bajo el mando de John Peters, como sucesor de Mike Hoare. Este comando estaba compuesto en su mayoría por africanos del Sur (Peters se había apresurado a despedir a casi todos los británicos de Hoare). Tal vez el hecho de hablar flamenco había permitido a Marchais sobrevivir entre los afrikaners, ya que su lengua y la flamenca son bastante parecidas.

Los otros dos recortes hacían referencia a Marchais, o simplemente a un gigante belga llamado Big Paul, que se había quedado después de la disolución del Quinto Comando y la marcha de Peters, y se unió de nuevo a Schramme a tiempo para el motín de Stanleyville de 1967 y la larga marcha hasta Bukavu.

Por último, había incluido Lutz cinco fotocopias de hojas extraídas de la obra clásica de Anthony Mackler, *Histoire des Mercenaires*, que pusieron a Quinn al corriente de los últimos meses de Marchais en el Congo.

Con la rebelión simba finalmente sofocada, se produjo un golpe en la capital congoleña y el general Mobutu subió al poder. Inmediatamente trató de disolver los diversos comandos de mercenarios blancos. El Quinto, formado por ingleses y sudafricanos, aceptó su disolución. El Sexto, bajo el mando del francés Bob Denard, se negó. En junio de 1967 se amotinó en Stanleyville; Denard recibió un tiro en la cabeza y fue evacuado a Rhodesia; Jacques Schramme lo sustituyó. Entonces mandó un grupo mixto de restos del Quinto Comando, hombres del Sexto Comando francés, que se habían quedado sin jefe, y sus propios belgas. Además de varios cientos de reclutas katangueños.

A finales de julio, incapaces de retener Stanleyville, se dirigieron a la frontera, abriéndose paso contra toda oposición, hasta que llegaron a Bukavu, antaño balneario para los belgas, a orillas de un lago. Allí se hicieron fuertes.

Resistieron durante tres meses, pero al fin agotaron las municiones. Entonces cruzaron el puente sobre el lago y pasaron a la vecina república de Ruanda.

Quinn conocía el resto. A pesar de hallarse sin municiones, aterrorizaron al Gobierno ruandés, el cual pensó que, si no lograba apaciguarles, «se apoderarían» de todo el país. El cónsul de Bélgica estaba atribulado. Muchos de los mercenarios belgas habían perdido sus documentos de identidad, por accidente o adrede. Acosado por ellos, el cónsul expidió tarjetas de identidad belgas con los nombres que le daban los interesados. Debió de ser entonces cuando Marchais se convirtió en Paul Lefort. Con un poco de ingenio, aquellos documentos podían convertirse luego en permanentes, sobre todo si había existido y muerto allí un Paul Lefort auténtico.

El 23 de abril de 1968, dos aviones de la Cruz Roja repatriaron por fin a los mercenarios. Uno de los aparatos voló directamente a Bruselas, con todos los belgas a bordo. Todos, menos uno. El pueblo belga estaba dispuesto a aclamar a sus mercenarios como héroes; pero no así la policía, la cual inspeccionó a todos los que bajaban del avión, consultando al mismo tiempo su lista de personas reclamadas por los tribunales. Marchais debió de tomar el otro DC-6, el que dejó su carga humana en Pisa, Zurich y París. Entre los dos aviones habían transportado a Europa ciento veintitrés mercenarios europeos y sudafricanos.

Quinn se hallaba convencido de que Marchais había viajado en el segundo avión y que estuvo desaparecido durante veintitrés años en los que vivió de humilde y legítimo trabajo. Hasta que fue reclutado para su última misión en el extranjero. Pero lo que él quería era el nombre de alguien que hubiese estado con él en esta última acción. Nada había en los papeles que pudiese darle una pista. Entonces volvió Lutz.

–Una última cosa –dijo Quinn.

–No puedo –protestó Lutz–. Ya están diciendo que estoy preparando un relato retrospectivo sobre los mercenarios. No voy a... Tengo que tratar de la reunión de Ministros de Agricultura del Mercado Común.

–Ensancha tus horizontes –sugirió Quinn–. ¿Cuántos mercenarios alemanes estuvieron presentes en el motín de Stanleyville, en la marcha a Bukavu, en el sitio de Bukavu y en el campo de concentración de Ruanda?

Lutz tomó notas.

–También tengo una mujer y unos hijos que me esperan en casa, ¿sabes?

–Entonces eres un hombre afortunado –dijo Quinn.

La información que pedía ahora era más escueta y Lutz volvió de la «morgue» al cabo de veinte minutos. Esta vez se quedó mientras Quinn leía.

Lo que le había traído era todo lo referente a los mercenarios alemanes, desde 1960 en adelante. Eran al menos una docena. Wilhelm había estado en el Congo, en Watsa. Muerto de las heridas recibidas en una emboscada en la carretera de Paulis. Rolf Steiner estuvo en Biafra; ahora vivía en Munich, pero nunca pisó el Congo. Quinn volvió la página. Siegfried «Congo» Muller sí había estado en el Congo desde el principio hasta el final. Murió en África del Sur en 1983.

Había otros dos alemanes. Vivían en Nuremberg y se conocían sus direcciones, pero ambos se habían marchado al disolverse el Quinto Comando en la primavera de 1967, y no se hallaron presentes en el motín del Sexto en Stanleyville, en julio. Sólo quedaba uno.

Werner Bernhardt perteneció al Quinto Comando; y, cuando éste se disolvió se había unido a Schramme. Participó en el motín, en la marcha a Bukavu y en el sitio del balneario del lago. No constaba su dirección.

–¿Dónde podría estar ahora? –preguntó Quinn.

–Si no consta, es que desapareció –dijo Lutz–. Esto ocurría en mil novecientos sesenta y ocho, ¿sabes? Y estamos en mil novecientos noventa y uno. Puede estar muerto... o en cualquier parte. La gente así... ya sabes. América Central o del Sur, África del Sur.

–O aquí en Alemania –sugirió Quinn.

Por toda respuesta, Lutz pidió la guía telefónica del bar. Había en ella cuatro columnas de Bernhardt. Y esto sólo en Hamburgo. Hay diez Estados en la República Federal, y todos tienen varias guías de esta clase.

–¿Antecedentes penales? –preguntó Quinn.

–A menos de que se trate de delitos federales, tendrías que pasar por diez autoridades de policía independientes. No ignoras que, desde después de la guerra, cuando los Aliados tuvieron la bondad de redactar nuestra Constitución, todo está descentralizado aquí. Para que nunca pueda surgir otro Hitler. Seguir la pista a alguien es divertidísimo, y terrible. Ya lo sé, forma parte de mi trabajo. Pero un hombre como ése... Existen pocas probabilidades de encontrarlo. Si quiere desaparecer, desaparece. Y es lo que ha hecho éste. De lo contrario habría sido entrevistado en veintitrés años, aparecido en los periódicos. Pero no hay nada. Si lo hubiese, figuraría en nuestro archivo.

Quinn sólo podía hacer una última pregunta. ¿De dónde procedía el tal Bernhardt? Lutz repasó las hojas.

–De Dortmund –respondió–. Nació y se crió en ese lugar. Tal vez la policía de allí sepa algo. Pero no te lo dirán. Los derechos humanos, ¿sabes? En Alemania somos muy rigurosos en lo que respecta a los derechos humanos.

Quinn le dio las gracias y le dejó marchar. Sam y él rondaron por la calle en busca de un restaurante prometedor.

–¿Adónde iremos ahora? –preguntó ella.

–A Dortmund –contestó él–. Conozco a un hombre en esa ciudad.

–Conoces a un hombre en todas partes, querido.

A mediados de noviembre, Michael Odell se entrevistó a solas con el presidente Cormack en el Salón Oval. El vicepresidente estaba impresionado por el cambio experimentado por su viejo amigo. Lejos de haberse recobrado después del entierro, John Cormack parecía haberse hundido todavía más.

No era tan sólo su aspecto físico lo que preocupaba a Odell; la antigua fuerza de concentración había desaparecido, su característica penetración se había disipado. Trató de llamar la atención del presidente sobre su agenda.

–Ah, sí –dijo Cormack, haciendo un esfuerzo–. Vamos a echarle un vistazo.

Observó la página correspondiente al lunes.

–Hoy es martes, John –le recordó con amabilidad Odell.

Al volver el presidente las hojas, su amigo vio las gruesas rayas rojas tachando las citas convenidas en una semana. El papeleo podía llevarse dentro de la casa; hoy la Casa Blanca tenía un buen equipo, Cormack había elegido bien. Pero el pueblo americano tiene en gran estima el poder de quien es presidente, jefe del Estado, jefe ejecutivo, jefe supremo de las Fuerzas Armadas; del hombre que, con su dedo, puede apretar el botón de la bomba nuclear. Hay ciertas condiciones... Una de ellas es que tienen derecho a verlo, y con frecuencia. Fue el fiscal general quien tradujo en palabras las preocupaciones de Odell una hora más tarde, en el Salón de Situación.

–No puede estar sentado para siempre en la Mansión –dijo Walters.

Odell les había informado del estado en que había hallado al presidente una hora antes. Sólo se encontraban presentes los seis más íntimos (Odell, Stannard, Walters, Donaldson, Reed y Johnson), más el doctor Armitage, a quien habían pedido que se reuniese con ellos como consejero.

–Ese hombre es una cáscara, una sombra de lo que era hace sólo cinco semanas. ¡Maldita sea! –se lamentó Odell.

Sus interlocutores se mostraban sombríos y deprimidos.

El doctor Armitage explicó que el presidente padecía un trauma posshock del que parecía incapaz de recobrarse.

–¿Qué quiere decir eso con exactitud? –gruñó Odell.

Armitage explicó en tono paciente que el jefe ejecutivo sufría un dolor personal tan profundo que le impedía continuar su actividad normal.

Después del secuestro, explicó el psiquiatra, se había producido un trauma parecido, pero no tan fuerte. Entonces, el problema había sido la tensión y la ansiedad derivadas de la incertidumbre y la preocupación; de no saber lo que le ocurría a su hijo, si estaba vivo o muerto, si lo trataban bien o mal, o cuándo sería liberado.

Durante el secuestro, la carga se había aligerado un poco. Por medio de Quinn, había sabido que su hijo al menos estaba vivo. Al acercarse el momento del intercambio, se recobró un tanto.

La muerte de su único hijo, y la manera brutal y salvaje en que le había sido infligida, fueron igual que un golpe físico. Demasiado introvertido para comunicarse con facilidad, demasiado inhibido para mostrar sus íntimos sentimientos, había reprimido su dolor, lo que le había llevado a sucumbir en una continua melancolía que corroía su vigor mental y moral, esa cualidad que los humanos llamamos voluntad.

El comité escuchaba, taciturno. Habían confiado en que el psiquiatra les dijese qué había en la mente del presidente. Lo demás ya lo habían apreciado en las pocas ocasiones en que se mostraba ante ellos; no necesitaban que un médico les dijese lo que estaban viendo. Un hombre apagado, distraído; cansado hasta el extremo del agotamiento, viejo antes de tiempo, carente de energía y de interés. Había habido otros presidentes que estuvieron enfermos mientras desempeñaban su función, y la maquinaria del Estado fue capaz de superarlo. Pero no se había producido nada como esto. Incluso sin las insidiosas y crecientes preguntas de los medios de comunicación, varios de los presentes empezaban también a preguntarse si John Cormack podía, o debía, continuar en su cargo.

Bill Walters escuchaba impasible al psiquiatra. A sus cuarenta y cuatro años era el miembro más joven del Gabinete, un enérgico y brillante abogado de California. John Cormack lo había traído a Washington como fiscal general, para emplear su talento contra el crimen organizado, buena parte del cual se ocultaba ahora detrás de fachadas corporativas. Los que le admiraban confesaban que podía ser cruel, aun defendiendo la supremacía de la ley; sus enemigos, y tenía unos cuantos, temían su cólera implacable.

Era de aspecto agradable, a veces casi infantil, con su indumentaria juvenil y sus cabellos cortados a la moda. Pero, detrás de su atractivo, podía haber una frialdad, una impasibilidad impenetrables. Los que habían negociado con él sabían que la única señal de que había dado en el clavo era que dejaba de pestañear. Entonces su mirada podía ser desconcertante. Cuando el doctor Armitage salió del salón, rompió el lúgubre silencio.

–Es posible, caballeros, que tengamos que pensar seriamente en la Veinticinco...

Todos sabían de qué iba, pero él había sido el primero en invocar su aplicabilidad. Bajo la Enmienda Veinticinco, un grupo compuesto por el vicepresidente y los miembros más importantes del Gabinete puede comunicar, en forma escrita, a los presidentes del Senado y de la Cámara de Representantes su opinión de que el presidente está incapacitado para desempeñar las funciones y los deberes de su cargo. Sección cuarta de la Enmienda Veinticinco, para ser exactos.

–Sin duda se la ha aprendido de memoria, Bill –replicó Odell.

–Calma, Michael –le aconsejó Don Donaldson–. Bill no ha hecho más que mencionarla.

–Él dimitiría antes de que recurriésemos a eso –dijo Odell.

–Sí –admitió Walters, en tono apaciguador–, por motivos de salud, que están justificadísimos, y con la simpatía y la gratitud de la nación. Sólo tenemos que plantearle la cuestión. No será necesario nada más.

–Pero todavía no –protestó Stannard.

–Escuchen, escuchen –pidió Reed–. Tenemos tiempo. El dolor pasará, es lo más probable. Él se recobrará. Volverá a ser el que era antes.

–¿Y si no ocurre así? –preguntó Walters.

Resiguió con la mirada, sin pestañear, las caras de todos los presentes. Michael Odell se levantó bruscamente. A lo largo de su vida, hubo de participar en algunas luchas políticas; pero había una frialdad en Walters que nunca le gustó. Aquel hombre no bebía y, a juzgar por el aspecto de su mujer, probablemente hacía el amor siguiendo las normas tradicionales.

–Muy bien; no perdamos de vista esto –dijo–. Pero aplacemos la decisión. ¿De acuerdo?

Todos los demás asintieron y se levantaron. Aplazarían la decisión de la Enmienda Veinticinco. Por ahora.

Había sido una combinación de los ricos campos de trigo y de cebada de la Baja Sajonia y de Westfalia, al norte y al este, más las aguas cristalinas que bajaban de los cercanos montes, lo que había hecho de Dortmund una ciudad cervecera. En 1293 el rey Adolfo de Nassau otorgó a los ciudadanos de la pequeña ciudad de la punta sur de Westfalia el derecho a elaborar cerveza.

El acero, los seguros, la banca y el comercio vinieron mucho después. La cerveza fue el fundamento y, durante siglos, los vecinos de Dortmund la consumieron en su mayor parte. La revolución industrial de mediados y finales del siglo diecinueve proporcionó el tercer ingrediente además del grano y el agua: los sedientos obreros de las fábricas que proliferaron a lo largo del valle del Ruhr. Al principio del valle, con vistas al suroeste hasta las lejanas e imponentes chimeneas de Essen, Duisburg y Düsseldorf, se alza la ciudad entre las grandes praderas y los parroquianos. Los padres de la ciudad sacaron provecho de ello; Dortmund se convirtió en la capital cervecera de Europa.

Siete enormes fábricas de cerveza dominaban el comercio: Brinkhoff, Kronen, DAB, Stifts, Ritter, Thier y Moritz. Hans Moritz fue dueño de la penúltima cervecería en importancia y cabeza de una dinastía que se remontaba a ocho generaciones. Pero fue el último individuo que conservó personalmente la propiedad y el control de su imperio, y esto le hizo verdaderamente rico. Por un lado su riqueza y por otro el prestigio de su nombre, hicieron que los salvajes de la banda Baader-Meinhof secuestrasen a su hija Renata. De esto hacía diez años.

Quinn y Sam se alojaron en el Roemischer Kaiser Hotel, en el centro de la ciudad, y Quinn consultó la guía telefónica con pocas esperanzas. Desde luego, la casa no estaba en la guía. Escribió una carta personal en papel del hotel, llamó a un taxi e hizo que fuese entregada en la oficina principal de la cervecería.

–¿Crees que tu amigo estará todavía aquí? –preguntó Sam.

–Estará sin duda alguna –afirmó Quinn–. A menos que esté en el extranjero o en alguna de sus seis casas.

–Le gusta mucho ir de un lado a otro –observó Sam.

–Sí. De esa manera se siente más seguro. La Riviera francesa, el Caribe, el chalet de esquí, el yate...

Había acertado al suponer que la villa a orillas del lago Constanza había sido vendida hacía tiempo; pues fue allí donde tuvo lugar el secuestro.

Tuvo suerte. Estaban comiendo cuando avisaron a Quinn que le llamaban por teléfono.

–¿Herr Quinn?

Reconoció la voz, grave y culta. El hombre hablaba cuatro idiomas. Habría podido ser concertista de piano. Tal vez debió haberlo sido.

–Herr Moritz, ¿está usted en la ciudad?

–¿Recuerda usted mi casa? Debería recordarla. Pasó dos semanas en ella.

–Sí, señor. La recuerdo. Pero no sabía si todavía la conservaba.

–Pues sí. A Renata le encanta; no me permitiría cambiarla. ¿En qué puedo servirle?

–Me gustaría verle.

–Mañana por la mañana. Tomaremos café a las diez y media.

–Allí estaré.

Salieron de Dortmund en dirección sur, por la Ruhrwald Strasse, hasta que dejaron atrás las zonas industriales y comerciales y entraron en el suburbio de Syburg. Allí empezaron las colinas, onduladas y boscosas. En las propiedades del interior de los bosques se hallaban las casas de los ricos.

La mansión de Moritz se alzaba en medio de un parque de ocho hectáreas, al final de un paseo que venía de Hohensyburg Strasse. Al otro lado del valle, el monumento Syburger contemplaba el Ruhr, hacia las agujas de Sauerland.

El lugar era una fortaleza. Una cerca de hierro rodeaba toda la finca, y la puerta de la verja era de acero, accionada por control remoto, y con una cámara de televisión discretamente instalada en un pino próximo. Alguien observó a Quinn al descender del coche y anunciarse en una rejilla de acero junto a la puerta. Al cabo de dos segundos, ésta se abrió, impulsada por motores eléctricos. Cuando el coche pasó, se cerró de nuevo.

–A Herr Moritz le gusta estar aislado –observó Sam.

–Tiene motivos para ello –respondió Quinn.

Aparcó sobre la gravilla de color pardo, delante de la casa estucada de blanco. Un mayordomo uniformado les hizo entrar. Hans Moritz los recibió en el elegante cuarto de estar, donde les esperaba el café en una brillante cafetera de plata. Sus cabellos eran más blancos que la última vez que Quinn lo había visto, y había unas cuantas arrugas más en su cara; pero el apretón de manos fue tan firme y la sonrisa tan grave como siempre.

Apenas se habían sentado cuando se abrió la puerta y apareció en el umbral una joven vacilante. El semblante de Moritz se iluminó. Quinn se volvió para mirarla.

Era bonita sin afectación, tímida hasta el punto de querer pasar inadvertida. Pero sus dedos meñiques terminaban en muñones. «Ahora debía de tener veinticinco años», pensó Quinn.

–Renata, querida, éste es Mr. Quinn. ¿Recuerdas a Mr. Quinn? No, claro que no.

Moritz se levantó, se acercó a su hija, le susurró unas palabras al oído y la besó en la cabeza. Ella se volvió y se marchó. Moritz se sentó de nuevo. Su semblante era impasible, pero la agitación de sus dedos revelaba su trastorno interior.

–Ella... nunca se recobró del todo. El tratamiento continúa. Prefiere quedarse en casa, sale raras veces. No se casará... después de lo que le hicieron aquellos brutos...

Sobre el piano de cola Steinbeck había una fotografía, de una niña de catorce años, sonriente y maliciosa, encima de unos esquíes. Había sido tomada un año antes del secuestro. Un año después, Moritz había encontrado a su esposa en el garaje, con los gases del tubo de escape fluyendo del tubo de goma dentro del coche cerrado. Quinn lo había sabido cuando estaba en Londres. Moritz hizo un esfuerzo.

–Discúlpeme. ¿En qué puedo servirle?

–Estoy tratando de encontrar un hombre. Un hombre que vino de Dortmund hace mucho tiempo. Puede que esté todavía aquí, o en Alemania, o muerto o en el extranjero. No lo sé.

–Bueno, hay agencias, especialistas. Desde luego, puedo contratar...

Moritz pensaba que Quinn necesitaba dinero para contratar a unos investigadores privados.

–O podría preguntar al Einwohnermeldeamt.

Quinn meneó la cabeza.

–Dudo de que ellos sepan algo. Es casi seguro de que él no colabora de buen grado con las autoridades. Pero creo que la policía tal vez no le ha perdido de vista.

Técnicamente hablando, los ciudadanos alemanes que se trasladan de casa dentro del país tienen la obligación de notificar los cambios de domicilio, tanto su antigua residencia como el lugar de su destino, a la oficina de empadronamiento. Como la mayoría de los sistemas burocráticos, funciona mejor en teoría que en la práctica. Aquellos con quienes la policía, o bien Hacienda, quiere establecer contacto, son con frecuencia los que se resisten a cumplir la norma.

Quinn esbozó los antecedentes del hombre llamado Werner Bernhardt.

–Si se halla todavía en Alemania, por su edad podría ocupar algún empleo –dijo Quinn–. A menos que haya cambiado de nombre, eso significaría que tiene una tarjeta de la Seguridad Social, que paga impuesto sobre la renta... o que alguien lo paga por él. Debido a su historial, podría estar en pugna con la ley.

Moritz reflexionó acerca de ello.

–Si es un ciudadano cumplidor de la ley, e incluso un ex mercenario, puede no haber cometido delito alguno dentro de Alemania, no tendrá antecedentes en la policía –dijo–. En cuanto al impuesto sobre la renta y la Seguridad Social, sus funcionarios considerarían esto como una información confidencial, y no contestarían a sus preguntas ni a las mías.

–Pero *contestarían* a un requerimiento de la policía –dijo Quinn–. Pensé que tal vez tendría usted algún amigo en la policía urbana o en la del Estado.

–¡Ah! –exclamó Moritz, pues sólo él sabía los donativos que había hecho para obras benéficas de la policía de la ciudad de Dortmund y del Estado de Westfalia; en cualquier país del mundo, el dinero es poder, y ambas cosas sirven para comprar información–. Deme veinticuatro horas. Le telefonearé.

Cumplió su palabra, pero el tono de su voz, cuando llamó al Roemischer Kaiser a la mañana siguiente después del desayuno, era distante, como si alguien le hubiese hecho una advertencia al darle la información.

–Werner Richard Bernhardt –dijo, como si leyese unas notas–, cuarenta y ocho años, ex mercenario en el Congo. Sí, está vivo y reside en Alemania. Forma parte del personal de Horst Lenzlinger, el comerciante en armas.

–Gracias, ¿dónde podría encontrar a Herr Lenzlinger?

–No es fácil. Tiene una oficina en Bremen; pero vive en las afueras de Oldenburg, en el municipio de Ammerland. Como yo, es un hombre muy reservado. Pero aquí termina el parecido. Tenga cuidado con Lenzlinger, Herr Quinn. Me han dicho que, a pesar de su apariencia de respetabilidad, sigue siendo un gángster.

Dio a Quinn las dos direcciones.

–Gracias –dijo Quinn, tomando nota.

En la línea, se hizo una pausa embarazosa.

–Una última cosa. Lo siento. Es un mensaje de la policía. Por favor, márchese de Dortmund. Y no vuelva. Esto es todo.

La noticia del papel representado por Quinn en lo ocurrido en la orilla de una carretera de Buckinghamshire se estaba difundiendo. Algunas puertas empezarían a cerrársele en muchos lugares.

–¿Tienes ganas de conducir? –preguntó a Sam, después de hacer las maletas y pagar la cuenta del hotel.

–Claro. ¿Adónde vamos?

–A Bremen.

Ella estudió el mapa.

–Dios mío, está a la mitad del camino de vuelta a Hamburgo.

–Exactamente, a dos tercios. Toma la E-37 para Osnabrück y sigue las señalizaciones. Te gustará.

Aquella tarde el coronel Robert Easterhouse voló de Djedda a Londres, cambió de avión y siguió en vuelo directo hasta Houston. En el Continental Boeing, mientras cruzaba el Atlántico, pudo leer toda clase de revistas y diarios americanos.

Tres de ellos publicaban artículos sobre el mismo tema, y los razonamientos de sus autores eran muy parecidos. Faltaban doce meses justos para las elecciones presidenciales de noviembre del año 1992. En el curso normal de los acontecimientos la nominación del candidato por el partido republicano no habría ofrecido duda. El presidente Cormack habría asegurado su candidatura para la reelección sin oposición alguna.

Pero lo sucedido durante las últimas seis semanas no había sido normal, decían los articulistas a sus lectores como si éstos no lo supiesen. Después describían el efecto que la pérdida de su hijo había producido sobre el presidente Cormack, calificaban su estado de traumático y a él lo presentaban como incapacitado.

Los tres escritores hacían una lista de faltas de concentración, discursos cancelados y apariciones en público no realizadas en la última quincena, desde el entierro en la isla de Nantucket. Uno de ellos llamaba Hombre Invisible al jefe ejecutivo.

Las tres conclusiones eran también similares. ¿No sería mejor que el presidente se retirase en favor del vicepresidente Odell, que dispondría de doce meses en el cargo para preparar la reelección en noviembre de 1992?

A fin de cuentas, razonaba *Time*, la baza principal de la política extranjera, de defensa y económica de Cormack, el ahorro de cien mil millones de dólares del presupuesto de defensa, con una reducción igual por parte de la URSS, era ya agua pasada.

Según *Newsweek*, la probabilidad de que el Tratado fuese ratificado por el Congreso después de las vacaciones navideñas había quedado «panza arriba».

Easterhouse aterrizó en Houston cerca de la medianoche, después de pasar doce horas en el aire y dos en Londres. Los titulares en el puesto de periódicos del aeropuerto de Houston eran más contundentes: a fin de cuentas, Michael Odell era de Texas, y sería el primer presidente tejano desde Johnson si ocupaba el puesto de Cormack.

La conferencia con el Grupo Álamo estaba señalada para dentro de dos días, en el edificio de Pan-Global. Una limusina de la compañía llevó a Easterhouse al Remington, donde le había sido reservada una suite. Antes de entrar en ella se puso al corriente de la situación en que se hallaban todos los asuntos. Una vez más se formulaba la misma pregunta.

El coronel no había sido informado del Plan Travis. No necesitaba saberlo. Pero sí sabía que el cambio del jefe ejecutivo eliminaría el último obstáculo que se oponía a sus propósitos: la ocupación de Riad y de los campos petrolíferos de Hasa por una fuerza americana de rápido despliegue enviada por un presidente dispuesto a ello.

«Fortuito –pensó mientras le invadía el sueño–, muy fortuito.»

La pequeña placa de metal en la pared de lo que había sido almacén, al lado de la puerta con paneles de teca, decía simplemente: Thor Spedition AG. Por lo visto, Lenzlinger ocultaba la verdadera naturaleza de su negocio detrás del escudo de una compañía de transportes, aunque no se veían camiones y el olor a fuel no había penetrado nunca en las alfombradas oficinas de la cuarta planta a la que subió Quinn.

Había un zumbador y un portero automático en la entrada, y otro con un circuito cerrado de televisión en el pasillo del cuarto piso. La conversión del almacén situado en una calleja de la zona portuaria, donde se detiene el río Weser en su camino hacia el mar del Norte para justificar la existencia de la antigua Bremen, no había sido barata.

La secretaria, con la que se encontró en el antedespacho, estaba más en su papel. Si Lenzlinger hubiese tenido algún camión, ella habría podido conducirlo con facilidad.

–*Ja bitte?* –preguntó la mujer, aunque su mirada expresaba claramente que era él y no ella quien debía suplicar.

–Quisiera hablar un momento con Herr Lenzlinger –dijo Quinn.

Ella anotó el nombre y entró en el santuario privado, cerrando la puerta a su espalda. Quinn tuvo la impresión de que el espejo colocado en el tabique era transparente desde el otro lado. La secretaria volvió a los treinta segundos.

–¿Tiene la bondad de decirme el objeto de su visita, Herr Quinn?

–Deseo tener ocasión de hablar con un empleado de Herr Lenzlinger, un tal Werner Bernhardt.

Ella entró de nuevo en el despacho. Esta vez estuvo ausente un minuto. Cuando volvió, cerró con fuerza la puerta.

–Lo lamento, pero Herr Lenzlinger no puede hablar con usted –dijo en tono rotundo.

–Esperaré –respondió Quinn.

Ella le dirigió una mirada como expresando que lamentaba ser demasiado joven para dirigir un campo de trabajo en el que se encontrase él, y desapareció por tercera vez. Cuando volvió a su mesa prescindió por completo de su presencia y empezó a escribir furiosamente a máquina.

Entonces se abrió otra puerta del antedespacho y entró un hombre. Habría podido pasar muy bien por un conductor de camión: o por una nevera ambulante. El traje gris pálido estaba bien cortado, hasta el punto de casi disimular los enormes músculos que cubría; el corte de pelo, corto y secado a mano, la loción para después del afeitado y otras muestras de refinamiento no eran baratos. Pero, en el fondo, se advertía que tenía madera de luchador.

–Herr Quinn –dijo hablando de modo pausado–, Herr Lenzlinger no puede recibirle ni contestar a sus preguntas.

–Ya veo que ahora no –convino Quinn.

–Ni ahora ni nunca, Mr. Quinn. Tenga la bondad de marcharse.

Quinn tuvo la impresión de que la entrevista había terminado. Bajó a la calle y cruzó la calzada hasta el sitio donde le esperaba Sam en el coche.

–No se le puede visitar en horas de trabajo –dijo–. Tendré que verlo en su casa. Vayamos a Oldenburg.

Otra ciudad muy antigua, con su puerto fluvial comerciando durante siglos en el río Hunte, fue antaño sede de los condes de Oldenburg. El casco histórico, la Ciudad Vieja, está todavía ceñido por trozos de la muralla y por un foso constituido por una serie de canales enlazados.

Quinn encontró la clase de hotel que prefería, una tranquila posada con patio cercado, llamada la Graf von Oldenburg, en la calle del Espíritu Santo.

Antes de que cerrasen las tiendas, tuvo tiempo de visitar una ferretería y un almacén de artículos de camping; en un quiosco, compró el mapa más grande que pudo encontrar de las tierras circundantes. Después de la cena, sorprendió a Sam al pasar una hora en su habitación atando nudos, cada cincuenta centímetros, en una cuerda de quince metros que había comprado en la ferretería y, por último, sujetando en el extremo de ésta un garfio de tres púas.

–¿Adónde vas a ir? –preguntó ella.

–Sospecho que a subir a un árbol –fue todo lo que quiso decirle.

Se marchó cuando ella dormía todavía, en la oscuridad que precede a la aurora.

Encontró la finca de Lenzlinger una hora más tarde. Estaba al oeste de la ciudad y al sur del gran lago Bad Zwischenahn, entre los pueblos de Portsloge y Janstrat. Era una región completamente llana, que se extendía, sin un solo monte, hacia el oeste y a través del Ems para convertirse en la Holanda del Norte noventa kilómetros más allá.

Cruzado por innumerables ríos y canales, que desaguan la húmeda llanura hacia el mar, la tierra entre Oldenburg y la frontera está salpicada de bosques de hayas, robles y coníferas. La finca de Lenzlinger se hallaba situada entre dos bosques y era una casa señorial fortificada en el centro de un parque de tres hectáreas, cercado en su totalidad por un muro de dos metros y medio.

Quinn, vestido de la cabeza a los pies con prendas verdes de camuflaje y enmascarado el rostro con una red, pasó la mañana tendido sobre la rama de un corpulento roble en el bosque del lado opuesto de la carretera. Sus potentes gemelos le mostraron todo lo que necesitaba saber.

La mansión de piedra gris y sus dependencias exteriores estaban dispuestas en forma de L. El brazo más corto correspondía a la casa principal, de dos pisos más los desvanes. El brazo más largo había sido antaño caballerizas y se había convertido ahora en apartamentos para la servidumbre. Quinn contó cuatro servidores domésticos: un mayordomo, un cocinero y dos encargadas de la limpieza. Lo que más le llamó la atención fueron los dispositivos de seguridad. Eran muchos y caros.

Lenzlinger había empezado como joven traficante a finales de los años cincuenta, vendiendo sobrantes de armas de guerra a quienes quisieran comprárselos. Como no tenía licencia, sus certificados estaban falsificados y no preguntaba a nadie. Corría la era de las guerras coloniales y de las revoluciones del Tercer Mundo. Operando al margen de la ley se había ganado la vida, pero poco más.

Su gran oportunidad llegó con la guerra civil nigeriana. Estafó más de medio millón de dólares a los biafreños, los cuales pagaron por bazokas pero recibieron tubos de hierro. Acertó al suponer que estarían demasiado ocupados luchando por sus vidas para venir al norte a ajustarle las cuentas.

A principios de los setenta consiguió una licencia (Quinn sólo podía adivinar lo que le habría costado) que le permitió abastecer a media docena de grupos beligerantes de África, América Central y Oriente Medio, y todavía le dejaba tiempo para realizar ocasionales operaciones de «mercado negro» (mucho más lucrativas) con la ETA, el IRA y algunos otros. Compraba en Checoslovaquia, Yugoslavia y Corea del Norte, todas ellas necesitadas de monedas fuertes, y vendía a los terroristas. En 1985 suministró nuevas armas norcoreanas a los dos bandos de la guerra entre Irán e Irak. Incluso algunas agencias de información gubernamentales habían empleado su mercancía cuando querían armas de origen desconocido para atribuirlas a los revolucionarios.

Esta carrera le hizo muy rico. También le proporcionó muchos enemigos. Ahora pretendía gozar de lo primero y frustrar a los segundos.

Todas las ventanas, superiores e inferiores, se hallaban protegidas por mecanismos electrónicos. Aunque no podía ver los aparatos, Quinn tenía la seguridad de que las puertas lo estaban también. Esto en cuanto al cinturón interior. El exterior era el muro, el cual cercaba toda la finca sin interrupción y estaba rematado con dos hileras de púas afiladas. Los árboles del parque habían sido podados de manera que las ramas no sobresaliesen de la cerca. Existía algo más, que brillaba bajo los ocasionales rayos de sol, tendido a lo largo del borde de la pared: un alambre, tenso como una cuerda de piano, sostenido por unos aisladores de cerámica, un hilo electrificado, conectado al sistema de alarma, sensible al tacto.

Entre el muro y la casa se encontraba un terreno descubierto, de cincuenta metros en su parte más estrecha, enfocado por cámaras y vigilado por perros. Vio cómo daban la comida de la mañana a los dos doberman. El que cuidaba de ellos era demasido joven para ser Bernhardt.

Quinn observó que el Mercedes 600, con ventanillas de cristales ahumados, salía para Bremen a las nueve menos cinco. La nevera ambulante introdujo un personaje embozado y con gorro de piel en el asiento de atrás, se sentó en el de delante, junto al chófer, y el coche arrancó, cruzó la verja de hierro y salió a la carretera. Pasaron justo por debajo de la rama donde estaba tendido Quinn.

Calculó que había cuatro guardaespaldas, tal vez cinco. El chófer parecía uno de ellos, y la nevera ambulante era sin duda otro. Quedaba el que cuidaba de los perros y tal vez alguno más dentro de la casa. ¿Bernhardt?

El punto neurálgico de la seguridad parecía ser una habitación de la planta baja, en el lugar donde las dependencias de la servidumbre se unían a la casa principal. El que cuidaba de los perros entró y salió de ella varias veces, empleando una puerta pequeña que daba directamente al jardín. Quinn dedujo que era muy probable que el guardián de noche pudiese controlar las luces, los monitores de televisión y los perros desde dentro. Al mediodía, Quinn había trazado su plan, bajó del árbol y regresó a Oldenburg.

Sam y él pasaron la tarde de tiendas; él en busca de una furgoneta de alquiler y de varias herramientas; ella, para comprar los objetos de una lista que él le había entregado.

–¿Puedo ir contigo? –preguntó Sam–. Te esperaría fuera.

–No. Un vehículo en aquel terreno, en mitad de la noche, es ya de por sí bastante raro. Dos equivaldrían a un embotellamiento de tráfico.

Después le dijo lo que quería que hiciese.

–Debes estar aquí cuando yo llegue. Sospecho que tendré bastante prisa.

Aparcó junto al muro de piedra a las dos de la mañana. El alto techo de la furgoneta estaba lo bastante cerca de la pared para que pudiese ver claramente por encima de ésta si se subía a él. El lado de la furgoneta llevaba, por si alguien sentía curiosidad, el rótulo en cinta adhesiva de una empresa instaladora de antenas de televisión. Esto explicaría también la escalera de aluminio fijada en la baca del vehículo.

Cuando asomó la cabeza por encima del muro, pudo ver, a la luz de la luna, los árboles desnudos de hojas del parque, los prados de césped que se extendían hasta la casa y la pálida luz en la ventana de la habitación del guarda.

Para la maniobra había elegido un lugar en el que un árbol solitario del interior del parque se hallaba solamente a poco más de dos metros del muro. Se plantó sobre el techo de la furgoneta e hizo girar una y otra vez sobre su cabeza una pequeña caja de plástico sujeta al extremo de un hilo de pescar. Cuando adquirió el impulso suficiente, soltó la cuerda. La caja de plástico describió una parábola perfecta, penetró entre las ramas del árbol y descendió hacia el suelo. La cuerda se puso tirante. Quinn la aflojó lo suficiente para que la caja se quedara colgando del árbol a dos metros y medio por encima del césped; después la sujetó.

Puso el motor en marcha y el vehículo se deslizó silenciosamente junto a la pared, durante cien metros, y se detuvo en el lugar opuesto al cuarto de control del guarda. La camioneta tenía ahora unos soportes de acero en sus costados, algo que dejaría perplejos por la mañana a los de la compañía de alquiler de automóviles. Quinn introdujo en ellos las patas de la escalera, de manera que ésta sobresaliese bastante del muro. Desde el último peldaño podía saltar al parque, evitando las púas afiladas y el cable sensor. Trepó por la escalera, sujetó la cuerda de seguridad al peldaño superior y esperó. Vio la sombra saltarina de un doberman cruzando un sector del parque iluminado por la luna.

Los sonidos, cuando se produjeron, eran demasiado graves para su oído, pero no para el de los perros. Vio que uno de ellos se detenía, esperaba, escuchaba y, después, corría hacia el lugar donde pendía la caja negra de la cuerda de nailon entre los árboles. El otro le siguió segundos después. Dos cámaras instaladas en la pared de la casa giraron para seguirles. Los perros no volvieron.

Al cabo de cinco minutos se abrió la puerta pequeña y un hombre se plantó en el umbral. No era el que cuidaba de los perros por la mañana, sino el guardián nocturno.

–*Lothar, Wotan, was ist denn los?* –llamó sin levantar la voz.

Ahora, él y Quinn pudieron oír los gruñidos furiosos de los doberman en alguna parte entre los árboles. El hombre volvió atrás, estudió sus monitores, pero no vio nada. Salió de nuevo con una linterna, sacó una pistola y fue detrás de los perros. Dejando la puerta abierta.

Quinn saltó de la escalera como una sombra, hacia delante, desde una altura de más de tres metros y medio. Cayó rodando sobre sí mismo a la manera de los paracaidistas. Se levantó, corrió entre los árboles, cruzó el prado de césped, entró en el cuarto de control y cerró la puerta por dentro.

Una mirada a los monitores de televisión le dijo que el guardián estaba todavía tratando de recobrar sus doberman, a cien metros de allí y junto al muro. En definitiva, el hombre vería el magnetófono colgando de una rama a dos metros y medio del suelo, y los perros saltando y tratando de morderlo, mientras la cinta emitía una serie ininterrumpida de ladridos y gruñidos. Quinn había tardado una hora en preparar aquella cinta en la habitación del hotel, para consternación de los otros huéspedes. Pero cuando el guardián se diese cuenta del engaño, sería demasiado tarde.

Había otra puerta dentro del cuarto de control que comunicaba con la casa principal. Quinn subió a la planta donde se hallaban los dormitorios. Seis puertas de madera tallada, probablemente de otras tantas alcobas. Pero las luces que había visto al amanecer indicaban que la habitación del amo debía de estar al final del pasillo. Y así era.

Horst Lenzlinger se despertó con la sensación de algo duro y doloroso contra su oreja izquierda. Entonces se encendió la luz de la mesita de noche. El hombre lanzó un grito de cólera; después miró en silencio la cara que se cernía sobre él. Su labio inferior tembló. Era el hombre que había ido a su oficina, y entonces ya no le había gustado su aspecto. Ahora todavía le gustaba menos; pero lo que más le desagradaba era el cañón de la pistola a un centímetro de la oreja.

–Bernhardt –dijo el hombre camuflado–. Quiero hablar con Werner Bernhardt. Telefonee. Hágale venir. Inmediatamente.

Lenzlinger descolgó el teléfono de encima de la mesita de noche, marcó un número y recibió una adormilada respuesta.

–Werner –chilló–, ven aquí ahora mismo. Sí, en mi habitación. Date prisa.

Mientras esperaban, Lenzlinger miró a Quinn con una mezcla de miedo y malevolencia. A su lado, sobre la sábana de seda negra, tembló en sueños la joven traída de Vietnam, delgada como un palo; parecía una muñeca deslustrada. Bernhardt llegó, con un suéter polo sobre el pijama. Captó la escena y abrió los ojos asombrados.

Tenía la edad adecuada, poco menos de cincuenta años. Cara cetrina y ruin, cabellos rubios que empezaban a teñirse de gris en las sienes, ojos grises y redondos.

–*Was ist denn hier, Herr Lenzlinger?*

–Yo haré las preguntas –impuso Quinn hablando en alemán–. Dígale que las conteste, de prisa y sin mentir. O necesitará usted una cuchara para recoger sus sesos de la pantalla de la lámpara. No me importaría nada. Dígaselo.

Lenzlinger así lo hizo. Bernhardt asintió con la cabeza.

–¿Estuvo en el Quinto Comando mandado por John Peters?

–*Ja.*

–¿Se hallaba en él durante el motín de Stanleyville, la marcha a Bukavu y el asedio?

–*Ja.*

–¿Conoció a un belga muy corpulento llamado Paul Marchais? Big Paul, le llamaban.

–Sí, lo recuerdo. Vino del Comando Doce, de los hombres de Schramme. Cuando Denard fue herido en la cabeza, todos quedamos bajo el mando de Schramme. ¿Qué más?

–Hábleme de Marchais.

–¿Qué quiere saber de él?

–Todo. ¿Cómo era?

–Grande, enorme: lo menos dos metros. Buen luchador. Había sido mecánico de automóviles.

«Sí –pensó Quinn–, alguien tenía que volver a poner en estado de funcionamiento aquella Ford Transit, alguien que entendiese de motores y de soldaduras.» El belga era pues el mecánico.

–¿Quién fue su amigo más íntimo, desde el principio hasta el final?

Quinn sabía que los soldados combatientes, como los policías en funciones, solían formar parejas; conviene poder confiar en alguien cuando las cosas se ponen de verdad difíciles. Bernhardt frunció el ceño, pensativo.

–Sí, había uno. Siempre estaban juntos. Intimaron durante el tiempo que Marchais estuvo en el Quinto. Era sudafricano, podían hablar la misma lengua, ¿sabe? Flamenco o afrikaans.

–¿Cómo se llamaba?

–Pretorius, Janni Pretorius.

A Quinn se le encogió el corazón. África del Sur estaba muy lejos y Pretorius era allí un apellido muy corriente.

–¿Qué fue de él? ¿Volvió a África del Sur? ¿Murió?

–No; lo último que supe de él fue que se había establecido en Holanda. Desde entonces ha pasado mucho tiempo. Mire, no sé dónde se encuentra ahora. Es la verdad, Herr Lenzlinger. Oí decir aquello hace diez años.

–No lo sabe –protestó Lenzlinger–. Ahora aparte esa cosa de mi oreja.

Quinn comprendió que nada más le sacaría a Bernhardt. Asió a Lenzlinger del pijama de seda y lo sacó de la cama de un tirón.

–Iremos a la puerta de la entrada –dijo Quinn–. Despacio y sin meter ruido. Las manos sobre la cabeza, Bernhardt. Pase delante. Si intenta algo, su jefe tendrá un segundo ombligo.

Bajaron en fila india la oscura escalera. Al llegar a la puerta, oyeron que la golpeaban desde fuera; era el hombre de los perros que trataba de entrar.

–Por la puerta de atrás –dijo Quinn.

Se encontraban a la mitad del pasillo que conducía al cuarto de control cuando Quinn tropezó con una silla de roble y se tambaleó. Soltó a Lenzlinger. En un abrir y cerrar de ojos, el rechoncho hombrecillo corrió hacia el vestíbulo principal llamando a gritos a sus guardaespaldas. Quinn derribó a Bernhardt de un culatazo y corrió hacia el cuarto de control y la puerta que daba al parque.

Estaba a medio camino sobre el césped cuando el vocinglero Lenzlinger apareció en la puerta detrás de él, gritando a los perros para que volviesen de donde estaban. Quinn dio media vuelta, apuntó, apretó una vez el gatillo, se volvió y siguió corriendo. El traficante de armas lanzó un chillido de dolor y desapareció en el interior de la casa.

Quinn se metió la pistola en el cinto y llegó a la cuerda de los nudos con diez metros de ventaja sobre los dos doberman. Escaló el muro y mientras ellos saltaban detrás de él, pisó el alambre sensor (provocando estridentes timbrazos de alarma en la casa) y se dejó caer sobre el techo de la furgoneta. Prescindió de la escalera, puso el vehículo en marcha y se alejó a toda velocidad antes de que pudiese organizarse un grupo para perseguirle.

Sam le estaba esperando, según lo prometido, en su coche, delante del Graf von Oldenburg, después de haber cargado las maletas y pagado la cuenta del hotel. Él abandonó la furgoneta y subió al lado de Sam.

–Conduce hacia el oeste –dijo–. Seguiremos la E-22 en dirección a Lier y Holanda.

Los hombres de Lenzlinger estaban en dos coches y podían comunicar por radio entre sí y con la casa. Alguien telefoneó desde ésta al mejor hotel de la ciudad, el City Club, pero le dijeron que Quinn no se había alojado allí. El que llamaba tardó otros diez minutos resiguiendo la lista de hoteles hasta enterarse por el Graf von Oldenburg de que Herr y Frau Quinn habían estado allí y se habían marchado. Pero el hombre obtuvo una descripción aproximada de su automóvil.

Sam había salido de Ofener Strasse y llegó al cinturón de ronda doscientos treinta y nueve cuando un Mercedes gris apareción detrás de ellos. Quinn se deslizó de su asiento y se acurrucó de manera que su cabeza quedase por debajo del marco de la ventanilla. Ella pasó del cinturón a la autopista E-22; el Mercedes la siguió.

–Se está acercando –le informó ella.

–Conduce con normalidad –murmuró Quinn desde su escondrijo–. Dedícales una amable sonrisa y saluda con la mano.

El Mercedes redujo la marcha al colocarse a su lado. Todavía era de noche, y el interior del Ford permanecía invisible desde fuera. Sam volvió la cabeza. No conocía a ninguno de los dos; el cuidador de los perros y la nevera ambulante de la mañana anterior.

Ella los saludó con una brillante sonrisa y un ligero movimiento de la mano. Los hombres la miraron, con semblante hermético. Las personas que huyen asustadas no sonríen ni alzan la mano para saludar. Después de varios segundos, el Mercedes aceleró, hizo un giro en U en la primera encrucijada y volvió hacia la ciudad. Al cabo de diez minutos Quinn salió de su escondite y se sentó de nuevo.

–Parece que Herr Lenzlinger no te tiene simpatía –dijo Sam.

–Por lo visto no –repuso con voz triste Quinn–. Acabo de darle un susto.

CAPÍTULO XIV

–Se ha confirmado que la fiesta saudita para celebrar el septuagésimo quinto aniversario de la institución del Reino se celebrará el próximo diecisiete de abril –dijo el coronel Easterhouse al Grupo Álamo aquella mañana.

Estaban sentados en el espacioso despacho de Cyrus Miller, en el último piso de la Pan-Global Tower, en el centro de Houston.

–El estadio de quinientos millones de dólares, enteramente cubierto por una cúpula acrílica de doscientos metros de ancho ha quedado terminado antes del tiempo previsto. La otra mitad de los mil millones de dólares para gloria de la nación se gastará en comida, joyas, regalos, hospitalidad, hoteles y mansiones que acojan a los estadistas del mundo, y en el desfile. Siete días antes del verdadero desfile, antes de que lleguen los cincuenta mil invitados internacionales que se esperan, habrá un ensayo general. El momento culminante del acto será el asalto de una copia en tamaño natural de la antigua Fortaleza de Musmak, tal como era en mil novecientos dos. La estructura quedará a cargo de los más hábiles escenógrafos y constructores de Hollywood. Los «defensores» serán miembros de la Guardia Real y vestirán según el estilo turco de la época. El grupo atacante estará compuesto por cincuenta jóvenes príncipes de la Casa, todos ellos a caballo y bajo el mando de un joven pariente del rey que se parece al jeque Abdul Aziz de mil novecientos dos.

–Muy bien –dijo Scanlon con voz cansina–, me gusta el ambiente local. ¿Qué hay del golpe?

–El golpe se realizará entonces –dijo el coronel–. En el gran estadio, el único público en la noche del ensayo serán las seiscientas personas más importantes de la Casa Real, presididas por el propio rey. Serán los padres, tíos, madres y tías de los participantes. Todos estarán agrupados en el recinto real. Cuando salgan los últimos participantes de la representación previa, cerraré por control remoto las puertas de salida. Las de entrada se abrirán para dejar pasar a los cincuenta asaltantes. Lo que no está previsto, salvo por mí, es que irán seguidos de diez camiones rápidos, disfrazados de vehículos militares y aparcados cerca de las puertas de entrada. Estas puertas permanecerán abiertas hasta que haya entrado el último camión y luego se cerrarán por control remoto. Después de esto, nadie podrá salir.

»Los asesinos saltarán de los camiones, correrán hacia el recinto real y empezarán a disparar. Sólo un grupo permanecerá en el campo del estadio para liquidar a los cincuenta príncipes y a los guardias reales "defensores" de la simulada Fortaleza de Musmak, provistos todos ellos de cartuchos de fogueo.

»Los quinientos guardias reales situados alrededor del recinto real tratarán de defender a sus protegidos. Sus municiones serán defectuosas. En la mayoría de los casos, estallarán en la recámara, matando al hombre que sostenga el arma. A otros, se les encasquillará el gatillo. La total aniquilación de la Casa Real quedará terminada en unos cuarenta minutos. Todos los episodios serán filmados por las cámaras de vídeo y enviados a la Televisión saudita; gracias a ella, el espectáculo podrá ser presenciado por la mayoría de los Estados del Golfo.

–¿Cómo va a conseguir que la Guardia Real acceda al cambio de sus municiones? –preguntó Moir.

–En Arabia Saudita la seguridad es una obsesión –respondió el coronel–, y por esa misma razón los cambios en el procedimiento son constantes. Con tal de que las órdenes parezcan auténticas, son obedecidas. En este caso, les serán dadas en un documento preparado por mí y redactado sobre la firma auténtica del ministro del Interior, que obtuve en una hoja en blanco. No me pregunten cómo. El general de división Al-Shakry, de Egipto, está al mando del polvorín. Él suministrará los proyectiles defectuosos; más adelante, Egipto deberá tener acceso al petróleo saudí a un precio que pueda pagar.

–¿Y el ejército regular? –preguntó Salkinder–. Son cincuenta mil hombres.

–Sí, pero no todos ellos están en Riad. Las unidades con base en la capital habrán ido de maniobras a ciento cincuenta kilómetros de distancia, para volver a Riad un día después del ensayo general. Los vehículos militares son cuidados por palestinos, parte de los numerosos técnicos extranjeros que están en el país para realizar los trabajos que no pueden hacer los sauditas. Ellos inmovilizarán el transporte, dejando abandonados en el desierto a nueve mil soldados de Riad.

–¿Y qué precio piden los palestinos? –preguntó Cobb.

–La posibilidad de nacionalización –dijo Easterhouse–. Aunque la infraestructura técnica de Arabia Saudita depende del cuarto de millón de palestinos empleados en todos los estamentos, siempre se les ha negado la nacionalidad. Por mucha fidelidad que pongan en servir, nunca pueden conseguirla. En cambio, con el nuevo régimen podrán adquirirla sin más requisito que seis meses de residencia. Esta medida traerá a un millón de palestinos al sur desde la Orilla de Gaza, Jordania y el Líbano, para residir en su nueva patria al sur del Nefude, trayendo la paz al norte de Oriente Medio.

–¿Y después de la matanza? –preguntó Cyrus Miller, que no quería perder tiempo en eufemismos.

–En las últimas fases del tiroteo dentro del estadio se producirá un incendio –dijo suavemente el coronel Easterhouse–. Esto ha sido ya arreglado. Las llamas prenderán rápidamente en la estructura, liquidando a los restos de la Casa Real y a sus asesinos. Las cámaras seguirán rodando hasta el final, y después aparecerá el propio Imán en la pantalla.

–¿Qué va a decir? –preguntó Moir.

–Lo bastante para aterrorizar a todo Oriente Medio y a Occidente. A diferencia del difunto Jomeini, que siempre hablaba despacio, este hombre es un agitador. Cuando hace uso de la palabra se exalta, pues transmite el mensaje de Alá y de Mahoma y quiere que le oigan.

Miller, comprensivo, asintió con la cabeza. También él tenía la convicción de ser un portavoz divino.

–Cuando haya terminado de amenazar a todos los regímenes seculares y sunitas ortodoxos alrededor de las fronteras sauditas con su inminente destrucción, prometiendo emplear todos los ingresos diarios de cuatrocientos cincuenta millones de dólares al servicio del Terror Santo y destruir los campos petrolíferos de Hasa si se viese frustrado, todos los reinos, emiratos y repúblicas, desde Omán en el sur hasta la frontera turca en el norte, pedirán a gritos la ayuda de Occidente. Y esto significa América.

–¿Y qué hay de ese príncipe saudita prooccidental que va a sustituirle? –preguntó Cobb–. Si fracasa...

–No fracasará –dijo rotundamente el coronel–. Si bien los camiones del Ejército y los cazas y bombarderos de las Fuerzas Aéreas habrán estado inmovilizados cuando podían haber evitado la matanza, volverán a entrar en servicio a tiempo para acudir a la llamada del príncipe. Los palestinos cuidarán de esto.

»El príncipe Khalidi ben Sudaidi pasará por mi casa al dirigirse al ensayo general. Tomará una copa. De esto no hay duda, pues es un alcohólico. La bebida estará drogada. Durante tres días será retenido por dos de mis criados yemenitas en el sótano. Allí preparará unas cintas de vídeo y de radio anunciando que está vivo, que es el sucesor legítimo de su tío, y pidiendo la ayuda americana para restaurar la legitimidad. Adviertan la frase, caballeros: los Estados Unidos intervendrán, no para dar un contragolpe, sino para restablecer la legitimidad con la ayuda plena de todo el mundo árabe.

»Entonces llevaré al príncipe, para su protección, a la Embajada de los Estados Unidos, obligando a éstos a intervenir en el asunto quieras que no, ya que la Embajada tendrá que defenderse contra la chusma chiíta que pedirá que les sea entregado el príncipe. La policía religiosa, el Ejército y el pueblo todavía necesitarán un fulminante para volverse contra los usurpadores chiítas y eliminarlos hasta el último hombre. Este fulminante será la llegada de la primera unidad aerotransportada de los Estados Unidos.

–¿Y qué pasará después, coronel? –preguntó despacio Miller–. ¿Tendremos lo que queremos, el petróleo para América?

–Todos tendremos todo lo que queremos, caballeros. Los palestinos, una patria; los egipcios, una cuota de petróleo para que sus masas no pasen hambre. El tío Sam, el control de las reservas sauditas y kuwaitíes y, con él, el del precio mundial del petróleo en beneficio de toda la humanidad. El príncipe se convertirá en el nuevo rey, un tonto borrachín que me tendrá siempre a su lado. Solamente los sauditas saldrán perdiendo, y volverán a sus cabras.

»Los Estados árabes sunitas aprenderán la lección de unos vecinos tan próximos. Enfrentados al furor de los chiítas, al haber estado tan cerca de la victoria y sido derrotados, los Estados seculares no tendrán más remedio que perseguir y destruir el fundamentalismo para no caer víctimas de él. Dentro de cinco años habrá una enorme medialuna de paz y prosperidad desde el mar Caspio hasta el golfo de Bengala.

Los Cinco del Álamo guardaron silencio. Dos de ellos pretendían tan sólo desviar la corriente de petróleo saudita hacia América. Los otros tres habían convenido en seguir adelante. Acababan de escuchar un plan para reorganizar una tercera parte del mundo. A Moir y a Cobb se les ocurrió pensar, a diferencia de los otros tres y sin duda del coronel, que Easterhouse era un ególatra completamente desequilibrado. Se daban cuenta, demasiado tarde, de que estaban en una montaña rusa, sin posibilidad de frenar o de apearse.

Cyrus Miller invitó a Easterhouse a un almuerzo en privado en el comedor contiguo.

–¿No hay problemas, coronel? –preguntó, mientras comían melocotones tiernos de su invernadero–. ¿De veras no hay problemas?

–Podría haber uno, señor –dijo con cautela el coronel–. Faltan ciento cuarenta días para la hora H. Lo bastante para que una sola filtración pudiese echarlo todo a perder. Hay un joven, ex empleado de un banco... Ahora vive en Londres. Se llama Laing. Quisiera que alguien le dijese unas palabras.

–Cuénteme –pidió Miller–. Hábleme de Mr. Laing.

Quinn y Sam llegaron a la ciudad holandesa de Groningen a las dos horas y media de haber salido de Oldenburg. La capital de la provincia del mismo nombre, como la ciudad alemana del otro lado de la frontera, data de los tiempos medievales y tiene un corazón, la Ciudad Vieja, protegido por un canal circular. En épocas antiguas, los habitantes podían refugiarse en el centro y levantar sus catorce puentes para encerrarse detrás de sus murallas de agua.

El concejo decretó sabiamente que la Ciudad Vieja no podía ser destruida por el auge industrial y la obsesión por el hormigón de mediados del siglo XX. Por el contrario, fue renovada y restaurada: un círculo de kilómetro y medio de callejones, plazas y paseos, en su mayoría empedrados, para peatones, con iglesias, mercados, restaurantes y hoteles. A indicación de Quinn, Sam se dirigió al De Doelen Hotel, en Grote Markt, y se registraron en él.

En la Ciudad Vieja hay pocos edificios modernos, pero uno de ellos es el bloque de ladrillos rojos, de cinco pisos, de Rade Markt, donde se halla la comisaría de policía.

–¿Conoces a alguien aquí? –preguntó Sam, cuando se estaban acercando al edificio.

–Conocía a alguien –dijo Quinn–, aunque puede que se haya retirado. Espero que no sea así.

No lo era. El joven oficial rubio de la mesa de recepción lo confirmó. Sí, el inspector De Groot era ahora inspector jefe y estaba al mando de la Gemeente Politie. ¿A quién debía anunciar?

Quinn pudo oír el grito que sonó en el teléfono cuando el policía llamó al piso de arriba. El joven sonrió.

–Parece que le conoce, *meneer*.

Fueron conducidos sin pérdida de tiempo a la oficina del inspector jefe De Groot, el cual los estaba esperando y se adelantó para recibirlos. Era un hombre corpulento como un oso, de cabellos ralos. Vestía de uniforme pero calzaba zapatillas para aliviar unos pies que habían recorrido muchos kilómetros de calles empedradas a lo largo de treinta años.

La policía holandesa tiene dos ramas, la Gemeente o Policía de la Comunidad, y la rama criminal, conocida por Recherche. De Groot tenía el aspecto de lo que era, un jefe de Policía de la Comunidad cuyos modales y complexión paternales le habían valido, hacía tiempo, entre el pueblo y sus propios agentes, el apodo de Papá De Groot.

–Quinn, cielo santo. Ha pasado mucho tiempo desde Assen.

–Catorce años –dijo Quinn, estrechándole la mano y presentándole a Sam.

No mencionó que ella pertenecía al FBI. No tenía jurisdicción en el reino de los Países Bajos, y no estaban allí con carácter oficial. Papá De Groot pidió que les sirviesen café (era poco más de la hora del desayuno) y preguntó qué les traía a la ciudad.

–Estoy buscando a un hombre –dijo Quinn–. Creo que puede vivir en Holanda.

–¿Tal vez un antiguo amigo? ¿Alguien de los viejos tiempos?

–No, no le conozco.

La animación de los ojos chispeantes de De Groot no menguó; pero el hombre revolvió su café un poco más despacio.

–Oí decir que te habías retirado de Lloyds –dijo.

–Cierto –respondió Quinn–. Mi amiga y yo sólo tratamos de hacer un favor a unos amigos.

–¿Buscando a algún desaparecido? –preguntó De Groot–. Una actividad nueva para ti. Bueno. ¿Cómo se llama y dónde vive?

De Groot le debía un favor. En mayo de 1977, un grupo de fanáticos del sur de las Molucas, tratando de reintegrar su antigua patria a la ex colonia holandesa de Indonesia, había buscado publicidad para su causa secuestrando un tren y una escuela en la próxima Assen. Había cincuenta y cuatro pasajeros en el tren y un centenar de niños en la escuela. Estas cosas eran nuevas en Holanda; en aquella época no tenía equipos de rescate de rehenes.

Era el primer año que Quinn trabajaba en Lloyds, empresa especializada en asuntos de esta clase. Fue enviado como consejero, junto con dos apacibles sargentos del SAS británico, contribución oficial de Londres. Assen es una pequeña población próxima al límite de la provincia de Groningen.

De Groot había estado al mando de la policía local; los hombres del SAS colaboraron con el Ejército holandés.

De Groot había escuchado al delgado americano, que parecía comprender a los hombres violentos que se habían introducido en el tren y en la escuela. Les advirtió de lo que era probable que ocurriese cuando los soldados entraran y los terroristas abriesen fuego. De Groot ordenó a sus hombres que hiciesen lo que aconsejaba el americano, y dos conservaron la vida gracias a esto. Tanto el tren como la escuela fueron en definitiva tomados por asalto; seis terroristas y seis pasajeros murieron a causa de los disparos. Ningún soldado ni policía resultó muerto.

–Se llama Pretorius, Janni Pretorius –dijo Quinn.

De Groot frunció los labios.

–No es un nombre muy corriente aquí –dijo–. Tal vez la guía de teléfonos podría ayudarnos, si es que figura en ella. ¿Sabes en qué ciudad o pueblo vive?

–No. Pero no es holandés. Es sudafricano de nacimiento y supongo que nunca se ha nacionalizado aquí.

–Entonces es un problema –dijo De Groot–. No tenemos una lista general de todos los extranjeros que viven en Holanda. Los derechos civiles ¿sabes?

–Es un ex mercenario que estuvo en el Congo. Yo había pensado que, con semejantes antecedentes y siendo Holanda un país que no simpatiza con aquellas actividades, lo tendría inscrito en alguna parte.

De Groot meneó la cabeza.

–No es seguro. Si se encuentra aquí de forma clandestina, no puede constar en ningún archivo, o le habríamos expulsado por entrada ilegal. Si está de manera legítima, tuvieron que darle una tarjeta cuando entró; pero después de esto, si no ha cometido ningún delito penado por las leyes holandesas, habrá podido moverse por el país con toda libertad sin comprobaciones de clase alguna. Forma parte de nuestros derechos civiles.

Quinn asintió con la cabeza. Conocía la obsesión de Holanda por los derechos civiles. Aunque benévola con los ciudadanos cumplidores de la ley, también tendía un camino de rosas a los viciosos y los degenerados. Por eso la adorable y vieja Amsterdam se había convertido en la capital europea de los traficantes de drogas, terroristas y realizadores de películas de pornografía infantil.

–¿Cómo podría un hombre así conseguir la entrada y el permiso de residencia en Holanda?

–Bueno, podría obtenerlo casándose con una muchacha holandesa. Esto le daría incluso el derecho a nacionalizarse. Después podría desaparecer.

–¿Y la Seguridad Social, o el Fisco, o el servicio de Inmigración?

–No te dirían nada –dijo De Groot–. El hombre tendría derecho a su intimidad. Incluso para que me lo dijeran a mí, necesitaría entablar una causa criminal contra el sujeto para justificar el motivo de mi petición. Y no puedo hacerlo.

–¿No hay alguna manera en que puedas ayudarme? –preguntó Quinn.

De Groot miró fijamente a través de la ventana.

–Tengo un sobrino en el BVD –dijo–. Tendría que ser algo oficioso... Tu hombre tal vez constara en sus listas.

–Pregúntaselo, por favor –rogó Quinn–. Te lo agradecería mucho.

Mientras Quinn y Sam subían por la Oosterstraat buscando un lugar donde almorzar, De Groot telefoneaba a su sobrino en La Haya. El joven Koos de Groot era agente del Binnenlandse Veiligheids Diesnt, el pequeño Servicio de Seguridad Interior de Holanda. Aunque sentía gran afecto por su corpulento tío, que solía darle de escondidas billetes de diez guilders cuando era muchacho, costó bastante persuadirle. Averiguar datos del ordenador del BVD no era cosa que un policía de la Comunidad de Groningen pidiese cada día de la semana.

A la mañana siguiente, De Groot telefoneó a Quinn y se encontraron una hora más tarde en la comisaría de policía:

–Es un buen pájaro tu Pretorius –dijo De Groot, estudiando sus notas–. Parece que nuestra BVD se interesó lo bastante en él, cuando llegó a Holanda hace diez años, para registrar sus detalles, por si acaso. Algunos de ellos (los que le beneficiaban) los facilitó él mismo; otros fueron obtenidos de recortes de periódicos. Jan Pieter Pretorius nació en Bloemfontein en 1942; tiene, pues, cuarenta y nueve años. Dio como profesión la de pintor de rótulos.

Quinn asintió con la cabeza. Alguien había repintado la Ford Transit, escrito el rótulo de «Productos Hortícolas Barlow» en los lados y pintado cestas de manzanas en el interior de la ventanilla de atrás. Imaginó que Pretorius era también el especialista en bombas cuyo artefacto había incendido la Transit en el granero. Sabía que no podía haber sido Zack. En el almacén de Babbidge, Zack había olido el mazapán y creído que podía ser Semtex. El Semtex es inodoro.

–Volvió a África del Sur en 1968, después de abandonar Ruanda; entonces trabajó durante una temporada como guardia de seguridad en una mina de diamantes de De Beers en Sierra Leona.

Sí, aquel hombre podía distinguir los diamantes de la pasta y sabía lo que era la circonita.

–Viajó a París hace doce años, conoció a una muchacha holandesa que trabajaba para una familia francesa y se casó con ella. Esto le dio acceso a Holanda. Su suegro lo colocó como barman; parece que el suegro tiene dos bares. La pareja se divorció hace cinco años, pero Pretorius había ahorrado lo bastante para montar su propio bar. Ahora lo dirige y vive encima de él.

–¿Dónde? –preguntó Quinn.

–En una población llamada Den Bosch. ¿La conoces?

Quinn meneó la cabeza.

–¿Y cómo se llama el bar?

–De Goude Leeuw, el León de Oro –dijo De Groot.

Quinn y Sam le dieron efusivamente las gracias y se fueron. Cuando hubieron salido, De Groot miró por la ventana y los vio cruzar la Rade Markt y dirigirse a su hotel. Apreciaba a Quinn, pero le preocupaba su investigación. Tal vez todo era legal y no tenía por qué preocuparse. Sin embargo, no le gustaba que Quinn, en una caza del hombre, viniese a *su* ciudad para enfrentarse con un mercenario sudafricano... Suspiró y descolgó el teléfono.

–¿Lo has encontrado? –preguntó Quinn, mientras salían de Groningen en dirección al sur.

Sam estaba estudiando el mapa de carreteras.

–Sí. Está muy al sur, cerca de la frontera belga. Únanse a Quinn y visiten los Países Bajos –dijo ella.

–Tenemos suerte –manifestó Quinn–. Si Pretorius *era* el segundo secuestrador en la banda de Zack, hubiésemos podido estar camino de Bloemfontein.

La autopista E-35 discurría recta como una flecha hacia el sursureste hasta Zwolle, donde Quinn giró y tomó la carretera A-50 que llevaba al sur, pasando por Apeldoorn, Arnhem, Nimega y De Bosch. En Apeldoorn, Sam se puso el volante. Quinn inclinó hacia atrás el respaldo de su asiento hasta dejarlo casi horizontal y se quedó dormido. Seguía durmiendo cuando se produjo el choque, y fue su cinturón de seguridad lo que le salvó la vida.

Exactamente al norte de Arnhem y al oeste de la carretera está el club de vuelo sin motor de Terlet. A pesar de la época del año, el día era brillante y soleado, cosa lo bastante rara en Holanda en el mes de noviembre como para atraer a los entusiastas. El conductor del camión que circulaba por el carril exterior se hallaba tan distraído observando el planeador que volaba sobre la carretera delante de él, inclinándose para el aterrizaje, que no advirtió que se desviaba hacia el carril interior.

Sam se vio encerrada entre los postes levantados a lo largo del borde del arenoso páramo a su derecha y la mole del oscilante monstruo a su izquierda. Trató de frenar y casi lo consiguió. Pero el bamboleante remolque dio un coletazo a la parte delantera del Sierra y lo lanzó de la carretera como se echa una mosca de un capirotazo de encima de una carpeta. El conductor del camión ni siquiera se dio cuenta y siguió su camino.

El Sierra subió al bordillo al tratar Sam de volverlo a la carretera, y lo habría conseguido de no haber sido por los postes verticales que se alineaban junto a aquél. La rueda delantera chocó con uno de ellos y Sam perdió el control del coche, el cual descendió por el talud, estuvo a punto de volcar, recobró el equilibrio y acabó hundiéndose hasta el eje en la blanda y mojada arena del páramo.

Quinn enderezó su asiento y miró a Sam. Ambos estaban impresionados pero ilesos. Salieron del automóvil. Encima de ellos, coches y camiones pasaban a gran velocidad hacia el sur, hacia Arnhem. Todo el terreno era plano a su alrededor; era muy fácil verlos desde la carretera.

–El cacharro –dijo él.

–¿Qué?

–La Smith and Wesson. Dámela.

Quinn envolvió la pistola y sus proyectiles en uno de los pañuelos de seda que llevaba Sam en su neceser y enterró el bulto debajo de un arbusto a diez metros del coche, grabando en su memoria el lugar donde quedó oculto en la arena. A los dos minutos, un Range Rover de la Rijkspolitie, policía de tráfico holandesa, se detuvo sobre el talud.

Los agentes parecieron preocupados y después se mostraron aliviados al ver que estaban ilesos, y les pidieron la documentación. Treinta minutos más tarde, fueron depositados con su equipaje en el patio trasero del gris edificio de hormigón de la Jefatura de Policía, en la Beek Straat de Arnhem. Un sargento los condujo a un locutorio donde tomó numerosas notas. Terminó pasada la hora del almuerzo.

El representante de la agencia de alquiler de coches había tenido poco trabajo aquel día (los turistas suelen escasear a mediados de noviembre) y se alegró de recibir una llamada en su oficina de Heuvelink Boulevard de una dama americana que preguntaba por una agencia de automóviles. Su satisfacción menguó un poco cuando se enteró de que un Sierra de su compañía había sufrido un accidente en la A-50, en Terlet, pero recordó la recomendación de su empresa de no perdonar esfuerzo, y así lo hizo.

Fue a la jefatura de policía y conversó con el sargento. Ni Quinn ni Sam pudieron entender una palabra. Por suerte, ambos holandeses hablaban inglés.

–El equipo de recuperación de la policía traerá el Sierra de donde está... aparcado –dijo–. Yo haré que sea recogido aquí y llevado a los talleres de nuestra compañía. Según sus documentos, están asegurados a todo riesgo. ¿Fue alquilado el coche en Holanda?

–No; en Ostende, Bélgica –dijo Sam–. Hacíamos turismo.

–Ah –murmuró el hombre, y pensó: papeleo, mucho papeleo–. ¿Desean alquilar otro coche?

–Sí –dijo Sam.

–Puedo ofrecerles un buen Opel Ascona; pero tendrá que ser por la mañana. Ahora lo están poniendo a punto. ¿Se alojan en algún hotel?

Respondieron que no; pero el servicial sargento hizo una llamada por teléfono y les dieron una habitación doble en el Rijn Hotel. El cielo se había nublado de nuevo; la lluvia empezó a caer. El hombre de la agencia los condujo a lo largo de un kilómetro y pico junto al dique de Rijnkade hasta el hotel, los dejó allí y prometió que el Opel estaría delante de la puerta del establecimiento a las ocho de la mañana siguiente.

El hotel se hallaba vacío en sus dos tercios y les dieron una gran habitación doble en la parte delantera, con vistas al río. La corta tarde tocaba a su fin, la lluvia azotaba las ventanas; la gran masa gris del Rin fluía en dirección al mar. Quinn acercó un sillón a la ventana y miró hacia el exterior.

–Tendría que telefonear a Kevin Brown –dijo Sam–. Comunicarle lo que hemos descubierto.

–Yo no lo haría –opinó Quinn.

–Se pondrá furioso.

–Bueno, puedes decirle que hemos encontrado a uno de los secuestradores y lo hemos dejado en lo alto de una noria con una bala disparada por otra persona en el cráneo. Puedes decirle que hemos llevado ilegalmente una pistola a través de Bélgica, Alemania y Holanda. ¿Quieres explicarle todo esto por un teléfono público?

–Tienes razón. Voy a tomar unas notas.

–Hazlo –aprobó él.

Sam buscó en el mueble bar, encontró media botella de vino tinto y llevó un vaso a Quinn. Después, se sentó a la mesa y empezó a escribir en papel con membrete del hotel.

A tres millas río arriba, envuelta en la penumbra del crepúsculo, pudo distinguir Quinn la gran estructura negra del viejo puente de Arnhem, el puente donde, en setiembre de 1944, el coronel John Frost y un puñado de paracaidistas británicos lucharon durante cuatro días y murieron tratando de contener a los Panzers SS con fusiles de cerrojo y pistolas Sten, mientras el Cuerpo Treinta atacaba en vano desde el sur para liberarlos en el extremo norte del puente. Quinn levantó su vaso en dirección a las viguetas de acero que se confundían con el cielo lluvioso.

Sam advirtió su acción y se acercó a la ventana. Miró hacia el dique.

–¿Ves a algún conocido? –preguntó.

–No –dijo Quinn–. Ya han pasado.

Ella se inclinó para mirar calle arriba.

–No veo a nadie.

–Pasaron hace mucho tiempo.

La joven frunció el ceño, intrigada.

–Eres un hombre muy enigmático, caballero Quinn. ¿Qué ves tú que yo no pueda ver?

–No mucho –respondió al tiempo que se levantaba–. Y nada que sirva de gran cosa. Veamos lo que pueden ofrecernos en el comedor.

El Ascona llegó a las ocho en punto, junto con el amable sargento y dos motoristas de la policía.

–¿Adónde se dirigen, Mr. Quinn? –preguntó el sargento.

–A Vlissingen, Flushing –contestó con gran sorpresa de Sam–. Vamos a tomar el ferry.

–Bien –dijo el sargento–, que tengan un buen viaje. Mis colegas les guiarán hasta la autopista del suroeste.

En la salida a la autopista, los motoristas se detuvieron y observaron cómo se perdía de vista el Opel. Quinn tuvo otra vez aquella impresión que había sentido en Dortmund.

El general Zvi ben Shaul se hallaba sentado detrás de su mesa y levantó la mirada del informe que estaba leyendo para fijarla en los dos hombres que tenía delante. Uno de ellos era el jefe del departamento Mossad, que abarcaba Arabia Saudita y toda la península desde la frontera iraquí al norte hasta la costa de Yemen del Sur. Era un feudo territorial. La especialidad del otro hombre no conocía fronteras y era, a su modo, incluso más importante, en particular para la seguridad de Israel. Abarcaba a todos los palestinos dondequiera que estuviesen. Era él quien había escrito el informe que se hallaba ahora sobre la mesa del director.

A algunos de aquellos palestinos les habría encantado conocer el edificio donde se estaba celebrando la reunión. Como muchos curiosos, incluidos numerosos gobiernos extranjeros, los palestinos se imaginaban todavía que el cuartel general del Mossad seguía estando en los suburbios del norte de Tel Aviv. Pero, desde 1988, su nueva sede era un gran edificio moderno en el centro de esa ciudad, detrás de una esquina de Rehov Shlomo Ha'melekh (Calle del Rey Salomón) y cerca de la casa ocupada por AMAN, el servicio de información militar.

–¿Puede conseguir algo más? –preguntó el general a David Gur Arieh, el experto palestino.

El hombre sonrió y se encogió de hombros.

–Usted siempre quiere más, Zvi. Mi fuente de información es un operario de bajo nivel, un técnico de los talleres de automóviles del Ejército saudita. Esto es lo que le dijeron. El ejército estará aislado tres días en el desierto durante el próximo mes de abril.

–Esto huele a golpe de Estado –dijo el hombre que dirigía el departamento saudí–. ¿Deberíamos sacarles nosotros las castañas del fuego?

–Si alguien derribase al rey Fahd y ocupase su puesto, ¿quién podría ser? –preguntó el director.

El experto saudí alzó los hombros.

–Otro príncipe –dijo–. No uno de los hermanos, sino alguien de la generación más joven. Son codiciosos. Por muchos miles de millones que saquen a través de la Comisión de Cuotas del Petróleo, todavía quieren más. No; es posible que lo quieran todo. Y, desde luego, los más jóvenes tienden a ser más... modernos, más occidentalizados. Tal vez sería para bien. Ya es hora de que se marchen los viejos.

No era la idea de un hombre más joven gobernando en Riad lo que intrigaba a Ben Shaul. Era lo que se le había escapado al técnico palestino que había dado las noticias a Gur Arieh. El año próximo, se había jactado, los palestinos tendremos derecho a nacionalizarnos aquí.

Si esto era verdad, si esto era lo que llevaban en la cabeza los anónimos conspiradores, las perspectivas resultaban asombrosas. Semejante ofrecimiento por parte de un nuevo Gobierno saudita significaría el traslado de un millón de palestinos sin tierras y sin hogar desde Israel, Gaza, la Costa Oeste y el Líbano a una nueva vida mucho más al sur. Cauterizada la llaga de Palestina, Israel, con su energía y su tecnología, podía establecer con sus vecinos una relación tal vez beneficiosa y de gran provecho. Éste había sido el sueño de los fundadores, desde Weizmann y Ben Gurion. Ben Shaul, a quien habían contado este sueño de pequeño, nunca creyó que pudiera convertirse en realidad. Pero...

–¿Va a decírselo a los políticos? –preguntó Gur Arieh.

El director pensó en cómo disputarían los miembros del Knesset, hilando fino en cuestiones semánticas y teológicas, mientras su servicio trataba de decirle por qué lado del cielo salía el sol. Todavía faltaba mucho para abril. Si lo hiciese, se produciría alguna filtración. Cerró la carpeta.

–Todavía no –respondió–; sabemos muy poco. Cuando sepamos más, se lo diré.

En su fuero interno había decidido tomarlo con calma.

A menos que se queden dormidos, los visitantes de Den Bosch se enfrentan a un juego de ingenio inventado por los que planificaron la ciudad. Podría llamarse «Encuentre el camino para llegar al centro de la población». Si gana, el visitante hallará la Plaza del Mercado y una zona donde aparcar. Si pierde, un sistema laberíntico de calles de una sola dirección le llevan de nuevo al cinturón de ronda.

El centro de la ciudad es un triángulo; el lado noroeste es el río Dommel; al noreste, el canal Zuid-Willemsvaart, y el tercero, el sur, la muralla de la ciudad. Sam y Quinn ganaron al tercer intento, llegaron al mercado y reclamaron su premio: una habitación en el Central Hotel.

Ya en ella, Quinn consultó la guía telefónica. Sólo figuraba un bar León de Oro, en una calle llamada Jans Straat. Salieron y echaron a andar. La recepción del hotel les había entregado un plano del centro de la ciudad, pero Jans Straat no constaba en él. Varios ciudadanos que estaban en la plaza menearon la cabeza para manifestar su ignorancia. Incluso el policía de la esquina tuvo que consultar su manoseada guía de la ciudad. Por fin dieron con la calle.

Era un callejón estrecho que discurría entre el St. Jans Singel, el antiguo camino de sirga junto al Dommel, y la paralela Molenstraat. Toda la zona era vieja, la mayor parte se remontaba a trescientos años atrás. Muchas casas habían sido restauradas y remozadas con buen gusto, conservando sus bellas estructuras de ladrillo y sus puertas y ventanas antiguas, pero bien adaptadas a los nuevos y elegantes apartamentos interiores. No así en St. Jans Straat.

Tenía apenas la anchura de un coche y los edificios se apoyaban unos contra otros para sostenerse. Había dos bares en ella, pues antaño los gabarreros que transportaban sus mercancías por el Dommel y a lo largo de los canales habían atracado allí para mitigar su sed.

El Gouden Leeuw estaba en el lado de la calle, a veinte metros del camino de sirga, y era una estrecha casa de dos pisos con un rótulo descolorido que anunciaba su nombre. La planta baja tenía una sola ventana en arco, y sus pequeños cristales eran opacos y de color. A su lado estaba la puerta que daba acceso al bar.

Se hallaba cerrada. Quinn tocó el timbre y esperó. Ningún ruido, ningún movimiento. El otro bar de la calle se encontraba abierto. Todos los bares de Den Bosch lo estaban.

–¿Y ahora qué? –preguntó Sam.

Calle abajo, un hombre que estaba junto a la ventana del otro bar bajó el periódico, los miró y volvió a alzarlo. Al lado del León de Oro había una puerta de madera de dos metros de altura, la cual parecía dar acceso a un pasaje que conducía a la parte de atrás de la casa.

–Espera aquí –dijo Quinn.

Saltó por encima de la puerta en un segundo y se dejó caer al otro lado. Pocos minutos después, Sam oyó un tintineo de cristales y el ruido de unos pasos. La puerta del bar se abrió desde dentro. Quinn apareció en el umbral.

–Ven –le indicó.

Ella entró en la casa y él cerró la puerta. No había luces; el bar era sombrío, iluminado tan sólo por la claridad del día que se filtraba por la ventana de colores.

El local era pequeño. La barra formaba una L alrededor de la ventana. Desde la puerta, un pasillo discurría junto a la barra hasta el ángulo de la L, donde se convertía en un espacio un poco más amplio donde beber, cerca del fondo del local. Detrás de la barra se hallaba la acostumbrada colección de botellas y, sobre ella, hileras de vasos de cerveza vueltos boca abajo, así como tres palancas de porcelana de Delft para extraer cerveza de barril. En el fondo había una puerta, por la que había entrado Quinn. Conducía a un pequeño lavabo, cuya ventana había roto para entrar, y también a una escalera que subía a la vivienda.

–Tal vez está arriba –sugirió Sam.

Pero no estaba. Era un apartamento-estudio muy pequeño, sólo una sala de estar-dormitorio, con una cocinita en un hueco, y un diminuto cuarto de baño-retrete. En una pared pendía un cuadro de un paisaje que podía ser de Transvaal, y en la habitación había varios recuerdos africanos, un televisor y una cama sin hacer. Ningún libro. Quinn registró los armarios y el pequeño desván. Pretorius no se hallaba en parte alguna. Bajaron la escalera.

–Ya que hemos irrumpido en su bar, podríamos tomar una cerveza –sugirió Sam.

Pasó detrás del mostrador, tomó dos vasos y tiró de una de las palancas de porcelana. Los vasos se llenaron de cerveza espumosa.

–¿De dónde viene esta cerveza? –preguntó Quinn.

Sam miró debajo del mostrador.

–Los tubos cruzan el suelo –dijo.

Quinn encontró la trampa debajo de una estera, al fondo del local. De allí descendía una escalera de madera y, junto a ella, había un interruptor. A diferencia del bar, el sótano era espacioso.

Toda la casa y sus vecinas estaban sostenidas por los arcos abovedados de ladrillos que constituían los sótanos. Los tubos por los que subía la cerveza se hallaban conectados a unos modernos barriles de acero, que por lo visto se bajaban hasta allí por la trampa. No siempre había sido así.

En un extremo del sótano aparecía una alta y ancha reja de acero. Más allá discurría el canal Dieze, que después pasaba por debajo de Molenstraat. Años atrás, los barriles de cerveza eran transportados en barcas de poco calado a lo largo del canal, introducidos a través de la puerta enrejada y colocados debajo del bar. En aquellos tiempos, los camareros tenían que bajar y subir continuamente la escalera para servir la cerveza a los parroquianos.

Todavía se conservaban tres de aquellos antiguos barriles, colocados sobre soportes de ladrillo en la parte más amplia formada por los arcos, y todos ellos tenían una espita en la parte inferior. Como por distracción, Quinn abrió uno de los grifos; un chorro de vieja cerveza agria brotó a la luz de la lámpara. Con el segundo ocurrió lo mismo. Abrió el tercero con la punta del pie. El líquido brotó amarillo y turbio, pero se volvió rosado.

Quinn tuvo que dar tres empujones para volcar el barril. Cuando éste cayó con un fuerte chasquido, su contenido se derramó en el suelo de ladrillos. Parte de este contenido era los últimos litros de cerveza rancia que nunca habían llegado al bar. Pero en medio del charco yacía un hombre boca arriba, abiertos los ojos sin vida a la luz de la única lámpara, con un orificio en una sien y el de salida en la otra. Por su altura y su corpulencia, calculó Quinn que podía ser el hombre de la Skorpion. Si lo era, había matado a un sargento británico y a dos agentes americanos del Servicio Secreto en Shotover Plain.

Otro hombre, en el sótano, apuntó su pistola a la espalda de Quinn y habló en holandés. Quinn se volvió. El hombre había bajado por la escalera, ahogado el murmullo de sus pisadas por el ruido del barril al caer. Lo que dijo en realidad fue:

–Buen trabajo, *meneer*; ya ha encontrado a su amigo. Nosotros no lo habíamos conseguido.

Otros dos descendían los peldaños. Vestían uniforme de la Policía de la Comunidad holandesa. El de la pistola iba de paisano; era sargento de la Recherche.

–Me pregunto –dijo Sam, mientras eran conducidos a la comisaría de policía de Tolbrug Straat– si hay un mercado para la antología definitiva de las comisarías de policía.

Por casualidad, la comisaría de Den Bosch está justo delante de la Groot Zieken Gasthouse (literalmente, Pensión de Enfermos Graves), a cuyo depósito de cadáveres fue llevado Jan Pretorius para esperar la autopsia.

El inspector jefe Dykstra no había concedido gran importancia al aviso que Papá De Groot le había dado por teléfono la mañana anterior. Que un norteamericano estuviese buscando a un sudafricano no tenía por qué resultar sospechoso. A la hora del almuerzo había enviado a uno de sus sargentos, el cual encontró cerrado el León de Oro e informó de ello.

Un cerrajero del barrio les había franqueado la entrada; pero todo parecía estar en orden. Allí no se veían señales de lucha ni nada anormal. Si Pretorius quería cerrar su establecimiento y marcharse, estaba en su perfecto derecho. El propietario del otro bar, más abajo y al otro lado de la calle, manifestó que creía que el León de Oro estaba abierto a eso del mediodía. Con el tiempo que hacía, era normal que la puerta se hallase cerrada. No había visto entrar o salir del León de Oro a ningún cliente, pero esto no era de extrañar; el negocio estaba flojo.

Fue el sargento quien pidió que le dejasen vigilar el bar durante un poco más de tiempo, y Dykstra accedió. Había valido la pena; el americano llegó veinticuatro horas después.

Dykstra dirigió un mensaje al laboratorio de la Gerenchtelijk en Voorburg, principal laboratorio de patología del país. Al enterarse de que se trataba de una herida de bala y de un extranjero, enviaron al doctor Veerman en persona, el más distinguido patólogo forense de Holanda.

Por la tarde, el inspector Dykstra escuchó pacientemente la explicación de Quinn, que dijo que había conocido a Pretorius hacía catorce años, en París, y que deseaba encontrarlo para estrecharle la mano, en recuerdo de los viejos tiempos, al visitar como turista Holanda. Si Dykstra no se lo creyó, mantuvo impasible el rostro. Pero hizo averiguaciones. El BVD de su país confirmó que el sudafricano había estado en París en aquella época; los ex patronos Hartford de Quinn dijeron que sí, que Quinn había dirigido aquel año su oficina en París.

El coche alquilado fue traído del Central Hotel y registrado a fondo. Ningún arma. También se inspeccionó su equipaje. Tampoco hallaron arma alguna. El sargento declaró que ni Quinn ni Sam llevaban armas cuando los encontró en el sótano. Dykstra creía que Quinn había matado al sudafricano el día anterior, antes de que el sargento montase la guardia, y que volvió porque había olvidado algo que podía estar en los bolsillos del muerto. Pero, si éste era el caso, ¿por qué había visto el sargento que trataba de entrar por la puerta de la calle? Si había cerrado la puerta después de matar al sudafricano, habría podido volver a entrar. Era desconcertante. Pero de una cosa estaba seguro; el hecho de haberse conocido los dos hombres en París no era la razón de la visita.

El profesor Veerman llegó a las seis y terminó antes de la medianoche. Cruzó la calle y tomó un café con el fatigado inspector jefe Dykstra.

–Bueno ¿y qué, profesor?

–Recibirá el dictamen completo a su debido tiempo –dijo el doctor.

–Nada más que en líneas generales, por favor.

–Está bien. Muerte por una fuerte lesión del cerebro producida por una bala, probablemente de nueve milímetros, disparada a corta distancia; orificio de entrada en la sien izquierda y de salida en la derecha. Debería buscar un agujero en la madera, en alguna parte de aquel bar.

Dykstra asintió con la cabeza.

–¿Hora de la muerte? –preguntó–. Tengo detenidos a dos americanos que descubrieron el cadáver, cuando, según dicen, iban a hacer una visita amistosa. Aunque entraron por la fuerza en el bar para encontrarlo.

–Ayer al mediodía –manifestó el profesor–. Con un margen de dos horas antes o después. Lo sabré más adelante, cuando se hayan terminado los análisis.

–Pero los americanos estaban en la comisaría de policía de Arnhem ayer al mediodía –dijo Dykstra–. Esto es indiscutible. Su coche sufrió un accidente a las diez, y los soltaron a las cuatro para que se alojasen en el Rijn Hotel. Pudieron salir del hotel aquella noche, venir aquí, cometer el hecho y volver allá antes del amanecer.

–Imposible –sentenció el profesor, al tiempo que se levantaba–. Aquel hombre no murió después de las dos de la tarde de ayer. Si estaban en Arnhem, son inocentes. Lo siento. Los hechos cantan.

Dykstra lanzó una maldición. Su sargento debió de montar la guardia media hora después de que el asesino saliese del bar.

–Mis colegas de Arnhem me han dicho que, cuando se marcharon ayer, se disponían a tomar el ferry en Vlissingen –dijo a Sam y a Quinn al ponerles en libertad en la madrugada.

–Es verdad –repuso Quinn, recogiendo su manoseado equipaje.

–Les agradecería que se quedaran allí –dijo el inspector jefe–. Mr. Quinn, mi país recibe con los brazos abiertos a los extranjeros, pero parece que, dondequiera que vaya usted, la policía holandesa tiene que hacer horas extraordinarias.

–De veras lo siento –dijo con sinceridad Quinn–. En vista de que hemos perdido el último ferry y puesto que tenemos hambre y estamos cansados, ¿podríamos acabar de pasar la noche en nuestro hotel y partir por la mañana?

–Muy bien –aceptó Dykstra–. Haré que dos de mis hombres les acompañen para salir de la ciudad.

–Empiezo a sentirme como una reina –dijo Sam al entrar en el cuarto de baño, ya de regreso en el Central Hotel.

Cuando salió, Quinn se había marchado. Volvió a las cinco,

guardó la Smith and Wesson en el fondo del neceser de Sam y durmió un par de horas hasta que llegó el café de la mañana.

El viaje hasta Flushing transcurrió sin novedad. Quinn se hallaba sumido en profundas reflexiones. Alguien estaba liquidando a los mercenarios uno tras otro, y ahora él ya no sabía a dónde ir. Salvo tal vez... de nuevo a los archivos. Quizá pudiera sacar algo más de ellos, pero era muy poco probable. Con Pretorius muerto, la pista se había enfriado como un bacalao que llevase una semana muerto, y olía igual de mal.

Un coche de la policía de Flushing se encontraba cerca de la rampa del ferry con destino a Inglaterra. Los dos agentes observaron cómo subía despacio el Opel Ascona y se introducía en el casco del buque; no obstante, esperaron a que se cerrasen las puertas y el ferry entrase en el estuario de Wester Schelde antes de ir a informar a sus superiores.

El viaje fue tranquilo. Sam escribió sus notas, ahora buena conocedora de las comisarías de policía europeas; Quinn leyó el primer periódico de Londres que veía en diez días. Le pasó inadvertido un párrafo cuyo titular decía: «¿Una importante reorganización en la KGB?» Era un reportaje del corresponsal de Reuter diciendo que, según fuentes bien informadas, se preveían cambios en la cima de la policía secreta soviética.

Quinn esperaba en la oscuridad del pequeño jardín de Carlyle Square, al igual que había hecho durante las dos horas anteriores, inmóvil como una estatua y sin que nadie reparase en él. La sombra proyectada por un frondoso codeso lo protegía de la luz de la farola: su cazadora negra y su inmovilidad hacían el resto. La gente pasaba a pocos palmos de él, pero no lo veía.

Eran las diez y media; los moradores de esta plaza elegante de Chelsea volvían de cenar en los restaurantes de Knightsbridge y de Mayfair. David y Carina Frost viajaban en la parte trasera de su viejo Bentley, en dirección a su casa. A las once llegó el hombre a quien esperaba Quinn.

Aparcó su coche en una zona reservada a los vecinos, al otro lado de la calle, subió los tres peldaños de la escalera que había ante su vivienda e introdujo la llave en la cerradura. Quinn estaba a su lado antes de que él se volviese.

–Julian.

Julian Hayman giró sobre sus talones, alarmado.

–Dios mío, Quinn, no hagas eso. Podría haberte derribado.

Años después de haber dejado el Regimiento, Hayman seguía estando en muy buena forma. Pero los que había pasado en la ciudad le habían suavizado un poco, muy poco. Quinn pasó aquellos años cultivando viñedos bajo el sol abrasador. Se abstuvo de sugerir que, llegado el caso, la cosa podría haber sido al revés.

–Necesito volver a tus archivos, Julian.

Hayman se había recobrado del susto. Movió enérgicamente la cabeza.

–Lo siento, viejo. Pero esta vez es imposible. Eres tabú, ¿sabes? La gente ha estado murmurando..., en nuestro círculo..., sobre el caso Cormack. No puedo arriesgarme. No hay nada que hacer.

Quinn comprendió que era así. La pista había terminado. Se volvió para marcharse.

–A propósito –le gritó Hayman desde lo alto de la escalera–. Ayer almorcé con Barney Simkins. ¿Te acuerdas del viejo Barney?

Quinn asintió con la cabeza. Barney Simkins, uno de los directores de Broderick-Jones, la empresa de seguros de Lloyd's para la que había trabajado Quinn durante diez años en toda Europa.

–Me reveló que alguien estuvo llamando, preguntando por ti.

–¿Quién?

–No lo sé. Barney dijo que el hombre se mostraba muy reservado. Sólo le indicó que, si querías ponerte en contacto con él, publicases un pequeño anuncio en el *International Herald Tribune*, edición de París, cualquier día a partir de los próximos diez, y lo firmases Q.

–¿No dio ningún nombre? –preguntó Quinn.

–Sólo uno, viejo. Un nombre raro. Zack.

CAPÍTULO XV

Quinn subió al coche y se sentó al lado de Sam, que había estado esperando en la esquina de Mulberry Walk. Parecía pensativo.

–¿No quiere jugar?

–¿Eh?

–Hayman. ¿No quiere dejarte volver a sus archivos?

–No. Eso se acabó. No hay nada que hacer. Parece que otra persona sí quiere jugar. Zack ha estado telefoneando.

Ella se quedó pasmada.

–¿Zack? ¿Qué pretende?

–Una entrevista.

–¿Cómo diablos te ha encontrado?

Quinn puso la marcha y se apartó del bordillo.

–Por pura casualidad. Hace años me mencionaron ocasionalmente en los periódicos cuando trabajaba para Broderick-Jones. Lo único que él sabía era mi nombre y mi empleo. Parece que no soy el único que comprueba recortes de periódico atrasados. Por pura chiripa, Hayman estaba almorzando con alguien de mi antigua compañía cuando se suscitó el tema.

Giró para entrar en Old Church Street y de nuevo en King's Road.

–Tratará de matarte, Quinn. Ya ha liquidado a dos de los suyos. Desaparecidos éstos, todo el rescate será para él y, si te elimina a ti, se habrá acabado la caza. Por lo visto cree que tienes más probabilidades de encontrarle que el FBI.

Quinn soltó una risa breve.

–¡Si supiese que no tengo la menor idea de quién es ni de dónde está!

Decidió no decir a Sam que ya no creía que Zack fuese el asesino de Marchais y de Pretorius. Y no porque Zack no fuese capaz de eliminar a los de su propia clase si el precio valía la pena. En el Congo, varios mercenarios habían sido «suprimidos» por los suyos. Era la coincidencia en el tiempo lo que le preocupaba.

Sam y él habían llegado junto a Marchais pocas horas después de la muerte de éste. Por suerte para ellos no había policías por allí. De no haber sido por un accidente casual en las afueras de Arnhem, habrían llegado al bar de Pretorius con una pistola cargada una hora después de morir *él.* Habrían estado detenidos durante semanas, mientras la policía de Den Bosch investigaba el caso.

Torció a la izquierda de King's Road, siguió por Beaufort Street, en dirección a Battersea Bridge y se metió de nuevo en un atasco de vehículos. Las colas no son raras en el tráfico londinense; pero, a aquella hora de una noche de invierno, la circulación hacia el sur a través de Londres hubiese debido ser bastante fluida.

La hilera de coches en que se hallaban ellos avanzaba poco a poco y Quinn vio que un policía uniformado los dirigía alrededor de una serie de conos que indicaban que el carril había sido bloqueado. Los automóviles que se dirigían al norte y los que se encaminaban al sur tenían que emplear alternativamente el único carril utilizable en la calle.

Cuando llegaron a la altura del tramo bloqueado, Quinn y Sam vieron dos coches de la policía, con las luces azules de los techos centelleando al girar. Entre los dos automóviles había una ambulancia, aparcada y con las puertas abiertas. Dos hombres saltaron de la parte de atrás con una camilla y se acercaron a un bulto tapado con una manta sobre el pavimento.

Los policías de tráfico, impacientes, les hicieron señales con la mano para que siguiesen adelante. Sam miró la fachada del edificio delante del cual yacía aquel bulto en la acera. Las ventanas del piso más alto se hallaban abiertas, y vio que un policía asomaba la cabeza y miraba hacia abajo.

–Parece que alguien ha caído desde el octavo piso –observó Sam–. Los polis están mirando desde aquella ventana de allá arriba.

Quinn gruñó y concentró la atención en no golpear las luces de atrás del coche que les precedía y cuyo conductor estaba también contemplando boquiabierto el accidente. Segundos más tarde, el tráfico se despejó y Quinn aceleró el Opel para cruzar el puente sobre el Támesis, dejando atrás el cadáver de un hombre del que nunca había oído ni jamás oiría hablar; el cadáver de Andy Laing.

–¿Adónde vamos? –preguntó Sam.

–A París.

Para Quinn, volver a París era como volver a casa. Aunque había pasado más tiempo en Londres, París era para él un lugar especial.

Había conquistado a Jeannette allí, y allí se había casado con ella. Durante dos felices años vivieron en un pisito cerca de la Rue de Grenelle, y su hija había nacido en el Hospital Americano de Neuilly.

Conocía bares en París, docenas de bares donde, después de la muerte de Jeannette y de su hija Sophie en la carretera de Orleáns, trató de mitigar el dolor con la bebida. Fue feliz en París, había estado en la gloria en París, conocido el infierno en París, durmió en el arroyo en París. Conocía el lugar.

Pasaron la noche en un motel en las afueras de Ashford y tomaron el aerodeslizador de las nueve de la mañana de Folkestone a Calais. Llegaron a París a tiempo para el almuerzo.

Quinn tomó una habitación en un pequeño hotel próximo a los Champs Elysées y desapareció en el coche en busca de un lugar donde aparcarlo. El octavo Arrondissement de París tiene muchos atractivos, pero la facilidad de aparcar no es uno de ellos. Haberlo hecho cerca del Hotel du Colisée en la calle del mismo nombre habría sido una invitación al cepo. Guardó pues el coche en el aparcamiento de día completo de la Rue Chauveau-Lagarde, detrás de la Madeleine, y paró un taxi para regresar al hotel. De todas maneras tendría que utilizar taxis. Mientras estaba en la zona de la Madeleine tomó nota de otras dos cosas que podría necesitar.

Después de almorzar, Quinn y Sam cogieron un taxi para ir a las oficinas del *International Herald Tribune*, en el número ciento ochenta y uno de la Avenue Charles de Gaulle, en Neuilly.

–Lo lamento; pero no podremos insertarlo en la edición de mañana –dijo la muchacha que se hallaba sentada a la mesa de recepción–. Tendrá que ser pasado. Los anuncios sólo se publican al día siguiente si se entregan antes de las once y media de la mañana.

–Está bien –dijo Quinn.

Pagó en efectivo.

Le obsequiaron con un ejemplar del periódico y lo leyó en el taxi de vuelta a los Champs Elysées.

Esta vez no le pasó por alto el reportaje, fechado en Moscú, cuyo titular decía: «Expulsión del general Chebrikov.» Había un subtítulo: «Jefe de la KGB despedido en una importante reorganización de la seguridad.» Leyó el artículo por su simple interés, pero sin que significase nada para él.

El corresponsal de la agencia narraba que el Politburó soviético había aceptado «con pesar» la dimisión y el retiro del presidente de la KGB, general Vladimir Kriuchkov. Un delegado presidiría el comité, con carácter temporal, hasta que el Politburó designase sucesor.

En el artículo se presumía que los cambios eran debidos al descontento del Politburó por la actuación del Primer Directorio, que había sido presidido por Kriuchkov. El reportero terminaba sugiriendo que el Politburó (refiriéndose de forma velada al propio Gorbachov) deseaba ver más sangre nueva y más joven al frente del servicio de espionaje de la URSS en ultramar.

Aquella tarde y todo el día posterior, Quinn enseñó París a Sam, que estaba allí por primera vez. Visitaron el Louvre, los jardines de las Tullerías bajo la lluvia, el Arco de Triunfo y la Torre Eiffel, terminando su día libre en el cabaret Lido.

El anuncio fue publicado a la mañana siguiente. Quinn se levantó temprano y compró un ejemplar a un vendedor en los Champs Elysées a las siete, para asegurarse de su inserción. Decía simplemente: «Z, estoy aquí. Telefonee al ... Q.» Daba el número del hotel y había dicho a la telefonista del pequeño vestíbulo que esperaba que le llamasen. Aguardó en su habitación. La llamada se produjo a las nueve y media.

–¿Quinn?

La voz era inconfundible.

–Antes de que sigamos adelante, Zack, esto es un hotel. No me gusta hablar por teléfono en los hoteles. Llámeme a esta cabina pública dentro de media hora.

Dictó el número de teléfono de una cabina próxima a la Place de la Madeleine. Después salió, al tiempo que gritaba a Sam:

–Volveré pronto, una hora más o menos.

Ella estaba todavía en camisón y se quedó en el hotel. El teléfono de la cabina sonó exactamente a las diez.

–Quinn, deseo hablar con usted.

–Estamos hablando, Zack.

–Quiero decir cara a cara.

–No es problema. Diga dónde y cuándo.

–Sin trucos, Quinn. Desarmado y sin compañía.

–De acuerdo.

Zack estableció la hora y el lugar. Quinn no tomó nota; no le hacía falta. Regresó al hotel. Sam se había vestido y ya no estaba en la habitación. La encontró en el salón-bar, comiendo *croissants* y tomando café con leche. Ella levantó la cabeza en un gesto de ansiedad.

–¿Que quería?

–Una reunión, cara a cara.

–Quinn, querido, ten cuidado. Es un asesino. ¿Cuándo y dónde?

–No hablemos aquí. En nuestra habitación.

Había otros turistas consumiendo un tardío desayuno.

–Es una estancia de hotel –dijo Quinn, cuando estuvieron arriba–. Mañana por la mañana, a las ocho. En una habitación del Hotel Roblin. Reservada a nombre de... ¿te imaginas?... Smith.

–Yo tengo que estar allí, Quinn. Esto no me gusta. No olvides que también soy buena tiradora. Y tú llevarás la Smith and Wesson.

–Claro.

Un poco más tarde, Sam se excusó y bajó al bar. Volvió al cabo de diez minutos. Quinn recordó que había un teléfono en el extremo de la barra.

Ella estaba dormida cuando él se marchó a media noche; había puesto el despertador a las seis de la mañana. Quinn se movió en el dormitorio como una sombra, recogiendo los zapatos, calcetines, pantalones, suéter, chaqueta y pistola antes de salir. No había nadie en el pasillo. Se vistió allí, introdujo el arma debajo del cinturón, se abrochó la cazadora para cubrir la culata y bajó la escalera sin hacer ruido.

Encontró un taxi en los Champs Elysées y llegó al Hotel Roblin a los diez minutos.

–*La chambre de monsieur Smith, si'l vous plaît* –dijo al portero de noche.

El hombre miró una lista y le dio la llave. Número diez. Segunda planta. Subió la escalera y entró en la habitación.

El cuarto de baño era el mejor lugar para la emboscada. La puerta estaba en el rincón del dormitorio y, desde ella, podía abarcar todos los ángulos y en especial la puerta del pasillo. Quitó la bombilla de la lámpara principal del dormitorio, tomó una silla y la introdujo en el cuarto de baño. Con la puerta de éste entreabierta dos pulgadas, empezó su vela. Cuando su visión se hubo adaptado, pudo ver bien la habitación vacía, débilmente iluminada por la luz de la calle que se filtraba por las ventanas cuyas cortinas habían quedado descorridas.

A las seis no había llegado nadie. En ningún momento sintió pisadas en el pasillo. A las seis y media, el portero de noche trajo café a un huésped madrugador del final del pasillo; le oyó pasar por delante de la puerta y volver hacia la escalera del vestíbulo. Nadie entró; ni lo intentó siquiera.

A las ocho se sintió invadido por una impresión de alivio. Veinte minutos más tarde salió, pagó la cuenta y tomó un taxi para volver al Hotel Du Colisée. Sam se hallaba en la habitación, casi frenética.

–¿Dónde diablos has estado, Quinn? Me has tenido terriblemente inquieta. Me desperté a las cinco... y tú no estabas... Por el amor de Dios, no hemos acudido a la cita.

Él habría podido mentir, pero estaba sinceramente arrepentido. Le dijo lo que había hecho. Ella lo miró como si le hubiese dado una bofetada.

–¿Creíste que era yo? –murmuró.

Sí, confesó él; después de lo de Marchais y lo de Pretorius, le había obsesionado la idea de que alguien estaba dando el soplo al asesino o a los asesinos. ¿Cómo habían podido éstos llegar dos veces junto a los mercenarios antes que él y Sam? Ella tragó saliva, recobró su aplomo y disimuló su agravio.

–Está bien, ¿puedo preguntarte cuándo es la verdadera cita? Es decir, si ahora confías en mí.

–Dentro de una hora, a las diez –dijo él–. En un bar de la rue de Chalon, justo detrás de la Gare de Lyon. Es un largo trayecto; salgamos en seguida.

Otro viaje en taxi. Sam guardó un silencio de reproche mientras el automóvil recorría los muelles a lo largo de la orilla norte del Sena, yendo desde el noroeste al sudeste de la ciudad. Quinn despidió el taxi en la esquina de la rue de Chalon y el Passage de Gatbois. Decidió hacer a pie el resto del camino.

La rue de Chalon discurre paralela a la vía férrea que, saliendo de la estación, se dirige al sur de Francia. Pudieron oír, por encima del muro, el estruendo de trenes moviéndose en numerosos puntos fuera de la terminal. La calle se hallaba muy sucia.

De la rue de Chalon partían una serie de callejuelas llamadas todas ellas Passage, que la conectaban con la bulliciosa Avenue Dumesnil. A una manzana del lugar donde había despedido el taxi, encontró Quinn la calle que buscaba, el Passage de Vautrin. Entró en ella.

–Es un sitio muy sórdido –observó Sam.

–Sí; bueno, él lo eligió. El lugar de la cita es un bar.

Había dos bares en la calle y ninguno de ellos podía hacer la competencia al Ritz.

Chez Hugo era el segundo, al otro lado de la calleja y a cincuenta metros del primero. Quinn abrió la puerta. El mostrador del bar quedaba a su izquierda, y había a su derecha dos mesas próximas a la ventana que daba a la calle y que estaba cubierta con gruesos visillos. Ambas mesas aparecían desocupadas. Todo el bar estaba vacío, salvo por el dueño. Iba sin afeitar y cuidaba de la cafetera exprés detrás del mostrador. Con la puerta abierta a su espalda y Sam en ella, Quinn era visible, y lo sabía. Cualquiera que estuviese en el oscuro fondo del establecimiento sería difícil de ver. Entonces descubrió al único cliente del bar. Estaba solo, ante una mesa de la parte de atrás, tomando café. Miraba a Quinn.

Éste cruzó la estancia, seguido de Sam. El hombre no se movió. Mantuvo los ojos clavados en el negociador, salvo una fracción de segundo que los fijó en Sam. Quinn se plantó delante de él. Vestía una chaqueta de pana y una camisa de cuello abierto. Cerca de cincuenta años, cabellos rubios y ralos, cara delgada y ruin, muy picada de viruelas.

–¿Zack? –dijo Quinn.

–Sí; siéntese. ¿Quién es ella?

–Mi socia. Si yo me quedo, ella se queda. Usted ha querido esta cita. Hablemos.

Se sentó delante de Zack, apoyando las manos sobre la mesa. Sin trucos. El hombre lo miró con malevolencia. Quinn pensó que había visto antes aquella cara; recordó los archivos de Hayman y los de Hamburgo. Entonces lo reconoció. Sidney Fielding, uno de los jefes de sección de John Peter, en el Quinto Comando, en Paulis, ex Congo Belga. El hombre temblaba con una emoción a duras penas contenida. Después de varios segundos, Quinn se dio cuenta de que lo que sentía era furor, pero mezclado con otra cosa. Había visto muchas veces esta mirada, en Vietnam y en otras partes. El hombre se hallaba colérico y furioso; pero también asustadísimo. Zack no pudo contenerse más.

–Es usted un bastardo, Quinn. Usted y los suyos son unos bastardos embusteros. Me prometió que no habría caza del hombre; dijo que sólo teníamos que desaparecer y que, después de un par de semanas, el ambiente se habría enfriado... Todo una mierda. Ahora me entero de que Big Paul ha desaparecido y de que Janni está en un depósito de cadáveres de Holanda. Nada de caza del hombre, por mil diablos. Nos están liquidando.

–Eh, tómelo con calma, Zack. Yo no le dije eso. Yo estoy en el otro bando. Empecemos por el principio, ¿por qué secuestraron a Simon Cormack?

Zack miró a Quinn como si le hubiese preguntado si el sol era caliente o frío.

–Porque nos pagaron –dijo.

–¿Lo hicieron por la paga? ¿No por el rescate?

–No; eso era además. Medio millón de dólares fue el precio. Yo me quedé con doscientos mil y di cien mil a cada uno de los otros tres. Me dijeron que el rescate era extra, que sacáramos lo que pudiéramos y nos quedásemos con ello.

–Bien. ¿Quién les pagó para hacerlo? Juro que no fui uno de ellos. Me llamaron un día después del secuestro para que tratase de recobrar al muchacho. ¿Quién montó la operación?

–No sé su nombre. Nunca lo supe. Era americano; esto es lo único que sé. Un hombre bajo y gordo. Se puso al habla conmigo aquí; Dios sabe cómo me encontró; debe de tener contactos. Siempre nos encontrábamos en habitaciones de hotel. Yo acudía y él iba siempre enmascarado. Pero trajo el dinero, contante y sonante.

–¿Y los gastos? Los secuestrados cuestan caros.

–Eso fue aparte de la paga. En efectivo. Otros cien mil dólares para gastos.

–¿La casa en la que se ocultaron iba incluida en los gastos?

–No; nos la proporcionaron. Nos reunimos en Londres un mes antes del trabajo. Él me dio las llaves, me dijo dónde estaba y me encargó que la preparase como refugio.

–Deme la dirección.

Zack se la dio. Quinn la anotó. Nigel Cramer y los técnicos forenses de los laboratorios de la Policía Metropolitana visitarían el lugar y lo registrarían de arriba abajo en busca de huellas. Y averiguarían que nunca había sido alquilada. Fue comprada legalmente por doscientas mil libras a través de un bufete de abogados británicos que actuaban en nombre de una compañía luxemburguesa.

La compañía resultaría ser una sociedad por acciones al portador representada legalmente por un banco de Luxemburgo que actuaba como apoderado y que nunca había conocido al dueño de la compañía. El dinero empleado para comprar la casa había venido a Luxemburgo en forma de un pagaré emitido por un banco suizo. Los suizos declararían que el pagaré había sido comprado en dólares USA en su sucursal de Ginebra, pero nadie recordaría al comprador.

Además, la casa no estaba en el norte de Londres, sino hacia el sur de Sussex, cerca de East Grinstead. Zack había ido en coche por la M-25 para hacer sus llamadas telefónicas desde el norte de la capital.

Los hombres de Cramer registrarían la casa de arriba abajo. A pesar de los esfuerzos de los cuatro hombres mercenarios, persistían algunas huellas dactilares, pero pertenecían a Marchais y a Pretorius.

–¿Qué me dice del Volvo? –preguntó Quinn–. ¿Pagaron también por él?

–Sí, y por la camioneta, y por la mayoría de los otros instrumentos. Sólo la Skorpion nos fue dada por el hombre gordo. En Londres.

Aunque Quinn no lo sabía, el Volvo había sido encontrado fuera de Londres. Estuvo más tiempo del debido en el aparcamiento de muchos pisos del aeropuerto de Heathrow. Los mercenarios, después de cruzar Buckingham la mañana del asesinato, se dirigieron de nuevo hacia el sur y volvieron a Londres. Desde Heathrow, habían tomado el autobús hacia la otra terminal de Gatwick y, sin entrar en el aeropuerto, tomado el tren para Hasting y la costa. Taxis separados les habían llevado a Newhaven para alcanzar el ferry del mediodía a Dieppe. Una vez en Francia se separaron y se escondieron bajo tierra.

Cuando la policía del aeropuerto de Heathrow examinó el Volvo, vio que tenía agujeros en el suelo del portaequipajes, y persistía en él un olor a almendras. Se informó a Scotland Yard, y se averiguó quién era el primitivo propietario. Pero el coche había sido comprado al contado, no se había completado la documentación de transferencia, y la descripción del comprador concordaba con la del pelirrojo que había adquirido la Ford Transit.

–¿Era el gordo quien les daba toda la información confidencial? –preguntó Quinn.

–¿Qué información confidencial? –dijo súbitamente Sam.

–¿Cómo se enteró de esto? –preguntó Zack, receloso.

Por lo visto, todavía sospechaba que Quinn podía ser uno de sus patronos convertidos en perseguidores.

–Usted lo hacía demasiado bien –dijo Quinn–. Supo esperar a que yo estuviese en mi puesto, y preguntar después por el negociador en persona. Yo nunca había visto una cosa semejante. Usted sabía cuándo debía enfurecerse y cuándo tenía que dar marcha atrás. Cambió de precio en dólares a un precio en diamantes, sabiendo que esto sería causa de un retraso, cuando estábamos dispuestos a realizar el intercambio.

Zack asintió con la cabeza.

–Sí; antes del secuestro se me dijo lo que tenía que hacer y cómo debía hacerlo. Mientras estábamos escondidos, tuve que realizar otra serie de llamadas telefónicas. Siempre fuera de la casa, siempre cambiando de cabina, de acuerdo con una lista. El que me hablaba era el gordo; entonces conocía ya su voz. De cuando en cuando introducía algún cambio... Puestas a punto, le llamaba él. Yo sólo hice lo que él me decía...

–Bien –continuó Quinn–, y el gordo le garantizó que no tendrían problema en la huida. Tratarían de darles caza durante un mes o poco más; pero, como no existía ninguna pista, se olvidaría el asunto y ustedes podrían vivir felices para siempre. ¿Lo creyó? ¿Creyó de verdad que podían secuestrar y matar al hijo del presidente de los Estados Unidos y marcharse de rositas? A propósito, ¿por qué mataron al muchacho? No tenían necesidad de hacerlo.

Los músculos faciales de Zack se contrajeron en una especie de frenesí. Desorbitó los ojos, enfurecido.

–Ésta es la cuestión. ¡Maldita sea! Nosotros no lo matamos. Lo soltamos en la carretera, tal como nos había sido indicado. Estaba vivo y bien; no le habíamos hecho el menor daño. Seguimos nuestro camino. Sólo supimos que había muerto cuando se publicó la noticia al día siguiente. Yo no podía creerlo. Era mentira; nosotros no lo habíamos hecho.

En la calle, un coche dobló la esquina de la Rue de Chalon. Un hombre lo conducía y otro, en el asiento de atrás, empuñaba un rifle. El automóvil subió por una calle como si buscase a alguien, se detuvo delante del primer bar, avanzó casi hasta la puerta de Chez Hugo y después hizo marcha atrás y se paró a medio camino entre los dos bares. El motor siguió funcionando, pero el coche estaba en punto muerto.

–El muchacho fue destrozado por una bomba instalada en su cinturón de cuero –dijo Quinn–. No lo llevaba cuando fue secuestrado en Shotover Plain. Usted se lo dio para que se lo pusiera.

–Yo no fui –gritó Zack–. Le juro que yo no fui. Fue Orsini.

–Bueno, hábleme de Orsini.

–Es corso, un hombre duro. Más joven que nosotros. Cuando los tres salimos para encontrarnos con usted en el almacén, el muchacho vestía lo mismo que siempre. Al volver, vimos que llevaba ropa nueva. Le eché una bronca a Orsini por esto. El estúpido bastardo salió de la casa, contraviniendo las órdenes, y fue a comprar aquellas prendas.

Quinn recordó los gritos que había oído sobre su cabeza cuando los mercenarios se retiraron para examinar los diamantes. Entonces creyó que era a causa de las gemas...

–¿Por qué lo hizo? –preguntó Quinn.

–Explicó que el muchacho se había quejado de que tenía frío. Dijo que le pareció que con esto no perjudicaba a nadie, y que fue a East Grinstead, entró en una tienda de artículos de camping y adquirió el equipo. Yo me enfadé porque no hablaba inglés, y con la pinta que tiene era forzoso que llamase la atención.

–Casi con toda seguridad la ropa fue entregada durante su ausencia –dijo Quinn–. ¿Cómo es el tal Orsini?

–Tiene unos treinta y tres años; es un profesional, pero nunca ha estado en combate. Mentón muy oscuro, ojos negros, la cicatriz de una cuchillada en una mejilla.

–¿Por qué lo contrató?

–Yo no lo contraté. Busqué a Big Paul y a Janni porque los conocía de los viejos tiempos y habíamos estado en contacto. El corso me lo impuso el gordo. Ahora he oído decir que Janni está muerto y que Big Paul ha desaparecido.

–Bueno, ¿por qué ha querido usted esta reunión? –preguntó Quinn–. ¿Qué espera que haga por usted?

Zack se inclinó hacia delante y agarró el antebrazo de Quinn.

–Quiero salir de esto –dijo–. Si está usted con la gente que me metió en ello, dígales que no hace falta que me persigan. No hablaré, no hablaré jamás. Y en modo alguno con la poli. Por consiguiente, están seguros.

–Pero yo no estoy con ellos –declaró Quinn.

–Entonces diga a los suyos que yo no maté al muchacho –pidió Zack–. Eso no fue nunca parte del trato. Juro por mi vida que jamás pensé que el chico iba a morir.

Quinn murmuró para sus adentros que si Nigel Cramer o Kevin Brown lograban echarle el guante a Zack, de todos modos iba a pasar la «vida» en la cárcel como invitado de Su Majestad o del Tío Sam.

–Unas pocas cosas más, Zack. Los diamantes. Si quiere pedir

clemencia, sería mejor que, para empezar, devolviese el precio del rescate. ¿O los ha vendido ya?

–No –dijo Zack de modo rotundo–, no tenía posibilidad de hacerlo. Están aquí. No falta ni uno.

Metió la mano debajo de la mesa y dejó caer sobre ésta una pesada bolsa de plástico. Sam abrió unos ojos como naranjas.

–Orsini –dijo, impasible, Quinn–. ¿Dónde está ahora?

–Dios sabrá el lugar; probablemente de nuevo en Córcega. Vino de allí hace diez años para trabajar con las bandas de Marsella, de Niza y más tarde de París. Esto fue todo lo que pude sacarle. Oh, y procede de un pueblo llamado Castelblanc.

Quinn se levantó, tomó la bolsa de plástico y miró a Zack.

–Está con el agua al cuello, amigo. Pero hablaré con las autoridades. Puede que aprecien las pruebas que les dé. Incluso esto es difícil. Pero les explicaré que *había* otros detrás de ustedes, y, con toda probabilidad otros detrás de ellos. Si se lo creen y si usted lo cuenta todo, es posible que le permitan vivir. En cuanto a los hombres para los que usted trabajó... estarán perdidos.

Se volvió para salir. Sam se levantó dispuesta a seguirle. Como prefiriendo ampararse en el americano, Zack se levantó también y los tres se encaminaron a la puerta. Quinn se detuvo.

–Una última pregunta. ¿Por qué el nombre de Zack?

Sabía que, durante el secuestro, los psiquiatras y los técnicos en claves se habían sentido muy intrigados por aquel nombre, buscando una posible pista para descubrir la verdadera identidad de quien lo había elegido. Habían pensado en una abreviatura de Zachary o de Zachariah, y buscado parientes de criminales conocidos que tuviesen aquellos nombres o iniciales.

–En realidad era una zeta, una a y una ka –dijo Zack–. Las letras de la placa de matrícula del primer coche que tuve.

Quinn arqueó una ceja. ¡Bien por la psiquiatría! Salió a la calle. Zack lo hizo tras él. Sam estaba todavía en la puerta cuando el disparo del rifle rompió el silencio de la calleja.

Quinn no vio el coche ni al agresor. Pero oyó el claro silbido de una bala pasando junto a su cara y sintió el soplo de aire fresco en su mejilla. La bala no le dio en la oreja por un centímetro, pero alcanzó a Zack en la base del cuello.

Fueron las reacciones de Quinn las que le salvaron la vida.

Conocía aquel sonido, que le ponía la piel de gallina. El cuerpo de Zack fue a dar contra la jamba de la puerta y rebotó después hacia delante. Quinn estaba de nuevo en el umbral antes de que las rodillas de Zack empezaran a doblarse. Durante el segundo en que el cuerpo del mercenario permaneció en pie, sirvió de escudo entre Quinn y el coche aparcado a treinta metros de ellos.

Quinn retrocedió de espaldas a través de la puerta, retorciéndose, agarrando a Sam y haciendo que ésta se arrojase con él al suelo en un solo movimiento. Al chocar sus cuerpos contra las sucias baldosas, una segunda bala pasó por la puerta que se estaba cerrando y se incrustó en el yeso de la pared lateral del café. Entonces la puerta, que tenía un muelle, acabó de cerrarse.

Quinn se arrastró rápidamente sobre el suelo del bar, apoyándose en los codos y en las puntas de los pies, y llevando a Sam tras de sí. El coche rodó un trecho para que el tirador pudiera afinar su puntería, y una ráfaga de balas hizo añicos el cristal de la ventana y agujereó la puerta. El hombre del bar, era de suponer que se trataba de Hugo, fue más lento. Se quedó boquiabierto detrás de la barra hasta que una lluvia de pedazos de vidrio de las botellas hizo que se echase al suelo.

Los disparos se interrumpieron: cambio de cargador. Quinn se levantó y corrió hacia la salida de atrás, tirando con la mano izquierda de la muñeca de Sam y sosteniendo todavía con la derecha la bolsa de los diamantes. La puerta del fondo del bar daba a un pasillo, con los lavabos a ambos lados. A continuación, había una sucia cocina. Quinn la cruzó corriendo, abrió de una patada la otra puerta, y se encontraron en un patio posterior.

Cajas de botellas de cerveza estaban amontonadas allí, en espera de ser recogidas. Empleándolas como escalera, Quinn y Sam pasaron por encima de una tapia trasera y saltaron a otro patio, perteneciente a una carnicería de la calle paralela, el Passage de Gatbois. Tres segundos más tarde, a través de la tienda del pasmado carnicero, salieron a la calle. Por suerte, había un taxi parado treinta metros más arriba. Una anciana se apeaba insegura del asiento de atrás, hurgando al mismo tiempo en su bolso. Quinn llegó allí el primero, acabó de sacar físicamente a la dama del coche y le dijo:

–*C'est payé, madame.*

Se metió en la parte de atrás del taxi, agarrando todavía a Sam de la muñeca, dejó caer la bolsa de plástico sobre el asiento, sacó un fajo de billetes franceses y los puso delante de la nariz del conductor.

–Vayámonos de aquí, de prisa –apremió–. El marido de mi chica acaba de presentarse con un matón a sueldo.

Marcel Dupont era un viejo con bigote de morsa que conducía taxis por las calles de París desde hacía cuarenta y cinco años. Antes de esto había luchado con los Franceses Libres. Había escapado de unos cuantos lugares en sus buenos tiempos, salvándose por los pelos de las brigadas de perseguidores. También era francés, y la muchacha rubia a la que llevaba ahora en su coche era sin duda de buen ver. También era parisiense y conocía un fajo de billetes de banco a primera vista. Había pasado mucho tiempo desde que los americanos daban propinas de diez dólares. Hoy en día la mayoría de ellos parecían estar en París con un presupuesto de diez dólares diarios. Los neumáticos lanzaron un chorro de humo negro al subir por el pasaje hacia la Avenue Dumesnil.

Quinn pasó el brazo por delante de Sam y dio un fuerte tirón a la portezuela para cerrarla. Ésta tropezó con un obstáculo y sólo se cerró al segundo intento. Sam se echó atrás en su asiento, blanca como el papel. Entonces se fijó en su apreciado bolso de Harrod's, de piel de cocodrilo. La fuerza de la puerta al cerrarse lo había abierto por la base, desgarrando la costura. Ella examinó el estropicio y frunció el ceño, intrigada.

–Quinn, ¿qué diablos es esto?

«Esto» era el extremo de una pila negra y naranja de las que se emplean en las cámaras Polaroid. Quinn rasgó con un cortaplumas el resto del cosido a lo largo de la base del bolso, descubriendo que la pila era parte de una serie de tres, de seis centímetros y medio de ancho y diez de largo. El transmisor estaba también en la base del bolso, con un cable que lo conectaba al micrófono, instalado en el botón que formaban las dos varillas del cierre. La antena se hallaba en la correa. Era un aparato en miniatura profesional, perfecto, activado por la voz para ahorrar energía.

Quinn estudió las piezas sobre el asiento, entre ellos. Aunque el aparato funcionase todavía, era posible pasar información falsa a través de él. La exclamación de Sam habría revelado a los que escuchaban que su truco había sido descubierto. Vació el bolso de todo su contenido, pidió al conductor que se detuviese junto a la acera y arrojó el bolso y el micrófono electrónico en un cubo de basura.

–Bueno, esto explica la muerte de Marchais y de Pretorius –dijo Quinn–. Tenían que ser dos; uno siguiéndonos de cerca, escuchándonos y sabiendo adonde íbamos, y telefoneando a su amigo, que podía llegar al objetivo antes que nosotros. Pero, ¿por qué diablos no se presentaron en la cita esta mañana?

–Yo no lo tenía –dijo de pronto Sam.

–¿No tenías, qué?

–El bolso. Estaba desayunando en el bar y tú quisiste que hablásemos arriba. Dejé olvidado mi bolso sobre el banco. Tuve que volver allí para buscarlo, temiendo que me lo hubiesen robado. Ojalá hubiese sido así.

–Sí. Lo único que oyeron fue que yo decía al taxista que nos llevase a la Rue de Chalon y nos dejase en la esquina de la calle. Y la palabra «bar». Había dos en aquella callejuela.

–¿Pero, cómo diablos pudieron poner eso en mi bolso? –preguntó ella–. No me separé de él desde que lo compré.

–Ése no era tu bolso, sino una copia exacta –dijo Quinn–. Alguien lo vio, lo copió e hizo el cambio. ¿Cuántas personas estuvieron en el apartamento de Kensington?

–¿Después de que tú te marchases? Mucha gente. Estuvieron Cramer y los ingleses, Brown, Collins, Seymour y otros tres o cuatro agentes del FBI. Yo estuve en la Embajada, en aquella casa señorial de Surrey donde te retuvieron durante un tiempo, fui a los Estados Unidos y volví... caray, he estado con él en todas partes.

–Y se tarda cinco minutos en vaciar el bolso auténtico, poner el contenido en el falso y efectuar el cambio.

–¿Adónde quiere ir, amigo? –preguntó el conductor.

No había que pensar en el Hotel du Colisée; los asesinos debían saber de él. Pero no del garaje donde había aparcado el Opel. Había estado allí solo, sin Sam y sin su bolso letal.

–Place de Madeleine –dijo–, esquina Chauveau-Lagarde.

–Tal vez tendría que volver a los Estados Unidos, Quinn, y contarles lo que hemos descubierto. Podría acudir a nuestra Embajada aquí y pedir que me acompañen dos agentes. Washington tiene que saber lo que nos dijo Zack.

Quinn contemplaba las calles por las que pasaban. El taxi subía ahora por la Rue Royale. Dio un rodeo a la Madeleine y los dejó ante la entrada del garaje. Quinn dio una buena propina al taxista.

–¿Adónde vamos? –preguntó Sam cuando estuvieron en el Opel y se dirigieron al sur, cruzando el Sena, hacia el Barrio Latino.

–Tú vas al aeropuerto –dijo Quinn.

–¿Para volar a Washington?

–De ninguna manera. Escucha, Sam; ahora más que nunca, no debes ir allí sin protección. Los que están detrás de esto son mucho más poderosos que un puñado de ex mercenarios, los cuales no eran más que delincuentes a sueldo. Todo lo que ocurría en nuestro bando era comunicado a Zack. Estaba enterado de los movimientos de la policía, de las intenciones de Scotland Yard, de Londres y de Washington. Todo se hallaba programado, incluso la muerte de Simon Cormack.

»Cuando el muchacho corrió por aquella carretera, alguien tenía que estar subido en uno de los árboles con el detonador. ¿Cómo sabía que tenía que estar allí? Porque a Zack se le decía exactamente lo que tenía que hacer en cada ocasión, incluida la liberación de nosotros dos. La razón de que no me matase fue que no le dijeron que lo hiciese. No creía que tuviese que matar a nadie.

–Pero él dijo –protestó Sam– que fue aquel americano el que lo montó todo y le pagó; el hombre a quien llamaba el gordo.

–¿Y quién daba las órdenes al gordo?

–¡Oh! Quieres decir que hay alguien más detrás del gordo.

–Tiene que haberlo –dijo Quinn–. Una persona poderosa, muy poderosa. Encumbrada. Nosotros sabemos lo que ocurrió y cómo ocurrió, pero no el porqué ni la procedencia de la orden. Supongamos que vuelves ahora a Washington y les cuentas lo que oíste decir a Zack. ¿Qué les ofrecerás? La declaración de un secuestrador, de un delincuente, de un mercenario, ahora convenientemente muerto. Un hombre asustado por las consecuencias de lo que había hecho, tratando de comprar su libertad echando la culpa a sus colegas y devolviendo los diamantes, urdiendo una historia inventada por él desde el principio hasta el fin.

–¿Entonces, adónde iremos ahora?

–Tú te ocultarás. Yo iré detrás del corso. Él es la clave, el empleado del gordo, el que confeccionó el cinturón mortal y se lo puso a Simon. La cosa está clara. Se ordenó a Zack que alargase seis días más las negociaciones, cambiando su petición de dinero en diamantes, porque la nueva ropa todavía no estaba a punto. Aún no se daban las condiciones debidas; las cosas iban demasiados aprisa, tenían que retrasarse. Si yo pudiese pillar vivo a Orsini y hacerle hablar, él debe de saber cómo se llama su patrono. Cuando tengamos el nombre del gordo, podremos ir a Washington.

–Deja que vaya contigo, Quinn. Fue el trato que hicimos.

–Fue el trato que hizo Washington. Y lo doy por rescindido. Todo cuanto nos dijo Zack fue registrado por aquel micro que llevabas en el bolso. Ellos saben que nosotros lo sabemos. Ahora son ellos los que nos dan caza a ti y a mí. A menos que podamos dar el nombre del gordo. Entonces, los cazadores se convertirán en cazados. El FBI cuidará de ello. Y la CIA.

–¿Y dónde me esconderé, y por cuánto tiempo?

–Hasta que yo te diga, de alguna manera, que estás a salvo. En cuanto al lugar, Málaga. Tengo amigos en el sur de España que cuidarán de ti.

París, como Londres, tiene dos aeropuertos. El noventa por ciento de los vuelos a ultramar salen por Charles de Gaulle, en el norte de la capital. Pero los aviones con destino a España y Portugal parten todavía del viejo aeropuerto de Orly, en el sur. Para aumentar la confusión, París cuenta también con dos terminales separadas, cada una de ellas al servicio de un aeropuerto diferente. Los autobuses de Orly salen de Maine-Montparnasse, en el Barrio Latino. Quinn llegó allí treinta minutos después de haber salido de la Madeleine, aparcó y condujo a Sam al vestíbulo principal.

–¿Y qué dices de mi ropa, de las cosas que he dejado en el hotel? –se lamentó ella.

–Olvídalas. Si los asesinos no están ahora vigilando el hotel, es que son estúpidos. Y no lo son. ¿Tienes tu pasaporte y tus tarjetas de crédito?

–Sí. Siempre las llevo encima.

–Está bien. Ve a aquel banco y saca todo el dinero que te permite tu cuenta de crédito.

Mientras Sam estaba en el banco, Quinn empleó lo que le quedaba de dinero en efectivo para comprarle un billete de París a Málaga. El vuelo de las doce cuarenta y cinco había salido ya; pero había otro a las cinco treinta y cinco de la tarde.

–Su amiga tendrá que esperar cinco horas –dijo la joven que despachaba los billetes–. Los autobuses salen de la Puerta J cada veinte minutos para la terminal sur de Orly.

Quinn le dio las gracias, cruzó el vestíbulo hasta el banco y entregó a Sam su billete. Ella había sacado cinco mil dólares y Quinn se quedó con cuatro mil.

–Ahora te llevaré al autobús –dijo Quinn–. Estarás más segura en Orly que aquí, en el caso de que ellos comprueben las salidas de los aviones. Cuando llegues, te dirigirás derecha al control de pasaportes y entrarás en el departamento de ventas libres de impuestos. Allí es más difícil que te localicen. Cómprate un nuevo bolso, un saco de viaje, alguna ropa; tú sabrás lo que necesitas. Entonces espera el vuelo y no lo pierdas. Yo haré que alguien vaya a recibirte en Málaga.

–Pero no hablo español, Quinn.

–No te preocupes; toda aquella gente habla inglés.

Al llegar al autobús, Sam rodeó con los brazos el cuello de Quinn.

–Lo siento, Quinn. Te habrías desenvuelto mejor tú solo.

–Tú no tuviste la culpa, pequeña. –Quinn le hizo volver la cara y la besó, sin que nadie les prestase atención: era una escena bastante corriente en las terminales–. Además, sin ti no habría tenido la Smith and Wesson. Y creo que puedo necesitarla.

–Cuídate mucho –murmuró ella.

Un viento helado soplaba en el Boulevard de Vaugirard. Los bultos pesados que quedaban fueron introducidos en la parte inferior del autobús y subieron los últimos pasajeros. Sam tiritó en los brazos de él. Quinn acarició los brillantes cabellos rubios sobre su pecho.

–Estaré bien. Confía en mí. Te llamaré por teléfono dentro de un par de días. Entonces, de alguna manera, podremos volver sanos y salvos a casa.

Observó cómo descendía el autobús por el bulevar y respondió al saludo de la manita que se agitaba en la ventanilla de atrás. Después, el vehículo dobló la esquina y se perdió de vista.

A doscientos metros de la terminal y al otro lado de Vaugirard, hay una gran oficina de Correos. Quinn compró unas hojas de cartón y papel de envolver en una tienda de objetos de escribir y entró en Correos. Con un cortaplumas y cinta adhesiva, papel y un cordel, hizo un sólido paquete con los diamantes y lo envió certificado y con sello de urgencia al embajador Fairweather, en Londres.

Desde una cabina de teléfono internacional llamó a Scotland Yard y dejó un mensaje para Nigel Cramer. Consistía en una dirección próxima a East Grinstead, Sussex. Por último, telefoneó a un bar de Estepona. El hombre con el que habló no era español sino un cockney de Londres.

–Sí, está bien, amigo –dijo la voz por teléfono–, cuidaremos de la damita por ti.

Una vez atados los últimos cabos, Quinn fue a recoger su coche, llenó el depósito hasta el borde en la estación de servicio más próxima y se dirigió al cinturón de ronda entre el intenso tráfico de la hora del almuerzo. Dos horas después de hacer su llamada teléfonica a España, estaba en la autopista A-6 en dirección a Marsella. Se detuvo para cenar en Beaune. Después, se reclinó en el asiento de atrás del automóvil y recuperó un poco de sueño atrasado. Eran las tres de la mañana cuando reemprendió su viaje hacia el sur.

Mientras él dormía, un hombre estaba sentado en el restaurante San Marco, al otro lado de la calle y frente al Hotel du Colisée, vigilando la puerta principal de éste. Se encontraba desde el mediodía, para sorpresa, y después enojo, del personal. Había pedido el almuerzo, permaneció allí toda la tarde y después encargó la cena. Para los camareros, parecía estar leyendo tranquilamente en su puesto junto a la ventana.

A las once, el restaurante se dispuso a cerrar. El hombre salió y entró en el Royal Hotel, instalado en la casa contigua. Explicando que estaba esperando a un amigo, tomó asiento junto a la ventana del vestíbulo y continuó su vigilancia. A las dos de la mañana se dio al fin por vencido.

Se dirigió a la oficina de Correos de la Rue du Louvre, que está abierta las veinticuatro horas del día e hizo una llamada personal. Permaneció en la cabina hasta que le llamó la telefonista.

–*Allo, monsieur* –dijo ella–. La persona a quien llama está al aparato. Hable, Castelblanc.

CAPÍTULO XVI

La Costa del Sol es, desde hace tiempo, lugar favorito de retiro de miembros buscados de los bajos fondos británicos. Varias docenas de estos villanos, después de conseguir hacerse con el dinero de bancos o camionetas blindadas, o con los ahorros de inversores, escaparon de la tierra de sus padres, antes de que Scotland Yard pudiese atraparlos, y buscaron refugio en el soleado sur de España, para disfrutar allí de su recién encontrada opulencia. Una persona ingeniosa dijo una vez que, en un día claro, se podían ver en Estepona más delincuentes que en la cárcel de Parkhurst a la hora de pasar lista.

Aquella tarde, cuatro de sus elementos estaban esperando en el aeropuerto de Málaga, como resultado de una llamada telefónica desde París. Eran Ronnie, Bernie y Arthur (pronunciado Arfur), todos ellos hombres maduros, y el joven Terry, conocido por Tel. Aparte de Tel, todos llevaban trajes claros y sombreros panamá y, a pesar de que hacía tiempo que había oscurecido, gafas de sol. Comprobaron el tablero de llegadas, observaron que el avión de París acababa de aterrizar y se colocaron discretamente a un lado de la puerta de salida de la sala de la Aduana.

Sam salió entre los tres primeros pasajeros. No llevaba más equipaje que su nuevo bolso, comprado en Orly, y un pequeño saco de viaje, también nuevo, con varios artículos de tocador y ropa de noche. Aparte de eso, sólo tenía el traje de dos piezas con el que había asistido a la reunión de la mañana en el bar Chez Hugo.

Ronnie tenía una descripción de Sam, pero pensó que no le hacía justicia. Al igual que Bernie y Arthur, estaba casado y, a semejanza de las de los otros, su «vieja» era una rubia oxigenada, blanqueada todavía más por la constante adoración del sol, y con la piel parecida a la del lagarto que es consecuencia de la excesiva radiación ultravioleta. Ronnie observó con aprobación la blanca piel norteña y la figura de reloj de arena de la recién llegada.

–Dios bendito –murmuró Bernie.

–Sabrosa –comentó Tel.

Era su adjetivo predilecto, si no el único. Todo lo que le sorprendía o agradaba lo calificaba de «sabroso».

Ronnie se adelantó.

–¿Miss Somerville?

–Sí.

–Buenas tardes. Soy Ronnie. Éstos son Bernie, Arfur y Tel. Quinn nos pidió que cuidásemos de usted. El coche está esperando fuera.

Quinn llegó a Marsella en el frío y lluvioso amanecer del último día de noviembre. Podía elegir entre volar a Ajaccio, capital de Córcega, desde el aeropuerto de Marignane, y llegar el mismo día, o tomar el ferry de la tarde y llevar su coche con él.

Eligió el ferry. En primer lugar, no tendría que alquilar un coche en Ajaccio; en segundo lugar, podría llevar sin contratiempo la Smith and Wesson, todavía sujeta bajo el cinturón. Y, en tercer lugar, creía que, para mayor precaución, tenía que comprar algunas cosillas para su estancia en Córcega.

Los rótulos que indicaban el embarcadero del ferry en el Quai de la Joliette eran bastante claros. El muelle se hallaba casi vacío. El ferry de la mañana procedente de Ajaccio estaba atracado y sus pasajeros habían desembarcado hacía una hora. La oficina de despacho de billetes de SNCN en el Boulevard des Dames permanecía todavía cerrada. Aparcó y desayunó mientras esperaba.

A las nueve, compró un billete para el ferry de la próxima noche, el *Napoleón*, que zarparía a las ocho de la tarde y llegaría a su destino a las siete de la mañana siguiente. Con su billete podía dejar el Ascona en el aparcamiento próximo al muelle del que zarparía el ferry. Hecho esto, volvió a entrar en la ciudad para realizar sus compras.

Encontró con facilidad una bolsa de lona de viaje, y una farmacia le sirvió los artículos de aseo para sustituir los que había dejado abandonados en la Rue du Colisée de París. Las prendas de vestir especiales provocaron una serie de movimientos de cabeza negativos, pero en definitiva las encontró en la Rue St. Ferreol, una vía peatonal al norte del Puerto Viejo.

El joven dependiente era muy solícito y la compra de las botas, el pantalón vaquero, el cinturón, la camisa y el sombrero no fue ningún problema. Pero cuando Quinn hizo su última petición, el joven arqueó las cejas.

–¿Qué ha dicho usted que quiere, *m'sieur*?

Quinn repitió su petición.

–Lo siento, pero no creo que una cosa así esté en venta.

Vio los dos billetes grandes moviéndose tentadores entre los dedos de Quinn.

–¿Tal vez en el almacén? ¿Uno viejo e inservible? –sugirió Quinn.

El joven miró a su alrededor.

–Veré si lo hay, señor. ¿Me deja su bolsa de viaje?

Estuvo en el almacén de la trastienda diez minutos. Cuando volvió, abrió la bolsa para que Quinn mirase en su interior.

–Magnífico –dijo–. Es justo lo que necesitaba.

Pagó la cuenta, dio al joven la propina prometida y salió. Como el cielo se había despejado, almorzó al aire libre en un bar del Puerto Viejo y después pasó una hora tomando café y estudiando un mapa de Córcega. Lo único que decía el diccionario geográfico adjunto de Castelblanc era que estaba en la sierra de Ospedale, en el sur de la isla.

A las ocho, el *Napoleón* zarpó de la Gare Maritime en marcha atrás. Quinn estaba bebiendo un vaso de vino en el bar Les Aigles, casi vacío aquella temporada. Al virar el *Napoleón* para poner proa a alta mar, las luces de Marsella desfilaron delante de la ventanilla, para ser sustituidas por la antigua prisión-fortaleza del Château d'If, a medio cable de distancia.

Un cuarto de hora después, dobló el Cap Croisette y le envolvió la oscuridad del mar abierto. Quinn fue a cenar en Malmaison, volvió a su camarote de la Cubierta D y se acostó antes de las once, tras haber puesto el despertador a las seis.

Más o menos a la misma hora, Sam estaba sentada con sus anfitriones en lo que había sido una pequeña granja, aislada en los montes de detrás de Estepona. Ninguno de ellos vivía en la casa; se empleaba como almacén y en las ocasiones en que alguno de sus amigos necesitaba un poco de «soledad» para librarse de los curiosos detectives provistos de órdenes de extradición.

Los cinco se hallaban en una habitación cerrada, ahora azul por el humo de los cigarrillos, jugando al póquer, lo cual se hizo a sugerencia de Ronnie. Habían estado jugando durante tres horas, y ahora sólo Ronnie y Sam continuaban la partida. Tel no jugaba; servía cerveza y bebía directamente de la botella; había montones de cajas de cerveza junto a una de las paredes. Al lado de las demás se apilaban otras cosas: balas de una hierba exótica recién llegada de Marruecos y destinada a la exportación a regiones de más al norte.

Arthur y Bernie habían sido desplumados y observaban tristemente a los dos jugadores que seguían en la mesa. El «pot» de billetes de mil pesetas en el centro de la mesa contenía todo lo que habían traído con ellos, más la mitad de lo que tenía Ronnie y la mitad de los dólares que poseía Sam, cambiados en pesetas según la cotización del día.

Sam observó el resto de Ronnie, empujó la mayor parte de sus billetes hacia el centro de la mesa y subió la apuesta. Él hizo un guiño, igualó la apuesta y pidió que ella le mostrase las cartas. La chica volvió cuatro de sus naipes. Dos reyes y dos dieces. Ronnie sonrió y mostró su propia mano. Full: tres reinas y dos jacks. Alargó la mano para recoger el montón de billetes que contenía todo su dinero, el que habían traído Bernie y Arthur, más nueve décimas partes de los mil dólares de Sam. Ésta volvió la última carta. El tercer rey.

–¡Por mil diablos! –exclamó él, y se echó atrás en su silla.

Sam recogió los billetes en un montón.

–Caray –dijo Bernie.

–Bueno, ¿en qué te ganas la vida, Sam? –preguntó Arthur.

–¿No os lo dijo Quinn? –preguntó ella–. Soy agente especial del FBI.

–Dios bendito –murmuró Ronnie.

–Sabroso –comentó Tel.

El *Napoleón* atracó a las siete en punto en la Gare Maritime de Ajaccio, a medio camino entre los muelles de Capucins y Citadelle. Diez minutos más tarde, Quinn bajó entre otros pocos vehículos la rampa y entró en la antigua capital de la salvajemente hermosa y misteriosa isla.

Su mapa le mostró con claridad la ruta que tenía que seguir, hacia el sur de la ciudad, bajando por el Boulevard Sampiero hacia el aeropuerto y torciendo allí a la izquierda para adentrarse en las montañas por la N-196. A los diez minutos de haber dado el giro, el terreno empezó a subir, como ocurre siempre en Córcega, que está casi por completo cubierta de montañas. La carretera subía serpenteando, dejando atrás Cauro y llegando al Col St. Georges, donde, si uno mira atrás, puede ver el estrecho llano costero allá abajo y a lo lejos. Entonces las montañas le envolvieron de nuevo, con sus vertiginosas vertientes y taludes, cubiertas de bosques de robles, de olivos y de hayas. Después de Bicchisano, la carretera descendió de nuevo hacia la costa, en Propriano. No había manera de evitar la carretera en ángulo agudo hasta Ospedale; en línea recta habría pasado a través del valle del Baraci, una región tan abrupta que los constructores de carreteras no podían penetrar en ella.

Después de Propiano, siguió de nuevo por el llano costero durante unos cuantos kilómetros, antes de que la D-268 le permitiese volver hacia las montañas de Ospedale. Ahora ya no iba por carreteras N (nacionales) sino por carreteras D (departamentales), poco más que caminos estrechos; pero muy anchas en comparación con los que vendrían después en lo alto de las montañas. La D-268 seguía el flanco norte del valle del Fiumicicoli, todavía invisible en las profundidades a su derecha.

Cruzó pequeños y encumbrados pueblos de casas de piedra gris de la región, sobre montes y escarpaduras. Desde ellos, la vista era vertiginosa, y se preguntó cómo podían vivir aquella gente de sus pequeños prados y huertos.

La carretera seguía subiendo, girando y serpenteando. Descendía para cruzar un pliegue del terreno, pero volvía siempre a subir después de aquel respiro. Más allá de Ste. Lucie de Tallano terminaban los bosques, y los montes estaban cubiertos de esa capa de brezos y mirtos a la que ellos llaman el *maquis*. Durante la Segunda Guerra Mundial, huir de casa a la montaña para evitar ser detenido por la Gestapo era llamado «echarse al maquis»; de aquí que la resistencia clandestina francesa fuese conocida como los *maquisards*, o simplemente «el *Maquis*».

Córcega es tan vieja como sus montañas, y en sus montes han vivido seres humanos desde los tiempos prehistóricos. Como Cerdeña y Sicilia, Córcega ha sido disputada más veces de lo que puede recordar, y los extranjeros venían siempre como conquistadores, invasores y exactores de impuestos, para gobernar y tomar, nunca para dar. Con tan pocos medios de vida, los corsos reaccionaron marchando a los montes, refugios y fortalezas naturales. Generaciones de rebeldes y bandidos, guerrilleros y partisanos, se han echado a los montes para librarse de las autoridades que subían de la costa con intención de recaudar impuestos y contribuciones de personas incapaces de pagarlos.

Partiendo de estos siglos de experiencia, forjó el pueblo de la montaña su filosofía, una filosofía secreta de clan. La autoridad representaba la injusticia y París recaudaba impuestos con la misma furia que cualquier otro conquistador. Aunque Córcega es parte de Francia y ha dado a ésta Napoleón Bonaparte y otros mil personajes eminentes, para la gente de la montaña el extranjero sigue siendo el extranjero, presagio de injusticias y de impuestos, venga de Francia o de cualquier otro lugar. Córcega puede enviar a decenas de millares de sus hijos a trabajar en la Francia continental, pero si alguno de ellos se ve en dificultades, las viejas montañas todavía le ofrecen asilo.

Fueron las montañas, la pobreza y la persecución las que dieron origen a una solidaridad firme como una roca y a la Unión Corsa, considerada por algunos como más secreta y peligrosa que la Mafia. Por ese mundo, que el siglo XX no ha conseguido cambiar con su Mercado Común y su Parlamento europeos, conducía Quinn su automóvil en el último mes de 1991.

Justo antes del pueblo de Levie había una pequeña carretera denominada D-59 y un rótulo que señalaba hacia Carvini. Discurría hacia el sur y, al cabo de seis kilómetros, cruzaba el Fiumicicoli, que era aquí un pequeño arroyo que descendía de la sierra de Ospedale. En Carvini, un pueblo de una sola calle donde viejos con blusas azules estaban sentados delante de sus casitas de piedra mientras unas pocas gallinas picoteaban en el polvo, Quinn halló que su guía carecía de adecuada información. Dos carreteras salían del pueblo; la D-148 se volvía de nuevo hacia el oeste, que era la dirección de la que él había venido, pero lo hacía a lo largo del flanco sur del valle.

Delante de él se extendía la D-59 hacia Orone y, mucho más al sur, hacia Sotta. Podía ver el elevado pico del monte Cagna al suroeste, la silenciosa masa de la sierra de Ospedale a su izquierda, rematada por el pico más alto de Córcega, la Punta della Vacca Morta, llamado así porque, visto desde cierto ángulo, se parece a una vaca muerta. Eligió seguir esta última carretera.

Después de Orone las montañas eran más próximas a su izquierda, y el desvío hacia Castelblanc estaba a tres kilómetros más allá de Orone. Era poco más que un sendero y, como ninguna carretera conducía a través de la Ospedale, tenía que ser un camino sin salida. Desde allí pudo ver la gran roca de un gris pálido incrustada en el flanco de la sierra y que había hecho antaño que alguien pensara que estaba viendo un castillo blanco, error que dio nombre a la aldea mucho tiempo atrás. Quinn condujo despacio por el camino. Al cabo de cuatro kilómetros y medio, a mucha mayor altura que la D-59, entró en Castelblanc.

El camino terminaba en la plaza del pueblo, la cual se hallaba al final de éste, de espaldas a la montaña. La estrecha calle que conducía a la plaza estaba flanqueada de bajas casas de piedra, todas ellas con las puertas y las ventanas cerradas. No había gallinas picoteando en el polvo. No había viejos sentados en los porches. Todo permanecía en silencio. Condujo hasta la plaza, detuvo el coche, se apeó y se estiró. Entonces, el motor de un tractor zumbó en la calle principal. La máquina salió de en medio de dos casas, rodó hasta el centro de la calle y se detuvo. El conductor quitó la llave de contacto, saltó al suelo y desapareció a través de las pequeñas edificaciones. Entre la parte de atrás del tractor y la pared quedaba espacio suficiente para pasar una moto, pero ningún automóvil podría volver atrás por aquella calle hasta que el vehículo agrícola fuese quitado de allí.

Quinn miró a su alrededor. La plaza tenía tres lados, aparte del camino. A la derecha había cuatro casitas, y al frente, una pequeña iglesia de piedra gris. A su izquierda estaba lo que debía de ser el centro de la vida en Castelblanc, una baja taberna de dos plantas bajo un tejado, y un callejón que conducía a lo que sin duda era el resto de Castelblanc apartado de la carretera: un grupo de casas de campo, graneros y patios que terminaba en el flanco de la montaña.

Un sacerdote menudo y muy viejo salió de la iglesia, no vio a Quinn y se volvió para cerrar la puerta con llave.

–*Bonjour, mon Père* –dijo alegremente Quinn.

El hombre de Dios saltó como un conejo asustado, miró a Quinn casi con pánico, cruzó corriendo la plaza y desapareció en el callejón del lado de la taberna. Mientras hacía esto, se santiguó.

El aspecto de Quinn habría sorprendido a cualquier sacerdote corso, pues podía sentirse orgulloso del atuendo que había adquirido en la tienda especializada de Marsella. Llevaba pesadas botas del Oeste, pantalón vaquero azul pálido, camisa a cuadros rojos brillantes, cazadora ribeteada de ante y un alto sombrero Stetson. Si pretendió parecer una caricatura de petimetre ranchero, lo había conseguido. Tomó las llaves del coche y la bolsa de lona y entró en el bar.

Estaba muy oscuro. El dueño se hallaba detrás del mostrador, afanándose en limpiar unos vasos; algo que se salía de lo corriente, presumió Quinn. En el local había cuatro mesas sencillas de roble, con cuatro sillas cada una de ellas. Tan sólo una mesa estaba ocupada; cuatro hombres se sentaban a ella y jugaban a las cartas.

Quinn se dirigió a la barra, dejó en el suelo su bolsa de viaje, pero no se quitó el alto sombrero. El tabernero lo miró.

–*Monsieur?*

No había curiosidad ni sorpresa en su tono. Quinn fingió no advertirlo y sonrió amigable.

–Un vaso de vino tinto, por favor –dijo con mucha formalidad.

El vino era del país, fuerte pero bueno. Quinn lo sorbió con muestras de aprecio. Entonces, la rolliza mujer del dueño apareció detrás del mostrador, depositó encima de éste varios platos de aceitunas, queso y pan, no miró una sola vez a Quinn y, a una palabra en dialecto local de su marido, entró de nuevo en la cocina. Los hombres que jugaban a las cartas tampoco le miraron. Quinn se dirigió al tabernero y le dijo:

–Estoy buscando a un caballero que creo que vive aquí. Se llama Orsini. ¿Lo conoce?

El tabernero miró a los jugadores como solicitando consejo. No le dieron ninguno.

–¿Se refiere a Monsieur Dominique Orsini? –preguntó.

Quinn pareció pensativo. Ellos habían bloqueado la calle y confesado que Orsini existía. Ambas cosas demostraban que querían que se quedase. ¿Hasta cuándo? Miró atrás al otro lado de las ventanas; el cielo era de un pálido azul bajo el sol invernal. Quizás hasta el anochecer. Quinn se volvió de nuevo hacia el mostrador y se llevó la punta de un dedo a la mejilla.

–Ese Dominique Orsini, ¿tiene una cicatriz aquí?

El hombre del bar asintió con la cabeza.

–¿Puede decirme cuál es su casa?

De nuevo miró el tabernero a los jugadores pidiéndoles ayuda. Esta vez la recibió. Uno de los hombres, el único que llevaba un traje formal, dejó de mirar las cartas y habló.

–Monsieur Orsini está fuera hoy, señor. Regresará mañana. Si espera usted, podrá verlo.

–Bueno, muchas gracias, amigo. Es usted muy amable. –Se volvió al tabernero, y preguntó–: ¿Podría alojarme aquí esta noche?

El hombre asintió con la cabeza. Diez minutos más tarde la mujer del dueño, que todavía rehusaba mirarle, le mostró su habitación. Cuando hubo salido, Quinn examinó la estancia. Estaba en la parte de atrás de la casa, con vistas a un patio rodeado de graneros abiertos. El colchón era delgado, de fibra de coco y lleno de bultos, pero adecuado para lo que se proponía Quinn. Con el cortaplumas, levantó dos tablas del suelo, debajo de la cama, y escondió una de las cosas que llevaba en la bolsa de viaje. El resto lo dejó para que pudiese ser inspeccionado. Cerró la bolsa, la depositó sobre la cama, se arrancó un cabello y lo pegó con saliva sobre la cremallera.

De nuevo en la taberna, consumió un buen almuerzo a base de queso de cabra, pan tierno y de corteza crujiente, paté de cerdo local y jugosas aceitunas, regado todo ello con vino. Después dio una vuelta por el pueblo. Sabía que se hallaba seguro hasta el anochecer; sus anfitriones habían recibido órdenes y las habían comprendido.

No existía mucho que ver. Nadie salió a la calle para saludarle. Vio que un niño pequeño era introducido apresuradamente en un portal por un par de callosas manos femeninas. El tractor parado en la calle principal tenía las grandes ruedas de atrás muy cerca del callejón del que había salido, dejando un espacio de poco más de medio metro. La parte de delante se hallaba pegada a una leñera.

El aire se enfrió a eso de las cinco. Quinn se retiró a la taberna, donde un alegre fuego de leña de olivo crepitaba en el hogar. Fue a su habitación a buscar un libro; observó que la bolsa de viaje había sido registrada, que nada faltaba en ella y que el escondrijo de debajo de la cama no había sido descubierto.

Pasó dos horas leyendo en el bar, negándose todavía a quitarse el sombrero; después comió de nuevo, un sabroso ragú de cerdo, alubias y hierbas de montaña, con lentejas, pan, tarta de manzana y café. Bebió agua en vez de vino. A las nueve se retiró a su habitación, una hora más tarde se apagaron las últimas luces del pueblo. Aquella noche, nadie se quedó en el bar a ver la televisión (era uno de los tres aparatos que había en el pueblo). Nadie jugó a los naipes. A las diez, todo el pueblo estaba a oscuras, salvo por la única bombilla en la habitación de Quinn.

Era una bombilla de pocos vatios, sin pantalla y pendiente de un cable polvoriento en mitad de la estancia. Sólo directamente debajo de ella la luz era un poco aceptable, y allí se sentó a leer el hombre del Stetson.

La luna salió a la una y media, se elevó de detrás de la sierra de Ospedale y, al cabo de media hora, bañó Castelblanc con una luz blanca irreal. La delgada y silenciosa figura cruzó la calle bajo aquella débil iluminación con el aire resuelto de la persona que sabe adonde va. Se deslizó por dos estrechos callejones y entró en el complejo de graneros y patios de detrás de la taberna.

Sin hacer el menor ruido, aquella sombra se encaramó a un carro de heno aparcado en uno de los patios y, desde allí, a lo alto de una pared. Corrió sin esfuerzo sobre la tapia y saltó por encima de otro callejón al tejado inclinado del granero que se hallaba justo delante de la ventana de Quinn.

Las cortinas estaban sólo corridas a medias en toda la anchura de la ventana. A través del espacio de unos treinta centímetros entre ellas podía verse claramente a Quinn, con el libro sobre las piernas, la cabeza ligeramente inclinada hacia delante para leer bajo la débil luz, visibles, por encima del alféizar de la ventana, los hombros envueltos en la camisa a cuadros rojos y la cabeza cubierta por el Stetson blanco.

El joven que estaba sobre el tejado sonrió; semejante estupidez le ahorraría tener que entrar por la ventana del dormitorio para hacer lo que tenía que hacer. Descolgó del hombro la escopeta, quitó el seguro y apuntó. A doce metros de él, la cabeza ensombrerada llenaba el espacio por encima de los dos cañones gemelos; los gatillos estaban dispuestos de manera que las dos cargas se disparasen al mismo tiempo.

Cuando disparó, el estruendo hubiese tenido que despertar a todo el pueblo, pero no se encendió ninguna luz. Las pesadas postas vomitadas por los dos cañones hicieron añicos los cristales de la ventana y rasgaron las finas cortinas de algodón. Detrás de aquélla, la cabeza del hombre sentado pareció estallar. El agresor vio el pálido Stetson volando por el aire, el cráneo destrozado y un surtidor de sangre roja en todas direcciones. El torso sin cabeza se inclinó a un lado y cayó al suelo, perdiéndose de vista.

El joven primo del clan Orsini, satisfecho de su hazaña en pro de la familia, retrocedió corriendo del tejado, a lo largo del muro, saltó al carro de heno, y de allí al suelo, y se metió en el callejón por el que había venido. Sin darse prisa, seguro de su triunfo, cruzó el pueblo en dirección a la casa de campo de las afueras de la aldea, donde el hombre al que idolatraba le estaba esperando. No vio ni oyó al otro hombre, alto y silencioso, que salió del oscuro portal para seguirle.

Los destrozos de su habitación sobre la taberna serían más tarde reparados por la esposa del dueño. El colchón era irreparable, desgarrado de arriba abajo, y empleado su elástico contenido para rellenar la camisa a cuadros, el torso y los brazos del muñeco, hasta dejarlo lo bastante rígido para que pudiese permanecer sentado en el sillón. Encontraría las largas tiras de cinta adhesiva que había sostenido aquel torso en posición erguida, y los restos del sombrero Stetson y del libro.

Recogería, pedazo a pedazo, los restos de la cabeza de maniquí de poliestireno que Quinn había conseguido comprar al dependiente de la tienda de Marsella. De los dos preservativos, llenos de salsa de tomate del comedor del ferry, que había introducido en la cabeza del maniquí, encontraría pocas huellas, pero sí muchas manchas rojas en toda la habitación. Pero le sería fácil quitarlas con un trapo mojado.

Al dueño de la casa le extrañaría no haber visto la cabeza de maniquí al registrar el equipaje del americano, y sólo más tarde descubriría las tablas sueltas debajo de la cama, bajo las cuales la había ocultado nada más llegar.

Por último, mostraría al irritado hombre del traje oscuro que había estado jugando a las cartas la tarde anterior, las abandonadas botas de cow-boy, el pantalón vaquero, la cazadora ribeteada de ante, e informaría al *capo* local de que el americano debía vestir ahora su otro juego de ropa: pantalón oscuro, cazadora negra con cremallera, botas con suela de crepé y suéter con cuello polo. Todos examinarían la bolsa de viaje y no encontrarían nada en ella. Esto ocurriría una hora antes del amanecer.

Cuando el joven llegó a la casa de campo, llamó suavemente a la puerta. Quinn se ocultó en un portal en sombra, a unos cincuenta metros. Debieron de decirle que adelante, pues el joven abrió la puerta y entró. Al cerrarse ésta, Quinn se acercó más, dio la vuelta a la casa y encontró una ventana. Tenía postigos, pero descubrió una rendija en la madera lo bastante ancha para poder ver a través de ella.

Dominique Orsini estaba sentado a una tosca mesa, cortando tajadas de un grueso salami con un cuchillo tan afilado como una navaja de afeitar. El joven de la escopeta estaba plantado delante de él. Hablaban en corso, una lengua que en nada se parece a la francesa, incomprensible para un extranjero. El muchacho describía los sucesos de la última media hora; Orsini asintió varias veces con la cabeza.

Cuando el chico terminó su explicación, Orsini se levantó, salió de detrás de la mesa y lo abrazó. El joven resplandeció de orgullo. Al volverse Orsini, la luz de la lámpara iluminó la lívida cicatriz que se extendía desde el pómulo hasta la mandíbula inferior. Sacó un fajo de billetes del bolsillo; el chaval meneó la cabeza y protestó. Orsini le introdujo el fajo en el bolsillo superior, le dio unas palmadas en la espalda y le despidió. El chico salió y desapareció.

Matar al bandido habría sido empresa fácil. Pero Quinn lo quería vivo, en el asiento de atrás de su coche y en un celda de la jefatura de Policía de Ajaccio antes de salir el sol. Había advertido la potente motocicleta aparcada en el cobertizo de la leña.

Media hora después, en la negra sombra proyectada por el granero de madera y el tractor aparcado, Quinn oyó el ruido de un motor al arrancar. Orsini salió despacio de un pasadizo lateral, entró en la plaza y luego se dirigió hacia el camino de salida del pueblo. Tenía espacio suficiente para pasar entre la parte de atrás del tractor y la pared próxima. En el momento en que cruzaba por un sitio iluminado por la luna, Quinn salió de la sombra, sacó un arma y disparó una vez. El neumático delantero de la moto se reventó; la máquina se desvió violentamente y cayó de costado, despidiendo al motorista, dio varias vueltas y se paró.

Orsini salió lanzado por su propio impulso contra el costado del tractor, pero se levantó con notable rapidez. Quinn estaba a diez metros de él, apuntando con la Smith and Wesson al pecho del corso. Orsini respiraba profundamente, a causa del dolor, y se acarició una pierna al apoyarse en la alta rueda de atrás del tractor. Quinn pudo ver el brillo de sus ojos negros, la oscura sombra de la barba incipiente en su mentón. Poco a poco, Orsini levantó las manos.

–Orsini –dijo Quinn a media voz–. *Je m'appelle Quinn. Je veux te parler.*

La reacción de Orsini fue apretar su pierna lesionada, jadear de dolor y bajar la mano izquierda hasta la rodilla. Era muy hábil. La mano izquierda se movió despacio para frotar la rodilla, distrayendo con ello un segundo la atención de Quinn. La derecha se movió mucho más de prisa, bajándola y lanzando en el mismo instante el cuchillo que tenía en la manga. Quinn captó el destello del acero a la luz de la luna y saltó a un lado. La hoja pasó junto a su cuello, atravesó la hombrera de su cazadora de cuero y se clavó profundamente en las tablas del granero que había detrás de él.

Quinn sólo tardó un segundo en agarrar el mango de hueso y arrancar el cuchillo de la madera para desprender la cazadora. Pero fue lo suficiente para Orsini, el cual pasó detrás del tractor y echó a correr por la calle como un gato. Pero como un gato herido.

Si no hubiese estado lesionado, Quinn lo habría perdido. Aunque el americano estaba en plena forma, cuando un corso se echa al maquis son pocos los que pueden alcanzarlo. Las ásperas ramitas de los brezos, que llegan hasta la cintura, se agarran y tiran de la ropa como un millar de dedos. Uno tiene la sensación de que está vadeando un río. Al cabo de doscientos metros, la energía se agota y las piernas pesan como si fuesen de plomo. Un hombre puede tumbarse en el suelo, en cualquier parte de aquel mar de maquis, y esfumarse, invisible a tres metros de distancia.

Pero Orsini se movía con lentitud. Su otro enemigo era la luz de la luna. Quinn divisó su sombra al final del callejón, donde estaban las últimas casas de la aldea, y lo vio moverse después entre los brezos de la falda del monte. Fue tras él por el callejón, que pronto se convirtió en camino; y después lo siguió dentro del maquis. Podía oír el susurro de ramas delante de él y el ruido le servía de guía.

Entonces descubrió de nuevo la cabeza de Orsini, a veinte metros delante de él, moviéndose cuesta arriba por la vertiente de la montaña. Cien metros más y cesó el ruido. Orsini se había echado al suelo. Quinn se detuvo e hizo lo mismo. Seguir adelante, con la luna a su espalda, habría sido una locura.

Él había ido ya de caza, de noche y había sido cazado. En los densos breñales del Mekong, a través de la espesa jungla al norte de Khe San, en las tierras altas con sus guías montañeses. Todos los nativos son buenos en su propio territorio, el Vietcong en su jungla, los bosquimanos de Kalahari en su propio desierto. Orsini se hallaba en su tierra, en la tierra donde había nacido y se había criado, entorpecido por una rodilla lesionada, sin su cuchillo, pero casi con toda seguridad con su pistola. Y Quinn le necesitaba libre. Así, ambos hombres permanecían agazapados entre los brezos, con el oído atento a los sonidos de la noche, para discernir si alguno de ellos no era producido por una cigarra, un conejo o un pájaro, sino por el hombre. Quinn contempló la luna; se ocultaría dentro de una hora. Después, ya no vería nada hasta el amanecer, cuando el corso recibiría ayuda de su pueblo situado a cuatrocientos metros monte abajo. Durante cuarenta y cinco minutos de aquella hora ninguno de los dos se movió. Cada cual esperaba que fuese el otro el que hiciese el primer movimiento. Cuando Quinn oyó un roce, supo que era el ruido de metal contra la piedra. Al tratar de aliviar el dolor de su rodilla, Orsini había dejado que su pistola tocase la roca. Sólo había una, quince metros a la derecha de Quinn, y Orsini se ocultaba detrás de ella. Quinn empezó a arrastrarse muy despacio entre los brezos a ras del suelo. No hacia la roca, pues esto habría significado recibir una bala en la cabeza, sino hacia un matorral más grande que había delante de ellos, a unos diez metros.

En el bolsillo de atrás llevaba todavía el resto de la cuerda de pescar que había empleado en Oldenburg para colgar el magnetófono a la rama del árbol. Ató un extremo alrededor de un alto matorral, a unos sesenta centímetros del suelo, y después se retiró al lugar donde estaba antes, soltando la cuerda a medida que retrocedía. Cuando estuvo seguro de haberse alejado lo bastante, empezó a tirar suavemente del hilo.

El matorral se movió y susurró. Entonces dejó que se detuviese, que el sonido penetrase en los oídos que escuchaban. Repitió dos veces la maniobra. Oyó que Orsini empezaba a arrastrarse.

Por fin se puso el corso de rodillas, a tres metros de la mata. Quinn vio su nuca y dio a la cuerda su último tirón. El matorral se agitó. Orsini levantó la pistola con ambas manos y disparó siete balas alrededor de la base de aquél. Cuando se detuvo, Quinn estaba detrás de él, en pie, apuntándole a la espalda con la Smith and Wesson.

Al extinguirse los ecos de los últimos disparos monte abajo, el corso se dio cuenta de que había cometido un error. Se volvió lentamente, vio a Quinn.

–Orsini....

Iba a decir: «Sólo quiero hablar contigo.» Para cualquier hombre en la posición de Orsini, habría sido una locura intentarlo. O fruto de la desesperación. O del convencimiento de que iba a morir si no lo hacía. El caso fue que acabó de volverse y disparó la última bala. Fue inútil. El proyectil se perdió en el cielo, porque medio segundo antes de que él disparase, lo hizo Quinn. No tenía alternativa. Su bala alcanzó al corso en mitad del pecho y le hizo caer de espaldas, de cara al maquis.

No había sido un disparo en el corazón, pero la herida era gravísima. Quinn no había tenido tiempo de apuntar al hombro, y la distancia era demasiado corta para andarse con remilgos. El hombre yacía boca arriba, contemplando al americano erguido ante él. Su cavidad torácica se estaba llenando de sangre, que brotaba de los pulmones perforados y subía a la garganta.

–Le dijeron que había venido a matarle, ¿verdad? –preguntó Quinn.

El corso asintió muy despacio con la cabeza.

–Le mintieron. Él le mintió. Como le mintió acerca de la ropa para el muchacho. He venido para descubrir su nombre. El nombre del gordo. Del que montó todo esto. Usted no le debe nada. No hay nada que le obligue. ¿Quién es él?

Quinn no sabría nunca si, en sus últimos momentos, se había regido todavía Dominique Orsini por la ley del silencio o si éste había sido debido a la sangre que afluía a su garganta. El hombre tumbado de espaldas abrió la boca en lo que podía ser un esfuerzo para hablar o una sonrisa burlona. Pero lo que hizo fue toser roncamente, y un chorro de sangre roja y espumosa llenó su boca y se derramó sobre el pecho. Quinn oyó un sonido que había escuchado otras veces y conocía bien: el grave estertor de los pulmones vaciándose por última vez. Orsini dobló la cabeza a un lado y Quinn vio cómo se desvanecía el brillo de los ojos negros.

El pueblo estaba todavía en silencio y a oscuras cuando bajó por el callejón a la plaza. La gente tuvo que haber oído el estampido de la escopeta, el único disparo de una pistola en la calle principal, el tiroteo en la montaña. Pero si tenían orden de permanecer en casa, la cumplían a rajatabla. Sin embargo, alguien, con toda probabilidad el joven, había sentido curiosidad. Tal vez había visto la moto tumbada al lado del tractor y temió lo peor. Fuera por lo que fuera, estaba tendido en el suelo, esperando.

Quinn subió a su Opel en la plaza. Nadie lo había tocado. Se ciñó el cinturón de seguridad, volvió el coche de cara a la calle y pisó con fuerza el acelerador. Cuando chocó con el costado del granero, ante el que estaban las ruedas del tractor, las viejas tablas se astillaron. Se oyó un golpe sordo al colisionar el coche con varias balas de heno que había en el interior, y un fuerte chasquido de madera partida al derribar el Ascona la otra pared.

Las postas alcanzaron la parte de atrás del Ascona al salir éste del granero, haciendo agujeros en el portaequipajes pero sin dar en el depósito de gasolina. Quinn salió disparado por el camino entre una lluvia de astillas de madera y de paja volante, corrigió la dirección y bajó hacia la carretera de Orone y Carvini. Faltaba poco para las cuatro de la mañana y tendría que hacer tres horas de viaje hasta el aeropuerto de Ajaccio.

Seis husos horarios al oeste eran casi las diez de la noche anterior, y los ministros del Gabinete, a quienes había convocado Odell para interrogar de forma severa a los expertos profesionales, no estaban de buen humor.

–¿Qué quieren decir ustedes con eso de que no se ha progresado hasta ahora? –preguntó el vicepresidente–. Ha transcurrido un mes, han tenido ustedes recursos ilimitados, todos los hombres que pidieron y la colaboración de los europeos. ¿Qué sucede?

Las preguntas iban dirigidas a Don Edmonds, director del FBI, que se hallaba sentado junto al director auxiliar (CID) Philip Kelly, y a Lee Alexander, de la CIA, el cual se encontraba acompañado de David Weintraub. Edmonds tosió, miró a Kelly y asintió con la cabeza.

–Caballeros, hemos adelantado mucho desde hace treinta días

–dijo Kelly a la defensiva–. Los hombres de Scotland Yard están examinando la casa donde sabemos que estuvo cautivo Simon Cormack. Allí se han obtenido ya una serie de pruebas, entre ellas dos juegos de huellas dactilares que están siendo identificados.

–¿Cómo descubrieron la casa? –preguntó Jim Donaldson, del Departamento de Estado.

Philip Kelly consultó sus notas.

–Quinn llamó desde París y lo dijo –respondió Weintraub.

–Magnífico –comentó Odell en tono sarcástico–. ¿Y qué otras noticias hay de Quinn?

–Parece que ha estado actuando en varios países de Europa –dijo Kelly diplomáticamente–. Esperamos un informe completo de un momento a otro.

–¿Qué quiere decir con «actuando»? –preguntó Bill Walters, el fiscal general.

–Podemos tener un problema con Mr. Quinn –apuntó Kelly.

–Siempre hemos tenido problemas con Mr. Quinn –observó Morton Stannard, de Defensa–. ¿Cuál es el último?

–Puede que sepan ustedes que mi colega Kevin Brown sospechaba desde hace tiempo que Mr. Quinn sabía más de este asunto de lo que decía; incluso pudo haber estado implicado en él en algún momento. Ahora parece que hay nuevos indicios que apoyan aquella teoría.

–¿Qué nuevos indicios? –preguntó Odell.

–Bueno, desde que, con instrucciones de este comité, se le dejó en libertad para proseguir sus investigaciones sobre la identidad de los secuestradores, ha sido localizado en numerosos lugares de Europa y se ha desvanecido de nuevo. Fue detenido en Holanda en el sitio donde se había producido un asesinato y puesto en libertad por la policía holandesa, por falta de pruebas...

–Fue puesto en libertad –dijo pausadamente Weintraub– porque pudo demostrar que estaba a bastantes kilómetros de allí cuando se cometió el crimen.

–Sí, pero el muerto era un ex mercenario del Congo cuyas huellas dactilares han sido ahora encontradas en la casa donde estuvo recluido Simon Cormack –informó Kelly–. Consideremos que esto es sospechoso.

–¿Algo más sobre Quinn? –preguntó Hubert Reed, del Tesoro.

–Sí, señor. La policía belga acaba de informar que se encontró un cadáver con una bala en la cabeza en lo alto de una noria. Tiempo de la muerte: hace tres semanas. Una pareja cuyas señas corresponden a las de Quinn y la agente Somerville estuvieron preguntando por el muerto a su patrono aproximadamente cuando el hombre desapareció.

»Después, en París, otro mercenario fue muerto de un tiro en una acera. Un taxista dijo que dos americanos de iguales señas huyeron del lugar del crimen en su taxi.

–Maravilloso –comentó Stannard–. Maravilloso. Le dejamos que prosiga sus investigaciones y deja un rastro de cadáveres en todo el norte de Europa. Tenemos, o solíamos tener, aliados allí.

–Tres muertos en tres países –observó Donaldson–. ¿Algo más que debamos saber?

–Hay un hombre de negocios alemán que se está recobrando de una operación de cirugía reparadora en el Hospital General de Bremen; afirma que fue a causa de Quinn –dijo Kelly.

–¿Qué le hizo Quinn? –preguntó Walters.

Kelly se lo dijo.

–¡Dios mío, ese hombre es un maníaco! –exclamó Stannard.

–Bien, ya sabemos lo que ha estado haciendo Quinn –concluyó Odell–. Liquidar a todos los de la banda antes de que puedan hablar. O tal vez les hace hablar primero. ¿Qué ha estado haciendo el FBI?

–Caballeros –dijo Kelly–, Mr. Brown ha estado siguiendo la mejor pista que tenemos: los diamantes. Todos los comerciantes en diamantes y joyeros de Europa y de Israel, por no hablar de los de los Estados Unidos, están atentos a descubrir estas piedras. Aunque son pequeñas, confiamos en que podremos dar con el vendedor en cuanto aparezcan.

–Maldita sea, Kelly, pero si ya han aparecido –gritó Odell.

Con un ademán espectacular, tomó una bolsa de lona del suelo, junto a sus pies, y la volcó sobre la mesa de conferencias. Un río de gemas repicó y se extendió sobre la caoba. Se hizo un silencio pasmado.

–Enviados por correo al embajador Fairweather, en Londres, hace dos días. Desde París. La escritura ha sido identificada como la de Quinn. Ahora bien, ¿qué diablos está haciendo allí? Queremos que lo traigan aquí, a Washington, para que nos diga qué le ocurrió a Simon Cormack, quién lo hizo y por qué. Al parecer, es el único que sabe algo. ¿De acuerdo, caballeros?

Hubo una serie de asentimientos de cabeza por parte de los demás ministros del Gabinete.

–Tiene usted razón, señor vicepresidente –reconoció Kelly–. Pero... bueno... puede que tengamos un problema.

–¿Y cuál es? –preguntó Reed sarcástico.

–Ha desaparecido de nuevo –dijo Kelly–. Sabemos que estuvo en París y que alquiló un Opel en Holanda. Pediremos a la policía francesa que busque el Opel, haremos vigilar todos los puertos de Europa por la mañana. Su coche o su pasaporte aparecerán en veinticuatro horas. Entonces pediremos su extradición.

–¿Por qué no pueden llamar a su agente Somerville? –preguntó recelosamente Odell–. Ella está con él, es nuestro sabueso.

Kelly tosió, a la defensiva.

–Ahí se nos presenta un pequeño problema, señor...

–¿La han perdido también a ella? –preguntó Stannard con incredulidad.

–Europa es un lugar muy grande, señor. Parece ser que se ha roto de momento el contacto. Los franceses han confirmado hoy que salió de París con destino al sur de España. Quinn tiene una casa allí; la policía española la inspeccionó. Ella no estaba. Probablemente se habrá alojado en un hotel. Ahora los están inspeccionando también.

–Bueno –dijo Odell–, encuentren a Quinn y tráiganlo aquí. Y a miss Somerville. Queremos hablar con ella.

Se levantó la sesión.

–No son los únicos que quieren hablar con esa señorita –gruñó Kelly, mientras acompañaba a su contrariado director hacia donde esperaban los automóviles.

Quinn estaba desanimado mientras recorría los últimos veinte kilómetros desde Cauro hasta la llanura costera. Sabía que, muerto Orsini, se acabó la pista que había venido siguiendo. La banda se componía de cuatro hombres, y todos estaban muertos.

El gordo, quienquiera que fuese, y quienes se hallaban detrás de él, si es que *había* otros pagadores, podían permanecer ocultos para siempre, sin que jamás se descubriese su identidad. Lo que ocurrió de verdad al único hijo del presidente, por qué, cómo y quién lo hizo quedaría en la Historia, como el asesinato de Kennedy y la Marie Celeste. El caso sería cerrado oficialmente y surgirían teorías tratando de explicar las ambigüedades... hasta el infinito.

Al sureste del aeropuerto de Ajaccio, donde la carretera que baja de las montañas se une a la autopista de la costa, Quinn cruzó el río Prunelli, ahora caudaloso por las lluvias invernales que, descendiendo de los montes, iban a parar al mar. La Smith and Wesson le había prestado buenos servicios en Oldenburg y Castelblanc, pero no podía esperar el ferry y tendría que tomar el avión... sin equipaje. Se despidió de la pistola del FBI y la arrojó al río, creando otro quebradero de cabeza burocrático para el Edificio Hoover. Después hizo los últimos seis kilómetros hasta el aeropuerto.

Es un edificio bajo, amplio y moderno, bien iluminado y aireado, dividido en dos partes unidas por un túnel y dedicadas respectivamente a las llegadas y las salidas. Aparcó el Opel en la zona reservada para los coches y entró en la terminal de salidas. En esos momentos empezaba allí la actividad. A la derecha, justo después de la tienda de periódicos, encontró el mostrador de Información, y preguntó por el primer avión que salía. Nada para Francia durante las próximas dos horas, pero se le ofrecía una oportunidad mejor. Los lunes, martes y domingos, a las nueve de la mañana, había un vuelo directo de la Air France a Londres.

De todos modos tenía que ir allí, para informar a Kevin Brown y a Nigel Cramer de cuanto había ocurrido; pensaba que Scotland Yard tenía tanto derecho como el FBI a saber lo que pasó en octubre y noviembre, en Gran Bretaña y en Europa. Compró un billete para Heathrow y preguntó dónde estaban las cabinas telefónicas. Había una hilera más allá de Información. Necesitaba monedas y fue a cambiar un billete en la tienda de periódicos. Eran poco más de las siete; tendría que esperar dos horas.

Al cambiar el dinero y dirigirse a los teléfonos, no advirtió que un hombre de negocios británico entraba en la terminal desde el antepatio. El hombre pareció no fijarse tampoco en él. Se sacudió unas cuantas gotas de lluvia de los hombros del traje oscuro, de corte perfecto, dobló su abrigo gris Crombie sobre un brazo, colgó el paraguas todavía cerrado en el mismo brazo, junto al codo, y fue a observar las revistas. Al cabo de varios minutos compró una, miró a su alrededor y eligió uno de los ocho bancos circulares que rodeaban las ocho columnas que sostenían el techo. El banco elegido le permitía ver las puertas de entrada, el mostrador donde se comprobaban los billetes, la hilera de cabinas telefónicas y las puertas que conducían a la sala de espera para las salidas. El hombre cruzó sus elegantes piernas y empezó a leer su revista.

Quinn estudió la guía telefónica y llamó ante todo a la compañía de alquiler de coches. El agente había llegado temprano. También él trabajaba de firme.

–Desde luego, señor. ¿En el aeropuerto? ¿Las llaves debajo de la esterilla a los pies del conductor? Lo recogeremos allí. En cuanto al pago... A propósito, ¿qué coche es?

–Un Opel Ascona –dijo Quinn.

Hubo una pausa de incertidumbre.

–*Monsieur*, nosotros no tenemos ningún Opel Ascona. ¿Está seguro de que nos lo alquiló a nosotros?

–Sí, pero no en Ajaccio.

–¿Entonces, fue tal vez a nuestra sucursal de Bastia? ¿O a Calvi?

–No; lo alquilé en Arnhem.

Ahora el hombre estaba haciendo un verdadero esfuerzo por comprender.

–¿Dónde está Arnhem, *Monsieur*?

–En Holanda –repuso Quinn.

En este momento el hombre cesó en sus esfuerzos.

–¿Cómo diablos voy a llevar allí un Opel con matrícula holandesa desde el aeropuerto de Ajaccio?

–Podría conducirlo usted mismo –razonó Quinn–. Quedará muy bien después de que haya sido reparado.

Hubo una larga pausa.

–¿Reparado? ¿Qué le ha pasado?

–Bueno, la parte delantera traspasó un granero y la de atrás recibió una docena de balas.

–¿Y quién va a pagar todo eso? –murmuró el agente.

–Envíe la factura al embajador de los Estados Unidos en París –dijo Quinn.

Después colgó el teléfono. Le parecía que era lo mejor que había podido hacer.

Llamó al bar de Estepona y habló con Ronnie, quien le dio el número de la villa de montaña donde Bernie y Arthur no perdían de vista a Sam, pero se habían jurado no jugar al póquer con ella. Quinn marcó el nuevo número y Arthur llamó a Sam para que se pusiese al aparato.

–Quinn, querido, ¿estás bien?

La voz era débil pero clara.

–Estoy bien. Escucha, querida, esto ha terminado. Puedes tomar un avión de Málaga a Madrid y de allí a Washington. Querrán hablar contigo. Aquel selecto comité deseará oír toda la historia. Estarás segura. Diles esto: Orsini murió sin hablar. No pronunció una palabra. Sea quien sea el gordo que mencionó Zack, o las personas que se hallan tras él, ya no hay manera de llegar hasta ellos. Tengo que darme prisa. Adiós.

Colgó, interrumpiendo el torrente de preguntas.

En su silencioso vuelo por el espacio interior, un satélite de la National Security Agency oyó la llamada telefónica, junto con un millón más que se hicieron aquella mañana, y transmitió las palabras a los ordenadores de Fort Meade. Se tardaba algún tiempo en procesarlas, en elegir lo que había que guardar y lo que había que desechar, pero el hecho de que Sam pronunciase la palabra Quinn aseguró que el mensaje quedase registrado. Fue estudiado a primeras horas de la tarde, horario de Washington, y pasado a Langley.

Estaban llamando a los pasajeros para el vuelo a Londres cuando el camión se detuvo en el antepatio del edificio de Salidas. Los cuatro hombres que se apearon de él y cruzaron las puertas de la terminal no tenían el aspecto de pasajeros con destino a Londres, pero nadie les prestó atención. Salvo el elegante hombre de negocios, el cual alzó la cabeza, dobló su revista, se levantó, con el abrigo doblado sobre el brazo y el paraguas en la otra mano, y los observó.

El primero de los cuatro, vestido de negro y con camisa de cuello abierto, había estado jugando a las cartas la tarde anterior en un bar de Castelblanc. Los otros tres llevaban la camisa y los pantalones azules propios de los cultivadores de viñedos y olivares. Las camisas pendían fuera de los pantalones, detalle que no pasó inadvertido al hombre de negocios. Ellos miraron a su alrededor, hicieron caso omiso del elegante caballero y estudiaron a los otros pasajeros, que se agolpaban ante las puertas de embarque.

Quinn no se veía en parte alguna, ya que estaba en el lavabo. El altavoz repitió por última vez la llamada para embarcar. Quinn salió de los servicios.

Se volvió rápidamente hacia la derecha, en dirección a la puerta de embarque, dándose prisa en sacar su billete del bolsillo, sin ver a los cuatro hombres de Castelblanc. Éstos empezaron a avanzar detrás de él. Un mozo que empujaba una larga fila de carretillas de equipaje sujetas entre sí empezó a cruzar el vestíbulo.

El hombre de negocios se acercó al mozo y le apartó a un lado. Aguardó el momento oportuno y dio un fuerte empujón a la columna de carritos. Sobre el liso suelo de mármol, la hilera adquirió velocidad y fuerza y fue a dar contra los cuatro hombres que caminaban. Uno de ellos lo vio a tiempo, se echó a un lado, tropezó y cayó de bruces. Las carretillas golpearon al segundo hombre en la cadera, le derribaron y se dividieron, saliendo despedidas en tres direcciones. El *capo* del traje negro fue alcanzado en el diafragma y se dobló por la cintura. El cuarto hombre acudió en su ayuda. Se recobraron y reagruparon, a tiempo de ver la espalda de Quinn desapareciendo en el salón de Salidas.

Los cuatro hombres del pueblo corrieron hacia la puerta de cristal. La azafata de tierra les dirigió una sonrisa profesional y les indicó que ya no era momento de despedidas, que hacía rato que se había anunciado la partida. Pudieron ver a través del cristal cómo pasaba el alto americano por el control de pasaportes y se dirigía hacia la pista. Una mano cortés los apartó a un lado.

–Discúlpenme, amigos –dijo el hombre de negocios, pasando también.

En el avión se sentó en el departamento de fumadores, diez filas detrás de Quinn, tomó zumo de naranja y café para desayunar y fumó dos cigarrillos con filtro en una boquilla de plata. Al igual que Quinn, no llevaba equipaje. En Heathrow fue el quinto pasajero que desfiló detrás de él en el control de pasaportes, y caminó a diez pasos detrás al cruzar la sala de la Aduana donde otros esperaban sus maletas. Vio que Quinn tomaba un taxi al tocarle el turno, y entonces hizo una señal a un largo automóvil negro que estaba esperando al otro lado de la calzada. Se apresuró a subir a él y entraron en el túnel que conduce del aeropuerto a la autopista M-4 y a Londres; tres vehículos les separaban del taxi de Quinn.

Cuando Philip Kelly dijo que pediría por la mañana a los ingleses que estuviesen alerta en los controles de pasaportes por si veían el de Quinn, se refería a la mañana de Washington. Debido a la diferencia de horario, los ingleses recibieron la petición a las once de la mañana, hora de Londres. Un poco más tarde, un colega llevó la orden al oficial de pasaportes de Heathrow que había visto pasar a Quinn por delante de él... media hora antes. La dio al colega e informó a su superior.

Los agentes de la Rama Especial que estaban de servicio en la mesa de inmigración preguntaron a los hombres de la Aduana. Uno de ellos, en el canal «Verde», recordó a un americano alto que había pasado casi sin detenerse porque no llevaba equipaje. Le mostraron una fotografía y lo reconoció.

En la parada de taxis, los encargados de distribuir los coches para que no haya disputas entre los que hacen cola lo identificaron también. Pero no habían anotado el número del coche que había tomado.

Los taxistas son a veces fuente de información vital para la policía y, como son una raza cumplidora de la ley, salvo algún error ocasional en la declaración del impuesto sobre la renta, cosa que no interesa a los de la Metropolitana, las relaciones son buenas y lo seguirán siendo. Además, los taxistas que hacen la lucrativa carrera de Heathrow se rigen por el sistema de turnos estrictos y celosamente guardados. Se necesitó otra hora para descubrir y establecer contacto con el que había transportado a Quinn. También él reconoció a su pasajero.

–Sí, señor –dijo–, lo llevé al Blackwood's Hotel, en Marylebone.

En realidad, había dejado a Quinn al pie de la escalinata del hotel a la una menos veinte. Ninguno de los dos se había fijado en el automóvil negro que se había detenido detrás de ellos. Quinn pagó el taxi y subió la escalera. Esta vez, un hombre de negocios londinense de traje oscuro subió a su lado. Llegaron al mismo tiempo a la puerta giratoria. Habría que ver quién pasaba primero. Quinn frunció los párpados al descubrir al otro a su lado. El hombre de negocios le cedió el paso.

–¿No iba usted en el avión de Córcega esta mañana? Yo también viajaba en él. ¡Qué pequeño es el mundo! Usted primero, amigo.

Hizo ademán a Quinn de que pasara delante. La fina punta de la contera del paraguas estaba ya desnuda. Quinn casi no sintió el pinchazo en la pantorrilla izquierda. Sólo duró medio segundo. Entonces se encontró dentro de la puerta giratoria. Se atascó cuando se hallaba a medio camino, atrapado entre el portal y el vestíbulo. Sólo estuvo detenido allí cinco segundos. Al salir, tuvo la impresión de sentirse un poco mareado. El calor, sin duda. El inglés permanecía a su lado y seguía charlando.

–Esas malditas puertas nunca me han gustado. Oiga, amigo, ¿se encuentra bien?

Quinn sintió que volvía a nublarse su visión y se tambaleó. Un portero de uniforme se acercó, con rostro preocupado.

–¿Está usted bien, señor?

El hombre de negocios se hizo cargo de la situación, con suave eficacia. Se inclinó hacia el portero, sujetando a Quinn por el sobaco con sorprendente fuerza y deslizó un billete de diez libras en la mano de aquél.

–Temo que no le han sentado bien los Martinis de antes del almuerzo. Eso y el retraso del avión. Mire, mi coche está ahí delante... Si es usted tan amable... Vamos, Clive, te llevaré a tu casa, viejo...

Quinn trató de resistirse, pero sus miembros parecían de gelatina. El portero conocía su deber, para con su hotel y para con un verdadero caballero cuando le veía. El verdadero caballero sujetó a Quinn por un lado, y el portero, por el otro. Le sacaron por la puerta de equipajes, que no era giratoria, y lo bajaron por los tres escalones hasta la acera. Allí, dos de los verdaderos colegas del caballero se apearon del coche y ayudaron a Quinn a subir al asiento de atrás. El hombre de negocios dio las gracias al portero, que se volvió para atender a otros huéspedes que llegaban. El automóvil se alejó.

En el mismo momento, dos coches de la policía doblaron la esquina de Blandford Street y se dirigieron al hotel. Quinn se retrepó en el asiento, con la mente todavía despierta, pero el cuerpo impotente y la lengua trabada. Entonces la oscuridad le invadió en oleadas y perdió el conocimiento.

CAPÍTULO XVII

Cuando Quinn se despertó estaba en una habitación blanca y desnuda, tumbado boca arriba en una cama con ruedas. Sin moverse, miró a su alrededor. Una puerta maciza, también blanca; una bombilla protegida por una rejilla de acero. Sin duda el que había montado aquel lugar no quería que su ocupante rompiese la bombilla y se cortase las venas de las muñecas. Recordó al almibarado hombre de negocios inglés, el pinchazo en la pantorrilla, su desvanecimiento. ¡Malditos británicos!

Había una mirilla en la puerta. Oyó un chasquido. Un ojo le miró. De nada le serviría simular que estaba inconsciente o dormido. Apartó la manta que le cubría y puso los pies en el suelo. Sólo entonces se dio cuenta de que no llevaba más ropa que los calzoncillos.

Chirriaron dos cerrojos al ser descorridos y la puerta se abrió. Entró un hombre bajo, grueso, de cabellos cortados en cepillo y una chaqueta blanca, como de camarero. No dijo nada. Se limitó a entrar con una mesa sencilla que colocó junto a la pared del fondo. Volvió a salir y reapareció con un cuenco grande de metal y una jarra de la que salía una voluta de vapor. Los colocó sobre la mesa. Después salió de nuevo, pero nada más que hasta el pasillo. Quinn se preguntó si debía tumbarlo de un puñetazo y tratar de escapar. Pero decidió no hacerlo. La ausencia de ventanas indicaba que estaba bajo tierra, no sabía dónde; sólo llevaba unos calzoncillos, el criado parecía ser capaz de luchar y habría otros «brutos» en alguna parte.

Cuando volvió el hombre por segunda vez, traía una toalla de rizo, otra más pequeña para la cara, jabón, pasta dentífrica, un cepillo de dientes todavía en su envoltorio, una maquinilla y jabón de afeitar y un espejo de pie. Colocó todo ello como un perfecto criado sobre el lavabo, se detuvo en la puerta, señaló la mesa y salió. Volvió a correr los cerrojos.

«Bueno –pensó Quinn–, si los misteriosos ingleses que lo habían secuestrado querían que tuviese buen aspecto para presentarse ante Su Majestad, estaba dispuesto a complacerles. Además, necesitaba refrescarse.»

Se tomó tiempo. El agua caliente era agradable y se lavó de la cabeza a los pies. Se había duchado en el ferry *Napoleón*, pero de eso hacía cuarenta y ocho horas. ¿Eran cuarenta y ocho horas? Su reloj había desaparecido. Sabía que le habían secuestrado a la hora del almuerzo. ¿Pero habían pasado cuatro horas, doce, o veinticuatro? Fuese como fuese, el fuerte sabor a menta del dentífrico producía una grata sensación en la boca. En cambio, tuvo una desagradable impresión cuando tomó la maquinilla de afeitar, se enjabonó el mentón y se miró al pequeño espejo redondo. Los muy bastardos le habían cortado el pelo.

Y no lo habían hecho mal. Sus cabellos castaños habían sido cuidadosamente cortados y peinados, pero según un estilo que no era el suyo. No halló ningún peine entre los objetos de tocador; sólo podía peinarlos de la manera que le gustaba con las puntas de los dedos. Pero le quedó rígido y en mechones, por lo que volvió a dejarlo como lo había hecho el desconocido peluquero. Apenas terminó, volvió una vez más el camarero.

–Bueno, gracias por esto, amigo –dijo Quinn.

El hombre no dio señales de haberle oído; se limitó a llevarse los artículos de aseo, dejó la mesa y reapareció con una bandeja. En ella había zumo de naranja natural, cereales, leche, azúcar y otra bandeja más pequeña con huevos con tocino, una tostada, mantequilla, mermelada de naranja y café. Estaba recién hecho y olía muy bien. El camarero colocó una sencilla silla de madera delante de la mesa, hizo un rígida reverencia y salió.

Quinn recordó una antigua tradición británica: cuando llevaban a alguien a la Torre para cortarle la cabeza, siempre le ofrecían un copioso desayuno. De todos modos, lo comió. Todo.

Apenas había terminado cuando Rumplestiltskin volvió, esta vez con un montón de ropa, recién lavada y planchada. Pero no era la suya. Una camisa blanca almidonada, una corbata, unos calcetines, un par de zapatos y un traje de dos piezas. Todo parecía hecho a su medida. El criado señaló aquellas prendas y dio un golpecito con un dedo a su reloj, como indicando que se diese prisa.

Cuando Quinn se hubo vestido, se abrió la puerta de nuevo. Esta vez era el elegante hombre de negocios, y al menos podía hablar.

–Mi querido amigo, su aspecto ha mejorado un ciento por ciento, y espero que lo aprecie. Mis sinceras disculpas por la manera poco cortés de invitarle aquí. Pero creímos que, de otra manera, no habría querido reunirse con nosotros.

Todavía parecía un figurín y hablaba igual que un oficial de un regimiento de la Guardia.

–Les daré las gracias a su debido tiempo –dijo Quinn–. Tiene usted estilo.

–Es usted muy amable –murmuró el hombre de negocios–. Y ahora, si quiere acompañarme, mi oficial superior quisiera decirle unas palabras.

Condujo a Quinn por un pasillo hasta un ascensor. Mientras éste subía, Quinn preguntó la hora.

–Ah, sí –dijo el hombre de negocios–, la obsesión americana por la hora que es. En realidad, casi la medianoche. Temo que el desayuno era todo lo que podía preparar bien nuestro cocinero nocturno.

Salieron del ascensor a otro pasillo, esta vez alfombrado con varias puertas con paneles a los lados. Quinn fue conducido hasta el extremo por su guía, el cual abrió la puerta, le hizo entrar y se retiró.

Se encontró en una habitación que podía haber sido un despacho o un cuarto de estar. Había divanes y sillones alrededor de una estufa de gas, pero había también una mesa imponente en la ventana salediza. El hombre que se levantó de detrás de ella y avanzó para saludarle era mayor que él, calculó que de unos cincuenta y cinco años, y vestía un traje de Savile Row. Había un aire de autoridad en su porte y en su cara enérgica y severa. Pero su tono era bastante cordial.

–Mi querido Mr. Quinn, ha sido usted muy amable al venir a verme.

Quinn empezó a sentirse molesto. Los juegos deben tener un límite.

–Bueno, ¿podemos dejarnos de charadas? Usted hizo que me pincharan en el vestíbulo de un hotel y me trajeran aquí inconsciente. Muy bien. No hacía ninguna falta. Si los fantoches británicos querían hablar conmigo, podía haberme hecho detener por un par de guardias sin necesidad de agujas hipodérmicas y de toda esta comedia.

El hombre que estaba delante de él hizo una pausa y pareció realmente sorprendido.

–Oh, ya veo. Cree usted que está en manos de MI 5 o de MI 6. Lamento decirle que no es así. Somos del otro bando, por decirlo de alguna manera. Permita que me presente. Soy el general Vadim Kirpichenko, recién designado jefe del Primer Directorio de la KGB. Geográficamente está usted todavía en Londres; técnicamente se halla en territorio soberano soviético: nuestra Embajada en Kensington Park Gardens. ¿Quiere sentarse?

Por segunda vez en su vida fue Sam Somerville introducida en el Salón de Situación, en el sótano de debajo del Ala Oeste de la Casa Blanca. Apenas hacía cinco horas que había bajado del avión procedente de Madrid. Fuese lo que fuese lo que los poderosos querían preguntarle, no deseaban perder tiempo.

El vicepresidente estaba acompañado de los cuatros ministros más importantes del Gabinete y de Brad Johnson, consejero de Seguridad Nacional. También asistían el director del FBI y Philip Kelly. Lee Alexander, de la CIA, estaba sentado aparte. El otro hombre era Kevin Brown, repatriado de Londres para que presentase su informe en persona, cosa que acababa de hacer cuando fue introducida Sam. La atmósfera, en lo que se refería a ella, era claramente hostil.

–Siéntese, señorita –le indicó el vicepresidente Odell.

Ella se sentó al extremo de la mesa, donde todos podían verla. Kevin Brown la miró ceñudo; habría preferido realizar él mismo el interrogatorio y comunicar los resultados al comité. No era agradable que interrogasen directamente a sus agentes subordinados.

–Agente Somerville –dijo el vicepresidente–, este comité la dejó regresar a Londres y puso al llamado Quinn bajo su custodia por una razón: su afirmación de que él podía hacer algunos progresos en la identificación de los secuestradores de Simon Cormack, porque los había visto. También se le dijo que se mantuviese en contacto o nos remitiese informes. Desde entonces... nada. En cambio, hemos recibido una serie de noticias sobre cadáveres hallados en toda Europa; y en todos los casos, Quinn y usted se encontraban a pocos metros de ellos. ¿Quiere contarnos qué diablos han estado haciendo?

Sam se lo dijo. Empezó por el principio, con el vago recuerdo de Quinn de haber visto una araña tatuada en el dorso de la mano de uno de los hombres en el almacén de Babbidge; la pista, a través de Kuyper, el delincuente de Amberes, que condujo hasta Marchais, ya muerto bajo seudónimo en una noria en el parque de atracciones de Wavre. Les refirió la intuición de Quinn de que Marchais había traído a un antiguo camarada para que participase en la operación, y el descubrimiento de Pretorius en su bar de Den Bosch. Les habló de Zack, el jefe de mercenarios Sidney Fielding. Lo que éste había dicho, momentos antes de morir, hizo que todos guardasen silencio. Y terminó con el micrófono encontrado en su bolso y con la partida de Quinn hacia Córcega para encontrar e interrogar al cuarto hombre, el misterioso Orsini que, según Zack, había traído el cinturón con la carga explosiva.

–Entonces él me telefoneó, hace veinte horas, y me dijo que todo había terminado, que la pista se había acabado, que Orsini había muerto sin decir una palabra sobre el hombre gordo.

Cuando terminó de hablar se produjo una larga pausa.

–Jesús, esto es increíble –exclamó al fin Reed–. ¿Tenemos alguna prueba que pueda confirmar cuanto dice?

Lee Alexander levantó la cabeza.

–Los belgas han informado de que la bala que mató a Lefort, alias Marchais, era del cuarenta y cinco, no del treinta y ocho. A menos que Quinn tuviese otra pistola...

–No la tenía –se apresuró a decir Sam–. La única con la que ambos contábamos era mi treinta y ocho, la que me dio Mr. Brown. Y nunca perdí de vista a Quinn el tiempo suficiente para que pudiese ir de Amberes a Wavre y regresar, o de Arnhem a Den Bosch y volver. En cuanto al café de París, a Zack lo mataron con un rifle disparado desde un coche que estaba en la calle.

–Esto concuerda –reconoció Alexander–. Los franceses recogieron las balas disparadas a la salida del café. Balas de Armalite.

–Quinn podía tener un cómplice –sugirió Walters.

–En ese caso, no habría habido necesidad de ocultar un micrófono en mi bolso –argumentó Sam–. Le hubiera bastado con escabullirse mientras yo estaba en el baño o en el retrete y hacer una llamada telefónica. Les suplico que crean, caballeros, que Quinn es inocente. Estuvo a punto de llegar hasta el fondo del asunto. Pero siempre hubo alguien que se nos anticipó.

–¿El gordo a quien se refirió Zack? –preguntó Stannard–. ¿El que juró Zack que lo había montado y pagado todo? Pero... ¿un americano?

–¿Me permiten una sugerencia? –pidió Kevin Brown–. Pude estar equivocado al pensar que Quinn se hallase complicado en esto desde el principio. Lo confieso. Pero hay otro argumento que tiene más lógica.

Todos le prestaron atención.

–Zack afirmó que el gordo era americano. ¿Cómo lo sabía? Por su acento. ¿Y qué podía saber un inglés sobre el acento americano? Los ingleses confunden a los canadienses con los americanos. Supongamos que el gordo fuese ruso. Entonces coincidiría todo. La KGB tiene docenas de agentes que dominan el inglés, con un acento americano impecable.

Varios de los que estaban alrededor de la mesa asintieron lentamente con la cabeza.

–Mi colega tiene razón –apoyó Kelly–. Existe el móvil. La desestabilización y desmoralización de los Estados Unidos ha sido siempre uno de los principales objetivos de Moscú; eso es indiscutible. ¿Oportunidad? Ni pintada. Era público y notorio que Simon Cormack se hallaba estudiando en Oxford; por consiguiente, la KGB pudo montar una gran operación «disfrazada» que nos perjudicase a todos. ¿Dinero? No representa ningún problema para ellos. El empleo de mercenarios, de sustitutos que hagan el trabajo sucio, es una práctica corriente. Incluso la CIA la emplea. En cuanto a liquidar a los cuatro mercenarios una vez terminado el trabajo, es norma de la chusma, y la KGB actúa aquí de manera parecida a la chusma.

–Si aceptamos el hecho de que el gordo era ruso –añadió

Brown–, todo concuerda. Admitiré, sobre la base del informe de la agente Somerville, que *había* un hombre que pagó, instruyó y «dirigió» a Zack y a su pandilla. Pero yo creo que ese hombre está ahora en el lugar de donde vino: en Moscú.

–¿Pero por qué había de preparar Gorbachov el Tratado de Nantucket y dar después al traste con él de una manera tan espantosa? –preguntó Jim Donaldson.

Lee Alexander tosió un poco.

–Señor secretario, sabemos que hay fuerzas poderosas dentro de la Unión Soviética que se oponen al glasnost, a la perestroika, a las reformas, al propio Gorbachov y, en particular, al Tratado de Nantucket. Recordemos que el que era presidente de la KGB, general Kryuchkov, acaba de ser despedido. Tal vez lo que estamos discutiendo es la razón de este despido.

–Creo que han dado ustedes en el clavo –aprobó Odell–. Esos bastardos encubiertos de la KGB montaron la operación para dar al mismo tiempo un rudo golpe a América y al Tratado. Tal vez Gorbachov no fue responsable.

–Eso no cambia nada –opinó Walters–. El público americano no lo creerá nunca. Y esto incluye el Congreso. Si la operación fue obra de Moscú, Gorbachov será considerado culpable, tanto si lo es como si no. ¿Recuerdan Irangate?

Sí, todos recordaban Irangate. Sam levantó la cabeza.

–¿Y qué dicen de mi bolso? –planteó–. Si la KGB montó todo esto, ¿por qué necesitaba que nosotros les condujésemos hasta los mercenarios?

–Creo que está claro –sugirió Brown–. Los mercenarios no sabían que el muchacho iba a morir. Cuando lo mataron, les entró pánico y se escondieron. Tal vez no aparecieron nunca en los lugares donde podía estar esperándolos la KGB. Además, se intentó implicar a Quinn y a usted, el negociador estadounidense y una agente del FBI, en dos de los asesinatos. De nuevo una práctica corriente: arrojar polvo a los ojos de la opinión mundial, hacer que pareciese que las autoridades americanas silenciaban a los asesinos antes de que pudiesen hablar.

–Pero mi bolso fue cambiado por otro igual con el micro en su interior –protestó Sam–. Y lo fue en algún lugar de Londres.

–¿Cómo lo sabe, agente Somerville? –preguntó Brown–. Pudo

ser en el aeropuerto, en el ferry de Ostende. Caray, tuvo oportunidad de hacerlo cualquiera de los ingleses que entraron en el apartamento después de marcharse Quinn. Y en la casa señorial de Surrey. Muchos británicos han trabajado para Moscú en tiempos pasados. Recuerden a Burgess, Maclean, Philby, Vassall, Blunt, Blake... Todos traidores que servían a los soviéticos. Tal vez ahora tienen otro.

Lee Alexander estudió las puntas de sus dedos. Consideró poco diplomático mencionar a Mitchell, Marshall, Lee, Boyce, Harper, Walker, Lonetree, Conrad, Howard o cualquiera de los otros veinte americanos que traicionaron por dinero al Tío Sam.

–Muy bien, caballeros –dijo Odell una hora más tarde–. Encargaremos el informe. Completo. Las conclusiones tienen que ser bastante claras. El cinturón era de confección soviética. La sospecha no quedará demostrada pero será indeleble a pesar de todo: fue una operación de la KGB y termina con la desaparición del agente conocido solamente como el gordo, que es de suponer se halla de nuevo detrás del Telón de Acero. Sabemos el «qué» y el «cómo». Creemos saber «quién». Y el «porqué» es bastante claro. El Tratado de Nantucket ha quedado panza arriba para siempre, y tenemos a un presidente enfermo por el dolor. Jesús, nunca creí que iba a llegar a decir esto, aunque no tengo fama de liberal; pero estoy a punto de desear tener el poder suficiente para hacer que esos bastardos comunistas volviesen a la Edad de Piedra.

Diez minutos después, la reunión continuó a puerta cerrada. Solamente cuando volvía en su coche al apartamento de Alexandria, descubrió Sam el fallo en su bonita solución. ¿Cómo había podido la KGB copiar un bolso de piel de cocodrilo comprado en Harrod's?

Philip Kelly y Kevin Brown compartieron un coche para regresar al Hoover Building.

–Esa joven se acercó mucho más a Quinn de lo que yo había pretendido –dijo Kelly.

–Me di cuenta de eso en Londres, durante las negociaciones –convino Brown–. Ella le ha estado defendiendo todo el tiempo, y yo todavía deseo hablar con Quinn cara a cara, y me refiero a hablar en serio. ¿Lo han encontrado ya los franceses o los ingleses?

–No; eso era precisamente lo que iba a decir. Los franceses averiguaron que tomó en el aeropuerto de Ajaccio un avión con destino a Londres. Dejó abandonado un coche acribillado a balazos en la zona de aparcamiento. Los ingleses le siguieron en Londres hasta un hotel. Cuando llegaron allí, había desaparecido; ni siquiera se había registrado en él.

–Maldita sea, ese hombre es como una anguila –gruñó Brown.

–Exacto –convino Kelly–, pero si está usted en lo cierto, habrá una persona con la que se pondrá en contacto. Una única persona: Sam Somerville. No me gusta hacer esto a una de nuestras agentes, pero quiero que se instalen micros en su apartamento, se intervenga su teléfono y se intercepte su correspondencia. Esta noche.

–En seguida –dijo Brown.

Cuando se quedaron solos el vicepresidente y los cinco miembros del gabinete, volvió a surgir la cuestión de la Enmienda Veinticinco.

Fue el fiscal general quien la suscitó de nuevo. Despacio y a regañadientes. Odell se puso a la defensiva. Veía más que los demás al retraído presidente. Tenía que confesar que John Cormack se hallaba tan abatido como siempre.

–Todavía no –dijo–. Démosle tiempo.

–¿Cuánto? –preguntó Morton Stannard–. Han pasado tres semanas desde el entierro.

–El próximo año será el de las elecciones –observó Bill Walters–. Si tiene que ser usted el candidato, Michael, necesitará prepararse desde enero.

–¡Jesús! –exclamó Odell–. El hombre de la Mansión está destrozado, y hablan ustedes de elecciones.

–Hay que ser práctico, Michael –sentenció Donaldson.

–Todos sabemos que, después de Irangate, Ronald Reagan se halló durante un tiempo sumido en tan terrible confusión que a punto estuvo de invocarse la Enmienda Veinticinco –observó Walters–. El Informe Cannon de la época dejó bien claro que el asunto era dudoso. Pero esta crisis es peor.

–El presidente Reagan se recobró –apuntó Hubert Reed–. Reasumió sus funciones.

–Sí, justo a tiempo –reconoció Stannard.

–Aquí está el quid –sugirió Donaldson–. En el tiempo. ¿De cuánto disponemos?

–No tenemos mucho –confesó Odell–. Los medios de comunicación han tenido paciencia hasta ahora. Él es un hombre muy popular. Pero esto durará poco.

–¿Fecha tope? –preguntó pausadamente Walters.

Sometieron el asunto a votación. Odell se abstuvo. Walters levantó su lápiz de plata. Stannard asintió con la cabeza. Brad Johnson hizo un gesto negativo con la suya. Jim Donaldson reflexionó y apoyó a Johnson en su denegación. Había un empate a dos. Hubert Reed miró a los otros cinco con rostro preocupado. Después se encogió de hombros.

–Lo lamento, pero si tiene que ser, que sea.

Votó que sí. Odell exhaló de forma sonora.

–Está bien –dijo–. Se ha acordado por mayoría que la víspera de Navidad, si no se produce un cambio importante en la situación, tendré que ir a decirle que invocaremos la Veinticinco para el Día de Año Nuevo.

Sólo se había levantado a medias cuando los otros se pusieron en pie, en muestra de respeto. Descubrió que esto le complacía.

–No le creo –dijo Quinn.

–Por favor –pidió el hombre del traje de Savile Row.

Señaló con la mano las ventanas con las cortinas corridas. Quinn miró a su alrededor. Sobre la repisa de la chimenea, Lenin se dirigía a las masas. Entonces se acercó a la ventana y miró al exterior.

A través del jardín de árboles desnudos y por encima del muro, vio la parte alta de un autobús londinense de dos pisos que pasaba por Beayswater Road. Quinn volvió a su asiento.

–Bueno, si está todavía mintiendo, es un escenario de película estupendo.

–No es ningún escenario de película –replicó el general de la KGB–. Prefiero dejar eso a su gente de Hollywood.

–¿Entonces, por qué me ha traído aquí?

–Usted nos interesa, Mr. Quinn. Por favor, no adopte una actitud tan defensiva. Por extraño que pueda parecer, creo que en este momento estamos del mismo lado.

–Sí que parece extraño –reconoció Quinn–. Demasiado extraño.

–Está bien, pondré las cartas boca arriba. Desde hace algún tiempo sabíamos que era usted el hombre elegido para negociar la liberación de Simon Cormack. También sabemos que, después de su muerte, ha pasado un mes en Europa tratando de localizar a los secuestradores, según parece con cierto éxito.

–¿Y esto nos sitúa en el mismo lado?

–Tal vez sí, Mr. Quinn, tal vez sí. Mi trabajo no es proteger a jóvenes americanos que se empeñan en correr por el campo sin una adecuada custodia. Pero sí *es* tratar de proteger a mi país de conspiraciones hostiles que le causan enorme daño. Y este... este asunto Cormack... es una conspiración de personas desconocidas para perjudicar y desacreditar a mi país a los ojos de todo el mundo. No nos gusta, Mr. Quinn, no nos gusta en absoluto. Por consiguiente permita que, como dicen los americanos, sea franco con usted.

»El secuestro y el asesinato de Simon Cormack no ha sido una operación soviética. Sin embargo, nos culpan de ello. Desde que fue analizado el cinturón, hemos estado en el banquillo de los acusados ante la opinión mundial. Las relaciones con su país, que nuestro líder trataba sinceramente de mejorar, han sido envenenadas; un tratado para reducir el armamento, en el que teníamos puestas grandes esperanzas, ha quedado arruinado.

–Parece que no les gusta la falsa información cuando repercute contra la URSS, aunque ustedes son maestros en ella –comentó Quinn.

El general tuvo la delicadeza de encogerse de hombros aceptando la pulla.

–Bueno, nos permitimos alguna vez que otra difundir informes inexactos. Pero lo mismo hace la CIA. Es algo natural. Y confieso que es bastante malo que nos culpen de algo que *hemos* hecho; pero resulta intolerable que nos acusen de esta operación, que no fue instigada por nosotros.

–Si yo fuese más generoso, podría preocuparme por ustedes –dijo Quinn–. Pero lo cierto es que ya nada puedo hacer acerca de ello. Ya no me es posible hacer nada, en absoluto.

–Tal vez –asintió el general–. Pero veamos: yo creo que es usted lo bastante listo para haber deducido ya que esta conspiración no se nos debe achacar a nosotros. Si hubiera sido así, ¿cómo diablos íbamos a matar a Cormack por medio de un artefacto que se podía demostrar que era soviético?

Quinn asintió con la cabeza.

–De acuerdo. Pienso que ustedes no estaban detrás de esto.

–Gracias. Y ahora, dígame. ¿Tiene usted alguna idea de quién pudo haber sido?

–Creo que la cosa vino de América. Tal vez de la ultraderecha. Si su objetivo era impedir que el Tratado de Nantucket fuese ratificado por el Congreso, lo cierto es que lo logrará.

–En efecto.

El geneal Kirpichenko pasó detrás de su mesa y volvió con cinco fotografías ampliadas. Las puso delante de Quinn.

–¿Ha visto usted alguna vez a estos hombres?

Quinn estudió las fotografías de pasaporte de Cyrus Miller, Melville Scanlon, Lionel Moir, Peter Cobb y Ben Salkind. Negó con la cabeza.

–No, nunca los he visto.

–Lástima. Sus nombres están en el reverso. Visitaron mi país hace algunos meses. El hombre con quien conferenciaron, mejor dicho, el hombre con quien *creo* que conferenciaron, se hallaba en condiciones de proporcionar aquel cinturón. Es un mariscal.

–¿Lo han detenido? ¿Le han interrogado?

El general Kirpichenko sonrió por primera vez.

–Sus novelistas y periodistas occidentales, Mr. Quinn, gustan de sugerir que la organización en la que yo trabajo tiene poderes ilimitados. Y no es así. Incluso para nosotros, detener a un mariscal soviético sin pruebas es algo imposible. Ya ve que he sido franco con usted. ¿Querrá corresponderme? ¿Será tan amable de decirme qué ha logrado descubrir durante los treinta últimos días?

Quinn consideró la petición. ¡Qué diablos! El asunto podía darse por terminado al dejar de existir las pistas que habría podido seguir. Contó la historia al general, desde el momento en que escapó del apartamento de Kensington para entrevistarse en privado con Zack. Kirpichenko le escuchó con suma atención, asintiendo varias veces con la cabeza, como si lo que estaba oyendo coincidiese con algo que sabía ya. Quinn terminó su relato con la muerte de Orsini.

–A propósito –añadió–, ¿puedo preguntarle cómo me siguieron hasta el aeropuerto de Ajaccio?

–Oh, ya veo. Bueno, es evidente que mi departamento ha estado interesado en todo este asunto desde el principio. Después de la muerte del muchacho y de la deliberada filtración de los detalles del cinturón, llevamos nuestros esfuerzos al máximo. Usted no pasó precisamente inadvertido en los Países Bajos. El tiroteo en París fue destacado por todos los periódicos de la tarde. La descripción que hizo el barman del hombre que había huido coincidía con la de usted.

»Una comprobación de los vuelos y de las listas de pasajeros... sí, tenemos gente que trabaja para nosotros en París, nos mostró que su amiga del FBI se había dirigido a España, pero no reveló nada sobre usted. Presumí que podía ir armado y desear evitar las medidas de seguridad de los aeropuertos, e hice examinar las reservas en los ferrys. Mi hombre de Marsella tuvo suerte y le descubrió en el de Córcega. El caballero a quien usted vio en el aeropuerto voló a la isla la misma mañana de su llegada, pero no le encontró. Ahora sé que había ido usted a las montañas. Montó guardia en el punto en que se juntan las carreteras del aeropuerto y del muelle y descubrió que su coche seguía la del aeropuerto justo después del amanecer. Por cierto ¿sabe que cuatro hombres armados entraron en la terminal mientras estaba usted en la cabina telefónica?

–No, no los vi.

–¡Hum! Pues parece que no le tenían mucha simpatía. Por lo que acaba de decirme sobre Orsini, comprendo la razón. Pero no importa. Mi colega... se encargó de ellos.

–¿Su amable inglés?

–¿Andrei? No es inglés. En realidad, ni siquiera es ruso. Es un cosaco. Yo no infravaloro su capacidad para defenderse, Mr. Quinn, pero por favor, no trate nunca de enfrentarse con Andrei. Es uno de mis mejores hombres.

–Dele las gracias de mi parte –dijo Quinn–. Mire usted, general, ésta ha sido una conversación muy agradable. Pero aquí se acaba todo. Lo único que puedo hacer ahora es volver a mi viñedo en España y tratar de empezar de nuevo.

–No estoy de acuerdo, Mr. Quinn. Creo que debe volver a América. La clave está allí, en algún lugar. Debe usted volver.

–Me pillarían en menos de una hora –arguyó Quinn–. El FBI no me aprecia; algunos de sus miembros creen que estuve complicado en el asunto.

El general Kirpichenko volvió a su mesa e hizo ademán a Quinn para que se acercase. Le tendió un pasaporte, un pasaporte canadiense, no nuevo, debidamente manoseado, con una docena de sellos de entrada y salida. Y vio en la foto su propia cara, difícilmente reconocible con el corte de pelo diferente, las gafas con montura de concha y la incipiente barba.

–Temo que fue tomada mientras estaba drogado –dijo el general–. ¿Pero acaso no lo están todos? El pasaporte es auténtico, uno de nuestros mejores trabajos. Necesitará ropa nueva con marbetes de origen canadiense, maletas y demás. Andrei lo tiene todo preparado. Y desde luego, esto.

Puso sobre la mesa tres tarjetas de crédito, un permiso de conducir canadiense auténtico y un fajo de veinte mil dólares canadienses. El pasaporte, el permiso y las tarjetas de crédito estaban a nombre de Roger Lefevre. Un francocanadiense; el acento, para un americano que hablaba francés, no sería problema.

–Sugiero que Andrei le conduzca a Birmingham para el primer vuelo de la mañana hacia Dublín. Allí podrá enlazar con el avión con destino a Toronto. En un coche de alquiler, el cruce de la frontera con los Estados Unidos no ofrecerá ningún problema. ¿Está usted dispuesto a ir, Mr. Quinn?

–General, parece que no me he expresado con bastante claridad. Orsini no pronunció una palabra antes de morir. Si sabía quién era aquel hombre gordo, y creo que lo sabía, nunca lo dijo. No sé por dónde empezar. La pista está fría. El gordo se encuentra seguro, y también lo están los que pagan y el renegado que creo que ocupa una encumbrada posición en la clase dirigente y que es la fuente de información. Todos se hallan seguros, porque Orsini guardó silencio. No tengo ases ni reyes ni jacks en la mano. No poseo ningún triunfo.

–¡Ay, la analogía de los naipes! Ustedes, los americanos, siempre se refieren al as de picas. ¿Juega usted al ajedrez, Mr. Quinn?

–Un poco, pero no bien.

El general soviético se dirigió a una estantería llena de libros y pasó un dedo por los lomos, como si buscase un volumen en particular.

–Debería aprender a jugar bien –dijo–. Como mi profesión, es un juego de inteligencia y astucia, no de fuerza bruta. Todas las piezas son visibles... Sin embargo... hay más engaño en el ajedrez que en el póquer. ¡Ah! Aquí está.

Ofreció el libro a Quinn. El autor era ruso, pero el texto estaba en inglés. Una traducción, una edición especial: *The Great Grand Masters: A Study.*

–Está usted en jaque; pero todavía no en jaque mate. Vuelva a América, Mr. Quinn. Lea el libro durante el viaje. Le ruego que preste especial atención al capítulo sobre Tigran Petrosian. Un armenio, muerto hace mucho tiempo, pero tal vez el táctico de ajedrez más grande que jamás haya existido. Que tenga suerte, Mr. Quinn.

El general Kirpichenko llamó a su agente Andrei y le dio una serie de órdenes en ruso. Andrei llevó a Quinn a otra habitación y le equipó con una maleta llena de prendas de vestir nuevas, todas ellas canadienses; además de artículos de viaje y billetes de avión. Fueron juntos a Birmingham y Quinn tomó el primer vuelo British Midland del día para Dublín. Andrei, tras verlo partir, regresó a Londres.

Quinn fue de Dublín a Shannon, esperó varias horas y tomó el avión de Air Canada hacia Toronto.

Como había prometido, leyó el libro en la sala de espera de Shannon y de nuevo durante el vuelo a través del Atlántico. Leyó seis veces el capítulo sobre Petrosian. Antes de aterrizar en Toronto comprendió por qué tantos pesarosos adversarios habían apodado al astuto armenio el Gran Engañador.

En Toronto, su pasaporte fue aceptado como lo había sido en Birmingham, en Dublín y en Shannon. Esperó su equipaje en la sala de Aduana y pasó el control con una inspección superficial.

No había razón para que advirtiese al hombre discreto que observó su salida, le siguió a la estación principal del ferrocarril y subió con él al tren del noreste con destino a Montreal.

En un establecimiento de automóviles de la primera ciudad de Quebec, compró Quinn un jeep Renegade usado, con gruesos neumáticos de invierno; y, en una tienda próxima que vendía equipos de camping, adquirió las botas, los pantalones y los anoraks acolchados necesarios para la estación del año en aquel clima. Llenó el depósito del jeep y se dirigió al sureste, cruzó St. Jean, llegó a Bedford y después puso rumbo al sur en dirección a los Estados Unidos.

En el puesto fronterizo de la orilla del lago Champlain, donde la carretera ochenta y nueve pasa de Canadá a Vermont, Quinn cruzó a territorio estadounidense.

Hay una tierra en el borde norte del Estado de Vermont a la que los nativos llaman simplemente Northeast Kingdom. Abarca la mayor parte del condado de Essex, con trozos de Orleáns y Caledonia; un lugar salvaje y montañoso, de lagos y ríos, montes y gargantas, y algún pueblecito desperdigado. Los caminos son abruptos. Durante el invierno, el frío en el Northeast Kingdom se hace tan terrible que se diría que todo ha sido reducido a un estado de congelación. Los lagos se hielan, los árboles se quedan rígidos con la escarcha, el suelo se agrieta bajo los pies. En invierno nada vive allí, salvo en hibernación, aparte de algún alce solitario que se mueve alguna vez a través del crujiente bosque. Los chistosos del sur dicen que sólo hay dos estaciones en el Kingdom: agosto e invierno. Los que conocen el lugar aseguran que eso es una tontería; sólo hay quince de agosto e invierno.

Quinn condujo el jeep hacia el sur, pasando por Swandon y St. Albans hasta la ciudad de Burlington, y después se apartó del lago Champlain para seguir la carretera ochenta y nueve hasta la capital del Estado, Montpelier. Aquí abandonó la carretera principal para tomar la número dos a través de East Montpelier, siguiendo el valle del Winooski, por Plainfield y Marshfield, hasta West Danville.

Los montes se acercaban, como apretujándose contra el frío; los ocasionales vehículos que venían en dirección contraria eran otras burbujas anónimas de calor, con los sistemas de calefacción puestos al máximo y conteniendo seres humanos que, gracias a la tecnología, sobrevivían a un frío que, sin protección, les habría matado en pocos minutos.

La carretera se estrechó de nuevo después de West Danville, flanqueada por altos montones de nieve a ambos lados. Tras haber cruzado la propia población cerrada de Danville, Quinn puso el jeep en cuatro ruedas motrices para la etapa final hasta St. Johnsbury.

La pequeña ciudad de Passumpsic River era como un oasis en las heladas montañas, con tiendas, bares, luces y calor. Encontró a un agente inmobiliario en Main Street y le expuso lo que quería. Aquella época del año no era la de más trabajo para aquel hombre. Le intrigó la petición.

–¿Una cabaña? Bueno, desde luego alquilamos cabañas en verano. La mayoría de los dueños pasan un mes, tal vez seis semanas en sus cabañas y quieren alquilarlas después para el resto de la estación. Pero... ¿ahora?

–Ahora –dijo Quinn.

–¿En algún lugar especial? –preguntó el hombre.

–En el Kingdom.

–Realmente, usted quiere perderse, señor.

Pero el hombre repasó su lista y se rascó la cabeza.

–Puede haber una –dijo–. Pertenece a un dentista de Barren en la zona templada.

En la zona templada sólo estaban a quince grados bajo cero en aquella época del año, en vez de los veinte normales. El agente telefoneó al dentista, que se avino a alquilar la cabaña por un mes. Miró al jeep.

–¿Lleva cadenas para ese Renegade, señor?

–Todavía no.

–Las necesitará.

Quinn compró y ajustó las cadenas, y los dos hombres emprendieron juntos el trayecto. Sólo eran poco más de veinte kilómetros, pero tardaron más de una hora en recorrerlos.

–Está en Lost Ridge –dijo el agente–. El propietario sólo la utiliza en pleno verano para pescar y pasear. ¿Está usted tratando de esquivar a los abogados de su esposa o algo parecido?

–Necesito paz y tranquilidad para escribir un libro –respondió Quinn.

–¡Oh, es escritor! –exclamó satisfecho el agente.

Había que ser tolerante con los escritores, como con todos los lunáticos.

Retrocedieron hacia Danville y, entonces, tomaron una derivación hacia el norte por un camino todavía más estrecho. En North Danville, el agente guió a Quinn hacia el oeste, en terreno salvaje. Al frente, los montes Kittredge se elevaban hasta el cielo, impenetrables. El camino conducía hacia la derecha de la cordillera, en dirección a Bear Mountain. En la falda de la montaña, el agente señaló una senda donde se amontonaba la nieve. Quinn necesitó de toda la fuerza del motor, de la tracción en las cuatro ruedas y de las cadenas para llegar hasta allí.

La cabaña era de troncos, grandes troncos dispuestos en sentido horizontal debajo de un techo bajo cubierto con una gruesa capa de nieve. Pero estaba bien construida, revestida de pieles por el interior y con cristales triples en las ventanas. El agente le mostró el garaje (un coche dejado a la intemperie en aquel clima sería un bloque helado de metal y gasolina por la mañana) y el horno de leña que calentaría el agua y los radiadores.

–Me la quedo –dijo Quinn.

–Necesitará petróleo para las lámparas, bombonas de butano para la cocina, un hacha para partir la leña con que alimentar el horno –dijo el agente–. Y comida. Y una reserva de gasolina. Aquí no puede carecer de nada. Y la ropa adecuada. La que lleva es poco gruesa. Tendrá que taparse la cara para evitar la congelación. No hay teléfono. ¿*Seguro* que la quiere?

–Me la quedo –repitió Quinn.

Regresaron a St. Johnsbury. Quinn dio su nombre y nacionalidad y pagó por anticipado.

El agente era demasiado cortés o demasiado indiferente para preguntar por qué un hombre de Quebec quería refugiarse en Vermont habiendo tantos lugares tranquilos en Quebec.

Quinn localizó varias cabinas telefónicas públicas que pudiese usar de día o de noche, y durmió en un hotel local. Por la mañana cargó en su jeep todo lo que le hacía falta y retornó a la montaña.

En cierto momento, en las afueras de North Danville, al detenerse en la carretera para comprobar su equipaje, creyó oír el zumbido de un motor más abajo de la montaña y a su espalda, pero dedujo que debía de ser algún ruido del pueblo o incluso el eco de su propio coche.

Encendió la caldera de leña y la cabaña se deshelό poco a poco. El fuego crepitó detrás de su puerta de acero, y cuando la abrió parecía un alto horno. El agua del depósito se descongeló y empezó a calentar los radiadores de las cuatro habitaciones de la cabaña y el depósito auxiliar para el lavabo y el baño. Al mediodía, Quinn se quedó en mangas de camisa y disfrutó de aquel calor. Después del almuerzo, cogió el hacha y cortó leña para una semana de las ramas de pino amontonadas detrás de la cabaña.

Había comprado una radio; pero no disponía de televisión ni tenía teléfono. Cuando estuvo equipado para ocho días, se sentó ante su nueva máquina de escribir portátil y empezó a teclear. Al día siguiente se dirigió a Montpelier, voló a Boston y, de allí, a Washington.

Su destino era la Union Station de Massachusetts Avenue y Second Street, una de las más elegantes estaciones de ferrocarril de América en piedra blanca, todavía resplandeciente tras su restauración. Algunas instalaciones eran distintas de las que recordaba de años atrás. Pero las vías seguían estando allí, partiendo de los andenes de debajo del vestíbulo principal.

Encontró lo que buscaba frente a las puertas H y J de Amtrak. Entre la puerta de la oficina de policía de Amtrak y el tocador de señoras había una hilera de ocho cabinas telefónicas públicas. Todos sus números empezaban con el prefijo siete, ocho, nueve; anotó los ocho, echó su carta al buzón y se marchó de allí.

Cuando un taxi lo llevaba a través del Potomac para regresar al National Airport de Washington, bajó por la calle Catorce y pudo ver a su derecha la gran cúpula de la Casa Blanca. Se preguntó cómo estaría el hombre que vivía en la Mansión, debajo de la cúpula, el hombre que le había dicho «Devuélvanoslo» y a quien había fallado.

En los meses transcurridos desde el entierro de su hijo, la relación entre los Cormack había experimentado un cambio que tan sólo un psiquiatra podría analizar o explicar.

Durante el secuestro, el estado del presidente fue malo a causa de la tensión, la preocupación, la ansiedad y el insomnio; pero consiguió mantener algún control sobre sí mismo. Y en los últimos días, cuando los informes de Londres parecieron indicar que la liberación estaba próxima, incluso había parecido recobrarse. Había sido su esposa, menos intelectual que él y sin tareas administrativas que distrajesen su mente, quien se abandonó al dolor y a los sedantes.

Pero desde aquel terrible día en Nantucket, cuando habían entregado su único hijo a la fría tierra, los papeles de los padres se habían sutilmente invertido. Myra Cormack lloró sobre el pecho del hombre del Servicio Secreto junto a la tumba; y después en el vuelo de regreso a Washington. Pero, con el paso de los días, empezó a recuperarse. Tal vez reconocía que, al perder un hijo que dependía de ella, había heredado otro, el marido que nunca hasta entonces había dependido de ella.

Fue como si su instinto maternal y protector le proporcionara una fuerza interior que le era negada al hombre de cuya inteligencia y fuerza de voluntad no había dudado nunca.

Cuando el taxi de Quinn pasó por delante de las paredes del complejo de la Casa Blanca aquella tarde de invierno, John Cormack estaba sentado a la mesa de su despacho particular entre el Salón Oval y el dormitorio. Myra Cormack se hallaba en pie a su lado. Sostenía la cabeza de su atribulado esposo contra su vientre, meciéndola despacio y con cariño.

Sabía que su marido estaba mortalmente herido, que no podría aguantar mucho más tiempo. Sabía que lo que le había destruido tanto como la muerte de su hijo, o más, era la perplejidad de no saber quién lo había hecho ni por qué. Si el joven hubiese muerto en un accidente de automóvil o deportivo, creía que John Cormack habría podido aceptar la lógica incluso de una muerte ilógica. Era la manera en que había perecido el muchacho lo que destruyó al padre, como si aquella bomba diabólica hubiese estallado contra su propio cuerpo.

Creía que aquel enigma no tendría ya solución y que su marido no podía continuar en su actual estado. Había llegado a odiar la Casa Blanca y el cargo que él desempeñaba, del cual antaño se sintió tan orgullosa. Lo único que quería ahora para él era que se desprendiese de su pesada carga y se retirase de nuevo con ella a New Haven, de manera que pudiese cuidarle en su vejez.

La carta que Quinn había remitido a Sam Somerville, a su dirección de Alexandria, fue debidamente interceptada antes de recibirla ella, y llevada en triunfo al comité de la Casa Blanca, el cual se reunió para oírla y discutir sus implicaciones. Philip Kelly y Kevin Brown la sometieron a su atención como un trofeo.

–Tengo que confesar, señores –dijo Kelly–, que tuve grandes reservas cuando pedí que uno de mis agentes de confianza fuese encargado de una supervisión de esta clase. Pero creo que convendrán ustedes en que ha sido beneficioso. –Colocó la carta sobre la mesa, delante de él–. Esta carta, caballeros, fue echada ayer al correo precisamente en Washington. Ello no demuestra que Quinn esté en la ciudad, ni siquiera en los Estados Unidos. Se halla dentro de lo posible que alguien la remitiese por él. Pero en mi opinión Quinn es un solitario, no tiene cómplices. No sabemos cómo desapareció de Londres y se presentó. Sin embargo, mis colegas y yo creemos que remitió él mismo esta carta.

–Léala –ordenó Odell.

–Es... bueno... bastante dramática –comentó Kelly.

Se caló las gafas y empezó a leer:

–«Mi querida Sam...» Este inicio parece indicar que mi colega Kevin Brown tenía razón, que había una relación más que profesional entre Miss Somerville y Quinn.

–Muy bien, su perro guardián se enamoró del lobo –dijo Odell–. Muy astuto por parte de él. ¿Qué dice?

Kelly continuó la lectura:

–«Aquí estoy al fin, de nuevo en los Estados Unidos. Me encantaría verte, pero temo que de momento no sería muy prudente.

»El objeto de esta carta es poner en claro todo lo que realmente ocurrió en Córcega. Lo cierto es que, cuando te telefoneé desde el aeropuerto de Ajaccio, te mentí. Me imaginé que, si te contaba lo que de verdad sucedió allí, podías pensar que no estarías segura si regresabas. Pero cuanto más pienso en ello, más creo que tienes derecho a saberlo. Prométeme solamente una cosa: que guardarás para ti cuanto leas en esta carta. Nadie más debe saberlo, al menos por ahora. Nadie, hasta que haya terminado lo que estoy haciendo.

»Lo cierto es que Orsini y yo luchamos. No tuve elección; alguien le había llamado y dicho que me dirigía a Córcega para matarle, cuando lo único que quería era hablar con él. Recibió un disparo de mi pistola, mejor dicho, de la tuya; pero no le mató en el acto. Cuando se enteró de que le habían engañado, se dio cuenta de que la ley del silencio ya no le obligaba. Me dijo todo lo que sabía... ¡que no era poco!

»En primer lugar, que no eran los rusos quienes estaban detrás de este asunto; al menos, no era el Gobierno soviético. La conspiración se había urdido aquí, en los Estados Unidos. Los que pagaron la operación están todavía envueltos en misterio, pero ahora sé quién es el hombre al que emplearon para organizar el secuestro y el asesinato de Simon Cormack, aquel a quien Zack llamaba el gordo. Orsini le había reconocido y me dio su nombre. Cuando sea capturado, y sin duda lo será, estoy seguro de que revelará los nombres de los que le pagaron por hacer lo que hizo.

»De momento, Sam, lo estoy escribiendo todo, capítulo a capítulo y versículo a versículo; nombres, fechas, lugares, sucesos. Toda la historia desde el principio hasta el final. Cuando haya terminado, enviaré copias del manuscrito a una docena de autoridades: el vicepresidente, el FBI, la CIA, etc. De ese modo, si me ocurre algo, será demasiado tarde para impedir que las ruedas de la justicia se pongan en movimiento.

»No volveré a establecer contacto contigo hasta que haya terminado. Por favor, compréndelo. Si no te digo dónde estoy es solamente para protegerte. Con todo mi amor, Quinn.»

Hubo un minuto de pasmado silencio. Uno de los presentes estaba sudando copiosamente.

–¡Jesús! –suspiró Michael Odell–. ¿Es sincero ese hombre?

–Si lo que dice es verdad –sugirió Morton Stannard, el ex abogado–, no debería andar suelto por ahí, sino venir a decirnos todo lo que sabe, a nosotros, en esta casa.

–Opino lo mismo –dijo el fiscal general Bill Walters–. Aparte de todo lo demás, acaba de constituirse en testigo presencial. Tenemos un programa de protección de testigos. Deberíamos tenerle bajo custodia protectora.

El acuerdo fue unánime. Al anochecer, el Departamento de Justicia había autorizado la orden de detención de Quinn como testigo presencial. El FBI puso en marcha todos los recursos del National Crime Information System a fin de alertar a todas las oficinas del FBI en el país para la busca y captura de Quinn. Con objeto de forzar esta medida, el National Law Enforcement Teletype System envió mensajes a todas las otras fuerzas: departamentos de policía urbana, oficinas de los sheriffs y patrullas de carretera. En todos ellos se incluía la fotografía de Quinn. El «pretexto» alegado era que se le buscaba en relación con un importante robo de joyas.

Una alerta general es importante, pero América es un país muy grande, con muchos lugares donde ocultarse. Delincuentes sometidos a busca y captura han permanecido libres durante años a pesar de una alerta nacional. Además, la orden iba dirigida contra Quinn, un ciudadano americano, cuyos números de pasaporte y de permiso de conducir eran conocidos. No se buscaba a un franco-canadiense apellidado Lefevre, con documentación perfecta, peinado de diferente manera y llevando gafas con montura de concha y barba. Quinn se la había dejado crecer desde que le habían afeitado en la Embajada soviética en Londres, y aunque no era larga, cubría ahora la parte inferior de su cara.

De nuevo en su refugio de la montaña, dio tres días al comité de la Casa Blanca para que se atrafagase a causa de su deliberada carta a Sam Somerville; entonces empezó a buscar la manera de establecer contacto con ella de forma disimulada. La clave estaba en algo que le había dicho ella en Amberes. Había comentado que era «hija de un predicador de Rockastle».

En una librería de St. Johnsbury encontró un diccionario geográfico que le informó de que había tres Rockastles en los Estados Unidos. Pero uno estaba en el extremo sur y otro en el lejano oeste. El acento de Sam era más propio de la Costa Este. El tercer Rockastle se hallaba en Goochland County, Virginia.

Las guías telefónicas resolvieron la cuestión. De ellas resultó que un reverendo Brian Somerville vivía en Rockastle, Virginia. Era el único cuyo apellido, de ortografía desacostumbrada, le distinguía de los Summerville y los Sommerville.

Quinn salió de nuevo de su escondite, voló desde Montpelier a Boston y a Richmond, aterrizando en Byrd Field, ahora llamado con glorioso optimismo Richmond International Airport. En la sección de información del aeropuerto halló una guía telefónica que le mostró que el reverendo ejercía su ministerio en la Smyrna Church of St. Mary's de Three Square Road, pero residía en el número doscientos noventa de Rockastle Road. Quinn alquiló un coche no muy grande y recorrió en él los cuarenta y cinco kilómetros que le separaban de Rockastle por la Carretera Seis. Cuando llamó a la puerta, ésta fue abierta por el propio reverendo Somerville.

En el cuarto de estar, el tranquilo pastor de cabellos de plata sirvió té y confirmó que su hija se llamaba Samantha y trabajaba para el FBI. Después escuchó lo que Quinn tenía que decirle. Y adoptó un aire grave.

–¿Por qué cree usted que mi hija puede estar en peligro, Mr. Quinn? –preguntó.

Quinn se lo explicó.

–Pero bajo vigilancia, y por el propio FBI... ¿Ha hecho algo malo?

–No, señor. Pero hay quienes sospechan sin razón de ella. Y Sam no lo sabe. Lo que yo quiero hacer es avisarla.

El amable viejo leyó la carta que tenía en la mano y suspiró. El mundo cubierto por el manto del que Quinn acababa de levantar una punta era desconocido para él. Se preguntó qué habría hecho su difunta esposa; ésta había sido siempre la más dinámica de los dos. Decidió que habría llevado el mensaje a su hija en apuros.

–Muy bien –aceptó–, iré a verla.

Cumplió su palabra. Tomó su viejo coche, condujo con sosiego hasta Washington y, sin anunciarse, visitó a su hija en su apartamento. Tal como Quinn le había indicado, inició una conversación convencional y le tendió una hoja de papel. Ésta decía simplemente: «Continúa hablando con naturalidad. Abre el sobre y lee sin prisas. Después quémalo todo y sigue las instrucciones. Quinn.»

Ella casi se quedó sin respiración cuando leyó estas palabras y comprendió que Quinn quería decir que había micrófonos ocultos en su apartamento. Era algo que Sam había hecho para otros en el curso de sus funciones, pero no esperó nunca que se lo hiciesen a ella. Miró los ojos preocupados de su padre, siguió hablando con naturalidad y tomó el sobre que él le ofrecía. Cuando el reverendo se despidió para volver a Rockastle, lo acompañó hasta la acera y le dio un largo beso.

El mensaje contenido en el sobre era también muy breve. A media noche, debía estar cerca de las cabinas telefónicas de delante de los andenes H y J de Amtrak, en la Union Station, y esperar. Sonaría un teléfono; sería Quinn.

Ella recibió la llamada que Quinn le hizo desde una cabina de St. Johnsbury. Él le habló de Córcega y de Londres, y de la carta amañada que le había enviado, convencido de que sería remitida al comité de la Casa Blanca.

–Pero Quinn –protestó ella–, si Orsini no te dijo realmente nada, el asunto quedó terminado, como tú mismo dijiste. ¿Por qué fingir que habló, si no lo hizo?

Él le citó a Petrosian, que, incluso cuando estaba perdiendo una partida, con sus adversarios mirando fijamente el tablero de ajedrez, podía persuadirles de que había preparado una jugada maestra e inducirles a cometer un error.

–Creo que ellos, sean quienes sean, se descubrirán a causa de esa carta –vaticinó Quinn–. A pesar de que manifesté que no volvería a establecer contacto contigo, sigue siendo el único eslabón posible si la policía no puede prenderme. A medida que pasen los días tendrán que ponerse cada vez más frenéticos. Quiero que mantengas los ojos y los oídos abiertos. Te llamaré a días alternos, a medianoche, a unos de esos números.

Fue el sexto día.

–Quinn, ¿conoces a un hombre llamado David Weintraub?

–Sí.

–Es de la Compañía, ¿verdad?

–Sí, es el DDO. ¿Por qué?

–Me pidió una entrevista. Dijo que algo estaba ocurriendo. De prisa. Que él no lo comprendía, pero que creía que tú sí lo ibas a comprender.

–¿Os reunisteis en Langley?

–No; dijo que eso era demasiado expuesto. Nos encontramos, según lo convenido, en un coche de la Compañía aparcado junto a una acera cerca del Tidal Basin. Hablamos mientras dábamos una vuelta en el coche.

–¿Te explicó de qué se trataba?

–No; declaró que ya no podía fiarse de nadie. Solamente de ti. Quiere reunirse contigo, donde y cuando tú digas. ¿Confías en él?

Quinn reflexionó. Si David Weintraub era un embustero, no había esperanza para la raza humana.

–Sí –dijo–, confío en él.

Le dio la hora y el lugar de la cita.

CAPÍTULO XVIII

Sam Somerville llegó al aeropuerto de Montpelier la tarde siguiente. La acompañaba Duncan McCrea, el joven de la CIA que antes le había comunicado el deseo del subdirector de Operaciones de reunirse con ella.

Llegaron en el PBA Beechcraft 1900 del puente aéreo de Boston, alquilaron un Dodge Ram todo terreno en el mismo aeropuerto y se registraron en un motel de las afueras de la capital del Estado. A sugerencia de Quinn, ambos habían comprado la ropa más gruesa y protectora que podía adquirirse en Washington.

El DDO de la CIA, alegando una reunión de alto nivel en Langley a la que no podía faltar, llegaría a la mañana siguiente, a tiempo para la cita con Quinn en la carretera.

Aterrizó a las siete de la mañana en un reactor de diez plazas cuya inscripción no reconoció Sam. McCrea le explicó que era un avión de comunicación de la Compañía y que el nombre de la empresa chárter que constaba en su fuselaje era un disfraz de la CIA.

El hombre les dirigió un breve pero cordial saludo al descender la escalera del reactor y plantarse en la pista. Se había puesto ya unas botas pesadas para la nieve, pantalones gruesos y un anorak acolchado. Llevaba su bolsa de viaje en la mano. Se apresuró a subir a la parte trasera del Ram. Arrancaron. McCrea conducía y Sam le dirigía, guiándose por el mapa de carreteras.

Al salir de Montpelier, tomaron la carretera dos, cruzaron el pequeño municipio de East Montpelier y siguieron por la carretera de Plainfield. Poco después del cementerio de Plainmont, pero antes de las puertas de Goddard College, hay un lugar donde el río Winooski se aparta de la orilla de la carretera para trazar una curva hacia el sur. En esta media luna de tierra entre la carretera y el río existe un bosquecillo de árboles altos, silencioso y cubierto de nieve en esta época del año. Entre los árboles hay varias mesas de picnic para los que están de vacaciones en verano y una zona de aparcamiento para los vehículos de los excursionistas. Era aquí donde había dicho Quinn que estaría a las ocho.

Sam fue la primera en verlo. Salió de detrás de un árbol a treinta metros de ellos, mientras el Ram se detenía. Sin esperar a sus compañeros, Sam se apeó de un salto, corrió hacia él y lo abrazó.

–¿Estás bien, pequeña?

–Muy bien. ¡Oh, Quinn, gracias a Dios que te encuentras a salvo!

Quinn miraba más allá de ella, por encima de su cabeza. Sam sintió que se ponía rígido.

–¿A quién has traído? –preguntó a media voz.

–¡Oh, tonta de mí...! –Se volvió–. ¿Recuerdas a Duncan McCrea? Fue el que me llevó a ver a Mr. Weintraub...

McCrea estaba plantado a diez metros, después de acercarse desde el automóvil. Sonreía tímidamente.

–Hola, Mr. Quinn.

El saludo era también tímido, respetuoso como siempre. Pero no había nada de tímido en la Colt del 45 que empuñaba con la mano derecha y que apuntaba sin temblar a Sam y Quinn.

El segundo hombre descendió del Ram. Llevaba el rifle de culata plegable que había sacado de la bolsa de viaje después de pasar la Colt a McCrea.

–¿Quién es? –preguntó Quinn.

La voz de Sam sonó muy débil y asustada.

–David Weintraub –dijo ella–. ¡Oh, Dios mío, Quinn, qué he hecho!

–Te han engañado, querida.

Se daba cuenta de que sólo él había tenido la culpa. Se habría dado de patadas. Al hablar con Sam por teléfono, no se le había ocurrido preguntarle si había visto alguna vez al subdirector de Operaciones de la CIA. Ella había sido llamada dos veces por el comité de la Casa Blanca para informar, y Quinn supuso que David Weintraub había estado presente en ambas ocasiones o al menos en una de ellas. En realidad, el reservado DDO, que desempeñaba una de las funciones más secretas de América, no quería ir a menudo a Washington y había estado ausente en ambas sesiones. Y Quinn sabía muy bien que, cuando se está combatiendo, las suposiciones pueden constituir un grave peligro para la salud.

El hombre bajo y grueso del rifle, que todavía parecía más rollizo con su ropa acolchada, se acercó y se colocó al lado de McCrea.

–Bueno, sargento Quinn, volvemos a encontrarnos. ¿Se acuerda de mí?

Quinn meneó la cabeza. El hombre se tocó el puente de la aplastada nariz.

–Tú me hiciste esto, bastardo. Ahora vas a pagarlo, Quinn.

Quinn entrecerró los ojos al recordar; vio una vez más aquel claro de bosque en Vietnam, mucho tiempo atrás, y un campesino vietnamita, o lo que quedaba de él, amarrado al suelo con estacas, todavía vivo.

–Lo recuerdo –dijo.

–Bien –continuó Moss–. Ahora pongámonos en marcha. ¿Dónde has estado viviendo?

–En una cabaña, en los montes.

–Tengo entendido que escribiendo un pequeño manuscrito. Creo que tendré que echarle un vistazo. Sin trucos, Quinn. La pistola de Duncan podría fallar, pero entonces le daría a la chica. En cuanto a ti, nunca podrías librarte de esto.

Sacudió el cañón del rifle para indicar que no podría correr diez metros hacia los árboles sin ser derribado.

–Anda y que te zurzan –respondió Quinn.

Moss rió entre dientes y su aliento silbó en la aplastada nariz.

–El frío debe de haberte helado el cerebro, Quinn. Te diré lo que estoy pensando. Os llevaremos a ti y a la chica a la orilla del río. No hay nadie que pueda estorbarnos en muchos kilómetros a la redonda. Te ataremos a un árbol, Quinn, para que puedas verlo bien. Te juro que esa chica tardará dos horas en morir y que cada segundo estará rezando para que llegue la muerte. Y ahora, ¿quieres subir al coche y guiarnos?

Quinn pensó en el claro de la jungla, en el chico con las muñecas, los codos, las rodillas y los tobillos destrozados por las blandas postas de plomo, gimiendo y diciendo que no era más que un campesino, que no sabía nada. Y entonces fue cuando Quinn se dio cuenta de que el gordo inquisidor sabía ya aquello, lo sabía desde hacía horas. Se volvió contra él y le mandó a la clínica ortopédica.

De haber estado solo, habría tratado ahora de luchar, contra todas las probabilidades, aunque hubiese muerto de un balazo en el corazón. Pero con la muchacha... Asintió con la cabeza.

McCrea los separó, y esposó a los dos, con las manos en la espalda. McCrea condujo el Renegade, con Quinn a su lado. Moss les siguió en el Ram, con Sam yaciendo en la parte de atrás.

En West Danville, la gente empezaba a moverse, pero a nadie le llamó la atención que dos vehículos todo terreno se dirigiesen hacia St. Johnsbury. Un hombre levantó una mano, saludando a los compañeros supervivientes de la gélida estación. McCrea respondió con una amistosa sonrisa y giró hacia al norte en Danville, en dirección a Lost Ridge. En el cementerio Pope, Quinn indicó otro giro a la izquierda, hacia Bear Mountain. Detrás de ellos, el Ram, sin cadenas, estaba teniendo problemas.

Cuando se acabó la carretera de grava, Moss abandonó el Ram y subió a la parte de atrás del Renegade, empujando a Sam delante de él. Ella se hallaba blanca como la nieve y temblaba de miedo.

–Está claro que quisiste perderte de vista –comentó Moss cuando llegaron a la cabaña de troncos.

Fuera, la temperatura era de treinta bajo cero, pero el interior del refugio se hallaba todavía caldeado como lo había dejado Quinn. Él y Sam fueron obligados a sentarse a varios palmos de distancia sobre una litera situada en el fondo del cuarto de estar, que era la habitación principal de la cabaña. McCrea siguió vigilándolos, mientras Moss inspeccionaba de prisa las otras habitaciones para asegurarse de que estaban solos.

–Muy bien –dijo al fin, con satisfacción–. Un lugar agradable y privado. No podías haberlo elegido mejor para mí, Quinn.

El manuscrito de Quinn se encontraba guardado en un cajón de la mesa escritorio. Moss se quitó el anorak, se acomodó en un sillón y empezó a leer. McCrea, a pesar de que sus prisioneros estaban esposados, se sentó en una silla de cara a Sam y a Quinn. Todavía sonreía con gesto amigable. Demasiado tarde, comprendió Quinn que era una máscara, algo que el joven se había dado cuenta de que poseía y había perfeccionado con los años para encubrir su verdadera personalidad.

–Has ganado –dijo Quinn al cabo de un rato–. Pero todavía me interesa saber cómo lo hiciste.

–No hubo problema –respondió Moss, sin dejar de leer–. De todos modos, esto no cambiará nada.

–¿Cómo fue reclutado McCrea para el trabajo en Londres?

Quinn había empezado con una pregunta sin importancia.

–Fue un golpe de suerte –dijo Moss–. Pura chiripa. Nunca había pensado que tendría a mi muchacho allí para ayudarme. Un regalo de la maldita Compañía.

–¿Cómo os conocisteis?

Moss levantó la mirada.

–En América Central. Yo pasé años allí. Duncan se crió en aquellos parajes. Lo conocí cuando no era más que un chiquillo. Me di cuenta de que teníamos los mismos gustos. Maldita sea, lo recluté para la Compañía.

–¿Los mismos gustos? –preguntó Quinn.

Sabía cuáles eran los de Moss. Quería que siguiera diciendo cosas. A los psicópatas les encanta hablar de sí mismos, cuando se sienten seguros.

–Bueno, casi –puntualizó Moss–. Salvo que Duncan prefiere las damas y yo no. Desde luego, le gusta atormentarlas primero un poco, ¿verdad, muchacho?

Siguió leyendo. McCrea sonrió feliz.

–Claro que sí, Mr. Moss. ¿No sabe? Esos dos se estuvieron dando revolcones aquellos días en Londres. Creían que yo no los oía. Me parece que tendré que desquitarme.

–Lo que tú digas, muchacho –aceptó Moss–. Pero Quinn me pertenece. Te marcharás despacio, Quinn. Me divertiré un poco contigo.

Siguió leyendo. De pronto, Sam inclinó la cabeza hacia delante y se arqueó. Nada salió de su boca. Quinn había visto hacer esto a reclutas en Vietnam. El miedo producía una secreción de ácidos en el estómago que irritaba las membranas sensibles y producía náuseas.

–¿Cómo estuvisteis en contacto con Londres? –preguntó.

–No hubo problema –explicó Moss–. Duncan solía salir a

comprar comida y otras cosas. ¿Te acuerdas? Nos encontrábamos en las tiendas de comestibles. Si hubieses sido más listo, Quinn, habrías advertido que siempre salía de compras a la misma hora.

–¿Y la ropa de Simon, el cinturón con la bomba?

–Lo llevé todo a la casa de Sussex, mientras tú estabas con los otros tres en el almacén. Se lo di a Orsini, según lo convenido. Un buen hombre, Orsini. Lo empleé un par de veces en Europa, cuando yo estaba en la Compañía. Y también después.

Moss dejó el manuscrito sobre la mesa y soltó la lengua.

–Me diste un susto cuando escapaste del apartamento. Entonces habría hecho que te liquidasen; pero no pude convencer a Orsini. Aseguró que los otros tres se lo habrían impedido. Por consiguiente renuncié, suponiendo que cuando muriese el chico sospecharían de ti. La verdad es que me sorprendió que los del FBI te dejasen después en libertad. Imaginé que te meterían en chirona como sospechoso.

–¿Fue entonces cuando necesitaste poner el micro en el bolso de Sam?

–Claro. Duncan me habló de él. Compré uno igual y lo arreglé. Lo di a Duncan la mañana en que tú abandonaste Kensington por última vez. ¿Recuerdas que fue a comprar huevos para el desayuno? Lo llevó con él e hizo el cambio mientras vosotros estabais comiendo en la cocina.

–¿Por qué no liquidar a los cuatro mercenarios en una cita previamente convenida? –preguntó Quinn–. Te habrías ahorrado el trabajo de seguirlos a todos.

–Porque a tres de ellos les entró el pánico –repuso Moss, en tono despectivo–. Suponíamos que se mostrarían en Europa para cobrar su parte. Orsini debía liquidarlos a los tres. Yo habría matado a Orsini. Pero cuando se enteraron de que el muchacho había muerto, se dividieron y desaparecieron. Por suerte, tú te encargaste de buscarlos para mí.

–Es imposible que lo hicieses tú solo –dijo Quinn–. McCrea tuvo que ayudarte.

–En efecto. Yo tenía ventaja, pues Duncan se hallaba siempre cerca de ti, incluso durmiendo en el automóvil. Esto no te gustaba, ¿verdad, Duncan? Cuando oyó que localizabas a Marchais y a Pretorius, me llamó por el teléfono del coche y me dio unas pocas horas de ventaja.

Quinn quería hacer todavía un par de preguntas. Moss había reanudado la lectura y su expresión era cada vez más furiosa.

–El muchacho, Simon Cormack. ¿Quién lo despedazó? Fuiste tú, McCrea, ¿no es verdad?

–Sí. Llevé el transmisor en el bolsillo de mi chaqueta durante dos días.

Quinn evocó la escena en la carretera de Buckinghamshire: los hombres de Scotland Yard, el grupo del FBI, Brown, Collins, Seymour cerca del coche, Sam con la cara apretada contra su espalda después de la explosión; recordó a McCrea, de rodillas junto a la cuneta, simulando que vomitaba, empujando el transmisor para hundirlo veinte o treinta centímetros en el barro.

–Bien, tenías a Orsini informándote de lo que ocurría en el escondrijo, y el pequeño Duncan, aquí presente, te mantenía al corriente de lo que pasaba en Kensington. ¿Qué me dices del hombre de Washington?

Sam levantó la cabeza y lo miró con incredulidad. Incluso McCrea pareció sorprendido. Moss observó con curiosidad a Quinn.

Durante el trayecto hasta la cabaña, Quinn se había dado cuenta de que Moss había corrido un riesgo tremendo al hacerse pasar ante Sam por David Weintraub. ¿O tal vez no? Sólo había una manera de que Moss pudiese saber que Sam no había visto nunca al DDO.

Moss levantó el manuscrito y lo dejó caer al suelo.

–Eres un bastardo, Quinn –dijo con venenosa tranquilidad–. Aquí no hay nada nuevo. En Washington existe el convencimiento de que todo fue una operación de los comunistas montada por la KGB. A pesar de lo que dijo ese cerdo de Zack. Ahora se imaginan que tú tienes algo nuevo, algo que contradice aquello. Nombres, fechas, lugares... *pruebas*. ¡Maldita sea! ¿Y qué tienes? Nada. Orsini no te dijo una palabra, ¿eh?

Se levantó furioso y empezó a andar arriba y abajo por la cabaña. Había perdido mucho tiempo y muchos esfuerzos, había tenido muchas preocupaciones. Y todo para nada.

–Aquel corso debió liquidarte, como yo le había dicho. Pero

incluso vivo, no tenías nada. La carta que escribiste a esa zorra era un embuste. ¿Quién te metió esto en la cabeza?

–Petrosian.

–¿Quién?

–Tigran Petrosian. Un armenio. Está muerto.

–Bien. Y tú vas a hacerle compañía, Quinn.

–¿Otro argumento de película?

–Sí. Y como veo que no te servirá de nada, me gustará contártelo. El Dodge Ram fue alquilado por tu amiga. La chica de la agencia no vio nunca a Duncan. La policía encontrará la cabaña, después de haber sido quemada, y a Sam dentro de ella. Por el coche, descubrirán su nombre, y un examen dental confirmará de quién es el cadáver. El Renegade será conducido y dejado en el aeropuerto. Al cabo de una semana, te acusarán de asesinato y tratarán de atar todos los cabos.

»Pero la policía nunca te encontrará. Este terreno es perfecto. En estas montañas tiene que haber grietas en las que un hombre puede desaparecer para siempre. Cuando llegue la primavera, serás un esqueleto; en verano te cubrirá la vegetación y no se volverá a saber de ti. La policía no te buscará por aquí; buscarán a un hombre que voló del aeropuerto de Montpelier.

Levantó su rifle y apuntó con él a Quinn.

–Vamos, imbécil, camina. Tú, Duncan, diviértete. Volveré dentro de una hora, tal vez menos. Tienes tiempo hasta entonces.

Fuera, el viento gélido fue como una bofetada. Con las manos esposadas a la espalda, Quinn fue empujado sobre la nieve detrás de la cabaña, Bear Mountain arriba. Podía oír los resoplidos de Moss y supo que el hombre estaba en baja forma. Pero con las manos esposadas no podía enfrentarse a un rifle. Y Moss era lo bastante listo para no acercarse demasido y no exponerse a recibir una patada demoledora del ex Boina Verde.

Sólo habían pasado diez minutos cuando encontró Moss lo que buscaba. En el borde de un claro del bosque de píceas y abetos de la montaña, se abría en el suelo una profunda grieta de apenas tres metros de anchura y que se perdía en una estrecha hendidura cincuenta metros más abajo.

El fondo estaba lleno de nieve blanda, en la que un cuerpo se hundiría un metro o más. Con las nevadas que cayesen en las dos últimas semanas de diciembre, más las de enero, febrero, marzo y abril, se llenaría la hondonada. Al llegar el deshielo, se fundiría y la grieta se convertiría en un arroyo. Los cangrejos de río harían el resto. Cuando la brecha fuese invadida por las plantas del verano, todos los restos del fondo quedarían cubiertos para otra estación, y otra, y otra.

Quinn no se hacía ilusiones de morir de un tiro certero en la cabeza o en el corazón. Había reconocido la cara de Moss y recordado su fama. Sabía cuáles eran sus placeres secretos. Se preguntó si podría soportar el dolor sin darle la satisfacción de oír sus gritos. Y pensó en Sam, en lo que tendría que sufrir antes de morir.

–Arrodíllate –dijo Moss.

Su respiración era breve, sibilante y ronca. Quinn se arrodilló. Se preguntó dónde le alcanzaría la primera bala. Oyó el chasquido del cerrojo a diez metros detrás de él, en el aire frío y seco. Respiró hondo, cerró los ojos y esperó.

La detonación, cuando se produjo, pareció llenar el claro del bosque y resonar en la montaña. Pero la nieve amortiguaba tan de prisa el ruido que nadie podría oírlo desde la carretera allá en lo hondo y mucho menos desde el pueblo, que se hallaba a quince kilómetros.

La primera sensación de Quinn fue de asombro. ¿Cómo podía un hombre fallar a tan poca distancia? Entonces pensó que aquello formaba parte del juego de Moss. Volvió la cabeza. El de la nariz rota estaba de pie, apuntándole con el rifle.

–¡Acaba de una vez, canalla! –dijo.

Moss esbozó una media sonrisa y empezó a bajar el arma. Cayó de rodillas, se inclinó hacia delante y apoyó las manos sobre la nieve, ante él.

Al verlo de forma retrospectiva, pareció que había durado mucho más, pero Moss sólo estuvo dos segundos mirando a Quinn, de rodillas y con las manos en la nieve, antes de inclinar la cabeza, abrir la boca y vomitar un largo chorro de sangre brillante. Entonces suspiró y rodó suavemente de lado sobre el blanco y blando suelo.

Quinn tardó unos segundos más en ver al hombre, tan bueno era su camuflaje. Estaba de pie en el otro lado del claro, entre dos árboles, completamente inmóvil. Aquel terreno era malo para los esquíes, pero el hombre calzaba raquetas, parecidas a las de tenis, pero más grandes. Su ropa, propia para el clima ártico, comprada en la región, se hallaba cubierta de nieve, pero tanto el pantalón como el anorak acolchados eran de un azul palidísimo, lo más próximo al blanco que habían podido servirle en la tienda.

La sólida escarcha se había pegado a las hebras que pendían de su caperuza, a sus cejas y a su barba. La piel de su cara aparecía embadurnada de grasa y polvo de carbón, la protección de los soldados en el Ártico contra temperaturas de treinta grados bajo cero. Sostenía el rifle sobre el pecho con naturalidad. Sabiendo que no tendría que disparar por segunda vez.

Quinn se preguntó cómo había podido sobrevivir allí, vivaqueando en algún agujero helado del monte de detrás de la cabaña. Pensó que, si se podía soportar un invierno en Siberia, también se podía resistir en Vermont.

Tensó y estiró los brazos hasta que las manos esposadas pasaron por debajo de la rabadilla; después, introdujo una pierna tras otra entre los brazos. Cuando pudo valerse de las manos, hurgó en el anorak de Moss hasta que encontró la llave de las esposas y pudo abrirlas. Recogió el rifle de Moss y se puso en pie. El hombre le observaba impasible a través del claro del bosque.

Quinn le gritó:

–Como dicen en su país, *Spassibo.*

La cara casi congelada del hombre esbozó una fugaz sonrisa. Cuando habló, Andrei el Cosaco lo hizo en el tono de los clubes de Londres.

–Como dicen en su país, amigo, que tenga unos buenos días.

Se oyó un chasquido de las raquetas, después otro, y el hombre desapareció. Quinn comprendió que, después de haberle dejado en Birmingham, el ruso se había dirigido a Heathrow, tomado un avión directo a Toronto, y le había seguido a las montañas. Él entendía un poco de seguridad. Por lo visto, también entendía la KGB. Se volvió y empezó a saltar sobre la nieve, que le llegaba a las rodillas, para volver a la cabaña.

Se detuvo en el exterior para mirar a través de un pequeño agujero redondo en el empañado cristal de la ventana del cuarto de estar. Allí no había nadie. Con el rifle apuntando al frente, abrió la puerta y la empujó suavemente con un pie. Oyó un gemido en el dormitorio. Cruzó el cuarto de estar y se plantó en el umbral de aquél.

Sam estaba desnuda, de bruces sobre la cama, con los miembros extendidos, atadas las manos y los pies con cuerdas a cada esquina del lecho. McCrea se hallaba en calzoncillos, de espaldas a la puerta, con dos trozos de cable eléctrico colgando de la mano derecha.

Y seguía sonriendo. Quinn vio su cara en el espejo de encima de la cómoda. McCrea oyó sus pisadas y se volvió. La bala le alcanzó en el estómago, tres centímetros por encima del ombligo. Perforó su cuerpo y partió la espina dorsal. Al caer, el hombre dejó de sonreír.

Durante dos días, Quinn cuidó a Sam como a una niña. El miedo paralizador que había experimentado hacía que alternase el temblor con el llanto, mientras Quinn la mecía en sus brazos. Después se dormía, y el sueño, el gran sanador, producía su efecto beneficioso.

Cuando creyó que podía dejarla sola, se dirigió a St. Johnsbury y telefoneó al jefe de personal del FBI diciendo que era el padre de Sam y llamaba desde Rockastle. Explicó al confiado oficial que ella había ido a visitarle y había pillado un fuerte resfriado. Volvería a estar en su puesto dentro de tres o cuatro días.

Por la noche, mientras ella dormía escribió el segundo y verdadero manuscrito de los sucesos de los últimos setenta días. Ahora podía contar la historia tal como él la había vivido, sin omitir nada, ni siquiera los errores que había cometido. Para ello, pudo añadir el relato desde el punto de vista soviético tal como se lo había referido el general de la KGB en Londres. Las hojas que había leído Moss no mencionaban esto; todavía no había llegado al punto de la historia en que Sam le manifestó que el DDO quería reunirse con él.

Pudo agregar el relato desde el punto de vista de los mercenarios, por lo que le había contado Zack antes de morir. Como colofón pudo incorporar las respuestas que le había dado el propio Moss. Lo tenía todo... Casi todo.

En el centro de la tela de araña estaba Moss y, detrás de él, los cinco que pagaban. Moss tuvo sus informadores: Orsini, desde el escondrijo de los secuestradores; McCrea, desde el apartamento de Kensington. Pero había uno más; alguien que estaba enterado de todo lo que sabían las autoridades en Gran Bretaña y en América, alguien que había seguido los progresos de Nigel Cramer para Scotland Yard y de Kevin Brown para el FBI; alguien que conocía las deliberaciones del comité COBRA británico y del grupo de la Casa Blanca. Era la única pregunta a la que Moss no había contestado.

Trajo a rastras el cadáver de Moss desde el bosque y lo tendió junto al de McCrea en la leñera, donde ambos cuerpos quedaron pronto tan rígidos como la leña de pino entre la que yacían. Registró los bolsillos de los dos hombres y estudió su contenido. Nada tenía valor para él; si acaso la libreta de números de teléfono que llevaba Moss en el bolsillo interior de la chaqueta.

Moss era un hombre reservado, formado por años de adiestramiento y de supervivencia a salto de mata. La pequeña y rígida libreta contenía más de ciento veinte números, pero todos ellos referidos solamente a iniciales o a un nombre de pila.

La tercera mañana, Sam salió del dormitorio después de diez horas de sueño ininterrumpido y sin pesadillas.

Se acurrucó sobre las rodillas de él y apoyó la cabeza en su hombro.

–¿Cómo te encuentras? –le preguntó Quinn.

–Ahora muy bien, todo va por buen camino, Quinn. Estoy perfectamente. ¿Adónde iremos ahora?

–Tenemos que volver a Washington –dijo él–. El último capítulo será escrito allí. Y necesitaré tu ayuda.

–Toda la que pueda darte –prometió ella.

Aquella tarde dejó él que se apagase el fuego del horno, cortó los sistemas de agua y calefacción, limpió y cerró la cabaña. Dejó el rifle de Moss y la Colt del 45 que había empuñado McCrea. Pero se llevó la libreta.

Al bajar de la montaña sujetó el Dodge Ram abandonado detrás del Renegade y lo remolcó hasta St. Johnsbury, donde los del taller local lo pusieron de nuevo en marcha y él les dejó el jeep, con sus placas de matrícula canadienses, para que lo vendiesen lo mejor que pudieran.

Fueron en el Ram hasta el aeropuerto de Montpelier, devolvieron el coche y volaron a Boston y al National de Washington. Sam tenía su propio coche aparcado allí.

–No puedo quedarme contigo –le dijo Quinn–. Tu casa está todavía intervenida.

Encontraron una modesta pensión a un kilómetro y pico del apartamento de ella en Alexandria, y la patrona se alegró de alquilar la habitación delantera del piso alto al turista canadiense. A hora avanzada de aquella noche, Sam volvió a su propio apartamento y, en beneficio de la escucha telefónica, llamó al FBI para decir que estaría en su puesto por la mañana.

Se reunieron de nuevo la segunda tarde, en un restaurante. Sam llevó la libreta de teléfonos de Moss y empezó a repasarla con él. Había reseguido los números con tinta fluorescente, coloreándolos según el país, el estado o la ciudad a que correspondían los números anotados en el cuadernito.

–Ese tipo viajaba mucho –comentó ella–. Los números marcados con tinta amarilla son extranjeros.

–Olvídalos –dijo Quinn–. El hombre que busco vive aquí, o muy cerca. En el Distrito de Columbia, en Virginia o en Maryland. Tiene que estar próximo a Washington.

–Bien. Las rayas rojas significan territorio de los Estados Unidos; pero fuera de aquel sector. En el Distrito y los dos Estados hay cuarenta y un números. Los he comprobado todos. Según el análisis de la tinta, la mayoría se remontan a muchos años atrás, con toda probabilidad a cuando él estaba en la Compañía. Corresponden a bancos, cabildeos, domicilios particulares de varios empleados de la CIA, a una agencia de bolsa. Tuve que pedir un gran favor a un conocido del laboratorio para conseguir todo esto.

–¿Qué dijo tu técnico acerca de las fechas de las anotaciones?

–La mayoría datan de más de siete años.

–De antes de que lo echasen. No; ésta tiene que ser una anotación más reciente.

–Te he dicho «la mayoría» –le recordó ella–. Hay cuatro que fueron escritas en los últimos doce meses. Una agencia de viajes, dos oficinas de despacho de billetes para líneas aéreas, y un número para llamar a un taxi.

–¡Maldita sea!

–Hay otro número, escrito hace de tres a seis meses. El problema es que no existe.

–¿Desconectado? ¿Fuera de servicio?

–No; quiero decir que nunca existió. El prefijo es el dos cero dos, correspondiente a Washington, pero las siete cifras restantes no constituyen, ni han constituido nunca, el número de un teléfono.

Quinn se llevó el número a casa y trabajó en él durante dos días con sus noches. Si estaba en clave, podía haber variaciones suficientes para dar dolor de cabeza a un ordenador, por no hablar de la mente humana. Dependería de lo reservado que hubiese querido mostrarse Moss y de lo seguros que creyese que estaban sus contactos. Empezó por las claves más fáciles, escribiendo los nuevos números obtenidos en una columna para que Sam los comprobase más tarde.

Comenzó con los más obvios, con la clave que suelen emplear los niños; invirtiendo simplemente el orden de los números del primero al último. Después traspuso la primera cifra y la última, la segunda y la penúltima, y la tercera y la antepenúltima, dejando la cifra central en su sitio. Hizo diez variaciones de transposición. Después pasó a sumas y restas.

Restó uno de cada cifra; después dos, y así sucesivamente. A continuación, restó uno de la primera cifra, dos de la segunda, tres de la tercera, y así hasta la séptima. Luego repitió la operación sumando números. Después de la primera noche, se retrepó en su silla y observó las columnas. Comprendió que Moss podía haber sumado o restado la fecha de su propio nacimiento o incluso el de su madre, el número de matrícula de su coche o la medida de su pierna. Cuando tuvo una lista de ciento siete de las posibilidades más obvias, la entregó a Sam. Ella le telefoneó a última hora de la tarde del día siguiente, y parecía cansada. La factura del servicio telefónico a cargo del Bureau iba a subir un poco este mes.

–Mira, cuarenta y uno de los números tampoco existen. Los sesenta y seis restantes corresponden a lavanderías, ciudadanos distinguidos, un salón de masajes, cuatro restaurantes, una hamburguesería, dos damas de vida alegre y una base militar aérea.

Añade a esto cincuenta ciudadanos particulares que parecen no tener nada que ver con nada. Pero hay uno que podría ser interesante. El cuarenta y cuatro de tu lista.

Quinn miró su ejemplar. Cuarenta y cuatro. Lo había alcanzado invirtiendo el orden del número falso y restando 1, 2, 3, 4, 5, 6 y 7, por este orden.

–¿Qué es? –preguntó.

–Es un número privado que no figura en la guía y está marcado como reservado –dijo ella–. Tuve que pedir unos cuantos favores para poder identificarlo. Corresponde a una casa muy grande de Georgetown. ¿Adivinas a quién pertenece?

Se lo dijo. Quinn respiró hondo. Podía ser una coincidencia. Juega lo bastante con un número de siete cifras y es posible que te salga el número de teléfono privado de una persona muy importante, por pura casualidad.

–Gracias, Sam. Es todo lo que tenemos. Haré una prueba y te comunicaré el resultado.

A las ocho y media de aquella tarde, el senador Bennett Hapgood estaba sentado en el cuarto de maquillaje de una importante emisora de televisión de Nueva York, mientras una linda muchacha añadía un poco más de ocre a su cara. Él levantó la barbilla para disimular un poco la papada.

–Un poco más de laca en esta parte, querida –dijo, señalando un mechón de cabellos blancos secados que pendía de manera infantil sobre un lado de su frente, pero que podía salirse de su sitio si no quedaba bien fijado.

La joven había hecho un buen trabajo. La fina encrucijada de venas alrededor de la nariz había desaparecido; los ojos azules brillaban con las gotas que les habían sido aplicadas; la tez morena del hombre de la frontera, adquirida por largas horas de ejercicio bajo una lámpara de rayos ultravioleta, aparecía rebosante de salud. Una ayudante de dirección asomó la cabeza a la puerta, llevando su bloc como una insignia.

–Todo está preparado, senador –dijo.

Bennett Hapgood se levantó, se detuvo un momento para que la maquilladora le quitase el peto y sacudiese las últimas motas de polvo del traje gris perla, y siguió al ayudante por el pasillo hacia el estudio. Se sentó a la izquierda del presentador y un experto en sonido prendió en su solapa un micrófono del tamaño de un botón. El presentador, que realizaba uno de los programas de actualidad más importantes del país, se hallaba ocupado repasando su guión. En la pantalla se estaba proyectando un anuncio de comida para perros. Levantó la cabeza y dirigió una amable sonrisa a Hapgood.

–Sea bien venido, senador.

Hapgood respondió con la amplia sonrisa de rigor.

–Me alegro de estar aquí, Tom.

–Sólo tenemos que emitir otros dos anuncios después de esto. Entonces empezaremos.

–Bien, bien. Me dejaré guiar por usted.

«¡Y un cuerno!», pensó el presentador, que procedía de la tradición periodística liberal de la Costa Este y consideraba que el senador por Oklahoma era una amenaza para la sociedad. La comida para perros fue sustituida por un camión de reparto y después por unos cereales para el desayuno. Al desvanecerse la última imagen de una familia entusiasmada y feliz comiendo afanosa un producto que parecía un ladrillo refractario, y tenía el mismo sabor, el director de realización señaló con un dedo a Tom. Se encendió la luz roja sobre la Cámara Uno y el presentador miró a la lente, con semblante un tanto sombrío.

–A pesar de las reiteradas negativas del secretario de la Casa Blanca, Craig Lipton, siguen llegando a este programa noticias de que la salud del presidente Cormack sigue siendo motivo de grave preocupación. Y esto ocurre, precisamente, dos semanas antes de que sea presentado ante el Congreso, para su ratificación, el proyecto que de forma más íntima se identifica con su nombre y con su cargo: el Tratado de Nantucket.

»Una de las personas que se ha opuesto con mayor energía a este Tratado es el presidente del movimiento Ciudadanos por una América Fuerte, el senador Bennett Hapgood.»

Al pronunciar él la palabra «senador», se encendió la luz de la Cámara Dos, proyectando la imagen del senador en treinta millones de hogares. La Cámara Tres dio a los telespectadores una imagen de los dos hombres en el momento de volverse el presentador hacia Hapgood.

–Senador, ¿cree que hay probabilidades de ratificación del Tratado en enero?

–¿Qué puedo decirle, Tom? No es lógico que tenga muchas después de lo que ha ocurrido en las últimas semanas. Pero, incluso dejando aparte estos acontecimientos, el Tratado no debería prosperar. Como millones de mis paisanos americanos, no veo motivo, en el momento actual, de confiar en los rusos, y todo se resume en esto.

–Pero seguramente, senador, no se trata de un problema de confianza. El Tratado contiene procedimientos de verificación que dan a nuestros especialistas militares un acceso sin precedentes al programa soviético de destrucción de armas...

–Tal vez sea así, Tom, tal vez. Pero lo cierto es que Rusia es un país inmenso. Tenemos que confiar en que no fabricarán otras armas más nuevas en el interior. Para mí, la cosa es sencilla: Quiero ver a América fuerte, y esto significa conservar todas las armas que tenemos...

–¿Y crear más, senador?

–Si tenemos que hacerlo... si tenemos que hacerlo.

–Pero los presupuestos de armamento empiezan a quebrantar nuestra economía; los déficits se están haciendo insostenibles.

–Eso lo dice usted, Tom. Hay otros que opinan que el daño a nuestra economía es causado por demasiados cheques para la asistencia social, por demasiadas importaciones del extranjero, por demasiados programas de ayuda federal a otros países. Parece que gastamos más para complacer a nuestros críticos extranjeros que a nuestros militares. Créame, Tom, no se debe en absoluto al dinero que se invierte en las industrias de defensa.

Tom Granger cambió de tema.

–Senador, aparte de oponerse a la ayuda de los Estados Unidos a los hambrientos del Tercer Mundo y de preconizar tarifas proteccionistas del comercio, ha pedido usted también la dimisión de John Cormack. ¿Cómo justifica esto?

Hapgood habría estrangulado de buen grado a su entrevistador. El empleo por Granger de las palabras «hambrientos» y «proteccionistas» indicaba *su* posición en estas cuestiones. Pero conservó su expresión de hermano preocupado y asintió con la cabeza, con gesto grave y triste.

–Tom, sólo quiero decir esto: Me he opuesto a varios proyectos apoyados por el presidente Cormack. No he hecho más que ejercer un derecho que existe en este país libre. Pero...

Dejó de mirar al presentador, vio que la cámara que buscaba tenía la luz apagada y la miró fijamente durante el medio segundo que tardó el director, en su cabina de control, en cambiar las cámaras y presentarlo en primer plano.

–...nadie aventaja mi respeto por la integridad y el valor en la adversidad de John Cormack. Y, precisamente por eso le digo...

Su cara bronceada habría rezumado sinceridad por todos sus poros si éstos no hubiesen sido obstruidos por el maquillaje.

–...John, ha soportado usted más de lo que cualquier hombre podría soportar. Por el bien de la nación, por el Partido, pero sobre todo por su propio bien y por el de Myra, libérese del peso insostenible de su cargo, se lo suplico.

En su despacho privado de la Mansión, el presidente Cormack apretó un botón de su control remoto y apagó el televisor situado al otro lado de la estancia. Conocía a Hapgood y no le apreciaba. Aunque los dos eran miembros del mismo partido republicano, sabía que aquel hombre nunca se habría atrevido a llamarle John a la cara.

Y sin embargo..., comprendía que tenía razón. Sabía que no podría aguantar mucho más, que ya no era capaz de gobernar América. Su aflicción era tan grande que ya no hallaba satisfacción en el trabajo que hacía; ni siquiera apreciaba la vida en sí.

Aunque él lo ignoraba, el doctor Armitage había advertido, durante las dos últimas semanas, síntomas que le habían causado profunda inquietud. En una ocasión, y buscando probablemente lo que encontró, el psiquiatra había sorprendido al presidente en el garaje del sótano, apeándose de su coche después de una de sus raras salidas del recinto de la Casa Blanca. Vio que el jefe ejecutivo contemplaba con fijeza el tubo de escape del automóvil, como si se tratase de un viejo amigo al que podía acudir ahora para mitigar su dolor.

John Cormack volvió al libro que había estado leyendo antes de mirar el programa televisivo. Era un libro de poesía, algo que había enseñado antaño a sus estudiantes en Yale. Contenía unos versos que recordaba, algo que había escrito John Keats. El poeta inglés, privado del amor de su vida por su falta de estatura y muerto a los veintiséis años, había sabido como pocos lo que era la melancolía y la expresó mejor que nadie. Encontró el pasaje que buscaba: «Oda a un ruiseñor»:

...y muchas veces
estuve enamorado de la Muerte,
Le supliqué en mis susurrables rimas
que se llevase mi tranquilo aliento.
Más que nunca morir parece bueno.
Cesar a medianoche sin dolor.

Dejó el libro abierto y se echó atrás, contemplando fijamente las bellas volutas de las cornisas del despacho privado del hombre más poderoso del mundo. Cesar a medianoche sin dolor... «¡Qué tentador! –pensó–, ¡qué tentador...!»

Quinn eligió las diez y media de aquella noche, una hora en que la mayoría de los hombres que trabajan están de vuelta en casa pero no se han acostado todavía. Se hallaba en el locutorio telefónico de un buen hotel, un lugar donde las cabinas tienen todavía puertas para que se pueda hablar con toda reserva. Oyó sonar tres veces el timbre; después descolgaron el teléfono.

–¿Sí?

Había oído hablar antes de ahora al hombre; pero aquella breve palabra no era suficiente para identificar la voz. Él adoptó el tono apagado, casi como un susurro, de Moss, puntuando las palabras con el ocasional silbido de la respiración al pasar por la aplastada nariz.

–Soy Moss –dijo.

Hubo una pausa.

–No debería llamarme aquí, salvo en caso de emergencia. Se lo tengo dicho.

La cosa daba resultado. Quinn lanzó un profundo suspiro.

–Es urgente –explicó a media voz–. Quinn ha sido eliminado. También la chica. Y McCrea ha sido... terminado.

–No me interesa saber estas cosas –dijo la voz.

–Debería saberlas –dijo Quinn, antes de que el hombre pudiese cortar la comunicación–. Quinn dejó un manuscrito. Ahora lo tengo yo, aquí.

–¿Un manuscrito?

–Sí. No sé cómo obtuvo los detalles, cómo llegó a descubrirlos, pero todo está aquí. Los cinco nombres, ya sabe, de los hombres que están en el fondo de todo esto. Yo, McCrea, Orsini, Zack, Marchais, Pretorius. Todo. Nombres, fechas, lugares. Lo que ocurrió y por qué... y quién.

Hubo una larga pausa.

–¿Me menciona a mí? –preguntó la voz.

–Ya se lo he dicho: todo.

Pudo oír la respiración del otro.

–¿Cuántos ejemplares?

–Sólo uno. Él estaba en una cabaña de las montañas del norte de Vermont. Allí no hay fotocopiadoras. Yo tengo el único ejemplar.

–Comprendo. ¿Dónde está usted?

–En Washington.

–Creo que sería mejor que me lo diese.

–Claro –dijo Quinn–. No hay problema. A mí me estorba también. Lo destruiría yo mismo; pero...

–¿Pero qué, Mr. Moss?

–Pero ellos están en deuda conmigo.

Hubo otra larga pausa. El hombre al otro extremo de la línea tragó varias veces saliva.

–Tengo entendido que ha sido recompensado con largueza –dijo–. Si se le debe algo más, será pagado.

–No basta –dijo Quinn–. Hubo que solucionar muchos líos que no habían sido previstos. Aquellos tres hombres en Europa, Quinn, la muchacha... Todo esto originó una enorme cantidad de trabajo... extra.

–¿Qué quiere usted, Mr. Moss?

–Calculo que tendría que recibir de nuevo lo que se me ofreció al principio. Y doblado.

Pudo oír que el hombre respiraba hondo. Sin duda estaba aprendiendo por las buenas que, si uno se mezcla con asesinos, es muy fácil que acabe siendo víctima de un chantaje.

–Tendré que consultar acerca de ello –dijo el hombre de Georgetown–. Bueno... hay que preparar papeles, se necesitará tiempo. Por favor, no haga ninguna barbaridad. Estoy seguro de que todo puede arreglarse.

–Veinticuatro horas –planteó Quinn–. Volveré a llamarle mañana a esta hora. Diga a aquellos cinco que tienen que estar dispuestos. Yo cobro mi dinero, y usted tiene el manuscrito. Después me iré y todos ustedes vivirán tranquilos y seguros... para siempre.

Colgó el teléfono, dejando al otro ante el dilema de pagar o enfrentarse con su perdición.

Para su transporte, Quinn alquiló una moto, y se compró unas botas altas y una gruesa cazadora de piel de cordero que le resguardasen del frío.

Su llamada, a la noche siguiente, fue contestada al primer timbrazo.

–¿Qué? –gangueó.

–Sus... condiciones, aunque son muy exageradas, han sido aceptadas –dijo el dueño de la casa de Georgetown.

–¿Tiene los papeles? –preguntó Quinn.

–Los tengo. En la mano. ¿Trae usted el manuscrito?

–Sí. Hagamos el intercambio y acabemos de una vez.

–De acuerdo. Pero no aquí. En el lugar acostumbrado, a las dos de la madrugada.

–Solo. Desarmado. Si contrata algún matón para que se me eche encima, puede darse por muerto.

–No, nada de trucos; le doy mi palabra. Ya que estamos dispuestos a pagar, eso no es necesario. Pero tampoco ha de haber trucos por su parte. Por favor, que sea un justo trato comercial.

–Por mí, de acuerdo. Yo sólo quiero el dinero –dijo Quinn.

El otro cortó la comunicación.

A las once menos cinco, John Cormack se sentó a su mesa y releyó la carta escrita a mano y dirigida al pueblo americano. Era amable y pesarosa. Otros tendrían que leerla en voz alta, reproducirla en sus periódicos y revistas, en sus programas de radio y de televisión. Cuando él se hubiese ido. Faltaban ocho días para la Navidad.

Pero este año sería otro quien celebrase las fiestas en esta mansión. Un hombre bueno, un hombre en el que confiaba: Michael Odell, cuadragésimo primer presidente de los Estados Unidos.

Sonó el teléfono. Lo miró con cierta irritación. Era su número personal y privado, conocido tan sólo por sus amigos más íntimos y de confianza, que podían llamarle sin previo aviso a cualquier hora.

–¿Sí?

–Señor presidente.

–Sí.

–Soy Quinn. El negociador.

–Ah... sí, Mr. Quinn.

–No sé lo que pensará usted de mí, señor presidente. Pero ahora esto importa poco. Fracasé en mi misión de devolverle a su hijo. Pero he descubierto el porqué. Y también quién lo mató. Por favor, señor, escúcheme, pues dispongo de muy poco tiempo.

»A las cinco de la mañana, un motorista se detendrá en el puesto del Servicio Secreto en la entrada pública de la Casa Blanca, en Alexander Hamilton Place. Entregará un paquete, una caja plana de cartón. Contendrá un manuscrito. Es para que lo lea usted, y nadie más que usted. No existen copias. Tenga la bondad de ordenar que, cuando llegue, se lo entreguen en persona. Cuando lo haya leído, podrá tomar las decisiones que considere adecuadas. Confíe en mí, señor presidente. Por última vez. Buenas noches, señor.

John Cormack contempló el teléfono. Todavía perplejo, lo colgó, levantó otro y dio las órdenes al oficial de guardia del Servicio Secreto.

Quinn tenía un pequeño problema. No sabía cuál era «el lugar acostumbrado» y, si lo hubiese confesado, habría destruido toda posibilidad de celebrar aquel encuentro. A media noche, buscó la dirección que Sam le había dado, aparcó la potente Honda calle abajo y se apostó a unos veinte metros en la densa sombra de un hueco entre dos casas, al otro lado de la calle.

La casa que observaba era una bella y elegante mansión de seis pisos, situada en el extremo occidental de N Street, una tranquila avenida que termina por el oeste en el campus de la Universidad de Georgetown. Quinn calculó que aquella casa habría costado más de dos millones de dólares.

Al lado de la vivienda, a nivel del sótano, veíanse las puertas gemelas de un doble garaje, unas puertas que se abrían hacia arriba y se manejaban electrónicamente. Había luces en tres pisos de la casa. Justo después de la media noche, se apagaron las del piso más alto, destinado sin duda a la servidumbre. A la una, sólo una planta permanecía iluminada. Alguien estaba todavía despierto.

A la una y veinte desaparecieron las últimas luces en el primer piso y se encendieron las de la planta baja. Diez minutos más tarde apareció una rendija amarilla debajo de la puerta del garaje; una persona estaba subiendo a un coche. Se apagó la luz y empezó a levantarse la puerta. Después salió un largo Cadillac negro, que giró despacio al entrar en la calle, y la puerta se cerró. Al avanzar el coche en dirección contraria a la de la Universidad, vio Quinn que en él iba un hombre solo, conduciendo con cuidado. Anduvo sigiloso hasta su Honda, arrancó y se dirigió calle abajo, en pos de la limusina.

Ésta giró hacia el sur en Wisconsin Avenue. El corazón de Georgetown, por lo general bullicioso con sus bares, tabernas y tiendas que cerraban tarde, se hallaba tranquilo a aquella hora de la noche de mediados de diciembre. Quinn se mantenía lo más lejos posible, observando las luces traseras del Cadillac, el cual giró hacia el este por M Street y continuó por Twenty Third. Rodeó Washington Circle y siguió en dirección sur hasta que dio la vuelta a la izquierda y entró en Constitution Avenue. Se detuvo junto al bordillo, bajo los árboles, más allá de Henry Bacon Drive.

Quinn salió rápidamente de la Avenida, cruzó la acera y se metió entre unos arbustos, paró el motor y quitó las luces. Observó cómo se apagaban las de atrás del Cadillac y se apeaba el conductor. El hombre miró a su alrededor, observó un taxi blanco que pasaba buscando inútilmente una carrera y, al no advertir nada más, echó a andar. En vez de caminar por la acera, pasó sobre la barandilla que bordeaba el césped de The Mall y empezó a cruzar el prado en dirección al Reflecting Pool.

Fuera del alcance de las farolas la oscuridad envolvió al personaje de abrigo y sombrero negros. A la derecha de Quinn, la brillante iluminación del Lincoln Memorial llenaba de claridad el final de la Calle Veintitrés, pero la luz apenas alcanzaba el césped y los árboles del Mall. Quinn pudo acercarse hasta cincuenta metros sin perder de vista la sombra movediza.

El hombre rodeó el lado oeste del Vietnam Veterans Memorial y después torció a la izquierda hacia el terreno elevado y poblado de árboles que hay entre el lago de los Constitution Garden y la orilla del Reflecting Pool.

Muy lejos, a su izquierda, podía Quinn distinguir la tenue luz de dos vivaques donde unos veteranos velaban a los muertos en acción de aquella triste y remota guerra. Su presa seguía una ruta sesgada para no pasar demasiado cerca de la única señal de vida que existía en el Mall a aquellas horas.

El Memorial es una larga pared de mármol negro, que apenas si llega al tobillo en ambos extremos pero tiene una altura de más de dos metros en el centro, formando sobre el suelo del Mall una figura parecida a un cheurón heráldico. Quinn pasó sobre la pared siguiendo su presa, en el punto en que sólo tenía unos treinta centímetros de altura; después se agachó en la sombra al ver que el hombre se volvía como si oyese alguna pisada en la gravilla. Asomando la cabeza por encima del nivel del prado circundante, Quinn observó que su hombre inspeccionaba el Mall antes de seguir adelante.

Una pálida media luna salió de detrás de las nubes. A su luz pudo ver Quinn toda la pared de mármol en la que están grabados los cincuenta mil nombres de los caídos en Vietnam. Se detuvo un momento para besar el frío mármol y siguió andando, cruzando el prado del fondo en dirección a la arboleda de altos robles donde se encuentran las estatuas en bronce, y de tamaño natural, de veteranos de la guerra.

Delante de Quinn, el hombre del abrigo negro se paró y se volvió otra vez para observar el terreno a su espalda. No había nada; la luz de la luna se reflejaba en los robles, desnudos de hojas y rígidos contra el resplandor del ahora lejano Lincoln Memorial, y centelleaba sobre las figuras de los cuatro soldados de bronce.

Si hubiese estado mejor enterado o hubiese prestado mayor

atención, el hombre del abrigo habría sabido que sólo había tres soldados en el plinto. Al volverse para seguir andando, el cuarto saltó de allí y le siguió.

Por último, el hombre llegó al «lugar acostumbrado». En lo alto del montículo entre el lago de los jardines y el propio Reflecting Pool, rodeado de discretos árboles, se halla un retrete público, iluminado por una sola lámpara que todavía estaba encendida a aquella hora. El hombre del abrigo negro se plantó cerca de la lámpara y esperó. Dos minutos más tarde, Quinn salió de entre los árboles. El que aguardaba lo miró muy fijo. Con toda seguridad, palideció; pero había poca luz para verlo. Lo que sí pudo distinguir Quinn fue que sus manos temblaban. Los dos hombres se miraron. El que se enfrentaba a Quinn trataba de dominar su ola de pánico.

–Quinn –dijo–, usted está muerto.

–No –repuso Quinn en tono razonador–. Moss está muerto. Y McCrea, y Orsini, Zack, Marchais y Pretorius. Y Simon Cormack... Sí, también él está muerto. Y usted sabe por qué.

–Calma, Quinn. Comportémonos como personas sensatas. Él tenía que irse. Nos iba a arruinar a todos. Supongo que lo comprende.

Sabía que estaba hablando para salvar la vida.

–¿Simon? ¿Un estudiante de Oxford?

La sorpresa del hombre del abrigo negro superó su nerviosismo. Había estado en la Casa Blanca, oyó muchas veces los detalles de lo que Quinn era capaz de hacer.

–No el muchacho. El padre. Tiene que irse.

–¿Por lo del Tratado de Nantucket?

–Desde luego. Sus cláusulas arruinarían a miles de hombres, a cientos de corporaciones.

–¿Pero por qué usted? Por lo que yo sé, es un hombre riquísimo. Su fortuna particular es enorme.

El personaje lanzó una risa breve.

–Hasta ahora –dijo–. Cuando heredé la fortuna de mi familia empleé mis conocimientos como corredor de bolsa en Nueva York para invertirla en una serie diversa de valores. Buenos valores, de alto rendimiento.

–En la industria de armamento.

–Mire, Quinn, traía esto para Moss. Ahora puede ser suyo. ¿Había visto algo así antes de ahora?

Sacó un trozo de papel del bolsillo interior de la chaqueta y lo mostró. A la luz del único farol y de la luna, Quinn lo miró. Un cheque contra un banco suizo de impecable reputación, pagadero al portador. Por la suma de cinco millones de dólares USA.

–Tómelo, Quinn. Nunca ha contemplado tanto dinero junto. Y jamás podrá hacerlo. Piense lo que puede tener con ello, la vida que le permitirá llevar. Comodidad, incluso lujo, para el resto de su vida. Deme el manuscrito y será suyo.

–En realidad, sólo se trataba de dinero, ¿no? –dijo Quinn con aire reflexivo.

Jugueteó con el cheque, pensando.

–Desde luego. Dinero y poder. Son lo mismo.

–Pero usted era su amigo. Él confiaba en usted.

–Por favor, Quinn, no sea ingenuo. En esta nación, todo gira alrededor del dinero. Nadie puede hacer que eso cambie. Siempre ha sido así y siempre lo será. Adoramos al dios Dólar. Todo y todos pueden ser comprados y pagados en este país.

Quinn asintió con la cabeza. Pensó en los cincuenta mil nombres inscritos en aquel mármol negro a cuatrocientos metros detrás de él. Comprados y pagados. Suspiró y metió la mano debajo de la chaqueta de piel de cordero. El otro dio un salto atrás asustado.

–No haga eso, Quinn. Dijo que no llevaría armas.

Pero cuando Quinn sacó la mano, sujetaba con ella doscientas hojas de papel blanco escritas a máquina. El manuscrito. El otro se tranquilizó y tomó el fajo de papeles.

–No lo lamentará, Quinn. El dinero es suyo. Que lo disfrute.

Quinn asintió de nuevo con la cabeza.

–Hay otra cosa...

–Lo que usted diga.

–Despedí mi taxi en Constitution Avenue. ¿Podría llevarme usted al Circle?

Por primera vez, el otro hombre sonrió. Aliviado.

–No hay problema –dijo.

CAPÍTULO XIX

Los hombres de los largos abrigos de cuero decidieron hacer su trabajo durante el fin de semana. Habría menos gente rondando por allí y llevaban instrucciones de actuar con la máxima discreción. Tenían observadores en la calle, delante del bloque de oficinas de Moscú, los cuales les avisaron por radio el momento en que su presa salió de la ciudad aquel viernes por la tarde.

El grupo encargado de la detención esperó con paciencia en la larga y estrecha carretera junto a la curva del río Moscova, kilómetro y medio antes de llegar al pueblo de Peredelkino, donde los miembros importantes del Comité Central, los más prestigiosos académicos y los altos jefes militares tienen sus dachas de fin de semana.

Cuando apareció el coche que estaban esperando, el primer vehículo del grupo se cruzó en la carretera, cerrándola por completo. El veloz Chaika redujo la marcha y se detuvo. El conductor y el guardaespaldas, ambos ases del GRU y adiestrados en Spetsnaz, nada pudieron hacer. Hombres armados de metralletas salieron de los lados de la carretera y los dos soldados se vieron encañonados a través de los cristales de las ventanillas.

El jefe vestido de paisano se acercó a la portezuela de atrás, la abrió y miró al interior. El hombre sentado allí levantó la mirada del legajo que estaba leyendo, con indiferencia y un matiz de irritación.

–¿Mariscal Koslov? –preguntó el hombre con abrigo de cuero, de la KGB.

–Sí.

–Tenga la bondad de apearse. No intente resistir. Ordene a sus soldados que hagan lo mismo. Queda usted detenido.

El fornido mariscal murmuró una orden al chófer y al guardaespaldas y se apeó. Su aliento se condensó en una nubecilla en el ambiente helado. Se preguntó cuándo volvería a respirar de nuevo el aire vivificante del invierno. Si sentía miedo, no lo demostraba.

–Si no tiene autoridad para hacer esto, responderá ante el Politburó, *Chekisti.*

Había usado el término ruso despectivo que se aplicaba a un policía secreto.

–Actuamos por orden del Politburó –dijo, con satisfacción, el hombre de la KGB.

Era coronel del Segundo Directorio. Y entonces supo el viejo mariscal que había gastado sus últimas municiones.

Dos días después, la policía de seguridad saudita rodeó en silencio una modesta casa particular de Riad, en la densa oscuridad que precedía a la aurora. Pero el silencio no fue total. Uno de los hombres tropezó con un bote de hojalata y un perro ladró. Un criado yemenita, ya levantado para preparar el primer café del día, miró al exterior y fue a informar a su amo.

El coronel Easterhouse había tenido una buena instrucción en las unidades de paracaidistas de los Estados Unidos. También conocía a su Arabia Saudita y sabía que nunca se debía desdeñar la amenaza de traición por parte de un conspirador. Sus defensas eran firmes y estaban siempre a punto. Cuando la gran puerta de madera de su patio se hubo derrumbado con estruendo y sus dos protectores yemenitas habían muerto por él, tomó su propia resolución para evitar la agonía que sabía le esperaba. Las policías de seguridad oyeron un solo disparo mientras subían corriendo la escalera que conducía a las habitaciones del piso de arriba.

Le encontraron despatarrado, de bruces en el suelo de su despacho, amplia habitación amueblada con exquisito gusto árabe, y con su sangre estropeando una hermosa alfombra de Kashan. El coronel que mandaba la patrulla miró a su alrededor y se fijó en una sola palabra que formaba el motivo de una colgadura de seda detrás de la mesa. Decía en árabe: «*Insh'Alla.*» Si es la voluntad de Alá.

Al día siguiente, Philip Kelly en persona dirigió el equipo del FBI que rodeó la finca al pie de las colinas de Hill Country, en las afueras de Austin. El propio Cyrus Miller recibió cortésmente a Kelly y escuchó cómo le leía sus derechos. Cuando le comunicaron que estaba detenido, empezó a rezar a gritos, suplicando que la venganza divina de su Amigo personal cayese sobre los idólatras y los anticristos que con tanta evidencia ignoraban la voluntad del Todopoderoso, expresada a través de los actos de su elegido.

Kevin Brown estuvo al mando del equipo que detuvo a Melvin Scanlon casi en el mismo instante, en su casa señorial de las afueras de Houston. Diferentes equipos del FBI visitaron a Lionel Moir en Dallas, y trataron de detener a Ben Salkind en Palo Alto y a Peter Cobb en Pasadena. Fuese por intuición o por coincidencia, Salkind había tomado un avión el día anterior con destino a Ciudad de México. Se creía que, en la hora fijada para la detención, Cobb estaría detrás de su mesa en su oficina. En realidad, un fuerte resfriado le había retenido en casa aquella mañana. Fue una de esas casualidades que hacen fracasar las operaciones mejor concebidas. Los policías y los soldados lo saben muy bien. Un secretario fiel le telefoneó mientras el equipo del FBI se dirigía a toda prisa a su domicilio particular. Cobb se levantó de la cama, besó a su esposa y a sus hijos y fue al garaje contiguo a su casa. Los hombres del FBI lo encontraron allí veinte minutos más tarde.

Cuatro días después, el presidente John Cormack entró en el Salón del Gabinete y ocupó su asiento en el centro, lugar reservado al jefe ejecutivo. Su círculo íntimo de ministros del Gabinete y consejeros estaba ya allí, flanqueándole. Advirtieron que mantenía recta la espalda y alta la cabeza, y que sus ojos eran claros.

Al otro lado de la mesa se hallaban Lee Alexander y David Weintraub, de la CIA, y a su lado Don Edmonds, Philip Kelly y Kevin Brown, del FBI. John Cormack los saludó con la cabeza mientras se sentaba.

–Por favor, sus informes, caballeros.

Kevin Brown tomó la palabra a una señal de su director.

–En la cabaña de Vermont, señor presidente, encontramos un rifle Armalite y una pistola Colt del 45, tal como habían sido descritos. Además de los cadáveres de Irving Moss y Duncan McCrea, ambos ex miembros de la CIA. Han sido identificados.

David Weintraub asintió con la cabeza.

–Hemos probado la Colt en Quantico. La policía belga nos envió impresiones de las estrías de la bala del cuarenta y cinco que extrajeron del relleno de un asiento de la noria de Wavre. Coinciden; la Colt disparó la bala que mató al mercenario Marchais, alias Lefort. La policía holandesa encontró una bala en un viejo barril de la bodega de un bar de Den Bosch. La bala estaba un poco deformada, pero las estrías eran todavía visibles. La misma Colt del cuarenta y cinco. Por último, la policía de París recogió seis balas intactas del enlucido de un bar del Passage de Vautrin. Las hemos identificado como disparadas por el Armalite. Las dos armas fueron compradas, bajo nombre falso, en una armería de Galveston. El dueño ha identificado a Irving Moss como el comprador, al serle mostrada su fotografía.

–Así pues, coincide.

–Sí, señor presidente, todo coincide.

–¿Mr. Weintraub?

–Lo lamento, pero tengo que confirmar que Duncan McCrea fue contratado estúpidamente en América Central, por recomendación de Irving Moss. Estuvo trabajando allá abajo como principiante durante dos años; y después fue traído a los Estados Unidos y enviado a Camp Peary para su instrucción. Al ser despedido Moss, todos sus protegidos debieron haber sido investigados. Pero no lo fueron. Una equivocación. Lo siento.

–Usted no era entonces subdirector de Operaciones, Mr. Weintraub. Prosiga, por favor.

–Gracias, señor presidente. Hemos sabido de... algunas fuentes... lo suficiente para confirmar lo que nos dijo de forma oficiosa el residente de la KGB en Nueva York. Cierto mariscal Koslov ha sido detenido para ser interrogado acerca del cinturón que mató a Simon Cormack. Oficialmente, Koslov ha dimitido por motivos de salud.

–¿Cree que confesará?

–En la cárcel de Lefortovo, señor, la KGB tiene sus procedimientos –dijo Weintraub.

–¿Mr. Kelly?

–Algunas cosas, señor presidente, nunca podrán demostrarse. No hay rastro del cuerpo de Dominiqui Orsini; pero la policía corsa ha dejado establecido que dos ráfagas de postas fueron disparadas en una habitación que hay encima de un bar de Castelblanc. Tenemos que aceptar que la pistola Smith and Wesson que entregamos a la agente especial Somerville se perdió para siempre en el río Prunelli. Pero todo lo demostrable ha sido demostrado. Absolutamente todo. El manuscrito es exacto hasta el último detalle, señor.

–¿Y los cinco hombres, el llamado Grupo Álamo?

–Tres de ellos están detenidos, señor presidente. Casi con toda seguridad, Cyrus Miller no será juzgado. Se le considera clínicamente loco. Melville Scanlon lo ha confesado todo, incluidos los detalles de otra conspiración para derrocar la monarquía de Arabia Saudita. Creo que el Departamento de Estado se ha encargado ya de esto.

–Así es. El Gobierno saudita ha sido informado y ha tomado las medidas adecuadas. ¿Y los otros hombres... del llamado Grupo Álamo?

–Parece que Salkind ha desaparecido; creemos que está en América latina. Cobb fue encontrado colgado, por su propia mano, en su garaje. Moir confirma todo lo confesado por Scanlon.

–¿Ningún cabo suelto, Mr. Kelly?

–Ninguno que podamos imaginar, señor presidente. En el tiempo de que hemos dispuesto, hemos comprobado todo lo que se expresa en el manuscrito de Mr. Quinn. Nombres, fechas, horas, lugares, vehículos alquilados, billetes de avión, departamentos alquilados, registros en hoteles; los coches empleados, las armas... La policía y las autoridades de inmigración de Irlanda, Gran Bretaña, Bélgica, Holanda y Francia nos han enviado sus informes. Todo concuerda.

El presidente Cormack dirigió una breve mirada a la silla vacía a su lado.

–¿Y... mi ex colega?

El director del FBI hizo una seña con la cabeza a Philip Kevin.

–Las últimas tres páginas del manuscrito transcriben una conversación habida entre los dos hombres la noche en cuestión, aunque esto no ha podido ser confirmado, señor presidente. Todavía no hemos podido hallar a Mr. Quinn. Pero hemos interrogado al personal de la mansión de Georgetown. El chófer oficial fue enviado a casa, diciéndole que el coche no volvería a utilizarse aquella noche. Dos miembros de la servidumbre recuerdan que les despertó, a la una y media, el ruido de la puerta del garaje al abrirse. Uno se asomó a la ventana y vio que el coche se alejaba calle abajo. Pensó que tal vez lo habían robado y fue a despertar a su amo. Éste se había ido... en el automóvil.

»Hemos comprobado toda su cartera de valores en diversas empresas misteriosas, enormes inversiones en contratistas de materiales de defensa, el valor de cuyas acciones se vería sin duda afectado por las condiciones del Tratado de Nantucket. Lo que afirma Quinn es cierto. En cuanto a lo que dijo el hombre, nunca lo sabremos con toda seguridad. Podemos creer a Quinn, o no.

El presidente Cormack se levantó.

–Yo le creo, caballeros, yo le creo. Anulen el mandamiento de busca y captura. Es una orden. Gracias a todos por sus esfuerzos.

Salió por la puerta opuesta a la chimenea, cruzó el despacho de su secretaria particular, le pidió que nadie le molestase, entró en el Salón Oval y cerró la puerta.

Se sentó detrás de la gran mesa, bajo los ventanales de gruesos cristales verdes a prueba de balas que daban al jardín del sur, y se retrepó en el alto sillón giratorio. Hacía setenta y tres días que no se había sentado en él.

Sobre su mesa se hallaba una fotografía con marco de plata. Era de Simon, tomada en Yale el otoño antes de que saliese para Inglaterra. Entonces tenía veinte años, llena su cara de vitalidad, de afán de vivir y de grandes esperanzas.

El presidente tomó la foto con ambas manos y la contempló

durante largo rato. Después abrió un cajón a mano izquierda.

–Adiós, hijo.

Puso la fotografía boca abajo en el cajón, lo cerró y apretó un botón del intercomunicador.

–Diga a Craig Lipton que venga a verme, por favor.

Cuando llegó su portavoz de prensa, el presidente le dijo que quería que le reservasen una hora en los principales canales de televisión, el día siguiente por la tarde, para dirigirse a la nación.

La patrona de la pensión de Alexandria lamentó perder a su huésped canadiense, Mr. Roger Lefevre. Era tan tranquilo y tan bien educado... Jamás causaba ningún problema. No se parecía a otros que podría mencionar.

La tarde en la que bajó para pagar la cuenta y despedirse, advirtió ella que se había afeitado la barba. Y lo aprobó; así parecía mucho más joven.

El televisor, en su cuarto de estar de la planta baja, estaba encendido, como siempre. El hombre alto se plantó en la puerta, para despedirse. En la pantalla, un presentador de rostro grave anunció: «Damas y caballeros: el presidente de los Estados Unidos.»

–¿Seguro que no puede quedarse un rato más? –preguntó la patrona–. Va a hablar el presidente. Dicen que el pobre hombre va a dimitir.

–Mi taxi está en la puerta –se justificó Quinn–. Tengo que irme.

La cara del presidente Cormack apareció en la pantalla. Estaba sentado con gallardía detrás de la mesa del Salón Oval, bajo el gran emblema. Apenas había sido visto durante ochenta días, y los espectadores sabían que parecía más viejo, más enjuto, con más arrugas que tres meses antes. Pero aquel aspecto abrumado que presentaba en la fotografía tomada junto a la tumba de Nantucket había desaparecido. Se mantenía erguido y miraba de frente a la lente de la cámara, estableciendo un contacto directo, aunque electrónico, con más de cien millones de americanos y muchos más millones de personas en todo el mundo, que recibían por satélite la transmisión. No había rastro de cansancio o desánimo en su actitud; su voz era mesurada, grave; pero firme.

–Amigos americanos... –empezó.

Quinn cerró la puerta y bajó la escalera en busca de su taxi.

–Al Dulles –dijo.

El conductor se dirigió hacia el suroeste por la Henry Shirley Memorial Highway, torció a la derecha por River Turnpike y de nuevo hacia el Capital Beltway. A lo largo de ambas aceras, los faroles resplandecían con adornos navideños, los Santa Claus de los almacenes actuaban lo mejor que podían, con una radio de transistores aplicada a un oído.

Después de varios minutos, advirtió que un número creciente de conductores se detenían junto al bordillo y escuchaban con atención las radios de sus coches. En las aceras empezaron a formarse grupos alrededor de una radio. El conductor del taxi azul y blanco se había calado unos auriculares. Precisamente al llegar al Turnpike, exclamó:

–¡Caray! No puedo creer lo que estoy oyendo.

Volvió la cabeza, olvidándose de la calle.

–¿Quiere que conecte el altavoz?

–Más tarde oiré la repetición –dijo Quinn.

–Puedo detenerme, hombre.

–Siga conduciendo –pidió Quinn.

En el Dulles International, Quinn pagó al taxi y se dirigió a la oficina de British Airways para obtener su carta de embarque. En el vestíbulo, la mayoría de los pasajeros y la mitad del personal estaban agrupados alrededor de un aparato de televisión instalado en una pared. Quinn encontró una muchacha detrás del mostrador.

–Vuelo doscientos dieciséis para Londres –dijo, dejando el billete ante ella.

La joven apartó la mirada del televisor, observó el billete y consultó su ordenador para confirmar la reserva.

–¿Va a hacer transbordo en Londres para Málaga? –preguntó.

–Así es.

La voz de John Cormack resonó en el desacostumbrado silencio del vestíbulo.

«Para destruir el Tratado de Nantucket, estos hombres creyeron que primero tenían que destruirme a mí...»

La muchacha entregó a Quinn su tarjeta de embarque, mirando a la pantalla.

–¿Puedo ir directo al departamento de salidas? –preguntó Quinn.

–Oh... sí... claro... Que tenga buen viaje.

Más allá del control de inmigración había una sala de espera con un bar libre de impuestos. Otro receptor de televisión estaba instalado detrás de la barra. Todos los pasajeros se habían agrupado y lo miraban con suma atención.

«Como no pudieron alcanzarme, se apoderaron de mi hijo, de mi único y amadísimo hijo, y lo mataron.»

En el pasillo móvil que conducía al Boeing que esperaba, en el cual lucían los colores rojo, blanco y azul de la BA, había un hombre con un transistor. Nadie hablaba. En la entrada del avión, Quinn entregó su tarjeta de embarque a un auxiliar de vuelo que le indicó el departamento de primera clase. Se había permitido este lujo empleando lo último que le quedaba de su dinero ruso. Oyó la voz del presidente detrás de él al agachar la cabeza para entrar en la cabina.

«Esto es lo que sucedió. Ahora ha terminado. Amigos americanos, volvéis a tener un presidente... Palabra de honor.»

Quinn se ciñó el cinturón en su asiento junto a la ventanilla, rehusó una copa de champaña y pidió, en su lugar, un vaso de vino tinto. Aceptó un ejemplar del *Washington Post* y empezó a leer. El asiento a su lado estaba vacío al despegar el avión.

El cuatrocientos setenta y siete se elevó y puso rumbo al Atlántico y a Europa. Quinn oyó a su alrededor un excitado murmullo, al comentar los incrédulos pasajeros el discurso presidencial que había durado casi una hora. Él permaneció sentado en silencio, leyendo su periódico.

El artículo de fondo, en primera página, anunciaba la emisión que el mundo acababa de oír..., pero asegurando a los lectores que el presidente aprovecharía la ocasión para informar de la renuncia a su cargo.

–¿Puedo ofrecerle algo más, señor? ¿No quiere nada? –murmuró una dulce voz a su oído.

Quinn se volvió y sonrió aliviado. Sam estaba en el pasillo, inclinada sobre él.

–Sólo a ti, pequeña.

Dobló el periódico sobre las rodillas. En la última página había un párrafo que ninguno de los dos advirtió. Decía, en la extraña jerga de los titulares americanos: GANGA NAVIDEÑA PARA VETERANOS DE VIETNAM. El subtítulo ampliaba el concepto: HOSPITAL DE PARAPLÉJICOS RECIBE CINCO MILLONES DE DÓLARES ANÓNIMOS.

Sam se sentó en el asiento del pasillo.

–Recibí tu mensaje, Mr. Quinn. Y sí, iré contigo a España. Y sí, me casaré contigo.

–Bien –dijo él–. Odio la indecisión.

–¿Cómo es ese lugar donde tú vives?

–Un pueblo pequeño, casitas blancas, una pequeña iglesia antigua, un cura viejo y pequeño...

–Con tal de que recuerde las palabras del rito matrimonial...

Sam rodeó la cabeza de Quinn con ambos brazos y la acercó a la suya para darle un largo beso. El periódico resbaló de las rodillas de él y cayó al suelo, con la última página hacia arriba. Una azafata lo recogió, sonriendo comprensiva. No advirtió, ni le habría interesado si lo hubiese advertido, el reportaje principal de la última página. El titular decía así:

ENTIERRO EN LA INTIMIDAD DEL SECRETARIO DEL TESORO HUBERT REED. CONTINÚA EL MISTERIO DE LA CAÍDA AL POTOMAC, DURANTE LA NOCHE, DEL AUTOMÓVIL QUE CONDUCÍA.

Título de la edición original: *The Negotiator*
Traducción del inglés: J. Ferrer Aleu
Diseño: Norbert Denkel
Ilustración: Tilman Michalski

Círculo de Lectores, S.A.
Valencia 344, 08009 Barcelona
3 5 7 9 0 9 0 4 8 6 4 2

Licencia editorial para Círculo de Lectores
por cortesía de Plaza & Janés Editores, S.A.

Depósito legal: B. 4135-1990
Fotocomposición: gama, s.a., Barcelona
Impresión y encuadernación: Printer industria gráfica, s.a.
N. II, Cuatro caminos s/n, 08620 Sant Vicenç dels Horts
Barcelona, 1990. Printed in Spain
ISBN 84-226-3111-3
N.° 39255